Tucholsky Wagner   Zola   Scott Sydow   Freud   Schlegel
Turgenev   Wallace   Fonatne
     Twain   Walther von der Vogelweide   Fouqué   Friedrich II. von Preußen
              Weber   Freiligrath   Frey
Fechner   Kant   Ernst   Frommel
      Fichte Weiße Rose   von Fallersleben   Richthofen
                                 Hölderlin
        Engels   Fielding   Eichendorff   Tacitus   Dumas
Fehrs   Faber   Flaubert   Eliasberg   Ebner Eschenbach
         Maximilian I. von Habsburg   Fock   Eliot   Zweig
Feuerbach   Ewald   Vergil
         Goethe   London
                     Elisabeth von Österreich
Mendelssohn Balzac   Shakespeare   Dostojewski   Ganghofer
                Lichtenberg   Rathenau   Doyle   Gjellerup
     Trackl   Stevenson   Hambruch
Mommsen   Tolstoi   Lenz   Droste-Hülshoff
       Thoma   Hanrieder
Dach   Verne von Arnim   Hägele   Hauff   Humboldt
        Reuter   Rousseau   Hagen   Hauptmann   Gautier
   Karrillon   Garschin   Baudelaire
          Damaschke   Defoe   Hebbel
                    Descartes   Hegel   Kussmaul   Herder
Wolfram von Eschenbach   Dickens   Schopenhauer   Rilke   George
           Darwin   Melville   Grimm Jerome   Bebel
   Bronner   Proust
        Campe   Horváth   Aristoteles   Voltaire   Federer
Bismarck   Vigny   Barlach   Herodot
               Gengenbach   Heine
   Storm   Casanova   Tersteegen   Gilm   Grillparzer   Georgy
                         Lessing   Langbein   Gryphius
        Chamberlain   Lafontaine
Brentano   Claudius   Schiller   Kralik   Iffland Sokrates
  Strachwitz   Bellamy Schilling
          Katharina II. von Rußland   Gerstäcker   Raabe   Gibbon
                                                                  Tschechow
                                                                      Vulpius
 Löns   Hesse   Hoffmann   Gogol   Wilde   Gleim
    Luther   Heym   Hofmannsthal   Klee Hölty   Morgenstern
        Roth   Kleist   Goedicke
             Heyse   Klopstock   Puschkin   Homer   Mörike
Luxemburg   Horaz   Musil
          La Roche
   Machiavelli   Kierkegaard   Kraft   Kraus
Navarra Aurel   Musset   Moltke
                     Lamprecht   Hugo
Nestroy   Marie de France

  Nietzsche   Nansen
         Marx   Lassalle
  von Ossietzky
           May   vom Stein

   Petalozzi
        Platon Pückler   Michela
     Sachs   Poe

        de Sade Praetorius   Mistral   Zetkin

Der Verlag tredition aus Hamburg veröffentlicht in der Reihe **TREDITION CLASSICS** Werke aus mehr als zwei Jahrtausenden. Diese waren zu einem Großteil vergriffen oder nur noch antiquarisch erhältlich.

Symbolfigur für **TREDITION CLASSICS** ist Johannes Gutenberg (1400 — 1468), der Erfinder des Buchdrucks mit Metalllettern und der Druckerpresse.

Mit der Buchreihe **TREDITION CLASSICS** verfolgt tredition das Ziel, tausende Klassiker der Weltliteratur verschiedener Sprachen wieder als gedruckte Bücher aufzulegen – und das weltweit!

Die Buchreihe dient zur Bewahrung der Literatur und Förderung der Kultur. Sie trägt so dazu bei, dass viele tausend Werke nicht in Vergessenheit geraten.

Der rote Freibeuter

James Fenimore Cooper

Impressum

Autor: James Fenimore Cooper
Übersetzung: Richard Zoozmann
Umschlagkonzept: toepferschumann, Berlin

Verlag: tredition GmbH, Hamburg
ISBN: 978-3-8495-2947-5
Printed in Germany

Rechtlicher Hinweis:
Alle Werke sind nach unserem besten Wissen gemeinfrei und unterliegen damit nicht mehr dem Urheberrecht.

Ziel der TREDITION CLASSICS ist es, tausende deutsch- und fremdsprachige Klassiker wieder in Buchform verfügbar zu machen. Die Werke wurden eingescannt und digitalisiert. Dadurch können etwaige Fehler nicht komplett ausgeschlossen werden. Unsere Kooperationspartner und wir von tredition versuchen, die Werke bestmöglich zu bearbeiten. Sollten Sie trotzdem einen Fehler finden, bitten wir diesen zu entschuldigen. Die Rechtschreibung der Originalausgabe wurde unverändert übernommen. Daher können sich hinsichtlich der Schreibweise Widersprüche zu der heutigen Rechtschreibung ergeben.

Text der Originalausgabe

James Fenimore Cooper

Der rote Freibeuter

Ein Seegemälde

Übersetzt und herausgegeben von
Richard Zoozmann.

Leipzig
Hesse & Becker Verlag.

Der rote Freibeuter.

Ein Seegemälde

von

James Fenimore Cooper.

Übersetzt und herausgegeben von Richard Zoozmann.

Leipzig.
Hesse & Becker Verlag.

Einleitung Coopers

Seit die vorliegende Erzählung zum ersten Male erschienen ist, wurde sie von dem Verfasser nicht wieder gelesen, und jetzt erst hat er sich entschlossen, sie behufs des Wiederabdrucks in einer größeren Sammlung einer nochmaligen Durchsicht zu unterwerfen. Diese Arbeit hat ihn eine gute Anzahl von Verstößen darin entdecken lassen: sowohl in Beziehung auf Stil und Korrektheit, als hauptsächlich auf Geschmack. Sie nach Möglichkeit zu vermindern, war der Verfasser eifrig bemüht, und das Buch möchte jetzt der Gunst, die ihm zuteil geworden ist, weit eher wert sein als zuvor.

Was den Gegenstand der Erzählung betrifft, so hat der Verfasser wenig zu erinnern. Amerika ist ein Land beinahe ohne Überlieferungen: die wenigen, die es aufzuweisen hat, sind größtenteils zu bekannt, um der Dichtkunst anheimfallen zu können. Der Zweck unseres Buches ist, Schilderungen des Meeres zu geben, Seemannsgebräuche und Charaktere zu zeichnen, ohne irgend Begebnisse der Wirklichkeit einschließen zu wollen. Nie gab es einen Freibeuter wie den Helden dieser Geschichte; sogar die ihm geliehene Benennung hat der Autor nirgend je gehört, und der Name Red-Rover ist so gut seine Erfindung als alles übrige. Die einzige dem Verfasser vorschwebende sittliche Tendenz war, darzutun, wie Menschen von der edelsten Anlage durch arge Leidenschaften irregeführt werden können: zu erweisen, wie nahe Laster und Tugend aneinander grenzen, wenn Erziehung oder Mißgunst der Verhältnisse edleren Geistern eine verkehrte Richtung geben. Auch sollte gezeigt werden, und, wie wir hoffen, nicht ohne Nutzen, daß sogar das Verbrechen eine glänzende Außenseite haben kann, und daß der Mangel irgendeiner wichtigen sittlichen Eigenschaft, der einem Manne gerechterweise die Achtung anderer entzogen hat, ihn darum noch nicht zum Ungeheuer stempelt; denn wahrlich die schonungslosen Anklagen solcher, die, vom Geschicke begünstigt, vor den Gefahren der Versuchung selbst geschützt bleiben, sind so verwerflich, als das böse Beispiel eines Übeltäters.

Erstes Kapitel.

Wer nur einigermaßen mit dem Gewühl und dem Leben einer Handelsstadt bekannt ist, wurde in dem stillen, geschäftslosen Newport den Platz nicht wiedererkennen, der in früheren Zeiten für einen der wichtigsten und besuchtesten Häfen an der ausgedehnten Küstenstrecke von Nordamerika galt. Newport auf Rhode-Island scheint beim ersten Blick der von der Natur begünstigte Ort, der alles in sich vereinigt, was den Bedürfnissen des Seemanns entgegenkommen und seine Wünsche verwirklichen kann. Ein bequemer Hafen, ein ruhiges Becken, ein sicherer Ankerplatz, eine gute Reede mit einer klaren Abfahrt in die offene See. Im Besitz dieser Vorzüge war in den Augen unserer europäischen Vorfahren Newport der Platz, den sie zur Aufnahme großer Flotten und zur Bildung eines Stammes kühner und geschickter Matrosen bestimmt hatten. Dies Bestreben ist nicht ganz ohne Erfolg geblieben; aber wie wenig ist die erste Erwartung in Erfüllung gegangen! In der Nähe des von der Natur anscheinend zu ihrem Liebling auserkorenen Ortes hat sich ein glücklicherer Rival eingefunden, der alle Berechnungen kaufmännischen Scharfsinns zuschanden gemacht und zu den neunhundertundneunundneunzig Beweisen, daß des Menschen Weisheit eitel Torheit sei, den tausendsten geliefert hat.

Es gibt nur wenig Städte von einigem Belang in unserem fast grenzenlosen Gebiet, in dem sich, seit einem halben Jahrhundert, alles so unverändert erhalten hätte, als in Newport. Bis zum Zeitpunkt, wo sich die ungeheuern Hilfsquellen des inneren Landes zu entwickeln anfingen, war die Provinz Rhode-Island der Sammel- und Ruheplatz, dem die südlichen Pflanzer zuströmten, um sich vor der Hitze und den übrigen Ungemächlichkeiten ihres brennenden Landstrichs zu bergen. Sie zogen scharenweise dahin, die stärkenden Hauche der Seeluft einzuatmen. Damals noch derselben Regierung Untertan, ließen sich die Einwohner beider Karolinas und Jamaikas freundschaftlich in Newport nieder, teilten sich gegenseitig Gewohnheiten und Verfassungen mit und überließen sich der süßen Täuschung, die ihre Nachkommen vom dritten Geschlecht sich zurückzuwünschen anfangen.

Die einfachen, unerfahrenen Kinder der Puritaner nahmen aus dieser Verbindung Gutes und Böses an. Während sie der Umgang mit den feineren und vornehmeren Bewohnern der südlichen Kolonien abgeschliffener machte, weckte er in ihnen neue Begriffe von dem Unterschiede der Stände, wovon sie vorher wenig oder nichts ahnten, und die ihnen jetzt von den Ankömmlingen eingeimpft wurden. So ward unter allen Provinzen Neu-Englands Rhode-Island die erste, die sich von den Sitten und Meinungen ihrer schlichten Altvordern entfernte. Dadurch wurde dem strengen, rauhen und unfreundlichen Benehmen der erste Stoß versetzt, das man früherhin als ein notwendiges Bindungsmittel der wahren Religion, als eine äußere Bürgschaft für die Gesundheit des innern Menschen ansah; dadurch wurde der erste merkbare Schritt veranlaßt, der von den puritanischen Grundsätzen abführte, die der abstoßenden Außenseite das Wort redeten. Ein seltsames Zusammentreffen und Gemisch von Umständen und Eigenschaften machte die Kaufleute von Newport zugleich zu Sklavenhändlern und zu Gentlemen.

Wie aber auch der moralische Zustand der Einwohner im Jahre 1759 beschaffen sein mochte, so war doch Rhode-Island nie reizender und verlockender als damals. Die schwellender Hügelrücken der Insel waren mit hundertjährigen Wäldern bekränzt, die kleinen Täler mit dem frischen, lebendigen Grün des Nordens überzogen, die anspruchslosen, dabei reinlichen und bequemen Landhäuser lagen von schattigen Gebüschen und bunten Blumenbeeten umgürtet. Die Schönheit und Fruchtbarkeit der Gegend hatte dem Eiland einen Namen erworben, der mehr ausdrückte, als man in früheren Zeiten darunter verstand. Die Einwohner nannten nämlich ihre Besitzungen den » Garten von Amerika «, und ihre Gäste, die Ankömmlinge aus den brennenden Ebenen des Südens, fanden sich nicht berufen, diese Benennung streitig zu machen. Der Name hat sich zum Teil fast bis auf unsere Zeiten erhalten und ist nicht eher verschwunden, bis der Reisende in den Stand gesetzt worden, die Tausende von weiten und lachenden Tälern zu durchwandeln, die vor fünfzig Jahren noch in dem undurchdringlichen Schatten der Wälder begraben lagen.[1]

Das soeben von uns angeführte Datum bezeichnet eine Periode, die für die britischen Besitzungen in unserem Festlande vom höchsten Interesse war. Ein blutiger Rachekrieg, dessen Anfang Unglück und Niederlage gebracht hatte, war im Begriffe, glorreich zu enden. Frankreich hatte sein letztes Besitztum am Weltmeere eingebüßt, während die unermeßliche Länderstrecke zwischen der Hudsonsbai und den spanischen Provinzen der englischen Macht unterworfen war. Die Kolonien hatten einen großen Anteil an den Erfolgen des Mutterlandes gehabt. Stolz und Freude über den glücklichen Ausgang ließen vergessen, was die törichten Vorurteile europäischer Anführer für Fehler begangen, für Verluste und Schande herbeigeführt hatten. Braddocks grobe Verstöße gegen die Kriegskunst, Laudons Gleichgültigkeit, Abercrombies Schwäche waren durch die Kraft Amhersts und Wolfes Genie ersetzt worden. In allen vier Weltteilen siegten die Waffen der Briten. Die loyalen Bewohner der Provinzen stimmten am lautesten in die Triumphe des Mutterlandes ein, überließen sich der reinsten Freude und schlossen gutwillig die Augen bei den kargen Beifallsbrocken, die ihnen zugeworfen wurden – denn auch hier zeigte sich das gewöhnliche Verfahren großer Völker, die nur mit Widerstreben einen kleinen Teil ihres Ruhmes an die gelangen lassen, die sie als Abhängige ansehen; dem Geizigen gleich, der gern alles für sich allein behielte, und desto habsüchtiger wird, je mehr ihm die Nachsicht einräumt.

Das System von Unterdrückung und Regellosigkeit, das eine Losreißung zur Folge hatte, die früher oder später erfolgen m u ß t e , hatte noch nicht angefangen. War das Mutterland auch nicht gerecht, so zeigte es sich doch gefällig. Gleich allen alten und großen Nationen, überließ es sich dem angenehmen, aber gefährlichen Genuß der Selbstbeschauung. Die Dienste und Verdienste eines Volksteils, der von ihm unterschätzt wurde, hatten das Schicksal,

---

[1] Es gibt einen Staat und eine Insel, die den Namen Rhode-Island trägt. Der erste ist der kleinste von den 24 Schwesterstaaten der amerikanischen Union, steht an Größe manchen englischen Grafschaften nach, hat eine Bevölkerung von ungefähr 100 000 Seelen und ist wegen seines Gewerbfleißes und seiner Fabriken berühmt.

bald vergessen zu werden; oder wenn man sich ihrer hier und da erinnerte, so war es, sie zu mißdeuten, zu tadeln, zu schmähen. Die Herabsetzung nahm in dem Maße zu, als die Übereinstimmung der Gemüter abnahm; das Unrecht wurde immer fühlbarer, die eitle Torheit griff immer weiter um sich. Männer, deren Beobachtungsgeist sich hätte besser unterrichten können und sollen, waren die ersten, die, selbst in dem höchsten Rate der Nation, schamlos erklärten, ihnen sei der Charakter eines Volks unbekannt, das ihnen doch blutbefreundet war. Selbstschätzung gab der Meinung der Toren Gewicht. Von einschläferndem Dünkel eingenommen, machten graue Krieger ihrem edeln Handwerk Schande, Prahlereien sich erlaubend, die man einem Stutzer, der kein Pulver gerochen, nicht unbestraft hätte hingehen lassen. So gab z. B. ein Burgoyne in hochtrabendem Tone dem Unterhause das sinnlose Versprechen, mit einer Macht, die er zu bestimmen sich nicht scheute, von Quebeck nach Boston vorzudringen; ein Versprechen, das er in der Folge hielt, indem er mit einer doppelt so starken Macht, kriegsgefangen[2] von Boston nach Quebeck zurückging. So hat England, vom Torheitsschwindel ergriffen, in der Folge seine hunderttausend Leben und seine hundert Millionen Pfund verschwendet.

Die Geschichte dieses denkwürdigen Kampfes ist jedem Amerikaner bis auf die kleinsten Umstände bekannt. Damit zufrieden, daß sein Land gesiegt, überläßt er es gern den Annalen der Welt, den ruhmvollen Ausgang in ihren Blättern aufzubewahren. Ihm genügt es, daß sein Land auf einer breiten, natürlichen Grundfeste ruht und nicht des Lobpreisens feiler Federn bedarf; für seinen innern Frieden, sowie für seinen Charakter ist es hinreichend, zu fühlen, daß der Wohlstand der R e p u b l i k nicht in der Herabwürdigung angrenzender Nationen gesucht werden darf.

Der Faden unserer Geschichte führt uns in jene ruhige Periode zurück, die den Stürmen der Revolution vorausging. In den ersten Tagen des Oktobermonats 1759 war Newport, wie jede andere Stadt von Amerika, mit dem doppelten Gefühle der Freude und des Schmerzes erfüllt. Mitten unter den Triumphen über seinen Sieg beweinten die Einwohner Wolfes Tod. Quebeck, das Bollwerk von Kanada, der letzte feste Platz, den ein Volk noch inne hatte, das

---

[2] Bei Saratoga, mit 6000 M., den 16. Oktober 1777.

man seit der Kindheit gewohnt war, für den natürlichen Feind Englands anzusehen, war gefallen und hatte den Herrn gewechselt. Die loyale Anhänglichkeit an die Krone von England, die so lange anund aushielt, bis das seltsame Prinzip, das ihr zum Grunde diente, nachgab und einstürzte, hatte den höchsten Punkt erreicht. Es gab in den Kolonien vielleicht nicht einen einzigen, der nicht seine eigene Ehre mit dem eingebildeten Ruhme des Oberhauptes aus dem Hause Braunschweig gewissermaßen verflochten und vereint hätte.

Der Tag, an dem die Handlung unserer Geschichte beginnt, war feierlich dazu angesetzt worden, die Gefühle der guten Stadtbewohner sowohl, als des umliegenden Landvolks, über den Sieg laut und lebendig werden zu lassen, den die königlichen Waffen erfochten hatten. Beim Anbruch dieses, wie in der Folge beim Anbruch vieler tausend ähnlicher Tage, wurde mit allen Glocken geläutet; der Kanonendonner rollte, die Volksmenge ergoß sich vom frühesten Morgen an durch die Straßen und legte in ihre Bewegungen den Eifer, der gewöhnlich die Freude begleitet, wenn sie zum allgemeinen Volksfeste wird. Der zur Feier des Tages bestellte Redner hatte in einer Art prosaischen Trauergedichts zum Preise des verblichenen Helden seine ganze Beredsamkeit aufgeboten und eine Probe grenzenloser Loyalität dadurch abgelegt, daß er den Ruhm, den das Todesopfer des Generals Wolfe und vieler Tausende seiner Mitstreiter so teuer erkauft hatte, auf das alleruntertänigste dem Throne zu Füßen legte.

Zufrieden mit diesen Äußerungen ihrer Treupflicht, fingen die Einwohner an, sich allmählich wieder nach Hause zu begeben, als die Sonne sich den unermeßlichen Gegenden zuneigte, die sich damals wie endlose, unbetretene Wildnisse im Westen erstreckten, jetzt aber mit den Erzeugnissen und dem Segen des Kunstfleißes üppig übersäet sind. Die Landleute der Umgegend und jenseits der Meerenge waren auf ihren zum Teil weiten Rückweg bedacht, und zwar aus jenen klugen Gründen der Sparsamkeit, die diese Klasse arbeitender Menschen mitten in ihren Vergnügungen nie verläßt. Sie eilten nach Haus, aus Furcht, daß sie der herannahende Abend zu Kosten verleiten möchte, die mit dem eigentlichen Zweck ihres Ausflugs in die Stadt nichts gemein hatten. Die Zeit, die sie auf das Fest verwendet, war abgelaufen; der Hausvater machte sich auf, mit den Seinen in die ruhig fließenden Kanäle der gewöhnlichen Geschäfte wieder einzutreten, damit die auf das außerordentliche Schauspiel verwandte Zeit eingeholt würde, die er sich schon halb und halb als verloren vorwarf.

Auch in der Stadt wurden Hammer, Axt und Säge schon wieder gehört und die Läden von mehr als einer Werkstatt halbgeöffnet, als wolle der Eigentümer zwischen seinem Gewissen und seinem Geschäft ein Abfinden treffen. Die Inhaber der drei, damals in ganz Newport befindlichen Wirtshäuser standen vor ihren Türen und sahen auf die abgehenden Landleute mit Augen hin, die deutlich zu erkennen gaben, daß sie unter dem Landvölkchen, das mehr vom Einnehmen als vom Ausgeben hält, doch auf Gäste lauerten. Eine gar kleine Anzahl lärmender, gedankenloser Seeleute, die zu den Schiffen im Hafen gehörten, zusamt einem halben Dutzend bekannter Zechkunden, war alles, was die Wirte mit ihren Winken erobern konnten, ihrem Anrufen und Anreden, ihren Erkundigungen nach dem Wohlsein der lieben Frauen und Kinder, und bei einigen geradezu mit ihren Einladungen, einzutreten und sich zu erfrischen.

Weltliche Sorge und ein steter, nur zuweilen schiefer Blick auf die Zukunft, bildete den Hauptcharakterzug des ganzen Volks, das damals auf dem Boden zerstreut lebte, der unter dem Namen von Neu-England bekannt war. Das große Ereignis des Tages blieb unvergessen, obschon man es für unnötig hielt, sich in der Wirtsstube bei der Flasche darüber zu besprechen und die edle Zeit im Müßiggange zu vergeuden. Die Abgehenden, die in verschiedenen Richtungen den Weg ins Innere einschlugen, schlossen sich in kleine Gruppen. Unter sich in freimütigen Gesprächen die Gegenstände der Tagespolitik abhandelnd, berührten sie die großen Staatsereignisse und die Art und Weise, wie sie von den Männern vorgetragen wurden, denen der Auftrag zugefallen war, sie zu entwickeln; doch setzten sie keinesfalls dabei die Achtung aus den Augen, die sie dem Rufe der Hauptpersonen schuldig waren. Es wurde im Gegenteil allgemein zugegeben, daß die gehaltenen Gebete (zwar etwas im Konversationstone und historisch vorgetragen), durchaus fehlerfrei und eindringend gewesen waren. Es hatten wohl einige Lust, als Dissenters aufzutreten, unter andern die Klienten eines Advokaten, der einem der Redner entgegen war; allein das Resultat blieb, daß aus keines Mannes Munde eine so vortreffliche, kunstvolle Rede geflossen sei, als die heutige. In demselben Sinn und Geist fiel das Urteil der Zimmerleute aus, die an einem Schiffe arbeiteten, das im Hafen erbaut wurde und der Gegenstand der allgemeinen Bewunderung der Provinz war; ja, von dem mit voller Überzeugung behauptet wurde, daß es das seltenste Muster eines in allen Teilen und Verhältnissen durchaus vollkommenen Meisterwerks der Schiffsbaukunst sei.

Der Redner, von dem ich hier spreche, war das gewöhnliche Orakel der Nachbarschaft, so oft ihn irgendein großes Ereignis, wie z. B. das heutige, antrieb, sich zusammenzunehmen. Er galt im Vergleich mit anderen für den allertiefsten, kenntnisreichsten Geist: so daß sogar von ihm behauptet wurde, er habe mehr als einen europäischen Gelehrten in Erstaunen gesetzt, der es gewagt hätte, sich mit ihm im Felde der alten Literatur zu messen. Sein Ruf gewann gleich der Hitze an Intensität, je enger die Grenzen waren, die ihn umschlossen. Dabei verstand sich niemand besser als er darauf, seine hohen Gaben ausschließlich zu seinem Vorteil anzuwenden. Nur ein einziges Mal verließ ihn die Klugheit. Der Himmel weiß, wie es kam, genug, er war nicht auf seiner Hut und tat einen Schritt, der ihm einen Teil des erworbenen Rufes raubte; er ließ es nämlich zu, daß einer seiner beredsamen A u f f l ü g e in Druck gegeben wurde, oder, wie sich sein witziger, aber nicht so hochstehender Nebenmann, der zweite Rechtsgelehrte des Orts, ausdrückte: er gab es zu, daß die Presse einen seiner f l ü c h t i g e n Versuche f e s t h i e l t. So wenig man aber weiß, welchen Eindruck die Schrift im Auslande gemacht hat, so sehr trug sie dazu bei, seinen Ruf in der Umgegend zu vergrößern. Von nun an stand er vor seinen Bewunderern in aller Pracht und Würde der »gegossenen Lettern«, und machte es der erbärmlichen Brut

> Die Tierchen, die durch hungriges Benagen
> Der körperlichen Teile des Genies
> Ihr Leben fristen

unmöglich, einen Ruf zu untergraben, der in dem Glauben so manchen Sprengels so tief eingewurzelt war. Die kleine Schrift wurde fleißig in die benachbarten Provinzen verteilt, in Teegesellschaften gepriesen, in öffentlichen Blättern von einem geistverwandten F r e u n d e hoch erhoben – die gleiche Schreibart verriet den Lobredner – und von einem frommen Gläubigen, vielleicht aus reinem Eifer, vielleicht aus näherer Teilnahme, dem nächsten Schiffe an Bord mitgegeben, das n a c h H a u s e segelte (denn so nannte man damals England). Sie lag in einem Umschlage, der keine schlechtere Überschrift führte, als: »An Se. Königliche Majestät von England«. Es ist nie bekannt worden, was sie auf den geraden Sinn des dogmatischen Deutschen, der damals den Thron des Konquestors einnahm, für eine Wirkung gemacht hat, obschon die in das Geheimnis der Übersendung Eingeweihten lange vergebens auf die ausgezeichnete Belohnung warteten, deren sich ein so seltenes Erzeugnis des menschlichen Verstandes gewärtigen konnte.

Dieser hohen, wohltätigen Geistesgaben ungeachtet, beschränkte sich der Mann nun wieder, als sei er seiner Talente unbewußt, auf die Arbeiten seines gewöhnlichen Berufs, die mit der Beschäftigung eines – Schreibers die schlagendste Ähnlichkeit hatten; so sehr war ihm von der Natur, die ihn so trefflich ausstattete, die Eigenschaft der Selbstschätzung versagt worden, was um so mehr wundernehmen mußte, da ihn außer diesen Kraftäußerungen seines Geistes, der Fleiß und die Pünktlichkeit, womit er seiner kostbaren und unwiederbringlichen Augenblicke wahrnahm, zu weit höheren Ansprüchen zu berechtigen schien. Nur ein kritischer Beobachter könnte vielleicht in der erzwungenen Demut seines Äußern Spuren seines Triumphs über Quebecks Fall gefunden haben.

Wir überlassen diesen Günstling der Natur, dieses Schoßkind des Glücks sich selbst und wenden uns von ihm zu einem ganz andern Individuum in einem sehr verschiedenen Stadtviertel. Der Schauplatz ist nichts mehr und nichts weniger, als eine Schneiderwerkstätte. Hier sehen wir den Mann, der nicht verschmäht, sich in höchsteigener geschäftiger Person den geringsten Forderungen seines Berufs zu unterziehen. Die demütige Hütte, die er seine Wohnung nannte, lag unweit des Wassers, ganz am Ende der Stadt, und setzte ihn in den Stand, das heitere innere Becken nicht nur zu überschauen, sondern durch eine Wasseröffnung zwischen zwei Inseln den Anblick des äußern Hafens zu genießen, der sich hier wie ein Landsee ausdehnte. Eine schmale, unbesuchte Kaje erstreckte sich vor dem Hause und bewies durch ihren Verfall sowohl, als durch den wenigen Verkehr, daß dieser Teil des Hafens nicht zu den lebhaftesten und betriebsamsten gehörte.

Der Nachmittag glich einem Frühlingsmorgen. Der Kühlwind riffelte leicht das Becken. Sein Gesäusel und seine Kühle machen bekanntlich den amerikanischen Herbst so angenehm. Der fleißige Nadelheld genoß den schönen Abend in seiner ganzen Fülle. Er saß auf seinem Werktisch am offenen Fenster, besser mit sich zufrieden, als mancher, der sein Glück darin sucht, im höchsten Staate unter einem Baldachin von Sammet und Gold zu sitzen. Draußen vor dem kleinen Hause stand in der Stellung eines Lungerers ein langer, tölpischer, dabei starker, wohlgewachsener Landmann; mit der Schulter lehnte er sich an die Wand, als wäre es für seine Beine eine zu schwere Last, allein die ganze Masse ohne fremde Hilfe zu tragen. Er wartete darauf, daß ein Kleidungsstück fertig würde, woran der Meister emsig nähte, und womit er am nächsten Sonntag in seinem Dorfe Staat machen wollte.

Um die Zeit zu verkürzen, und wohl auch zum Teil, weil der Mann mit der Nadel von Natur gern sprach, vergingen wenige Minuten, ohne daß ihm oder dem andern nicht ein Wort entfallen wäre. Der Schneider befand sich schon in den abnehmenden Lebensjahren, und seine Außenseite ließ erkennen, daß ihn Mangel an Geschick oder an Glück in die Notwendigkeit versetzt habe, sich kümmerlich durch die Welt zu winden, und daß er nur durch äußersten Fleiß und die strengsten Entbehrungen der bittern Armut entgangen sei. Sein müßiger Zuschauer hingegen war ein junger Mann und gehörte zu einer Klasse, bei der ein neuer Rock und ein Paar neue Beinkleider Epoche im Leben machen.

»Ja,« rief der unermüdete Kleidermacher aus, und begleitete dieses Ja mit einem Seufzer, der ebensogut für die Bestätigung seines innern Wohlgefühls, als für einen Beweis seines körperlichen Mißbehagens gelten konnte: »Ja, gewiß und wahrhaftig, Pardon, stärkere Worte sind selten einem Manne von den Lippen geflossen, als es d i e waren, die der Squire am heutigen Tage hören ließ. Als er von den Ebenen Vater Abrahams[3] sprach und vom Rauch und dem Donner der Schlacht, ja Pardon, da regte sich so was in mir, da fühlte ich in meinem Innern, ich weiß nicht was, so daß ich wahrhaftig glaube, ich würde das Herz gehabt haben, Nadel und Fingerhut von

---

[3] Die Schlacht fiel in dieser Gegend vor.

mir zu werfen und mich aufzumachen, um ins Feld, in die Schlacht zu ziehen, Ruhm zu ernten und für des Königs Sache zu fechten.«

Der junge Mann, dem der Taufname oder, wie es jetzt allgemein in Neu-England heißt, die Zugabe (given name) Pardon von seinen frommen Paten beigelegt worden war, damit ihm seine künftigen Hoffnungen immer demütig vor Augen lägen, drehte in diesem Augenblicke den Kopf nach dem heldenmütigen Schneider mit einem Ausdruck drolliger Laune im Auge, der bewies, daß ihn die Natur in der Austeilung des Humors nicht stiefmütterlich bedacht habe, obschon sie dabei mehr auf Maß als Feinheit gesehen.

»Hört, Nachbar Homespun, da gibt's für einen Mann, der Ambition hat, eine prächtige Gelegenheit, sich hervorzutun, seit Se. Majestät Dero besten General verloren hat.«

»Ja doch, ja,« erwiderte der Nadelfädler, der als Knabe oder Jüngling den Hauptfehler begangen hatte, zu einem ganz verkehrten Handwerk zu greifen, »eine herrliche Aussicht für einen, der fünfundzwanzig zählte; aber ach! der größte Teil meiner Tage ist dahin, und ich muß meine übrigen Paar Jahre hier wie Ihr seht zwischen Zeug und Futter zubringen ... Wer hat Euch das Tuch gefärbt, Pardy? Schöne, echte Farbe! Ich hab' wer weiß wie lange kein solches unter der Nadel gehabt.«

»Glaub's wohl! Ich lobe mir die Alte, die verstehts Färben wie's Weben. Gewiß und wahrhaftig, Nachbar Homespun, wenn Ihr dem Zeuge nur das rechte Ansehen gebt, daß es sitzt wie angegossen, so soll auf der Insel keiner so glatt und drell einhergehen, als meiner Mutter Sohn!... Aber, um wieder drauf zu kommen, könnt Ihr auch eben kein General sein, Männchen, so könnt Ihr Euch wenigstens damit trösten, daß es mit dem Bataillieren aus ist, und es nicht mehr ohne Euch losgeht. Sagt man doch allgemein, daß sich die Franzmänner nicht länger halten können, und daß wir Friede bekommen müssen, weil wir keinen Feind mehr vor uns haben.«

»Desto besser, Freundchen, desto besser; denn wer so viel von Kriegen und Kriegsnöten erlebt hat wie ich, weiß den Segen des Friedens zu schätzen – ja, zu schätzen.«

»Also seid Ihr nicht so ganz unerfahren in der Lebensart, wozu Ihr soeben Lust hattet?««

»Ich? Nichts weniger. Ich bin, wie Ihr mich seht, durch fünf blutige Kriege gegangen und habe Gott zu danken, der mir aus allen fünfen geholfen hat ohne Wunde – nicht mal so groß, als ein Nadelstich. Fünf lange, blutige Kriege, sag' ich und setze hinzu: fünf glorreiche bin ich durchgegangen – frisch und gesund wie ein Fisch.«

»Das muß eine gefährliche Zeit für Euch gewesen sein, Nachbar. Doch erinnere ich mich nur zweier Kriege mit den Franzosen.«

»O, Ihr seid ja nur ein Kiekindiewelt im Vergleich zu einem wie ich, der über sein Schock Jahre hinaus ist. Zählt mir mal nach. Erstlich dieser Krieg, der gottlob! das Ansehen hat, bald beendet zu werden; der Himmel, der alles mit Weisheit regiert, sei dafür gedankt und gepriesen! Dann, zweitens, der Vorgang von Fünfundvierzig, als der unerschrockene Warren unsere Küsten auf und nieder fuhr; eine Geißel für die Feinde Sr. Majestät, und eine Salvegarde für alle loyale Untertanen. Dann, drittens, gab's einen Strauß in Germanien, von dem wir in den Zeitungen lasen, und viele, viele blutige Schlachten, in denen die Menschen fielen und weggemäht wurden, wie das Wiesengras unter Eurer Sense. Das macht drei« – er schob seine Brille in die Höhe und zählte mit seinem Fingerhut an den Fingern der andern Hand. – »Numero vier war die Rebellion von Fünfzehn, von der ich eben nicht viel gesehen zu haben mich rühmen kann, da ich nur erst ein junger Knabe war, und zum fünften und letzten rechne ich das entsetzliche Gerücht, das durch alle Provinzen ging, daß sich die Schwarzen und Indianer in Masse aufgewiegelt und zusammengerottet hätten, um uns allen guten Christenseelen in einer Minute das Lebenslicht auszublasen.«

»Ei, seht doch, Nachbar!« versetzte der verwunderte Landmann; »ich habe Euch von jeher für einen eingezogenen, stillen und friedlichen Mann gehalten, und hätte es mir nie im Traume einfallen lassen, daß Ihr Euch in so vielen Kriegshändeln herumgetummelt.«

»Pardon, ich bin kein Prahler, sonst hätt' ich die Liste verlängern und noch andere, wichtige Händel reinbringen können. Da war z. B. nicht länger als Anno zweiunddreißig im Osten ein gefährlicher Krieg um den persischen Thron. Ihr habt ohne Zweifel von den Gesetzen und der Regierungsform der Perser und Meder gelesen. Nu gut, um den Besitz dieses Thrones, von dem jene unveräußerlichen Gesetze ausgingen, handelte es sich in einem furchtbaren

Kampfe, worin Blut floß wie Wasser. Doch, da es kein Christenblut war, so mag ich diesen Krieg nicht zu meinen eigenen Erfahrungen zählen. Nur hätte ich wohl mit gutem Fug und Recht den Porteoustumult[4] erwähnen können, weil er in einem Teile des Landes stattfand, das mein Vaterland ist.«

»Ihr müßt doch weit rumgekommen sein, guter Freund, und Euch überall genau umgesehen haben, da Ihr so manches erlebt und mitgemacht, und immer Eure heile Haut davongetragen habt.«

»Ja, ja, ich will's gestehen, Pardy, ich hab' ein gut Stück der Welt mit meinen beiden Fußellen gemessen. Zweimal bin ich zu Lande nach Boston gewesen, und einmal gar zu Wasser durch den Great-Sound von Long-Island bis York gefahren. Das letzte besonders war ein schweres, gefährliches Stück Arbeit, wenn man die Länge des Weges betrachtet, und vollends, wenn man bedenkt, daß man durch eine Stelle muß, deren Namen an den Eingang ins Tal Tophet erinnert.«

»Wie oft hab' ich nicht von Hell-Gate dem Höllentor gehört? Ja noch mehr, ich hab' einen Mann von hier persönlich gekannt, der zweimal durch das Loch gemußt – stellt Euch vor! Einmal, wie er nach York ging, und das andere Mal, als er zurückkam.«

»Nu, der wird's satt haben, des bin ich gewiß. Hat er Euch erzählt von dem großen Topf, der kocht und brodelt, als brennten alle tausend Beelzebubs Feuer unter ihm? Und von dem Schweinsrücken, über den das Wasser hinschießt, als stürzte es sich den großen Wasserfall[5] im Westen herab? Zu unserem großen Glück hatten wir erfahrene Seeleute und waren lauter beherzte Passagiere; so kamen wir denn diesmal mit einem blauen Auge davon, denn soviel kann ich Euch sagen – und ich kümmere mich nichts drum, wer's hört – es gehört eine tüchtige Portion Courage dazu, in so 'ne schreckliche Straße mit offenen Augen einzulaufen. Wir gebrauchten Vorsicht, warfen in einiger Entfernung bei ein paar Inseln diesseits der gefährlichen Stelle unsere Anker aus und schickten die Pinasse mit dem Kapitän und zwei stämmigen, mannhaften Matrosen zum Rekognoszieren aus, damit sie alles genau untersuchen und berich-

---

[4] In Schottland. Vergl. Walter Scott, Das Herz von Mid Lothian.

[5] Niagara.

ten möchten, ob der Schlund in friedlichem Stande sei oder nicht. Und da sich alles erwünscht befand, so ging's nu mutig weiter; wir Passagiere wurden ans Land gesetzt, das Schiff ging zu Wasser durch, und mit Gottes Hilfe lief beides glücklich ab.

Wir hatten aber alle Ursache, uns zu freuen, daß wir uns vor der Abfahrt den Gebeten unserer Gemeine empfohlen hatten: sie waren, wie Ihr seht, höheren Orts gnädiglich erhört worden.«

»Wie? Ihr umginget das Höllentor zu Fuß?« fragte der aufhorchende Landmann.

»Freilich! Es wäre ja ein sündlicher, lästerlicher Trotz, ein unheiliges Versuchen der Vorsehung gewesen, wenn wir anders gehandelt hätten. Was hatten wir für Pflicht und Beruf, uns der Gefahr auszusetzen, und das Opfer unsers Lebens zu bringen? Doch jene Gefahr ist nun, wie gesagt, glücklich vorüber, und so vertraue ich denn auch zu Gott, dieser blutige Krieg, an dem wir beide teilgenommen haben, werde ebenfalls glücklich vorübergehen, und hoffe, Seine geheiligte Majestät werden Zeit und Raum gewinnen, sein königliches Augenmerk auf die Seeräuber zu richten, die die Küsten beunruhigen und verheeren, und werde einigen seiner besten Seekapitäns Befehl geben, die Schurken mit eben dem Maße zu messen, womit sie sich erfrechen, andere zu messen. Was würde es in meinen alten Tagen eine Freude für mich sein, wenn ich den berüchtigten, schon so lange vergeblich gehetzten Red-Rover[6] in diesen Hafen einlaufen sähe, von einem königlichen Kreuzer ins Schlepptau genommen?«

»Ist denn der wirklich so ein abscheulicher Bube?«

»Er? O, sein Piratenschiff steckt voll lauter er's. Bis zum letzten Schiffsjungen sind sie, einer wie der andere, blutdürstige heillose Räuber und Mörder. Lieber Pardy, es ist herzbrechend und eine Not, bloß mitanzuhören, was diese Canaillen auf der hohen See Sr. Majestät für Unheil und Greuel anrichten.«

»Ich habe oft von diesem Red-Rover erzählen hören,« versetzte der Landmann, »doch nur im allgemeinen; von den näheren Umständen hab' ich bis jetzt noch nichts erfahren.«

---

[6] Red-Rover – der rote Freibeuter oder Seeräuber.

»Wie solltest du auch, junger Mann vom Lande? Woher kämen die Nachrichten von dem, was in offener See vorgeht, bis zu deinen Ohren. So was ist nur für unsereinen, der in einem so besuchten Hafen lebt... Aber mir ist bange, Pardon, du wirst spät nach Hause kommen« – setzte er hinzu, indem er zugleich auf gewisse Striche sah, die er auf das Fensterbrett gezogen, um mit deren Hilfe den Stand der Sonne bemerken zu können. – »Es geht stark auf fünfe, und Ihr habt doppelt so viel Meilen zu gehen,[7] ehe Ihr an die nächste Grenze von Eures Vaters Meierei gelangt.«

»Ei was! Der Weg ist eben, und die Leute ehrlich«, erwiderte der Pachtersohn, dem es einerlei war, ob er erst um Mitternacht ankomme, wenn er nur der Überbringer von Nachrichten aus der Stadt sein und vor allem von einem bedeutenden Seeraub erzählen konnte; denn er wußte wohl, daß ein ganzer Haufe auf ihn mit der Frage einstürmen würde: was bringst du Neues? – »Und ist er wirklich so furchtbar als man sagt? Sucht man ihn wirklich auf?«

»Ihn aufsuchen? Ihn? Wird Tophet von einem betenden Christen aufgesucht? Glaubt mir, auf dem mächtigen See-Element gibt es wenige, sollten sie auch so tapfere Kriegsmänner sein als Josua gewesen, der große jüdische Feldhauptmann, die nicht tausendmal lieber Land, als die Bramsegel dieses verwünschten Piraten sehen! Menschen fechten des Ruhmes wegen. Das könnt Ihr mir glauben, Pardon, mir, der ich so viele Kriege erlebt habe; aber niemand findet Vergnügen daran, es mit einem Feinde aufzunehmen, der beim ersten Schuß eine blutige Flagge aufzieht, und fertig und bereit ist, beide Teile in die Luft zu sprengen, wenn er findet, daß Satans Hand nicht mehr stark genug ist, ihm zu helfen.«

»Ist der Kerl so desperat,« sagte der junge Mann, indem er sich stolz in die Brust warf und seine mächtigen Glieder reckte, »so begreif' ich nicht, warum die Insel und die Pflanzer nicht ein Küstenfahrzeug ausrüsten, ihn aufzubringen, damit er mal lerne, wie ein ehrlicher Galgen aussieht? Laßt nur heute oder morgen in unserer Nachbarschaft die Trommel rühren und die Botschaft ausrufen, und ich will meinen Hals verwetten, daß sie wenigstens einen Freiwilligen mitnehmen wird.«

---

[7] Zwei deutsche, da hier immer von englischen die Rede ist.

»So sprecht Ihr, weil Ihr kein Pulver gerochen habt! Wozu würden aller Welt Dreschflegel und Heugabeln dienen, gegen Leute, die sich dem Teufel verschrieben haben? Wie oft ist der Räuber nicht von königlichen Kreuzern bei Nachtzeit oder bei Sonnenuntergang gesehen worden? Wie oft glaubten sie schon, ihn umzingelt und die Diebe im Netz zu haben? Wie oft hielten sie sie schon in Gedanken im Folterstock! – Wenn aber der Morgen graute, husch! war die Prise verschwunden, auf einem oder dem andern Wege.«

»Sind denn die Kerle solche Bluthunde, daß man sie die Roten nennt?«

»Den Namen haben sie von ihrem Anführer«, erwiderte mit wichtiger Miene der ehrwürdige Kleidermacher, dessen Kamm zu schwellen anfing, je weiter er in der Mitteilung seiner interessanten Legende vorrückte. »Es ist sein Name und auch seines Schiffes Name; wenigstens hat niemand, der mal einen Fuß darauf gesetzt hat, es wieder verlassen, um zu sagen, ob es einen bessern oder schlechtern führe; niemand, das will sagen, kein ehrlicher Seemann oder braver Passagier. Das Schiff hat übrigens, wie man sagt, die Größe einer Kriegsjacht, auch die Gestalt, auch die Ausrüstung; es ist wie durch Wunder mancher tapfern Fregatte entkommen, ja einmal, Pardon – so zischelt man sich ins Ohr, denn kein loyaler Untertan würde es wagen, den Skandal laut nachzusprechen – einmal lag es eine ganze Stunde unter den Batterien eines Linienschiffs von fünfzig Kanonen und schien dann vor aller Augen wie ein Klumpen Blei in den Grund zu sinken. Wer im Augenblick, wo alles voller Freude war, sich die Hand schüttelte, sich Glück wünschte, daß die Buben nun Wasser die Fülle zu trinken bekämen, lief ein Westindier in den Hafen ein, den der Seeräuber am Morgen n a c h der Nacht, wo jedermann glaubte, daß er mit der ganzen Equipage in die Ewigkeit übergegangen sei – rein ausgeplündert hatte. Und was das Tollste dabei war, Freund, ist, daß, während das durchschossene Kriegsschiff kielholen mußte, um sich auszubessern und die Lecke zu stopfen, das Raubschiff die Küste auf und nieder spazierte, so heil und ganz wie es war, als es die Werkleute vom Stapel lausen ließen.«

»Nu, das ist unerhört!« rief der Landmann, auf den die Geschichte anfing, einen tiefen Eindruck zu machen. »Wie sieht denn das

Schiff sonst wohl aus? Hat's 'ne gefällige Gestalt? Ein angenehmes Äußere? Oder ist es überhaupt ausgemacht, ob es ein – lebendes wirkliches Schiff sei?«

»Man ist verschiedener Meinung. Einige sagen ja; einige sagen nein. Aber ich bin mit jemandem bekannt, der eine Woche mit einem Matrosen gearbeitet hat, der mal bei einem Kühlwind nicht weiter als hundert Schritt weggesegelt ist. Sein und der Equipage Glück war's, daß des Herrn Hand so mächtig auf dem Meere war, und daß der Rover alle Hände voll mit sich und seinem Schiff zu tun hatte, um nicht zu sinken. Der Bekannte meines Freundes konnte den günstigen Moment benutzen, Schiff und Kapitän in vollen Augenschein zu nehmen, ohne was dabei zu wagen. Er hat ausgesagt, der Pirat sei ein Mann, noch halbmal so dick, als der lange Prediger jenseits des Wassers; sein Haar habe die Farbe der Sonne im Nebel, und Augen habe er, in die kein Mensch ein zweites Mal gucken möchte. Er hat ihn so klar und deutlich gesehen, wie ich Euch in diesem Augenblick; denn der Schurke hing in der Takelage seines Schiffs und winkte mit einer Hand, so groß wie eine Rocktaschpatte, dem ehrlichen Kauffahrer zu, auszuweichen, damit beide Schiffe nicht aneinanderstoßen und sich übersegeln möchten.«

»Das nenn' ich mir einen verwegenen Segler, diesen Kauffahrer! Dem unbarmherzigen Schurken so nahe auf den Leib zu kommen.«

»Bedenkt doch nur, Pardon, es war wider seinen Willen; und die Nacht war so finster, daß man ...«

»So finster, sagt Ihr?« unterbrach jener, der trotz seinem Hange zur Leichtgläubigkeit von der Neigung des Neu-Engländers, verfängliche Fragen zu stellen, nicht frei war. »Wie konnte er denn alles so deutlich sehen und es nachher beschreiben?«

»Das weiß kein Mensch,« sagte der Schneider, »'s schadet aber nicht; genug, er sah es, und sah es gerade so, wie er es beschrieb, alles haarklein, wie ich es Euch wiedererzählt habe. Noch mehr; er merkte sich das Schiff genau, damit er es wiedererkenne, wenn es ihm ein Ungefähr oder die göttliche Vorsehung wieder mal in den Weg führen sollte. Es war ein langes, schwarzes Schiff, ging flach im Wasser wie die Schnecke im Grase, hatte ein verzweifelt boshaftes Ansehen und eine ganz verrückte Bauart. Dann versichert auch noch die ganze Welt, es scheine die Wolken zu übersegeln und sich wenig um den Wind zu kümmern, so daß man hinsichtlich seiner Geschwindigkeit um kein Jota besser daran ist, als mit seiner Ehrlichkeit ... Wenn ich es recht bedenke, alles zusammennehme, so hat das Schiff etwas von dem Fahrzeug dort, von dem Guineafahrer, der, weiß der Himmel warum? seit voriger Woche im äußern Hafen liegt.«

Das alte Weib von Schneider hatte beim Erzählen köstliche Augenblicke verloren; diese suchte er nun durch fleißigeres Nähen wieder einzuholen, und begleitete jeden Stich und jede Bewegung der Nadel mit korrespondierendem Rucken mit dem Kopfe und den Schultern. Währenddessen drehte sich der Bauer, der seinen dicken Kopf mit einer Last von wunderbaren Nachrichten dergestalt angefüllt hatte, daß er sie kaum nach Hause zu tragen vermochte, nach der Gegend, wohin jener mit dem Finger wies, um sich nun noch das einzige, was ihm fehle, das Bild des Schiffs, zu verschaffen, das er, als Kupferstich zu der Schneiderrelation, seinem Gedächtnisse einprägen wollte. Hierdurch, und durch die gleichzeitige Beschäftigung beider Parteien, entstand eine Pause. Der Schneider brach sie zuerst dadurch, daß er den Faden abknipste, denn das Kleidungsstück war soeben fertig geworden. Jetzt warf er alles von sich, Rock, Nadel, Fingerhut, schob seine Brille an die Stirn hinauf, stützte seine Arme auf die Knie, so daß er einer Pagode glich und seine Glieder untereinander ein wahres Labyrinth bildeten, und rückte den Vorderleib soweit zum Fenster hinaus, daß er ebenfalls das Schiff, worauf er seinen Kompagnon aufmerksam gemacht hatte, in vollen Augenschein nehmen konnte.

»Wißt Ihr wohl, Pardon,« sagte er zu gleicher Zeit, »daß sich über dieses Schiff da bei mir seltsame Gedanken und furchtbare Ahnungen entsponnen haben? Die Leute nennen es ein Sklavenschiff und sagen, es nehme Holz und Wasser ein; und da liegt es schon ganzer acht Tage, und in all dieser Zeit ist kein Stück Holz, dicker als ein Ruder, an Bord gebracht worden, und ich wollte wohl wetten, daß es zehn Tropfen Jamaikarum für einen Tropfen Quellwasser eingenommen hat. Und dann, seht nur nach, wo es vor Anker liegt; seht, wie es nur von einer einzigen Kanone der Batterie bestrichen werden kann. Wär' es ein gewöhnliches Handelsschiff, das Schutz sucht, es würde sich natürlich eine Stelle gewählt haben, wo ein

Pirat, der sich in den Hafen hineinwagen und sich daranmachen möchte, es unter dem vollen Feuer der Batterie finden würde.«

»Lieber, guter Alter,« bemerkte der junge Landmann, »Ihr habt ein bewundernswürdiges Auge. Ich für mein Teil hätte mir dergleichen nicht ausgedacht, wenn auch das Schiff dicht vor der Batterieinsel läge.«

»So ist's, Pardon. Gewohnheit und lange Erfahrung machen uns zu Menschen. Ich verstehe mich etwas auf Batterien, da ich so manchen Krieg gesehen und sogar einen Feldzug von acht Tagen im Fort selbst mitgemacht habe, als es hieß, die Franzosen wollten von Louisburg aus Kreuzer längs den Küsten senden. Da kam es denn, daß ich gerade vor jener Kanone Schildwache stand, und so hab' ich nicht ein- sondern wohl zwanzigmal ihren Lauf entlangvisiert, um den Fleck aufzufinden, den die Kugel treffen würde, wenn der Fall eintreten sollte, was Gott verhüte! daß die Kanone wirklich geladen und abgeschossen werden müßte.«

»Aber wer sind jene Leute dort?« fragte Pardon mit jener Art träger Neugierde, die durch die erzählten Wunder ein wenig aus ihrem Schlummer gebracht war. »Sind es Matrosen vom Sklavenschiff oder sind es Newporter, die nichts zu tun haben, als die Straßen auf und ab zu gehen?«

»Jene dort?« rief der Schneider aus: »Gewiß und wahrhaftig, das sind Fremde, und es tut in diesen unruhigen Zeiten not, ein wachsames Auge auf sie zu haben. Hier, Nab,[8] nimm mir das Stück ab; bügle die Nähte, hörst du, faules Stück Fleisch! Nachbar Hopkins ist eilig, seine Zeit ist edel, er ist nicht wie du, deren Zunge geläufig ist wie die eines Advokaten in der Gerichtsstube. Nur die Ellbogen und die Armknochen nicht gespart, Dirne; du hast da ein seines Musselin aus Indien unter dem Bügeleisen, das ist ein Zeug, womit man Wände ausfüttern könnte. Ja, ja, Pardy, Eurer Mutter Gewebe bricht Nadel und Zwirn, und macht dem Näther doppelte Arbeit.«

Mit diesen Worten übergab er das soweit vollendete Stück einem linkischen schmollenden Mädchen, das mit einer Nachbarsklatsche in lebhaftem Gespräch begriffen war und das angenehme Geschäft mit einem verdrießlichen vertauschen mußte. Er selbst schob seine

---

[8] Abigail.

kleine, hinkende Person – denn er hatte das Unglück gehabt, mit einem kürzeren Fuß auf die Welt zu kommen – vom Fenster weg, zur Tür hinaus, in die freie Luft.

Zweites Kapitel.

Der Fremden waren drei; denn »Fremde sind's!« wisperte der gute Homespun seinem Begleiter ins Ohr, und Homespun war ein Mann, der nicht nur die Namen kannte, sondern meistenteils die geheime Geschichte aller Männer und Frauen, zehn Meilen ab von seiner Residenz. »Fremde sind's, und überdies«, setzte er hinzu, »Fremde von geheimnisvoller, drohender Art.«

Der eine von ihnen und bei weitem der, dessen Äußeres am meisten hervorstach, war ein junger Mann, dem man ungefähr sechs- bis siebenundzwanzig Jahre geben konnte. Daß dieser Teil seines Lebens nicht bei Tage in beständigem Sonnenschein, bei Nacht nicht in ungestörter Ruhe verflossen, verrieten die Lagen von brauner Farbe, die sich über seine Züge schichtweise und in einer so deutlichen Folge von Nuancen verbreitet hatten, daß seine ehemals weiße Haut allmählich in dunkle Olivenfarbe übergegangen war, durch die das Blut in Fülle der Gesundheit noch immer hervorschimmerte. Seine Züge waren eher männlich und edel, als sich durch genaues Ebenmaß auszeichnend, seine Nase mehr stolz und kühn hervorragend als regelmäßig gebaut, seine Augenbrauen, buschig, bogenmäßig gekrümmt, gaben seiner Stirn und dem obern Teile des Gesichts einen entschiedenen Ausdruck geistigen Vermögens, der den amerikanischen Physiognomien so eigentümlich geworden ist. Der Mund zeigte Festigkeit und Mannheit, und da ihn der Fremde zufällig, als sich der neugierige Schneider an ihn heranschlich, zu einem bedeutenden Lächeln verzog und ein paar Worte in sich murmelte, zeigten sich zwei Reihen schöner Zähne, deren Weiße durch die braune Umgebung noch gehoben wurde. Das pechschwarze Haar floß in wilden, starken Locken auf die Schultern herab; die Augen waren nicht größer als gewöhnlich, grau, und obschon von verschiedenem Ausdruck und wandelbar, doch eher zur Milde als zur Strenge geneigt. Die ganze Gestalt des jungen Mannes hielt das Mittel, das Tätigkeit mit Kraft verbindet, das glückliche Mittel zwischen richtigem Ebenmaß und leichter Gefälligkeit. Gegen diese körperlichen Eigenschaften und Vorzüge stand die Kleidung des Fremden einigermaßen im Nachteil; sie war reinlich und geschmackvoll, und wiewohl ganz die schlichte, einfache eines gemeinen Seemanns, doch von der Art, daß sie den bedächtigen Arbeiter in Steifleinen stutzig machte, und er zweifelte, ob er den Mann wohl anreden dürfe, dessen Auge wie bezaubert auf das Sklavenschiff im äußern Hafen geheftet schien. Ein Zucken der Oberlippe und ein zweites seltsames Lächeln und Gemurmel, in das sich ein ernsteres Gefühl zu mischen schien, übte einen entschiedenen Einfluß auf den unschlüssigen Geist unseres Schneiderleins. Er wagte es nicht, den in sich vertieften Fremdling zu stören, der sich an das Pfahlwerk, wo er stand, anlehnte und nicht die leiseste Ahnung hatte, daß jemand in der Nähe war und ihn beobachtete. Dieser Jemand wendete sich schnell von ihm zu den beiden anderen.

Von diesen beiden war der eine ein Weißer, der andere ein Neger. Beide waren über das Mittelalter hinaus; beiden sah man es an, daß sie des Lebens Last und Hitze getragen, der Strenge des Klimas und den Stürmen der See ausgesetzt gewesen. Ihre Tracht war die einfache, verschossene, abgenutzte, beteerte Tracht der gemeinen Matrosen; sie verrieten beim ersten Blick ihren Stand und Verkehr. Der erste war eine kurze, dicke, stämmige Gestalt, teils von der Natur, teils durch lange Anstrengung vorzüglich mit breiten, muskeligen Schultern und starken, sehnigen Armen begabt, als wären gleichsam die unteren Teile nur dazu bestimmt, den oberen zur Unterlage und zur Erleichterung ihrer Bewegungen und Kraftäußerungen zu dienen. Der Kopf stand im Verhältnis zu den oberen Gliedern, die Stirn rund, fast ganz mit Haaren bedeckt, die Augen klein, starr, bisweilen wild, bisweilen stumpf, die Nase aufgestülpt, dick, gemeiner Art, der Mund breit und gefräßig, die Zähne kurz, rein, vollkommen gesund, das Kinn breit, männlich, voll Ausdruck. Dieser so sonderbar gestaltete Mensch hatte seinen Sitz auf einem leeren Fasse genommen; mit übereinandergeschlagenen Armen saß er da, ebenfalls das Sklavenschiff betrachtend und ab und zu seinem Gefährten, dem Schwarzen, Bemerkungen mitteilend, die ihm seine Beobachtungen und seine nicht geringe Erfahrung eingaben.

Der Neger nahm einen niedrigeren Posten ein, der sich besser für seine untergeordneten Verhältnisse und Neigungen schickte. An Gestalt und besonderer Einteilung der körperlichen Kraft glichen sich beide, nur daß der Schwarze einen höhern Wuchs und mehr Ebenmaß in den Gliedern besaß. Die Natur hatte zwar seinen Zügen die charakteristischen Merkmale seiner Abstammung eingeprägt, aber nicht in jenem abstoßenden Maße, womit sie manchen aus seinem Volke auf die widrigste Art bezeichnet hat. Sein Gesicht war mehr ausgearbeitet als gewöhnlich; sein Auge mild, der Freude leicht empfänglich, und wie das seines Gefährten bisweilen humoristisch. Sein Haupthaar fing an zu grauen, seine Haut hatte die glänzende Pechfarbe verloren, die sie in seiner Jugend auszeichnete; alle seine Glieder und Bewegungen bekundeten den Mann, dessen Körper durch unaufhörliches Arbeiten hart und steif geworden war. Er saß auf einem niedrigen Steine und schien seine ganze Aufmerksamkeit auf kleine runde Kiesel zu richten, die er in die Luft warf und mit großer Geschicklichkeit wieder mit derselben Hand auffing; ein Zeitvertreib, der zugleich die natürliche Richtung seines Gemüts, sich an Kleinigkeiten zu vergnügen, und die Abwesenheit höherer Gefühle verriet, die die Folge einer gebildeteren Erziehung sind, obschon er auch geeignet war, die physischen Kräfte des Negers anschaulich zu machen. Um sein triviales Spiel desto ungehinderter und mit mehr Bequemlichkeit treiben zu können, hatte er den Ärmel seiner groben Jacke bis zum Ellbogen aufgestreift und zeigte einen entblößten Arm, der als Modell zu einem Herkulesarm hätte dienen können.

Beide hier beschriebene Personen hatten gewiß nichts so Imponierendes an sich, daß sie ein von Neugier so geplagtes Wesen, wie unser ehrlicher Schneider war, hätten abhalten können, näher an sie zu rücken. Gleichwohl hütete er sich, seinem Gelüste sogleich Luft zu machen und geradezu auf sie loszusteuern; im Gegenteil wollte er die Sache so einleiten, daß sein Begleiter, der Landmann, einen hohen Begriff von seiner Kunst bekäme, in ein Geheimnis einzudringen. Er fing damit an, ihm ein geheimes Zeichen von Behutsamkeit und Einverständnis zu geben; dann näherte er sich dem Fremdenpaar von hinten mit leisem Tritt und auf den Zehen, damit er Gelegenheit hätte, Heimliches aufzufangen, was diesem und jenem der unachtsamen Seeleute in ihrer Unterredung entschlüpfen könnte. Sein Aufpassen führte ihn jedoch zu keinem wichtigen Resultat; nur diente es dazu, ihn in dem Verdacht zu bestärken, den er schon gegen diese Leute geschöpft hatte, denn in jedem Laut, der über ihre Lippen kam, glaubte er neue offenbare Beweise zu hören, daß sie nichts Geringeres als Landesverräter sein müßten. Die Worte, die sie sprachen, waren freilich nicht so beschaffen, daß sie den Argwohn des guten Mannes hätten vermehren können; und obschon es in seinen Augen ausgemacht war, daß sie Verrat und Hochverrat enthielten, so konnte er doch nicht umhin, sich selbst zu gestehen, daß ihre Reden so künstlich gesetzt seien, daß sich durchaus, selbst von einem scharfsinnigen Späher wie er, nichts zu ihren Ungunsten herausbringen ließe.

»Sieh mal die schöne Binnenbucht an, Guinea,« bemerkte der Weiße, seinen Tabak im Munde rollend und zum erstenmal die Augen vom Schiffe abwendend; »ist sie nicht ein Plätzchen, in dem man gerne sein Schiff untergebracht sehen möchte, wenn man ohne Krücken[9] vor einem Legerwall liegt? Ich bin doch auch ein Stück von einem Seemann, kann aber die Philosophie jenes Burschen nicht klein kriegen, der sein Schiff draußen liegen hat, wenn er's in einer halben Stunde hier im Mühlenteich einbringen könnte. Wozu läßt er seine Böte so unnütz arbeiten? Meinst du nicht auch so, schwarzer Sip? Heißt das nicht aus schönem Wetter schlechtes machen?«

Der Neger hatte nämlich in der Taufe den Namen Scipio Africanus – abgekürzt Sip – erhalten; eine Art von Witz, der zur Zeit, als Amerika noch in Provinzen zerfiel, weit mehr Mode war, als seitdem es in Staaten geteilt ist, und die niedrigen Dienerklassen mit Namen, wenigstens mit Beinamen belegte, die mit den Philosophen, Helden, Dichtern und Kaisern des alten Roms seltsam kontrastierten. Ihm, dem afrikanischen Scipio aus Guinea, war es im Grunde einerlei, ob das Schiff in offener See oder im Hafen lag, so daß er, ohne sein Kinderspiel zu unterbrechen, mit großer Gleichgültigkeit zur Antwort gab:

»Er mag denken, das Binnenwasser ist 'nem Mars[10] verschlossen.«

»Ich sage dir, Guinea,« erwiderte jener in hartem, nachdrücklichem Tone, »der Kerl draußen ist ein Strohmann. Würde sich ein Mensch, der nur ein Lot Grütze im Kopfe hätte und mit einem Schiff umzugehen wüßte, auf der Reede abäschern, wenn er sein Gefäß, Steuer und Spiegel, in das schöne Becken bringen könnte?«

---

[9] Ohne Anker.
[10] Mastkorb.

»Reede? Reede?« – wiederholte der Schwarze mit dem Triumph der Unwissenheit, der es einmal gelingt, den Widerpart auf einem kleinen Irrtum zu ertappen. – »Reede? Was versteht Ihr unter Reede?« Der andere hatte nämlich den Außenhafen von Newport mit dem stürmischen Ankerplatze der Reede verwechselt; dieses griff unser Scipio mit jener Gier auf, womit Leute seiner Art auf Nebendinge achten, wenn sie die Hauptsache nicht anfechten können. »Ich hab' nie, solange ich lebe, einen Ankergrund mit Land herum R e e d e nennen hören.«

»Hört, Meister Goldküste,« murmelte der Weiße, mit drohender Kopfbewegung seinem Gegner zunickend, ohne ihn mit einem Blicke zu beehren, »wenn Ihr Lust habt, im nächsten Monat Eure Haut ganz zu behalten, so rate ich Euch wohlmeinend, die Schlacken Eures Witzes bei Euch zu tragen, und darauf bedacht zu sein, wie und wann Ihr sie von Euch gebt. Antworte mir, Sip, und das gleich! Ist ein Hafen ein Hafen? Und ist die offene See die offene See?«

Die beiden Fragen waren von der Art, daß Scipio mit allem seinem Naturwitze nichts dagegen aufbringen konnte. Er nahm also die klügste Partei; er berührte keine von beiden, und begnügte sich, schweigend und mit großer Selbstgefälligkeit den Kopf zu schütteln, wobei er innerlich über den Triumph, den er davongetragen zu haben glaubte, so herzlich lachte, als ob er keine Sorge kennte und nicht lange Jahre der geduldige Gegenstand von Mißhandlung und Demütigung gewesen wäre.

»Ei, sieh doch«, brummte der Weiße, der inzwischen seine vorige Stellung eingenommen und die Arme wieder übereinandergeschlagen, die sich, als wollten sie die ausgestoßene Drohung unterstützen, schon etwas geöffnet hatten. »Jetzt, da du statt zu antworten, den Wind aus deiner Kehle pfeifen läßt, wie ein Volk Uferkrähen, jetzt denkst du wohl, groß recht zu behalten! Der Herr und Erschaffer der Welt hat den Neger zum unvernünftigen Tiere gemacht; und ein erfahrener Seemann wie ich, der beide Kaps umsegelt und sich alles Gelände zwischen Fundy und Horn hat vorüber gehen lassen, kann sich die Mühe und den Atem ersparen, einen deines Gelichters in die Schule zu nehmen. So viel sage ich dir, Scipio, weil doch einmal Scipio der Name ist, den du in unsern Schiffsbüchern führst, obschon ich einen Monatssold gegen einen hölzernen Bootshaken verwette, daß dein Vater zu Hause Quashee und deine Mutter Quasheiba heißt – so viel sag' ich dir, Herr Scipio Africa mit der afrikanischen Farbe, daß jener Schuft in dem Außenraume des hiesigen Newportschen S e e h a f e n s sich aus keinen A n k e r p l a t z versteht, sonst hätte er seinen Kat-Anker hoffentlich hier rum in einer Linie mit der Südspitze des kleinen Eilandes fallen lassen, das Schiff nachgeholt und es mit guten Hanftauen und eisernen Schlammhaken befestigt. Nu aber,« fuhr er in einem Tone fort, der klar bewies, daß dieser Vorfall nur eines von den vielen kleinen Scharmützeln gewesen war, die sie miteinander ausgesuchten hatten und auf die stets eine freundliche Windstille gefolgt war – »nu aber, Sip, strenge deinen Vernunftkasten an, und achte auf das, was ich dir sagen will. Der Mensch da hat jenen Ankerplatz gewählt, entweder mit oder ohne Grund. Ich hoffe, eins von beiden wirst du mir zugeben. Ohne Grund? so ist's auf Geratewohl geschehen, und ich hab' nichts weiter zu sagen; mit Grund? so hätt' er auf jeden Fall besser getan, wenn er, wie ich dir gesagt habe, hier rum und keinen Faden näher oder weiter geankert hätte, aber nicht da, wo das Schiff jetzt liegt; das war nicht schwerer, als eine Handvoll Federn in des Kapitäns Kopfkissen stecken. Hast du nu was Kluges einzuwenden und dem Manne einen andern Grund unterzulegen, so bin ich bereit, dir als ein vernünftiger Mensch zuzuhören, und als einer, der, wie er sich zum Philosophen gebildet, die gewöhnlichen Sitten der Gesellschaft nicht abgelegt hat.«

»Angenommen, daß sich ein frischer Wind hier aus Nordwest erhebt,« hob der Schwarze an und streckte zugleich den Arm nach der Gegend des Kompaßstriches aus, die er andeuten wollte, »und ein Schiff will in der Eile in See gehen, muß es sich nicht weit genug halten, um durch das Wetter zu kommen? Ha, knackt mir mal diese Nuß auf, Misser Dick! Ihr seid ein grundgelehrter Seemann, aber Ihr habt ebensowenig ein Schiff dem Winde in die Zähne segeln gesehen, als einen Affen sprechen gehört.«

»Der Schwarze hat recht!« rief der dritte Seemann aus, der dem Streite zugehört hatte, so sehr man hätte glauben sollen, er sei mit etwas ganz anderem beschäftigt gewesen. »Der Sklavenhändler hat sein Schiff in dem äußern Hafen gelassen, weil er weiß, daß sich in dieser Jahreszeit der Wind meistenteils westwärts hält; und dann seht Ihr überdies, daß er seine leichten Spieren oben nach dem Topp rauf hält; und doch gibt die Art und Weise, wie seine Segel beschlagen sind, deutlich zu erkennen, er liege fest. Könnt Ihr nicht rausbringen, gute Freunde, ob er ein zweites Anker unter sich hat, oder bloß an einem liegt?«

»Der Mann muß ein Narr sein,« erwiderte der Weiße, ohne zu bedenken, daß es bei Seeleuten auch andere Gründe geben kann, als die bloßen Regeln der Schiffahrt, »ein Narr, daß er sich und sein Schiff ohne einen Wurfanker, ja selbst ohne einen Kedsche anzulegen, einer solchen Strömung von Ebbe und Flut überläßt. Daß er sich überhaupt wenig aufs Ankern versteht, will ich ihm allenfalls schriftlich geben; aber man muß den Verstand verloren haben, wenn alles so hoch hinaufgerollt und beschlagen ist, das Schiff, Steuerbord und Backbord, einem einzigen Tau zu vertrauen, wie jenes stößige Pferd, das wir auf unserem Landwege von Boston mit einem langen Halfter an einen Baum gebunden antrafen.«

»Sieh' da,« fiel der Neger ein, sein glänzend Auge immer auf das Schiff gerichtet und sein Steinchenspiel immer fortsetzend, »sieh' da! Sie haben den Wurfanker runtergelassen und alle übrigen Anker gestaut. Ich denke, man klemmt das Ruder ganz an Backbord, Misser Harry, und nimmt die Strömung unter seinen Bug. Glaubt Ihr nicht, er könne dann Trab und Galopp davongehen? Ei, ich möchte den Misser Dick ein Pferd reiten sehen, das an einen Baum gebunden wäre!«

Der Einfall machte den Neger selbst lachen und den Kopf schütteln, als sähe er im Geiste dem Ritt zu, den ihm seine Phantasie zeigte. Er lachte herzlich, während sein weißer Gefährte wieder schwer und heftig gegen ihn loszog. Auf diesen halb witzigen, halb groben Streit schien der dritte Mann nicht zu achten; dagegen waren seine Blicke auf das Schiff gefesselt, das für ihn ein Gegenstand des größten Interesses zu sein schien. Auch er schüttelte das Haupt, nur ernster als der Schwarze; und als ob sich in diesem Augenblick seine Zweifel lösten, oder als hätte er nur das Ende des Ausbruchs der Negerfreude abwarten wollen, rief er aus:

»Recht, Scipio, du hast recht, Junge. Das Schiff reitet ganz auf seinem Wurfanker; alles ist in Bereitschaft zum baldigen Aufbruch. In zehn Minuten würde es sich außer dem Feuer der Batterie bringen, wofern es nur über eine Mütze voll Wind schalten könnte.«

»Sir, Sie scheinen ein guter Richter in dergleichen Dingen zu sein«, ließ sich eine unbekannte Stimme hinter ihnen vernehmen.

Der junge Mann drehte sich schnell auf dem Absatze um, und erst jetzt merkte er, daß sie drei nicht mehr allein waren. Doch war er nicht der einzige, den die Erscheinung stutzig machte; denn dieser unvermutete Zuwachs der Gesellschaft nahm den geschwätzigen Schneider ebensosehr wunder, wo nicht noch mehr, als irgendeinen von der Gruppe, die er so angelegentlich behorcht und beobachtet hatte, daß ihm für das Bemerken eines neuen Ankömmlings kein Raum übrig geblieben war.

Dieser Ankömmling war ein Mann zwischen dreißig und vierzig; Miene und Gestalt waren nicht wenig dazu geeignet, die schon so angeregte Neugier des guten, ehrlichen Homespun noch mehr anzufachen. Winzig von Person, sah man ihm Leichtigkeit und selbst ein Maß von Kraft an, das mit seiner Figur von nicht ganz mittlerer Größe in auffallendem Gegensatz stand. Seine Haut wäre weiß wie ein Frauenteint gewesen, hätte nicht ein Dunkelrot, das die unteren Gesichtszüge überzogen und besonders an seiner schönen Habichtsnase sichtbar war, allen Verdacht von Weiblichkeit beseitigt. Sein Haar war wie seine Farbe, schön und rollte längs den Schläfen in vollen blonden Ringeln herab. Mund und Kinn waren fein gebildet; nur daß sich am ersten ein Zug von Spottliebe zeigte, und an beiden ein entschiedener Charakter von Lüsternheit und Wollust. Das Auge blau und voll, und obschon meistenteils ruhig und sogar sanft, doch zuweilen unstet und wild. Er trug einen hohen konischen Hut halb auf einem Ohre, der seinen Zügen einen leichten Anstrich von Ausschweifung gab, einen hellgrünen Reitfrack, rehlederne Beinkleider, Stulpenstiefeln und Sporen. In der Hand hielt er eine dünne Reitgerte, mit der er, als er zuerst entdeckt wurde, mit einem Schein von großer Gleichgültigkeit über die Entdeckung durch die Luft hieb.

»Sie scheinen, Sir, wie ich sagte, ein guter Richter in dergleichen Dingen zu sein,« wiederholte er, als er die erste Beschauung und Augenuntersuchung des jungen Mannes überstanden hatte und etwas ungeduldig zu werden anfing; »Sie sprechen darüber wie ein Mann, der es fühlt, daß er ein Recht hat, seine Meinung zu sagen.«

»Wie? Finden Sie darin was Merkwürdiges, daß unsereiner in dem Beruf, in dem er erzogen worden ist, und in dem Geschäft, das er lebenslang betrieben hat, nicht unwissend sei?«

»Hm! das eben nicht. Nur etwas merkwürdig find' ich es allerdings, daß jemand, dessen Geschäft ein bloßes Handwerk ist, diesem Treiben das ehrenvolle Beiwort G e w e r b e beilegt. Wir ausgelernte Mitglieder der Rechtsgenossenschaft, und ehemalige Zöglinge der Alma mater-Universität, bedienen uns keines höhern Ausdrucks.«

»Nu, so nennen Sie es meinethalben Handwerk; denn ein Seemann möchte nicht gern mir Herren von Ihrer Kunst und Ihrem G e w e r b e etwas gemein haben«, erwiderte der junge Schiffer, sich zugleich von dem Ankömmling wegwendend und sein Mißbehagen über ihn nicht verbergend.

»In dem steckt edles Metall!« murmelte der Grünrock: und was er halblaut dachte, gab er durch Ausdruck und Lächeln zu erkennen. Dann setzte er hinzu: »Freund, lassen Sie ein leichtes, unbedachtes Wort uns nicht trennen. Ich gestehe meine Unwissenheit in allem ein, was das Seeformular betrifft, und würde mir Vergnügen von einem in seinem G e w e r b e so geschickten Manne wie Sie lernen. Wie mich dünkt, ließen Sie über die Art der Beankerung jenes Schiffes etwas fallen, und über die verschiedene Lage der unteren und oberen Teile.«

»Der unteren und oberen?« rief der junge Mann aus, jenen, der die Frage getan, mit einem Blicke von oben bis unten messend, der der vorigen Miene nichts nachgab.

»Der unteren und oberen«, wiederholte der andere.

»Ich sprach nur von der netten Einrichtung oben, kann aber in solcher Ferne nicht über die unteren Teile urteilen.«

»Dann hab' ich mich geirrt und bitte um Verzeihung, bitte Nachsicht mit jemandem zu haben, der in Sachen, die das Marinegeschäft betreffen, ein Neuling ist. Wie ich schon die Ehre gehabt habe zu sagen, ich bin nichts mehr und nichts weniger als ein demütiger Anwalt, im Dienste Seiner Majestät in einer besonderen Sendung begriffen. Wäre es nicht ein gar so erbärmliches Wortspiel, so würde ich hinzusetzen: Ich bin für jetzt – kein R i c h t e r .«

»Es ist kein Zweifel,« erwiderte der Schiffer, »daß Sie nicht bald zu dieser Würde und Auszeichnung gelangen werden, wofern nur die Minister Seiner Majestät sich einen Begriff von ›bescheidenem Verdienst‹ machen können; es wäre denn, daß Sie frühzeitig...«

Hier hielt er inne, biß in die Lippe, machte eine stolze Verneigung mit dem Kopfe und ging nun langsam und in Begleitung der beiden Schiffer, die mit ihm das Fahrzeug ins Auge gefaßt hatten und ein ebenso entschiedenes Wesen annahmen, auf der Kaje spazieren. Der Mann in Grün beobachtete die Bewegung der drei mit ruhigem und dem Anschein nach sich an dem Anblick werdenden Auge, schlug mit der Gerte gegen den Stiefel und schien dann nachdenkend zu werden, wie einer, der gern den Faden eines Gesprächs wieder anknüpfen möchte.

»Frühzeitig – g e h e n k t würden«, murmelte er zuletzt, als wollte er den Satz, den jener unvollendet gelassen, ergänzen. »Drollig genug, daß so ein Mensch sich herausnimmt, mir eine so hohe Beförderung vorauszusagen!«

Er schickte sich augenscheinlich an, dem abgehenden Kleeblatte zu folgen, als er eine Hand fühlte, die sich ohne Umstände aus seinen Arm legte. Nun blieb er stehen.

»Ein Wort ins Ohr, Sir,« sagte der geschäftige Schneider und gab dabei mit einem bedeutenden Zeichen zu erkennen, er habe Sachen von Wichtigkeit mitzuteilen: »Nur ein einziges Wort, Sir, da Sie sich in Seiner Majestät besondern Diensten befinden. Nachbar Pardon,« setzte er mit vornehmer Gönnermiene hinzu, »die Sonne ist im Sinken; Ihr habt noch weil bis nach Hause und keine Zeit zu verlieren. Mein Mädchen wird Euch das Kleid geben. Gott behüte Euch. Sagt von allem, was Ihr gesehen und gehört habt, nichts, bis ich Euch noch vorher gesprochen habe. Zwei Männern, die in einem Kriege, wie der gegenwärtige, so manche Erfahrung gemacht haben, darf es nicht an der gehörigen Behutsamkeit fehlen. Lebt Wohl, guter Freund! Empfehlt mich dem werten Pachter, Euerm Vater! Bringt meinen freundschaftlichen Gruß Eurer Mutter, der guten Wirtin. Noch mal, lebt wohl, ehrlicher Junge, lebt wohl!«

Als sich aus diese Weise Homespun seines gaffenden und staunenden Begleiters entledigt hatte, sah er ihm noch mit wichtigerem Blicke nach, bis jener die Kaje hinunter war, und nun erst wandte er sich wieder zum Grünrock. Dieser war mittlerweile ruhig stehen geblieben, ohne die geringste Gemütsbewegung zu äußern; er wartete daraus, daß der Schneider, den er Zeit genug gehabt hatte zu betrachten, und den er, wie man zu sagen pflegt, schon ziemlich auf den ersten Blick weg hatte, seinen Vortrag fortsetzen möchte.

Dies geschah mit großer Behutsamkeit von seiten des Fragenden, der sicher gehen wollte, ehe er sich dem Fremden anvertraute: »Sie sagen also, Sir, daß Sie in Diensten Seiner Majestät stehen?«

»Ich sage noch mehr: Ich bin sein Vertrauter.«

»Zuviel Ehre für mich, mit einem Manne, der so hoch steht, mich in ein Gespräch einzulassen. Ich fühle die Gnade in allen Gliedern,« versetzte der Lahme, indem er mit der Hand über die spärlichen Haare fuhr und sich tief zur Erde neigte, »ein großes Glück... eine so gnädige Erlaubnis ... es ist die höchste Auszeichnung ...«

»Sei es, was es will, Freund, genug, ich nehme es auf mich, Euch im Namen Seiner Majestät willkommen zu heißen.«

»Eine so große Herablassung würde mir das ganze Herz aufschließen, und sollte auch Verrat und sonstiger Unrat darin verborgen sein. Ich fühle mich so glücklich, so geehrt, mein geehrtester Herr, eine Gelegenheit ... diese Gelegenheit zu finden, meinen brennenden Eifer für den König einem Manne vorzulegen, der nicht ermangeln wird, meine devotesten Bemühungen Seiner Majestät zu Ohren zu bringen.«

»Sprecht frei,« unterbrach ihn der grüne Fremdling mit einer Miene fürstlicher Herablassung, worin jeder andere, den nicht seine eigene, knospentreibende Ehre beschäftigt hätte, entdeckt haben würde, daß er lästig zu werden beginne, »sprecht ohne Rückhalt, Freund, wie wir es bei Hofe gewohnt sind.« Hierauf mit der Gerte gegen den Stiefelschaft schlagend und sich auf dem Absätze drehend, murmelte er mit gleichgültigem Blick in die Zähne: »Wenn der Kerl diesen Brocken hinabwürgt, so ist er noch dümmer als seine Gänse!«

»Ich will sprechen, Sir; ich will – ich sehe es als eine Gnade und Barmherzigkeit an, wenn ein so vornehmer Herr mir sein Ohr leiht. Sie sehen doch, Sir, jenes große Schiff im äußern Hafen dieser loyalen Seestadt.«

»O ja; das Schiff scheint überhaupt die Aufmerksamkeit der würdigen Einwohner sehr zu beschäftigen.«

»Ew. Herrlichkeit haben hierin den Scharfsinn meiner guten Mitbürger etwas zu sehr überschätzt. Das Schiff liegt hier schon mehrere Tage, ohne daß ich über den Charakter und die Tendenz oder Absicht dieses Schiffes von einem sterblichen Wesen ein sterblich Wort hätte äußern hören, als – von mir selbst.«

»Ei! Ei!« murmelte der Fremde, in den Griff seiner Reitgerte beißend und seine blitzenden Augen fest auf das Gesicht des meckernden Mannes heftend, während dieser, über die Wichtigkeit seiner Entdeckung buchstäblich anschwoll. »Und worin bestehen denn E u r e Vermutungen?«

»Ich kann mich irren, Sir, und Gott wird mir's verzeihen, wenn ich's tue; aber soviel – nicht mehr und nicht weniger – denke ich mir über die Sache. Jenes Schiff da und das Volk daraus gilt bei den Einwohnern von Newport für ehrliche, unschuldige Sklavenhändlerequipage. Als solche werden die Leute hier angesehen und gern zugelassen, das Schiff nämlich zu einem guten, sichern Ankerplatz, die Mannschaft in die Tavernen und Kramläden. Sie dürfen aber nicht etwa glauben, daß ein einziger von ihnen einen einzigen Rock habe bei mir ausbessern oder gar anfertigen lassen; nein, Sir, das ganze Geschäft geht durch die Hände oder besser zu sagen durch die Finger eines jungen Anfängers im Metier, namens Tape. Der versteht es, auf alle Weisen Kunden an sich zu locken. Er spricht schlecht von seinen Mitmeistern hinter ihrem Rücken, springt mit ihrem guten Namen herum, verschleudert seine Arbeit; kurz ... Gewiß und wahrhaftig, ich habe auf dem ganzen Fahrzeuge noch keine Jacke für den kleinsten Schiffsjungen gemacht.«

»Da könnt Ihr von Glück sagen, Freund,« erwiderte der grüne Mann, »daß Ihr mit den Buben nichts zu schaffen habt. Doch Ihr habt vergessen, mir zu sagen, worin die Beschwerde besteht, die ich dem Könige vortragen soll.«

»Ich komme sogleich auf den Hauptpunkt. Ew. Herrlichkeit müssen wissen, daß ich ein Mann bin, der viel gesehen und viel gelitten hat in Seiner Majestät Diensten. Fünf grausamen, blutigen Kriegen hab' ich beigewohnt, eine Menge anderer Abenteuer und Erfahrungen ungerechnet, denn es ist die Pflicht eines jeden guten Untertans, zu dulden und zu schweigen.«

»Dies alles, ich versprech' es Euch, soll dem Könige zu beiden Ohren kommen. Und nun, würdiger Freund, macht Eurem Herzen Luft und teilt mir Euren Argwohn frei und unumwunden mit.«

»Dank, ehrenwerter Sir, tausend Dank! Soviel Güte gegen mich darf nie vergessen werden; obschon nicht von mir gesagt werden kann, daß die Ungeduld, zu der versprochenen Gnade zu gelangen, mich bewogen, mein Geheimnis leichtsinnig und widerrechtlich aufzudecken. Ew. Gnaden müssen also wissen, daß gestern, um diese Stunde, als ich allein auf meinem Werktische saß und über dieses und jenes nachdachte – unter andern auch und hauptsächlich darüber, daß mein Nachbar und Brotneider alle neue Ankömmlinge mir vor der Nase wegschnappt – ja, Sir, der Kopf arbeitet, wenn die Hände nichts zu tun haben – als ich nun so dasaß, wie ich mit wenig Worten gesagt, und nachdachte über dieses und jenes, über die Mühseligkeit des Lebens, über meine Erfahrungen im Kriege – denn Sie müssen wissen, Sir, außer den Händeln im Lande der Perser und Meder, außer dem Porteousauflauf in Edinbro', hab' ich in fünf grausamen, blutigen Kriegen ...«

»O, ich sehe es schon Eurer Nase an, daß Ihr gedient habt,« unterbrach ihn sein Zuhörer, der nur mit Mühe verbarg, daß ihm die Geduld zu reißen anfing, »allein, da mir jeder Augenblick kostbar ist, so wünschte ich genauer zu vernehmen, was Ihr über das Schiff vorzubringen habt.«

»Man behält, Sir, einen militärischen Überblick, wenn man unzählbare Kriege durchlebt hat, so daß ich, zu unserem beiderseitigen Nutz und Frommen, zu dem Teile meines Geheimnisses kommen kann, das die Natur und den Charakter des Schiffes vorzüglich berührt. Hier saß ich also, wie gesagt, darüber nachdenkend, wie die Verdacht erregende Schiffsmannschaft von meinem Nachbar, dem Zungendrescher Tape, betrogen worden – denn, Sir, soviel muß ich noch im Vorbeigehen erinnern, der Tape ist ein desperates Klatschmaul und dabei ein Gelbschnabel, der aufs höchste einen Krieg gesehen hat – wie ich nun so nachdachte, daß er mir meine Kunden wie die Fliegen wegfängt, und da bekanntlich ein Gedanke der Vater eines andern ist, so kam durch eine natürliche Schlußfolge

– wie sich unser frommer Pfarrer wöchentlich in seinen erbaulichen und gelehrten Reden der Schlußfolgen bedient – folgendes in mir auf: Wären jene Schiffer ehrliche, gewissenhafte Sklavenhändler, würden sie wohl einen arbeitsamen Handwerksmann und Familienvater übergehen und ihr wohlverdientes Geld einem gemeinen Schwätzer in den Rachen schieben? Eine neue Schlußfolge hatte zur Folge, daß ich folgerte: Nein, unmöglich! Ich war mit diesem folgerechten Satze vollkommen zufrieden, und folglich lege ich jedem, der mir zuhören will, die Frage vor: Sind es keine Sklavenhändler, was sind es denn für Leute? Eine Frage, von der selbst der König in seiner hohen Weisheit zugeben würde, daß sie leichter auszuweisen, als zu beantworten sei. Nu schloß ich weiter: Ist das Schiff kein ehrliches Sklavenschiff, oder etwa ein königlicher Kreuzer, so ist es ja handgreiflich, und ein Kind muß einsehen, daß es nichts anderes sein kann, als das Schiff des heillosen Piraten, des R e d - R o v e r .«

»Des Red-Rover?« rief der Fremde aus, mit einem so natürlichen Ausdruck von Überraschung, daß dadurch seine schon dahinsterbende Aufmerksamkeit auf des Schneiders Gewäsch plötzlich und mächtig wieder auflebte. »Ja, Freund, das war' in der Tat eine Entdeckung, die sich der Mühe verlohnte! Aber wie kommt Ihr darauf?«

»Aus mehreren Gründen, die ich nacheinander aufzählen will. Erstens ist es ein bewaffnetes Schiff, Sir. Zweitens ist es kein gesetzlicher Kreuzer, denn dies würde allgemein, und mir vor allen, bekannt sein, da hier so leicht keines von des Königs Schiffen anlegt, bei dem ich mir nicht ein paar Dreier verdienen sollte. Mein dritter Beweis ist das raubsüchtige und rohe Betragen der wenigen vom Schiffsvolke, die ans Land gekommen sind; und zum vierten und letzten, was hinlänglich bewiesen ist, kann füglich als substantiell bestehend angenommen werden. Hier haben also Ew. Gnaden, was ich billig die Vordersätze meiner Schlußfolge hätte nennen sollen, und ich bitte untertänig, sie der königlichen Prüfung Seiner Majestät vorzulegen.«

Der Anwalt im grünen Rocke horchte aus die etwas verwirrte und verdrehte Folgereihe von Homespuns Gründen mit großer Aufmerksamkeit, obschon die Ordnung, in der sie der eifrige Schneider vortrug, nicht eben gemacht schien, ihnen größeres Gewicht zu geben. Sein durchdringendes Auge rollte schnell abwechselnd vom Schiffe auf den Redner; und es vergingen einige Augenblicke, ehe er es für gut fand, ihm Antwort zu geben. Die sorglose Munterkeit, mit der er sich anfangs eingeführt, und die ihn bisher beim Reden nicht verlassen hatte, wich von ihm und wurde durch ein nachdenkendes und zurückhaltendes Wesen ersetzt, das hinreichend bewies, daß er sich, so leicht und flüchtig er auch von Natur zu sein schien, gleichwohl ebensogut in ernsthafte Gedanken vertiefen könne. Doch ebenso schnell, als er sie angenommen, legte er die ernstsinnende Miene ab, nahm eine andere an, in der Ironie und Aufrichtigkeit in seltener Verbindung standen, und, die Hand auf des gespannten Kleidermachers Schulter legend, erwiderte er:

»Freund, Ihr habt mir über einen wichtigen Gegenstand Aufschlüsse gegeben, die Euch als einen treuen, loyalen Diener des Königs bezeichnen. Ich weiß, und wir wissen alle, daß ein hoher Preis auf den Kopf des geringsten Mitgenossen und Begleiters des roten Freibeuters gesetzt ist, und daß eine reiche, ja, ich möchte sagen, eine glänzende Belohnung den erwartet, den sein Glück zum Werkzeug bestimmt, durch das der ganze Bund der verruchten Bösewichter in die Hände der Gerechtigkeit geliefert wird. Ich bin überzeugt, daß ein vorzügliches Zeichen der königlichen Gnade auf eine Entdeckung dieser Art folgen werde. Da ist schon zum Beispiel ein gewisser Fipps gewesen, ein Mann von geringer Abkunft, den der König zum Ritter gemacht hat ...«

»Wie? Zum Ritter?« wiederholte der Schneider, vor Bewunderung und Respekt außer sich.

»Zum Ritter,« wiederholte langsam und kalt der grüne Mann, »zum ehrenhaften, ritterlichen Ritter. Wie ist Euer Taufname?«

»Meine Zugabe, mein Given name, gnädiger und huldvoller Herr, ist H e k t o r .«

»Und Euer Haus- und Familienname, der alte Name Eures Stammes?«

»Ist jederzeit H o m e s p u n gewesen.«

»Nun, Sir Hektor Homespun wird ebensowohl klingen als ein anderer. Aber, lieber Freund, um Euch Euern Lohn nicht entgehen zu lassen, müßt Ihr besonnen und verschwiegen sein. Ich bewundere Euern Scharfsinn und gebe mich Eurer Logik gefangen, Ihr habt den Grund Eurer Vermutungen so klar auseinandergesetzt, daß ich ebensowenig daran zweifle, jenes Schiff sei das des berüchtigten Piraten, den man den roten nennt, als daß Ihr nächstens Sporen tragen und Sir Hektor genannt werdet. Beides hat sich zugleich in meinem Kopfe festgesetzt, aber wir müssen behutsam und klug zu Werke gehen. Nicht wahr, ich kann mich darauf verlassen, daß noch kein anderer von Euch Licht und Aufklärung in der Sache erhalten hat?«

»Keine Gottesseele. Tape selbst würde auftreten und schwören, daß die ganze Equipage aus gewissenhaften Sklavenhändlern besteht.«

»Desto besser. Erst müssen wir der Sache auf den Grund kommen; dann folgt die Belohnung von selbst. Trefft mich diesen Abend elf Uhr an jener niederen Stelle, wo die Landzunge nach dem äußeren Hafen ausläuft. Von da aus wollen wir unsere Beobachtung anstellen, und sobald sie der Erfolg gekrönt hat und jeder Zweifel verschwunden ist, soll von der Massachusettsbai bis zu den Niederlassungen von Oglethorpe die Entdeckung laut ausposaunt werden. Bis dahin laßt uns scheiden, denn es ist der Klugheit nicht gemäß, daß wir länger in Unterredung betroffen werden. Denkt an dreierlei, lieber künftiger Ritter, an Schweigen, an Pünktlichkeit und an die Gunst des Königs. Dies seien unsere Losungsworte.«

»Adieu, hochgeehrtester Herr«, antwortete der Schneider und bückte sich wieder bis auf die Erde, während jener kaum an dem Hut rückte.

»Adieu, Sir Hektor«, rief ihm der Grünrock zu, mit freundlichem Kopfnicken, wohlwollendem Lächeln und leichter Bewegung mit der winkenden Hand. Hierauf ging er langsam die Kaje entlang, vor dem Hause der Familie Homespun vorbei, und verschwand. Das Haupt dieses alten Stammes stand eine Weile unbeweglich da, wie so mancher Vorgänger und Nachfolger, dergestalt über sein Glück entzückt, und dergestalt verblendet in seiner Torheit, daß, obschon sein physisches Auge die Rechte von der Linken unterscheiden konnte, seine geistigen Sehnerven, von den Wolken des Ehrgeizes umhüllt, durchaus verfinstert und erblindet waren.

Drittes Kapitel.

Sobald sich der grüne Fremde vom leichtgläubigen Schneider getrennt hatte, verlor er sein angenommenes Wesen, und gewann ein natürlicheres und gesetzteres. Doch schien es bald, als sei auch dieses eine zweite Maske, wenigstens ein ungewohntes, lästiges Joch, das er abzuschütteln suchte, denn nach einer Minute klopfte er schon wieder mit der Reitgerte gegen den Stiefel und trat in die Hauptstraße des Orts mit leichtem Gange und umherschweifenden Blicken ein. Seinem Schnellblick, so sehr er von einem Gegenstande auf den andern übersprang, entgingen wenige der Vorübergehenden; und selbst die Eile, womit er um sich schaute und alles zu umfassen schien, ließ erkennen, daß sein Geist ebenso tätig und regsam war als sein Auge. Ein Fremder in diesem Aufzuge, und dem man es auf den ersten Blick ansehen mußte, daß er ein Fremder war, konnte der Aufmerksamkeit der wachsamen Gastwirte unmöglich entgehen. Allein er entzog sich den Scharrfüßen und Höflichkeiten der beiden Vornehmsten, und ließ sich – seltsam genug! – vom dritten in sein Haus komplimentieren, das die gewöhnliche Herberge des Hafengesindels war.

Als er in die Gaststube dieser Taverne eintrat (denn sie führte diesen edleren Namen, obschon sie im Mutterlande kaum auf den einer Bierschenke hätte Anspruch machen dürfen), fand er das Zimmer mit den gewöhnlichen Trinkkunden vollgepfropft. Das Erscheinen eines Gastes, der sich an Gestalt und Kleidung über die Klasse der täglichen Besucher des Hauses erhob, brachte eine augenblickliche Unterbrechung hervor; doch hörte die Pause bald auf, als sich der Neueingetretene auf eine Bank geworfen und den Wirt mit seinen Wünschen und Bedürfnissen bekannt gemacht hatte. Dieser holte das Verlangte, setzte es dem Fremden vor, und machte ihm, und zugleich denen, die ihm zunächst saßen, eine Art von Entschuldigung, daß ein Mann, am andern äußersten Ende des langen, schmalen Tisches, nicht allein das Monopol der Rede, sondern auch die Aufmerksamkeit aller Gäste durch das Versprechen an sich gerissen, ihnen etwas ganz Ungeheures erzählen zu wollen.

Der würdige Zögling und Aufwärter des Bacchus setzte hinzu, sich besonders an den Grünen wendend: »Squire, der Mann dort im

Winkel ist der Bootsmann des Sklavenschiffes im äußern Hafen, ein Mann, der sich den Seewind manches Jahr um die Nase wehen ließ, und soviel Gefechte und Wunder erlebt hat, daß er einen dicken Quartanten damit anfüllen könnte. Man nennt ihn hier nur den alten Boreas; sein wahrer Name ist aber Jack Nightingale[11] Ist der Toddy[12] nach des Squires Geschmack?«

Der Fremde beantwortete die zweite Frage mit einer schmatzenden Lippenbewegung, einer leichten Verneigung und dem Absetzen des kaum berührten Glases auf den Tisch. Zugleich drehte er den Kopf nach der soeben beschriebenen Person hin, die, nach der Art, wie sie deklamierte, zu urteilen, für einen zweiten »Redner des Tages« gelten konnte.

Eine Gestalt, weit über sechs Fuß hoch: Ein fürchterlicher Backenbart, der die gute Halbscheid seines grimmigen Aussehens versteckte; eine Schmarre, die als Zeuge eines schlecht geheilten Hiebes auftrat, der einst diese Halbscheid in zwei Vierteile zu spalten gedroht hatte; der Gliederbau im Verhältnis, das Ganze gehoben durch die Seemannstracht und durch eine lange, schmutzige, silberne Kette und eine kleine Pfeife von demselben Metall. Ohne durch das Eintreten eines Mannes aus einer anscheinend höhern Klasse im geringsten aus der Fassung gekommen zu sein, fuhr dieser Sohn des Ozeans in seiner angefangenen Erzählung fort, mit einer Stimme, die ihm die Natur als Gegensatz und Verspottung seines musikalischen Namens gegeben zu haben schien; denn wirklich hatten seine Laute eine so schlagende Ähnlichkeit mit dem tiefen Gebrülle eines Stiers, daß ein gewohntes Ohr erfordert wurde, sie in Worte zu übersetzen. Seinen gebräunten Arm mit der geschlossenen Faust ausstreckend, und den Norden des Seekompasses mit dem Daumen bezeichnend, fuhr er fort:

»Wohl! Angenommen, die Guineaküste liege hier: toter Wind von der Küste, seht ihr, nichts als Bö und gebrochener Wind, wie wenn eine Katze prustet, oder wenn der alte Graubart,[13] der ihn in seinem Schlauche für uns aufbewahrt, bisweilen den Pfropfen durch die

---

[11] Nachtigall ...

[12] Eine Art Punsch oder Mischung von geistigen Getränken mit Wasser.

[13] Äolus.

Finger fahren läßt, und dann gleich wieder die Schnur doppelt um die Öffnung des Sacks herumschlägt – Ihr wißt doch, was ein Sack ist, Bruder?«

Mit dieser abgebrochenen Frage wandte er sich an den schafsköpfigen Landmann, der dem Leser schon bekannt ist, und, sein neues Kleidungsstück unter dem Arme, mit offenem Munde dasaß, die Wundererzählung verschlingend, um sie, zusammen mit den Brocken, die ihm der Schneider mitgeteilt hatte, seinen Freunden und Gevattern vom Lande brühheiß zu hinterbringen. Ein allgemeines lautes Gelächter erfolgte auf Kosten des horchenden Pardon. Nightingale warf einen vielsagenden Blick auf zwei oder drei von seiner Bekanntschaft, und die Gelegenheit benutzend, »einen hinter die Halsbinde zu gießen« – wie er sich witzig ausdrückte – goß er ein Nösel Rum mit Wasser hinunter und fuhr im Predigthon in seiner Erzählung fort:

»Und die Zeit wird kommen, Bruder, wo Ihr lernen werdet, was eine Rundschnur ist, wenn Ihr nicht ehrlich bleibt. Eines Menschen Hals ist dazu gemacht, daß er den Kopf über Wasser halte, nicht daß er wie eine alte, windschiefe Luke aus den Fugen gereckt wird. Deswegen macht Eure Rechnung beizeiten und folgt dem Bleilot des Gewissens, auf daß Ihr nicht auf die Untiefen der Versuchung geratet.« – Hierauf seinen Tabak im Munde rollend, blickte er um sich wie einer, der sich einer moralischen Verbindlichkeit entledigt hatte, und fuhr fort: »Nu weiter. Dort liegt das Land, und wie gesagt, von hier kam der Wind Ost zu Süd, vielleicht auch Ost zu Süd Halbsüd. Bisweilen blies er stark, bisweilen ließ er nach, daß sich die Segel an der Takelage und den Spieren zerrieben, als wäre ein Segelholz nicht mehr wert wie eines reichen Mannes Segen. Mir waren die Ansichten des Wetters gar nicht angenehm; ich sah voraus, es wird was anders geben als eine ruhige Wache. Ich blieb also auf den Beinen, um mich instand zu setzen, meine Meinung von mir zu geben, wenn etwa danach gefragt würde. Ihr müßt aber wissen, Brüder, daß infolge meiner Begriffe von Religion und Lebensverhalten ein Mensch zu nichts gut ist, wenn es ihm am gehörigen Maß der Sittlichkeit fehlt; deswegen wird man nie von mir sagen können, daß ich an des Kapitäns Back[14] den Löffel eintunke,

---

[14] Tisch.

wenn ich nicht von ihm eingeladen werde, und zwar aus dem einfachen Grunde, weil mein Tischlein vorne und das seinige hinten steht. Ich will nicht entscheiden, an welchem Schiffsende sich der bessere Mann befindet; dieses ist ein Punkt, worüber verschiedene Leute verschiedener Meinungen sind, obschon die meisten, denen ein Urteil in der Sache zusteht, in ihren Ansichten so ziemlich einig sind. Nu, wie gesagt, ich blieb auf den Beinen, um mich in den Stand zu setzen, meine Meinung von mir zu geben, wenn ich danach gefragt würde. Und siehe da, alles ereignete sich, wie ich es vorhersah. ›Mister Nightingale,‹ sagte unser Kapitän, denn er ist ein Gentleman und vergißt sich nie im Punkte der Schicklichkeit am Deck, oder wenn jemand von der Mannschaft zugegen ist; › M i s t e r Nightingale,‹ sagte er, ›was haltet Ihr von jenem Wolkenlappen dort in Nordwest‹, sagte er. – ›Wohl, Sir‹, antwortete ich dreist, denn ich bleibe niemand 'ne Antwort schuldig, wenn man mich anredet, wie sich's schickt. ›Wohl, Sir!‹ sagte ich. ›Mit Ew. Gnaden Erlaubnis‹ – eine bloße Redensart, eine Schnurre, denn der Kapitän war gegen mich, an Erfahrungen und Jahren ein Kiekindiewelt; aber ich streue nie heiße Asche oder sonst was Warmes gegen den Wind, ›mit Ew. Gnaden Erlaubnis, meine Meinung wäre, die drei Toppsegel zu beschlagen und den Klüver zu stauchen. Wir haben keine Eile, aus dem einfachen Grunde: Wo Guinea heute abend liegt, wird es morgen früh auch liegen. Und um das Schiff bei gebrochenem Winde im Schick zu halten, haben wir das Schönfahrsegel ...‹

»Euer Schönfahrsegel hättet Ihr ebenfalls beschlagen sollen«, ließ sich von hinten her eine Stimme vernehmen, ebenso entscheidend, nur etwas weniger brüllend, als die des wortführenden Bootsmannes.

»Was für ein Ignorant sagt das?« fragte Nightingale im stolzen Ton, als wenn eine so grobe und dreiste Unterbrechung seinen ganzen innern Zorn rege gemacht hätte.

»Kein Ignorant; ein Mann, der Afrika vom Kap Bon bis zum Vorgebirge der Guten Hoffnung, und das mehr als einmal beschifft hat, und eine weiße Bö von einem bunten Regenbogen zu unterscheiden versteht.« – Also sprach Dick Fid der Weiße, der mit seinem Begleiter, dem Neger Scipio, eingetreten war, und seine kleine, untersetzte Person dem wütenden Bootsmann, der sich durch den dichten Haufen, der ihn umgab, kraft seiner massiven Schultern Platz gemacht hatte, stämmig entgegenstellte und hinzusetzte: »Ja, ja, Bruder, ein Mann bin ich, unwissend oder vielwissend, gleichviel, der es nie seinem Kapitän raten würde, soviel Hintersegel auf dem Schiffe zu behalten, wenn Gefahr wäre, daß es backwärts vom Winde gepackt würde.«

Auf die kühne Aufstellung einer Meinung, die allen Umstehenden so verwegen vorkam, erfolgte ein allgemeines lautes Gemurmel. Aufgemuntert durch dieses unverdächtige Zeugnis seiner größern Popularität, blieb Nightingales derbe ausfallende Antwort nicht aus. Zugleich fiel ein schreiendes Konzert aus den höheren und kreischenden Stimmen der Gesellschaft ein, das mit dem tieferen Baß abwechselte, in die die – Hauptsänger ihre beiderseitigen Meinungen durch Gründe und Gegengründe verfochten.

Eine Zeitlang war es unmöglich, nur einen Teil der Streiterörterung aufzufassen, so groß war die Verwirrung der Stimmen; zugleich fehlte es nicht an Symptomen von beiden Seiten, den Wortstreit in einen handgreiflichen zu verwandeln. Schon hatte Fid seinen starken Gliederbau der kolossalen Gestalt seines Gegners, des Bootsmannes, entgegengestemmt; schon fielen vier athletische Arme dies- und jenseits gegeneinander aus, gleich indianischen Knotenstöcken, aus Massen von Knochen, Gelenken und Sehnen bestehend, die alles, was ihnen entgegen zu kommen wagen würde, zu zerschmettern drohten. Jedoch, als das allgemeine Geschrei allmählich abnahm, fing man an, die Hauptgegner anzuhören; und diese, damit zufrieden, daß man ihren rhetorischen Kräften Aufmerksamkeit schenken wollte, ließen von der feindlichen Stellung ab und verließen sich auf ein noch siegreicheres aber weniger furchtbares Glied als ihre braungebrannten Arme.

»Ihr seid ein verwegener Seemann, Bruder,« fing Nightingale an, als er seinen Sitz wieder eingenommen hatte, »und wenn Reden soviel wäre als Handeln, so würdet Ihr bald dem Schiffe eine Zunge leihen. Ich aber, der ich Flotten von Zwei- oder Dreideckern gesehen habe, und das von allen Nationen – jedoch mit Ausnahme Eurer Mohawks, deren Kreuzern ich nie begegnet zu sein gestehen muß – ich, der diese Flotten habe liegen sehen, schnigge wie die

Seemöwen mit ihren eingereisten Schönfahrsegeln, ich verstehe mich auf den Lauf des Schiffes und auf jede Wendung.«

»Ich werde Euch in alle Ewigkeit nicht zugeben, daß man ein Boot mit Hilfe der Hinterrahesegel halten muß«, erwiderte Dick. »Ich will zugeben, daß Ihr ihm die Stagsegel gebt, ohne daß es unrecht sei; aber kein echter Seemann, der sein Handwerk versteht, wird nur einen Sack voll Wind zwischen den großen Mast und die Borgwandtaue durchlassen. Aber Worte sind wie der Donner, der oberhalb rollt, ohne je eine Barkuse hinabzugleiten; laßt uns daher die Frage einem Dritten vorlegen, der das Wasser kennt, und was vom Schiff und Schiffsleben versteht.«

»Wäre der älteste Flottenadmiral Sr. Majestät hier zugegen, er würde bald entschieden haben, wer von uns beiden recht und wer unrecht hat. Hört, Brüder, wenn es einen unter euch allen gibt, der auf der See erzogen ist, so stehe er auf und spreche, damit die Sache mal zum Spruch komme, und nicht wie ein Splitzeisen zwischen einem Brassenblock und einer beschmierten Rahe festsitzt.«

»Hier denn,« rief Fid, »hier ist der Mann.« Zugleich streckte er den Arm aus, ergriff Scipio beim Kragen, zog und schob ihn ohne viele Umstände mitten in den Kreis, der sich um die beiden Streiter gebildet hatte. – »Hier ist ein Mann für Euch, der noch eine Reise mehr zwischen Amerika und Afrika gemacht hat als ich, und zwar aus dem Grunde, weil er daselbst geboren ist. Nu paß auf, Sip, und antworte wie einer, der vom Tauwerk herabruft: Unter welches Segel würdest du, an deines Landes Küste, ein Schiff bringen, wenn es Gefahr liefe, einen Windstoß aushalten zu müssen?« »Unter gar keins; ich würde es lenzen.«

»Aber hör' mich doch an; wenn du sicher gehen wolltest, würdest du das Schiff unter ein Schönfahrsegel bringen, oder bloß das Vorsegel gebrauchen?«

»Darauf weiß ja jeder Narr die Antwort«, brummte Seipio verdrießlich, weil ihm die Katechismusfragen lästig zu werden anfingen. »Wenn Ihr die Vorsegel weglaßt, wie wollt Ihr es mit dem großen Segel machen? Gebt mir Antwort, Mister Dick!«

»Meine Herren,« sagte Nightingale, mit Gravität rund um sich blickend, »ich überlasse es Ihnen zu entscheiden, ob es sich schickt, einen Neger auf eine so ganz ungewöhnliche Weise auftreten zu lassen, damit er einem Weißen seine Meinung in die Zähne werfe?«

Dieses Appellieren an die verletzte Würde der Gesellschaft wurde mit allgemeinem Gemurmel beantwortet. Scipio, der sich bereit hielt, seine auf Erfahrung gestützte Meinung zu behaupten, und sie ohne Zweifel gegen jedermann durchgesetzt haben würde, hatte nicht das Herz, sich der Äußerung zu widersetzen, daß es ihm nicht zukomme, mitzusprechen. Ohne ein Wort zu seinen Gunsten oder zu seiner Entschuldigung zu sprechen, schlug er die Arme übereinander und verließ das Haus mit der Nachgiebigkeit und Unterwürfigkeit eines Menschen, der an Unterdrückung gewöhnt, sich zum Widerstand zu schwach und demütig fühlt. Nicht so sein Gefährte Fid, der sich mit einem Male von ihm verlassen und seines Zeugnisses beraubt sah. Er schwieg zu diesem unerwarteten Abzug nicht, remonstrierte und protestierte laut dagegen; als er aber fand, daß es zu nichts half, tat er einen herzhaften Fluch, stopfte sich ein paar Zoll Tabak in den Mund und folgte dem Kompagnon, nachdem er seinen Gegner nochmals fest ins Auge gefaßt und ihm zugerufen hatte: »Wenn sein Kamerad nur eine schmucke Haut hätte, würde er von beiden der Weiseste sein!«

Der Triumph des Bootsmannes war nun vollständig und seine Freude darüber unmäßig.

»Gentlemen,« sagte er hierauf, mit zunehmender Selbstzufriedenheit die bunte Gesellschaft anredend, die um ihn stand, »ihr seht, daß Vernunft einem Schiffe gleicht, das aus beiden Seiten von Leesegeln niedergehalten wird, dem geraden Kielwasser folgend und den Mast schonend. Aber ich mag mich nicht rühmen, weiß auch nicht, wer der Mensch ist, der sich eben davongemacht hat, um seine Ehre in Zeiten zu wahren – nur soviel sag' ich, daß der Mann zwischen Boston und Westindien noch zu finden ist, der sich besser als ich drauf versteht, ein Schiff gehen oder stehen zu machen, vorausgesetzt, daß ...«

Hier stockte mit einem Male der tiefe Baß Nightingales, sein Auge starrte, er stand wie bezaubert da, weil ihn der Blitzblick des grünen Mannes traf, dessen Gestalt und Züge plötzlich unter den gemeinen Gesichtern der Menge hervorragten.

»Mag sein,« fuhr jetzt der Bootsmann fort, die Worte halb verschluckend aus Bestürzung, daß er sich einem so niederschmetternden Auge gegenübersah, »mag sein, daß dieser Herr einige Seekenntnis hat und den vorliegenden Streit entscheiden kann.«

»Wir studieren auf der Universität nicht die Seetaktik,« erwiderte der andere kurz abgebrochen, »obschon ich nach meiner geringen Kenntnis gestehe, daß ich für das Lenzen bin.«

Er sprach dieses letzte Wort mit einem Nachdruck aus, der auf den Gedanken bringen konnte, er wolle einen Scherz, ein Wortspiel[15] machen; um so mehr, da er gleich darauf seine Zeche auf den Tisch warf, sich lenzte und Nightingalen das Feld räumte. Nach einer kurzen Pause setzte dieser seine Erzählung fort; nur, sei's aus Ermüdung, sei's aus einer andern Ursache, weniger entschieden als vorher und auffallend abgekürzt. Kaum war sie zu Ende und sein Grogkrug leer, als er dem Ufer zuwankte, wo bald nachher ein Boot anlegte, um ihn nach dem Schiffe zu bringen, das, wie wir gesehen, das beständige Augenmerk des guten Homespun geblieben war.

Unterdessen hatte der grüne Fremdling seinen Gang durch die Hauptstraße des Ortes fortgesetzt. Fid war seinem beschämten Begleiter Scipio nachgeeilt, nicht ohne verächtliche Bemerkungen über des Bootsmanns Seekenntnisse vor sich in den Bart zu murmeln. Als er den Schwarzen eingeholt hatte, änderte er den Angriff und fiel mit Vorwürfen über ihn her. »Wie konntest du einen so einfachen Punkt fahren lassen?« fuhr er ihn an. »Es ist ja so klar wie die Sonne am Himmel, daß der Schoner doch schneller fortkommen würde, mit dem Wind von beiden Seiten, als vom Winde geklemmt.«

Der grüne Mann folgte dem vor ihm herschlendernden Paare; es mochte ihm nun ihr Betragen in der Schenke aufgefallen sein oder aus bloßer Laune. Sie schlugen sich um das Wasser hin, bestiegen eine Anhöhe, die beiden eine Strecke voraus, der Grüne in einiger Entfernung von ihnen, bis dieser sie, beim Umbiegen um eine Straßen- oder vielmehr Feldstraßenecke aus dem Gesicht verlor, denn schon war man aus Stadt und Vorstadt herausgekommen. Jetzt verdoppelte der Rechtsgelehrte (wofür er sich ausgegeben hatte)

---

[15] to scud heißt in der Seesprache lenzen, forttreiben: in der gewöhnlichen: sich auf die Beine machen.

seine Schritte, und war froh, als er nach einigen Minuten beide Ehrenmänner an einem Zaune sitzend wiederfand. Hier hielten sie ein frugales Mahl aus dem Inhalt eines kleinen Kobers, den der Weiße bisher unter dem Arm getragen hatte, und wovon er seinem Kompagnon freigebig zukommen ließ. – Scipio hatte seine Stelle nahe genug eingenommen, zum Beweise, daß der Friede gemacht war, doch etwas mehr im Hintergrund aus Anerkenntnis des höhern Ranges, den der andere seiner weißen Farbe verdankte. Der Fremde näherte sich ihnen und sprach:

»Da ihr mit dem Kober so gastfrei umgeht, so möchte vielleicht euer dritter Mann ohne Abendessen zu Bette gehen müssen.«

»Wer prait?«[16] rief Dick, von seinem Knochen mit einem Ausdrucke aufsehend, der dem Blicke eines Bullenbeißers glich, wenn man ihn bei einer ähnlichen Beschäftigung stören würde.

»Ich wünschte nur,« erwiderte jener im Kavaliertone, »Euch freundschaftlich zu erinnern, daß sich noch ein dritter Speisekandidat vorfindet.«

»Wollt Ihr eine Schnitte? Da nehmt, Bruder«, sagte der Seemann, mit Matrosenfreigebigkeit den Kober hinreichend, sobald er zu merken glaubte, daß es darauf abgesehen sei.

»Nicht doch, Ihr versteht mich unrecht; hattet Ihr nicht auf der Kaje einen dritten Kompagnon?«

»Ja, so! Der ist dort in der Abfahrt, wo Ihr das Stück von einer Feuerbake seht, die schlecht genug verteiet ist, man müßte denn gewollt haben, daß sie den Ochsengespannen und inländischen Händlern den Kanal zeigen solle. Dort, dort, Gentleman, wo Ihr den Steinhaufen seht, der alle Augenblicke, scheint's, runterrollen will.«

Der Fremde sah in die angegebene Richtung hin und sah den jungen Seemann, nach dem er sich erkundigt hatte, nicht weit am Fuße eines alten verfallenen Turmes stehen, dem, vom Zahne der Zeit zerfressen, alle Augenblick der Einsturz drohte. Den beiden Schiffern eine Handvoll Münze zuwerfend, wünschte er ihnen eine gesegnete Mahlzeit und sprang über den Zaun, in der Absicht, ebenfalls die Ruine zu betrachten.

---

[16] Ruft.

»Der Bursche,« sagte Dick, indem er mit seiner Kinnladenbewegung innehielt und dem Abgehenden einen freundlicheren Blick nachschickte, als der beim ersten Empfang gewesen war: »Der Bursche ist freigebig mit seinen Kupferpfennigen; da sie aber da, wo er sie gesät, nicht wurzeln würden, so heb' sie auf, Sip, und stecke sie mir in die Tasche. Das nenn' ich, traun! einen raschen, freien Handel, Afrika; so sind sie aber alle, die Gesetzhändler. Ihre Pence werfen sie dem Teufel in den Rachen; dafür wissen sie auch mehr zu bekommen, wenn Ebbe in ihrer Lade ist.«

An der Ruine selbst war nicht viel, was das Beschauen einem Manne lohnen konnte, der seinen Versicherungen zufolge, Gelegenheit gehabt hatte, weit imposantere Überbleibsel der alten Zeit, jenseits des Ozeans, in Augenschein zu nehmen. Es war ein kleiner, runder Turm; er stand auf rohen Pfeilern, die durch Bogen unter sich verbunden waren, und mag in der Kindheit des Landes zu einer Schutzwehr erbaut worden sein, obschon es weit wahrscheinlicher ist, daß er zu anderm als kriegerischem Gebrauch gedient habe. Dieses kleine Gebäude mit seiner sonderbaren Gestalt, seinem verfallenen Zustand und Baumaterial ist auf einmal, fünfzig Jahre und darüber seit jener Zeit ein Gegenstand der Untersuchungen einer sehr gelehrten Klasse von Männern – der amerikanischen Altertumsforscher – geworden.

Als der grüne Mann den Ort erreicht hatte, gab er seinem Stiefel mit der Reitgerte einen kräftigen Schlag, um die Aufmerksamkeit des vertieften Seemanns auf sich zu ziehen, und bemerkte dann mit freiem, leichten Wesen:

»Wie malerisch liegt diese Ruine? Wie schön würde sie sich im Prospekt ausnehmen, wenn man sie, mit Efeu bewachsen, durch eine Waldöffnung erblickte? Doch ich muß um Verzeihung bitten; Herren von Ihrem Gewerbe haben mit Wäldern und verwitterten Steinen wenig zu tun. Dort (mit dem Finger auf die hohen Masten des Schiffes im äußern Hafen zeigend), dort ist der Turm, den Sie lieben; ein Wrack ist Ihre Ruine!«

»Sie scheinen, Sir,« antwortete jener kalt, »mit unserem Geschmack vertraut.«

»So ist es aus Instinkt; denn gewiß, ich habe bis jetzt wenig Gelegenheit gehabt, durch Umgang mit Männern vom ... Gewerbe in diesem Fach Kenntnisse zu sammeln, und ich darf nicht hoffen, daß ich in gegenwärtigem Augenblicke glücklicher sein werde. Doch lassen Sie uns frei sein, Freunde werden und ein freundliches Wort miteinander reden. Was für ein Vergnügen finden Sie an diesem Steinklumpen? Wie kann er Sie nur einen Augenblick von der Betrachtung jenes schönen, netten, wohlausstaffierten Schiffes abhalten?«

»Nu, wenn ich, ein Seemann ohne Anstellung, ein Schiff betrachten wollte, das mir gefiele, selbst in der Absicht, Dienste darauf zu nehmen, würde Sie das so befremden?«

»Der Kapitän müßte ein ganzer Narr sein, der einen Mann wie Sie abwiese! Aber Sie scheinen für eine der niedrigen Berths[17] zu gebildet und wohlerzogen.«

»Berths?« wiederholte der andere stutzend und die Augen scharf auf den Grünen richtend.

»Berths oder Births. Dies ist ja wohl in der Schiffersprache das Wort für Stelle, Lage, Stellung? Ist's nicht so? Wir Rechtsgelehrte verstehen uns wenig aufs Seewörterbuch; aber ich sollte meinen, ich hätte den dorischen Dialekt getroffen. Sind Sie auch der Meinung?«

»Das Wort ist in der Tat noch nicht obsolet, und als Figur ist es in dem Sinne, worin Sie es nehmen, korrekt.«

» O b s o l e t ?« wiederholte der Mann in Grün mit eben der Miene, womit jener sein B e r t h s aufgefaßt hatte; »das ist wohl der Name eines Schiffteils? Sie verstehen vielleicht unter F i g u r die Figur am Spiegel, und unter O b s o l e t das lange Boot?«

Der junge Seemann lachte, und als hätte dieser Scherz die Schranke seiner Zurückhaltung durchbrochen, schien es, als verliere sein Benehmen von nun an und im übrigen Teile der Unterredung viel von dem anfänglichen kalten Zwange.

»Es ist geradeso klar,« sagte er, »daß Sie die Schiffsplanken, als daß ich die Schulbänke gedrückt habe. Da wir nun beide so glücklich gewesen sind, so lassen Sie uns ehrlich zu Werke gehen und aufhören, in Parabeln zu reden. Und, um den Anfang zu machen,

---

[17] Stellen.

frage ich Sie, was Sie von dieser Ruine halten, der Absicht und dem Gebrauche nach, als sie noch in gutem Stande war.«

»Um dieses besser zu beurteilen und beantworten zu können,« erwiderte der Grüne, »ist es notwendig, sie genauer zu untersuchen, und vor allem, sie zu besteigen.«

Zugleich kletterte er auf einer vorgefundenen morschen Leiter bis zum Fußboden über dem Bogengewölbe, durch das eine offene Falltür führte. Sein Kompagnon nahm Anstand, zu folgen; als er aber sah, daß jener oben auf der Leiter auf ihn wartete, ihm zuwinkte und ihm die Öffnung zeigte, sprang er nach und erreichte die Höhe mit einer Behendigkeit und Schnelle, die ihm bei seiner Lebensart geläufig war.

»Hier sind wir!« rief der grüne Mann, sich nach den nackten Wänden umsehend, die aus so kleinen, ungleichen Steinen aufgebaut waren, daß sie dem Gebäude ein hinfälliges, gefährliches Ansehen gaben. »Wir haben gute eichene Planken zum Deck, wie Ihr sagen würdet,[18] und den Himmel zum Roof ... so nennen wir aus der Universität den Oberteil des Hauses. Nu laßt uns aber sprechen von Dingen der niedern Welt. Hm! Hm! ... Hab' ich doch vergessen, wie Ihr Euch gewöhnlich nennt.«

»Das hängt von Verhältnissen ab. So wie die Lagen und Umstände verschieden waren, war es auch meine Benennung. Wollt Ihr mich aber W i l d e r nennen, so werde ich auf den Namen hören und antworten.«

» W i l d e r ! Ein guter Name; doch dünkt mich, würdet Ihr nichts dabei verlieren, wenn Ihr Euch W i l d f a n g[19] nenntet. Ihr jungen Schiffsburschen steht im Rufe, zuweilen in euern Launen wild umherzuschweifen. Wie manches zärtliche Herz habt ihr in schattigen Lauben über euern Flattersinn seufzen und brechen lassen, während ihr das salzige Wasser des Ozeans durchpflügtet ... Ist das nicht der Ausdruck, d u r c h p f l ü g e n ?«

Nachdenkend, dabei aber sichtbar empfindlich über die Art von Katechismusexamen, erwiderte der junge Mann: »Nur wenige ha-

---

[18] Seit der Annäherung verändert sich das Sie in Ihr und Euch.
[19] Engl. Wortspiel mit Wilder und Wild-one.

ben über mich geseufzt ... Doch laßt uns die Untersuchung des alten Turmes fortsetzen. Was dünkt Euch seine Bestimmung gewesen zu sein?«

»Wozu er jetzt dient, ist deutlich; wozu er früher gedient hat, ist auch nicht schwer zu erraten. Gegenwärtig schließt er, wie wir sehen, zwei leichte Herzen ein, und, wo ich nicht irre, zugleich zwei leichte Köpfe, die nicht schwer an Weisheit geladen haben. Früherhin waren dieses hier Kornböden und die Bewohner kleine Tierchen, ebenso leichtfüßig, als wir leichtsinnig an Kopf und Herz' mit einem Wort und auf gut Englisch: Es war eine Mühle.«

»Andere wollen behaupten, es sei eine Feste gewesen.«

»Hm! Zur Notdurft hätte man den Ort dazu gebrauchen können,« versetzte der Grüne, ihn schnell und aufmerksam betrachtend, »aber soviel ist gewiß, eine Mühle ist es gewesen, so gern man ihm einen edleren Ursprung beilegen möchte. Die dem Winde günstige Lage, die Pfeiler, die das Ungeziefer von unten abhalten sollen, Gestalt, luftiger Bau, innere Einrichtung, alles dient zum Beweise. Whirr... irr... irr, Klatter ... atter ... atter: mich dünkt, ich höre noch den alten Lärm der Flügel und Räder ... St! Still! Ich höre noch jetzt eine Art von Geklapper!«

Mit diesen Worten sprang er an eine der Öffnungen hinan, die dem Gebäude ehedem zu Luftlöchern oder Fenstern gedient hatten, und steckte den Kopf durch, zog ihn nach einer halben Minute zurück und winkte seinem Gefährten, sich still zu verhalten. Dieser verstand und befolgte das Zeichen, und bald vernahmen sie in kleiner Entfernung weibliche Stimmen. Sowie die Redenden näher kamen, stiegen die Laute von unten den Turm gerade hinauf zu den Ohren der beiden, die sich, alles Geräusch vermeidend, ein Plätzchen aufsuchten, wo sie, selbst ungesehen, sehen und h o r c h e n und sich am Horchen belustigen konnten.

Viertes Kapitel.

Die Gesellschaft unten bestand aus vier Personen, lauter Frauen. Die eine war eine Lady im sinkenden Alter, die andere über die Mitte der Jahre hinaus, die dritte auf der Schwelle der Tür, die man »Leben« nennt, insofern sie der Übergang zu den gesellschaftlichen Verhältnissen der Welt ist, die vierte war eine Negerin, die einige fünfundzwanzig Jahreswechsel gesehen haben mochte. Sie schloß sich den übrigen zwar in einem untergeordneten Verhältnisse an, denn Zeit und Umstände hatten sie in die dienende Klasse gebracht, allein sie genoß Vertrauen und Achtung von seiten der Herrschaft.

Die ersten verständlichen Worte der alten Lady an die junge waren folgende:

»Und nun, liebstes Kind, da ich dir die Weisung gegeben habe, die die Umstände und dein eigenes vortreffliches Herz nötig gemacht haben, will ich dieses unfreundliche Geschäft mit einem angenehmeren vertauschen. Du wirst deinen Vater von der Fortdauer meiner Zuneigung versichern und ihn an sein Versprechen erinnern, dich noch einmal zu mir zu schicken, ehe wir uns auf immer trennen.«

Die Anrede war, wie gesagt, an das jüngste Mädchen gerichtet und wurde, wie zu vermuten war, ebenso zärtlich und aufrichtig aufgenommen als gehalten. Die junge Person schlug die Augen auf, worin Tränen glänzten, die sie vergeblich zu unterdrücken bemüht war, und antwortete mit einer Stimme, deren Töne in den Ohren der beiden Lauschenden melodisch genug klangen.

»Liebste Tante, es ist unnötig, mich an ein Versprechen zu erinnern, woran mich mein eigener Vorteil so dringend mahnt. Ich hoffe Sie sogar öfter zu besuchen, als Ihnen vielleicht lieb ist; und wenn mein Vater nicht nächstes Frühjahr mit mir herüberkommt, so wird es gewiß nicht an meinen inständigen Bitten liegen.«

»Unsre gute Frau Wyllys wird uns beistehen«, erwiderte die Tante, sich gegen die ältere Frau mit einem Gesicht voll Freundlichkeit und Anstand neigend, das den eingeführten Formen der damaligen Zeit, wenn ein Oberer einen Untergebenen anredete, eigen und angemessen war. »Sie ist durch ihre treuen Dienste völlig zu dem Einfluß berechtigt, den sie über den General Grayson übt.«

»O, sie ist zu allem berechtigt, was Liebe und Herz geben kann!« rief die Nichte mit einer Hast und einem Ernste, der dazu dienen sollte, die zu förmliche Höflichkeit der Tante durch die Wärme ihrer eigenen Ausdrücke zu heben. »Mein Vater wird i h r schwerlich etwas versagen!«

»Sind wir auch gewiß, daß sich Mistreß Wyllys zu uns schlägt?« fragte die Tante, ohne sich durch die lebhaften Gefühle der Nichte von ihrem angenommenen Gange ableiten zu lassen. »Mit einem so mächtigen Alliierten wird unser Bund unüberwindlich sein!«

»Ich bin so ganz der Meinung, daß die gesunde Luft dieser heilbringenden Insel meinem jungen Fräulein zuträglich ist, Madame, daß, wenn auch keine anderen Gründe in Betracht kommen sollten, Sie auf den geringen Beistand, den Sie von mir erwarten, sicher rechnen könnten.«

Frau Wyllys sprach dies mit Würde, aber auch mit jenem Grade von bescheidener Zurückhaltung, die ihr das Verhältnis der vermögenden, hochgeborenen Tante zu der bezahlten, abhängigen Erzieherin der Erbin ihres Bruders zur Pflicht machte. Dabei war ihr Anstand edel und ziemend, und ihre Stimme, wie die Stimme ihres jungen Zöglings, sanft und entschieden weiblich.

»Folglich können wir den Sieg für entschieden achten, wie sich mein verstorbener Gemahl, der Konteradmiral, auszudrücken pflegte. Der Admiral de Lacey hatte, meine liebe Mistreß Wyllys, frühzeitig im Leben die Maxime zur Regel genommen und sein ganzes Handeln danach eingerichtet – und er verdankte dieser Maxime einen großen Teil des Rufes, worin er auf der See stand –, daß zum Gelingen nur eines erfordert werde, nämlich: Es zu wollen; eine schöne, edle und ermutigende Maxime, eine Maxime, wobei es nicht fehlen konnte, daß sie ihn zu den ausgezeichneten Erfolgen geführt hatte, die uns allen bekannt sind.«

Wyllys verneigte sich zum Zeichen, daß sie völlig der Meinung sei, und zum Beweis, wie sehr sie das Verdienst des verstorbenen Admirals anerkenne, hielt es aber nicht für nötig, etwas zu erwidern. Anstatt sich länger mit diesem Gemeinsatz zu beschäftigen und ihn wortreich auszuspinnen, drehte sie sich zu ihrer jungen Elevin um und bemerkte mit einem Tone und Wesen, aus dem alles, was Zwang und Zurückhaltung heißen mag, verbannt war.

»Liebste Gertraud, Sie werden das Vergnügen haben, wieder nach dieser lieblichen Insel zurückzukehren, die kühlenden Seewinde einzuatmen ...«

»Und meine Tante wiederzusehen«, setzte Gertraud hinzu. »Meine Wünsche wären, daß sich mein Vater entschlösse, seine Güter in Karolina loszuschlagen, nach Norden zu ziehen und das ganze Jahr hier zuzubringen.«

»Es ist nicht so leicht, wie du wohl glauben magst, mein Kind, sich großer Landbesitzungen zu entäußern«, erwiderte Frau von Lacey. »So sehr ich auch wünschen mag, daß sich dein Plan verwirklichen lasse, so hab' ich doch nie meinen Bruder darum gebeten. Überdies weiß ich nicht, ob die Familie nicht ganz und gar nach H a u s e gehen würde, wenn sie eine Abänderung treffen wollte. Es ist jetzt über ein Jahrhundert, Mistreß Wyllys, daß die Graysons in die Kolonien gekommen sind, weil zwischen ihnen und der Regierung in England etwas vorgefallen war. Mein Urgroßvater, Sir Everard, war mit seinem zweiten Sohne unzufrieden, und die Spannung brachte meinen Großvater nach der Provinz Karolina. Doch, da der Bruch seit langer Zeit geheilt ist, so hab' ich oft gedacht, ob mein Bruder nicht wieder in die Hallen unserer Väter zurückkehren möchte. Doch wird viel daraus ankommen, wie wir unser Besitztum diesseits des Meeres unterbringen werden.«

Hier schloß die gutmütige, aber etwas redselige und mit sich zufriedene Dame ihre Rede und sah sich mit einem forschenden Blick nach ihrer jungen Nichte um, der der Schluß ihrer Rede vollkommen entgangen war. Gertraud hatte wie gewöhnlich, wenn Frau von Lacey die Gouvernante mit Familiennachrichten zu unterhalten geruhte, den Kopf gewendet, und die von Gesundheit, vielleicht auch diesmal von einer kleinen Scham brennenden Wangen dem kühlenden Abendwinde hingehalten. Aber sobald ihre Tante zu reden aufgehört hatte, schloß sie sich von neuem schnell den beiden an, und auf ein Schiff zeigend, dessen Masten – da es im innern Hafen lag – über die Stadtdächer vorragten, rief sie, in der Absicht, der Unterredung irgendeine andere Wendung zu geben:

»Und in jenen finstern Kerker sollen wir, liebste Wyllys, den ganzen nächsten Monat zubringen?«

»Ich will hoffen, Ihre Abneigung gegen die See hat bei Ihnen das Zeitmaß verlängert,« entgegnete sanft die Erzieherin; »die Überfahrt von hier nach Karolina ist oft in einem weit kürzeren Zeiträume gemacht worden.«

»Daß dies der Fall sei, kann ich bezeugen«, setzte hier die Admiralswitwe hinzu, die gar zu gern einen Gedanken verfolgte und ausspann, wenn er einmal in ihr rege geworden war und in ihr Lieblingsfach einschlug. »Mein verstorbener, würdiger und (ich bin überzeugt, niemand wird mir hierin widersprechen) mein tapferer Gemahl führte einst ein Geschwader seines königlichen Herrn von einem Ende der amerikanischen Besitzungen Sr. Majestät zum andern in kürzerer Zeit, als die von meiner Nichte angegebene. Freilich mag zur Eile, mit der er segelte, zum Teil der Umstand beigetragen haben, daß er die Feinde des Königs und des Reichs verfolgte; soviel aber bleibt gewiß und ausgemacht, daß die Reise in weniger als einem Monat vollendet werden kann.«

»Da ist das furchtbare Henlopen mit seinen Sandbänken und Schiffbrüchen von der einen Seite und der sogenannte Golfstrom von der andern!« rief Gertraud mit einem Schauder und Ausbruch weiblichen Entsetzens, das hin und wieder sogar die Furchtsamkeit anziehend macht, wenn es mit Jugend und Schönheit zusammenfällt. »Wäre nicht Henlopen, und die Stürme, und die Bänke, und der Golf, ich könnte mich dem Vergnügen, meinen geliebten Vater wiederzusehen, ganz überlassen.«

Frau Wyllys, die ihrem Zöglinge nie in solchen natürlichen Schwachheiten, so liebenswürdig sie auch in anderen Augen scheinen mögen, etwas nachsah, wandte sich mit fester Miene zu der jungen Lady, indem sie kurz und entschieden, und als wollte sie den Punkt der Furcht auf einmal ins reine bringen, bemerkte:

»Wenn alle Gefahren, liebe Gertraud, die Sie auf Ihrer Reise anzutreffen besorgt sind, wirklich stattfänden, so würde ja die Überfahrt nicht täglich, ja stündlich sicher geschehen können. Sie selbst, Madame, sind gewiß oft mit Ihrem Gemahl, dem Admiral de Lacey, aus Karolina hier eingelaufen?«

»Nie«, erwiderte die Witwe schnell und etwas trocken. »Die Wasserreise war meiner Konstitution zuwider; deswegen hab' ich jederzeit die Reise zu Lande gemacht. Dabei müssen Sie aber wissen, Wyllys, daß ich, die Gattin und Witwe eines Flaggenoffiziers, nichts weniger als unerfahren in der Seewissenschaft geblieben bin. Es werden gewiß wenige unter den britischen Damen sein, die mit Schiffen bekannter und vertrauter sind als ich, sowohl mit einzelnen Fahrzeugen, als mit ganzen Geschwadern. Diese Kenntnis hab' ich mir als die Gemahlin eines Offiziers verschafft, dessen höchstes Glück es war, Flotten anzuführen. Mit Ihnen, Wyllys, mag es anders sein: ich vermute, was zur Schiffahrt gehört, sind böhmische Dörfer für Sie.«

Die ruhige, würdevolle Haltung der Gouvernante nahm hier augenblicklich einen trübern Anstrich von Schwermut an. Es war ihr freilich schon vorher anzusehen, daß tiefliegende, lang gehegte, peinliche Erinnerungen ihren Zügen einen dauernden, doch sanften Kummer eingegraben hatten, der die Spuren ihres Grundcharakters, der immer noch aus ihren Augen sprach, mehr milderte als verwischte. Sie war eine Zeitlang unschlüssig, ob sie nicht lieber abbräche, faßte sich aber und antwortete:

»Ich bin keineswegs ein Fremdling auf der See. Mein Verhängnis hat gewollt, daß ich manche lange und manche gefährliche Fahrt habe machen müssen.«

»Doch nur als Passagier. Wir Gattinnen von Seehelden sind die einzigen unseres Geschlechts, die auf die edle Wissenschaft Anspruch machen können. Kann es wohl ein schöneres und erhaberes Schauspiel geben«, fuhr die verwitwete Seeheldin mit einer Art von Begeisterung über diesen Gegenstand fort, »als der Gang eines stattlichen Schiffs, das die Wellen durchschneidet, dessen Hackebord, wie mein seliger Admiral wohl tausendmal gesagt hat, die See pflügt, dessen Schaft einen hellen Streifen hinter sich läßt, wie die Windungen einer Schlange, wie ein lebendes Tier, das auf dem Lande daherfliegt und den Hinterfuß in die Stapfen des Vorderfußes setzt! Ich weiß nicht, liebste Wyllys, ob ich mich Ihnen verständlich mache, soviel aber ist gewiß, meinem geschärften, unterrichteten Auge stellt sich zugleich mit dieser reizenden Beschreibung ein Bild dar, das alles, was groß und schön ist, weit hinter sich läßt.«

Das heimliche Lächeln, das sich in den Mundwinkeln der Gouvernante zu zeigen anfing, weil sie sich nicht des Gedankens erwehren konnte, der selige Admiral sei ein Schalk gewesen, der die Frau Admiralin oft zum besten gehabt, würde sie vielleicht verraten haben, wenn sich nicht von oben herab ein Geräusch hätte hören lassen, das dem Raschlen des Windes in Blättern glich, aber im Grunde nichts weiter war, als ein unterdrücktes Gelächter. Noch schwebten die Worte: »O, wie allerliebst!« auf den Lippen der jungen Gertraud, die das soeben entworfene Gemälde der Tante bewunderte, ohne sich in die Kleinigkeitskrämerei der Wortkritik einzulassen, als auf einmal ihre Stimme stockte und ihre Stellung einem Standbilde glich. Nach einigen Sekunden fragte sie:

»Haben Sie nichts gehört?«

»Die Ratten treiben noch immer ihr Wesen in der Mühle!« war die ruhige Antwort der Frau Wyllys.

»In der M ü h l e ? Liebste Wyllys, bleiben Sie noch immer dabei, diese pittoreske Ruine e i n e M ü h l e zu schelten?«

»So sehr das Gebäude dadurch in achtzehnjährigen Augen verlieren mag, so kann ich es nicht anders nennen als – e i n e M ü h l e.«

Das liebenswürdige Mädchen lachte, aber ihr feuriger Blick zeigte zugleich den Ernst, mit dem sie ihre Lieblingsmeinung verfocht: »Gibt es denn der Ruinen soviel hierzulande, daß Sie sich kein Gewissen daraus machen, den wenigen, in deren Besitz wir sind, Namen und Wert zu rauben?«

»Desto besser! Je weniger Ruinen, um so glücklicher das Land! Ruinen sind einem Lande, was sie dem Gesichte sind, nämlich Zeichen des Verfalls, traurige Folgen der Mißbräuche und Leidenschaften, die das Umsichgreifen der Zeit beschleunigen. Unsere Provinzen, liebste Gertraud, sind wie Sie, in ihrer Frische und Jugend, und, um den Vergleich fortzusetzen – in ihrer Unschuld. Lassen Sie uns hoffen, daß beide Teile noch lange in diesem glücklichen Zustande bleiben werden.«

»Ich danke Ihnen in meinem und meines Vaterlandes Namen für die Wünsche, kann mich aber nicht entschließen, diese malerische Ruine für eine ehemalige M ü h l e zu halten.«

»Was sie auch gewesen sein mag, soviel ist gewiß, sie hat den Platz hier lange eingenommen und wird ihn, allem Anschein nach, viel länger einnehmen, als das, was Sie soeben ›einen finstern Kerker‹ nannten, das stattliche Schiff dort, das wir in kurzer Zeit besteigen werden. Trügen meine Augen mich nicht, Madame, so bewegen sich die Masten langsam über die Schornsteine der Stadt hin.«

»Sie sehen ganz recht, Wyllys. Es sind die Matrosen, die das Schiff in den äußern Hafen bugsieren; dort werden sie es vor Anker legen und es so lange Warpen, bis sie die Segel aufrollen, um mit dem Frühesten in See zu stechen. Dieses ist ein Manöver, das oft unter meinen Augen vorgenommen wurde, eines von denen, die mir mein Admiral so deutlich erklärt hat, daß ich wenig Schwierigkeit finden würde, es in eigener Person anzuordnen, wenn es sich für mein Geschlecht und meinen Stand schickte.«

»Also ein Wink für uns, liebstes Kind, mit unsern Anstalten zur Reise zu eilen. So reizend auch dieser Ort – und Ihre Ruine – Ihnen scheinen mag, so müssen wir ihn doch, wenigstens auf einige Monate, verlassen.«

»Ja, ja,« fuhr Frau von Lacey fort, indem sie der Gouvernante, die sich bereits in Bewegung gesetzt, langsam nachfolgte: »Auf diese Weise sind oft ganze Flotten bugsiert, vor Anker gelegt, gewarpt worden, bis sich der günstige Wind zum Absegeln eingefunden. Keiner von unserem Geschlecht sind die Gefahren des Ozeans so bekannt als mir, die so eng mit Offizieren von hohem Rang und Diensten verbunden gewesen ist; keine von ihnen kann einen so vollen Begriff und Genuß von der wirklichen Größe des edelsten Berufs auf Erden haben. Kann es wohl ein schöneres Schauspiel geben, als das eines stattlichen Schiffs, dessen Hackebord die Wellen durchschneidet, dessen Schaft das spurlose Wasser furcht, wie ein Renner, der im schnellsten Lauf in seine eigene Fußtapsen tritt?«

Die Antwort der Frau Wyllys entging den lauschenden Ohren der beiden Turmbewohner. Gertraud hatte sich mit den anderen auf den Weg gemacht; aber in einiger Entfernung von ihrer lieben Ruine blieb sie stehen, um von den zerbröckelten Mauern einen zärtlichen Abschied zu nehmen. Die Pause hielt über eine Minute an. Dann aber sprach sie zu dem schmelzfarbenen Mädchen, das ihr den Arm gab: »Kassandra, dort in den Steinklumpen ist etwas ... was mich wünschen ließe, es wäre mehr als eine M ü h l e . «

»Ratten sind's,« antwortete die Negerin, »nichts weiter als Ratten; habt Ihr's nicht gehört? Mistreß Wyllys hat's gesagt.«

Gertraud drehte sich zu ihr, lachte, klopfte ihr die schwarzen Backen mit Fingern, die dagegen wie Schnee aussahen, zur Strafe wie es schien, weil jene wünschte, ihr die süße Täuschung zu rauben, der sie sich so gern überließ: und nun sprang sie mit ein paar Sätzen den Hügel hinab, der Tante und Erzieherin nach, wie eine junge, rasche, fröhliche Atalante.

Die beiden Männer, die der Zufall so sonderbar im Turm zusammengebracht halte, standen jeder vor seinem Fensterloch und sahen dem lieblichen Mädchen nach, solange noch der schwächste Schimmer ihres weißen Gewandes zu erblicken war. Alsdann kehrten sie sich um, standen da, sahen einander an und suchten wechselseitig einer in des andern Augen den Ausdruck seiner Gedanken zu lesen. Endlich rief der Anwalt aus:

»Ich bin bereit, vor dem Lord-Großkanzler die eidliche Aussage zu machen, daß dieses hier nie eine Mühle gewesen!«

»Ei, ei! Ihr habt ja Eure Meinung schnell geändert!«

»O ich bin zur Überzeugung gekommen, so wahr ich hoffe, einst Richter zu werden. Der Prozeß ist von einem unwiderstehlichen Sachwalter geführt und mir sind die Augen geöffnet worden.«

»Und doch sind Ratten im Turme.«

»Landratten oder Wasserratten?« fragte schnell der Grüne, aus seinen Gefährten einen von den suchenden, eindringenden Blicken heftend, die seinem forschenden Auge so sehr zu Gebote standen.

»Von beiden Gattungen, wie mich dünkt,« war die trockene, stechende Antwort; »wenigstens von der ersten, oder das Gerücht müßte den Herren im langen Talar sehr unrecht tun.«

Der Anwalt lachte und schien ganz und gar nicht empfindlich über den Stich, der seinen gelehrten und hochachtbaren Kollegen versetzt worden war.

»Ihr Herren vom Ozean habt einen so verehrlichen und kurzweiligen Freimut an euch,« sagte er, »daß ich bei Gott versichere, ihr seid unwiderstehlich. Ich muß überhaupt eure Seesprache bewundern. Sie ist so edel und bisweilen so geschickt und gewählt in ihren Ausdrücken und Redensarten. ›Kann es wohl ein herrlicheres Schauspiel geben, als ein stattliches Schiff, die Wellen mit seinem Hackebord zerteilend und mit seinem Schafte jagend, wie ein Roß im Wettlauf‹.«

»Und den Hinterfuß einsetzend, daß es einen Streifen gibt, wie eine Feuerbacke, usw., usw., usw.«

Beide fanden eine solche Ergötzlichkeit an den Bildern und Gleichnissen der würdigen Witwe des tapfern Admirals, daß sie zugleich in ein unmäßiges, weitschallendes Gelächter ausbrachen, so daß der Turm, wie in den Zeiten seines besten Windes, erklang. Der Anwalt war der erste, der über sich Herr wurde, denn die Lustigkeit des jungen Seemanns war leichterer Art und mehr ausgelassen.

»Dies ist hier ein gefährlicher Grund,« sagte er, nachdem er sein Lachen ebenso plötzlich eingestellt, als er es sich erlaubt hatte, »ein gefährlicher Grund, eine Sandbank für alle, nur nicht für die Witwe eines Seemanns. Was für ein leckerer Bissen, was für ein heiteres, liebenswürdiges Geschöpf ist aber jene Jüngere, die keine Liebhaberin von Mühlen ist! Es scheint, sie ist die Nichte der alten seekundigen Dame.«

Jetzt hörte auch der junge Seemann zu lachen auf, weil es ihm unangenehm auffiel, wie unschicklich es sei, eine so nahe Verwandte der schönen Erscheinung, die er soeben gehabt hatte, zum Gegenstand des Spottes zu machen. Er mochte sich insgeheim denken, was er wollte, genug, er begnügte sich mit der kurzen Antwort:

»Sie hat es ja selbst gesagt.«

»Sagt mir, Freund,« fuhr jener fort, dem Seemann näherrückend, wie einer, der ein wichtiges Geheimnis in eine Frage einkleidet, »kommt es Euch nicht vor, als liege etwas Merkwürdiges, Inniges, Außerordentliches, Herzrührendes in der Stimme der Frau, die sie Wyllys nannten?«

»Habt Ihr es auch bemerkt?«

»Sie klang in meinen Ohren wie die Töne eines Orakelspruches, wie das Gelispel der Phantasie, wie die Worte der Wahrheit selbst. Es war eine seltsame, überredende Stimme.«

»Ich gestehe ebenfalls, daß sie einen tiefen Eindruck auf mich gemacht und mich angesprochen hat, ich kann nicht erklären, wie.«

»Es steckt eine Art von Zauber dahinter!« sagte der Rechtsgelehrte, im kleinen Raum auf und ab schreitend. Jede Spur von Humor und Ironie war von ihm gewichen, oder hatte sich in einem Blick tiefen und sorgsamen Nachsinnens verwandelt. Sein Gefährte schien wenig gestimmt, ihn und seine Betrachtungen zu stören. Er stand gegen die nackte Wand gelehnt und überließ sich ebenfalls seinen Gedanken. Endlich schüttelte der erste mit jener Raschheit, die in seinem Wesen lag, die ungewohnte Last ab, stellte sich an ein Fenster, zeigte Wildern das Schiff im äußern Hafen und fragte ihn kurz und abgebrochen:

»Hat bei Euch aller Anteil, den Ihr an jenem Schiff nahmt, aufgehört?«

»Gerade das Gegenteil: es ist just ein Fahrzeug, wie es ein Seemannsauge am liebsten betrachtet.«

»Wollt Ihr versuchen, es zu besteigen?«

»In dieser Stunde des Tages? Allein? Ich kenne weder den Kapitän noch die Mannschaft.«

»Es braucht ja nicht eben d i e s e Stunde zu sein, und ein Schiffer ist bei seinen Kameraden immer willkommen.«

»Nicht doch; die Sklavenschiffe haben gewöhnlich nicht gern, daß man sie besucht; sie sind bewaffnet und wissen, wie man die Fremden zurückweist.«

»Gibt es nicht in der Maurerei Eures Gewerbes Losungsworte, woran ein Bruder den andern erkennt? Worte z. B. wie ›die Wellen mit dem Hackebord zerteilen‹ oder dergleichen Kunstphrasen, wie wir soeben gehört haben?«

Hier warf Wilder einen festen Blick auf den andern, als er sich so befragt sah, und schien seine Antwort lange abzuwägen.

»Wozu diese Fragen?« sagte er endlich kühl.

»Wie ich glaube, daß ein blödes Herz keine Schöne gewinnt, so glaube ich auch, daß ein unschlüssiges kein Schiff erobert. Ihr wünscht, sagt Ihr, eine Anstellung; und soviel ist gewiß, wäre ich Admiral, ich machte Euch zum Flaggenkapitän. Wenn wir anderen in den Assisen ein Dokument nachsuchen, so haben wir unsere Weise, den Wunsch zu erkennen zu geben. Vielleicht gehe ich aber mit einem Fremden, wie Ihr mir seid, aufs Geratewohl zu weit. Nur vergeht nicht, daß der Rat, wenn er auch von einem Rechtskundigen kommt, Euch unentgeltlich gegeben wird.«

»Und kann ich mich aus diesem Grunde um so mehr darauf verlassen, daß er gut sei?«

»Darüber müßt Ihr selbst urteilen«, sagte der Grünrock, setzte den Fuß auf die Leiter und stieg so weit hinab, bis der Kopf allein über der Öffnung zu sehen war. »Hier durchschneide ich buchstäblich die Wellen mit einem Hackebord!« setzte er hinzu, indem er rücklings weiter hinabstieg, und schien auf die Worte einen besondern Nachdruck zu legen.

»Adieu, Freund: sollten wir uns nicht wiedersehen, so vergeßt wenigstens die Ratten in der Ruine von Newport nicht!«

Mit diesen Worten verschwand er, und im zweiten Augenblick war seine leichte Gestalt auf dem Boden. Mit bewundernswürdiger Kälte drehte er sich um und gab der Leiter mit dem Fuße einen Stoß, daß sie abrutschte, umfiel, und dem Manne oben den einzigen Weg zur Rückkehr unmöglich machte. Hierauf zum bestürzten Wilder hinausblickend, nickte er ihm mit dem Kopfe vertraulich zu, wiederholte sein: »Adieu Freund!« und schlüpfte mir einem Satze aus dem Gewölbe ins Freie.

»Das ist seltsam, ja sogar unverschämt«, murmelte Wilder, der auf diese Weise in der Ruine gefangen blieb. Nachdem er sich überzeugt hatte, daß ihm ein Sprung durch die Öffnung ein Bein und vielleicht beide kosten könnte, lief der junge Schiffer nach einem von den Fenstern, um seinen Gefährten mit Vorwürfen zu überhäufen und sich vor allem zu vergewissern, ob es ihm Scherz oder Ernst dabei sei. Aber der Anwalt war schon über alle Berge, und ehe sich Wilder noch besinnen konnte, was zu tun sei, hatte der Leichtfuß schon die Vorstadt erreicht und sich zwischen den Gebäuden verloren.

Während der Zeit, als alles dieses, vom ersten Besteigen des Turmes an, vorfiel, hatten sich Fid und der Neger fleißig an den Inhalt des Kobers gehalten. Nur als die Eßlust des ersten etwas befriedigt war, stellte sich seine didaktische Stimmung wieder ein, und gerade in dem Augenblick, wo Wilder in den Turm eingesperrt wurde, hielt Fid dem Neger eine Vorlesung über das Benehmen in gemischten Gesellschaften.

»Folglich siehst du, Guinea,« so schloß er sie, »daß, wenn es in Gesellschaft heißt: Rückwärts das Ruder! Tu niemals ganz abfallen und das hinterste voran, aus einem Disput steuern mußt, wie es dir zu tun beliebt hat. Wenn ich selbst kein Dummkopf bin, so ist es ausgemacht, daß Master Nightingale besser hinter einen Gasttisch in der Wirtsstube gehört als in eine Bö. Hättest du luv angemacht und in seine Windvierung geschossen, als du sahst, daß ich mich dwarsab mit meinen Gründen quer vor seine Klüsen legte, so siehst du wohl, daß wir ihm die Rede regelmäßig bekniffen und ihm vor allen Umstehenden Schande gemacht hätten ... Was ist das? Wer praiet da? Wo wird ein Schwein abgestochen?«

»Herjemine! Misser Fid,« rief der Neger, »da steckt Misser Harry den Kopf aus einer Stückpforte, dort oben, des Weges da, in dem Leuchtturm, und gröhlt wie ein Matrose im Boote, das er auspropt!«

»Ei! Laß ihn praien, soviel er Lust hat, als wenn er beim Bramsegel oder beim Klüverbaum stände! Der Kerl hat eine Stimme wie ein Waldhorn, wenn er sie anstrengt. Aber was Teufel fällt ihm ein, sich an das vom Wind und Wetter gepeitschte Wrack zu machen. Auf jeden Fall laß ihn seine Künste allein treiben, wie's ihm beliebt – warum geht er zum Sturm ohne die Trommel gerührt, ohne Posten ausgestellt und die Mannschaft gemustert zu haben!«

Da gleichwohl Dick und sein Kumpan sich gleich anfangs auf die Beine gemacht hatten, dem Rufenden zu Hilfe zu kommen, sobald sie seine Not inne geworden, so waren sie während des Redens soweit vorgerückt, daß sie sich ihm verständlich machen konnten. Wilder rief ihnen mit dem kurzen nachdrücklichen Tone eines kommandierenden Seeoffiziers zu, sie möchten die Leiter wieder aufstellen. Sie taten es, und als er sich befreit sah, fragte er sie mit sehr bedeutender Miene, ob sie die Richtung bemerkt hätten, die der Mann in Grün genommen habe?

»Meint Ihr den gestiefelten Kunden, der vorhin dort auf der Kaje sein Ruder in eines andern Rojeklampen schieben wollte?«

»Richtig, den meine ich!«

»Der hat den Wind quer durchschnitten, bis er luvwärts um die Scheune gekommen ist: dann hat er laviert Ostsüdost, dann ist er mit Leesegeln oben und unten in die hohe See gegangen und hat schon, wie ich glaube, eine tüchtige Strecke zurückgelegt.«

»Ihm nach!« schrie Wilder, sich auf den Weg hinstürzend, den Fid angegeben, ohne weiter aus die mit Seeredensarten ausstaffierten Weisungen der andern zu achten.

Ihm folgten beide: doch war die Jagd vergebens, obschon sie ihre Nachforschungen bis nach Sonnenuntergang fortsetzten. Niemand konnte ihnen die geringste Nachricht geben, was aus dem grünen Mann geworden war. Einige hatten ihn zwar gesehen und sich über sein sonderbares Kostüm und seinen kecken, um sich schauenden Blick gewundert: aber aus allem ergab sich's, daß er ebenso geheimnisvoll aus der Stadt verschwunden, als er hineingekommen war.

Fünftes Kapitel.

Die guten Einwohner der Stadt Newport pflegten sich zeitig zur Ruhe zu begeben. Sie zeichneten sich durch eine Regelmäßigkeit und Ordnungsliebe aus, die noch heutigentags ein Charakterzug der Sitten und Gewohnheiten der Neu-Engländer ist. Um zehn Uhr waren alle Türen in der ganzen Stadt verschlossen: und es ist mehr als wahrscheinlich, daß eine Stunde später von allen den Augen, die den Tag über eigene Geschäfte, vielleicht auch wohl Geschäfte der Nachbarn wach erhalten hatten, kein einziges mehr offen war.

Der Wirt zum »Unklaren Anker«, so hieß die Schenke, wo es zwischen Nightingale und Fid beinahe zur Prügelei gekommen wäre, schloß seine Tür pünktlich um acht Uhr: hiermit wollte er nämlich im Schlafe alle die kleinen Sünden abbüßen, die er sich am Tage erlaubt haben mochte. Überhaupt war es in der Stadt zur allgemeinen Regel geworden, daß alle, die die meiste Mühe gehabt, ihren Namen und Ruf rein zu erhalten, sich frühzeitig von den Sorgen und Umtrieben der Welt zurückzogen. So war's auch der Fall mit der Admiralswitwe. Sie hatte zu ihrer Zeit durch langes Aufbleiben und späte Beleuchtung ihres Hauses, wenn alles schlief oder schlafen sollte, kein kleines Ärgernis gegeben, – Überdies war in ihrem Leben und Umgang manches vorgefallen, wodurch sich die gute Frau der tadelnden Beurteilung ihrer weiblichen Bekanntschaft ausgesetzt hatte. So pflegte sie sich z. B., ungeachtet sie zur bischöflichen Kirche gehörte, am Samstagabend mit der Nadel zu beschäftigen, obschon sie keineswegs im Ruf stand, eine fleißige Arbeiterin zu sein. Sie tat es nur, um auf diese Weise zu erkennen zu geben, ihrem Glauben und ihrer Meinung nach sei der Sonntagabend der wahre orthodoxe Abend des Sabbats. In diesem Punkte war zwischen ihr und der Frau des Hauptpfarrers in der Stadt eine Art offener Fehde, doch ohne Kriegserklärung und Feindseligkeit. – Die Frau Pastorin begnügte sich nur, das Wiedervergeltungsrecht auszuüben. Sie brachte ihren Nähbeutel alle Sonntag abend zur Frau Admiralin, unterbrach bisweilen die Unterredung, um zur Arbeit zu greifen, nähte emsig und fleißig fünf bis sechs Minuten hintereinander, und knüpfte alsdann den Faden des Diskurses wieder an. Während der Pause und Sabbatschändung wußte sich Frau von Lacey gegen die Gefahr der Ansteckung nicht anders zu decken, als daß sie in einem vor sich liegenden Gebetbuche blätterte. Sie dachte vermutlich dabei an den Grundsatz der Kirche, daß man durch Weihwasser den Teufel in Respekt und in der gehörigen Entfernung halten könne.[20]

Abends zehn Uhr also war Newport so still, als wenn es keine lebendige Seele beherbergt hätte. Ich sage mit Bedacht: Abends zehn Uhr, und nicht, als der Wächter rief: »Zehn ist die Glock!« Denn es gab damals keine Nachtwächter in Newport, aus dem ganz einfachen Grunde, weil es noch keine Schelme und Spitzbuben in der Provinz gab, die ihr Handwerk in der Nacht trieben. Als sich daher Wilder und seine zwei Gefährten um diese Zeit in den Straßen sehen ließen, fanden sie die Stadt menschenleer und ausgestorben. Kein Licht brannte; keine Seele rührte sich. Dies mochte unseren Abenteurern wohl bewußt sein, denn anstatt an die Tür eines Gasthofes zu klopfen und den schläfrigen Wirt herauszupochen, schlugen sie sich gleich auf die Wasserseite. Wilder führte den Trupp an, Fid folgte auf ihn, und Scipio, wie gewöhnlich still und untertänig, machte den Nachtrab.

Am Strande fanden sie mehrere kleine Fischerboote am Fuße einer nahen Kaje. Wilder gab den beiden seinen Auftrag, und schritt selbst weiter, eine bequeme Stelle zum Einsteigen suchend. Nach Verlauf kurzer Zeit kamen zwei Boote zugleich ans Land, das eine geführt vom Neger, das andere von Fid,

»Was ist das?« fragte Wilder. »Warum zwei? Ihr habt gewiß unrecht verstanden!«

---

[20] Die Puritaner glaubten, daß der Sabbat mit dem Sonnenuntergange des Samstags beginne und mit derselben Stunde des Sonntags zu Ende gehe. Dieser letztere Abend wurde daher, und wird es zum Teil noch, mehr zu Festlichkeiten als zur Gottesverehrung verwendet, während man den des Samstags aufs Förmlichste und mit aller Ruhe der Andacht beging. Der Verfasser gegenwärtiger Novelle hatte einmal über diesen Punkt mit einem Geistlichen New-Englands einen Wortkampf, und obgleich der letztere für seine Ansicht keine gewichtige biblische Autorität aufzustellen wußte, so mußte ihm doch darin recht gelassen werden: es liege etwas Tröstliches und Großartiges in dem Gedanken, daß die ganze Christenheit den Sabbat genau zu derselben Zeit feiere. Aber freilich tritt hier der Einwurf dazwischen, daß sich, abgesehen von der Beschränkung dieses Gebrauchs auf einzelne Sekten, die Zeitberechnungen unter verschiedenen Längengraden anders herausstellen.

»Nicht doch«, antwortete Fid, das Ruder flach liegen lassend und sich mit den Fingern in das Haar fahrend, wie einer, der mit dem, was er getan hat, zufrieden ist, »Hier ist ebensowenig Mißverständnis, als wenn jemand bei klarem Wetter und stillem Wasser in See sticht. Scipio ist im Boote, das Ihr gedungen habt; aber ich dachte gleich, als Ihr den Handel abschlosset, daß er nichts tauge, und so folgte ich meiner Regel und meinem Sprichwort: ›Besser bewahrt als beklagt!‹ Und weil ich denn Lunte gerochen und den Betrug entdeckt habe, so bring' ich Euch dies Boot. Wenn es nicht das beste, festeste von allen ist, so mögt Ihr sagen, ich verstehe nichts davon.«

»Kerl,« erwiderte Wilder aufgebracht, »du wirst mich dahin bringen, daß ich dich über kurz oder lang wegjage. Gleich rudre das Boot wieder dahin, wo du es genommen hast.«

»Mich wegjagen?« antwortete Fid frei und entschlossen, »das hieße, Meister Harry, mit einem Hieb Euer gut Wetter meilenweit abschneiden. Ihr und Scipio Afrika würdet nicht viel Kluges anfangen, wenn wir uns trennen sollten. Habt Ihr wohl je im Log nachgemessen, wie lange wir zusammengesegelt sind?«

»Freilich hab' ich's; doch es gibt Fälle, wo man eine zwanzigjährige Freundschaft abbricht.«

»Mit Eurer Erlaubnis, Meister Harry, will ich verdammt sein, wenn ich so was glaube. Hier steht Guinea, er ist nichts besser als ein Neger, und folglich weit entfernt, ein geeigneter Gesellschafter für einen Weißen zu sein! Da ich aber gewohnt bin, seht Ihr, zweiundzwanzig Jahre in sein schwarzes Gesicht zu schauen, so hat seine Farbe Eingang bei mir gefunden, und gefällt mir nun wie eine andere. Überdies läßt sich zur See, in stockfinsterer Nacht, nicht leicht schwarz von weiß unterscheiden. Nein, nein, Master Harry, ich bin Eurer noch nicht überdrüssig, und eine Kleinigkeit wie diese soll uns nicht trennen.«

»Dann mußt du aber auch die Gewohnheit ablegen, mit dem Eigentum anderer wie mit dem deinen umzugehen.«

»Nichts, gar nichts leg' ich ab. Niemand kann austreten und sagen: Er hab' mich ein Deck verlassen sehen, solang noch eine Planke mit dem Balken zusammenhing, und ich sollte meine Rechte fahren lassen oder ablegen, wie Ihr's nennt? Was hab' ich denn so groß verbrochen, daß das Schiffsvolk zusammengerufen wird, weil ein alter Seemann bestraft werden soll? Ihr habt einem ungehobelten Fischer, einem Kerl, der nie in tieferem Wasser gewesen, als wo seine Angel den Grund finden kann, Ihr habt ihm, sag' ich, einen blanken Spanier[21] gegeben für den mageren Gebrauch seines Kahns auf eine Nacht, oder allenfalls auch auf einen Teil des Morgens. Nun was hat Richard Fid getan? Er hat zu sich selbst gesprochen: – denn Gott soll mich verdammen, wenn ich jemals im Schiff herumgezogen bin und geplappert, und mich bei der Mannschaft über einen Offizier beschwert habe. – Nein, zu sich selbst hat Dick gesprochen: ›Das ist zuviel Geld!‹ Und dann ist er hingegangen und hat für weniger Geld einen bessern Nachbarskahn gedungen. Geld kann man veressen und, was noch besser ist, vertrinken: folglich muß man es nicht, wie der Schiffskoch die kalte Asche, über Bord werfen. Ich bin ferner überzeugt, beim Lichte besehen, daß die Eigentümer dieser Jolle und jenes Kahns Vettern und Muhmen sind, und daß von der ganzen Familie das Geld in Tabak und stark Bier verzehrt wird, so daß es zuletzt auf eines rausläuft, und niemanden unrecht geschehen ist.«

Wilder gab dem andern ein Zeichen der Ungeduld und den schweigenden Befehl zu gehorchen, und ging am Strande auf und nieder, bis er zurück kam. Fid widerstand nie einem ausdrücklichen deutlichen Gebot; nur wenn es ein weniger bestimmtes war, nahm er sich Zeit, ihm nachzukommen. Diesmal ging's also rasch vor sich; unverzüglich ruderte er das Boot zurück, doch erlaubte er sich dabei den kleinen Subordinationsfehler, unterwegs vor sich hin zu protestieren. Sobald alles wieder in Ordnung war, bestieg Wilder das Boot, die beiden anderen griffen zu den Rudern, und jener wies sie an, sich mit so wenig Geräusch als möglich zum Hafen hinauszuarbeiten. Fid steckte die Linke in den Busen, und führte mit der Rechten das Ruder mit Kraft, so daß die Jolle leicht und schnell dahinglitt. Er sagte dabei:

»Erinnert Ihr Euch noch der Nacht, wo ich Euch bis in Louisburg hineinruderte, um zu rekognoszieren? Damals wickelten wir uns ein wie Wickelkinder und hatten keine Zunge. Wenn es not tut, der Equipage einen Knebel ins Maul zu stecken, so hab' ich nichts dage-

---

[21] Piaster.

gen; in anderen Fällen aber bin ich der Meinung, daß die Zunge zum Sprechen gemacht ist, wie die See zum Leben, und habe gern ein vernünftiges Gespräch und eine gesellschaftliche Unterhaltung ... Sip! Junge! Wo willst du hin? Die Insel liegt ja rechts, und du ruderst gerade links auf die Kirche zu!«

»Legt die Ruder an,« unterbrach Wilder befehlend, »laßt das Boot vor dem Schiffe vorbeitreiben.«

Sie waren in diesem Augenblick dem Schiffe nahe, das unweit der Kaje vor Anker lag, und, wie der junge Seemann heimlich im Turme erfahren hatte, am folgenden Morgen mit Frau Wyllys und der bezaubernden Gertraud nach Karolina absegeln sollte. Während das Boot vorüberschwamm, betrachtete Wilder mit Seemannsaugen das Schiff beim schwachen Sternenlicht. Kein Teil des Rumpfs, die Spieren, die Takelage, nichts entging seiner Untersuchung; und als sie sich entfernten und alles ineinanderfloß und wie eine dunkle Masse hinter ihnen lag, da lehnte sich der junge Mann mit dem Kopfe auf den Bootsrand und fiel in ein langes und tiefes Nachdenken. Fid fand sich nicht berufen, ihn in seinen Betrachtungen zu stören. Er hielt sie für eine natürliche Folge der Ansicht des Schiffs, für eine Sitte des Seemanns, kein Segel unbeachtet vorüber zu lassen, und somit für eine Art heiliger Beschäftigung. – Scipio schwieg ebenfalls, weil er überhaupt gern schwieg. So vergingen mehrere Minuten. Wilder war der erste, der die Stille brach und, sich plötzlich fassend und besinnend, die paar Worte hervorstieß:

»Ein großes, festes Schiff; ein Schiff, das eine lange Jagd machen könnte!«

»Ja, und imstande wäre, beim Vorteil des Windes, und mit vollen Segeln, einem königlichen Kreuzer bis zum Entern nahe zu kommen; aber eingeklemmt wie es ist, wär' ich der Mann, mich mit der naseweisen Hebe an seine Windseite zu ...«

»Burschen!« unterbrach Wilder, »es ist Zeit, daß ich euch zum Teil von meinen Bewegungen unterrichte. Wir sind seit zwanzig Jahren und drüber, Schiffsgenossen – ich möchte sagen Schiffskameraden gewesen. Ich war nicht viel besser als ein Kind, als du, Fid, mich zum Patron deines Schiffes brachtest, und nicht nur der Retter meines Lebens, sondern auch das Werkzeug warst, das mich in der Folge vielleicht zum Offizier erheben wird!«

»Sprecht doch nicht davon, Master Harry; Ihr wart ja bald geborgen und machtet nicht viel Umstände. Eine kleine Hängematte war Euch ebensoviel wert als des Kapitäns Kajüte.«

»Nein, Fid, ich bin dir viel schuldig für diesen ersten Dienst, und nicht weniger für deine Anhänglichkeit in der Folge.«

»Darin habt Ihr recht, Master Harry; in diesem Punkt bin ich nie von der Bahn gewichen und habe besonders nie meinen Enterhaken fahren lassen, so oft Ihr auch geschworen, mich wegzujagen. Was den Schuft hier, den Guinea, betrifft, der macht immer schön Wetter mit Euch, und hängt den Mantel nach dem Winde, wogegen zwischen uns beiden bald ein kleiner Sturm aufstößt, wie z. B. der Handel mit dem Boote ...

»Nichts mehr davon«, unterbrach ihn Wilder, dessen Gefühle durch die Rückerinnerung an soviel Ereignisse seines Lebens, an soviel bittere Auftritte aufgeregt waren. »Du weißt, daß nur der Tod uns trennen kann, du müßtest mich denn jetzt verlassen wollen. Ihr müßt nämlich beide wissen, daß ich in einem verzweifelten Handel begriffen bin, daß ich einen Plan verfolge, der mich leicht, und alle, die mich begleiten, in Tod und Verderben stürzen kann. Es schmerzt mich, liebe Freunde, wenn ich von euch scheiden müßte, vielleicht auf immer, aber ich kann nicht umhin, euch die ganze Gefahr meiner Lage zu entdecken.«

»Ist dabei viel Wegs zu Lande?« fragte Fid herausplatzend.

»Nein, das ganze Geschäft, soweit es sich erstreckt, macht sich zu Wasser ab.«

»Nu, so schlagt Eure Schiffsbücher auf und macht mein Zeichen, nämlich ein paar Anker kreuzweise, denn das hat immer soviel bedeutet, als wenn ganz ausgeschrieben dastände: R i c h a r d F i d .«

»Vielleicht aber, wenn Ihr erst erfahret ...«

»Ich brauche von der Sache nichts zu wissen und zu erfahren, Master Harry. Bin ich nicht oft mit Euch bei versiegelter Order gesegelt? Sollte ich meine Pflicht vergessen und meinen alten Leichnam Euch nicht noch mal anvertrauen? Und was sagst du dazu, Guinea. Willst du mit? Oder sollen wir dich dort auf jene flache

Landspitze absetzen, und dich mit den Stechmücken Bekanntschaft machen lassen?«

»Ich will sie mir hier schon abwehren«, murmelte der Neger, der gern mitging.

»Seht doch, Master Harry, Guinea ist wie die Barkasse eines Küstenfahrers, immer bereit, sich in Euer Kielwasser bugsieren zu lassen. Ich hingegen lege mich oft quer vor Eure Klüsen, oder schieße auf die eine oder die andere Weise Eurem Schiff in die Windvierung. Soviel aber ist ausgemacht, wir gehen mit Euch auf den Kreuzzug aus, und sind mit allen Umständen vollkommen zufrieden. Sagt uns nur noch, was wir zu tun haben, und dann kein Wort weiter parlamentiert!«

»Denkt an die Weisung, die Ihr von mir erhalten habt,« erwiderte Wilder, weil er wohl sah, daß die Ergebenheit seiner Begleiter keines Sporns bedurfte, und ihm eine lange Erfahrung ihre Treue und Anhänglichkeit verbürgte, und daß er nur über kleine Fehler und Verstöße, Folgen ihres Standes und ihrer Erziehung, wegzusehen habe; »denkt an meine Erklärung, und nun geradezu auf das Schiff im Außenhafen.«

Fid und der Schwarze gehorchten, und bald strich das Boot neben der kleinen Insel vorbei, in die sogenannte große See. Sowie sie dem Schiffe näher kamen, gingen die Ruder erst leiser, dann hörten sie zugleich ganz auf. Wilder zog es vor, die Jolle dem Strome zu überlassen, damit er das Schiff gemächlich untersuchen könnte, bevor er an Bord ginge.

»Hat das Schiff nicht die Finkenetten, wie zum Gefecht, um die Takelage gelegt?« fragte er mit einer Stimme, deren leiser Ton unbemerkt bleiben sollte, und dennoch den Anteil verriet, den er an der Antwort nahm.

»Sehe ich recht, so ist es so«, entgegnete Fid, »Die Sklavenhändler haben kein gut Gewissen, und sind nie ohne Furcht, außer wenn sie an der Küste von Kongo Jagd auf einen jungen Neger machen. Und doch ist hier in dieser Nacht so wenig Gefahr, daß sich ein französisch Segel sehen lasse, bei diesem Landwinde und klaren Himmel, als ich zu befürchten habe, Lord Großadmiral von England zu werden; wenigstens nicht sobald, weil meine Verdienste, leider! Sr. Majestät dem Könige zurzeit noch unbekannt sind.«

»In der Tat,« fuhr Wilder fort, der den Ausschmückungen, womit Fid seine Reden pikant zu machen suchte, keinen Geschmack abgewann, »die Leute sind in Bereitschaft, jeden, der zu entern versuchte, heiß zu empfangen. Es würde kein leichtes Stück Arbeit sein, ein so gut ausgerüstetes Schiff anzugreifen und wegzunehmen, wenn sich der Kapitän auf seine Leute verlassen kann.«

»Ich wollte wohl wetten, daß ein gut Viertel der Wache in diesem Augenblicke zwischen den Kanonen schläft, mitten in dem weiten Ausguck von Krahnbalken und Hackebord. Ich stand mal in der Hebe, bei der Fockrahe, an der Wetterseite, als ich von Südwest ein Schiff mit raumem Wind auf uns zukommen sah ...«

»Still! Man rührt sich auf dem Verdeck!«

»Ja, gewiß und wahrhaftig. Der Koch spaltet ein Brett, der Kapitän ruft nach seinem Nachttrunk.«

Fids Stimme verlor sich in einen Anruf vom Schiffe, der wie das Brüllen eines Seeungeheuers klang, das unvermutet den Kopf aus dem Wasser hervorstreckt. Die geübten Ohren unserer Seefahrer begriffen im ersten Augenblick, was es war, nämlich die Art und Weise, wie man ein Boot anholt.[22] Ohne an die Möglichkeit zu denken, daß noch ein anderes in der Nähe sein könne, bildete er sich ein, es gelte seinem, stand auf und gab Antwort.

»Was ist das?« rief jene Ungeheuerstimme. »Das ist keiner von denen, die hier am Bord Brot essen. Wo steckt ihr, die ihr mir zuruft?« fuhr er fort zu fragen.

»Hier unter Euerm Backbordbug, im Schatten des Fahrzeugs.«

»Und was habt Ihr hier zu suchen im Bereich meiner Klüsen?«

»Ich durchschneide die Wellen mit meinem Hackebord«, erwiderte Wilder nach einer Pause.

»Wer ist der Narr, der auf das Schiff hier lostreibt?« murmelte der Fragende. »Hervor mit dem Tölpel! Laßt sehen, ob der Kerl imstande ist, eine vernünftige Antwort zu geben.«

---

[22] Anruft.

»Halt!« rief eine Stimme in ruhigem aber befehlendem Tone vom äußersten Ende des Schiffes. »Alles ist, wie es sein soll.«

Der Mann im Bug hieß sie näherkommen, und die Unterredung hatte ein Ende. Erst jetzt fand Wilder Zeit, zu bemerken, daß das Anholen ein anderes Boot betraf, das weiter zurück war, und daß e r zu frühzeitig Antwort gegeben hatte. Da es aber zu spät war, sich zurückzuziehen, und vielleicht auch, da er fand, daß es in seinen ersten Plan paßte, so hieß er seine Gefährten heranrudern.

»Die Wellen mit dem Hackebord durchschneiden, ist zwar nicht die schicklichste Antwort auf ein Anholen«, murmelte Fid vor sich hin, als er das Ruder fallen ließ. »Allein es liegt doch auch keine Beleidigung darin. Wollen sie uns dort, Master Harry, durchaus was am Zeuge flicken, so laßt es aus dem Walde rausschallen, wie es reinschallte, und rechnet auf uns. Euch den Rücken zu decken.«

Die mannhafte Versicherung blieb von Wilder unbeantwortet, denn inzwischen war das Boot nur noch einige Fuß vom Fahrzeuge entfernt. Wilder bestieg nun das Schiff unter einer tiefen, und wie er selbst fühlte, nichts Gutes versprechenden Stille. Die Nacht war dunkel, obschon von den hier und dort sichtbaren Sternen so viel Licht herabschien, daß das Auge eines geübten Seemannes die Gegenstände unterscheiden konnte. Sobald unser junger Abenteurer das Deck erreicht hatte, warf er einen schnell forschenden Blick um sich, als sollten die Zweifel und Eindrücke, womit er sich lange getragen hatte, mit einem Male durch dieses ernste Umsichschauen aufgelöst und erklärt werden.

Auf einen, der solch Schauspiel nie gesehen, würde die Ordnung und Symmetrie des Schiffs, die hohen, wolkenansteigenden Spieren, die schwarze Masse des Rumpfs, die in der Luft hängende Takelage, das dunkel sich durchkreuzende Tauwerk, das ganze anscheinend verwirrte, verwickelte, und doch so kunstreich eingerichtete und berechnete Labyrinth, einen unbeschreiblichen Eindruck gemacht haben. Für Wilder waren die ihm bekannten Gegenstände kaum anziehend. Den ersten, schnellen Blick hob er zwar nach Seemanns Sitte aufwärts, dann aber durchlief er kurz und als Kenner die oben erwähnten Teile. Mit Ausnahme eines einzigen, der, in einen großen Wachtmantel bis an die Augen vermummt, ein Offizier schien, war keine Menschenseele auf den Verdecken sichtbar.

Von jeder Seite zeigte sich eine finster drohende Batterie, in der schönen, imposanten Ordnung aufgestellt, wodurch sich die Marineartillerie und Architektur auszeichnet. Nirgends aber konnte er eine Spur von Menschengruppen entdecken, die gewöhnlich das Deck eines bewaffneten Schiffs einnehmen, oder nur die Mannschaft, die zur Bedienung des Geschützes erforderlich ist. Es mochte sein, daß die Leute in ihren Hängematten lagen, wie es zur Nachtzeit zu sein pflegt; aber wo blieb dann der Teil der Equipage, der die Wache hatte, und für die Sicherheit sorgen sollte? Einem einzigen Individuum gegenüber, fing unser Waghals an, das Befremdende und Unrichtige jener Lage inne zu werden, und sah sich gedrungen, eine Erklärung einzuleiten.

»Ihr wundert Euch mit Recht, Sir, daß ich eine so späte Stunde zu meinem Besuche gewählt habe.«

»Ihr wurdet freilich früher erwartet!« war die lakonische Antwort.

»Erwartet?«

»Ja, erwartet. Hab' ich nicht gesehen, wie Ihr und Eure beiden Gefährten im Boote uns den halben Tag über von der Kaje aus, und selbst vom alten Turm auf dem Hügel beobachtet habt? Was konnte all diese Neugierde bedeuten, als die Absicht, an Bord zu kommen?«

»Seltsam! Ich muß es gestehen!« rief Wilder nicht ohne Unruhe aus. »Also war Euch meine Absicht bekannt?«

»Hört, Freund,« unterbrach ihn der andere, sich ein kurzes, leises Lächeln erlaubend, »nach Eurem Äußern und Aussehen zu urteilen, muß ich Euch für einen Seemann halten. Glaubt Ihr denn, daß wir keine Ferngläser an Bord haben, und daß wir sie nicht zu gebrauchen wissen?«

»Ihr müßt wichtige Gründe haben, auf die Bewegungen der Fremden am Strande so genau acht zu geben.«

»Hm! Vielleicht warten wir auf Ladung vom Lande. Aber Ihr seid wohl nicht in stockfinsterer Nacht hergekommen, Euch unsere Deklaration zeigen zu lassen? Doch, Ihr wolltet ja den Kapitän sprechen?«

»Seh' ich ihn nicht hier?«

»Wo?« fragte der andere mit einer Bestürzung, die bewies, daß er ihn hinter sich stehend vermutete.

»In Eurer Person.«

»Ich? So hoch steh' ich nicht, obschon es mit der Zeit dahin kommen mag. Hört aber, Freund, Ihr seid doch auf dem Wege hierher am Spiegel jenes Schiffes vorbeigerudert?«

»Ja; es liegt, wie Ihr seht, gerade auf meinem Wege.«

»Ein schönes, künstlich gebautes, gesundes Schiff; eines der besten, die ich sah. Bereit zur Abfahrt, wie man mir gesagt.«

»So scheint es; die Segel sind angeschlagen; es flotet wie ein Gefäß, das seine volle Ladung hat.«

»Und diese Ladung?« fragte jener abgebrochen.

»Nun, ich soll denken, die Artikel stehen auf der Deklaration. Aber I h r scheint noch leicht; und wenn Ihr hier ladet, so mögen wohl noch ein paar Tage verstreichen, ehe Ihr abfahrt.«

»Hm! Ich sollte meinen, kaum ein paar Stunden später als der Nachbar.« Diese Worte stieß der andere etwas trocken aus, schien sich aber zu besinnen, als habe er zuviel gesagt, und setzte hinzu: »Wir Sklavenschiffer laden, wie Ihr wißt, nicht viel mehr, als die Schellen für unsere Neger, und so viel Reis, als wir brauchen. Den Ballast machen Kanonen aus, und die Munition.«

»Bringt es denn der Gebrauch mit sich, daß Handelsschiffe schweres Geschütz führen?«

»Bisweilen ja, bisweilen nein. Die Wahrheit zu sagen, ist hier an der Küste wenig gesetzliche Ordnung, und der starke Arm kommt oft so weit, und noch weiter, als der rechtliche. Daher kommt's, daß es unsere Patrone nicht für überflüssig halten, sich mit Geschütz und Kriegsvorrat zu versorgen.«

»Dann müßten sie sich aber auch mit Leuten versehen, die damit umzugehen wissen.«

»Freilich haben Sie das in ihrer Weisheit oder Unweisheit vergessen.«

Die letzten Worte wurden von derselben rauhen Stimme halb erstickt, die Wilders Boot angeholt hatte, und jetzt wieder Töne in die See hineinbrüllte, die so viel bedeuten sollten, als: »Boot, halt!«

Die Antwort erfolgte schnell, kurz und seemännisch; aber leise und mit Vorsicht gegeben. Der Mann, mit dem Wilder die zweideutige Unterredung gewagt hatte, schien über die plötzlich eingetretene Störung verlegen, und ungewiß, wie er sich bei dem neuen Auftritte zu benehmen habe. Schon wollte er dem Fremden anbieten, ihn in die Kajüte zu führen, als das Plätschern der Ruder die Nähe des Bootes meldete, und es zu spät war. Er bat ihn also, einen Augenblick zu verweilen, und sprang nach der Laufplanke hin, den Leuten im Boote entgegen.

So sah sich der verlassene Wilder ganz allein im Besitz des Schiffsteiles, worauf er stand. Dies erleichterte ihm zugleich eine zweite Musterung der ihn umgebenden Gegenstände, und eine erste der neuen Ankömmlinge.

Fünf bis sechs Matrosen von athletischer Gestalt stiegen von dem Boot aufs Schiff, das tiefste Schweigen beobachtend. Eine kurze, leise Zwischensprache erfolgte mit dem Offizier, der ihren Bericht anzuhören und ihnen einen Befehl zu erteilen schien. Nachdem dieses vorläufige Geschäft beendigt war, wurde ein Seil vom Klappläufer der großen Rahe gerade auf das Boot herabgelassen, und gleich nachher sah Wilder zwischen Wasser und Spieren eine Last schweben, erst hoch, dann wieder nachgelassen, bis sie, mit vieler Sorgfalt geleitet, das Verdeck erreicht hatte.

Während dieser ganzen Verrichtung, die an und für sich nichts Seltenes und Außerordentliches ist, und täglich bei Auf- und Abladen der Schiffe am Hafen vorkommt, hatte Wilder seine Augen dergestalt angestrengt, als wollten sie aus ihren Höhlen hervordringen. Die dunkle Masse, die aus dem Boote geluftet wurde, hatte ihm, als ihr die Sterne zum Hintergrunde dienten, etwas von den Verhältnissen einer Menschengestalt gezeigt. Die Matrosen drängten sich bald um den Klumpen oder Körper oder was es sonst war, hoben die Last auf, trugen sie fort, und verschwanden mit ihr hinter die Masten, Boote und Kanonen am Vorderteil.

Das Ereignis war vollkommen geeignet, die ganze Aufmerksamkeit Wilders zu fesseln. Doch war sein Auge nicht so ganz auf die

Leute gerichtet, die ihre Bürde nach der Laufplanke trugen, daß es nicht zugleich ein Dutzend schwarzer Gegenstände entdeckt haben sollte, die hinter den Spieren und andern dunkeln Massen des Schiffs sichtbar wurden. Es konnten in der Luft schwebende Blöcke sein, gleichwohl hatten sie eine wunderbare Ähnlichkeit mit Menschenköpfen. Die gleichförmige Weise, auf die sie abwechselnd sichtbar wurden und wieder verschwanden, schien ihn in der letztern Meinung zu bestärken, so daß er bald gar nicht daran zweifelte, die Neugier, ihn zu sehen, bringe dieses Auf- und Niederducken der Köpfe aus ihren Verstecken hervor. Doch hatte er nicht Muße, sich die Sache genauer zu überlegen, denn jetzt kam der Offizier zurück, der, allem Anschein nach, mit ihm ganz allein auf dem Deck war.

»Ihr wißt, wie schwer es hält, die Mannschaft vom Lande wieder ins Schiff zu bringen, wenn die Abfahrt nahe ist.«

»Wie es scheint,« erwiderte Wilder, »macht Ihr kurzen Prozeß, und habt Eure unvergleichlichen Mittel, das Volk zusammenzuholen.«

»O, Ihr meint den Kerl, den wir heraufgewunden? Guter Freund, Ihr müßt gute Augen haben, daß Ihr in einer solchen Weite ein Jackknief von einem Spitzeisen unterscheiden könnt. Aber der Bursch war meuterisch – zwar nicht eigentlich ein Meuterer, aber betrunken; ein Meuterer, wie man es sein kann, wenn man weder sitzen, noch stehen, noch sprechen kann.«

Mit seinem eigenen Humor ebenso zufrieden, als mit dieser einfachen Erklärung, lachte jener, und schüttelte sich auf eine Art, die zu erkennen gab, wie sehr er sich in diesem Humor gefiel.

»Aber Ihr steht ja hier eine Ewigkeit auf dem Deck, und der Kapitän wartet auf Euch in der Kajüte; kommt, ich will Euch hineinlotsen.«

»Halt,« sagte Wilder, »wollt Ihr mich nicht vorher melden.«

»Er weiß schon, daß Ihr da seid; es gibt hier auf dem Schiffe wenige Stellen, wohin sein Ohr nicht reichen sollte.«

Wilder machte keinen Einwurf und zeigte sich bereit, zu folgen. Jener führte ihn nun zu dem Verschlag, der die Hauptkajüte von dem Hinterdeck trennt, zeigte dann auf eine Tür und flüsterte mehr als er sprach: »Pocht zweimal, und gibt er Antwort, so tretet ein.«

Wilder tat, wie ihm geheißen. Das erste Anpochen wurde entweder überhört und blieb unbeachtet. Das zweitemal rief man: Herein! Der junge Seemann machte die Tür auf und stand nun, im Scheine einer gewaltigen Lampe – dem Fremden im grünen Rock gegenüber.

Sechstes Kapitel.

Das Zimmer, in dem sich unser Abenteurer befand, gab keinen schlechten Begriff vom Charakter seines Bewohners. Es war an Raum und Form den gewöhnlichen Kajüten ähnlich, aber an Gerät und Einrichtung ein sonderbares Gemisch von Pracht- und Waffenliebe. Die Lampe, die an der Decke schwebte, war von massivem Silber, und obschon zu ihrer jetzigen Bestimmung künstlich eingerichtet, verriet sie durch Bau und Zieraten, daß sie zu einem heiligen Gebrauch – auf einem Altar – gedient hatte. Massive Kandelaber vom selben Metall, und deren Form ebenfalls einen früheren kirchlichen Dienst andeuteten, standen auf einem ehrwürdigen Tische von Mahagoni, glänzend von der Politur eines halben Jahrhunderts, getragen von vergoldeten Klauen und kannelierten Säulen, und dessen ursprüngliche Stelle sicher keine Schiffskajüte gewesen war. Längs dem Heckbalken stand das Bette mit einer Sammetdecke. Den Schotten gegenüber ein mit blauer Seide überzogener Diwan, dessen Gestalt, Material und Kissenwülste zu erkennen gaben, daß Asien zur Bequemlichkeit des jetzigen Besitzers hatte beitragen müssen. Das Ameublement vollständig zu machen, sah man Kupferstiche, geschliffene Gläser, Rahmen, Spiegel, Silberzeug, und sogar Tapeten und Gardinen. Jedes Stück schien aus einer andern Gegend zusammengebracht; keines glich an Fasson und Material dem Nachbar. Überhaupt war es einleuchtend, daß in der Wahl und Zusammenstellung mehr auf Pracht und Eleganz gesehen worden als auf Geschmack, und daß hier alles nur die Bestimmung hatte, der Laune oder der Bequemlichkeit des Besitzers zu dienen.

Mitten unter diesem Gemengsel von Reichtum und Luxus sah man eine zweite Gattung von Möbeln – drohendes, furchtbares Kriegsgerät. In der Kajüte standen vier schwarze Kanonen, deren Anzahl und Kaliber zuerst Wilders Augen auf sich zogen. Obschon von den vielen Prachtstücken halb versteckt, die wir soeben gemustert, bedurfte es nur eines Seemannsblicks, um herauszubringen, daß sie zum wirklichen und ernstlichen Gebrauch da waren, und daß fünf Minuten erforderlich wären, das Zimmer von allem Flitterstaat zu säubern, und es in eine heiße Batterie umzuschaffen. Pistolen, Säbel, Halbpiken, Streitäxte und das ganze Zeughaus kleiner Seewaffen war in der Kajüte auf eine Art aufgestellt und aufgehängt, die ihr zum Kriegsschmuck und im Notfall bei einem Angriff zur Wehr diente.

Rund um den Mast bildeten ebenfalls Musketen einen Kreis, und starke, hölzerne Riegel, offenbar dazu bestimmt, in Träger zu passen, und die Tür von beiden Seiten zu verrammeln, gaben den Beweis ab, daß die Schotten leicht in ein Bollwerk verwandelt werden konnten. Alles deutete darauf hin, daß man die Kajüte zur Zitadelle des Schiffs hatte machen wollen. Was diese Absicht vollends verriet, war eine Lukenklappe, die mit den Zimmern der Subalternoffiziere zusammenhing und zu den Vorräten führte. All diese Einrichtungen wichen von dem ab, was Wilder bisher in andern Schiffen gesehen hatte, und fielen ihm auf, obschon er nicht Muße genug hatte, reiflich darüber nachzudenken.

Der Fremde, der noch immer in Grün gekleidet war, zeigte, als er aufstand, seinen Gast zu bewillkommnen, auf seinem Gesichte eine geheime Selbstzufriedenheit, mit einem kleinen Zusatz von ironischer Freude.

Beide standen einen Augenblick einander gegenüber, ohne zu sprechen, bis es endlich dem vermeinten Anwalt gefiel, das lästige Schweigen zuerst zu brechen. Er fragte:

»Welchem glücklichen Umstande hab' ich die Ehre dieses Besuchs zu danken?«

Wilder antwortete mit eben der Festigkeit und Ruhe, die jener in seine Frage gelegt: »Ich glaube, sagen zu können, der Einladung des Schiffskapitäns.«

»Hat er Euch sein Patent gezeigt, als er sich diesen Titel gab? Es darf sich ja wohl kein königlicher Kreuzer zur See ohne Patent sehen lassen.«

»Was sagen die Herren von der Universität über diesen Punkt?«

»Nun, ich sehe, daß ich auf alle Fälle besser tue, meinen Advokatentalar abzuwerfen, und zum Marlpfriem zu greifen«, erwiderte der Grüne lächelnd. »Es liegt so was in unserm Handwerk – G e w e r b e hört Ihr es lieber nennen – also in unserm Gewerbe, was uns einen dem andern verrät. Nun ja, Herr Wilder,« fuhr er fort, sich setzend, und dem andern mit Würde und Höflichkeit winkend,

Platz zu nehmen, »ich bin wie Ihr, ein Seemann, und habe das Glück hinzusetzen zu können, der Kommandeur dieses braven Fahrzeugs.«

»So müßt Ihr auch zugeben, daß ich mich nicht ohne hinreichende Bürgschaft hier einfinde.«

»Ich gebe es zu. So wie Euch mein Schiff vorteilhaft ins Auge gefallen ist, so Ihr mir. Euer Wesen, Eure ganze Person hat mir gefallen, und ich wünschte, wir wären früher bekannt geworden. Sucht Ihr Anstellung?«

»In diesen aufgeregten, unfreundlichen Zeiten wär's Schande, müßig zu gehen.«

»Ihr habt recht. Wir leben in einer wunderlichen, verkehrten Welt, Master Wilder. Jener denkt sich auf einer Grundlage in Gefahr, die so fest und unerschütterlich ist, wie die Terra firma; während andere zufrieden sind, wenn sie ihr Heil zur See versuchen können. So gibt es wieder manche, die sich einbilden, der Mensch müsse nichts tun als b e t e n , und andere, die mit ihrem Atem wirtschaftlich umgehen, und sich n e h m e n , was ihnen ansteht, weil sie weder Lust noch Zeit haben, darum zu bitten. Nicht wahr, Ihr habt mit Euch selbst über die Art und Weise unsers Verkehrs nachgedacht, ehe Ihr hergekommen seid, eine Anstellung zu suchen?«

»Es wird allgemein in Newport von den Einwohnern gesagt, daß Ihr ein Sklavenschiff seid.«

»O, sie irren sich nie, Eure Kleinstädter und Dorfklatschen! Hat es jemals Hexen und Hexerei in der Welt gegeben, so war der erste Hexenmeister im Orte der Schenkwirt, der zweite der Doktor, der dritte der Priester. Um die vierte Stelle mögen sich Schneider und Bartscherer prügeln ... Roderich!«

Der Kapitän unterbrach sich selbst ohne Umstände durch diesen Ausruf. Zugleich schlug er an einen Gong, der nebst andern Seltsamkeiten an einem Deckbalken des obern Verdecks aufgehängt war, so daß er ihn mit der Hand erreichen konnte.

»Roderich!« rief er, »schläfst du?«

Ein lebhafter, leichtfüßiger Bursche sprang aus einer der beiden Nebenkojen und meldete sich.

»Ist das Boot zurück?«

»Ja.«

»Ist alles gut gegangen?«

»Der General ist in seiner Kajüte, Sir, und kann Euch besser Antwort geben als ich.«

»So laß den General kommen und berichten, wie sein Feldzug abgelaufen.«

Wilder war viel zu sehr mit sich beschäftigt, um das plötzliche Nachsinnen zu stören, in das sein Gesellschafter gefallen war, der mehr zu schlafen als zu wachen schien. Der Junge glitt durch die Falltüre der Luke wie eine Schlange in ihr Loch, oder vielmehr wie ein Fuchs in seinen Bau. Jetzt herrschte eine Totenstille in der Kajüte. Der Schiffskapitän lehnte den Kopf auf die Hand und schien sich der Gegenwart eines zweiten ganz unbewußt. Das Schweigen würde leicht noch viel länger gedauert haben, wäre es nicht durch die Erscheinung eines dritten unterbrochen worden. Plötzlich aber hob sich durch die Luke eine lange, lange, gerade, steife Figur empor, zu vergleichen mit den Geistern auf der Bühne, die aus einer Falltür hervorkommen. Die Gestalt war erst halb sichtbar, als sie im Steigen innehielt und sich schulgerecht und rapportierend gegen den Kapitän kehrte.

»Ich erwarte Oder«, ließ sich eine murmelnde Stimme aus kaum bewegten Lippen vernehmen.

Wilder stutzte über das unerwartete Wesen, dem es in der Tat an nichts fehlte, was dieses Erstaunen hervorbringen und rechtfertigen konnte. – Das Gesicht war das eines Mannes in den Fünfzigern und von der Zeit mehr abgehärtet als abgenützt. Die Farbe war ein überall gleichmäßig verteiltes Rot, mit Ausnahme einer ausdrucksvollen, markierten Schmarre auf jeder Backe, den Krümmungen der Rebe nicht unähnlich, und die hier als Kommentar zu dem bekannten Sprichworte dienen konnte: »Guter Wein bedarf keines Aushängeschilds.« Der Scheitel war kahl; über dem Ohren hing ein Büschel grau werdenden Haars, stark pomadiert und in steife, militärische Locken ausgehend. Den langen, dünnen Hals umgab eine schwarzseidene Krause; Arme, Schultern und Brust verrieten einen starken Körperbau. Das Ganze steckte in einem Überrock, der, obschon er das Ansehen haben wollte, nach der Mode zu sein, nicht übel einem Domino glich. Kaum hatte sich die Stimme vernehmen lassen, als der Kapitän auffuhr, den Kopf in die Höhe hob und rief:

»Ha! General, seid Ihr auf Euerm Posten? Habt Ihr Land gefunden?«

»Ja.«

»Und die Stelle? Und den Mann?«

»Beide.«

»Und was habt Ihr weiter getan?«

»Order pariert.«

»So ist's recht. Ihr seid ein Juwel, General, in der Ausführung; als solches trage ich Euch in meinem Herzen. Jammerte der Kerl?«

»Er war geknebelt.«

»Eine gute, heilsame Methode, die Klagen verstummen zu lassen. Alles ist, wie es sein sollte, General – wie immer. Ihr habt meinen Beifall verdient.«

»Aber auch meinen Lohn.«

»Worin besteht dieser? Steht Ihr nicht so hoch, als ich Euch stellen kann? Der nächste Schritt müßte die Ritterwürde sein.«

»Pshaw! Was kann mir das! Aber meine Leute! Sie sehen aus wie Landmiliz; sie haben keine Röcke.«

»Sie sollen sie haben. Die Garden Sr. Majestät sollen nicht halb so schmuck aussehen. General, ich wünsche Euch eine gute Nacht.«

Jetzt stieg die Gestalt mit eben der gespenstischen steifen Bewegung wieder hinunter, wie sie heraufgekommen war, und ließ Wilder mit dem Kapitän in der Kajüte allein. Der letzte schien einen Augenblick betroffen, daß die närrische Unterredung in Gegenwart eines dritten vorgefallen, der nicht viel besser als ein Fremder war, und fand es daher für gut, ihm eine Art von Erklärung zum besten zu geben.

»Mein Freund«, sagte er mit zwar hohem, doch dabei erläuterndem Tone, »hat das Kommando über das, was man bei einem mehr in der Regel stehenden Kreuzer die ›Garde-Marine‹ nennen würde.

Er ist stufenweise, vom Range eines Subalternen zu dem hohen Posten gestiegen, den er jetzt einnimmt. Ihr werdet bemerkt haben, daß er nach dem Lager riecht.«

»Mehr als nach dem Schiff. Ist es aber Gebrauch bei den Sklavenhändlern, so militärisch bemannt zu sein? Ich finde Euch mit allen Waffen vollständig ausgerüstet.«

»Ihr möchtet gern mehr von uns wissen, ehe wir unsern Handel schließen, nicht wahr?« antwortete der Kapitän mit einem Lächeln. Zugleich öffnete er ein Kästchen, das auf dem Tische stand, und zog ein Pergamentblatt heraus, das er Wildern kaltblütig einhändigte. Dann fuhr er fort, seine Rede mit einem der scharfen Blicke begleitend, die ihm eigen waren: »Ihr werdet hieraus ersehen, daß wir Kaperbriefe haben und bevollmächtigt sind, für den König zu streiten, auch wenn wir mitunter unsere eigenen friedlichen Geschäfte betreiben.«

»Dies ist ja die Vollmacht für eine Brigg!«

»Ah, wirklich? – Dann gab ich Euch das unrechte Papier. Leset dieses hier; Ihr werdet es genauer finden.«

»Ihr habt recht, das ist Eure Ausfertigung, für ›Das gute Schiff der sieben Schwestern‹. Aber wie ist's mit dem Punkt der Kanonen? Ihr führt deren mehr als zehn: und diese hier in der Kajüte sind keine Vierpfünder – es sind Neunpfünder.«

»Ei, Ihr seid mit Euerm Punkte auch gar zu pünktlich; gerade, als wäret Ihr der Anwalt und ich der konfuse Seemann. Habt Ihr nie von einer gewissen Freiheit gehört, die man sich herausnimmt? Von so etwas, was man eine Ausfertigung a u s d e h n e n , e r w e i t e r n nennt?« fuhr der Kapitän trocken fort, das Papier wieder in das Kästchen unter eine Menge ähnlicher schiebend. – Hiermit stand er auf, schritt schnell auf und ab, und fuhr fort: »Ich brauche Euch nicht zu sagen, daß wir ein gewagtes Geschäft treiben. Einige nennen es gesetzwidrig. Da ich mich aber nicht gern mit theologischen Streitigkeiten abgebe, so wollen wir die Frage unentschieden lassen. Ihr seid jedoch nicht hergekommen, ohne unser Geschäft zu kennen?«

»Ich suche eine Anstellung.«

»Ohne Zweifel habt Ihr Euch die Sache reiflich überlegt, und Euch selbst über den Betrieb des Schiffs befragt, ob es nach Eurem Geschmack ist oder nicht. Um also keine Zeit zu verlieren, um frei und offen zu Werke zu gehen, wie es zwei ehrlichen Seefahrern geziemt, will ich Euch mit einem Worte gestehen, daß ich Eurer bedarf. Ein braver, geschickter Mann, ein älterer als Ihr, aber, wie ich mir schmeicheln darf, kein besserer, bewohnte vor einem Monat die Backbordkajüte. Aber der arme Teufel ist Futter für die Fische geworden.«

»Ist er ertrunken?«

»Nicht doch! Er starb mitten im Gefecht mit einem Schiffe Sr. Majestät.«

»Des Königs? Habt Ihr denn Eure Ausfertigung soweit a u s g e - d e h n t , daß Ihr darin eine Erlaubnis gefunden habt, Euch mit Sr. Majestät Kreuzern herumzuschlagen?«

»Als ob es keinen andern König gäbe als Georg den Zweiten! Vielleicht trug das Schiff die weiße Flagge, vielleicht eine dänische. Aber wieder auf meinen Leutnant zu kommen; er war wahrhaftig ein tapferer Kerl; und nun ist seine Stelle noch ebenso unbesetzt als an dem Tage, wo er in die See geworfen wurde. Er war der Mann, der bestimmt schien, mein Nachfolger zu sein, hätte mich ein feindliches Los betroffen. Ich glaube, ich würde ruhiger sterben, wüßte ich, daß dieses edle Schiff einem zufiele, der es zu leiten verstände.«

»Wir wollen hoffen, daß der E i g e n t ü m e r dafür sorgen würde, wenn sich das Unglück ereignen sollte.«

»Meine Schiffseigentümer«, erwiderte der andere mit einem bedeutsamen Lächeln, während er auf Wilder einen forschenden Blick warf, der diesen nötigte, die Augen niederzuschlagen, »beunruhigen mich selten mit lästigen Aufträgen und Befehlen.«

»Sie sind sehr gütig ... Doch, wie ich sehe, sind in Euerm Inventarium die Flaggen nicht vergessen. Geben Eure Eigentümer Euch ebenfalls die Erlaubnis, unter ihnen die zu wählen, die Euch gerade paßt?«

Bei dieser Frage begegneten sich die ausdrucksvollen, verständlichen Blicke der beiden Seemänner. Der Kapitän zog eine Flagge nach der andern aus einer Schieblade hervor, in der sie Wilder hatte liegen sehen, rollte sie auseinander und sagte bei jeder:

»Dies sind die Lilien, wie Ihr seht' kein schlechtes Sinnbild der fleck- und makellosen Franzosen. Ein Wappenschild, das Ansprüche ohne Tadel ausstellt, dabei aber doch etwas beschmutzt und durch vielen Gebrauch abgenutzt. – Hier habt Ihr den Rechner, den Holländer, schlicht, substantiell und bei dem wenig zu holen. Ich liebe die Flagge nicht. Ist das Schiff von Wert, so schlagen es die Eigentümer nur zu hohen Preisen los. – Hier ist unser Windmacher, der Hamburger. Er fühlt sich reich im Besitz seiner einzigen Stadt und prahlt mit dem Reichtum, der in seinen Wappentürmen steckt. Von seinen übrigen Besitzungen sagt die Allegorie weislich kein Wort. – Hier ist der türkische Halbmond: ein mondsüchtiges Volk, das sich für die Erben des Himmels hält. Laß es sein eingebildetes Recht der Erstgeburt in Frieden genießen; nur selten geht es dahin aus, sein Glück auf dem Meere zu machen. – Und hier sind die kleinen Trabanten, die um den mächtigen Mond spielen: die afrikanischen Staaten der Barbarei. Ich habe nicht viel Umgang mit diesem weitbehosten Volke, denn es ist nicht viel bei ihnen zu holen. Und doch –« hier glänzten seine Augen, indem er sie auf den seidenen Diwan warf, auf dem Wilder saß – »und doch hab' ich mit den Kujonen zu schaffen gehabt, und sie sind nicht davon gekommen, ohne Haare zu lassen! – Aha, hier kommt aber der Mussjöh, den ich lieb habe, der goldene, prächtige Spanier. Das gelbe Feld der Flagge erinnert an den Reichtum seiner Minen; und die Krone – man sollte sagen, sie sei von massivem Golde, und möchte gleich eine Hand ausstrecken, um nach dem Schatze zu greifen! Was für ein herrliches Wappen für eine Gallione! – Hier ist der schon demütigere Portugiese, und doch ist sein Blick der eines mächtigen Reichen. Ich hab' mir oft eingebildet, in diesem königlichen Kinderspiel wirkliche Diamanten aus Brasilien zu sehen. Jenes Kruzifix, das Ihr da nahe an der Tür der Kajüte links hängen seht, ist ein Pröbchen solcher echten Edelsteine, wie ich sie gern habe.«

Wilder drehte sich um und erblickte in der Tat das kostbare Emblem, wenige Zoll von der Stelle, die der andere bezeichnet hatte. Nach gestillter Neugierde wollte er seine Aufmerksamkeit schon wieder auf die Flagge richten, als ein zweiter Blick auf ihn fiel, wie sie sein Gesellschafter auf die zu werfen pflegte, durch deren Augen er in ihrer Seele lesen wollte. Es mochte dieses Mal seine Absicht sein, zu entdecken, welchen Eindruck das verschwenderische Auskramen seines Reichtums auf den Besucher machen würde. Dem sei wie ihm wolle, Wilder lächelte, denn er konnte sich des Gedankens nicht erwehren, alle diese Schätze und Verzierungen der Kajüte seien sorgfältig und absichtlich aufgestellt worden, weil man ihn erwartet habe, damit sie seine Sinne und sein Herz bestächen. Der andere las diesen Gedanken in seinen Augen; vielleicht aber las er auch unrecht, verfehlte den Sinn und glaubte in der Miene des Fremden eine Aufmunterung zu finden, mit dem Vorzeigen der Flaggen fortzufahren, das er jetzt noch gefälliger und emsiger tat als anfangs.

»Diese doppelköpfigen Ungeheuer sind Landvögel und wagen selten einen Flug über See. Sie sind nicht für mich. Der kühne, tapfere Däne, der mutige Trotzkopf, der Schwede: ein Nest kleiner Fischbrut,« fuhr er fort, mit der Hand schnell über ein Dutzend Rollen wegeilend, die in engeren Fächern lagen, »lauter Duodezseestaaten, die ihr Tuch auch flaggen lassen; – und dann der üppige Neapolitaner, aber vor allem die Flagge mit den Himmelsschlüsseln! Das ist eine Flagge, unter der man sterben muß! Ich lag einst Rahenocken an Rahenocken mit einem schweren Korsar von Algier und hatte diesen Lappen aufgezogen ...«

»Was? Ihr fandet für gut, unter dem Banner der Kirche zu fechten?«

»Aus lauter Andacht. Ich malte mir im Geiste die Überraschung des Heiden, wenn er finden würde, daß wir keine Litaneien sängen. Wir gaben ihm nur eine bis zwei Lagen, als er rief: Allah habe ihn prädestiniert, sich zu ergeben. Das war ein köstlicher Augenblick, als ich beim Winde an seiner Seite aufstach. Ich glaube, der Muselmann dachte nicht anders, als das ganze heilige Konklave sei flott und das Verderben Mohammeds und seiner Kinder hereingebrochen. Ich muß bekennen, daß ich ihm die friedlichen Schlüsseln absichtlich gezeigt hatte, um ihn zu locken. Der Narr mochte glauben, sie dienten nur dazu, der Christenheit den Himmel zu öffnen.«

»Als er aber seinen Irrtum einsah und eingestand, ließet Ihr ihn laufen?«

»Mit meinem Segen. Wir tauschten einige Artikel aus, deren wir gegenseitig benötigt waren, und dann setzte jeder seinen Weg fort. Ich verließ ihn, seine Pfeife schmauchend, bei schwerem Wetter, seine Vorstange seitwärts liegend, seinen Besanmast unter der Gilling, mit sechs bis sieben Löchern im Bauch, die gerade soviel Wasser einließen, als die Pumpe herausschaffen konnte. Ihr seht, daß er sich auf gutem Wege befand, zu seinem himmlischen Erbe zu gelangen. Aber der Himmel wollte es so, er war prädestiniert, und somit hatte er alle Ursache, zufrieden zu sein!«

»Ihr habt aber mehrere Flaggen übersprungen? Welche sind's? Sie scheinen reich und mannigfaltig.«

»Hier diese ist England, aristokratisch wie das Land, das sie vorstellt, in Parteien geteilt, und guten Teils mit Humor und Laune gezeichnet. Die Flagge hat Raum genug, alle Stände und Klassen zu enthalten, und so sollte es auch sein; sind nicht alle Menschen vom selben Fleisch und Bein? Sollten nicht alle Bewohner eines Reichs mit den nämlichen Farben und Sinnbildern segeln? – Hier ist Mylord Groß-Admiralsflagge, ein Sankt Georg, mit den roten und blauen Streifen, je nachdem der Humor gestimmt ist. Hier die Streifen von Indien. Hier die königliche Standarte selbst.«

»Was? Die königliche Standarte?«

»Warum nicht? Ist der Schiffskommandeur nicht ein Monarch in seinem Schiff? Ja, ja, dies ist des Königs Standarte, und was noch mehr, ich habe sie in Gegenwart eines Admirals aufgezogen.«

»Das verdient eine Erklärung«, rief der Zuhörer aus, der die Art von Scheu und Abscheu zu fühlen schien, die einen Geistlichen bei Entdeckung eines Kirchenraubes anwandeln würde. »Wie? Die königliche Standarte vor einer andern Flagge aufzuziehen? Wir wissen alle, welchen Verdrießlichkeiten, welchen Gefahren sich der aussetzt, der nur zum Scherze eine bloße Wimpel flattern ließe, wenn ein königlicher Kreuzer im Anzuge ist.«

»Ei ja doch, aber mir macht es Spaß,« unterbrach der andere mit gedämpftem doch bitterem Lachen, »mich gegen die Schufte in die Brust zu werfen. O, es ist köstlich, sie herauszufordern! Um mich strafen zu können, müssen sie stark genug sein; sie haben es mehrmals versucht, aber immer auf ihre Kosten. Nichts macht so richtige

Rechnung, als wenn man dem Landesgesetz ein tüchtiges Stück Segelzeug entgegenhalten kann. Mehr brauche ich nicht zu sagen.«

»Wer welcher von diesen Flaggen bedient Ihr Euch am häufigsten?« fragte Wilder nach einer Pause augenblicklichen Nachdenkens.

»Beim bloßen Segeln, muß ich Euch sagen, bin ich so wetterwendisch und wankelmütig wie ein Mädchen von zehn Jahren in der Wahl ihrer Bänder. Ich wechsle oft die Flagge ein dutzendmal des Tages. Wie mancher ehrliche Kauffahrer hat, wenn er einen Hafen verließ, versichert, er habe in offener See mit einem Holländer oder Dänen gesprochen? Wenn's aber an ein Gefecht ging, wo ich freilich auch manchmal meiner Laune Gehör gab, und es war mir recht ernst dabei, so war es vor allem eine, von der ich mir den meisten Erfolg versprach.«

»Und diese ist?«

Hier ließ der Kapitän eine Zeitlang seine Hand auf der Rolle ruhen, zu der er gegriffen hatte, und schien tief in der Seele des andern lesen zu wollen, so eindringend und scharf war sein Blick die ganze Weile. Dann gab die Hand nach, der Lappen rollte sich langsam auf, und es wurde ein dunkelrotes, blutrotes Feld sichtbar, ohne irgendein Zusatz von Bild, Wappen oder anderweitigen Zierats. Zugleich sagte der Kapitän mit emphatischem Nachdruck:

»Diese!«

»Dies ist ja die Farbe eines Räubers!«

»Hm – sie ist rot, wie Ihr seht, und rot ist mir lieber als Eure dunkeln schwarzen Felder mit Totenköpfen und anderen kindischen Vogelscheuchen. Diese Flagge droht nicht, sie sagt nur: ›Dies ist der Preis, um den man mich erkauft!‹ – Herr Wilder,« setzte er hinzu, den gemischten Ton der Ironie und des Scherzes ablegend, mit dem er bis jetzt gesprochen hatte, und die Miene des Ansehens und des Übergewichtes annehmend: »Herr Wilder, mir scheint, wir verstehen einander. Es ist Zeit, daß jeder von uns seine Flagge aufziehe. Ich brauche Euch nicht zu sagen, wer ich bin.«

»Ich selbst halte es für unnötig«, versetzte Wilder. »Aus diesen handgreiflichen Beweisen zu schließen, stehe ich hier dem ...«

»Red-Rover gegenüber«, fuhr der andere fort, als er sah, daß jener Bedenken trug, den Beinamen auszusprechen. »Ja, ich bin es, bin der rote Freibeuter, und ich hoffe, unser erstes Zusammentreffen werde der Anfang einer langen und dauerhaften Bekanntschaft sein. Ich kann den geheimen Drang nicht erklären; aber vom ersten Augenblick an, als ich Euch sah, hat mich ein unwiderstehliches, unaussprechliches Etwas zu Euch gezogen. Vielleicht war es das Gefühl der Leere, worin ich seit einiger Zeit lebe: – sei es nun aber auch, was es wolle, genug, ich empfange Euch mit offenem Herzen und offnen Armen.«

Es war wohl aus allem, was diesem freimütigen Geständnis vorausgegangen, nicht zu bezweifeln, daß Wilder Ahnung und Kenntnis von der Bestimmung und dem Charakter des Schiffes hatte, worauf er sich befand; gleichwohl konnte er sich bei diesen Worten einer gewissen Verwirrung nicht erwehren. Der Ruf des berüchtigten Freibeuters, seine Vermessenheit, sein Gemisch von Liberalität und Zügellosigkeit, seine bei allen Gelegenheiten gezeigte desperate Gleichgültigkeit gegen den Tod, mochte sich in diesem Augenblicke unserem jüngeren Abenteurer lebhaft vormalen und schuld an der Art von Gemütserschütterung sein, der wir alle mehr oder weniger unterworfen sind, wenn uns irgendein wichtiges Ereignis, worauf wir vorbereitet waren, wirklich aufstößt.

»Ihr habt Euch«, gab er endlich zur Antwort, »weder in meinen Absichten, noch darin geirrt, daß ich Euch für den halte, der Ihr seid. Ich gestehe offenherzig, daß ich Euch und Euer Schiff gesucht habe. Ich gehe in Euer Anerbieten ein, und von diesem Augenblicke an mögt Ihr mich hinstellen, wo Ihr wollt und wo Ihr glaubt, Euch meines Dienstes erfreuen zu können.«

»Ihr seid von nun an der erste nach mir. Morgen früh soll diese Erklärung auf dem Hinterdecke bekannt gemacht werden, und auf den Fall meines Todes – ich müßte mich denn in dem Manne geirrt haben – werdet Ihr mein Nachfolger ... Dies kann Euch mit Recht befremden. Die zutrauliche Eröffnung scheint etwas schnell zu kommen, und kommt auch wirklich so, aber unsere Schiffsernennungen sind nicht wie die königlichen, werden nicht in den Hauptstraßen der Hauptstadt mit Trommelschlag angekündigt; und dann – ich müßte denn ein schlechter Kenner und Beurteiler des menschlichen Herzens sein, oder mein offenes, festes Vertrauen in Euch wird seinen Zweck nicht verfehlen und mir das Eurige nebst Eurem Wohlwollen gewinnen.«

»So ist's!« rief Wilder plötzlich und mit tiefem Nachdruck. Der Freibeuter fuhr lächelnd und mit ruhiger Stimme fort:

»Junge Männer von Euerm Alter pflegen einen großen Teil ihres Herzens auf den Händen zu tragen. Aber trotz der anscheinenden Sympathie unter uns beiden muß ich Euch doch sagen, damit Ihr die gehörige Achtung vor der Behutsamkeit Eures Freundes und Führers bekommt, daß ich Euch schon früher gesehen habe. Ich war von Eurer Absicht mich aufzusuchen, und von Euerm Entschluß Euch mir anzubieten, unterrichtet.«

»Unmöglich,« rief Wilder, »kein menschliches Wesen ...«

»Kann sicher sein, daß niemand um seine Geheimnisse wisse,« unterbrach ihn der andere, »wenn es ein so unverhülltes Gesicht trägt als Ihr. Es sind nur vierundzwanzig Stunden her, daß Ihr in Boston waret.«

»Ich geb' es zu; aber ...«

»Ihr werdet auch das übrige zugeben. Ihr waret zu neugierig, zu eifrig bei Euren Erkundigungen über den Esel, der dort Klage führte, er sei von mir um Schiff und Ladung gebracht worden. Der falschzüngige Bube! Es steht ihm zu wünschen, daß ich ihn nicht auf meinem Wege betreffe, sonst würde ich ihm eine Lehre geben, daß seiner Ehrlichkeit und Wahrheitsliebe die Augen übergehen sollten! Glaubt er, so ein armseliges Wild, wie er, könne mich veranlassen, auch nur einen Zoll Segel auszusetzen oder ein Boot ins Wasser zu lassen?«

»Ist denn sein Bericht erlogen?« fragte Wilder mit einer Bestürzung, die er nicht einmal zu verbergen versuchte.

»Sein Bericht? Bin ich denn wirklich, was der Ruf aus mir gemacht hat? Schaut mal dem Ungeheuer ins Gesicht, damit Euch keiner seiner Züge entgehe!« entgegnete der Rover, bitter auflachend, und hinter dem spöttischen Lachen das Gefühl des beleidigten Stolzes verbergend. »Wo sind die Hörner und der Pferdefuß? Zieht die Luft ein, Freund! Riecht; ist sie nicht mit Schwefel geschwängert? ... Doch genug davon, und wieder auf Euch zurück. Ich wußte um Eure Erkundigungen, und mir gefiel Eure Person. Kurz, ich studierte Euch aus, und ob ich gleich dabei behutsam zu Werke ging, so kam ich Euch doch nahe genug, um einen Entschluß fassen zu können. Ihr gefielt mir, Wilder, und ich hoffe, wir werden gegenseitig miteinander zufrieden sein.«

Der neuangestellte Buccanier neigte sich bei dem Kompliment seines Obern und schien um die Antwort etwas verlegen. Als habe er Lust, den Punkt ganz abzubrechen, bemerkte er etwas hastig:

»Da wir nun unter uns einverstanden sind, so will ich nicht länger beschwerlich fallen, Euch noch für diese Nacht verlassen und mich morgen früh zu meiner Pflicht einstellen.«

»Mich verlassen!« erwiderte der Rover, so plötzlich stillstehend und den andern mit einem Blick durchbohrend. »Es ist nicht Gebrauch bei meinen Offizieren, mich so spät allein zu lassen. Ein Seemann muß sein Schiff liebhaben und nie die Nacht außerhalb zubringen, es sei denn aus Not oder Zwang.«

»Wir müssen uns vor allen Dingen recht verstehen«, versetzte Wilder rasch. »Ist es darauf abgesehen, daß ich Euer Sklave, oder wie einer von den Bolzen niet- und nagelfest am Schiffe sei, und könnt Ihr mich nur auf diesem Fuße brauchen, so ist unser Handel null und nichtig.«

»Hm! Ich bewundere Eure Entschlossenheit mehr als Eure Überlegung. Ihr werdet in mir einen anhängigen Freund finden, einen Freund, der sich ungern von Euch trennt, auch nur auf eine kurze Zeit. Ist hier aus meinem Schiffe nicht genug, was Euch zufriedenstellen kann? Ich rede nicht von dem, was niedrige Seelen, was sinnliche Menschen befriedigt. Ihr habt gelernt, den Wert der Vernunft einzusehen und zu würdigen, und hier sind Bücher, Ihr habt Geschmack, hier ist Eleganz; Ihr seid arm, hier ist Reichtum und Pracht.«

»Dies ist alles so viel als nichts, wo Freiheit fehlt«, erwiderte der andere kaltblütig.

»Und was versteht Ihr unter Freiheit? Ich will nicht hoffen, junger Mann, daß Ihr gesonnen seid, das Vertrauen, das ich Euch eben geschenkt habe, so bald zu verraten? Unsere Bekanntschaft ist blutjung, und ich bin vielleicht zu rasch in meinen Eröffnungen gegen Euch gewesen.«

»Ich muß ans Land,« wiederholte Wilder mit Nachdruck, »wäre es auch nur, um zu erproben, daß Ihr mir trauet und ich nicht Euer Gefangener bin.«

»Darin liegt entweder eine sehr edle Gesinnung oder ein tief angelegter Bubenstreich«, erwiderte der Rover nach einer Minute ernsten Nachsinnens. »Ich will hoffen, das erste. Gebt mir also die Versicherung, daß, während Ihr Euch in Newport aufhalten werdet, keine Seele durch Euch den wahren Charakter dieses Schiffs erfahren soll.«

»Mit einem Eid!« unterbrach ihn Wilder mit Feuer.

»Auf dieses Kreuz,« fuhr der Rover mit sarkastischem Lachen fort, »auf dieses mit Brillanten besetzte Kreuz? ... Nein, Sir,« setzte er mit stolz aufgeworfener Lippe hinzu, das Kreuz verächtlich wieder auf die Seite legend, »Eide sind für die, die des Zwanges der Gesetze bedürfen, um ihr gegebenes Versprechen zu halten; ich brauche nichts weiter, als das klare, unzweideutige Wort eines Ehrenmannes.«

»Nun dann, klar und unzweideutig erkläre ich hiermit, daß ich, solange ich noch in Newport verweile, wider Euern Willen, oder ohne Euern Befehl, niemanden den Charakter dieses Schiffs entdecken will. Ja noch mehr ...«

»Nichts weiter. Es ist der Klugheit gemäß, mit Euren Beteurungen wirtschaftlich umzugehen und nicht mehr zu versprechen, als was gefordert wird. Es mag vielleicht eine Zeit kommen, wo es Euch helfen kann, ohne mir zu schaden, daß Ihr nicht durch Euer Wort gefesselt seid ... In einer Stunde sollt Ihr ans Land gehen; die Zwischenzeit braucht Ihr dazu, Euch mit den Bedingungen Eurer Anstellung bekannt zu machen, und meine Schiffsliste mit Eurem Namen zu beehren ... Roderich!« rief er, indem er wieder an den Gong schlug, »Roderich, komm herauf!«

Eben der flinke Bursche, der sich schon einmal gezeigt, fand sich wieder ein, die kleine Treppe im Fluge heraufeilend, und meldete sich durch sein: »Hier bin ich!«

»Roderich,« fuhr der Rover fort, »du siehst hier meinen künftigen Leutnant, deinen künftigen Offizier, und meinen Freund. Wünscht Ihr eine kleine Erfrischung, Sir? Da ist der Roderich; der wird Euch so ziemlich alles geben, was Ihr begehren könnt.«

»Ich danke, Sir; ich bedarf nichts.«

»Nun, so habt die Güte, dem Knaben zu folgen. Er wird Euch in die große Kajüte führen und Euch die geschriebenen Schiffsartikel zustellen. In einer Stunde könnt Ihr den Aufsatz durchgelesen haben, dann bin ich wieder bei Euch. Leuchte besser auf die Leiter, Junge ... doch, ich müßte mich sehr irren, oder Ihr könnt der Leiter e n t b e h r e n , um hinunterzukommen, sonst würde ich ja in diesem Augenblicke schwerlich das Vergnügen haben, Euch bei mir zu sehen.«

Das vielsagende Lächeln des Rover blieb von dem Manne unbeantwortet, dem der Scherz galt, und dem es nicht entging, daß jener schalkhaft den Streich in Erinnerung brachte, den er ihm im Turme gespielt hatte.

Er drückte sein Mißfallen über die unzeitige Erwähnung dadurch aus, daß er sich ernst und schweigend anschickte, dem Knaben zu folgen, der, das Licht in der Hand, die Treppe schon halb hinabgestiegen war.

Der Kapitän trat Wildern mit einem Schritte entgegen, und teils um das Geschehene wieder gutzumachen, teils um zu zeigen, daß es ihm nicht an Takt und seiner Erziehung fehle, sprach er mit Grazie und einiger Raschheit:

»Master Wilder, ich habe Euch noch meine Entschuldigung zu machen, daß ich Euch dort im Turme so unartig und unhöflich verlassen habe. Ich sah Euch zwar schon für den Meinigen an, war aber doch der Sache noch nicht ganz gewiß. Ihr werdet begreifen, wie notwendig es für einen in meiner Lage war, sich damals einen ... Begleiter vom Halse zu schaffen.«

Wilder kehrte sich um, zeigte ein Gesicht, worauf sich keine Spur von Mißfallen befand, und winkte ihm zu, nicht weiter davon zu reden. Er selbst sagte:

»Es war mir freilich nicht wohl zumute, als ich mich in dem Mäuseturm wie in einem Gefängnis eingesperrt sah; aber ich sehe vollkommen ein, was Euch so handeln ließ. Ich würde vielleicht das nämliche getan haben, mir zu helfen, wenn ich gerade soviel Geistesgegenwart gehabt hätte.«

»Der Spukgeist, der in der Newportsruine hauset und verkehrt, ist wirklich zu bedauern, denn alle Ratten sind ihm davongelaufen«, sagte der Rover in lustigem Tone, als sein Leutnant dem Vorleuchter folgte. Wilder stimmte abgehend in die Laune des Freibeuters ein und ließ ihn allein.

Siebentes Kapitel.

Der Rover blieb zurück und sah dem Abgehenden nach. Eine Minute stand er da, in der Stellung eines Mannes, der sich zu einem hohen Triumphe Glück wünscht, der über seinen glücklichen Erfolg nicht nur stolz, sondern entzückt ist. Verriet aber auch der lebhafte Ausdruck seines geistreichen Gesichts die innere Freude, so machte sie sich doch durch kein äußeres Zeichen eines wilden Ausbruchs kund. Man hätte allenfalls an ihm das frohe Gefühl bemerken können, daß ihm ein Stein vom Herzen gefallen sei, nicht die eigennützige, gierige Freude über den neuangeworbenen Diener. Ja noch mehr, ein tieferer Menschenkenner würde vielleicht in seinen unsteten Augen, auf seinen zuckenden Lippen den geheimen Vorwurf und eine Art von Reue über den eben errungenen Sieg gelesen haben. Doch diese streitenden Gefühle gingen schnell vorüber, und seine Züge nahmen bald wieder die Lage ein, die er ihnen in den Stunden der Einsamkeit zu geben gewohnt war.

Er ließ dem Knaben die gehörige Zeit, den Fremden an den Ort seiner Bestimmung führen und ihm die Disziplinargesetze einhändigen zu können. Dann schlug er an den Gong, erwartete seine Rückkehr, verfiel aber zugleich in so tiefe Gedanken, daß der Knabe Zeit hatte, heraufzukommen, sich neben ihn zu stellen, sich dreimal zu melden, ehe ihn sein Herr bemerkt hatte. »Roderich!« rief er endlich, »bist du da?«

»Ich bin da«, antwortete der Kleine mit leiser, und wie es schien, kleinlauter Stimme.

»Aha! Du gabst ihm das Regulativ?«

»Ja, Herr.«

»Und er liest es durch?«

»Ja, Herr.«

»'s ist gut. Ich muß den General sprechen – sag's ihm! Roderich, du bedarfst der Ruhe. Bestell den General zu mir, und dann gute Nacht, gute Nacht, Roderich.«

Der Knabe sprach sein: »Ja, Sir«, aber anstatt schnell abzugehen und mit gewohntem Feuer den Befehl auszurichten, verweilte er noch immer am Stuhle seines Herrn. Als er aber sah, daß der Versuch, ihm ins Auge zu schauen, nicht gelingen wollte, ging er langsam und wider Willen die Stiege nach den unteren Kojen hinab und verschwand.

Wir haben nicht nötig, die zweite Erscheinung des Generals umständlich zu beschreiben. Sie war fast ganz dieselbe, wie bei seinem ersten Auftreten, nur daß er dieses Mal gleich ganz dastand; eine lange, gerade Figur, mit natürlichem Anstand und richtigen Verhältnissen, dabei so ganz militärisch zugestutzt, daß jedes Glied seine einzelne Bewegung verloren hatte, und sich keines regte, ohne daß sich die übrigen wie im Tempo mitregten. Der lebende, eingeübte Gliedermann trat auf, verbeugte sich, ging auf einen Stuhl zu, blieb eine Weile davor stehen, rückte daran, setzte sich darauf und schwieg. Der Rover schien ihn nicht sogleich zu bemerken, begrüßte ihn dann mit einem freundlichen Kopfnicken, ließ sich aber nicht im Nachsinnen stören, so wenig brachte ihn die Erscheinung aus seinem wachen Traum. Endlich, nachdem er die Audienz mit seinen Gedanken aufgehoben hatte, gab er dem Manne Gehör und redete ihn an:

»General, der Feldzug ist noch nicht geschlossen.«

»Was bleibt übrig? Das Schlachtfeld ist behauptet, der Feind gefangen.«

»Ei, Ihr habt das Eure getan und gesiegt. Ich aber bin noch nicht fertig. Habt Ihr den jungen Mann in der großen Kajüte gesehen?«

»Ja.«

»Wie findet Ihr ihn? Sein Äußeres? ...«

»Seemännisch.«

»Das will soviel sagen als, er gefällt Euch nicht.«

»Ich liebe das Militärische.«

»Ich müßte mich sehr irren, oder Ihr werdet ihn auf dem Hinterdeck nach Euerm Geschmack finden. Doch, das beiseite! Ich habe Euch um eine Gefälligkeit zu bitten.«

»Um eine Gefälligkeit? Es ist spät.«

»Sagte ich Gefälligkeit? Es ist eine Dienstsache.«

»Ich warte auf Order.«

»Es muß behutsam zu Werke gegangen werden; denn wie Ihr wißt ...«

»Ich warte auf Order«, wiederholte der andere lakonisch.

Der Freibeuter zog den Mund zusammen; ein Lächeln wollte sich von seinen Lippen schleichen, er verbiß es aber, und halb mit freundlicher, halb mit befehlender Miene fuhr er fort:

»Ihr werdet zwei Matrosen in einem Boot hart am Schiffe finden; der eine ist weiß, der andere schwarz. Beide müßt Ihr auf das Schiff bringen, in eine der Vorderkojen; da müßt Ihr sorgen, daß sie über und über betrunken werden.«

»Soll geschehen!« erwiderte der Mann mit dem Generalstitel, stand auf und ging mit langen Schritten der Tür zu.

»Noch einen Augenblick!« rief der Rover. »Wessen wollt Ihr Euch dabei bedienen?«

»Nightingale ist der Mann, einen unter den Tisch zu trinken.«

» D e r hat heute schon seine Ladung weg. Ich schickte ihn diesen Morgen ans Land, um zu sehen, ob er ein paar dienstlose Leute für das Schiff werben könnte. Dort fand ich ihn in einer Taverne, mit schwerer Zunge lallend und wie ein Advokat deklamierend, der sich von beiden Parteien hat bezahlen lassen. Überdies geriet er mit einem der beiden im Boote in Streit, und es wäre leicht möglich, daß sie wieder anbänden und sich die Gläser an den Kopf schmissen.«

»Nu, so will ich's selbst übernehmen. Ohnehin wartet meine Schlafmütze[23] auf mich, und ich habe weiter nichts zu tun, als sie etwas fester zu schnüren.«

Der Rover schien mit dem Anerbieten zufrieden und gab seinen Beifall mit vertraulichem Kopfnicken zu erkennen. Nun wollte der Krieger abgehen, wurde aber zum zweiten Male aufgehalten.

»Noch eines, General! Da ist Euer Gefangener ...«

»Soll ich ihn auch betrunken machen?«

---

[23] Mein Schlaftrunk.

»Bewahre! Laßt ihn herbringen.«

»Gut«, sagte der General und ging.

»Es wäre unbesonnen von mir,« dachte der Freibeuter, die Kajüte wieder auf und ab gehend, »wenn ich einem offenen Gefühl und einem jugendlichen Enthusiasmus zu sehr vertraute. Ich müßte mich sehr irren, wenn der junge Mann nicht Gründe hätte, mit der Welt unzufrieden zu sein, und sich nicht in der Absicht einschiffte, irgendeinen Roman zu spielen. Mich von ihm betrügen lassen, könnte schlimme Folgen haben; und auf jeden Fall kann man nicht behutsam genug zu Werke gehen. Er ist mit den beiden Matrosen genau bekannt und eng verbunden. Ich muß tiefer in seine Geschichte eindringen. Das alles muß mir mit der Zeit klar werden. Ich behalte fürs erste die beiden als Bürgen für seine Rückkehr und seine Treue. – Kommt es heraus, daß er ein Betrüger ist – ei nun! Die beiden Männer sind ja ein Paar Schiffer, und wieviel ihresgleichen sind schon im wilden Seedienst daraufgegangen! Ja, so ist's am besten; und überdies kann der junge Mann keinen angelegten Plan von meiner Seite ahnen, wenn er es selbst, wie ich hoffe und wünsche, ehrlich meint.«

So, oder ungefähr so, dachte der Rover über diese Angelegenheit, und beschäftigte sich damit einige Minuten nach dem Abgange des Generals. Seine Lippen bewegten sich beim Denken; bald lächelte er, bald war sein Blick ernster und finster, während seine Züge zu sprechen schienen. Alles an ihm gab Zeugnis, daß sein Geist tief und heftig arbeitete. So wie er abwechselnd dachte, so wechselten auch Gang und Schritt und Gebärde; sie waren bald schneller, bald langsamer, bald exzentrischer. Plötzlich aber und mit einem Male hielt er inne, als sich ihm gegenüber eine Gestalt zeigte, oder vielmehr eine Erscheinung.

Denn indessen er sich allein glaubte und sich ganz sich selbst überließ, waren zwei handfeste Matrosen eingetreten, hatten sich, nachdem sie ein menschliches Wesen hereingetragen und abgesetzt, in aller Stille wegbegeben. Vor dieser Masse stand nun der Rover. Das Staunen war gegenseitig und wurde lange von keinem Teil unterbrochen. Befremden und Unentschlossenheit hielten den Rover stumm; Bestürzung und Schrecken schienen alle Leibes- und Seelenkräfte des andern zugleich versteinert zu haben. Endlich ermannte sich jener, rief ein erkünsteltes Lächeln zu Hilfe, nahm eine ruhigere Miene an und rief aus:

»Sir Hektor Homespun, seid mir willkommen.«

Der außer sich gesetzte Schneider – denn es war kein anderer, als das schwatzhafte Männchen, das in die Netze des grünen Mannes gefallen war – rollte sein Augenpaar von der Rechten zur Linken, ließ es auf das Gemisch der Eleganz eines Prunkzimmers und der Kriegsgeräte eines Zeughauses umherschweifen, von denen es aber immer wieder auf die vor ihm stehende Gestalt zurückfiel und sie zu verschlingen schien.

»Ich heiße Euch nochmals willkommen, Sir Hektor Homespun!« sagte der Rover.

»Der Herr sei den Sünden eines miserabeln Vaters von sieben kleinen Würmern gnädig!« heulte der Schneider. »Ach Gott! Ach Gott! Tapferer Pirat, was kann ein armer Handwerksmann, wenn er auch von morgens früh bis abends spät aufsitzt, durch sein bißchen Arbeit und seinen sauern Schweiß erschwingen?«

»Ei, was sind das für schlechte Redensarten im Munde eines Ritters, Sir Hektor!« unterbrach ihn der Rover, griff nach der kleinen Reitgerte, die zufällig auf dem Tisch lag und klopfte damit wie ein zweiter Merlin dem »verwunschenen Schneider« auf die Schulter, um ihn zu entzaubern. »Munter, du ehrlicher, loyaler Untertan; Fortuna hat endlich aufgehört, dir zu schmollen! Noch vor kurzem, vor wenigen Stunden, beschwertest du dich, daß dir keine einzige Jacke von diesem Schiffe zukäme; jetzt bist du auf dem Wege, die ganze Kundschaft zu erhalten.«

»Ach, ehrwürdigster, großmütigster Herr Seeräuber,« versetzte Homespun, dessen Redseligkeit mit seiner Besinnung zurückgekehrt war, »ich bin ein ganz verarmter, zugrunde gerichteter Mann. Mein Leben ist eine Folge von schweren Leiden und harten Prüfungen. Fünf blutige, grausame Kriege ...«

»Genug. Ihr habt's gehört. Das Glück fängt an Euch zu lächeln. Kleider sind Leuten unseres Gewerbes ebenso nötig als dem Pfarrherrn Eurer Stadt. Ihr sollt ohne bare Bezahlung keine Naht bügeln. Seht!« setzte der Rover hinzu, auf die Feder eines geheimen Schiebfachs drückend, das aufsprang und einen großen, gemischten Haufen Goldes von fast allen Geprägen der Christenheit zeigte, »wir sind imstande, treue Dienste zu bezahlen.«

Dieser Anblick des glänzenden Goldberges, der bei weitem alles überstieg, nicht nur was dem Schneider bisher von Schätzen vorerzählt worden war, sondern was sich seine eigene Einbildungskraft nur denken konnte, verfehlte seine Wirkung auf die Sinne und Empfindungen des guten Mannes nicht. Seine Augen wühlten in dem Goldklumpen, solange es dem Rover gefiel, ihm den Schmaus zu gönnen; als dieser ihn aber bald nachher seinen Blicken entzog, fragte er den beneideten Besitzer so großer Reichtümer mit einem Tone, der in eben dem Grade vertraulicher und zuversichtlicher wurde, als sich sein Inneres durch die Entdeckung dieser Goldgrube gestärkt und ermutigt fühlte:

»Und was hab' ich zu tun, mächtiger Seeherr, um an diesem Peru einen kleinen Anteil zu bekommen?«

»Was Euresgleichen täglich zu Lande tun – zuschneiden, nähen, bügeln, Kleider machen. Vielleicht werdet Ihr auch bei mir Gelegenheit finden, von Zeit zu Zeit an Maskenanzügen Euer Talent zu versuchen.«

»Masken und Larven sind gesetz- und religionswidrige Erfindungen des leidigen Satans, um die Menschen zu Sünden und weltlichen Greueln zu verleiten. Aber, würdigster Seeheld, da ist noch meine trostlose – bald hätte ich gesagt, W i t w e – meine Desideria; das gute Weib ist zwar weit in Jahren vorgerückt und eine Widerbellerin, eine Zunge, wie's keine gibt; aber doch bei dem allen ist sie meine eheliche, gesetzliche Hälfte und die Mutter meiner zahlreichen Kinder.«

»Sie soll keinen Mangel leiden. Mein Schiff ist überhaupt ein Asyl für unglückliche Ehemänner. Ihr alle, denen es an Herz und Kraft gebricht, zu Hause das Kommando zu führen, kommt in mein Schiff, als zu einem Zufluchtsorte! Du wirst der siebente sein, der seine verlorene Hausruhe in diesem Heiligtume wiedergefunden hat. – Die andern sechse sind glücklich; ihre Familien sind durch Mittel geborgen, die mir am besten bekannt sind. Beide Teile sind zufrieden, und dies ist nicht die kleinste meiner wohltätigen Handlungen.«

»O wie preiswürdig und gerecht, hochverehrter Herr Kapitän! Ich hoffe, meine Desideria und ihre Kindlein sollen nicht vergessen werden. Der Arbeiter ist seines Lohnes wert; und sollte es sich ereignen, daß ich in Euren Diensten abmagern – wie soll ich sagen? – in Zwang und Not mich placken und arbeiten muß, so hoffe ich, edelster Sir, Eure Freigebigkeit wird dafür Weib und Kinder mästen und fett machen.«

»Ihr habt mein Wort; es soll ihnen an nichts fehlen.«

»Vielleicht, allverehrtester Herr Freibeuter, ließe sich von diesem Goldberge etwas zu einem Vorschuß für mein geängstetes Weib trennen, damit sie sich nicht zu sehr über meinen Verlust gräme und ihn desto leichter ertrüge. Ich bin so ziemlich mit dem Temperament meiner Desideria vertraut und weiß sicherlich, daß, solange sie sich mit dem Gedanken an Mangel und Not quälen wird, kein Augenblick Ruhe in ganz Newport zu erwarten ist. Nun aber, da der Himmel so gnädig ist, mir etwas Ruhe zu gönnen, so ist ja der Wunsch, daß sie von Dauer sein möge, gewiß keine Sünde.«

Obschon der Rover keinen Grund hatte, wie sein Gefangener, zu fürchten, daß die Stimme der Frau Desideria den Frieden und die Harmonie des Schiffes stören möchte, so war er doch gerade einmal in dieser Stunde zur Gefälligkeit gestimmt, drückte wieder an die Feder, nahm eine Handvoll Gold aus der Lade, hielt sie Homespun hin und sagte:

»Wollt Ihr Handgeld nehmen und mir Treue schwören, so ist das Gold Euer.«

»Der Herr führe mich nicht in Versuchung, sondern erlöse mich vom Bösen!« schrie der erschrockene Schneider und sprach dann weiter: »Heldenmütiger Rover, ich habe Furcht vor dem Gesetze. Sollte Böses über Euch kommen, in der Gestalt eines königlichen Kreuzers, oder ein Sturm Euch auf den Strand jagen, so dürfte ich Gefahr laufen, mit Eurer Mannschaft einerlei Schicksal zu haben. Es würde leicht heißen: mitgefangen, mitgeh ... Die kleine Dienste, die ich Euch aus Zwang geleistet hätte, würde man wahrscheinlich übersehen ... dagegen, großmütiger, würdiger, vortrefflicher Kommandeur, darf ich wohl hoffen, daß Ihr sie nicht vergessen werdet, so oft sich Gelegenheit zeigen wird, Euern rechtschaffenen Erwerb mit mir zu teilen?«

»Das nenn' ich mir, was man bei Schneidern den Abfall nennt, oder ein Mäntelchen umhängen. Die Katze läßt vom Mausen nicht, der Schneider nicht vom Stehlen«, murmelte der Rover für sich, drehte sich um den Hacken und klopfte an den Gong mit einer Gewalt, daß der Schall durch jede Ritze des Schiffes drang. Vier bis fünf Köpfe zeigten sich durch ebensoviel Öffnungen; es wurde gefragt, was der Kapitän befehle?

»Bringt ihn in seine Hängematte!« war die schnelle Antwort.

Der gute Homespun, der aus Furcht oder Verstellung außerstande schien, sich zu rühren, wurde von rüstigen Armen in die Höhe gehoben, um in die Schanze transportiert zu werden.

Schon waren sie mit ihm halb zur Türe hinaus, als er rief: »Halt! Ich habe noch ein Wort zu sagen. Achtbarer, loyaler Rebell, ich nehme zwar eigentlich keine Dienste bei Euch, indessen weise ich sie keineswegs auf eine unziemende, beleidigende Weise von mir. Ich widerstehe nur einer gefährlichen Versuchung und möchte gern mit allen Fingerspitzen danach greifen, wenn sie nur nicht gar zu gefährlich wäre. Laßt uns einen Vertrag miteinander schließen, worunter kein Teil leiden soll, und womit hoffentlich beide Teile zufrieden sein werden; denn mein sehnlichster Wunsch ist, mächtiger Commodore, einen ehrlichen Namen mit mir ins Grab zu nehmen; ferner ist es auch mein sehnlichster Wunsch, bis an das Ende der mir von Gott bestimmten Tage – zu leben, das ist, eines natürlichen Todes zu sterben, denn, da ich mit Ehren, bei gutem Ruf und ohne Wunde durch fünf blutige, grausame Kriege ...«

Hier wurde er mir Heftigkeit unterbrochen. »Fort mit ihm!«

Und verschwunden war mit einem Male und wie durch Zauber Homespun. Keine Spur von ihm; der Rover wieder allein und seinen Betrachtungen überlassen. Es rührte sich kein Fuß, es erfolgte kein Laut. Im ganzen Schiffe kein hörbarer Atemzug, überall die Stille des Grabes; eine Folge der strengen Seedisziplin. Alles im Schiffe still und stumm, wie in einer einsamen Kirche, die wilde, ungezügelte Mannschaft wie in eine Wüste gebannt, selbst die notwendigsten Diensttöne leise und erstickt, wie abgestorben. Ab und zu gröhlte ein unmusikalischer Bruder Lustig im Bauche des Schiffs ein paar Strophen aus einem Schifferliedchen, die den Waldhornklängen eines Anfängers nicht unähnlich waren; aber auch diese

Harmonie nahm ab und verhallte endlich ganz. Aber jetzt raschelte, bei der allgemeinen Stille, eine Hand an der Türklinke der Kajüte. Der Rover blickte auf und der General trat ein, um zu rapportieren.

In seinem Gange, seinen Augen, seinem Wesen zeigte sich etwas, das zugleich zu erkennen gab, daß er seinen letzten Auftrag zwar erfüllt habe, dabei aber für seine Person nicht ganz leer ausgegangen sei. Was er die beiden machen sollte, war er zum Teil selbst geworden – berauscht. Der Rover, der beim Eintreten seines Freundes ein wenig aufgeschreckt und vom Stuhl aufgesprungen war, ließ ihn erzählen.

»Der Weiße ist soweit, daß er nicht mal liegen kann, ohne sich an dem Mast zu halten; aber der Neger ist entweder ein Gauner, oder sein Kopf ist ein Kiesel.«

»Ich will nicht hoffen, daß Ihr zu früh von ihm abgelassen habt?«

»Ich? von ihm ablassen? Eher hätte ich ein ganzes Gebirge eingeschossen! Nein, ich nahm meinen Abzug keine Minute zu früh. Alles ist ... wie es sein soll.«

Der Rover heftete bei den Worten, »wie es sein soll«, seinen Blick auf den General, um seiner Sache gewiß zu sein, ob alles auch wirklich so sei. Nachdem er den Zustand des Mannes genau untersucht, begnügte er sich zu sagen:

»Gut; wir wollen uns schlafen legen.«

Bei diesen Worten rückte der General seine lange Person bedächtig in die Höhe, kehrte sich um und brachte sein Gesicht mit der Lukentreppe, so gut es sich tun ließ, in eine Linie. Dann ermannte er sich mit einem Male desperat, und versuchte mit gewohntem militärischem Schritt und gerader Haltung einherzuschreiten. Er machte zwar im Gehen ein paar kleine Abweichungen von der kürzesten Linie, was der Kapitän nicht zu bemerken schien, schlug ein paarmal ein Bein übers andere und segelte dann, seiner Meinung nach, schnurgerade, ohne zu stolpern, der Stiege zu; nur war der moralische Mensch in ihm nicht ganz imstande, die kleinen Unregelmäßigkeiten und Krümmungen seines physischen Mitmenschen richtig zu beurteilen. Der Rover sah nach seiner Uhr, und als er vermuten konnte, daß er dem General so viel Zeit gelassen, als nötig, mit seinem »festen, abgemessenen« Schritt sein Ziel zu erreichen, machte er sich selbst auf den Weg und stieg die Treppe hinab.

Die unteren Kajüten des Schiffes waren zwar nicht so elegant möbliert, aber doch so eingerichtet, daß es ihnen weder an Reinlichkeit noch an Bequemlichkeit fehlte. – Ein paar Kojen für die Aufwärter nahmen das äußerste Ende ein und standen mit dem Speisezimmer der Offiziere zweiten Ranges, aber wie man es nach Schiffsgebrauch zu nennen pflegt, der großen untern Schanzenkajüte, in Verbindung. Auf beiden Seiten lagen die sogenannten Staatskajüten, ein imposanter Name für die Schlafkammern derer, denen die Ehre zuteil wird, die Schanze zu betreten. Weiter vorwärts, und an die große Kajüte anstoßend, lag das Zimmer für die untersten Offiziere, und diesem gerade gegenüber war die kleine Wohnung des langen Generals, die eine Art von Scheidewand zwischen der gemeinen Mannschaft und ihrem Vorgesetzten ausmachte.

Diese Einrichtung der verschiedenen Abteilungen wich nur von der ab, die auf Kriegsschiffen von der Größe und Dimension des hier beschriebenen stattfand; nur war es dem scharfen Blick Wilders nicht entgangen, daß die Querwand, die die Kajüten und Offizierzimmer von der übrigen Mannschaft trennte, weil stärker und fester gebaut war, als gewöhnlich, und daß eine kleine Haubitze bereit stand, ein Wort mit zu sprechen, wenn sich, wie sich ein Arzt ausdrücken würde, eine kleine innerliche Unordnung einstellen sollte. Die Türen waren ebenfalls von ungewöhnlicher Dicke, und die Mittel, sie zu verrammeln, glichen mehr der Vorkehrung zu einer Belagerung, als den gewöhnlichen Maßregeln gegen Zimmereinbruch. – Musketen, Doppelhaken, Pistolen, Säbel, Halbpiken usw. waren an Deckbalken und Scherschocken befestigt, und dienten nur scheinbar zur Verzierung der Schanze, denn ihre Anzahl war so bedeutend, daß man es beim ersten Blick weg hatte, sie seien zum Gebrauch, keineswegs zur Ausschmückung da. Dem Auge des Seemanns verriet die ganze Einrichtung einen Zustand der Dinge, wobei es von seiten der Oberen abgesehen war, sich gegen die Versuche von Insubordination und Gewalt sicherzustellen, mit dem Übergewicht ihres Ansehens jedes Verteidigungsmittel zu verbinden, und durch Wachsamkeit und Vorsichtsmaßregeln das zu ersetzen, was ihnen, im Verhältnis mit dem größern Haufen, an physischer Kraft abging.

Im größten der unteren Zimmer, in der Schanzenkajüte, fand der rote Freibeuter seinen neuen Leutnant, anscheinend beschäftigt, das Dienstreglement des Schiffs durchzulesen, womit er sich bekannt machen sollte. Wilder saß in einem Winkel, im Lesen vertieft, als ihn der Rover anredete:

»Ich will hoffen, Master Wilder, Ihr findet unsere Gesetze hinreichend fest und bestimmt.«

»Mangel an Festigkeit und Bestimmtheit ist gewiß kein Vorwurf, den man ihnen machen kann«, erwiderte dieser, indem er aufstand und den Kapitän grüßte. »Und wenn bei ihrer Anwendung ebenso fest und bestimmt zu Werke gegangen werden kann, so ist alles, wie es sein soll. Ich wenigstens habe niemals so strenge Regeln gefunden, selbst nicht in ...«

»In? Worin, Sir?« fragte der Rover, als er merkte, daß sein Kompagnon stockte.

»Ich wollte sagen ... selbst in Sr. Majestät Diensten«, versetzte Wilder, leicht errötend. »Ich weiß übrigens nicht, ob es ein Unrecht oder eine Empfehlung ist, auf einem königlichen Schiffe gedient zu haben.«

»Das letzte; und ich muß dies um so mehr denken, da ich selbst mein Handwerk in einem solchen Dienste gelernt habe.«

»Auf welchem Schiff?« unterbrach ihn Wilder mit Feuer.

»Auf mehreren«, war die kalte Antwort. »Doch, Ihr findet unsere Vorschriften streng. Ihr werdet bald einsehen lernen, daß in einem Dienste, wo es weder Gerichtshöfe, zu Lande gibt, um uns zu beschützen, noch Kreuzer zur See, um unser Wohl wahrzunehmen, nichts übrig bleibt, als dem Kommandeur eine große Portion Gewalt einzuräumen. Ihr seht, mein Ansehen ist ein gut Teil ausgedehnt.«

»Sagt lieber, unbeschränkt«, erwiderte Wilder mir einem Lächeln, das für ironisch hätte gelten können.

»Ich will nicht hoffen, daß Ihr je Anlaß finden werdet, zu sagen, daß ich es willkürlich ausübe«, entgegnete der Rover, ohne dies Lächeln bemerkt zu haben, oder vielleicht sich das Ansehen gebend, als hätte er es nicht bemerkt. »Doch, die Stunde ist abgelaufen; Eure Zeit ist da, Ihr habt die Freiheit, ans Land zu gehen.«

Der junge Mann verneigte sich dankbar und schien bereit. Als beide wieder oben in der Kajüte waren, drückte der Kapitän sein Bedauern aus, daß die späte Stunde und die Notwendigkeit, das Inkognito seines Schiffes beizubehalten, ihm nicht erlaubten, einen Offizier von seinem Range aus die seiner Ehre zukommende Weise ans Land zu schicken.

»Doch,« setzte er hinzu, »da liegt ja immer noch das Boot, woraus Ihr angekommen seid, dem Schiffe zur Seite; Eure beiden kräftigen Begleiter werden Euch bald hingerutscht haben. Apropos, die beiden Leute sind doch mit in unsern Vertrag einbegriffen?«

»Sie haben mich seit meiner Kindheit nicht verlassen, und würden es gewiß auch jetzt nicht tun wollen.«

»Es ist bei alledem ein besonderes Band, das zwei Männer wie sie mit einem Manne wie Ihr zusammenbringt, der an Erziehung und Sittlichkeit so sehr von ihnen abweicht.« Bei dieser Bemerkung sah der Rover dem andern dreist ins Gesicht, zog aber den Blick sogleich wieder ab, als jener zu bemerken schien, wieviel ihm an seiner Antwort gelegen war.

»Ihr habt recht,« erwiderte Wilder mit Ruhe, »doch bei Seeleuten ist der Unterschied nicht so groß, als man's wohl anfangs glauben sollte. Ich will jetzt zu ihnen und auf die Art und Weise denken, wie ich es ihnen beibringe, daß ich gesonnen bin, in Eure Dienste zu treten.«

Der Rover entließ ihn nun und folgte ihm auf die Schanze mit langsamen, nachlässigen Schritten, als sei es ihm nur um die frische Nachtluft zu tun.

Das Wetter hatte sich nicht geändert; der Himmel war trübe, aber die Luft mild. Auf dem Verdeck herrschte immer noch die vorige Stille, und mit einer einzigen Ausnahme ließ sich keine Menschengestalt unter all den dunkeln Massen sehen, die Wilder schon früher bemerkt hatte und für notwendige Schiffsbedürfnisse zu halten schien. Jene Ausnahme war eben die Person, die den jungen Abenteurer bei seinem ersten Eintritt in Empfang genommen hatte, und die jetzt wie vorher in den Nachtmantel gehüllt, das Verdeck auf und ab ging. Wilder wendete sich wieder an sie, und machte sie mit seinem Vorhaben, das Schiff zu verlassen, bekannt. Der eingehüllte Mann hörte die Mitteilung mit Zeichen der Ehrerbietung an, die Wildern deutlich zu erkennen gaben, seine Anstellung und sein Rang sei kein Geheimnis, und er selbst nur dem einzigen Rover im Ansehen untergeordnet.

»Ihr wißt, Sir,« war die höfliche, aber feste Antwort, »daß ohne Befehl des Kapitäns niemand zu dieser Stunde das Schiff verlassen darf.«

»So vermute ich: allein ich habe diesen Befehl und teile ihn Euch mit. Ich soll auf meinem eigenen Boote landen.«

Der andere hatte schon die Gestalt erblickt und sie für die des Kapitäns erkannt; sie stand nahe genug, das Gespräch mitanhören zu können. Er wartete ein Weilchen, ob sie reden würde: als sie aber schwieg und kein Zeichen gab, so hielt er es für eine Einwilligung und zeigte Wildern die Stelle, wo das Boot lag.

Dieser, im Begriff hinabzusteigen, trat verwundert ein paar Schritte zurück und rief aus:

»Die Männer haben das Boot verlassen! Wo sind die Schufte hin?«

»Sir, sie sind nicht fort und sind keine Schufte. Sie sind im Schiffe und müssen aufgefunden werden.«

Zugleich mit dieser entschiedenen Antwort wartete er ab, wie sie von der Gestalt, die sich noch immer in der nämlichen Entfernung im Schatten des Mastes hielt, aufgenommen werden würde. Als wieder kein Zeichen und keine Bewegung von dort erfolgte, so hielt er dies Zeichen für einen Befehl zu gehorchen, erbot sich, demzufolge, die Leute aufzusuchen, fing das Visitieren mit dem vordern Teile des Schiffes an, und ließ Wildern – wie dieser es wenigstens glaubte – im alleinigen Besitz der Schanze. Doch blieb er nicht lange in dem Wahn, denn als der Rover merkte, daß sein neuer Leutnant das Verdeck mir starken Schritten auf und nieder ging und anfing, sich seinen Grillen auf eine unangenehme Weise zu überlassen, schlenderte er an ihn heran, das Gespräch auf das Schiff lenkend, um ihnen eine andere Richtung zu geben.

»Ein treffliches Seeboot, Master Wilder, nicht wahr? Ein Schiffchen, das niemals einen Tropfen Flugwasser hinter seinem großen Mast schäumen läßt. Es ist gerade solch ein Gefäß, wie es der Seemann liebt und lobt: stark gebaut, leicht in der Takelage, beweglich in der Welle. Ich nenne es ›der Delphin‹, weil es wie der Delphin die Fluten durchschneidet; vielleicht auch, werdet Ihr sagen, oder wenigstens denken, weil es wie der Delphin vielfarbig ist. – Nun, Ihr wißt ja, das Matrosenvolk muß einen Namen für das Schiff haben, und ich kann nun mal Eure Mord- und Brandbenennungen, Eure Feuerspeier oder Blutige Mörder für den Tod nicht ausstehen.«

»Ihr habt von Glück zu sagen, solch ein Schiff zu besitzen. Habt Ihr es selbst bauen lassen?«

»Die meisten Schiffe unter sechshundert Tonnen, die aus den Häfen der Kolonien segeln, sind für mich gebaut«, entgegnete der Rover mit Lächeln; er wollte, wie es schien, seinem Neugeworbenen Mut und Lust machen, indem er ihm die Vorteile und Goldminen ihrer Verbindung vor Augen legte. »Dieses Schiff,« fuhr er fort, »ist ursprünglich für Se. allergläubigste Majestät gezimmert worden, und, wie mich dünkt, bestimmt, entweder ein Geschenk oder eine Geißel für Algier zu sein; allein ... allein, es hat, wie Ihr seht, den Eigner gewechselt, und ist von seiner ersten Bestimmung etwas abgewichen; wie? und warum? ist eine Kleinigkeit, um die wir uns in diesem Augenblick nicht kümmern. Ich hab's in den Hafen gezogen, habe einige Verbesserungen damit vorgenommen, und jetzt ist es zu einer langen ... Tour bestimmt und eingerichtet.«

»Wagt Ihr Euch bisweilen innerhalb der Forts?«

Des Rovers Antwort war ausweichend. »Ich will Euch mein Privattagebuch mitteilen; da werdet Ihr, bei Muße, manches Interessante finden ... Nicht wahr, Herr Wilder, mein Schiff ist so beschaffen, daß sich kein Seemann dessen schämen darf?«

»Im Gegenteil, Sir. Eben das schöne, nette Aussehen zog mein Auge und meine Aufmerksamkeit auf sich und bewog mich, es näher kennen zu lernen.«

»Ihr machtet schnell die Entdeckung, daß es nur an einem Anker lag«, erwiderte der Rover lachend. »Aber ich wage nichts ohne

Grund, nicht einmal den Verlust meines Ankertaues. Es würde mir zwar ein kleines sein, bei den tüchtigen Batterien des Schiffs jedes Fort zum Schweigen zu bringen, aber es könnte sich doch unversehens ein Zufall ereignen, und deswegen will ich alles zu einer schnellen Abfahrt bereit haben.«

»Es muß doch bei alledem unangenehm sein, sich in Gefechte einzulassen, wo man im äußersten Fall seine Flagge nicht streichen darf«, sagte Wilder halblaut und mehr zu sich selbst, als zum andern.

»Geht's nicht so, so geht's so«, war die lakonische Antwort. »Und dann, im Vertrauen zu Euch gesprochen, ich halte, meinem G r u n d s a t z e getreu, gewaltig viel auf meine Spieren. – Ich lasse sie täglich untersuchen, wie die Hufe eines Pferdes; denn es trifft oft der Fall ein, daß Tapferkeit der Klugheit weichen muß.«

»Und wie und wo bessert Ihr Euch aus, wenn das Schiff im Sturm oder im Gefecht gelitten hat?«

»Hm! wir finden Mittel, und halten bis dahin die See, wie und so lange wir können.«

Er schwieg, und Wilder schwieg ebenfalls, als er sah, daß sich jener ihm nicht ganz entdecken wollte. Während der Pause kam der Offizier zurück, brachte aber nur einen mit sich, den Schwarzen. Ein paar Worte waren hinreichend, über den Zustand, worin Fid angetroffen worden, Auskunft zu geben. Dem jungen Mann war es anzusehen, daß er nicht nur zur Unzeit aufgehalten, sondern tief gekränkt war. Er ahnte aber so wenig List und Betrug bei der Sache, daß er es für Pflicht hielt, den Rover wegen des Umstandes um Verzeihung zu bitten, um den Mann, so gut sich's tun ließ, zu entschuldigen. Die Art, wie er es tat, war so offen und aufrichtig, daß sich nicht der geringste Argwohn verriet, als habe sonst jemand, als Fid selbst, dazu beigetragen, ihn in diese unwürdige Lage zu versetzen.

»Ihr wißt,« sagte Wilder, »wie das Schiffsvolk ist: Ihr kennt es zu gut, um meinem Manne sein Vergehen als ein Verbrechen auszulegen, das Euern Haß verdient. Kein besserer Seemann lag je auf einer Rahe und bestieg eine Strickleiter, als Richard Fid; aber leider muß ich zugeben, daß er sich vergißt und in guter Gesellschaft des Guten zuviel tut.«

»Ihr könnt von Glück sagen, wenigstens noch einen zu haben, der Euch an den Strand rudern kann«, warf der Rover nachlässig hin.

»Das kleine Geschäft kann ich ganz allein besorgen; überdies möchte ich nicht gern die beiden voneinander trennen. Mit Eurer Erlaubnis wird der Schwarze wohl diese Nacht im Schiffe beherbergt werden können.

»Wie es Euch beliebt. An ledigen Hängematten fehlt es uns seit dem letzten Strauße nicht.«

Wilder ließ hierauf den Neger zu seinem Kameraden zurückgehen, um so lange über ihn zu wachen, als er selbst abwesend sein würde. Der Schwarze, in dessen eigenem Kopf es nichts weniger als klar war, versprach alles. Hierauf nahm der junge Mann Abschied und stieg in das Boot. Während er mit kräftigem Arme vom dunkeln Schiffe abstieß, waren seine Augen mit wahrem Seemannsvergnügen über das schöne, nette Gebäude, erst auf die Kardeelen, dann auf den Rumpf geheftet. Eine leichtgliedrige, zusammengeduckte Gestalt war am Fuße des Bugspriets sichtbar, und schien auf seine Bewegungen achtzugeben. Der Himmel war bewölkt, das Sternenlicht schien trübe durch das Gewölk; gleichwohl entging es seinen scharfen Blicken nicht, daß die Person, die so vielen Anteil an ihm und seiner Abfahrt nahm, niemand anders war, als der rote Freibeuter selbst.

Achtes Kapitel.

Eben stieg die Sonne aus den Wassergefilden hervor, in denen die blauen Inseln von Massachusetts schwimmen, als die Einwohner von Newport anfingen, ihre Türen und Fenster zu öffnen und sich mit der Frische und Lebendigkeit an ihr Tagewerk zu machen, die einem Volke eigen ist, das seine Zeit weislich in zwei Hälften teilt, deren eine es der Ruhe, die andere den Geschäften und Erholungen widmet. Die Morgengrüße der Nachbarn erfolgten freundlich, sowie jeder seine Fensterläden und Türen aufschloß; die gewöhnlichen Fragen ergingen und wurden beantwortet, man erkundigte sich nach dem Fieber einer Tochter, nach der Gicht einer alten Großmutter.

Der Wirt zum »Unklaren Anker«, dem so sehr daran lag, den Ruf seines Hauses durch frühe Beurlaubung seiner Abendgäste zu erhalten, war einer der ersten, der des Morgens auf den Beinen war und vor seiner Tür stand, um etwa im Vorübergehen einen Kunden zu haschen, der das Bedürfnis fühlte, die bösen Dünste der Nacht wegzuwaschen und seinem Magen eine kleine Stärkung zukommen zu lassen. Eine solche Herzstärkung wurde in den britischen Provinzen allgemein, jedoch unter verschiedenen Namen, zu sich genommen. Je nachdem die Provinzen selbst voneinander abwichen, wichen auch die Namen ab und hießen: »Ein Gläschen Bitters«, »wider den bösen Nebel«, »eine Juleppe«, »ein Morgenschnaps«, »stärkende Tropfen« usw. Die Gewohnheit ist zwar etwas in Abnahme gekommen, behält aber noch viel von dem ehrwürdigen Charakter bei, den das Altertum mit sich führt. Es darf uns nicht wundernehmen, daß dieser an und für sich edle, löbliche Gebrauch, die Unreinigkeiten des physischen Menschensystems wegzuwaschen, seit einiger Zeit, wo es ihm überall an einem moralischen Fürsprecher fehlt, und er allen Begriffen und Übeln ausgesetzt ist, die das Erbteil des Fleisches sind, die Amerikaner den Witzeleien ihrer europäischen Brüder preisgegeben hat. Wir sind gewiß nicht die letzten, die den überseeischen Philanthropen dankbar sind für den warmen Anteil, den sie in dem Maße an unserm Wohl nehmen, daß sie eine republikanische Schwäche selten an uns bemerken, ohne ihr, wie sie es verdient, die kaustische Verdammnis ihrer Federn einzubrennen. Unsere Dankbarkeit ist vielleicht um so größer, da wir sie mit einer Gegenbemerkung erwidern können. Wir glauben nämlich bemerkt zu haben, daß sie den Eifer für unsere unmündige Staaten – denn obschon ziemlich robust und ein wenig widerbellerisch, sind sie doch noch als Kinder zu betrachten – soweit treiben, und sich in der Reform unserer cisatlantischen Sünden ihrem Feuer so sehr überlassen, daß sie über den Splitter in unserem Auge den Balken in dem ihrigen übersehen. Die Anzahl der Missionäre, die das Mutterland zu diesem frommen, wohlwollenden Bekehrungsgeschäft zu uns herübergeschickt hat, ist Legion; nur müssen wir bedauern, daß ihre Bemühungen so wenig mit Erfolg gekrönt worden sind.

Der Wirt zum »Unklaren Anker« war also früh auf den Beinen, und um so flinker dahinter her, weil sein Nachbar erst vor kurzem auf den Einfall gekommen war, um neue Kunden anzulocken, das rote Gesicht eines Mannes im Scharlachrock als Schild auszuhängen, und das geklexte Bild »Zum Kopfe Georg des Zweiten« zu benennen. Und wirklich blieb die Tätigkeit des früh muntergewordenen Wirts nicht unbelohnt, denn die Kundenflut strömte in der ersten halben Stunde dem Hafen seines einladenden Schenktisches so mächtig zu, daß er nicht ohne Hoffnung blieb, die eindringende Flut werde dieses Mal die gewöhnliche Zeitgrenze übersteigen, selbst als es schon wieder Ebbe zu werden anfing. Jedoch nahm letztere immer mehr zu; die Trinker begaben sich, einer nach dem andern, zur gewohnten Tagesverrichtung, so daß er es ratsam fand, seinen Standort hinter den Flaschen zu verlassen und sich vor die Türe hinauszumachen, sich mit beiden Händen in beiden Taschen hinstellend, und Vergnügen daran findend, mit den neuen runden Einquartierten zu klimpern. Ein Fremder, der nicht mit den übrigen in die Schenkstube gekommen war, und demnach auch nicht an ihren Libationen teilgenommen hatte, stand einige Schritte vor der Tür, die Hand in der Weste und den Kopf in Gedanken vertieft. Die Gestalt entging dem umschauenden Auge des Wirtes nicht; er wußte aus langer Erfahrung, daß wer schon so frühe auf seinem Gesicht die Spur der Tagessorgen trage, noch keinen Morgentrunk zu sich genommen habe. – Er zog hieraus den strengen logischen Schluß: bei jenem Fremden sei etwas zu verdienen, nur müsse man es beim rechten Ende anzufangen wissen. Somit leitete er das Gespräch ein.

»Eine reine Luft,« sagte er, »eine frische Luft, guter Freund, die Nebel und Dünste der Nacht zu vertreiben.« Und zugleich schnupfte er den herrlichen, stärkenden Duft eines heitern Oktobermorgens ein. »Diesen Vorzug haben wir auf unsrer Insel; sie ist die allergesündeste aus Gottes Erdboden, sowie sie die allerschönste ist. Eine reine Luft! ... Der Herr ist wahrscheinlich hier fremd?«

»Gestern abend spät angekommen«, war die Antwort.

»Ein Seefahrer, nach der Tracht zu urteilen? Wie es scheint, eine Anstellung suchend?« setzte der Wirt kichernd hinzu und sich auf seinen Scharfsinn etwas einbildend. »Wir haben hier oft dergleichen, die sich melden. Newport ist zwar ein blühender Ort; gleichwohl darf man nicht denken, daß immer Stellen offen sind. Hat der Herr schon in dem Hauptorte von Massachusettsbai sein Heil versucht?«

»Ich verließ Boston erst vorgestern.«

»Wie? das eingebildete Stadtvolk[24] konnte kein Schiff für Euch finden? Ja ja, sprechen können sie wie gedruckt, und es ist wahr, sie stellen ihr Licht nicht untern Scheffel, und ich muß sagen, es gibt unter ihnen Leute, die ich für aufgeklärte Köpfe halte, und die der Meinung sind, Narragansettbai sei auf gutem Wege, bald ebensoviel Segel zu zählen, als Massachusetts ... Seht mal dort hin, Freund; da liegt eine stattliche Brigg segelfertig; sie geht noch diese Woche ab, um Pferde in Rum und Zucker umzusetzen; und hier ist ein Schiff, das schon gestern abend in den Strom angeholt worden. Ein schönes, prächtiges Fahrzeug, und hat Kajüten, wie sie kein Prinz besser wünschen kann! Es sticht mit dem ersten günstigen Winde in die See, und ich bin der Meinung, wer sich zu einem Dienste meldete, würde nicht mit leerer Hand abgewiesen werden. Dann ist noch im Außenhafen, am Fort vorüber, der Sklavenhändler, wenn Euch eine Anstellung belieben sollte, wo Ihr statt Geld ein paar Wollköpfe in Zahlung bekämet.«

---

[24] Boston wurde Stadt Bosten (town of Bosten) genannt, bis es erst in der neuesten Zeit den Rang und Titel einer Hauptstadt (city) erhielt, da sich nur Städte von mehr als 50 000 Einwohnern dieses letzteren Rechtes wie auch einer demgemäß eingerichteten, besondern innern Verwaltung erfreuen.

A. d. Verf.

»Und ist es gewiß, daß das Schiff im innern Hafen mit dem ersten Winde segelt?« fragte der Fremde.

»So gewiß als irgend sonst was. Meine Frau ist Geschwisterkind mit des Einnehmers Schreibers Frau; ich habe die Papiere mit Augen gesehen, alles ist fertig und expediert, es fehlt bloß am Winde. Ich treibe, wie Ihr denken könnt, einigen Verkehr mit den Blaujacken, denn bei den jetzigen schweren Zeiten darf ein ehrlicher Mann, wenn er durchkommen will, nichts von der Hand weisen ... Nu ja, da liegt es, das Schiff, ein sehr bekanntes Schiff, die ›Royal Carolina‹; sie macht regelmäßig einmal des Jahres die Reise zwischen den Provinzen und Bristol, legt auf dem Hin- und Herwege hier an, bringt uns Vorräte und Bedürfnisse, nimmt Holz und Wasser ein, und geht von hier nach England oder nach den Karolinas, wie es die Umstände mit sich bringen.«

»Bitte, Sir, ist die Carolina gut bewaffnet?« fuhr der Fremde fort, der hier anfing, sein nachdenkendes Wesen zu verlieren und an der Rede des andern einen lebhaften Anteil zu nehmen.

»Ja, ja! Sie ist nicht ohne ein halbes Dutzend Bullenbeißer, für sie zu bellen, wenn es daraufs ankäme, ihr Recht zu verfechten, oder auch ein Wort für die Ehre Sr. Majestät des Königs mitzusprechen, den Gott erhalte ... Judith! Judith!« rief er überlaut einem Negermädchen zu, das auf dem Schiffbauerdamm Späne sammelte, »spring' zu Nachbar Homespuns hin, klappre mit den Fensterläden seiner Schlafkammer, der Mann hat die Zeit verschlafen, 's muß ganz was Neues mit ihm vor sein: die Glocke hat sieben geschlagen, und die durstige Kehle hat ihr Bitteres noch nicht runter!«

Die Episode brachte eine kurze Pause im Gespräch hervor, und das Mädchen tat, was ihr der Herr befohlen hatte. Aber das Geklapper hatte weiter nichts zur Folge als ein schrilles »Wer da?« von seiten der Dame Desideria, deren gellende Stimme durch die dünne Wand hervordrang, wie durch ein durchlöchertes Sieb.

Einen Augenblick darauf öffnete sich das Fenster, und die verehrliche Dame schob ihr verstörtes Antlitz in die frische Morgenluft hinaus.

»Na! Und dann? Na! Und dann!« fragte die aufgebrachte und ihrer Meinung nach vernachlässigte Haus- und Ehefrau; denn sie zweifelte keinen Augenblick, daß es nicht ihr Herumläufer, ihr Nachtschwärmer sei, der so spät zu seiner häuslichen Lehnspflicht zurückkehrte, und sich unterstehe, sie im Schlafe zu stören. »Seid Ihr nicht zufrieden, die ganze lange Nacht aus Bett und Haus geblieben zu sein? Müßt Ihr Euch noch unterstehen, die unschuldige Ruhe einer Familie von sieben lieben Kindern und ihrer Mutter zu unterbrechen. O Hektor! Hektor! Was für ein Beispiel gebt Ihr der jungen, leichtsinnigen Brut? Was für Kummer macht Ihr der armen Mutter?«

»Bring' mir mein schwarzes Notandumbuch«, sagte der Wirt zu seiner Frau, die das Wehklagen der Schneiderin ans Fenster gelockt hatte. »Mich dünkt, die Frau murmelte so was von einem Abstecher ihres Mannes; ist er eines solchen Streiches fähig, der Philosoph, so muß ein Ehrenmann wie ich nach seinen Buchschulden sehen. Sieh' da, so wahr ich lebe, Ketzija, du hast dem hinkenden Bettler siebzehn und sechs Pence Kredit gegeben, und das für lauter Morgenschnäpse und Nachttränke!«

»Na, na! Guter Freund, nicht so hitzig, ohne allen Grund! Hat er unserm Jack nicht ein Kleidchen zur Schule gemacht? Du wirst finden ...«

»Still, gutes Weib« erwiderte der Wirt, das Buch zuschlagend, es der Frau zurückgebend, und ihr winkend, sich zu entfernen. »Wie ich sage, alles findet sich zu seiner Zeit, und je weniger Lärmen wir über die Seitensprünge unserer Nachbarn machen, desto weniger wird man uns selbst Böses nachsagen. Der Mann«, setzte er hinzu, sich an den Fremden wendend, »ist ein guter, fleißiger Arbeiter, aber einer, dem die Sonne niemals hat in die Fenster scheinen wollen, obschon, weiß der Himmel, das Glas nicht so dick ist, daß ihre Strahlen nicht durchkönnten.«

»Wie könnt Ihr aber auch nur, bei so schwachen Vermutungen und Beweisen glauben, daß sich ein solcher Mann wirklich davongemacht habe?«

»Ei,« entgegnete der Wirt, mit gefalteten Fingern beide Hände über die Brust legend, und sich ein wichtiges Ansehen gebend, »dergleichen Unglück ist wohl schon besseren Leuten begegnet! Wir Gastwirte sind so ziemlich im Besitz aller Stadtgeheimnisse, weil ein lustiger Trunk die Zunge zu lösen pflegt; wir müssen folglich wohl wissen, wie es bei unserm nächsten Nachbar zugeht. Könnte der gute Nachbar Homespun den Geist seiner Ehehälfte so zügeln und bügeln, wie eine Naht, so würde manches nicht geschehen, – aber ... Wollt Ihr nicht eins trinken, Sir?«

»Ein Gläschen von Euerm Besten.«

»Nu, was wollt' ich sagen?« fuhr der andere fort, indem er den neuen Gast bediente. »Ja, das war's: wenn eine Gans von Schneider ebenso die Falten aus dem krausen Sinn seiner Frau plätten könnte, wie aus ihrem Rocke, ja dann ginge alles gut: oder wenn ein Mann, dem seine Frau alles mögliche Herzeleid auftischt, es runteressen könnte, wie z. B. die Gans, die hier an der Wand hängt ... Wollt Ihr bei mir zu Mittag speisen, Sir?«

»Ich sage nicht nein, aber auch nicht ja«, erwiderte der Fremde, indem er für das Glas, woraus er nur genippt hatte, bezahlte. »Es wird vom Erfolg der Versuche abhängen, die ich bei den Schiffern im Hafen machen werde.«

»Alsdann würde ich Euch, Sir, bei meiner Euch bekannten Uneigennützigkeit raten und empfehlen, in diesem Hause Quartier zu nehmen, solange Ihr in Newport verweilet. Bei mir gehen die meisten Seefahrer ein und aus, und ich darf, ohne mich zu rühmen, den Wirt zum ›Unklaren Anker‹ als einen Mann aufstellen, der Euch mehr und besser als irgendein anderer alles sagen kann, was Ihr zu wissen wünscht und nötig habt.«

»Ihr habt mir schon den Rat gegeben, mich an den Kommandeur jenes Schiffes im Strome zur Anstellung zu melden; wird es gewiß so bald abgehen, wie Ihr sagt?«

»Mit erstem Winde. Ich bin mit der ganzen Geschichte des Schiffs bekannt, von dem Tage an, wo man die Blöcke zu seinem Kiel gelegt, bis zu der Minute, wo es auf der Stelle, wo Ihr es seht, die Anker fallen ließ. Die reiche Erbin von Süden, General Graysons schöne Tochter, ist eine der Passagiere: sie und ihre Erzieherin, ihre Gouvernante, wie man sie nennt, eine gewisse Frau Wyllys, warten nur auf das Zeichen der Abfahrt, hier ganz in der Nähe, im Hause der Frau von Lacey. Die Dame ist die Witwe des Konteradmirals dieses Namens, und eine leibliche Schwester des Generals, folglich die Tante der jungen Lady, wenn mich ihr Stammbaum nicht trügt.

Man ist allgemein der Meinung, daß das Vermögen beider Köpfe auf sie übergehen wird, und in diesem Falle würde der Mann, dem Miß Getty Grayson ihre Hand gäbe, nicht bloß ein glücklicher, sondern auch ein reicher Gatte sein.«

Der Fremde, der bis zum Schluß dieses genealogischen Vortrags einen ziemlich gleichgültigen Zuhörer abgegeben hatte, fing nun an, einen Anteil daran zu nehmen, der mit den darin erwähnten Personen in näherer Verbindung stand, und benutzte die erste Pause, die der Wirt, um Atem zu schöpfen, machen mußte, ihm in die Rede zu fallen und schnell zu fragen:

»Ihr sagt also, das Haus in der Nähe, auf der Anhöhe, sei die Wohnung der Frau von Lacey.«

»Hab' ich das gesagt, so weiß ich nicht, was ich gesagt habe. I n d e r N ä h e soll heißen: über ein paar tausend Schritte von hier. Dort liegt nämlich ein Haus, wo eine Dame von ihrem Range wohnen darf, und nicht in einer von den Hütten hier herum, wo man sich nicht umdrehen kann, ohne sich an den Ellbogen zu stoßen. O, Ihr würdet das Haus schon allein an den schönen grünen Blenden, und an den hohen grünen Bäumen erkennen. Ich will behaupten, daß es in ganz Europa keinen so kühlen Schatten gibt, als vor der Haustüre der Frau von Lacey.«

»Sehr wahrscheinlich«, murmelte der Fremde, der, kein so großer Enthusiast seiner Provinz wie der Wirt, schon wieder in sein Nachsinnen verfallen war. Anstatt den Gegenstand des Gesprächs fortzusetzen, brach er es plötzlich nach einigen Gemeinplätzen ab; dann wiederholte er, daß er wahrscheinlich zum Essen zurückkommen werde, und nahm seinen Abmarsch, schnurgerade in der angegebenen Richtung des Hauses der Frau von Lacey. Dem schlauen, beobachtenden Wirte würde dieser abgebrochene Schluß der Unterredung und der ebenso plötzliche Abzug des Fremden nicht entgangen sein, und zu mancher Überlegung Anlaß gegeben haben, wäre nicht eben in diesem Augenblick Frau Desideria aus ihrer Wohnung herausgestürmt, und hatte durch die pikante Art und Weise, womit sie ihren armen Sünder von Mann abschilderte, die ganze Nachbarschaft, folglich auch den Wirt, aufmerksam gemacht.

Unsere Leser haben gewiß schon längst vermutet, daß die Person, die sich mit dem Wirt als Fremder unterhielt, kein Fremder für sie, mit einem Worte kein anderer als Wilder ist. Nachdem er, einem geheimen Zuge folgend, den wortreichen Mitredner hatte stehen lassen, war er schnell die Höhe hinangestiegen, an die sich die Stadt lehnt, und hatte schon die Vorstadt erreicht.

Es fiel ihm nicht schwer, selbst von weitem, unter einem Dutzend ähnlicher Landwohnungen das gesuchte Haus herauszufinden, da es sich durch seine S c h a t t e n , wie sich der Wirt in einem gewohnten Provinzialismus ausdrückte, von den anderen unterschied. Tiefe S c h a t t e n bestanden in einigen hohen Ulmen, die den kleinen Vorhof überdeckten. Seine Vermutung ging bald in Gewißheit über: Vorübergehende, die er befragte, bestätigten sie, und nun eilte er sinnend der Wohnung zu.

Es war voller Morgen geworden, ein schöner Morgen, der Vorbote eines schönen, milden Herbsttages, wie sie in dortiger Gegend so gewöhnlich, so wohltuend sind. Ein Lüftchen, das aus Süden wehte, fächelte wie ein Kühlwind im Juni das Gesicht des jungen Mannes an, wenn er bisweilen im Steigen stillstand, um die Schisse im Hasen zu überschauen. Mit einem Worte, es war ein Wetter, wie es der Spaziergänger sich nur wünschen kann, wie es aber der Schiffer unter die verlorenen Tage rechnet.

Wilder ging immer weiter. Als er eine niedrige Mauer entlang kam, weckten ihn aus seinen Betrachtungen Stimmen, die ihm ganz nahe zu sein schienen. Unter anderen war eine, die seine Pulse in Bewegung setzte, und aus eine ihm unerklärliche Weise jede Saite seines Nervensystems anschlug. Der Ort war ihm günstig; es fand sich in einem Einbug der Mauer eine Bank. Auf diese stieg er, und war nun, selbst ungesehen, den Redenden ganz nahe.

Die Mauer lief um den Garten und das Mittelbeet der Besitzung, die er nicht mehr verkennen konnte. Ein ländlicher Pavillon, zu seiner Zeit in Laub und Blumen begraben, stand auf einer kleinen Anhöhe nahe an der Straße. Lage und Aussicht waren unvergleichlich. Man übersah die Stadt, den Hafen, nach Osten zu die Inseln der Massachusettsbai, nach Westen die Pflanzungen von Providence, nach Süden den unermeßlichen Ozean. Die Laubdecke war ziemlich dünn geworden, man konnte durch die freistehenden Pfeiler, die den Dom des Lusthäuschens trugen, bis tief hinein sehen. Hier war es, wo Wilder eben die Personen entdeckte, deren Unterredung er tags vorher, als er mit dem Rover in der Ruine verborgen war, zugehorcht hatte. Die Admiralswitwe und Frau Wyllys standen im Vordergrunde, im Gespräch mit einem Manne begriffen, der, wie er schloß, außerhalb der Mauer am Wege stand, aber Wilders scharfes Auge entdeckte bald die reizenden Umrisse der blühenden Gertraud im Hintergrund des Pavillons. Doch wendete er ebenso bald den Blick von ihr ab, um die Stimme aufzusuchen, die soeben der alten Dame Antwort gab. Er traf bald die Richtung, und bemerkte nun einen alten Mann, der, aus einem Steine sitzend und seine müden Glieder ruhend, sich mit den Damen in der Sommerlaube unterhielt. Sein Haar war grau; der lange Stab, der ihm zur Stütze dienen sollte, zitterte ab und zu in seiner Hand, dabei war in seinem Wesen, seiner Haltung, seiner Stimme etwas, woraus sich augenscheinlich schließen ließ, er sei früherhin ein Seemann gewesen.

»Lieber Gott,« sagte er mit zitternder Stimme, worin sich jedoch die unverkennbaren charakteristischen Töne seines Gewerbes hören ließen, »Euer Gnaden müssen wissen, daß wir alten Seehunde niemals in den Kalender gucken, wenn wir in See stechen, um zu erfahren, was es am morgenden Tage für Wetter sein wird. Uns genügt es, daß der Befehl zum Absegeln am Bord ist, und der Kapitän von seiner Lady Abschied genommen hat.«

»Die nämlichen Worte meines armen beweinten Admirals!« rief die alte Dame aus, mit inniger Freude über die Gelegenheit, von ihrem Steckenpferde herab mit einem alten Seeinvaliden weiter sprechen zu können, »also seid Ihr der Meinung, mein ehrlicher Freund, daß wenn ein Schiff segelfertig ist, es in See geben muß, sei das Wetter wie es wolle?«

»Hier kommt ein zweiter Seekundiger wie gerufen!« unterbrach Gertraud, die soeben ihrerseits den jungen Wilder bemerkt hatte. Sie sprach die Worte mir einigem Ungestüm, denn ihr war daran gelegen, ihre Tante zu verhindern, im Streite über Wind und Wetter, der sich vorhin zwischen ihr und Frau Wyllys angesponnen hatte und mir der Abreise in Verbindung stand, mit Beistand des alten Mannes einen entscheidenden dogmatischen Ausspruch zu tun. Darum setzte sie hinzu: »Lassen Sie jenen Schiedsmann sein.«

»Gertraud hat recht«, sagte Frau Wyllys. »Bitte, Sir, was halten Sie vom Wetter? Ist es ratsam, heute abzufahren oder nicht?«

Ungern wendete der junge Seefahrer den Blick von der errötenden Gertraud, die schnell näher gerückt war, als sie ihn zuerst gewahrte, nm sich zu überzeugen, ob's auch ein Seemann sei, jetzt sich verschämt in die Mitte des Sommerhäuschens zurückzog, wie eine, die sich ihre Dreistigkeit vorwirft. Er richtete nun seine Augen auf die Fragende, und heftete sie dabei so lange und so unverwandt auf sie, daß Frau Wyllys, in der Meinung, was sie gesagt, sei nicht deutlich genug gewesen oder nicht recht verstanden worden, die Frage wiederholte.

»Dem Wetter ist nicht zu trauen, Madame«, war die spät erfolgende Antwort. »Man müßte nur wenig Kenntnis von der Seefahrt haben, um daran zu zweifeln.«

In Wilders Stimme lag etwas so Sanftes, Wohlerzogenes, und doch zu gleicher Zeit Männliches, daß sich die Damen, wie durch einen gemeinschaftlichen Impuls zu ihm hingezogen fühlten. – Dabei war sein Anzug, obschon ganz der eines Matrosen, so nett, so schmuck und glatt, so g e n t l e m a n a r t i g, daß man leicht auf die Vermutung kommen konnte, er gehöre zu einer höheren Klasse der Gesellschaft, als die, in deren Tracht er auftrat. Dies alles erhöhte den Eindruck, den er machte. – In der Ungewißheit, wen sie vor sich habe, und mit dieser Ungewißheit die Absicht verbindend, gegen den Unbekannten höflich zu sein, machte ihm Frau von Lacey eine tiefere Verbeugung, als sie getan haben würde, wenn sie nicht geglaubt hätte, im zweifelhaften Falle etwas weitergehen zu müssen, und fuhr fort:

»Diese beiden Ladys sind im Begriff, sich jenes Schiffes zu bedienen, um nach Karolina zu segeln, und wir waren eben beschäftigt, uns zu befragen, von welcher Seite der Wind heute kommen werde. Doch bei einem solchen Schiffe, Sir, ist wohl nichts zu befürchten, er mag günstig sein oder nicht?«

»Im Gegenteil«, war die Antwort. »Mir scheint das Schiff so beschaffen, daß es nicht viel leisten werde, wie auch der Wind sei.«

»Es steht im Rufe ein guter Segler zu sein. Was sage ich: im Rufe! W i r h a b e n davon die volle Überzeugung, da es in der kurzen

Zeit von sieben Wochen von England in die Kolonien gekommen ist. Aber Seeleute haben, glaub' ich, wie wir arme Sterbliche zu Lande, ihre Vorliebe und ihre Vorurteile. Entschuldigen Sie mich daher, Sir, wenn ich diesen ehrlichen Veteran über seine Meinung in dieser Sache weiter befrage ... Lieber Freund, was haltet Ihr von jenem Schiffe? Ist es ein guter Segler? Ich meine das Schiff dort mit den überhohen Vorbrambäumen und den vorragenden runden Marsen.«

Wilders Lippe zuckte, er mußte ein unfreiwilliges Lächeln zurückhalten; aber er verbiß es und schwieg. Der alte Seemann hingegen stand auf, schaute aus nach der Gegend des Schiffes, schien es sorgfältig zu untersuchen, und die etwas untechnische Kunstsprache der Admiralswitwe vollkommen zu verstehen. Jetzt erst, nach vollendeter Prüfung, wandte er sich wieder zur Lady und sagte:

»Das Schiff da im innern Hafen, das Ew. Gnaden meinen, ist gerade solch ein Schiff, wie es der Seemann liebt und gern betrachtet. Es ist ein braves, sicheres, oder wie wir zu sagen pflegen, ein heiles Schiff, darauf will ich schwören: und was das Segeln anbelangt, so ist's zwar kein Zauberer, kein Luftsegler, aber kunst- und kraftvoll eingerichtet, und vollkommen gut beschaffen, oder ich will nichts vom blauen Wasser oder von solchen verstehen, die darauf leben.«

»Hier sind also zwei verschiedene Meinungen«, sagte Frau von Lacey. »Es ist mir lieb, daß Ihr das Schiff ein heiles nennt: denn wenn schon Seefahrer ein schnelles Schiff lieben, so möchten diese Damen hier doch lieber ein sicheres ... Ich hoffe, Sir, Sie werden dem Schiffe nicht abdisputieren, daß es ein heiles sei?«

»Eben d i e s e Eigenschaft ist es,« war Wilders lakonische Antwort, »die ich ihm streitig mache.«

»Seltsam! Höchst seltsam! Hier steht ein alter Seemann, der ganz verschiedener Meinung ist.«

»Er mag zu seiner Zeit gute Augen gehabt haben und bessere als ich, Madame, aber ich zweifle, ob sie jetzt noch so gut sind als vordem. Wir find etwas zu weit vom Schiffe, um von hier aus die Eigenschaften und Mängel beurteilen zu können: ich bin ihm näher gewesen.«

»Also sind Sie wirklich der Meinung, Sir, daß Gefahr ist?« fragte Gertrauds sanfte Stimme, deren Furcht über das Mißtrauen die Oberhand gewann.

»Ja, gewiß. Hätte ich Mutter oder Schwester« – hier, bei dem Worte S c h w e s t e r rückte er am Hute, verbeugte sich vor der schönen Zitternden, und sprach das Wort mit Nachdruck aus – »würde ich Bedenken tragen, sie sich einschiffen zu lassen. Auf meine Ehre, Myladys, ich halte das Schiff da für gefährlicher als irgendeines, das diesen Herbst aus einem der Häfen der Provinz ausgelaufen ist oder noch auslaufen wird.«

»Mir unbegreiflich!« bemerkte Frau Wyllys. »Dies ist ganz und gar nicht die Beschreibung, die man uns von dem Schiffe gemacht hat; und ist diese Beschreibung nicht übertrieben, so kann man sich ihm als einem sichern, bequemen anvertrauen. Dürft' ich bitten, Sir, auf welche Umstände Sie Ihre Meinung gründen?«

»Sie springen in die Augen. Es ist zu scharf in der Rundung vom Bug bis zu den Vorsteven; es ist zu voll in der Billing des Spiegels zum Steuer. Dann stehen die Seiten gerade wie Kirchenmauern, und haben keine Einweichung, und das Schiff staut zu hoch über der Wasserlinie. – Überdies hat es kein Vorsegel, und wird überhaupt nach hinten gepreßt, dadurch in den Wind geklemmt, und mehr als sein sollte, back gedrängt. Es kommt gewiß mit ihm dahin, daß das Vorderste sich zu hinterst kehrt.«

Die weiblichen Zuhörer hörten diesem Vortrage, den Wilder entschieden und im Orakeltone hielt, mit der Aufmerksamkeit, dem blinden Glauben und der demütigen Folgsamkeit zu, die der Ununterrichtete gewohnt ist, dem Manne vom Fache zu zollen, wenn dieser die Geheimnisse seiner Kunst oder Wissenschaft vorträgt. Keine von beiden hatte freilich einen deutlichen Begriff von seiner Auseinandersetzung; so viel aber fanden sie in seinen Worten: es sei augenscheinliche Gefahr und selbst Lebensgefahr vorhanden. Frau von Lacey suchte jedoch wie immer, so auch bei dieser Gelegenheit, zu zeigen, wie sehr sie in der Schiffskunst bewandert sei. Sie versicherte, die angegebenen Fehler vollkommen einzusehen, nannte sie große, ernsthafte, wesentliche Fehler, konnte es nicht begreifen, wie es möglich sei, daß sie ihr Agent nicht darauf aufmerksam gemacht habe, und schloß mit der Frage, ob es noch sonst etwas gebe, was dem Auge des jungen Tadlers in dieser Ferne nicht entgangen sei und die Gefahr noch vermehren könne?

»O ja, sehr viel. Sie sehen, Madame, daß die Bramstengen nach hinten zu mir Splitzhörnern versehen sind: daß keines der obersten Segel flattert, und dann noch, Madame, daß sich das Bugspriet, dieser wesentliche Teil, auf das Wasserstag und die Wuhlingen verläßt.«

»Nur zu wahr! Nur zu wahr!« sagte Frau von Lacey mit innerem Schauder. »Dies alles war mir entgangen, aber jetzt, da ich darauf aufmerksam gemacht werde, sehe ich es deutlich. Eine solche Fahrlässigkeit ist höchst strafbar: und sich vor allem aus Wuhlingen und Wasserstag zu verlassen, wenn der Bugspriet fest sein soll! Gewiß und wahrhastig, Mistreß Wyllys, ich kann's nun und nimmer zugeben, daß sich meine Nichte solch einem Schiffe anvertraue.«

Während Wilder sprach, weilte das ruhende Auge der Frau Wyllys auf seinen Zügen, und als er zu Ende war, wandte sie sich mit ungetrübter Heiterkeit an die Admiralswitwe. »Vielleicht mag aber die Gefahr etwas vergrößert werden«, bemerkte sie. »Sollten wir nicht den andern Seefahrer über die verschiedenen Punkte befragen und anhören? ... Hört, lieber Freund, seid auch Ihr der Meinung, daß es so gefährlich mit dem Schiffe aussieht, und daß wir unrecht täten, uns in dieser Jahreszeit nach Karolina einzuschiffen und jenes Schiff zu besteigen?«

»Ei, du lieber Gott, Madame!« sagte der alte Seefahrer, sich vor Lachen ausschüttend, »der junge Mann da hat dem Schiffe ganz neumodische Fehler und Mängel abgesehen, wenn es überhaupt wirklich Fehler und Mängel sind. Zu meiner Zeit wurde dergleichen nie erwähnt, und ich muß meine Unwissenheit gestehen, und daß ich nicht die Hälfte von dem, was er Ihnen vorgesagt, verstanden habe.«

»Es mag wohl eine gute Zeit seit Eurer letzten Fahrt verflossen sein, guter Alter«, sagte Wilder.

»Fünf bis sechs Jahre seit der letzten; fünfzig seit der ersten«, war die Antwort.

»Also seht Ihr keinen Grund zur Besorgnis?« fragte Frau Wyllys wieder.

»So alt und abgenutzt ich bin, Madame, würde ich eine Anstellung auf dem Schiffe als eine Vergünstigung ansehen und annehmen.«

»Not sucht sich zu helfen«, bemerkte Frau von Lacey mit leiser Stimme und bedeutendem Blick, der für die Beweggründe des alten Mannes nicht sonderlich schmeichelhaft war. »Ich halte es mit dem jungen Schiffer, der seine Meinung mit substantiellen, wissenschaftlichen Gründen unterstützt.«

Frau Wyllys hielt mit Fragen ein, solange sie glaubte, der Dame hierin aus Gefälligkeit willfahren zu müssen. Nach dieser Pause wendete sie sich zu Wilder und setzte die Unterredung fort.

»Wie erklären Sie sich aber, Sir, die Verschiedenheit der Meinungen zwischen zwei Männern vom Fach, deren jedem man ein kompetentes Urteil zuschreiben kann?«

»Ich sollte denken,« versetzte der junge Mann lächelnd, »wir haben ein Sprichwort, das sich hier anwenden ließe. Sollte aber auch nichts darauf gegeben werden, daß sich der Schiffbau vervollkommnet hat? Sollte nicht Rücksicht darauf genommen werden, auf welcher Gattung von Schiffen jeder von uns gedient hat?«

»Beides sehr wahr«, sagte Frau Wyllys. »Aber mich dünkt, in einem so alten Gewerbe kann ein halbes Dutzend Jahre keinen Unterschied machen.«

»Ich bitte sehr um Verzeihung, Madame. Für Schifffahrer ist eine beständige Übung durchaus notwendig. Und ich möchte wohl behaupten, daß jene würdige alte Teerjacke nicht mit der Weise bekannt ist, wie ein Schiff mit vollen Segeln **die Wellen mit seinem Hackebord zerteilt**.«

»Unmöglich!« rief hier die Admiralswitwe. »Der jüngste, gemeinste Seefahrer müßte ja von dem Anblick eines so herrlichen, einzigen Schauspiels entzückt sein!«

»Ja, ja!« fiel der alte Mann ein, dem anzusehen war, daß er sich beleidigt fühlte, und der sich, wäre ihm auch irgendein Zweig seiner Kunst verborgen geblieben, wohl gehütet haben würde, es einzugestehen, »o wie oft hab' ich dieses Schauspiel genossen; wie manches stolze Schiff bestiegen, das durch die Wellen flog! Ja, ja, wie die Lady sagt: Es ist ein großes, herrliches, einziges Schauspiel!«

Wilder schien beschämt und vernichtet. Er biß sich in die Lippen, wie jemand, den entweder die Unwissenheit oder die Verschmitztheit eines andern zuschanden gemacht hat; aber die Selbstliebe der Frau von Lacey) sparte ihm die Verlegenheit der Antwort und ließ ihm Zeit zur Besinnung.

»Es würde freilich ein ganz eigener, außerordentlicher Fall gewesen sein,« sagte sie, »wenn ein Mann, dessen Haar auf der See grau geworden, niemals hätte Gelegenheit haben sollen, von einem so nobeln Anblick entzückt zu werden. Gleichwohl, mein würdiger Alter, kommt es mir vor, daß Ihr das Schiff nicht gehörig untersucht habt, weil Euch die Fehler entgangen sind, die der junge ... Gentleman doch so umständlich und namentlich angeführt hat.«

»Erlauben, Ew. Gnaden, es sind keine Fehler. Geradeso pflegte mein verstorbener, braver, trefflicher Kommandeur sein Schiff zu takeln: und ich bin stolz, versichern zu können,

daß nie ein besserer Seemann und ein edlerer Mann auf der Flotte Sr. Majestät ein Kommando geführt.«

»Also habt Ihr dem Könige gedient? Wie hieß Euer lieber Kommandeur?«

»Wie hieß er? ... Wir anderen, die unter ihm dienten und ihn von innen und außen kannten, hießen ihn nie anders als den Kommandeur F a i r w e a t h e r, denn unter seinen Befehlen gab's immer s c h ö n W e t t e r und gute Zeit; doch zu Lande war er unter dem Namen des tapfern, siegreichen ... Konteradmirals de Lacey bekannt.«

»Und ließ mein hochverehrter und erfahrener Gemahl wirklich seine Schiffe auf diese Weise auftakeln?« fiel die Witwe mit einer bebenden Stimme ein, die das deutlichste Zeugnis ablegte, wie groß und innig ihre angenehme Bestürzung und ihr geschmeichelter Stolz war.

Der alte Mann trat langsam und ehrfurchtsvoll näher, verneigte sich tief vor der Dame und sagte:

»Hab' ich wirklich die Ehre und das Glück, die Lady meines Admirals zu sehen, so ist dies ein Trost und eine Freude für meine alten Tage, die sich nicht beschreiben läßt. Sechzehn Jahre hab' ich auf seinem Schiffe gedient und zwanzig in seinem Geschwader. Ich sollte fast denken, Ew. Gnaden müßten vom Aufseher seines großen Mars gehört haben, von Bob-Bunt, von Robert Bunt.«

»Ja, mir scheint, mir scheint! Der Admiral sprach gern, sehr gern von seinen treuen Dienern.«

»Gott hab' ihn selig und schenke ihm einen glorreichen Nachruhm! Er war ein guter Herr, ein unvergleichlicher Offizier, der keines Freundes vergaß, gleichviel, ob auf der Rahe oder in der Kajüte. Ja, er war des Seemanns Freund, der edle, brave Admiral!«

»Wie dankbar der Mann ist,« sagte Frau von Lacey, sich die Augen trocknend, »und dabei ein kompetenter Richter in seinem Fach. Seid Ihr auch ganz gewiß, lieber Freund, daß mein Gemahl, der selige Admiral, alle seine Schiffe ebenso einrichten ließ, wie jenes da, von dem wir sprechen?«

»So gewiß als ich hier vor Ihnen stehe, Madame: mir diesen meinen eigenen Händen hab' ich sie vor seinen Augen so getakelt.«

»Auch den Wasserstag?«

»Und die Wuhlingen, Mylady, Wäre der Admiral noch am Leben und hier, er würde das Schiff ein heiles, gesundes, gut ausgerüstetes nennen: daraus will ich schwören.«

Frau von Lacey drehte sich jetzt mir Majestät, Würde und Entschlossenheit zu Wilder und fuhr fort:

»Mein Gedächtnis hat mich einen Augenblick verlassen: und das ist kein Wunder, da ich solange der Belehrung und des Beistandes eines Gatten habe entbehren müssen, der mich leiten könnte. Wir sind Ihnen, Sir, recht sehr für Ihre Meinung verbunden, können uns aber nicht enthalten, zu denken, daß Sie die Gefahr ein wenig übertrieben haben.«

»Auf Ehre, Madame,« unterbrach Wilder, die Hand aufs Herz legend und mit besonderem Nachdruck die Worte sprechend, »auf meine Ehre, ich bin aufrichtig, wenn ich sage, daß ich der Meinung bin, es sei große Gefahr vorhanden, wenn man mit jenem Schiffe abreist: und ich rufe den Himmel zum Zeugen an, daß ich, indem ich so spreche, nicht im geringsten die boshafte Absicht habe, dem Kommandeur, den Eignern des Schiffs, oder irgend jemanden, der mit Ihnen in Verbindung steht, nahe zu treten.«

»Wir zweifeln nicht im mindesten an Ihrer Aufrichtigkeit, Sir: wir glauben nur, daß Sie sich vielleicht in Ihrem Urteil irren«, erwiderte die Witwe mir einem mitleidigen, oder, Wofür sie selbst es hielt, mir einem herablassenden Lächeln. »Wir danken Ihnen nochmals recht für Ihre gute Absicht ... Kommt, ehrlicher Veteran, wir müssen näher bekannt werden. Ihr dürft nur an die Haustür klopfen: ich habe noch mehr mit Euch über die Sache zu sprechen.«

Sie verneigte sich nochmals kalt gegen Wilder und ging von der Mauer tiefer in den Garten zurück, begleitet von den beiden andern. Sie schritt mehr einher, als sie ging, und stolzierte wie jemand, der sich aller seiner Vorteile bewußt ist, während Frau Wyllys ihr still, langsam und nachdenkend folgte. Gertraud schloß sich den letztern an, mit gesenktem Haupt und das Gesicht unter dem Strohhut verbergend. Wilder schien zu bemerken, daß sie einen verstohlenen, ängstlichen Blick auf ihn zurückwarf; doch, da er von den Gefahren der Fahrt gesprochen hatte, konnte er nicht wissen, ob dies ein Blick der Teilnahme, des Gefühls, oder nur der Besorgnis und Furcht war. Er sah ihr nach, bis sich die Gruppe unter das Gesträuch verloren hatte. Als er aber seinen Bruder Seefahrer aufsuchen wollte, um seinen ganzen Unwillen an ihm auszulassen, fand er, daß der alte Seemann seine Beine und seine Zeit gut angewendet hatte und schon im Hause war, um den Lohn seiner Schmeichelei einzuernten.

Neuntes Kapitel.

Wilder war aus dem Felde geschlagen und nahm seinen Rückzug. Der Zufall oder wie er es selbst geneigt war zu nennen, die Speichelleckerei des alten Seefahrers, hatte seiner kleinen Kriegslist entgegengearbeitet, und ihm alle Hoffnung benommen, sich auf irgendeine Weise wieder in Vorteil zu setzen und seinen Plan auszuführen.

Der junge Seemann ging langsam und mürrisch zur Stadt zurück. Mehr als einmal stand er auf dem Abhange still und heftete seine Augen minutenlang auf die verschiedenen Schiffe im Hafen. So oft er haltmachte, fand er Gelegenheit, dem Interesse, das er an jedem fand, neue Nahrung zu geben. Doch schien es, als mache das für Karolina bestimmte Schiff einen längern und tiefern Eindruck auf ihn; nur daß sich sein Blick ab und zu, auch neugierig und sogar ängstlich über die andern Fahrzeuge erstreckte.

Die Stunde, die zur Morgenarbeit rief, hatte geschlagen; alles kam in Bewegung, in jedem Viertel der Stadt rührten sich fleißige Handwerker. Matrosenlieder schallten in die Morgenstille hinein und wechselten mit ihren gewohnten, langgedehnten, eigentümlichen Jodeltönen ab. Das Schiff im innern Hafen war eines der ersten, aus dem sich das Geräusch und die Laute der Tätigkeit hören ließen und dessen nahe Abfahrt ankündigten. Tiefe Bewegungen und Vorkehrungen trafen zugleich Wilders Auge und Ohr, weckten ihn aus seinen tiefen Gedanken und fesselten bald seine ganze Aufmerksamkeit. – Er richtete sie einzig auf das Schiff, sah die Matrosen die Takelage ebenso langsam und gemächlich hinaufklettern, als dies schnell und eilig geschieht, wenn Not oder Sturm vorhanden ist; er sah hier und da eine Menschengestalt auf den schwarzen, schweren Rahen reiten. Dann, nach einigen Minuten, sah er das fest zusammengerollte Vormarssegel sich von den Rahen lösen, in nachlässig lieblichen Festons hängen; dann, wieder nach einigen Minuten, sah er die unteren Ecken des ungeheuern Segels sich den Enden der damit in Verbindung gesetzten Spieren anschließen, und dann endlich die schwere Rahe langsam den Mast hinaufgewunden werden, die flatternden Falten des Segels nach sich ziehend, bis sich dieses, an allen Ecken angezogen, wie eine breite, schneeweiße Zeltfläche ausbreitete. Gleichzeitig spielten die leichten Luftströme mit ihnen, fielen ein, ließen nach; das Segel schien seinerseits mit dem schwachen Morgenwind zu spielen, blähte sich auf, schlug sich zusammen, als wolle es die Ohnmacht des Angriffs zugleich anzeigen und ihm nur leicht begegnen. Jetzt wurde mit den Vorkehrungen innegehalten: die Matrosen schienen die Kühlde[25] gelockt zu haben und nun abzuwarten, inwiefern ihre Einladung von Erfolg sein würde.

Durch einen vielleicht nur zufälligen und natürlichen Übergang schweiften Wilders Augen von dem Schiffe, auf dem die Vorkehrungen der Abfahrt für ihn so interessant waren, zu dem über, das im äußern Hafen lag; vielleicht geschah es aber auch, um zu sehen, ob jede Bewegung dort Eindruck gemacht und irgendeine Wirkung hervorgebracht hätte. Doch die genaueste und strengste Untersuchung würde hier zu keinem Resultat geführt haben, woraus man irgendeine Verbindung zwischen den Interessen beider Schiffe hätte abnehmen können. Während im ersten Schiffe alles in der größten Tätigkeit war, lag im zweiten alles in der tiefsten Ruhe. Der Anker blieb ausgeworfen, das Schiff unbeweglich; und keine Spur gab zu erkennen, daß die schwarze, leblose Masse bewohnt sei. So still und regungslos schien sie, daß jemand, der in diesem Fache ganz unbewandert gewesen wäre, hätte glauben sollen, es sei ein Felsen im Meere oder irgendein ungeheures symmetrisches, von den Fluten herbeigewälztes Naturspiel, oder gar eines von den fabelhaften, phantastischen Seeungetümen, an deren Dasein das Schiffsvolk glaubt, und das der Boden des Ozeans unter Nebel und Stürmen ausgespien, nachdem es jahrhundertelang in seinem Schoß verborgen gelegen. Dem unterrichteten Auge Wilders gab diese schwarze Masse einen ganz andern Aufschluß. Er durchschaute die anscheinend schlafende Gestalt und fand in ihrer Unbeweglichkeit selbst Zeichen des nahen Aufbruchs. Anstatt in langer, gedehnter Linie ins Wasser zu laufen, war das Ankertau k u r z , fast s e n k r e c h t , und hatte gerade nur so viel Spielraum außer Bord, als erforderlich war, der Flut zu widerstehen, die den Kiel unterhalb in Bewegung setzte. Alle Boote waren ausgesetzt und in Bereitschaft, so daß es Wildern deutlich war, ihre Bestimmung sei, in der schnellstmöglichen Zeit

---

[25] Der Kühlwind, the breeze, la brise.

das Schiff zu bugsieren. Kein Segel, keine Rahe war aus der Stelle, wie es sonst immer zu sein pflegt, wenn ein Schiff im sichern Hafen still liegt, weil alsdann das Volk gewöhnlich mit Untersuchen und Ausbessern beschäftigt ist. Auch fehlte kein einziges Tau von den Hunderten, die sich in den obern Teilen des Schiffs kreuzen und der blauen Himmelsdecke zu Vorhängen dienen. Alles war an seinem Platz und schien auf den Augenblick zu warten, wo es selbst in Gang gebracht werden solle. So wenig sich das Schiff zur geringsten Bewegung anzuschicken schien, war es doch in solcher Lage, daß es augenblicklich die Anker lichten, oder sich, wenn es not täte, seiner Angriffs- und Verteidigungsmittel bedienen konnte. Die Finkenetten waren zwar wie tags vorher zwischen den Regelingen ausgespannt: dies ließ sich aber als reine Vorsicht erklären. Es war Krieg; französische Kreuzer konnten in der Nähe sein. Man wußte, daß sie von den westindischen Inseln aus, längs den Küsten des Festlandes, schwärmten. Das Schiff war im äußern Hafen ihrem Angriff ausgesetzt und mußte auf seiner Hut sein. Es glich in seiner Lage und bei seinen Anstalten einem wilden Tiere oder einem giftigen Reptil, in anscheinend tiefem Schlafe, und so das keine Gefahr ahnende Opfer in seine Nähe lockend, damit es sich desto sicherer darauf stürze und ihm den tödlichen Fang oder Stich versetze.

Wilder schüttelte sein Haupt auf eine Weise, die sattsam zu erkennen gab, wie sehr er die verräterische Ruhe durchschaue. Dann setzte er seinen Weg nach der Stadt fort. So ging's eine Zeit weiter. Er schlenderte, vertiefte sich schon wieder in Gedanken, und würde sich noch mehr vertieft haben, hätte ihn nicht ein Schlag auf die Schulter geweckt. Er kehrte sich um und erblickte hinter sich den alten Seemann, der ihn eingeholt, und den er in jener Gesellschaft verlassen hatte, in die er selbst so gern aufgenommen worden wäre.

»Master,« redete jener ihn an. »Eure jungen Beine hätten Euch, wie mich dünkt, schneller vorwärts bringen sollen; Ihr segeltet ja dort ab, wie ein vorn scharf und voll gebauter Bermuder, und seht, jetzt hab' ich Euch mit meinen alten Knochen ein- und ausgeholt und praie Euch an.«

»Es mag Euch eine außerordentliche Freude machen,« erwiderte Wilder mit Hohnlächeln, »die Wellen mit Euerm Hackebord zu durchschneiden. Wer so segelt, kommt vorwärts, er weiß oft selbst nicht wie.«

»Bruder, ich merke, Ihr seid empfindlich, daß ich es gemacht habe wie Ihr; denn, unter uns gesagt, ich bin bloß Euerm Beispiel gefolgt. Wie konntet Ihr Euch einbilden, daß ein alter Seehund wie ich, der solange auf einem Flaggenschiffe gedient hat, in irgendeiner Sache, die das blaue Wasser betrifft, seine Unwissenheit kundgeben oder eingestehen würde? Wie, zum Henker! Konnte ich wissen, ob es unter den tausend Weisen, ein Schiff zu lenken, nicht auch eine gibt, es rückwärts segeln zu lassen, hätt' ich's nicht von Euch gelernt? Man pflegt zu sagen, ein Schiff sei gebaut wie ein Fisch; und wenn dies der Fall ist, so kann es ja wohl auch ein Krebs, eine Auster sein, nicht wahr? Nenn' ich das Ding nicht beim rechten Namen?«

»Schon gut, Alter. Ihr habt Euern Lohn eingestrichen, wie ich vermute. Ein hübsches Präsent von der Admiralswitwe, so daß Ihr nun eine geraume Zeit ruhig beilegen könnt, ohne Euch um die Art und Weise zu bekümmern, wie man nach Eurer Zeit die Schiffe baut. Sagt mir nur, ob Euch Euer Weg den Hügel hinabführt?«

»Bis ganz unten.«

»Das ist mir lieb, Freund, denn meine Absicht ist, ihn wieder hinaufzugehen. Und da nun unser Gespräch ein Ende hat, so sag' ich Euch auf Schiffermanier: ›Schmuck Wetter auf die Fahrt!‹«

Der alte Schlaukopf lachte und schüttelte sich auf die gewohnte Weise, als er den jungen Mann linksum machen und die Höhe wieder hinanlaufen sah.

»Nein, Ihr seid mir nie mit einem Konteradmiral auf einem Schiffe gewesen«, sagte er, setzte seinen Stab weiter und schlich langsam fort, wie einer, der die Last der Jahre mit sich schleppt. »Nein, man wird mit den Seekniffen nicht eher fertig, bis man ein paar Kampagnen auf einem Flaggenschiffe gemacht hat, und das am Besanmast!« Dies murmelte er dem jungen Manne nach.

Der junge Mann murmelte seinerseits zwischen den Zähnen: »O des unleidlichen Heuchlers und Schmeichlers. Der Schurke hat sich ein gut Teil in der Welt umgesehen und benutzt nun seine Erfahrungen dazu, ein närrisches Weib zu seinem Vorteil zu ködern. Ich bin froh, daß ich den Kerl los bin, der sich aufs Lügen legt, weil er sieht, daß es mit der Arbeit nicht mehr fort will ... Nun wieder zurück. Die Küste ist klar: wer weiß, was sich zutragen kann!«

Den Anfang der Rede hatte er, wie gesagt, unvernehmlich gemurmelt, das Ende d a c h t e er jetzt mehr, als er sprach: da es ihm aber an Zuhörern fehlte, war es ebensogut, als wenn er sich eines Sprachrohrs bedient hätte. Nur sollte es ihm nicht gelingen, die Hoffnung, die er sich gemacht, so bald in Erfüllung gehen zu sehen. Er hatte schon den Hügel erstiegen und sich vorgenommen, wenn man ihn bemerken sollte, ein gleichgültiges, nachlässiges Wesen anzunehmen, um sich nicht zu verraten. Allein dies war nicht einmal nötig, denn obschon er eine ganze Weile nach den Fenstern der Frau von Lacey schielte, wollte es ihm nicht glücken, nur die Nasenspitze einer der Bewohnerinnen zu entdecken. Lärmen und Geräusch genug im Hause: es wurden Koffer und Gepäck von Bedienten nach der Stadt getragen, aber die Hauptpersonen mußten seiner Meinung nach im Innern verborgen sein, um die wenigen Augenblicke noch im häuslichen Gespräch zuzubringen und sich auf den langen Abschied vorzubereiten. Schon wollte er sich getäuscht und verdrießlich auf den Rückweg machen, schon schlich er sich traurig längs der Gartenmauer hin, als er dahinter weibliche Stimmen hörte. – Er lauschte; die Stimmen kamen näher, und bald erkannte sein horchendes Ohr die Musik der jungen Gertraud.

»Wir quälen uns selbst, liebste Madame,« sagte sie, als Wilder die Töne unterscheiden konnte, »wenn wir dem, was solch ein ... Individuum gesagt hat, den geringsten Eindruck auf uns zu machen gestatten wollten.«

»Ich fühle vollkommen, liebstes Kind, daß Sie recht haben,« erwiderte die Gouvernante mit schwermütigem Tone, »und doch bin ich so schwach, daß ich eine Art von Aberglauben ... von Ahnung ... nicht überwinden kann. Liebe Gertraud, wünschten Sie nicht wie ich, den jungen Mann nochmals zu sprechen?«

»Ich, Madame?« rief die junge Person mit einiger Unruhe aus. »Wie können S i e , und wie sollte i c h wünschen, den Fremden wiederzusehen? Aus einem so niedrigen ... vielleicht auch nicht niedrigen Stande ..., aber gewiß einen Menschen, der sich nicht für die Gesellschaft ...«

»Wohlerzogener Ladys eignet, wollten Sie sagen. Und woraus schließen Sie, daß der junge Mann so tief unter uns steht?«

Wilder fand in der Stimme der jungen Lady so viel Melodie und Wohlklang, daß er das Persönliche, das ihre Antwort enthielt, verschmerzte oder wohl gar überhörte.

»Weit entfernt,« sagte sie lachend, »daß ich in meinen Begriffen von Stand und Geburt so ekel und vornehm sein sollte als Tante Lacey; müßte ich doch, liebe Wyllys, Ihre eigenen Lehren und Unterweisungen vergessen, wenn ich nicht fühlen sollte, daß Erziehung und Sitten auf Meinungen und Charaktere der Menschen einen starken Einfluß haben.«

»Sehr wahr, mein Kind. Aber ich muß Ihnen gestehen, daß ich von dem jungen Manne nichts gesehen oder gehört habe, was mich glauben machen könnte, er sei ohne Erziehung und von gemeiner Abkunft. Im Gegenteil ist seine Sprache und sogar seine Aussprache die eines Gentleman, und sein Äußeres stimmt mit dem übrigen zusammen. Er hat die freien, einfachen Sitten seines Gewerbes; ich darf Ihnen aber nicht erst sagen, liebste Gertraud, daß junge Leute aus den besten Häusern hierzulande, in den Provinzen, sowie in England, oft unter der Marine dienen.«

»Als Offiziere, liebe Madame; dieser ... Mensch trug aber Matrosenkleidung.«

»Nicht so ganz. Das Zeug war feiner, der Zuschnitt modischer als gewöhnlich. Ich habe Admirale gekannt, die in den Erholungsstunden ebenso einhergingen. Seefahrer von Rang lieben die Tracht ihres gewählten Standes, und verschmähen die läppischen Abzeichen.«

»Also sind Sie der Meinung, daß es ein Offizier war? Vielleicht in königlichen Diensten?«

»Kann wohl sein, obschon der Umstand, daß gegenwärtig kein Kreuzer im Hafen liegt, mit der Vermutung nicht übereinstimmt. Nicht aber diese Kleinigkeit ist es, die in mir das unaussprechliche Interesse rege macht, das mich zu ihm zieht. Nein, liebste Gertraud, es ist ganz was anders. Mein Verhängnis hat es gewollt, daß ich in früheren Jahren viel unter Seeleuten gelebt habe, so daß ich selten einen Mann von dieser Klasse in dem Alter und von dem geistreichen, männlichen Wesen sehe, wie diesen, ohne bedeutend aufgeregt zu werden. Doch ich mache Ihnen Langeweile; sprechen wir von etwas anderm.«

»Nicht im geringsten, liebste Madame«, unterbrach Gertraud. »Da Sie den Fremden für einen Gentleman halten, so hat's nichts zu sagen ... So ist es, dünkt mich, nicht so unschicklich, wenn wir von ihm reden. Ob er denn wirklich selbst glauben mag, was er uns glauben machen wollte, daß wir Gefahr liefen, wenn wir uns dem Schiffe anvertrauten, von dem man uns so viel Gutes gesagt hat?«

»Möglich! Wenigstens war ein unerklärbares Gemisch von seltsamer, ich möchte fast sagen, wilder Ironie und inniger Teilnahme in seinem Wesen bemerkbar! Überdies lag in einem Teile seiner Rede barer Unsinn; doch schien er ihn nicht ohne sichtbar ernsthafte Absicht zu sprechen. Liebe Gertraud, Sie sind mit der Seesprache nicht so vertraut als ich; vielleicht wissen Sie nicht mal, daß Ihre gute Tante, die eine so große Bewunderin des edlen Seehandwerks ist, das ihr in so vieler Hinsicht teuer sein muß, bisweilen Ausdrücke gebraucht, die ...«

»O ja, gewiß, das weiß ich längst ... wenigstens glaube ich es bemerkt zu haben«, unterbrach die junge Lady auf eine Weise, die zu erkennen gab, es werde hier eine für sie unangenehme Saite berührt, und sie wünsche davon abzubrechen. »Es war gewiß sehr anmaßend und unartig von dem Fremden, wenn er wirklich die Absicht hatte, mit einer so harmlosen und allgemeinen Schwäche, die wir überhaupt kaum eine Schwäche nennen können, seinen Scherz zu treiben.«

»Ganz gewiß,« fuhr Frau Wyllys mit einem bestimmteren Tone fort, »und doch schien er mir nicht zu der Klasse hirnloser Spötter zu gehören, die Vergnügen daran finden, die Torheiten anderer aufzudecken. Erinnern Sie sich noch, Gertraud, daß sich gestern, bei der Ruine, Ihre Tante gewisser Ausdrücke bediente, als sie ihre Bewunderung über ein Schiff mit vollen Segeln schildern wollte?«

»Ja doch, ja, ich entsinne mich«, sagte die Nichte mit etwas Ungeduld.

»Einer ihrer Ausdrücke war besonders unrichtig, so weit mich nämlich mein ehemaliger Umgang mit Seefahrern mit ihrer Sprache bekannt gemacht hat.«

»Ich dachte mir's gleich«, unterbrach Gertraud, »und konnte es Ihren Augen ansehen, aber ...«

»Merken Sie auf, Liebe! Es ist gar nichts Außerordentliches, daß eine Dame, wenn sie sich der Seesprache bedient, sich in den Redensarten vergreift und ein Wort fürs andere nimmt: daß aber ein Seekundiger, ein Seemann, in denselben Fehler fällt, ist allerdings merkwürdig. Und dies tat der junge Mann, von dem wir sprechen: und, was noch ausfallender ist, der alte Mann wiederholte den Mißgriff, gerade als wären die Benennungen richtig.«

»Vielleicht«, sagte Gertraud etwas leiser, »haben sie erfahren, daß Tante Lacey die kleine Schwäche hat, sich gern in Unterhaltungen dieser Art einzulassen. Soviel aber ist gewiß, liebste Madame, wenn wir dies genauer bedenken, können wir den Fremden nicht für einen wohlerzogenen Gentleman halten.«

»Ich würde gar nicht mehr an ihn denken, Liebe, wäre es nicht ein geheimes Gefühl, das mich zu ihm zieht, ein Gefühl, das ich nicht beschreiben kann. Ich wünschte, ihn noch einmal sprechen zu können.«

Ein leichter Schrei der jungen Lady unterbrach sie; es fiel etwas in den Garten, und im nächsten Augenblick sprang der Gegenstand ihres Gesprächs über die Mauer, anscheinend den Rohrstock wiederzuholen, womit er die junge Lady erschreckt hatte. Er stellte sich bestürzt, machte viele Entschuldigungen, einen fremden Grund betreten zu haben, hob den Stock auf und schien im Begriff, sich langsam zurückzubegeben. als sei alles das Werk des Zufalls gewesen. Er legte aber in den ganzen Auftritt soviel Artigkeit, Anstand und gute Sitte, daß man mit ziemlichem Grund daraus seine Absicht hätte erraten können, der jungen Dame einen bessern Begriff von seiner Erziehung beizubringen, und ihr den Irrtum zu benehmen, als gehöre er nicht zu einer gebildeten Klasse. Auch verfehlte er seinen Zweck nicht bei ihr. Frau Wyllys war ebenfalls, allein auf eine andere Art, ergriffen worden; sie erblaßte, ihre Lippen bebten, obschon w a s sie sprach und w i e sie es sprach, bewies, daß sie nicht erschrocken war.

»Bleiben Sie noch einen Augenblick, Sir,« sagte sie hastig, »wenn es Ihnen die Zeit erlaubt, und Sie nicht anderswo erwartet werden. Ihre Erscheinung hat so etwas Außerordentliches, daß es mir lieb sein würde, sie zu benützen.«

Wilder verneigte sich und näherte sich den Damen wieder, von denen er sich nur insoweit entfernt hatte, als es nötig war, sie auf den Gedanken zu bringen, er habe nur das zufällig oder ungeschickterweise Verlorene wieder aufheben wollen. Als Frau Wyllys seine Bewegung bemerkte, und daß er sich so bereit zeigte, ihrem Wunsche zu willfahren, geriet sie in einige Verlegenheit, wie sie den Faden des Gesprächs anknüpfen sollte.

»Ich habe mir die Freiheit nehmen wollen,« stammelte sie mehr, als sie es sprach, »mich mit Ihnen wegen des segelfertigen Schiffes im Hafen, und der von Ihnen vorhin darüber geäußerten Meinung nochmals zu besprechen.«

»Die Royal Carolina?« fragte Wilder nachlässig.

»So heißt es, glaub' ich.«

»Ich will hoffen, Madame,« setzte er mit Feuer hinzu, »nichts von dem, was ich davon gesagt habe, werde Sie gegen das Schiff selbst einnehmen. Ich verbürge mich dafür, daß es vortrefflich gezimmert ist, und zweifle keineswegs, daß es einen geschickten Kommandeur hat.«

»Und doch haben Sie keinen Anstand genommen, zu behaupten, daß Sie eine Reise auf eben diesem Schiffe für gefährlicher hielten als auf jedem andern, was binnen einigen Monaten aus diesem oder sonst einem Hafen unserer Provinzen auslaufen möchte.«

»Ja, Madame, das habe ich gesagt und behauptet«, sagte Wilder, und legte den größten Nachdruck auf jedes Wort.

»Wollen Sie die Güte haben, Ihre Gründe anzugeben?«

»Irre ich nicht, so habe ich sie der Dame auseinandergesetzt, die ich die Ehre hatte, vor einer Stunde zu sehen.«

»Diese Dame, Sir, ist nicht mehr hier, und gehört überhaupt nicht zu denen, die absegeln sollen. Diese junge Lady und ich sind bestimmt, das Schiff als Passagiere zu besteigen.«

»So hatt' ich's auch verstanden«, erwiderte Wilder, seinen nachdenkenden Blick aus die sprechende Miene der tief erregten Gertraud gerichtet.

»Und nun, da kein Irrtum vorwaltet, und Sie wissen, wer die beteiligten Personen sind, muß ich Sie ersuchen, mir nochmals die Gründe anzugeben, weswegen Sie es für gefährlich halten, sich auf die Carolina zu wagen?«

Wilder stockte, errötete, schwieg, als sein Blick dem ruhigen, aber forschenden Blick der Frau Wyllys begegnete: endlich stammelte er:

»Sie verlangen doch nicht, Madame, daß ich Ihnen wörtlich wiederhole, was ich schon gesagt habe?«

»Nein, das verlang' ich gewiß nicht: nur ein paar Worte zur Aufklärung der Sache, denn ich bin versichert, daß Sie ... Ihre Ursachen gehabt haben, zu sprechen, wie Sie gesprochen.«

»Es ist für einen Seemann äußerst schwer, über ein Schiff zu reden, ohne sich dabei der ihm geläufigen Kunstsprache zu bedienen, und diese Sprache muß Personen Ihres Geschlechts und Ranges durchaus unverständlich sein. Sie waren nie zur See, Madame?«

»Ich? Sehr oft, Sir.«

»Dann will ich versuchen, und zugleich hoffen, mich Ihnen verständlich zu machen. Es wird Ihnen nicht unbewußt sein, daß die Hauptsache beim Schiff ist, daß es im Gleichgewicht bleibe; wir Segler nennen das ›gerade aufstehen‹. Nun darf ich einer so verständigen Dame nicht erst bedenken geben, daß wenn die Carolina von der Richtung des mittelsten Balkens abfällt, für alle an Bord augenscheinliche Gefahr ist.«

»Ich verstehe vollkommen; nur wünschte ich zu wissen, ob gleiche Gefahr nicht überhaupt jedem Schiffe droht?«

»Ohne Zweifel, wenn ein anderes anfährt.[26] Doch ich habe schon manches Jahr mein Geschäft betrieben, ohne mehr als einmal dieses Unglück erlebt zu haben ... Dann sind, zweitens, die Hältnisse des Bugspriets ...«

---

[26] Zweideutige Redensarten; Anspielung auf das Raubschiff.

»So gut, als sie aus der Hand des besten Takelmeisters kommen können«, ließ sich eine Stimme hinter ihnen vernehmen.

Das Kleeblatt drehte sich um und sah in einer kleinen Entfernung den alten Seefahrer draußen stehen und mit dem Kopf über die Mauer wegsehen.

»Ich bin«, sagte er, »auf den Wunsch der Frau von Lacey, der Witwe meines edeln Kommandeurs und Admirals, hingegangen und habe mir das Schiff angesehen. Mögen nun andere denken, was sie wollen, ich für meinen Teil bin bereit und erbötig, einen körperlichen Eid abzulegen, daß die Royal Carolina ihr Bugspriet auf eine ebenso gute Art befestigt hat, als das beste Schiff, das die britische Flagge führt. Und das ist noch nicht alles, was ich zum Vorteil der Carolina sagen kann; das Fahrzeug ist nett und leicht gespieret und weicht so wenig nach einer Seite hin, als jener Kirche der Einsturz droht. Ich bin ein alter Mann, und meine Rechnung steht auf dem letzten Blatt des Tagebuchs; auch hab' ich an jenem Schoner oder jener Brigg nicht das mindeste Interesse, kann auch keines daran haben, aber soviel sag' ich und werd' ich immer sagen, schändlich ist es, von einem wohlgebauten, gesunden Schiffe Böses zu sprechen, und ebenso unverzeihlich, als es von einem guten Christen zu tun.«

Der alte Mann sprach so nachdrücklich und zeigte dabei einen so natürlichen, ehrlichen Unwillen, daß seine Rede Eindruck aus die Damen machte und zugleich in Wilders Gewissen ein unangenehmes Gefühl erregte.

»Sie sehen, Sir,« sagte Frau Wyllys, nachdem sie vergebens aus des jungen Mannes Antwort geharrt hatte, »wie es möglich ist, daß zwei Männer, die dasselbe Gewerbe treiben, unter sonst gleichen Umständen und bei gleichen Kenntnissen, verschiedener Meinung sein können. Wem von beiden ist nun zu glauben?«

»Dem, den Ihr vortreffliches, untrügliches Gefühl für den Glaubhaftesten hält. Ich wiederhole es, und bei dieser meiner Beteuerung rufe ich den Himmel zum Zeugen meiner Aufrichtigkeit an – ich würde nie meine Einwilligung geben, wenn sich Mutter oder Schwester in der Carolina einschiffen wollten.«

»Unbegreiflich!« sagte Frau Wyllys, sich zu Gertraud wendend, und leise, für sie allein verständlich, sprechend: »Meine Vernunft sagt mir, daß der junge Mann sein Spiel mit uns treibt; und doch ist es ihm mit seinen Beteuerungen so sehr Ernst, und er scheint es so aufrichtig zu meinen, daß ich mich nicht von ihm losmachen kann. Zu welchem von den beiden finden Sie sich, liebste Gertraud, am stärksten hingezogen? Wem glauben Sie am meisten Ihr Vertrauen schenken zu können?«

»Sie wissen, liebste Madame,« erwiderte Gertraud, einen welkenden Strauß zerpflückend und ihre Augen fest darauf heftend, »Sie wissen, meine Liebe, daß ich in dergleichen Dingen ganz unerfahren bin; nur so viel kommt mir vor, der alte Mann hat einen anmaßenden, widerwärtigen Blick.«

»Also scheint Ihnen der jüngere ehrlicher und glaubwürdiger?«

»Nun ja; haben Sie mir nicht selbst gesagt, daß Sie ihn für einen Gentleman halten?«

»Ich sehe nicht ab, wie ihm ein höherer Stand zu größerer Beglaubigung dienen kann. Wie mancher hat diese Vorzüge erhalten, um sie zu mißbrauchen! ... Es tut mir leid, Sir,« sich zu Wildern wendend, »daß bei aller Veranlassung offenherziger zu sein, Sie uns einigermaßen zwingen, Mißtrauen in Sie zu setzen, so daß wir Ihrem Rate nicht folgen können, und bei unserm Entschluß verharren müssen, mit der Royal Carolina abzusegeln.«

»Aus dem Grunde meines Herzens, Madame, muß ich den Entschluß bedauern.«

»Es stände ja nur bei Ihnen, sich näher und deutlicher zu erklären.«

Wilder schwieg, dachte nach, stritt mit sich selbst; ein paarmal schienen seine Lippen sich zu bewegen, sich zum Sprechen öffnen zu wollen. Frau Wyllys und Gertraud harrten mit ängstlicher Ungeduld auf seine Antwort; aber nach einer langen und zögernden Pause, im innern Kampfe begriffen, täuschte er beider Erwartung, indem er sagte:

»Es tut mir unendlich leid, mich nicht verständlicher machen zu k ö n n e n; die Schuld liegt lediglich an mir und an meinem Ungeschick. Ich kann nichts weiter tun, als nochmals beteuern, daß in meinen Augen die Gefahr ebenso hell und klar ist, wie die Sonne am Himmel.«

»So bleibt uns nichts weiter übrig, als in unserer Blindheit zu verbleiben«, sagte Frau Wyllys mit einer kalten Verneigung. »Ich danke Ihnen für Ihre guten wohlwollenden Absichten; nur können Sie es uns nicht verdenken, wenn wir einem Rate nicht folgen, der sich in soviel Dunkelheit einhüllt. Schließlich müssen wir um Verzeihung bitten, daß wir so unhöflich sind, Sie auf unserem Grund und Boden zuerst zu verlassen. Die Stunde der Abreise hat für uns geschlagen.«

Wilder erwiderte den ernsten Gruß der Frau Wyllys mit einem ebenso förmlichen; dann verneigte er sich mit mehr Grazie und Herzlichkeit gegen die tiefe, aber kurze Verbeugung der Lady Gertraud Grayson. Er blieb auf derselben Stelle stehen, wo sie ihn verlassen hatten, bis er sie in das Haus eintreten sah; es kam ihm vor, als werfe noch in der Tür die junge Dame ihm, oder der Richtung, in der er stand, einen scheuen, ängstlichen Blick gerade in dem Augenblick zu, als ihre leichte, ätherische Gestalt verschwand. Er drückte nun die rechte Hand auf den Mauerrand und schwang sich mit einem Sprung hinüber. Sowie er den Boden jenseits berührt:, sah er zu seinem Befremden, daß er nur sechs Fuß von dem alten Seemann ab war, der sich zwischen ihm und dem Gegenstand, der ihm so sehr am Herzen lag, zweimal in den Weg gestellt hatte. Doch ließ ihm der Alte nicht Zeit, seinem Mißmut Luft zu machen: er kam ihm mit folgenden Worten zuvor:

»Bruder,« sagte er in vertraulichem, freundschaftlichem Tone, ihm die Hand schüttelnd wie einer, der seinem Gefährten zu erkennen geben wollte, ihm sei der Betrug nicht entgangen, den dieser im Sinne gehabt, »kommt, Bruder, Ihr habt lange genug am Geitau gestanden, es ist Zeit, eine andere Stellung einzunehmen. Ei, ich bin zu meiner Zeit auch jung gewesen, und weiß, was es bedeutet, dem Teufel mehr als nötig einzuräumen, wenn es einem Spaß macht, in seiner Gesellschaft zu segeln. Aber das Alter macht uns bedächtig, und wenn die Zeit kommt, wo man seine Rechnung abschließen soll, und ein armer Schelm bald am Ende seines Lebenstaues ist, so beginnt er mir seinen Schelmstückchen rätlicher umzugehen, gerade wie man aus dem Schiffe, wenn Windstille eintritt, mir dem Wasser haushält, und es nicht Wochen- und monatelang wie Regen über das Deck strömen läßt. Nachdenken kommt mit den Jahren, und der Mensch tut nicht übel, der sich ein wenig von diesem Proviant beizeiten zurücklegt.«

»Ich hoffte, als ich Euch am Fuße der Anhöhe verließ und den Hügel selbst wieder hinaufstieg,« erwiderte Wilder, ohne den unleidlichen Begleiter nur eines Blickes zu würdigen, »ich hoffte, wir würden uns nie wiedersehen. Da es aber das Ansehen hat, Ihr liebt die Höhe, so lasse ich Euch Euer Gelüste befriedigen und kehre in die Stadt zurück.«

Der alte Mann schusselte aber dem stark vorschreitenden Wilder so raschen Ganges nach, daß dieser sich hätte in Lauf setzen müssen, was er aber unter seiner Würde hielt. Einen Augenblick stand er mit sich an, ob er seinen Verfolger und Peiniger nicht gewaltsam von sich abhielte, aber auch diesen Gedanken verwarf er, und nun entschloß er sich, mir nichts dir nichts seinen Weg langsamer fortzusetzen, sich um den andern nicht zu bekümmern, und den Lästigen zu verachten.

Dieser folgte immer in der Entfernung von ein paar Schritten und rief ihm nach:»»Master, vorhin setztet Ihr alle Eure Segel bei, so daß ich Mühe hatte, Euch nachzukommen; jetzt scheint Ihr vernünftiger, und ich kann schon eine freundschaftliche Unterhaltung mit Euch anknüpfen. Wart Ihr im Garten dort nicht nahe daran, der alten Lady aufzubinden, die Royal Carolina sei ebenso 'n Schiff wie der fliegende Holländer?«

»Und was brauchtet Ihr der Alten den Irrtum zu benehmen?« fragte stolz Wilder.

»Nicht wahr? Ihr hättet mir's wohl zugemutet, nach fünfzigjährigen Seereisen zu dulden, daß man in meiner Gegenwart von Holz und Eisen auf eine so unehrbare Weise spreche! – Die Ehre eines Schiffes liegt einem alten Seehunde ebensosehr am Herzen, als die Ehre seines Weibes oder seiner Liebsten.«

»Hört mich an, Freund; Ihr lebt, denke ich, wie andere Euresgleichen, von Essen und Trinken?«

»Ein wenig von jenem, ein gut Teil von diesem«, erwiderte der Alte, sich vor Lachen ausschüttend.

»Und um Euch beides zu verschaffen, macht Ihr's wie die meisten vom Seevolk: schwere Arbeit, saurer Schweiß und beständige Lebensgefahr?«

»Hm! Das Sprichwort sagt: ›Pferdearbeit, Eselskost‹; so geht's uns allen!«

»Nu, so will ich Euch ein Mittel an die Hand geben, mal leichter davonzukommen, Geld zu verdienen ohne Müh', und es zu vertun nach Gefallen. Wollt Ihr Euch auf ein paar Stunden bei mir verdingen? Seht, da habt Ihr ein Handgeld, und für guten Lohn seid nicht besorgt, wofern Ihr's ehrlich mit mir meint.«

Der alte Mann streckte die Hand aus und griff nach der Guinee, die ihm Wilder über die Schulter hinhielt, ohne es einmal für nötig zu halten, sich nach seinem Rekruten umzusehen.

»'s ist doch keine falsche?« sagte er, und klopfte damit auf einen Stein.

»Echt Gold, rein Gold, wie es nur aus der Münze kommen kann.«

Der Alte steckte das Stück ruhig ein und fragte dann mit roher, entschiedener Stimme, wie einer, der zu allem bereit wäre:

»Was für eine Hühnerlatte hab' ich für das Geld zu stehlen?«

»Nichts so Erbärmliches und Niedriges. Ihr habt nichts weiter zu tun, als was, wie mich dünkt, nichts Neues für Euch ist: Könnt Ihr ein falsches Log[27] angeben?«

»Ja, und im Notfall darauf schwören. Ich versteh' Euch; Ihr seid es müde, an der Wahrheit wie an einem neuangesponnenen Seile zu drehen, und möchtet gern, daß ich Euch die Arbeit abnähme.«

»So was Ähnliches. Ihr sollt alles, was Ihr von dem Schiffe gesagt habt, zurücknehmen, und da Ihr verschmitzt genug gewesen seid, der Frau von Lacey die Windseite abzugewinnen, so sollt Ihr Euch dieses Vorteils bedienen und die Sache noch etwas schlimmer ma-

---

[27] Die Angabe, vermöge eines Werkzeuges, von der Schnelligkeit des Laufes eines Schiffes.

chen, als es von mir geschehen ist. Sagt mir aber vor allem, damit ich Euch ganz kennen lerne, seid Ihr jemals mit dem preiswürdigen Admiral gefahren?«

»So wahr ich ein frommer, ehrlicher Christ bin, habe ich von dem preiswürdigen Herrn vor gestern früh kein Sterbenswort gehört. O, Ihr müßt mich von dieser Seite erst recht kennen lernen. Ich bin der Mann nicht, der in einer Historie stecken bleibt, wenn es ihm an Tatsachen fehlt.«

»Das will ich glauben. Nun aber hört meinen Plan.«

»Halt, würdiger Kamerad!« unterbrach ihn jener. » S t e i n e h a b e n O h r e n, pflegt man zu Lande zu sagen, weil es zu Lande S t e i n e gibt. Wir Seeleute sagen: S c h i f f s p u m p e n h a b e n O h r e n. Kennt Ihr in der Stadt eine gewisse Taverne, zum ›Unklaren Anker?‹«

»Ich bin dagewesen.«

»Ich will hoffen, Ihr habt sie gut genug befunden, um wieder hinzugehen, denn h i e r müssen wir uns trennen. Ihr braßt die Segel ein wenig, da Ihr von uns beiden der beste Segler seid, und geht ein paar Straßen auf und nieder, bis Ihr der Kirche dort windwärts gekommen seid. Von da aus steuert Ihr geradezu auf die Bucht des ehrlichen Joseph Joram; hier findet Ihr einen schmucken Ankerplatz, wie ihn sich kein Handelsmann besser in den Kolonien wünschen kann. Ich werde indessen den kürzern Weg nehmen, den Hügel vollends hinabgehen, und dann so ziemlich mit Euch zugleich einlaufen.«

»Wozu die vielen Manöver, das Lavieren, die Querzüge? Könnt Ihr denn kein vernünftig Wort vorbringen oder anhören, wenn die Rumflasche nicht ihre Dienste tut?«

»Keine Beleidigung, Bruder! Ich bin nicht der Mann, wofür Ihr mich anseht. Ihr sollt mich mit der Zeit besser kennen lernen. Einen so nüchternen Menschen wie ich, findet Ihr schwerlich zu Euerm Auftrag. Nein, Bruder, ich habe zu unserer Trennung hier ganz andere Gründe. Gesetzt, jemand merkte, daß wir die Straße zusammengehen und uns unterhalten, Ihr, der in keinem guten Rufe bei der Lady steht, und ich, der soviel bei ihr gelte – würde ich meine Glaubwürdigkeit nicht verlieren?«

»Ihr habt recht. Macht, daß Ihr fortkommt, und dann laßt mich Euch bald wieder treffen, denn da sie im Begriff sind, sich einzuschiffen, ist keine Minute zu verlieren.«

»Seid ohne Sorgen: mit dem Einschiffen hat's so bald keine Not«, sagte der Alte, die flache Hand über den Kopf ausstreckend, um den Wind aufzufassen. »Da ist noch nicht mal Luft genug, die roten Wangen der jungen Lady dort oben abzukühlen. Ihr könnt gewiß sein, daß ihnen das Zeichen nicht eher gegeben wird, bis sich der Abfahrtwind eingefunden hat.«

Wilder winkte ihm zum Abschiede mit der Hand und trat den Weg an, den ihm jener vorgezeichnet hatte. Im Gehen dachte er dem Eindruck nach, den die frischen und jungen Reize Gertrauds sogar auf den alten herzlosen Mann gemacht, der sich in diesem Augenblick ihrer bildlich erinnert hatte, und sie in seine Windprobe dichterisch einwob. Der Eindruck war nicht tief, denn als er dem abgehenden Wilder eine kleine Weile mit pfiffigem Wesen und ironischem Blicke nachgesehen hatte, machte er sich auf, verdoppelte seine Schritte und eilte, um noch vor ihm den verabredeten Ort ihrer Bestimmung zu erreichen.

Zehntes Kapitel.

Als Wilder sich dem »Unklaren Anker« näherte, traf sein Auge und Ohr ein Schauspiel, das mit dem bisher so friedlichen Orte in vollem Widerspruch stand, und in irgendeiner außerordentlichen Aufregung seinen Grund zu haben schien. – Über die Hälfte der Frauen in der Nachbarschaft und ein gutes Viertel der Männer hatten sich vor der Tür des Schenkhauses versammelt und hörten auf die scharfen, schrillenden, durchdringenden Töne einer weiblichen Stimme, deren Deklamation, Klage und Beschwerde von der Art waren, daß es den Zuhörern in dem weiten Kreise, der sie umgab, ebenso unmöglich war, die Rednerin für kalt und unparteiisch zu halten, als selbst kalt und unparteiisch zu bleiben. Bei dem Bewußtsein, daß er sich selbst neuerdings in Verbindungen eingelassen hatte, deren Erfolg er nicht voraussehen konnte, und bei dem innern Gefühl seines Wagstücks, nahm unser junger Abenteurer Anstand, sich in den Haufen zu mischen, und hielt sich abwärts. Es bedurfte eines aufmunternden Blickes, den der alte Seemann auf ihn warf, der inzwischen ebenfalls angekommen war, sich mit Hilfe seiner Ellbogen durch die Menge Raum machte, und so der Gestalt, aus der die Wehklagen ertönten, bald nahe und gegenüber stand. Seinem Beispiele folgend, rückte der junge Mann nun auch vor, begnügte sich aber mit einer Stellung außer dem Gedränge, wo er sehen und hören und auf den schlimmsten Fall sich zurückziehen konnte, ohne von dem Strom aufgehalten oder fortgerissen zu werden.

»Ich rufe euch alle, die ihr hier seid, zu Zeugen, dich, Earthly Potter, und dich, Preserved Green, und dich, Faithsuhl Wantou« (so hörte Wilder die entrüstete Desideria schreien, dann einen Augenblick innehaltend, um Atem zu schöpfen, dann die ganze Nachbarschaft weiter namentlich aufrufend) – »und dich, Upright Crook, und dich, Relent Flint, und dich, Wealthy Poor![28] Ich rufe euch zu

---

[28] Diese Namen erinnern an die Sitte der Puritaner, sich statt der gewöhnlichen Taufnamen Benennungen und Eigenschaften aus der Heiligen Schrift beizulegen. Daß sie oft schlecht zu den Familiennamen paßten, sollen die hier angeführten: Irdischer Töpfer, Eingemachter Grün, Treuer Liederlich, Aufrichtiger Krumm, Weichherziger Kiesel, Vermögender Dürftig – zugleich beweisen, und

Zeugen auf in meiner Sache. Ihr alle, samt und sonders, alle für einen, und einer für alle, gebt mir Zeugnis, wenn es nottut, daß ich von jeher und immerfort die sklavische, nachgebende Lebensgefährtin und Ehehälfte dieses Mannes gewesen bin, der mich in meinem Alter so schändlich verlassen und mir noch obenein seine vielen Kinder auf den Hals gebürdet hat!«

»Aber«, unterbrach sie der Wirt zum »Unklaren Anker« sehr zur Unzeit, »was habt Ihr denn für Gewißheit, daß er Euch verlassen und sich aus dem Staube gemacht hat? Der gestrige Tag war ein Tag der Freude, ein Siegestag, ein Feiertag; und so ist es denn ganz natürlich, daß Euer Mann, wie so viele andere, die ich nennen k ö n n - t e – die ich aber nicht so dumm bin zu nennen – ein bißchen, wie soll ich sagen? über die Schnur gehauen hat, und nur etwas später als die übrigen ausschläft. Ich gehe die Wette ein, daß der ehrliche Schneidermeister in wenig Minuten aus irgendeiner Scheune hervorkriecht und sich seinen Morgenschluck Bitters bei mir holt, so frisch und nüchtern, als hätte er am gestrigen Feste seine Kehle nur mit Wasser benetzt.«

Ein allgemeines, halbunterdrücktes Lachen folgte dem Branntweinwitze des Schenkwirts. Nur auf die verzerrten Gesichtszüge der jammernden Desideria brachte er keine Veränderung, noch weniger ein Lächeln hervor: ihre Züge schienen im Gegenteil auf immer die Fähigkeit dazu verloren zu haben.

»Nicht doch,« rief sie, »nicht doch, der Mann hat nicht mal die Courage, sich als ein loyaler Patriot und Vaterlandsfreund an einem Fest- und Freudentage auf die Gesundheit und den Ruhm Sr. Majestät zu betrinken; er kann weiter nichts, der erbärmliche Mann, als nähen und flicken. Ich hab' ihn bloß der Arbeit wegen genommen; und nur, weil mir sein Arm und seine Nadel fehlen, vermiss' ich ihn, sonst um gar nichts. Ist es nicht ein Elend für mich armes, unterdrücktes Weib, nachdem ich den Mann solange für mich habe arbeiten und Brot schaffen lassen, daß ich mich nun mir nichts, dir nichts hinsetzen und selbst für mich sorgen soll? Aber ich will mich an ihm rächen, solange noch in Rhode-Island oder in Providence Recht und Gerechtigkeit zu finden ist. Laß ihn nur über die Zeit des

---

den Gebrauch lächerlich machen. – So sonderbar übrigens diese Namen klingen, so sind sie doch alle der Chronik von Rhode-Island entnommen.

gesetzlichen Termins wegbleiben! Laß ihn dann nur kommen und mir sein O-Jeminesgesicht zeigen! Er soll schön anlaufen, der Vagabund; er soll sein Weib und seine Tür verschlossen finden, und nichts haben, wo er sein hundsföttisches Haupt hinlege!«

Hier gewahrte sie das aufmerksame Gesicht des alten Seemanns, der sich bis zu ihr hingedrängt hatte. Sie unterbrach sich plötzlich und setzte hinzu: »Hier steht ein Fremder, ein eben eintreffender ... Sagt mir, Freund, ist Euch auf Euerm Wege hierher ein Landläufer, ein Deserteur aufgestoßen?«

»Liebe Frau,« erwiderte dieser mit ungemeiner Fassung, »ich habe, während ich mit meinem alten Rumpfe hierzulande segelte, soviel mit mir zu tun gehabt, daß ich Namen und Rang derer, die mir begegnet sind, unmöglich habe in mein Logbuch eintragen können ... Doch mir fällt ein, zu Anfang der Tagwache[29] einen armen Teufel auf dem Wege hierher im Gebüsch zwischen der Stadt und dem Stück Fähre an der See angeprait zu haben.«

»Wie sah der Mann aus?« fragten fünf bis sechs Stimmen, ängstlich und in einem Atem, unter denen aber die der Frau Desideria das Übergewicht an Lungenkraft behauptete, ungefähr wie die Kadenzen einer Bravoursängerin über die schwächeren Triller der Choristinnen vorherrschen.

»Wie er aussah, der Mann? Ei nu, wie ein Mann aussieht, der die Armtakelage quer verschränkt hat, und die Schenkelklampen trägt, wie jeder andere Christenmensch. Wie soll er sonst aussehen? ... Doch, halt, ich besinne mich: er schleppte ein Bein nach, wie ein lahmes Schaf, und schlenkerte ein gut Teil hin und her im Gehen.«

»Er ist's! Er ist's!« rief alles im Chor, sogleich stahlen sich fünf oder sechs eilig davon, in der heimlichen Absicht, dem Ausreißer nachzueilen, um sich wegen einiger kleinen Reste in der Rechnungsbilanz mit dem armen, verschrienen Schuldner abzufinden.

Desideria, die in der Form Rechtens von ihrem Tagedieb nichts zu fordern und in anderer Hinsicht nichts von ihm zu erwarten hatte, war stehen geblieben und fuhr fort, sich bei dem Fremden nach ihm zu erkundigen.

---

[29] Von 4 bis 8 Uhr morgens.

»Hatte der Mann einen Diebesblick?« fragte sie, ohne den Abgang derer bemerkt zu haben, die sich so schnell hintereinander fortgeschlichen hatten und noch eben in ihrem gerechten Schmerze so sympathetisch einstimmten. »Sah er aus wie eine Schlange, wie eine Blindschleiche?«

»Was sein Kopfstück betrifft,« sagte der Alte, »so würdet Ihr zuviel von mir verlangen, wenn ich Euch eine genaue Beschreibung davon machen sollte: doch beim Lichte betrachtet, sah er ziemlich so aus wie einer, der eine geraume Zeit in den Speigaten gelegen hat. Soll ich Euch meine wahre Meinung sagen? Er kam mir vor, als trüge er schwer an einer guten Ladung ...«

»Von Müßiggang, wollt Ihr sagen. Ja, ja, Müßiggang ist aller Laster Anfang. Der Mann ist ganzer acht Tage fast ohne Arbeit gewesen; das hat er sich zu Gemüt gezogen, und weil er nichts Besseres zu tun und zu denken hatte, so ist er davongegangen. So ist's ... Er trug schwer ...«

»An seinem Weibe«, unterbrach sie der Alte mit pathetischem Nachdruck. Hier entstand ein zweites Gelächter, weit mehr und deutlicher auf Kosten der Dame Desideria, als das erste. Sie aber, nicht im geringsten dadurch aus der Fassung gebracht, und sowohl den groben Scherz des alten Seemanns, als den schallenden Beifall der Umstehenden tapfer und als ein echtes Mannweib verschmähend, fuhr fort:

»O, Ihr könnt nicht wissen, was und wieviel ich so lange Jahre mit dem Manne ausgestanden habe ... Sah er aus wie einer, der eben eine beleidigte, gekränkte Frau verlassen hat?«

»Ich will eben nicht behaupten, daß er gerade zu mir gesagt hätte, inwiefern er seine Frau gekränkt und beleidigt, als er sie vor Anker gelassen; soviel aber ist gewiß, wo er sie auch gestaut haben mag, sein Weib, oder auch nicht sein Weib, viel Schiffsgut und Ladung hat er ihr nicht zurückgelassen. Der Mann hatte sich den Hals mit weiblichen Flittern ausstaffiert, so daß ich glauben mußte, er trage um den Nacken lieber ihren Schmuck als ihre Arme.«

»Was!« rief Desideria mit wildem Blick, »hat er meine goldenen Bommeln gestohlen? Was trug er von mir? Meine goldenen Bommeln?«

»Echt oder unecht, will ich nicht schwören.«

»Der Bösewicht!« fuhr sie wütend fort wie eine, die länger im Wasser geblieben, als ihr lieb war, und nach dieser unangenehmen Unterbrechung wieder zu Atem kommt. Zugleich drängte sie sich mit aller Gewalt durch die Menge, um die Größe des Raubes und ihres Verlustes zu übersehen, und rief im Laufen: »Der Bösewicht! Der Räuber! Der Kirchenräuber! Sein Weib bestehlen, an deren Busen er geruht! Die Mutter seiner Kinder bestehlen, und ... und ...«

»Da höre mir einer ganz was Neues!« sagte der Wirt zum »Unklaren Anker«. »Hab' ich doch mein Lebtag nicht gehört, daß man den guten Nachbar Homespun für einen Dieb gehalten: sein Spitzname war H a s e n h e r z , weil er unter dem Pantoffel stand.«

Der alte Seemann schaute dem Wirt starr in die Augen und sagte mit Bedeutung:

»Hätte der ehrliche Schneider sonst niemand bestohlen, als seine Ehehälfte, so würde keine große Diebssünde auf ihm haften; denn mit den Bommeln und Goldperlen, die er um den Hals trug, würde ich nicht mal das Fährgeld bezahlt haben. Alles Gold, was er bei und auf sich trug, könnte in meinem Augenwinkel Platz finden, ohne mich im geringsten am Sehen zu hindern. Weil es aber eine Schande und S ü n d e ist, die Tür einer ehrlichen Taverne so zu belagern wie einen Hafen, auf dessen Schiffe man ein Embargo gelegt hat, so hab' ich, wie Ihr seht, das Weib fortgeschickt, nach ihren Bommeln zu suchen, und den ganzen Haufen hinterdrein, seine Neugier zu stillen.«

Joseph Joram starrte den Fremden mir einem Paar Augen an, die ihm wie bezaubert im Kopfe standen. Augen, Zunge, Hände und Füße blieben eine Minute lang unbeweglich. Endlich brach er in ein heftiges, mächtiges Gelächter aus, denn jetzt roch er Lunte, merkte den Pfiff, der die Menge von seiner Tür nach dem Schneiderhause weggefegt hatte, erkannte den schlauen Fuchs, breitete die Arme nach ihm aus und sagte:

»Willkommen, ehrlicher Jan, ehrlicher Bob! Willkommen, alter Knabe, willkommen! Aus welcher Wolke seid Ihr geregnet? Welcher Wind hat Euch hergeweht? Woher des Wegs? Wie und wann seid Ihr in Newport eingelaufen?«

»Zuviel Fragen auf einmal, um sie in offener Reede zu beantworten; und überhaupt ist's hier zu trocken für eine geheime Unterredung. Quartiert mich in eine von Euern innern Kajüten ein; setzt mir eine Kanne Flip[30] und ein Stück gut Rhode-Island Rindfleisch in Enterweite hin – und dann soviel Fragen, als Euch beliebt, und soviel Antworten, als sich mit meinen Kauwerkzeugen vertragen.«

»Wer bezahlt mir aber die Musikanten, Bob? Welcher Schiffskassierer steht mir für den Tanz?« sagte der Wirt, indem er den ehrlichen Bob mit einer Bereitwilligkeit ins Haus ließ, die diese Zweifel Lügen strafen, oder die wenigstens durch zuvorkommende Artigkeit die Pille verzuckern sollte.

»Wer?« unterbrach jener, das Goldstück hervorholend, das er von Wilder bekommen hatte, und es auf eine Weise zwischen den Fingern haltend, daß es auch von den paar Leuten gesehen werden konnte, die noch vor der Türe standen, damit sie in diesem kleinen runden Dinge die beste Schutzrede für dessen Eigner lesen möchten: »Wer sonst, als dieser G e n t l e m a n ! Ich bin stolz, in der Person Seiner Allerhöchsten Majestät des Königs, den Gott erhalte! einen Bürgen für mich aufstellen zu können.«

»Den Gott erhalte!« schallte es von allen loyalen Untertanen wieder, die sich auf der Straße befanden, und in einer Stadt, wo jetzt dieser Ausruf gewiß ebensoviel Staunen, nur weniger Bestürzung verursachen würde, als ein Erdbeben.

»Den Gott erhalte!« wiederholte Joram nochmals, als er eine innere Tür öffnete und seinen Gast hineinließ. »Ihn, und alle, die sein Bild im Beutel führen! Tritt ein, alter Bob, und du sollst bald einen halben Ochsen entern.«

Inzwischen war Wilder in die Gaststube getreten, gerade als sich die Leute vor der Tür zerstreut hatten und das verehrliche Paar, nämlich der Wirt mit dem Alten, tiefer ins Haus gegangen war. Er dachte eben nach, wie er sich mit seinem Verbündeten in Rapport setzen sollte, ohne zuviel Aufsehen zu erregen, als der Wirt zurückkam und ihm die Mühe des weitern Nachsinnens ersparte. Joram sah sich erst schnell im Zimmer um, warf dann einen Blick auf den jungen Abenteurer und näherte sich ihm halb zweifelhaft, mit ei-

---

[30] Bier, Branntwein und Zucker.

nem Gesicht, das zu sagen schien: »Kenn' ich ihn, oder kenn' ich ihn nicht?«

Endlich, als er den Fremden wiedererkannte, der am Morgen bei ihm eingesprochen hatte, fragte er:

»Wie steht's, Sir? Ein Schiff gefunden? Schwerlich; es gibt mehr Nachfrager als Stellen.«

»Weiß nicht, ob es mit mir was wird. Als ich den Hügel hinaufging, begegnete ich einem alten Seemann ...«

»Hm!« unterbrach ihn der Wirt, mit einem verstohlenen bedeutsamen Zeichen, ihm zu folgen. »Ich will Euch ein anderes Zimmer weisen, wo Euch das Frühstück besser schmecken soll.«

Wilder folgte dem Wirt, der ihn einen andern Weg aus der Gaststube führte, als er den ehrlichen Bob geführt hatte, und dabei ein geheimes Wesen annahm, das dem jungen Fremden auffiel. Er brachte ihn, tiefes Schweigen beobachtend, durch winkelige Umwege eine Hintertreppe hinauf, bis auf den Hausboden. Hier klopfte er leise an eine Tür. Mit hohler, schwerer Stimme, die Wildern stutzig machte, wurde Herein! gerufen. Er trat ein, fand sich in einer niedern, engen Dachkammer, und niemand darin als den ehrlichen Bob, die alte Bekanntschaft des Wirts, der ihm beim Wiedererkennen diesen Ehrentitel gegeben hatte. Während sich Wilder mit einigem Befremden nach der Stimme, die er gehört zu haben glaubte, umsah, begab sich der Wirt zurück und ließ die beiden allein. Der ehrliche Bob war bei einem wichtigen Geschäft begriffen. Er zerlegte die halbe Ochsenkeule und begoß sie reichlich mit einem Bier, das, in Erwartung des bestellten Flips, ebensosehr nach seinem Geschmack war, als die Knochen- und Fleischmasse. Ohne seinem Besucher Zeit zum Nachdenken zu lassen, lud er ihn ein, den einzigen Stuhl im Kämmerchen einzunehmen, und setzte seine Sektion des Lendenstückes so emsig fort, als sei keine Unterbrechung vorgefallen.

»Der ehrliche Joseph Joram«, sagte er, nachdem er einen Zug getan, der die Kanne fast bis auf den Boden leerte, »muß beim Metzgergewerk gute Freunde haben. Dies Rindvieh schmeckt so gut, daß man es für ein Stück Hellbutte³¹ halten sollte. Ihr seid weit gewesen, Landsmann; doch ich sollte sagen ›Seemann‹ oder noch lieber ›Tischkamerad‹, da wir beide an einem Tische ankern – nicht wahr, Ihr seid weit gereist?«

»Ein gutes Teil; müßte sonst ein schlechter Seefahrer sein.«

»Nu dann, so sagt mir frei raus, seid Ihr jemals in einem Lande gewesen, das, wie unser edles Amerika, wo wir beide vor Anker liegen, und wo wir beide, wie ich hoffe, geboren sind, soviel Herrliches an Fisch, Fleisch, Geflügel und Obst hervorbringt?«

Wilder, der seine Ursachen hatte, das Gespräch noch nicht auf den beabsichtigten Gegenstand zu bringen, weil er seine Gedanken erst sammeln und ordnen, und dabei gewiß sein wollte, ob ihn niemand behorche, sagte:

»Es hieße die Vaterlandsliebe zu weit treiben, wenn man dem Lande, das uns geboren, den Vorzug vor allen andern gäbe, England, wie es allgemein angenommen wird, übertrifft uns in allen diesen Gegenständen.«

»Allgemein angenommen? Angenommen? Von wem? Von unseren Nichtswissern, von unseren Alleswissern, von unseren sieben Jungenweisen! Ich, ein Mann, der die vier Erdteile gesehen, und die vier Wasserteile dazu, ich stehe auf und strafe die Großmäuler Lügen. Wer wir sind Kolonien, mein Freund: wir sind Kolonien, und in einer Kolonie ist es ebenso keck, der Mutter zu sagen, daß die Tochter diesen oder jenen Vorzug hat, als es sich für Jack beim Fockmast schicken würde, seinem Offizier unrecht zu geben, auch wenn er unrecht hätte. Ich bin nur ein armer Wicht, Master. Wie nenn' ich Ew. Ehren?«

»Mich? Mein Name ist ... Harris.«

»Ich bin, wie gesagt, nur ein armer Mann, Master Harris; aber ich habe zu meiner Zeit manchen Wachtposten kommandiert, und so alt und rostig als ich Euch scheinen mag, bin ich manche lange Nacht auf dem Verdeck gewesen, ohne andere Beschäftigung als meinen Gedanken nachzuhängen. – Freilich hab' ich dabei nicht soviel von der Philosophie abgekriegt, als ein besoldeter Herr Pfar-

---

³¹ Norwegische Scholle, deren Floßfedern für eine Delikatesse gelten.

rer, oder ein bezahlter Herr Richter. Laßt Euch's aber dennoch von mir sagen, es ist ein dumm Ding um einen, der weiter nichts ist, als der Bewohner einer Kolonie. Es benimmt einem allen Stolz und allen Mut, und hilft einen zu d e m machen, wozu ihn das Mutterland – sein Herr und Meister – gern gemacht haben will. Ich will nichts mehr sagen vom Obst, von seinen Gerichten, von dem, was Leckerei heißt und aus dem Lande zu uns kommt, von dem Ihr und ich nur zuviel gehört haben: ich will nur mit dem Finger nach jener Sonne hinzeigen und fragen: Denkt Ihr, daß König Georg die Macht hat, sie auf das Stück Insel, wo er lebt, ebenso wohltätig scheinen zu lassen, als sie hier in seinen unermeßlichen Provinzen von Amerika scheint?«

»Gewiß, nein: aber Ihr müßt doch zugeben, was jeder behauptet, nämlich: daß Englands Erzeugnisse den Vorzug haben vor ...«

»Ei was? Eine Kolonie segelt immer an der Leeseite des Mutterlandes. So sagt man und so ist's; warum? Weil man's sagt. Ja, sagen läßt sich vieles, Freund Harris. Mit Worten wird's abgetan. Worte – Worte – Worte! Mit Worten kann man sich selbst ein Fieber an den Hals reden. Mit Worten eine ganze Schiffskompagnie bei den Ohren festhalten. Mit Worten macht man Kirschen zu Pfirsichen, eine Butte zum Walfisch. – Wimmelt nicht die unendliche Seeküste von Amerika, wimmeln nicht alle unsere Flüsse, Seen, Bäche von Fischen, vom Reichtum und Fett unseres Landes? Und doch muß man mit anhören, daß die Diener Sr. Majestät, die von jenseits des Ozeans kommen, von ihren Steinbutten, ihren Schollen, ihren Karpfen schwatzen, als habe Gott der Herr nur Steinbutten, Schollen und Karpfen erschaffen, und als hätte der Teufel, ohne dessen Erlaubnis einzuholen, alle übrigen Fische zwischen den Fingern durchwitschen lassen.«

Bei diesen Worten wendete sich Wilder rasch nach dem Alten und blickte ihn mit einigem Befremden an, während dieser ruhig sein Rindfleisch verschlang, unbekümmert über das, was er gesprochen hatte, weil er es als eine Meinung ansah, wie man sie in der gewöhnlichen Unterhaltung aufzustellen pflegt. Wilder, dem sie mehr aufgefallen war, gab es durch ernste Mienen und ernste Worte zu erkennen.

»Freund,« sagte er, »Ihr scheint mehr von Euerm Geburtslande, als von Loyalität zu halten.«

»Wenigstens bin ich nicht fisch-loyal, das heißt nicht stumm wie ein Fisch. Was Gott erschaffen hat, darüber läßt sich's, wie ich hoffe, vor Menschen sprechen, ohne jemand zu beleidigen. Was aber die Regierung anbelangt, d i e ist ein von Menschenhand gedrehtes Seil, und ...«

»Und was weiter?« fragte Wilder, als er sah, daß der andere innehielt.

»Hm! Nu, ich denke, der Mensch kann sein eigenes Werk umstoßen, wenn er nichts Besseres zu tun hat. Damit will ich aber nichts gesagt haben, und niemand zu nahe treten, hoff' ich.«

»Das habt Ihr so sehr getan, daß es mich mahnt, zu dem Geschäft überzugehen, was uns hierher gebracht hat. Ihr habt doch Euern Mietspfennig nicht vergessen?«

Der alte Segler schob den Tisch ein wenig von sich ab, kreuzte die Arme, schaute seinem Gefährten voll ins Gesicht und antwortete mit Ruhe:

»Wenn ich mal in jemandes Dienste getreten bin, so läßt sich's auf mich bauen wie auf Felsengrund. Ich hoffe, Ihr segelt denselben Kurs, Freund Harris!«

»Ich wäre sonst kein rechtschaffener Mensch. Vor allen Dingen erlaubt mir aber, ehe ich Euch mit meinen Wünschen und Entwürfen näher bekannt mache, das Nebenkämmerchen zu untersuchen, um vollkommen gewiß zu sein, daß wir allein sind.«

»Ihr werdet nichts weiter darin finden, als das bißchen Staat von Jorams Schwiegertochter. Und da die Türe nicht mal gehörig schließ, so wird Eure Runde bald gemacht sein. Sehen ist besser als glauben.«

Wilder schien die Erlaubnis des Alten nicht abwarten zu wollen, denn er hatte schon die Tür aufgestoßen, als jener noch sprach, und nachdem er sich nun auch überzeugt hatte, daß dieser Raum nur die angegebenen weiblichen Fähnchen enthielt, kam er mit der Miene eines Mannes zurück, der sich verrechnet hat.

»Wart Ihr allein, als ich eintrat?« fragte er nach einer nachdenkenden Pause.

»Nur der ehrliche Joram und Ihr ...«

»Sonst niemand?«

»Ich habe niemand gesehen«, versetzte der Alte, aber auf eine Weise, die ein wenig Verlegenheit verriet. »Seid Ihr anderer Meinung, so laßt uns das Zimmer visitieren. Wehe dem Horcher hier im Versteck; er sollte meine Fäuste fühlen.«

»Halt! Antwortet mir auf eines; wer rief vorhin: Herein?«

Bob, der schon aufgesprungen war, die Winkel zu durchsuchen, verlor mit einem Male seine Lebhaftigkeit, dachte einen Augenblick nach, und sich dann plötzlich besinnend, brach er in ein lautes Auflachen aus.

»Aha! Nun merk' ich, wo Euch der Floh sitzt. Was man doch für Gedanken aushecken kann! Nicht wahr, wenn geklopft wird und jemand Herein! ruft, der ein Pfund Rindfleisch im Maule hat, so soll er eben die Stimme haben, als wenn seine Zunge im ledigen Schiffsraume spazieren ginge?«

»Also I h r waret es, der sprach?«

»Ich will darauf schwören«, erwiderte Bob und setzte sich wieder hin, wie jemand, der sich ganz zu seinem Vorteil aus einem bösen Handel gezogen hat. Dann fuhr er fort: »Nu, Freund Harris, habt Ihr Lust, mir Euer Inneres aufzuschließen, so bin ich bereit, Euch anzuhören.«

Wilder schien zwar nicht ganz durch diese Erklärung befriedigt. Gleichwohl rückte er den Stuhl näher an den andern und schickte sich an, den Gegenstand ihres Zusammentreffens ins Licht zu setzen.

»Nach dem, was Ihr gesehen und gehört habt, Freund, brauch' ich Euch nicht erst zu sagen, daß ich nicht eben wünsche, die Dame, mit der wir diesen Morgen gesprochen haben, und ihre Gefährtin in der Royal Carolina absegeln zu sehen. Ich nehme es bei unserer Verabredung für hinreichend an, diese Tatsache zugrunde zu legen und es dabei bewenden zu lassen; meine besonderen Ursachen, weswegen ich es gern sähe, wenn die Damen dort blieben, wo sie sind, können dem, was Ihr in der Sache zu tun habt, kein neues Gewicht geben.«

»Ihr habt ganz und gar nicht nötig, einem alten Seebären zu sagen, wie er das Schlappsegel eines vorübereilenden Gedankens fassen und zusammenhalten soll,« sagte Bob, seinem Gefährten einen pfiffigen Wink zuwerfend und sich dabei vertraulich schüttelnd, was Wilder mißfiel; »ich habe keine fünfzig Jahre im blauen Wasser zugebracht, ohne gelernt zu haben, es vom blauen Himmel zu unterscheiden.«

»Ihr glaubt also, Freund, meinen Beweggrund durchschaut zu haben?«

»Es bedarf keines Fernglases zu dieser Entdeckung. Wenn die Alten sagen: Geht! sagen die Jungen: Bleibt! oder denken es wenigstens.«

»Ihr habt hier unrecht, und tut beiden Teilen der J u n g e n unrecht; denn, auf Ehre, eher als gestern hab' ich die junge Person, die Ihr meint, nicht mit Augen gesehen.«

»Ah! Nu bin ich darauf gekommen. Die Eigner der Carolina haben sich gegen Euch nicht so artig betragen, wie sie gesollt, und deshalb erhalten sie nun auch Euern Dank.«

»Dies wäre freilich eine Wiedervergeltung in Euerm Sinne und nach Euern Grundsätzen«, sagte Wilder sehr ernst. »Mit den meinen ist sie nicht übereinstimmend. Auf dem ganzen Schiffe kenn' ich keine Seele.«

»Hm! So bleibt mir nichts weiter übrig, als der Gedanke, daß Ihr mit dem Schiff im äußeren Hafen in Verbindung stehen müßt. Nu, nu, wenn Ihr auch Eure Feinde nicht haßt, so liebt Ihr doch Eure Freunde. Das ist doppelt christlich. Wir müssen folglich auf Mittel bedacht sein, die Ladys in das Schiff hinein zu manövrieren.«

»Gott bewahre!«

»Gott bewahre, sagt Ihr? Freund Harris, jetzt kommt mir's beinahe vor, als ob Ihr die Pardunen Euers Gewissens etwas zu steif anzieht. Obschon ich mit Euch in dem, was Ihr von der Royal Carolina gesagt habt, weder übereinstimme, noch übereinstimmen kann, so ist doch wohl unter uns kein Meinungsunterschied in betreff j e n e s

Schiffes. Ich halte es für einen vollständigen Bau von dem schönsten Ebenmaß in allen Teilen, kurz für ein Fahrzeug, das ein König mit voller Sicherheit besteigen könnte.«

»Ich stell's nicht in Abrede, aber ... ich liebe es nicht.«

»Nicht? Nu, das hör' ich gern; und da die Rede eben auf diesen Gegenstand fällt, so muß ich Euch sagen, Master Harris, daß ich noch über dieses Schiff ein paar Worte zu verlieren habe. – Ich bin ein alter Seehund, dem was Außerordentliches in unserem Fache nicht so leicht entgeht. Sagt mir, findet Ihr nicht, daß es sich nicht mit einer ehrlichen Gewerbs- und Handelsweise verträgt, sich wie jenes Schiff vor Anker zu legen, außerhalb des Forts, in einer so schläfrigen, untätigen Lage, wie eine unbewegliche Masse, zumal da es ihr bei alledem anzusehen ist, daß sie eine andere Bestimmung hat, und eine andere Absicht haben muß, als Austern zu fangen oder Schlachtvieh nach den Inseln zu bringen?«

»Ich bin ganz Eurer Meinung und halte es für ein vollkommen gutes, fest- und steifgebautes Schiff. Ihr scheint ihm aber ein faules Gewerbe zuzutrauen? Welches? Etwa fremde Waren einzuschwärzen?«

»Hm! Ich sollte nicht glauben, daß man sich eines solchen Schiffes zum Schmuggeln bedienen würde, obschon der Konterbandehandel ganz und gar kein unebner sein soll. Seht nur, was für eine schöne Batterie das Schiff hat, insofern man sie von hier aus beurteilen kann.«

»Es kommt mir vor, als wollte sie sagen: Unsere Eigner sind des Schiffes noch nicht überdrüssig, und wir wollen schon dafür sorgen, daß es nicht in die Hände der Franzosen falle.«

»Wohl möglich! Kann sein, daß ich mich irre; aber wenn mich meine alten Augen nicht ganz trügen, so lese ich auf der Stirn des Sklavenhändlers, daß, selbst wenn er gültige Papiere führt, und es mit seinen Kaperbriefen seine Richtigkeit hat, nicht alles darauf ist, wie es sein sollte. Was meint Ihr dazu, ehrlicher Joseph Joram?«

Wilder wandte sich unwillig um und erblickte den Wirt, der mit so leisen Schritten eingetreten war, daß er, der seine ganze Aufmerksamkeit auf die Rede des Alten gerichtet hatte, nichts davon gewahr geworden. Jorams Bestürzung über die Frage war weder

Spiel noch Verstellung; denn schon hatte sie der Fragende in noch deutlicheren Worten wiederholt, ehe sich der Wirt imstande sah, sie zu beantworten.

»Ich frage Euch noch mal, ehrlicher Joseph, ob Ihr den Sklavenhändler dort im äußern Hafen für ein ehrliches Schiff haltet?«

»Bob, Ihr fallt einem immer so plump mit der Türe ins Haus,« erwiderte der Wirt, die Augen in schiefer Richtung um sich werfend, als wolle er sich überzeugen, ob er auch a l l e seine Zuhörer um sich sähe, »mit Euern verwünschten Fragen, mit Euern verdammten Vermutungen, so daß ich oft in der Klemme bin, und nicht weiß, wie ich meine fünf Sinne zusammennehmen soll, Euch eine vernünftige Antwort zu geben.«

»Ist es nicht possierlich,« sagte der alte Mann bedächtig und ruhig, »den Wirt zum ›Unklaren Anker‹ verdutzt und duschig zu sehen? Ich frage Euch, ob Ihr nicht auch über das Sklavenschiff Eure Vermutung habt? Ob Ihr nichts argwöhnet? Nichts? Gar nichts?«

»Ich, argwöhnen? Guter Gott im Himmel, bedenkt, Master Robert, was Ihr sprecht. Ich möchte nicht, und gälte es die Kundschaft des Lord-Großadmirals Sr. Majestät, daß in meinem Hause ein einziges ehrenrühriges Wort gegen den Ruf irgendeines makellosen, rechtlichen Sklavenhändlers gesprochen wurde. Gott wolle mich vor der Sünde bewahren, den Charakter irgendeines ehrlichen Untertans Sr. Majestät des Königs anzuschwärzen!«

»Seht Ihr, würdiger, zartsinniger Joram, an dem Schiffe dort draußen im Vorhafen nichts Unrichtiges?« wiederholte Master Robert zum dritten Male, ohne ein Auge, ein Glied, eine Muskel zu verziehen.

»Nu, da Ihr mir so nahe auf den Leib rückt und durchaus wissen wollt, was ich meine, da Ihr überdies ein Kunde seid, der bar bezahlt, so will ich es denn von mir geben, daß, wenn sich was Unregelmäßiges, was Vernunftwidriges, was selbst Ungesetzliches im Betragen des Gentleman zu erkennen gibt ...«

»Ihr segelt so nahe beim Winde weg, Freund Joram,« unterbrach der Seemann kalt, »daß man sieht, Ihr möchtet es mit niemand verderben. Ich bestehe also zum viertenmal auf eine gerade, einfache Antwort: Habt Ihr an dem Schiff was Unrichtiges bemerkt?«

»Na, wenn's denn so sein muß, nichts, auf mein Gewissen nichts,« platzte der Wirt heraus wie ein Walfisch, der aus dem Wasser steigt, um Atem zu schöpfen, »nichts, so wahr ich ein armer Sünder bin, ein unwürdiger Zuhörer und Beichtiger des guten, ehrwürdigen Doktor Dogma ... nichts, nichts ... gar nichts!«

»Gut, dann seid Ihr ein größerer Schafskopf, als ich mir von Euch eingebildet habe. Weiter im Text: Habt Ihr auch nichts g e a r g - w o h n t ?«

»Bewahre mich der Himmel vor Argwohn! Der böse Feind gibt uns allen Zweifel ein, das ist mal wahr; aber schwach und zum Bösen geneigt ist der, der ihm nicht wiedersteht. Die Offiziere und die übrige Mannschaft des Schiffes sind tapfere Zecher und freigebig wie die Prinzen; und da sie obenein nie vergessen, die Rechnung zu berichtigen, ehe sie das Haus verlassen, so nenn' ich sie mit Recht – ehrliche Leute.«

»Aber i c h nenne sie Piraten!«

»Piraten?« hallte Joram wider und warf mit offenbarem Mißtrauen den Blick auf Wilder. »Pirat ist ein hartes Wort, Master Robert, und sollte keinem Gentleman an den Kopf geworfen werden, solange es an Beweisen zu einem Injurienprozeß fehlt, der die Sache, wie sich's schickt, vor zwölf geschworene, gewissenhafte Männer bringt. Aber ich will hoffen, Ihr wißt, was Ihr sagt, und vor wem Ihr's sagt.«

»Das weiß ich; und nu, da es scheint, daß Eure Meinung über diesen Punkt gerade auf Null hinausläuft, so werdet Ihr wohl die Güte haben ...«

»Alles zu tun, was Ihr befehlt«, rief Joram, voller Freude, daß er der Unterhaltung eine andere Wendung geben konnte.

»Hinzugehen und Eure Gäste unten zu fragen, ob sie nicht durstig sind«, fuhr der Alte fort und winkte dem Wirte zu, des Weges, den er gekommen, wieder zurückzugehen. Dabei sah er aus, wie jemand, der gehört sein will, und voraus weiß, daß man ihm gehorchen wird.

Sobald der Wirt die Tür hinter sich zugemacht hatte, wendete sich jener zu seinem Kompagnon und fuhr fort:

»Ihr scheint mir ebenso backliegend wie der ungläubige Joseph, über das, was ich eben gesagt habe?«

»Ei was, alter Mann, Ihr erlaubt Euch da einen harten Argwohn und tätet wohl, zu überlegen, ob Ihr ihn beweisen könnt, eh' Ihr ihn wiederholt. Von welchem Piraten hat man hier auf der Küste was gehört?«

»Da ist der wohlbekannte Red-Rover«, erwiderte der andere, die Stimme senkend und einen verstohlenen Blick um sich werfend, als hielt er es für notwendig, bei der bloßen Erwähnung des furchtbaren Namens Vorsicht zu gebrauchen.

»Von dem heißt es ja, er treibe sein Wesen vorzüglich im Karaibischen Meere.«

»Red-Rover ist einer, der überall und nirgends ist. Der König würde einen schönen Preis für den aussetzen, der den Schelm in die Hände der Gesetze lieferte.«

»Leichter gedacht als getan«, antwortete Wilder nachdenkend.

»Mag sein, mag auch nicht sein. Ich bin ein alter Knast, auf der Neige, und mehr berufen bergab als bergauf zu gehen. Mit Euch steht's anders. Ihr seid ein neu ausgerüstetes Schiff, Eure Takelage steif, Eure Spieren gerade; nichts Geworfenes, Gebogenes an Euch. Wie wär's, wenn Ihr Euer Glück machtet und das Gelichter dem Könige verhandeltet? Es heißt doch nur, dem Teufel ein paar Monate früher oder später sein Futter gegeben!«

Wilder erstarrte vor Entsetzen und wendete sich von seinem Mitgenossen ab, wie einer, der über die Art höchst unzufrieden war, auf die sich jener ausgedrückt hat. Doch da er wohl einsah, daß er Antwort geben müsse, verwandelte er sie in eine Frage:

»Noch einmal, was für einen Grund habt Ihr, Euern Verdacht für wahr zu halten? Oder was für Mittel habt Ihr, im Fall er wahr wäre, da es hier an königlichen Kreuzern fehlt, den Plan auszuführen?«

»Einen Eid kann ich nicht darauf schwören, daß ich recht habe; wenn wir aber auch das Segel links wenden sollten, so dürfen wir es ja nur wieder rechts wenden, sobald wir den Irrtum einsehen. Was die Mittel anbelangt, so sind sie freilich leichter angegeben, als herbeigeschafft.«

»Geht doch, geht; das ist eitler, leerer Schnickschnack, ein ausgeheckter Hirngespinst Euers alten Kopfes«, sagte Wilder kalt. »Je weniger davon geschwatzt wird, desto besser ... Die ganze Zeit haben wir darüber unser eigenes Geschäft vergessen. Ich bin fast der Meinung, Master Robert, daß Ihr falsche Lichter aufsteckt, um der Verbindlichkeit zu entgehen, die Ihr schon halb bezahlt bekommen habt.«

Auf dem Gesichte des alten Matrosen zeigte sich, während Wilder sprach, ein solcher Zug von Zufriedenheit, daß ihn der junge Mann hätte bemerken und darüber stutzen müssen, wäre er nicht mitten in der Rede aufgestanden und schnell und nachdenkend das Kämmerchen auf und ab gegangen.

»Nu ja, nu ja,« nahm der Alte das Wort, und bemühte sich, seine Freude hinter den gewöhnlichen schroffen, selbstischen Ton und Ausdruck seiner Stimme zu verbergen; »ich bin ein alter Träumer, der sich einbildet, mitten im Meere zu schwimmen, wenn er sicher und ruhig am Ufer vor Anker liegt. Mir scheint, ich würde nicht unrecht tun, sobald als möglich mit dem Teufel meine Rechnung abzuschließen, damit jeder seinen Teil von meinem armen Gerippe erhalte, und ich in Zukunft mein eigener Herr und ungeschoren bliebe ... Und nun, zu Euer Gnaden Befehl.«

Jetzt nahm Wilder seinen Sitz wieder ein und schickte sich an, seinem Mitverbündeten die nötigen Instruktionen zu geben, die darauf hinausliefen, daß er alles wieder zurücknehmen sollte, was er vorhin zugunsten der Carolina gesagt hatte.

Elftes Kapitel.

Sobald der Tag zunahm, fanden sich auch nach und nach die Vorzeichen eines starken Seewindes ein, und mit dem Zunehmen des Windes zeigten sich auf dem Bristoler Kauffahrteifahrer alle jene Bewegungen, die die Absicht verraten, den Hafen zu verlassen. Vor sechzig Jahren war das Absegeln eines größeren Schiffes ein Ereignis von viel mehr Wichtigkeit in einem amerikanischen Hafen, als heutzutage, wo man oft an einem und demselben Tage, und in einem und demselben Hafen zwanzig Schiffe ankommen und zwanzig andere absegeln sehen kann. Ungeachtet ihrer Ansprüche, Einwohner einer der vornehmsten Städte in der Kolonie zu sein, beobachteten die guten Leute von Newport die Bewegung am Bord der Carolina; doch nicht mit jener Art von Teilnahmlosigkeit, die aus Übersättigung entspringt, und die uns Sterbliche endlich auch gegen das seltenste Schauspiel abstumpft, selbst gegen die interessantesten Evolutionen einer ganzen Flotte. Im Gegenteil, in den Kojen wimmelte es unaufhörlich von Knaben, ja auch von erwachsenen Pflastertretern. Selbst die gesetzteren, arbeitsamen Bürgersleute, die sonst mit Minuten zu geizen pflegten, erlaubten sich von Zeit zu Zeit ein Mußestündchen, schlenderten aus ihren dumpfen Werkstätten nach der Küste hin, um sich am erhabenen Anblick eines Schiffes in Bewegung zu ergötzen.

Jedoch waren die Vorbereitungen der Carolina etwas zu zögernd, um die Geduld der mehr als die übrigen auf die Zeit, die liebe Zeit, bedachten Bürger nicht endlich zu erschöpfen. So kam es denn, daß nach und nach die Anzahl der Neugierigen aus der besseren Klasse bis auf die Hälfte geschmolzen war; aber das Fahrzeug zog noch immer keine frische Segel auf, noch immer flatterte nur das eine Segel einsam im Winde. Statt den Wünschen von Hunderten, die sich schon müde gesehen hatten, zu entsprechen, drehte sich das edle Fahrzeug um seine eigenen Anker und legte sich bald auf die eine, bald auf die andere Seite, wie gerade der Wind den Kiel traf, einem raschen Rennpferde gleich, das, noch am Zügel gehalten, am Gebiß schäumt und es nicht abwarten kann, bis es die Luft durchfliege, hin ans Ziel. Nachdem man so eine Stunde gewartet hatte, und nicht begreifen konnte, was vorgefallen sei, verbreitete sich durch die Menge das Gerücht, daß jemand, der ein wichtiges Amt im Schiffe versah, einen bedeutenden Schaden genommen habe. Aber auch dies Gerücht hielt sich nicht lange und war schon fast vergessen, als auf einmal aus einer der Stückpforten der Carolina eine Wolke wirbelnden, aufsteigenden Rauches hervorkam, und dicht darauf ein Flammenblitz, dem ebenso schnell der Knall einer Kanone folgte. Nun entstand unter den von der Erwartung abgemüdeten Zuschauern jenes rege Drängen und Treiben, das der Ankündigung eines lang ersehnten Auftrittes voranzugehen pflegt, und bei jedem einzelnen war's jetzt ausgemacht, nun würde es mit dem Schiffe vorwärts gehen, es möchte darin vorgefallen sein, was wollte.

Diesem langen Zaudern, den verschiedenen Bewegungen an Bord, dem Signal zur Abfahrt und der Ungeduld der Menge hatte Wilder mit ebenso vielem Ernst als Aufmerksamkeit zugeschaut. Gegen einen Anker gelehnt, der zu einem zur Untätigkeit verurteilten Schiffe gehörte, und auf einem von dem Gedränge etwas entfernten Löschplatze lag, war er eine Stunde lang in derselben Stellung stehen geblieben und hatte während der Zeit kaum den Blick vom Schiffe weggewendet. Als die Kanone abgefeuert wurde, schrak er zusammen, nicht etwa aus jenem Eindruck auf die Nerven, der bei hundert andern dieselbe Wirkung hervorbrachte; was ihn erschreckte, schien vom Lande herzukommen, denn er warf einen ängstlichen, raschen Blick nach den Straßen hin, die zur Kaje führten. Doch nahm er bald seine vorige Stellung wieder an, obgleich die Unruhe in seinen Blicken und der ganze Ausdruck seines sprechenden Gesichtes leicht merken ließ, daß irgend etwas, das des jungen Seemanns Gemüt ganz eingenommen hatte, zu geschehen im Begriff wäre. Eine Minute nach der andern flog dahin, und mit ihnen seine Unruhe; ein Lächeln der Freude glänzte auf seinen Zügen, und seine Lippen bewegten sich, als wenn er vor innerem Behagen ein Selbstgespräch hielte. Allein kaum hatte er sich diesen angenehmen Betrachtungen überlassen, als mehrere Stimmen in der Nähe hörbar wurden, und wie er sich umwandte, erblickte er eine ziemlich zahlreiche Gesellschaft wenige Schritte von sich. Bald entdeckte sein spähender Blick die Gestalt von Mistreß Wyllys und Gertraud in Reisekleidern, so daß es nun endlich gewiß war, daß sie sich einschiffen würden.

Keine Wolke, die an der Sonne vorüberzieht, verändert das Aussehen der Erde so sehr, als dieser unerwartete Auftritt Wilders Antlitz. Er hatte sich dem Glauben an das Gelingen einer List ganz hingegeben, die zwar hinlänglich seicht war, von der er sich aber doch, auf die weibliche Furchtsamkeit und Leichtgläubigkeit bauend, volle Wirkung versprochen hatte; und nun wurde er von diesem schmeichlerischen Wahn zu einer, alle seine Hoffnung zerstörenden Wirklichkeit aufgerüttelt. Halb unterdrückte Verwünschungen über die Treulosigkeit seines Mitverschworenen vor sich hinmurmelnd, verbarg er sich so sehr als möglich hinter dem Ankerflügel und heftete den düstern Blick auf das Fahrzeug.

Die Gesellschaft, die die Abreisenden bis ans Wasser begleitete, war, wie Gesellschaften zu sein pflegen, wenn der Abschied von geschätzten Freunden bevorsteht: schweigsam und unruhig zugleich. Wer sprach, hatte etwas Rasches, Ungeduldiges im Tone, als wünschte man die Trennung zu beschleunigen, die doch wehe tat, und die Züge derer, die ein Schweigen beobachteten, waren beredt genug, um den innern Gram zu verraten. Gar mancher liebevolle, herzliche Wunsch, gar manches abgezwungene Versprechen ertönte von jugendlichen Stimmen, während dazwischen die weichen, trauernden Antworten aus Gertrauds Munde vernehmbar waren, aber Wilder tat sich Gewalt an und erlaubte sich auch nicht einen einzigen verstohlenen Blick dahin, wo die Sprechenden standen.

Endlich hörte er in der Nähe Fußtritte, und der Seitenblick, den er wagte, begegnete dem der Mistreß Wyllys. Beide waren über das plötzliche gegenseitige Sicherkennen etwas betroffen, allein die Dame gewann die Fassung zuerst wieder und bemerkte mit bewunderungswürdiger Ruhe: »Sie sehen, mein Herr, wir lassen uns von einem einmal unternommenen Plane durch gewöhnliche Gefahren nicht abschrecken.«

»Ich wünsche, Madame, Sie mögen Ihren Mut nicht zu bereuen haben.«

Mistreß Wyllys hielt einen Augenblick, schmerzlich sinnend, inne, blickte dann hinter sich, um sich zu überzeugen, daß sie nicht belauscht werde, trat dann einen Schritt näher auf den Jüngling zu und sprach mit noch leiserer Stimme als zuvor:

»Es ist n o c h nicht zu spät: geben Sie mir nur einen Schatten von Grund zu dem, was Sie behauptet haben, und ich will die Ankunft eines andern Schiffes abwarten. Töricht genug, machen meine Gefühle mich geneigt, Ihren Worten zu glauben, wenn mir auch meine Vernunft sagt, daß Sie mit unserer weibischen Zaghaftigkeit Ihr Spiel treiben.«

»Spiel? Gilt es solches Wagnis, möchte ich mit keiner Ihres Geschlechts mein Spiel treiben, und am allerwenigsten mit Ihnen!«

»Sonderbar! Von einem Fremden unbegreiflich! Sind Sie nicht imstande, mir eine Tatsache, einen Beweggrund anzuführen, worauf ich mich bei den Verwandten meiner Pflegebefohlenen stützen könnte?«

»Das hab' ich schon.«

»So muß ich denn, wie ungern ich es auch tue, annehmen, daß Sie durch zwingende Rücksichten bestimmt werden, Ihren Beweggrund nicht mitzuteilen,« erwiderte die Gouvernante mit einer Mischung von Ruhe und gekränkter Empfindlichkeit, »und ich wünsche um Ihrer selbst willen, er möge kein unedler sein. Nehmen Sie meinen Dank hin für Ihre Absichten, wenn sie redlich, meine Verzeihung, wenn sie es nicht waren.«

Sie schieden mit der Zurückhaltung, die sich äußert, wenn man sich gegenseitig das Mißtrauen abfühlt. Wilder verharrte hinter seiner Brustwehr in stolzer Stellung, und dunkler Ernst umwölkte sein Gesicht. Allein die Nähe der Gesellschaft nötigte ihn, fast alles, was gesprochen wurde, mit anzuhören. Die am meisten sprach, war, wie sich's bei einer solchen Gelegenheit gebührte, Frau von Lacey, deren Stimme sich oft erhob in weisen Ermahnungen, auf eine solche Weise mit ihren Ansichten über die Schiffahrtswissenschaft vermischt, daß alle darüber erstaunten, wenngleich keine ihres Geschlechts, die nicht etwa das seltene Glück genoß, in engster Bindung mit einem Flaggenoffizier zu stehen, der Hoffnung Raum geben durfte, es Frau von Lacey gleichzutun.

»Und nun, meine teuerste Nichte,« schloß die Witwe des Konteradmirals, nachdem sie ihren Atem und Weisheitsvorrat fast erschöpft hatte in zahllosen Ermahnungen, als da sind: Die Gesundheit in acht zu nehmen, recht oft zu schreiben, ihrem Bruder, dem

General, alles wörtlich auszurichten, wenn der Wind hoch gehe, hübsch in der Kajüte zu bleiben, ausführliche Berichte aufzusetzen von allem Merkwürdigen, was auf der Fahrt sich ereignen könnte: – kurz, in allem, was es nur bei einem Abschied dieser Art zu ermahnen und zu erinnern gab – »und nun, meine teuerste Nichte, befehle ich dich der mächtigen See und einem weit Mächtigeren – dem, der sie geschaffen hat. Verbanne von deinen Gedanken alle Erinnerung an das, was du über die Mängel der Royal Carolina gehört haben magst; denn die Meinung des alten Seemanns, der mit meinem betrauerten Admiral segelte, bestärkt mich in der Überzeugung, daß alles nur aus Irrtum hervorgegangen ist.«

»Der Verräter, der Schurke«, murmelte Wilder.

Beim Ende ihrer Rede waren die Augen der würdigen, gutherzigen Matrone voll Tränen, und das Natürliche in dem Zittern ihrer Stimme erfüllte jeden, der sie hörte, mit gleicher Rührung. In dieser herzlichen Stimmung wurde endlich das letzte Lebewohl ausgetauscht, und in der darauffolgenden Minute hörte man schon den Ruderschlag der Bootsknechte, die unsere Reisenden zum Schiff hinführten.

Mit einer Aufmerksamkeit, die fast an Schmerz grenzte, und von der er sich wohl selbst keine Rechenschaft geben konnte, lauschte Wilder dem wohlbekannten Schlagen der Ruder. Aus diesem halb bewußtlosen Hinstarren weckte ihn eine leise Berührung am Ellbogen. Etwas entrüstet über die Zudringlichkeit wendete er sich hastig um und sah einen Knaben von ungefähr fünfzehn Jahren vor sich. Seine Abwesenheit des Geistes machte, daß er erst beim zweiten Blick Roderich, den Burschen des Freibeuters wiedererkannte.

Sein Befremden über die zudringliche Unterbrechung seiner Betrachtungen ging nun in Unwillen über. »Was beliebt?« fragte er.

»Ich bin beauftragt, Ihnen diese Befehle zu übergeben«, war die Antwort.

»Befehle!« erwiderte der Jüngling, indem er die Lippen aufwarf: »Wahrlich, d i e Macht verdient Gehorsam, deren hohe Verfügungen durch solche Hände gehen.«

»Es ist eine Macht, der man noch nicht ohne Gefahr ungehorsam gewesen ist«, erwiderte mit Ernst der Knabe.

»So! Da muß ich mich denn freilich ungesäumt mit dem Inhalt bekannt machen, sonst dürfte wohl der Verzug verhängnisvoll sein. Hat man dich geheißen, auf Antwort zu warten?« Während dieser Worte hatte er den Brief erbrochen, und als er bei der Schlußfrage aufblickte, war der Bote schon verschwunden. Ein so behendes Wesen wie Roderich in dem Labyrinth von Gegenständen aller Art einzuholen, die auf dem Löschplatz und dem Strand entlang umherlagen, wäre vergebliches Bemühen gewesen, daher öffnete Wilder das Papier und las:

> »Ein Zufall hat den Schiffer des zum Absegeln bestimmten Fahrzeuges, die Royal Carolina genannt, unfähig gemacht, seinem Amte vorzustehen. Der, dem die Ladung übergeben ist, hat kein Vertrauen in die Fähigkeit des Nächsten im Range auf dem Schiff; absegeln muß es aber. Man lobt es als einen Scharfsegler. Wenn Sie Zeugnisse über Ihre Aufführung und geeignete Kenntnisse besitzen, benutzen Sie die Gelegenheit und verdienen Sie sich den Rang, den Sie zu bekleiden bestimmt sind. Sie sind einigen von den Beteiligten vorgeschlagen worden, und man hat nach Ihnen überall gesucht. Erreicht Sie Gegenwärtiges noch früh genug, so verlieren Sie keine Zeit, und handeln Sie entschlossen. Lassen Sie sich kein Befremden anmerken, wenn Sie unvermuteten Beistand finden. Ich habe mehr Leute im Sold, als Sie anfangs glaubten. Die Ursache ist klar; Gold ist gelb, obgleich ich bin
>
> Der Rote.«

Der Inhalt und der Ton dieses Briefes ließen Wilder nicht lange auf den Verfasser raten, wenn auch die Unterschrift gefehlt hätte. Einen Blick um sich her werfen und in einen Kahn springen, war Sache einer Sekunde, und ehe noch die Reisenden im Boote das Schiff erreicht hatten, hatte er den halben Weg dahin durchschnitten; da er sein Ruder mit kräftigem und geschicktem Arm handhabte, so stand er bald auf dem Verdeck, wo er sich Bahn brach durch die Menge, die sich auf einem Schiff, das eben in See stechen will, noch dies und jenes zu schaffen macht. So drang er bis zu dem Teil des Schiffes vor, wo ein Kreis von Menschen stand, deren geschäftige und sorgliche Mienen ihm sagten, daß sie bei dem Schicksale des Schiffes am meisten interessiert waren. Bis zu diesem Augenblick war er kaum zu Atem gekommen, geschweige zum Nachdenken darüber, wie sein plötzliches Erscheinen aufgenommen werden dürfte. Hätte er sich nun aber auch zurückziehen oder gar sein Vorhaben aufgeben wollen, so war es jetzt zu spät dazu, wenn er nicht gefahrbringenden Verdacht erregen wollte. Er nahm sich daher schnell zusammen und fragte: »Sehe ich hier den Eigentümer der Carolina?«

»Das Schiff ist an unser Haus konsigniert«, erwiderte ein gesetztes, bedächtiges Individuum mit schlauer Miene und in einem Anzug, der den reichen, aber ökonomischen Handelsmann verriet,

»Mir ist gesagt worden, daß Euch ein erfahrener Offizier fehle.«

»Erfahrene Offiziere sind eine trostreiche Sache für den Eigentümer eines Schiffes von Wert«, antwortete der Kaufmann. »Ich hoffe, die Carolina ist damit wohl versehen.«

»Ich hörte aber doch, man sähe sich ängstlich nach jemand um, der die Stelle des Kommandeurs vertreten könne?«

»Sollte der Kommandeur nicht imstande sein, seiner Pflicht zu entsprechen, so dürfte allerdings von so was die Rede sein. Suchen Sie vielleicht einen Platz im Schiff?«

»Ich bin gekommen, mich um die leergewordene Stelle zu bewerben.«

»So? Es wäre aber weiser gehandelt gewesen, wenn Sie sich erst davon vergewissert hätten, daß eine Stelle wirklich leer geworden sei. Aber Sie verlangen doch wohl nicht ein Kommando in einem Schiff, wie das gegenwärtige, ohne ausreichende Zeugnisse über Ihre Fähigkeit, und daß Sie einem solchen Posten gewachsen sind?«

»Ich hoffe, diese Dokumente werden genügend sein«, sagte Wilder, ihm einige entsiegelte Papiere einhändigend.

Während des Lesens blickte das Männchen mit dem schlauen Auge mehrere Male über die Brille weg auf den Gegenstand der

Zeugnisse, und seine abwechselnden Blicke bald niederwärts aufs Papier, bald über die Brille weg auf den Jüngling, zeigten deutlich, daß es sich aus eigenem Anschauen von der Wahrheit des Gelesenen überzeugen wollte.

»Hm, hm! Freilich ein ganz vortreffliches Zeugnis zu Ihren Gunsten, junger Herr; und da es von zwei so respektabeln und vermögenden Häusern, wie Spriggs, Boggs & Komp. und Hammer & Hacket ausgestellt ist, allerdings glaubwürdig. Eine reichere und solidere Firma als die erstere, dürfte wohl in allen Kolonien Sr. Majestät nicht anzutreffen sein, und was die letztere anbelangt, so schätze ich sie sehr, wenngleich einige Neidharde sagen, daß sie sich etwas zu tief einlasse.«

»Wenn Sie eine so große Achtung vor jenen Häusern haben, so hab' ich mich wohl nicht übereilt, indem ich so vermessen war, auf meine Freundschaft damit als auf eine gute Empfehlung zu rechnen.«

»Nicht im mindesten, nein, nicht im mindesten, Herr – hm – hm – (mit dem Blick einen der Briefe durchlaufend) jawohl, Herr Wilder; ein billiges Anerbieten in Geschäftssachen ist niemals Vermessenheit. Ohne Anerbieten von seiten des Käufers und Verkäufers würde unsere Ware nicht von der Hand gehen. Teuerster, ha, ha! Wohlverstanden, junger Herr, nicht mit Prosit von der Hand gehen.«

»Ich sehe die Wahrheit Ihrer Bemerkungen ein und wiederhole daher mein Anerbieten.«

»Alles ganz schön und billig. Aber, Herr Wilder, Sie verlangen doch nicht, daß wir ausdrücklich eine Lücke machen, bloß damit Sie sie ausfüllen können – ob zwar zugestanden werden muß, daß Ihre Zeugnisse ganz vortrefflich sind – so gut wie die Wechsel von Spriggs, Boggs & Komp. selber – so verlangen Sie doch nicht, daß wir ausdrücklich ...«

»Ich stand im Wahn, der Schiffer sei so bedenklich krank, daß ...«

»Krank, aber nicht bedenklich,« unterbrach der verschmitzte Kommissionär, indem er mehrere der Beteiligten und einige andere Zuschauer, die nahe genug standen, um das Gespräch mit anhören zu können, flüchtig anblickte; »krank allerdings, aber doch nicht so sehr, daß er das Schiff verlassen müßte. Nein, nein, meine Herren:

das traute Schiff Royal Carolina tritt seine Fahrt an, wie immer, unter der Leitung des alten und wohlerfahrenen Seemanns Nicholas Nichols.«

»So tut es mir leid, Herr, Sie in einem so beschäftigten Augenblicke gestört zu haben«, sagte Wilder mit der Miene getäuschter Hoffnung und trat einen Schritt zurück, um sich wegzubegeben.

»Nicht so eilig – nicht so eilig: ein Handel, junger Mann, schließt sich nicht so rasch ab, wie ihr die Segeltücher von den Rahen fallen laßt. Kann sein, daß Ihre Dienste von Nutzen sind, wenngleich nicht in dem verantwortlichen Amte eines O f f i z i e r s . Wie hoch schlagen Sie den Titel K a p i t ä n an?«

»Ich kümmere mich wenig um den Namen, wenn mir nur das Schiff und der Oberbefehl darauf anvertraut werden.«

»Ein sehr gescheiter Junge!« brummte der kluge Kaufmann, »der versteht sich auf den Unterschied zwischen Schein und Sein. Dennoch kann es einem Herrn von Ihrem Verstande und Charakter nicht unbekannt sein, daß sich das Gehalt immer nach der Titularwürde richtet. Handelte ich in dieser Angelegenheit für meine eigene Person, so wär' das ganz was anderes, allein als Kommissionär befiehlt mir die Pflicht, das Interesse meines Prinzipals zu wahren.«

»Das Gehalt kommt bei mir nicht in Anschlag,« sagte Wilder mit einer Hastigkeit, die vielleicht alles verdorben hätte, wenn der, mit dem er handelte, nicht ganz in Gedanken verloren gewesen wäre (was immer der Fall war, wenn es einen so löblichen Gegenstand, als Sparen, galt), wie er sich wohl zu möglichst wohlfeilem Preise des andern Dienste sichern könnte, »mir ist es nur um Beschäftigung zu tun.«

»Die sollen Sie denn haben, auch sollen Sie an uns keine Knicker finden. Vorschuß für ein Fährtchen von weniger als einem Monat werden Sie wohl nicht verlangen, ebensowenig wie Akzidenzien fürs Stauen, da das Schiff schon bis zu den Luken angestaut ist, ebensowenig Gratifikationen, da wir Sie hauptsächlich nehmen, um einem so braven Jüngling einen Gefallen zu erzeigen, und die Empfehlungen eines so respektabeln Hauses wie Spriggs, Boggs & Komp. zu honorieren; aber freigebig, über die Maßen freigebig sollen Sie uns finden. Sachte – wer steht uns aber dafür, daß Sie die in dem Avi – wollte sagen, in dem Empfehlungsschreiben genannte Person auch wirklich sind?«

»Ist die Tatsache, daß ich die Briefe besitze, nicht Bürge für meinen Charakter?«

»Das wäre sie allerdings in Friedenszeiten, wo das Reich nicht von der Kriegsgeißel heimgesucht wird. Eine Personbeschreibung sollte dem Dokumente angefügt sein, wie ein Avisbrief einem Wechsel. Da wir demnach in dem vorliegenden Geschäft einiges Risiko laufen, so darf es Sie keineswegs befremden, wenn der Umstand etwas auf den Preis wirkt. Wir sind freigebig; kein Haus in den Kolonien belohnt meines Erachtens mit größerer Liberalität, aber man hat denn doch auch den Ruf der Diskretion zu schonen.«

»Des Preises wegen, das sagte ich Ihnen schon, werden wir nicht uneinig.«

»Gut; es freut einen, bei so liberalen und ehrenwerten Grundsätzen einen Handel zu schließen, aber doch wär' es mir lieb gewesen, wenn ein Notariatssiegel oder eine Personalbeschreibung die Zeugnisse begleitet hätte. Dies ist die Unterschrift von Robert Boggs, ich kenne sie wohl, und wollte, ich hätte sie unter einer Verschreibung von zehntausend Pfund, wohlverstanden mit einem verantwortlichen Endosseur; aber diese Unsicherheit, junger Mann, steht Ihrem pekuniären Interesse im Wege, da wir gleichsam dafür garantieren, daß Sie und kein anderer die gemeinte Person sind.«

»Damit Sie sich hierüber vollkommen beruhigen, Herr Bale,« rief eine Stimme aus dem Kreise der nahestehenden Personen, die mit ungewöhnlicher Teilnahme die Ohren spitzte, um kein Wort vom Gange des Handels zu verlieren, »so kann ich dafür Zeugnis ablegen, oder wenn's nötig sein sollte, auch Bürgschaft stellen, daß der junge Herr die gemeinte Person ist.«

Wilder wandte sich etwas rasch um und war nicht wenig betroffen über die Bekanntschaft, die ihm der Zufall auf eine so außerordentliche, ja so unangenehme Weise zuführte, und noch dazu in einer Gegend, wo er wünschte, vollkommen ungekannt zu bleiben. Zu seinem größten Erstaunen fand er nämlich, daß der hinzutretende Sprecher kein anderer war, als der Wirt zum U n k l a r e n A n k e r. – Da stand der ehrliche Joram, blickte vollkommen ruhig drein, mit einem Gesicht, dem man's ansah, es würde auch vor einer höheren Behörde seine Gelassenheit behalten, und erwartete, was seine Bürgschaft auf die scheinbar noch schwankende Gesinnung des Kommissionärs für Wirkung haben würde.

»Ach, der Herr hat bei Euch eine Zeitlang logiert, und da könnt Ihr denn bezeugen, daß er ein pünktlicher Zahler und ruhiger Gast ist! Was ich aber gern möchte, sind Dokumente, um sie der Korrespondenz mit dem Eigentümer d a h e i m anzuweisen.«

»Ich weiß zwar nicht, welche Sorte von Zeugnis Sie für dergleichen vornehme Gesellschaft gut genug halten,« erwiderte gelassen der Gastwirt, indem er mit der größten Unbefangenheit die Hand in die Höhe hielt; »wenn aber die auf Eid gegebene Erklärung eines Hauseigentümers von der Sorte ist, wie Sie es brauchen, nu so sind Sie ja eine Magistratsperson und können mir gleich den Eid vorsagen.«

»Mitnichten! Bin ich auch eine Magistratsperson, so fehlt doch die Form bei dem Eid, und er würde also vor Gericht nicht bindend sein. Aber sagt, was wißt Ihr von dem in Rede stehenden jungen Manne?«

»Daß er für seine Jahre ein Seemann ist, wie Sie ihn in den Kolonien nicht besser finden können. Einige mögen ihn vielleicht an Übung und Erfahrung übertreffen; sehr wahrscheinlich finden sich solche. Kommt es aber auf Tätigkeit, Wachsamkeit und Klugheit an, so würde es kein leichtes sein, seinesgleichen anzutreffen – ganz absonderlich was die Klugheit betrifft.«

»So, Ihr seid also ganz gewiß, daß diese Person eine und dieselbe mit dem in diesen Papieren genannten Individuum ist?«

Mit derselben bewunderungswürdigen Ruhe, die er von Anfang des Gesprächs an gezeigt hatte, nahm Joram die dargereichten Zeugnisse und machte sich dran, sie mit der gewissenhaftesten Sorgfalt durchzulesen. Um dieses Stück zu bewirken, mußte er seine Brille aufsetzen, denn der Wirt zum U n k l a r e n A n k e r stand im abnehmenden Lebensviertel, und wie er so gemächlich das Lesewerkzeug herauszog, drängte sich Wildern die unwillkürliche Betrachtung auf, daß er ein merkwürdiges Beispiel abgebe, wie selbst die Verderbtheit den Anschein der Ehrbarkeit erhalte, wenn eine ehrwürdige Außenseite das Auge besticht.

»Alles sehr wahr, was dasteht, Herr Bale,« fuhr der Gastwirt fort, indem er die Brille ebenso bedächtig, als er sie aufgesetzt hatte, wieder abnahm, und die Papiere dem Kaufmann hinreichte; »aber man hat vergessen zu erwähnen, wie er die ›Muntre Nanette‹ rettete, auf der Höhe von Hatteras, und wie er ohne Lotsen die ›Margarete‹ durch die Barre des Hafens von Savannah führte, während die Batterien von Norden und von Osten her spielten; ich aber, der ich in meinen jungen Tagen zur See gewesen bin, wie Sie wohl wissen, hab' gar oft die Seefahrer von beiden Umständen sprechen hören, und ich kann wohl über die Schwierigkeit ein Urteil fällen. Ich nehme teil an diesem Schiff, Nachbar Bale (denn wenn Sie auch ein reicher Mann sind, ich aber nur ein armer, so sind wir doch immer Nachbarn), ich sage also, ich nehme teil an dem Schiffe, weil es ein Fahrzeug ist, das Newport selten verläßt, ohne klingende Münze in meiner Tasche zurückzulassen, sonst wär' ich heute nicht da, um zu sehen, wie es die Anker lichtet.«

Bei diesen Worten gab er hörbaren Beweis davon, daß sein Besuch nicht unbelohnt gewesen war, indem er mit der Hand in der Tasche einen Ton erklingen ließ, der den Ohren des haushälterischen Handelsmannes nicht weniger angenehm war, als seinen eigenen. Die beiden Ehrenmänner lachten wie Leute, die sich verstehen, und die aus ihrem Verhältnisse zur Royal Carolina ihren respektiven Profit zu ziehen wußten. Bale winkte Wilder beiseite, und nach noch einigen Präliminarien wurden endlich die Bedingungen seiner Anstellung festgesetzt. Der eigentliche Schiffer sollte nach diesen Bestimmungen an Bord bleiben, sowohl als Bürge für die Versicherung des Schiffes, als zur Erhaltung des guten Rufes; aber man machte nun kein Geheimnis mehr daraus, daß ihn sein Schaden, der in einem Beinbruch bestand, das die Chirurgen eben zurechtsetzten, aller Wahrscheinlichkeit nach nötigen würde, über einen Monat seine Kajüte und Hängematte zu hüten. Seinem Amte und seinen Pflichten sollte nun während dieser Zeit wesentlich unser Abenteurer vorstehen. Nachdem diese Verabredung noch eine Stunde Zeit weggenommen hatte, verließ der Kommissionär das Schiff, mit der klugen und ökonomischen Weise höchst zufrieden, mit der er seiner Pflicht gegen seinen Prinzipal nachgekommen war. Um aber sein eigenes Interesse nicht aus dem Gesichte zu verlieren, wählte er noch, bevor er in das Boot stieg, eine passende Gelegenheit, um den Wirt zu ersuchen, eine gehörige und förmliche Erklärung von allem aufzusetzen, was er aus eigener Erfahrung von dem eben angestellten Seeoffizier wisse. Der ehrliche Joram ließ es auch an V e r s p r e c h u n g e n nicht fehlen; als er aber alles nach Genüge arrangiert sah, so konnte er die Notwendigkeit, sich einem nutzlosen Risiko bloßzustellen, nicht einsehen, und wußte es so zu machen, daß er das H a l t e n umging, höchstwahrscheinlich seine Entschuldigung darin findend, daß seine Aussage ja doch bei weitem nicht umständlich genug wäre, um vor den Gerichten bei genauerer Prüfung nach den erforderlichen Bestimmungen von Gewicht zu sein.

Das geschäftige Treiben, das Nachholen halbvergessener Geschäfte, das Getöse, die Wünsche, das Einschärfen der Aufträge für den oder jenen entfernten Hafen, und alle sich durchkreuzende, und scheinbar gar kein Ende nehmende Pflichten, die sich in den letzten zehn Minuten vor der Abfahrt eines Kauffahrteifahrers drängen, besonders wenn glücklicher oder vielmehr unglücklicherweise Passagiere darauf sind – das alles zu schildern wäre überflüssig. Bei dergleichen Gelegenheiten verläßt eine gewisse Klasse von Leuten ein Schiff mit derselben Saumseligkeit, wie irgendeinen andern Ort, wo es was zu verdienen gibt, indem sie so träge an der Schiffsleiter hinabkriechen, wie der Blutegel, wenn er sich mit seinem blutigen Mahl angefüllt hat. Des gemeinen Matrosen Aufmerksamkeit ist zwischen den Anordnungen des Lotsen und dem Abschied von Bekannten geteilt, so daß er bald da, bald dorthin rennt, nur nicht wohin er sollte, und das ist vielleicht die einzige Zeit in seinem Seeleben, wo er den Gebrauch des solang gehandhabten Tauwerks nicht zu kennen scheint. Trotz all dieser verdrießlichen Zauderei und herkömmlichen Belästigungen, ward die »Royal Carolina« endlich doch aller ihrer Besuche, mit der Ausnahme eines einzigen, los, und Wilder konnte sich nun einem Vergnügen überlassen, das niemand als ein Seemann nach Würden zu schätzen weiß – reines Feld auf dem Verdeck und eine wohldisziplinierte Schiffsmannschaft.

Zwölftes Kapitel.

Die eben erwähnten Auftritte hatten einen geraumen Teil des Tages dahingenommen. Ein stehender Wind hatte sich wohl eingestellt, allein er war nichts weniger als stark. Sobald sich Wilder indessen von den Müßiggängern vom Lande und dem sich in alles mischenden Kommissionär befreit sah, warf er den Blick um sich her, um das Schiff unter den Wind zu bringen. Er ließ daher den Lotsen holen, teilte ihm seinen Entschluß mit und zog sich dann an einen Platz des Verdecks zurück, der geeignet war, ihm teils über die Gegenstände seines neuen Kommandos einen Überblick, teils über die unerwartete und außerordentliche Lage, in die er sich versetzt sah, Muße zum Nachdenken zu lassen.

Der Royal Carolina fehlten keineswegs gerechte Ansprüche auf den pompösen Namen, den sie führte. Es war ein Fahrzeug von jener glücklichen Mittelgröße, wo für die Bequemlichkeit am besten gesorgt zu sein pflegt. Der Brief des Freibeuters bestätigte, daß es wegen seines schnellen Segelns im Ruf stehe, und mit innigem Vergnügen gewahrte der junge Kommandeur, daß es dem Schiffe nicht an Mitteln fehlte, seine besten Eigenschaften entwickeln zu können. Eine gesunde, muntre und geübte Mannschaft, Spieren, die vollkommen der Größe des Fahrzeugs entsprachen, wenig Windfang Verursachendes in den Marsen und Masten, eine vortreffliche Form und Lage, mit einem Überfluß an leichten Segeln, boten alle Vorteile dar, die sich seine Erfahrung nur wünschen konnte. Sein Auge glänzte, als es über diese verschiedenen, seinem Kommando unterworfenen Gegenstände wegglitt, und seine Lippen bewegten sich wie die eines Menschen, der sich selbst halblaut beglückwünscht, oder sich einer Selbstgefälligkeit überläßt, die nach den Vorschriften der Bescheidenheit die Grenzen des Gedankens nicht überschreiten soll.

Jetzt war die Mannschaft unter den Befehlen des Lotsen am Bratspill versammelt und hatte schon angefangen, Kabel aufzuziehen. Diese Arbeit eignete sich ganz dazu, die Kräfte des einzelnen sowohl als die Gesamtkraft im vorteilhaftesten Lichte zu zeigen. Ihre Bewegung um das Bratspill war taktmäßig, rasch und kräftig; ihre Töne rein und munter. Unser Abenteurer, gleichsam als ob er sich seinen Einfluß fühlbar machen wollte, erhob nun mitten im »Ahoi!« der Matrosen seine eigne Stimme mit einem jener abgebrochenen und ermutigenden Zurufe, durch die Seeoffiziere ihre Leute aufzumuntern pflegen. Seine Aussprache war männlich, lebhaft und Gehorsam gebietend. Feurigen Rennern gleich hielten die Matrosen einen Augenblick inne, als sie zuerst dies Signal vernahmen, und jeder warf einen Blick hinter sich, als wollte er die Eigenschaften seines neuen Befehlshabers prüfen. Wilder lächelte mit einiger Selbstzufriedenheit, wandte sich, um auf der Schanze auf und ab zu gehen, und fand sich wieder dem ruhigen, sinnenden, aber doch erstaunten Blicke der Mistreß Wyllys gegenüber.

»Nach der Meinung, die Sie über dies Schiff zu erkennen zu geben beliebten,« sagte die Dame mit scharfer Ironie, »hatte ich nimmermehr erwartet, Sie darauf ein Amt von solcher Verantwortlichkeit verwalten zu sehen.«

»Wahrscheinlich wissen Sie, Madame, daß dem Schiffer ein trauriger Zufall begegnete?«

»Ja, auch hatte ich gehört, daß man vorläufig einem andern Offizier seine Stelle anvertraut hätte. Allein, ich sollte meinen, daß es Sie nicht befremden muß, wenn Sie selbst darüber nachdenken, mich erstaunt zu sehen, indem ich nun finde, w e r dieser andere Offizier ist.«

»Unsere Unterredungen, Madame, haben Ihnen vielleicht eine ungünstige Idee von meiner Sachkunde beigebracht. Indessen hoffe ich, daß Sie sich über diesen Punkt beruhigen werden, da ...«

»Sie verstehen sich ohne Zweifel auf Ihre Wissenschaft! Wenigstens scheint es, daß eine geringfügige Gefahr nicht imstande ist, Sie davon abzuschrecken, passende Gelegenheit zu suchen, Ihre Kenntnisse zu zeigen. Werden Sie uns mit Ihrer Gesellschaft für die ganze Reise oder nur bis zur Mündung des Hafens erfreuen?«

»Ich hab' es übernommen, das Schiff bis zum Ziele seiner Reise zu führen.«

»Dann dürfen wir ja wohl hoffen, daß Sie die Gefahr, die Sie entweder sahen oder doch zu sehen glaubten, jetzt für geringer halten, sonst würden Sie ja nicht so bereitwillig sein, sie mit uns zu teilen.«

»Sie tun mir unrecht, Madame,« erwiderte Wilder warm und unwillkürlich den Blick auf die ernste, aber mit der größten Spannung zuhörende Gertraud richtend: »Es gibt keine Gefahr, der ich nicht freudig die Stirn böte, um Sie oder diese junge Dame vor Leid zu schützen.«

»Ihr ritterliches Betragen kann selbst dieser jungen Dame nicht entgehen!« Mistreß Wyllys entledigte sich nun des Zwanges, den sie bis jetzt in ihren Reden beobachtet hatte, und fuhr in einem natürlicheren, mit ihrer sanften und sinnigen Miene mehr im Einklange stehenden Tone fort: »Das sonderbare Gefühl, daß Sie dennoch ein Freund der Wahrheit seien, wie sehr es auch meine Vernunft verwirft, bleibt immer ein mächtiger Fürsprech für Sie, junger Mann, in meinem Innersten. Da das Schiff Ihrer Dienste bedarf, so will ich Sie jetzt nicht aufhalten; es kann uns nicht an Gelegenheiten fehlen, die uns instand setzen werden, sowohl über Ihren Willen, als über Ihre Fähigkeit, uns nützlich zu sein, ein Urteil zu fällen. Liebe Gertraud, Frauen sind gewöhnlich nur im Wege auf einem Fahrzeuge, besonders wenn eine dringende und schwere Dienstpflicht ruft, wie es hier der Fall ist.«

Eine Röte überflog Gertrauds Wangen bei dieser Anrede, und sie folgte hastig ihrer Gouvernante zur entgegengesetzten Seite der Schanze, während ihr unser Abenteurer mit einem sehnsuchtsvollen Blicke nachsah, der deutlich genug ausdrückte, daß ihm ihre Gegenwart nichts weniger als lästig war. Da aber die Damen einen von allen anderen entfernten Platz einnahmen, wo sie bei einer bequemen Übersicht aller Manöver doch selber am wenigsten der Regierung des Schiffes im Wege waren, so konnte der arme Wilder nicht schicklich das Gespräch fortsetzen, obgleich er sehr gewünscht hätte, die angenehme Unterhaltung nicht eher abbrechen zu dürfen, bis er sich durch die Übernahme des Kommandos aus den Händen des Lotsen dazu gezwungen sähe. Inzwischen war der Anker bereits eingewunden, und die Matrosen waren vollauf damit beschäftigt, mehr Segel beizusetzen. Wilder gab sich nun in sehr aufgeregter Stimmung der Dienstpflicht hin, ließ sich von dem Offizier, der die nötigen Befehle erteilte, die Parole geben, und übernahm die unmittelbare Leitung des Schiffes selber.

Sowie ein Segeltuch nach dem andern von den Rahen fiel, und durch den zusammengesetzten Wind den Mechanismus auffing, gewann das Interesse, das ein Seemann stets an seinem Schiffe nimmt, mehr und mehr über jedes andere Gefühl die Oberhand. Als alles in Ordnung war, von den Oberbramsegeln an bis zum Verdeck, und das Schiff mit seinem Vorderteil nach der Mündung des Hafens zugewendet war, so hatte unser Abenteurer wahrscheinlich vergessen (freilich nur auf einen Augenblick), wie vollkommen fremd er noch immer denen sein mußte, über die er durch eine so außergewöhnliche Wahl das Kommando erhalten hatte, und welche kostbare Fracht man seiner Festigkeit und Entschlossenheit anvertraut hatte. Nachdem alles vom Verdeck bis zum Topp hinaus in die vorteilhafteste Lage und das Schiff dicht in die Windlinie gebracht war, maß sein Auge jede Rahe, jedes Segel von den obersten Flaggenknöpfen bis zum Rumpf und überschaute endlich auch noch die Außenseite des Schiffes, ob auch der Lauf nicht durch irgendein heraushängendes Seil gehemmt werde. Da erblickte er ein winziges Boot, an der Leeseite des Schiffes angebunden, in dem ein Knabe saß, und das, sowie die Masse des Schiffes sich vorwärts bewegte, leicht und elastisch wie eine Feder hinten nachtanzte. Wilder bemerkte, daß es ein Boot von der Küste sei, daher fragte er einen Seemann, wer der Eigentümer davon wäre. Jener wies auf Joram, der gerade in dem Augenblick vom Schiffsraume heraufgestiegen kam, wo er mit einem Delinquenten, oder, was bei ihm gleichbedeutend war, einem Gast, der noch nicht bezahlt hatte, seine Rechnung ins reine zu bringen beschäftigt war.

Der Anblick dieses Mannes erinnerte Wilder an alles, was am Morgen vorgefallen war, und wie bedenklich das Unternehmen sei, dem er sich hingegeben hatte. Der Gastwirt seinesteils, dessen Gedanken sich alle um den Angelpunkt des Prosits drehten, schien bei dem Wiederbegegnen auf keine Weise bewegt. Er näherte sich dem jungen Seemanne, redete ihn mit dem Titel Kapitän an und wünschte ihm eine glückliche Reise, nebst allem andern, was man zu wünschen pflegt, wenn man zur See und bei einer solchen Gelegenheit voneinander scheidet.

»Der Herr Kapitän haben einen vorteilhaften Handel geschlossen,« endigte er, »und ich hoffe, Sie werden eine schnelle Fahrt machen. Es wird Ihnen diesen Nachmittag nicht an Wind fehlen, und wenn Sie bis nach Montauth hin brav Segel aussetzen, werden Sie beim zweiten Wenden die offene See gewinnen, so daß Sie morgen schon die Küste aus dem Gesicht haben. Wenn ich mich im geringsten aufs Wetter verstehe, so wird auch der Wind mehr von Osten blasen, als Euch vielleicht anstehen dürfte.«

»Und wie lange glaubt Ihr wohl, daß meine Fahrt dauern wird?« fragte Wilder in einem so leisen Tone, daß ihn außer dem Gastwirt niemand hören konnte. Joram sah sich verstohlen um, und als er sah, daß sie ohne Zeugen waren, erlaubte er seinen Zügen, die gewöhnlich eine abgestumpfte, sinnliche Zufriedenheit aussprachen, den Ausdruck einer verstockten Verschmitztheit, und, den Finger an die Nase legend, erwiderte er:

»Hab' ich dem Kommissionär nicht einen schönen Eid angeboten, Herr Wilder?«

»Ihr habt allerdings meine Erwartung übertroffen mit Eurer Bereitwilligkeit und ...«

»Auskunft!« setzte der Gastwirt zum U n k l a r e n   A n k e r hinzu, wie er Wildern in Verlegenheit nach einem Worte sah; »ja, ja, ich bin stets merkwürdig gewesen wegen der Geschäftigkeit meines Geistes in derlei Kleinigkeiten; allein, wenn einer eine Sache schon durch und durch kennt, ei! da wär's ja töricht, seinen Atem mit zuviel Worten zu vergeuden.«

»Es ist freilich sehr vorteilbringend, so wohlunterrichtet zu sein. Ihr versteht Euch ohne Zweifel herrlich darauf, aus Euern Kenntnissen soviel Profit als möglich zu ziehen.«

»Du lieber Gott! was sollte denn auch in diesen schweren Zeiten aus uns allen werden, wenn wir einen redlichen Groschen nicht auf jede sich darbietende Art anlegen wollten? Hab' mit Ehren mehrere hübsche Kinder großgezogen, und an mir soll's nicht liegen, wenn ich ihnen nicht auch noch was zurücklasse, meinen guten Ruf gar nicht mitgerechnet. Nu ja, das Sprichwort sagt: Ein behender Groschen ist so gut wie ein müßiger Taler; ich aber lobe mir den Mann, der nicht dasteht und Maulaffen feil hat, wenn ein Freund seines guten Wortes oder des Aufhebens seines Fingers bedarf. Sie wissen nun, wo Sie jederzeit einen solchen Mann finden werden, wie unsere Staatsmänner zu sagen pflegen, wenn sie durch das Dicke und

Dünne der Sache gegangen sind, sie mag nun gerecht oder ungerecht sein.«

»Sehr lobenswerte Grundsätze, in der Tat! Sie werden gewiß dazu beitragen, Euch früher oder später in der Welt zu erheben! Doch, Ihr vergeßt meine eigentliche Frage zu beantworten: Wird unsere Fahrt von langer oder kurzer Dauer sein?«

»Ei der Tausend, Herr Wilder! Muß ein armer Gastwirt, wie ich, dem Meister dieses stattlichen Schiffes erst sagen, woher der Wind zuerst blasen wird? Da haben Sie den werten und ehrenhaften Schiffer Nichols, der drunten in seiner Staatskajüte liegt, der kann Euch mit dem Fahrzeuge anfangen, was er will; und warum soll ich glauben, daß ein Herr, wie Sie, mit so guten Empfehlungen, nicht ebensoviel auszurichten vermag? Ich versehe mich keines andern, als mit nächstem zu hören, daß Sie was ganz Apartes von Fahrt gemacht, und das gute Wort, das ich zu Ihren Gunsten gesprochen, vollkommen gerechtfertigt hätten.«

Wilder verwünschte in seinem Herzen die vorsichtige Verschmitztheit des Spitzbuben, mit dem er unter den obwaltenden Umständen notwendig im Bunde stand; denn er sah klar ein, daß Joram durchaus entschlossen war, nicht mehr als das schlechthin Erforderliche von seinem Geheimnis zu verraten, und viel zuviel Umsicht beobachtete, um seinen eigenen Absichten zu entsprechen. Nach einem augenblicklichen Besinnen fuhr er hastig fort:

»Ihr seht, das Schiff läuft viel zu schnell, um uns zu erlauben, unsere Zeit mit ausweichenden Redensarten zu vergeuden. Sagt, was wißt Ihr von dem Billett, das ich heute früh empfangen habe?«

»Aber, lieber Gott! halten Sie mich denn für einen Postmeister, Herr Kapitän? Wie kann ich wissen, welche Briefe in Newport ankommen, und welche auf See bleiben?«

»Ein ebenso großer Hasenfuß als verschmitzter Schurke!« murmelte der junge Seemann. »Aber das könnt Ihr doch wenigstens sagen: Wird man mir auf der Ferse folgen, oder erwartet man, daß ich unter irgendeinem erdenklichen Vorwande das Schiff anhalten lasse, sobald es die offene See gewonnen hat?«

»Der Himmel behüte Euch, junger Herr! was sind das für seltsame Fragen von einem, der frisch von der See kommt, an einen

Mann, der sie seit fünfundzwanzig Jahren nur vom Lande aus angesehen hat. Alles, worauf ich mich besinnen kann, ist, daß Sie das Schiff ziemlich Süd halten müssen, bis die Inseln zurückgelegt sind, und dann müssen Sie Ihre Berechnung nach dem Winde machen, damit Sie nicht in den Golf kommen, wo Sie, wie Sie wissen werden, der Strom d a hin treibt, während Ihr Kommando d o r t hin lautet.«

»Luv an! beim Wind gehalten, Herr!« rief nun der Lotse mit barscher Stimme dem am Steuer zu: »So sehr als möglich beim Wind gehalten; um keinen Preis nach der Leeseite des Sklavenhändlers dort!«

Sowohl Wilder als der Gastwirt schreckten zusammen, als wenn das eben erwähnte Schiff etwas Besorgniserregendes für sie hätte; der erstere wies auf das winzige Boot und sagte:

»Wenn Ihr nicht mit uns zur See gehen wollt, Herr Joram, so ist es Zeit, daß dieses Boot jetzt seinen Eigentümer aufnimmt!«

»Ei, jawohl, ich sehe, Sie sind schon in vollem Gange, und muß Sie also verlassen, wie gern ich auch länger bliebe«, erwiderte der Gastwirt zum U n k l a r e n A n k e r, indem er sich geschäftig und so gut es gehen wollte, über die Schiffsseite hinüber und in sein Schiffchen hinuntermachte.

»Na, Jungens, wünsch' euch gute Zeit, viel Wind und von der rechten Sorte, sichere Reise auswärts und eine schnelle Zurückkunft. Werft ab!«

Man gehorchte seinem Ruf; kaum war das Boot außer Verbindung mit dem Schiffe gesetzt, so wich es aus der bisherigen Bahn, drehte sich drei- viermal um sich selbst und hielt dann einen Augenblick inne, während das große Schiff weiter zog mit der Stetigkeit eines Elefanten, von dessen Rücken eben ein Schmetterling ausgeflogen. Wilder folgte dem Boote eine Sekunde mit den Augen, allein seine Gedanken wurden zurückgerufen durch die Stimme des Lotsen, die sich nun wieder von der Vorderseite des Schiffes her vernehmen ließ:

»Etwas mehr in die Höhe mit den leichten Segeln, Junge, mehr in die Höhe, keinen Zoll breit vom Winde, sonst kommst du nie dem

Sklavenhändler bei der Windseite vorbei. Luv an, sag' ich, Herr, Luv!«

»Der Sklavenhändler!« murmelte unser Abenteurer vor sich hin, indem er hastig nach einem Platz im Schiffe eilte, von wo aus er jenes wichtige, ihn zwiefach interessierende Schiff genau sehen konnte; »ach ja, der Sklavenhändler! Es mag freilich nicht leicht sein, dem Sklavenhändler die Windseite abzugewinnen!«

Ohne es zu wissen, fand er sich neben Mistreß Wyllys und Gertraud, die sich auf die Galerie der Schanze stützte, und das fremde, vor Anker liegende Fahrzeug mit einem Vergnügen betrachtete, das für ein so junges Mädchen natürlich genug war. »Sie werden mich auslachen, liebe Frau Wyllys, mich unbeständig, ja leichtgläubig nennen,« rief das arglose Mädchen, gerade als Wilder die bezeichnete Stelle eingenommen hatte, »aber bei alldem wünsche ich doch, wir kämen auf eine gute Manier aus dieser Royal Carolina und könnten unsre Fahrt in jenem schönen Schiffe dort machen.«

»Es ist allerdings ein schönes Schiff!« erwiderte Mistreß Wyllys, »doch möchte ich nicht behaupten, daß es ein sicheres und bequemeres wäre als das, in dem wir uns befinden.«

»Welch ein Ebenmaß, welche Ordnung in den Tauen! Und wie vogelähnlich es auf dem Wasser schwebt!«

»Wenn Sie es mit einer Ente verglichen hätten, so wäre das Bild durchaus der Schiffahrtskunst gemäß,« sagte die Gouvernante halb ernsthaft, halb lächelnd; »Sie zeigen Anlagen, liebes Kind, zur einstigen Frau eines Seemannes.«

Gertraud errötete ein wenig, und wie sie den Kopf umwandte, um ihrer Gouvernante in demselben scherzhaften Tone zu antworten, begegnete ihr Auge dem auf sie gehefteten Blicke Wilders. Nun wuchs das sanfte Erröten zum Hochrot, und sie verstummte; der große Strohhut, den sie auf hatte, diente dazu, ihr Gesicht und die Verwirrung zu verbergen, die sich so deutlich darauf malte.

»Sie antworten ja nicht, Kind, als überlegten Sie ernsthaft, was kommen könnte«, fuhr Mistreß Wyllys fort, deren nachdenkender, abwesender Blick jedoch hinlänglich bewies, daß sie kaum wußte, was sie gesprochen hatte.

»Die See ist ein zu unstetes Element für meinen Geschmack«, erwiderte Gertraud kalt. »Sagen Sie mir doch, liebe Wyllys, ist das Schiff, dem wir uns nähern, ein königliches Schiff? Es sieht so kriegerisch aus, ja fast drohend.«

»Der Lotse hat es schon zweimal einen Sklavenhändler genannt.«

»Ein Sklavenhändler! Wie trügerisch ist dann seine Schönheit und sein Ebenmaß! Nie will ich dem Scheine wieder trauen, da ein so hübscher Gegenstand zu einem so abscheulichen Zwecke gebraucht werden kann.«

»Jawohl, trügerisch!« rief Wilder mit einer ebenso unwiderstehlichen als unwillkürlichen Bewegung laut aus. »Ich wage es, zu behaupten, daß auf dem ganzen Ozean kein Schiff treibt, das so verräterisch wäre, wie dort der symmetrische, bewunderungswürdig ausgerüstete ...«

»Sklavenhändler!« fügte Mistreß Wyllys hinzu, die nun Zeit gehabt hatte, sich umzuwenden und ihr ganzes Erstaunen durch ihre Blicke auszudrücken, bis der junge Mann in der Mitte seines Satzes stockte.

»Sklavenhändler!« wiederholte er mir Nachdruck, indem er zugleich eine Verbeugung machte, als wollte er ihr für das Wort danken. Nach dieser Unterbrechung folgte eine tiefe Stille. Mistreß Wyllys prüfte einen Augenblick die bewegten Züge des Jünglings mit einem Gesicht, das eine besondere, obgleich nicht ungemischte Teilnahme ausdrückte, dann ließ sie den Blick aufs Meer fallen, in tiefen, wo nicht schmerzlichen Betrachtungen versunken.

Auch Gertraud, obgleich ihre sylphenhafte, in den zartesten Umrissen gezeichnete Gestalt noch gegen die Galerie lehnte, hatte ihr vom Hut beschattetes Köpfchen abgewender, so daß sich Wilder vergebens bestrebte, noch einen Blick zu erhaschen. Inzwischen nahte die Stunde, wo Dinge vorfallen sollten, die geeignet waren, ihn selbst von seiner so angenehmen Beschäftigung abzuziehen und ganz in Anspruch zu nehmen.

Das Schiff war jetzt zwischen der kleinen Insel und dem Punkte hindurch, wo Homespun eingeschifft worden war, so daß es nun den inneren Hafen vollkommen klariert hatte. Schnurgerade dem Schiffe im Wege lag der Sklavenhändler dort, und jedermann war in der größten Spannung, um zu sehen, ob es noch möglich wäre, auf der Windseite vorbeizukommen. Wünschenswert war es, teils weil ein Seemann stolz darauf ist, jeden Gegenstand, der ihm begegnet, an der Ehrenseite zu passieren, teils und vorzüglich, weil die Lage des fremden Schiffes von der Art war, daß man, wenn bei seiner Windseite passiert werden konnte, nicht eher zu wenden brauchte, als bis zu dieser Bewegung ein vorteilhafterer Punkt als der gegenwärtige erreicht sein würde. Unsere Leser werden indessen leicht begreifen, daß die Spannung des neuen Kommandeurs der Carolina aus ganz anderen Gefühlen als bloßem Kunststolz oder Liebe zur Bequemlichkeit entsprang.

In jedem Nerv fühlte Wilder die Wahrscheinlichkeit, daß es nun zu einer Entscheidung kommen werde. Man erwäge wohl, daß ihm die unmittelbaren Absichten des Rover völlig unbekannt waren. Das Fort war keineswegs in d e m Zustand, der letzteren hätte verhindern können, seine Beute im Angesicht der Stadtbewohner aufzubringen, und sie, deren schwachen Verteidigungsmitteln zum Hohn mit sich fortzuführen. Auch war die Stellung, in der sich beide Schiffe zueinander verhielten, einem solchen Unternehmen nichts weniger als ungünstig. Unvorbereitet und verdachtlos mußte ihm die Carolina, die sich überhaupt nicht mit einem so mächtigen Gegner messen konnte, ohne Mühe als Opfer fallen. Nur sehr wenig Aussicht war vorhanden, daß der Pirat mit seiner Prise nicht sollte weit genug absegeln können, um jeden Schuß von der Batterie wirkungslos, wo nicht vollkommen unschädlich zu machen. Überdies mußte das Wilde und Verwegene eines solchen Unternehmens für den verzweifelten Freibeuter, seinem Rufe nach zu urteilen, sogar etwas Verlockendes haben, so daß die Tat einzig von seiner zufälligen Stimmung abzuhängen schien.

Unter diesen Eindrücken, und mit der Aussicht einer baldigen Endschaft seines nagelneuen Kommandos, darf es wohl nicht wundernehmen, daß unser Abenteurer dem Ausgang mit weit größerer Gespanntheit entgegensah, als irgend jemand in seiner Umgebung. Er erstieg die Kühl des Schiffes und strengte sich an, den Plan seiner geheimen Verbündeten mittelst eines der Zeichen, womit Seefahrer so vertraut sind, durchschauen zu können. Allein es ließ sich in dem angeblichen Sklavenschiff auch nicht die mindeste Andeutung erspähen, daß es abzusegeln oder irgendwie seine Stellung zu ändern beabsichtige. Da lag es in derselben tiefen, schönen aber verratbrütenden Ruhe, in der es während des ganzen ereignisreichen Morgens gelegen hatte. In dem ganzen Labyrinth seines Tauwerks, längs dem weiten Bereich seiner Spierstangen, war nicht mehr als eine einsame Figur zu entdecken. Diese war ein Matrose, der auf dem einen Ende eines der unteren Rahen saß, wo er sich, wie das bei großen Schiffen beständig nötig ist, mit der Ausbesserung der Kardeelen zu beschäftigen und auf sonst nichts zu achten schien. Da der Mann auf der Windseite seines Schiffes saß, so durchzuckte Wilder die Idee, daß er dorthin postiert wäre, damit er in die Takelage der Carolina nötigenfalls einen Fanghaken werfe, um die Schiffe aufeinander treiben zu machen. Einer solchen unsanften Bewegung auszuweichen, beschloß er rasch den Plan zu hintertreiben. Er rief dem Lotsen zu, daß der Versuch bei der Windseite zu passieren von sehr zweifelhaftem Erfolg wäre, und stellte ihm vor, das sicherste sei wohl, bei der Leeseite vorüberzufahren.

»Fürchten Sie nichts, Kapitän, fürchten Sie nichts«, erwiderte der eigensinnige Leiter des Schiffes, der wegen der kurzen Dauer seiner Herrschaft nur desto entschlossener war, sie ohne Einschränkung auszuüben, und dem Usurpator eines Thrones gleich, voll Eifersucht gegen die mehr berechtigte Macht, die er gestürzt hat. »Lassen Sie mich nur machen, Kapitän! Ich bin schon öfter über diesen Boden getrollt, als Sie die See durchschnitten haben, und kann Ihnen die Namen der Felsen auf dem Grunde bei den Fingern herzählen, wie der Stadtbüttel die Straßen von Newport. Luv, Junge! Laß das Schiff gerade in den Wind reinsegeln, luv! soviel du kannst.«

»Ihr seht, Herr,« sagte Wilder ernst, »das Schiff zittert in allen Rippen, Wenn Ihr uns auf den Sklavenhändler treibt, wer zahlt die Zeche?«

»Ich habe Kaution für alles gestellt,« erwiderte der eingebildete Lotse; »meine Frau soll Euch jedes Loch, das ich in Eure Segel bringe, mit einer Nadel zusammennähen, nicht dicker als ein Haar und einem Platen, nicht größer, als der Fingerhut einer Fee.«

»Das klingt recht schön, aber Ihr könnt ja schon jetzt das Schiff nicht mehr regieren, und ehe Ihr noch mit Euern Prahlereien zu

Ende seid, liegt es gefesselt wie ein verurteilter Dieb. Nicht höher mit den Segeln da, nicht höher damit. Junge!«

»Jawohl, nicht höher«, wiederholte nun auch der Lotse, der jetzt, da die Schwierigkeit, die Windseite zu passieren, mit jeder Sekunde wuchs, in seinem Entschlüsse zu wanken anfing. »Halt' die Segel voll und dicht bei Wind – ich hab's ja immer gesagt: voll und dicht bei Wind. – Es kann sein, Kapitän, da der Wind etwas konträr geworden ist, daß wir doch noch auf die Leeseite müssen: wenn das aber ist, so müssen Sie zugeben, daß wir werden wenden müssen.«

Eigentlich war aber erstlich, gerade jetzt der Wind, obgleich etwas schwächer als vorher, nichts weniger als konträr, im Gegenteil um eine Kleinigkeit günstiger geworden, und zweitens war es Wildern nie beigekommen zu leugnen, daß das Schiff, wenn es die Leeseite des andern nähme, einige und zwanzig Minuten früher würde wenden müssen, als in dem Fall, wenn ihnen der schwierige Versuch, auf der Ehrenseite zu passieren, gelingen sollte. Allein, je gemeiner eine Seele ist, desto schwerer kommt es ihr an, begangene Fehler einzugestehen, daher suchte der überführte Lotse sein notgedrungenes Nachgeben auf diese Weise zu bemänteln, um die Meinung nicht zu verringern, die die Mannschaft von seinem Scharfsinn haben mochte.

»Aus dem Wind mit dem Schiffe!« schrie Wilder, der nachgerade anfing, aus dem Ton der Vorstellung in den des Befehls überzugehen; »aus dem Winde, Herr, solang' es noch geht, oder beim ...« Seine Lippen wurden hier regungslos, denn sein Blick fiel auf das blasse, sprechende und ängstliche Antlitz Gertrauds.

»Es wird wohl geschehen müssen, da der Wind einmal geschralt hat. Laß fallen vorm Wind, Junge ... nimm die Richtung nach dem Spiegel des Schiffes dort vor Anker! ... Halt! ... wieder nach der Luvseite hin! Rein in den Wind, bis ins Mark rein! ... in die Höhe mit den Segeln ... leichte Segel in die Höhe! Das fremde Schiff hat uns ja ein Ankerseil quer übers Kielwasser geworfen! Wenn noch Gesetz in den Plantagen ist, soll mir sein Kapitän dies vor Gericht verantworten.«

»Was will der Mensch?« fragte Wilder, sich rasch auf eine Kanone schwingend, um besser sehen zu können. Sein Gehilfe zeigte nach der Leeseite des andern Schiffes, wo man nur zu deutlich sehen konnte, wie ein langes Tau das Wasser peitschte, gerade als wenn man eben mit dem Ausspannen beschäftigt wäre. Die Wahrheit durchblitzte nun das Gemüt unseres jungen Seemanns. Der Pirat lag vor Anker mit einem heimlichen Spring auf dem Kapel, wahrscheinlich um nötigenfalls die Geschützseite seines Schiffes desto leichter nach der Batterie richten zu können, und nun bediente er sich dieses Springtaues, um dem Kauffahrteischiff die Leeseite abzuschneiden. Die Offiziere auf der Carolina waren nicht wenig über diese Vorkehrung befremdet und stießen nicht wenig Verwünschungen aus, obgleich niemand außer dem Kommandeur nur im entferntesten die eigentliche Ursache ahnen konnte, warum der Wurfanker so gelegt und ein Sperrtau so zur Unzeit quer über den Pfad gestreckt wurde. Einen gab es indessen auf dem Schiff, der sich über den Umstand freute, und das war der Lotse. Er hatte nämlich das Schiff in eine solche Lage gebracht, daß es ebenso schwierig war, auf der einen, wie auf der andern Seite vorwärts zu segeln; und es fehlte ihm nun nicht an einem hinlänglichen Grund zur Rechtfertigung, wenn sich bei dem höchst mißlichen und nunmehr unvermeidlich gewordenen Manöver ein Unfall ereignen sollte.

»Das ist eine außerordentliche Frechheit am Eingang eines Hafens«, brummte Wilder vor sich hin, als er sich durch den Augenschein von der Wirklichkeit überzeugt hatte. »Ihr müßt das Schiff bei der Windseite vorbeiführen, Lotse; es bleibt nichts anderes übrig.«

»Ich wasche meine Hände in Unschuld, was auch folgen möge, und rufe alle am Bord zu Zeugen auf«, erwiderte der Lotse mit der Miene eines tiefbeleidigten Mannes, obgleich er innerlich frohlockte, daß er dieselbe Maßregel, die er vor einer Minute hartnäckig durchsetzen wollte, notgedrungen wieder ergreifen mußte. »Die Gerechtigkeit muß sich dreinlegen, wenn's jetzt zerbrochene Stangen und zerzauste Takelage gibt. Luv auf ein Haar, Junge: luv kurz in den Wind und versuch' eine halbe Wendung!«

Der Mann am Steuer gehorchte dem Befehl, ließ die Spaken fahren, so daß das Steuerrad einen schnellen Umschwung machte. Das Schiff, von neuem durch den Wind getrieben, drehte sich schwerfällig mit dem Vorderteil nach der Seite, von der es gekommen war, während die Massen von Leinwand oben ein Geflatter machten, wie ein eben auffliegendes Volk Wasservögel. Allein kaum war es mit dem Steuer wieder in einer Richtung, so fiel es vom Winde ab wie vorher, kraftlos, weil es seinen Pfad verloren hatte, und quer auf den vermeinten Sklavenhändler hintreibend, mit einem Winde, der gerade jetzt, in dem bedenklichen Moment, wo seine vollste Gewalt höchst wünschenswert war, um vieles nachgelassen hatte.

Die Lage der Carolina war eine solche, die ein Seemann leicht begreifen wird. Durch Beisetzung vieler Segel hatte sie sich weit genug nach vorne hingearbeitet, daß sie gerade auf der Windseite des fremden Schiffes lag, allein zu nahe, um nur im mindesten vom Winde abfallen zu können, ohne die höchste Gefahr, auf den Sklavenhändler zu stoßen. Der Wind war unbeständig, bald in leichten Stößen blasend, bald wieder still und lauernd. Bei jedem Stoße beugten sich die hohen Masten zierlich nach dem Sklavenhändler zu, als wollten sie ihm Lebewohl sagen, doch kaum ließ der augenblickliche Druck nach, so rollte das Schiff schwerfällig nach der Windseite hin, ohne einen Fuß weiterzukommen. Indessen bewirkte jeder solcher Wechsel eine wachsende Annäherung an den gefährlichen Nachbar, so daß es jetzt dem unerfahrensten Seemann im Schiffe klar sein mußte, daß nichts als ein schnelles Wenden des Windes das Schiff in den Stand setzen konnte, gerade vorbeizusegeln, zumal da die Flut eben vom Meere hereinzukommen schien.

Da die untergeordneten Offiziere der Carolina mit ihren Bemerkungen über die Dummheit, die sie in eine so unbehilfliche und demütigende Lage gebracht hatte, nicht sparsam waren, so versuchte der Lotse seinen Verdruß hinter zahllosen und lärmenden Befehlen zu verbergen. Vom Schreien ging er bald zur Verwirrung über, bis die Mannschaft müßig dastand und nicht wußte, was von den schwankenden und sich widersprechenden Kommandos sie zuerst ausführen sollte. Inzwischen stand Wilder neben seinen weiblichen Passagieren mit verschränkten Armen und scheinbar vollkommen gleichgültig. Mistreß Wyllys studierte emsig seine Blicke, um sich durch deren Ausdruck über die Beschaffenheit und Größe der Gefahr Gewißheit zu verschaffen, sollte überhaupt Gefahr darin sein, wenn ein Schiff, sich auf spiegelflachem Wasser fast unmerklich vorwärtsbewegend, endlich auf ein anderes stößt, das ruhig vor Anker liegt. Die düstere und unbewegliche Wolke, die sich auf seiner Stirn zusammenzog, gab ihr eine Unruhe, die sie sonst, da der

Anschein von großer Gefahr nicht sehr lebendig war, nicht gefühlt haben würde.

»Ist wirklich Gefahr da, mein Herr?« fragte die Gouvernante, indem sie ihre eigenen Besorgnisse vor Gertraud zu verbergen strebte.

»Ich sagte Ihnen, Madame, es würde sich ausweisen, daß die Carolina ein unglückbringend Schiff ist.«

Beide Damen betrachteten das eigentümliche bittere Lächeln, womit Wilder diese Erwiderung machte, als ein schlimmes Zeichen, und Gertraud schmiegte sich an ihre Reisegefährtin, auf die sie längst gewohnt war, sich kindlich vertrauend zu stützen.

»Warum lassen sich die Matrosen des Sklavenschiffs nicht sehen, um uns beizustehen, um abzuwehren, daß wir nicht zu nahe kommen?« fragte sie ängstlich.

»Jawohl, warum nicht! Doch wir werden sie, denk' ich, bald genug zu sehen bekommen.«

»Nach Ihren Reden und Blicken zu urteilen, junger Mann, halten Sie dies Sehen für gefahrvoll!«

»Bleiben Sie an meiner Seite«, erwiderte Wilder mit halbunterdrückten Worten. »Auf jeden Fall bleiben Sie mir so nahe als möglich zur Seite.«

»Den kleinen Leesegelbaum windwärts angeholt!« schrie der Lotse; »laßt die Boote hinab und zieht das Schiff beim Vorderteil rum ... Tau vom Wurfanker los ... Klüversegel angeholt ... große Segeltaue wieder zugesetzt!«

Die erstaunten Leute standen da wie Bildsäulen, nicht wissend, wohin zuerst, indem einige einen Befehl kaum weiter gefördert hatten, als andere schon wieder ein entgegengesetztes Kommandowort riefen. Da ertönte eine achtunggebietende, ruhige Stimme: »Schweigt im Schiff!« Die Töne waren von jener Art, die die vollkommene Besonnenheit des Sprechers bekunden und daher den Untergeordneten stets viel von der Zuversicht des Befehlenden mitteilen. Jedes Ohr richtete sich nach der Seite hin, woher der Ton kam, als wollte ein jeder den nun zu folgenden Befehl zuerst auffangen. Wilder stand auf dem Gangspill, von wo aus er nach jeder Seite hin sehen konnte, und es bedurfte nur eines einzigen Kennerblicks, um ihn über die Lage des Schiffs genau zu unterrichten. Dann haftete sein ängstlicher Blick an dem Sklavenschiff, als wollte er die verratschwangere Stille, die dort noch immer herrschte, durchdringen, um zu erkennen, wieweit man ihm erlauben würde, seinem Schiffe nützlich zu sein. Allein das fremde Fahrzeug lag bewegungslos wie auf das Wasser hingezaubert; im ganzen Bereich seines künstlich verschränkten Baues war auch nicht eine menschliche Gestalt sichtbar, ausgenommen der schon erwähnte Matrose, der seine Arbeit noch immer emsig fortsetzte, so ruhig, als ob die Carolina hundert Meilen weit von dem Orte entfernt wäre, wo er saß. Wilders Lippen bewegten sich, ob aus innerem Unmut, ob aus Freude, war nicht zu verkennen, denn ein höchst zweideutiges Lächeln hellte seine Gesichtszüge auf, als er in der vorherigen tiefen gebieterischen Stimme fortfuhr: »Legt alle Segel flatt gegen die Masten, vorn und hinten!«

»Jawohl!« wiederholte der Lotse wie ein Echo, »alles flatt gegen die Masten.«

»Ist keine Schluppe an Bord des Schiffes?« fragte unser Abenteurer. Ein Dutzend Stimmen antwortete bejahend. »Werft den Lotsen dort hinein.«

»Dies ist eine gesetzwidrige Order,« schrie dieser, »und ich verbiete es, irgendeinem Kommando, außer dem meinigen, zu gehorchen.«

» W e r f t ihn hinein!« wiederholte Wilder strenge.

Bei dem Geklatter, das das Umbrassen der Rahen verursachte, erregte der Widerstand des Lotsen wenig oder gar kein besonderes Aufsehen. Die nervigen Arme zweier Matrosen hoben ihn, trotz seinem Sträuben, das sich in den sonderbarsten Bewegungen seiner Glieder äußerte, leicht in die Höhe und warfen ihn dann ins Boot mit ebensowenig Umständen, als wäre er ein Klotz gewesen. Das andere Ende der Fangleine wurde ihm nachgeworfen, und so überließ man den besiegten Wegweiser höchst gleichgültig seinen eigenen erbaulichen Betrachtungen.

Inzwischen war der Befehl Wilders ausgeführt; die ungeheuren Segeltücher, die noch vor einem Augenblick teils in der Luft flatterten, teils sich bald ein- bald auswärts füllten, preßten nun alle gegen ihre Masten und nötigten das Schiff, seinen irrtümlich genommenen Weg wieder zurückzumessen. Das Manöver war von der Art, daß es nur die ungeteilteste Aufmerksamkeit und eine selbst das Geringfügigste berücksichtigende Pünktlichkeit glücklich ausführen konnte. Allein der junge Befehlshaber war seiner Aufgabe ganz gewachsen. Hier schob sich ein Segel; dort wurde ein anderes flacher dem Winde zugekehrt; bald sah man die leichteren Segeltücher flattern; bald waren sie wie ein durchsichtiger Nebel, der plötzlich von der Sonne zerstreut wird, wieder verschwunden. Gebieterisch und doch ruhig erklang die Stimme Wilders während der ganzen Szene. Das Schiff selber schien einem belebten Wesen gleich, sich bewußt, daß sein Schicksal nun anderen und geschickteren Händen als vorher anvertraut sei. Gehorsam der neuen Wendung rollte dies unermeßliche Gewölk von Leinwand mit seinem ganzen hohen Wald von Spieren und Tauwerk zuerst hin und her; bald aber war die bisherige Untätigkeit des Schiffes überwunden, und dem Drucke nachgebend trat es den beabsichtigten Rückweg an.

Während der ganzen Zeit, die erforderlich war, um die Carolina aus ihrer mißlichen Stellung zu bringen, war Wilders Aufmerksamkeit zwischen seinem eigenen Schiffe und seinem rätselhaften Nachbar geteilt, dessen imposante, totenähnliche Stille auch nicht durch einen Laut unterbrochen wurde. Kein Menschenantlitz, ja kein einziges lauerndes Auge konnte man in irgendeinem der zahlreichen Luglöcher entdecken, durch die die Mannschaft eines bewaffneten Schiffs auf die See blicken kann. Der Matrose oben auf der Rahe setzte seine Arbeit fort, wie einer, für den alle Gegenstände außer ihm so gut wie nicht da sind. Jedoch machte jetzt das Schiff langsam und fast unbemerklich eine Bewegung, die der trägen Wendung eines schlafenden Walfisches ähnlich, mehr die Folge bewußtloser Willkür, als einer durch Menschenhände bewirkten Tätigkeit zu sein schien.

Aber nicht die geringste dieser Veränderungen entging der scharfen und kennermäßigen Prüfung Wilders. Er sah, wie sich die Seite des Sklavenschiffes nach und nach, sowie sich sein Schiff zurückzuziehen begann, ihm gleichfalls zukehrte. Unaufhörlich klafften die Kanonenrachen des fremden Schiffes auf das seinige, so wie das Auge des lauernden Tigers die Bewegungen seines Opfers verfolgt; und während der Zeit der größten Annäherung beider Schiffe war auch kein Augenblick, wo nicht eine volle Ladung des erstern das ganze Verdeck des letztern hätte bestreichen können. Bei jedem Befehl wandte unser Abenteurer sein Auge mir steigender Spannung seitwärts, um zu sehen, ob man ihm die Ausführung vergönnen werde; nicht eher fühlte er sich überzeugt, daß das Schiff wirklich von seinem alleinigen Befehl geleitet werde, als bis er sah, daß es sich aus seiner gefährlichen Nachbarschaft zu entfernen und der neuen Richtung der Segel folgend, von dem leichten Winde abzufallen begann und einer Stelle zusteuerte, wo er es nach Belieben handhaben konnte. Hier angelangt, fand er, daß der Strom ungünstig und der Wind zu leicht war, um mit dem Vorsteven davor liegen zu bleiben; daher wurden die Segel an ihren Rahen in Festons zusammengezogen und ein Anker auf den Grund hinabgelassen.

Dreizehntes Kapitel.

Die Carolina lag nun innerhalb einer Kabellänge von dem vermeintlichen Sklavenhändler. Wilder hatte dadurch, daß er dem Lotsen den Laufpaß gegeben hatte, eine Verantwortlichkeit übernommen, vor der ein Seemann zurückzuschrecken pflegt, indem er nicht nur die ganze Summe, zu der das Schiff versichert ist, zahlen muß, falls sich beim Klarieren des Hafens ein Unglück ereignen sollte, sondern sich noch sonstigen Strafen aussetzt. Wievielen Einfluß bei Wilder aber auch das Bewußtsein, daß er außer oder über dem Bereich des Gesetzes stehe, auf seine entschiedene Handlungsweise gehabt haben mochte, jedenfalls war die einzige unmittelbare Wirkung seines Schrittes die, daß seine Aufmerksamkeit, die sich vorher zwischen seinen weiblichen Passagieren und dem Schiffe teilte, nun ganz der Leitung des letzteren zugewandt wurde. Kaum indessen hatte er sein Fahrzeug, auf eine Zeitlang wenigstens, in Sicherheit gebracht, kaum waren seine Besorgnisse eines bevorstehenden, heftigen Auftrittes beschwichtigt, so fand er auch schon Muße zu seiner frühern, obgleich (für einen so ausgemachten Seefahrer) kaum angenehmeren Beschäftigung. Der glückliche Erfolg seines schwierigen Manövers gab seinem Antlitze eine Glut wie nach einem errungenen Triumph; und als er sich Frau Wyllys und Gertraud näherte, verriet sein Schritt jenen Stolz, den das Bewußtsein dem Manne gibt, wenn er sich durch Anwendung von großer Sachkenntnis aus einer bedenklichen Lage zu ziehen verstand. Wenigstens las die erstere der beiden Damen alles dieses in seinem flammenden Auge, in seiner triumphierenden Miene; möglich, daß die letztere geneigt war, seine inneren Regungen nachsichtiger zu beurteilen. Von den geheimen Gründen seines Frohlockens ahnte wahrscheinlich weder die eine noch die andere das Geringste; und es ist wohl möglich, daß ein weit edleres Gefühl, als beide vermuten konnten, auf seine freudige Stimmung Einfluß hatte.

Dem mag aber sein, wie ihm wolle, sobald Wilder sah, daß die Carolina ruhig vor ihrem Anker spielte, mithin seine Dienste nicht unmittelbar vonnöten waren, so suchte er Gelegenheit, ein Gespräch wieder anzuknüpfen, das bisher wegen der vielen Unterbrechungen noch immer arm an Gehalt bleiben mußte. Mistreß Wyllys war lange unverrückten Blickes im Anschauen des fremden Schiffes versunken; erst als ihr der junge Seemann ganz nahe stand, wandte sie von dem regungslosen und schweigsamen Gegenstand das Auge auf ihn und begann das Gespräch:

»Das Schiff dort«, rief sie mit einem Tone des Erstaunens, »muß eine außerordentliche, oder eine der Empfindung unfähige Mannschaft in sich schließen. Man wäre leicht versucht, es für ein gespenstisches Schiff zu halten, wenn es dergleichen gäbe.«

»Es ist in der Tat ein wunderbar ebenmäßiges und schön ausgerüstetes Kauffahrteischiff.«

»Trogen mich meine Besorgnisse? oder war wirklich Gefahr vorhanden, daß die beiden Schiffe aufeinander trieben?«

»Es war allerdings Grund zu einiger Besorgnis da: indes, Sie sehen, wir sind geborgen ...«

»Was wir Ihrer Geschicklichkeit zu verdanken haben. Die Art, wie Sie uns eben aus der Gefahr befreiten, widerspricht geradezu allem, was Sie von dem uns Bevorstehenden vorauszusagen beliebten.«

»Ich weiß wohl, Madame, daß mein Betragen ungünstig ausgelegt werden kann, jedoch ...«

»Dachten Sie, es könne nicht schaden, sich über die Schwachheit leichtgläubiger Frauen zu belustigen«, vollendete lächelnd Frau Wyllys. »Gut, Sie haben Ihren Scherz genossen, und werden jetzt hoffentlich geneigter sein, das, was eine natürliche Schwäche in dem weiblichen Gemüt sein soll, zu bemitleiden.«

Bei diesen letzteren Worten richtete sie den Blick auf Gertraud, mit einem Ausdruck, der zu sagen schien: Es würde grausam sein, wenn er noch jetzt mit der Furcht eines so jungen, unschuldigen Wesens sein Spiel forttreiben wollte. Sein Blick folgte dem ihrigen, und als er antwortete, geschah es mit einer Aufrichtigkeit, die wohl geeignet war, Überzeugung einzuflößen.

»Bei der Wahrhaftigkeit, die ein Mann von Erziehung Ihrem ganzen Geschlechte schuldig ist, Madame, was ich Ihnen gesagt habe, ist noch immer mein Glaube.«

»Wie, die Wuhlingen und die großen Brammasten!«

»Nein, nein,« unterbrach der junge Seemann lachend und stark errötend zugleich, »vielleicht das alles nicht. Aber hätte ich Mutter, Weib oder Schwester, sie sollten diese Fahrt in der Royal Carolina mit meiner Zustimmung nicht machen.«

»Ihr Blick, Ihre Stimme und Ihre treuherzige Miene stehen in seltsamem Widerspruch mit dem, was Sie sagen, junger Mann; denn während die ersteren mich versuchen, Sie für aufrichtig zu halten, finde ich in ihrer Aussage doch auch keinen Schatten von Grund oder Haltbarkeit. Ich gestehe, obgleich ich mich der Schwäche schämen sollte, die geheimnisvolle ewige Unbedenklichkeit, die in dem Schiffe dort herrscht, hat mich mit einer unerklärlichen Unruhe erfüllt, was wohl mit dem Treiben darin irgendwie zusammenhängen mag. Wissen Sie denn gewiß, daß es ein Sklavenhändler ist?«

»Wenigstens ist es gewiß ein schönes Schiff!« rief Gertraud.

»Ein sehr schönes!« stimmte Wilder mit Ernst ein.

»Auf einer der Rahen sitzt ein Mann, dem seine Beschäftigung für alles andere das Bewußtsein geraubt zu haben scheint«, fuhr Mistreß Wyllys fort, indem sie gedankenvoll das Kinn auf die Hand stützte und auf den Matrosen hinschaute. »Auch nicht ein einziges Mal während der ganzen Zeit, wo wir in so großer Gefahr waren, aufeinanderzutreiben, würdigte uns dieser Matrose auch nur eines verstohlenen Blickes.«

»Seine Kameraden schlafen vielleicht«, sagte Gertraud.

»Schlafen! Matrosen schlafen nicht zu einer solchen Stunde, an einem solchen Tage! Sagen Sie uns, Herr Wilder (Sie als Seemann müssen es ja wissen), pflegt eine Schiffsmannschaft zu schlafen, wenn ein fremdes Fahrzeug bis zur Berührung nahe ist?«

»Nein.«

»Ich konnte es mir wohl denken; denn ganz uneingeweiht in Gegenstände Ihres verwegenen, Ihres kühnen, Ihres edlen Gewerbes bin ich eben nicht!« erwiderte die Gouvernante mit vielem Nachdruck. »Und wie, wenn wir wirklich auf das Sklavenschiff gestoßen hätten, glauben Sie, die Mannschaft dort würde in ihrer Regungslosigkeit verharrt sein?«

»Ich glaube nicht, Madame.«

»In dieser ganzen angenommenen Ruhe ist ein Etwas, was einen wohl verleiten könnte, den ärgsten Verdacht von dem Treiben dieses Schiffes zu fassen. Weiß man, ob einige von der Mannschaft mit der Stadt verkehrten, während es dort vor Anker lag?«

»Ja.«

»Ich habe mir sagen lassen, daß falsche Flaggen von der Küste gesehen, und daß im letzten Sommer Schiffe geplündert und ihre Mannschaft und Passagiere mißhandelt wurden. Man glaubt sogar, der berühmte Rover sei seiner Exzesse in der spanischen See müde geworden: man hält ein Schiff, das vor kurzem in der Karaibischen See gesehen wurde, für den Kreuzer jenes verzweifelten Freibeuters.« Wilder erwiderte nichts hierauf. Er hatte bis jetzt die Sprechende fest, obgleich ehrerbietig angesehen, allein nun ließ er den Blick aufs Verdeck sinken und schien ruhig zu warten, bis es ihr gefallen würde, ihre Rede fortzusetzen. Die Gouvernante sann eine Sekunde, und mit verändertem Ausdruck im Gesichte, der zu erkennen gab, daß ihre Vermutung von der Wahrheit doch zu leicht war, um sich ohne weitere Bestätigung in ihr festzusetzen, fuhr sie fort:

»Genau genommen ist das Geschäft eines Sklavenhändlers arg genug und unglücklicherweise jenem Schiffe nur zu ähnlich, um ihm einen noch schlimmern Charakter beizulegen. – Könnte ich doch den Grund Ihrer befremdenden Behauptungen erfahren, Herr Wilder?«

»Ich bin nicht imstande, ihn deutlich zu machen, Madame; wenn mein Wesen Sie nicht überzeugt, so schlagen meine Absichten, die wenigstens das Verdienst der Aufrichtigkeit haben, durchaus fehl.«

»Ist denn das Wagnis durch Ihre Gegenwart nicht verringert?«

»Verringert wohl, aber immer ein Wagnis.«

Bis jetzt schien Gertraud eher eine willkürliche Zuhörerin als eine Teilnehmerin des Gespräches gewesen zu sein, doch jetzt wandte sie sich rasch und nicht ganz ohne Ungeduld gegen Wilder und fragte mit glühender Wange und einem Lächeln, das wohl einen eigensinnigeren Mann zum Geständnis hätte bewegen können: » D ü r f e n Sie denn nicht ausführlicher sprechen?«

Der junge Befehlshaber zauderte, vielleicht ebensosehr, um den Blick auf den treuherzigen Zügen der Sprecherin weilen zu lassen, als um sich zu einer Antwort zu entschließen. Seine gebräunte Wange wurde röter und röter, und sein Auge verriet inneres Wohlbehagen: endlich, als ob er sich plötzlich besänne, daß er eine zu lange Pause gemacht habe, sagte er:

»Ich bin gewiß, daß ich nichts wage, indem ich mich auf Ihre Verschwiegenheit verlasse.«

»Zweifeln Sie nicht daran,« erwiderte Frau Wyllys, »Sie sollen nicht verraten werden, es mag kommen, was da will.«

»Verraten? Für meine Person, Madame, befürchte ich wenig. Wenn Sie glauben, daß mich persönliche Rücksicht bestimmt, so tun Sie mir sehr großes Unrecht.«

»Wir trauen Ihnen nichts zu, was Ihrer unwürdig wäre,« sagte Gertraud hastig, »allein wir stehen unsertwegen in großer Besorgnis.«

»So will ich Sie denn davon befreien, wenn auch auf Kosten mei ...«

Hier unterbrach ihn der Ruf eines Schiffsgehilfen an einen andern und leitete seine Aufmerksamkeit auf das naheliegende Schiff. »Die Leute im Sklavenschiff haben just ausfindig gemacht, daß ihr Schiff nicht gemacht sei, um unter Glas gestellt und von Weibern und Kindern begafft zu werden«, rief der eine, laut genug, daß ihn der andere, der im Vormars beschäftigt war, deutlich verstehen konnte.

»Ganz recht,« war die Antwort, »er sieht, daß wir munter sind, der Kerl dort, und das erinnert ihn, daß er sich selber auf die Beine machen muß. Halten sie nicht Wache am Bord des Wichtes, wie die Sonne in Grönland; sechs Monate über dem Verdeck und sechs Monate drunter?«

Der komische Vergleich erregte, wie gewöhnlich, ein helles Gelächter unter den Matrosen, die in diesem Tone, doch aus Respekt gegen ihre Oberen, etwas leiser ihre witzigen Ausfälle fortsetzten.

Wilders Augen aber hatten sich an das andere Schiff geheftet. Der Mann, der solange auf der Kante der großen Rahe gesessen hatte, war verschwunden, und ein anderer Matrose schritt bedachtsam längs der entgegengesetzten Seite derselben Spiere, mit der einen Hand sich am Baum festhaltend, während er in der andern das Ende eines Taues hielt, das er im Begriff schien, da, wo es hingehörte, einzureffen. Gleich beim ersten Blick erkannte Wilder seinen Fid in ihm, der sich von seinem Rausch erholt hatte, so daß er auf der schwindeligen Höhe mit ebenso großer, vielleicht mit noch größerer Sicherheit ging, als er auf festem Boden, wenn ihn seine Pflicht herabgerufen hätte, nur immer hätte einherschlendern können. Das Antlitz des Jünglings, das vor einem Augenblick noch voll freudiger Erregung glühte, und dessen Glanz auf die Freude zurückschließen ließ, die ihm das sich erschließende Vertrauen machte, dies Antlitz umwölkte nun düsterer Verdruß und Zurückhaltung. Mistreß Wyllys, der die geringste Schattierung in dem wechselnden Ausdruck seines Gesichtes nicht entgangen war, nahm das Gespräch mit einer gewissen Angelegentlichkeit wieder auf, da wo er es so kurz abgebrochen hatte.

»Sie wollten uns von unserer Unruhe befreien,« sagte sie, »auf Kosten Ihres ...«

»Lebens, Madame, aber nicht auf Kosten der Ehre.«

»Gertraud, lassen Sie uns in die Kajüte gehen«, sagte Mistreß Wyllys mit einer Miene kalten, aus getäuschter Hoffnung und aus Empfindlichkeit gemischten Mißfallens über das Spiel, das, wie sie glaubte, mit ihr getrieben wurde. Gertrauds Auge war ebenfalls abgewendet und drückte nicht weniger Kälte aus, als das ihrer Gouvernante, während der glänzendere Blick fast ebensoviel Empfindlichkeit verriet. Wie sie bei dem stummen Wilder vorübergingen, machten sie eine vornehme Verbeugung und ließen dann unseren Abenteurer allein auf der Schanze stehen.

Während die Mannschaft geschäftig die Taue aufschoß und die sonstigen, auf dem Deck zerstreut umherliegenden Gegenstände aus dem Wege räumte, lehnte ihr junger Befehlshaber sein Haupt auf die Galerie des Spiegels (jenen Teil des Schiffes, den die gute Witwe des Konteradmirals so seltsamerweise mit einem sehr verschiedenen Gegenstand am andern Ende des Schiffes verwechselt hatte), und blieb mehrere Minuten lang in einer Stellung gänzlicher Abwesenheit. Aus diesen Träumen wurde er endlich aufgeschreckt durch einen Ton, dem ähnlich, den das Heben und Fallen eines leichten Ruders hervorbringt. Er glaubte, neue Besuche von der Küste wären im Begriff, ihn zu belästigen, und schaute mürrischen Blickes aus und über die Schiffsseite weg, um zu sehen, wer sich denn nähere.

Ein leichtes Boot von der Gattung, deren sich die Fischerleute in den Baien und seichten Gewässern Amerikas zu bedienen pflegen, lag innerhalb zehn Fuß vom Schiff, und zwar so, daß es einige Mühe kostete, dessen ansichtig zu werden. Nur ein einziger Mann befand sich darin, den Rücken dem Schiffe zugekehrt, und scheinbar das dem Eigentümer eines solchen Fahrzeugs eigentümliche Geschäft treibend.

»Sucht Ihr Ruderfische, mein Freund, daß Ihr so dicht unter meinem Spiegel treibt?«« fragte Wilder. »Die Bai soll ja voll köstlicher Barse und anderer schuppiger Herren sein, die Eure Mühe weit besser lohnen würden.«

»Der ist hinlänglich belohnt, der gerade den Fisch bekommt, nach dem er angelt««, erwiderte der andere, indem er den Kopf umwandle, und das verschmitzte Auge und selbstzufriedene Gesicht des alten Robert Bunt zeigte.

»Wie wagst du es, dich mir in fünf Faden tiefes Wasser anzuvertrauen, nach dem Schurkenstreich, den du für gut fandest ...

»St! edler Kapitän, st!« unterbrach ihn Robert, einen Finger in die Höhe hebend, um des andern Lebhaftigkeit zu dämpfen und anzudeuten, daß ihre Unterredung keine so laute sein dürfe: »mißbraucht nicht den Kommandoruf: ›Überall! Alle zu Hauf!‹ als ob uns die Leute bei unserm Geplauder helfen müßten. Aus welche Weise bin ich auf die Leeseite Eurer Gunst geraten, Kapitän?«

»Auf welche Weise, Kerl! Hast du nicht Geld empfangen, um den Damen eine solche Schilderung von dem Schiffe zu machen, daß sie, ich gebrauche deine eigenen Worte, lieber in einem Kirchhof übernachten würden, als nur einen Fuß an Bord setzen?«

»Es hat sich freilich so was Ähnliches zwischen uns zugetragen, Kapitän; doch Ihr habt die eine Hälfte der Bedingung vergessen, und so hab' ich an die andere Hälfte nicht gedacht, und ich darf einem so erfahrenen Schiffahrer wohl nicht erst sagen, daß zwei

Halbe ein Ganzes machen. Es ist also ganz natürlich, daß die Sache zwischen uns mitten durchgefallen ist.«

»Was? Ist es nicht genug, daß du treulos bist, mußt du auch noch lügen! Welchen Teil meines Versprechens hätte ich nicht gehalten?«

»Welchen Teil?« erwiderte der vermeintliche Fischer, indem er gemächlich eine Leine einzog, die wohl, wie der schnelle Blick Wilders leicht entdeckte, reichlich mit Lot versehen war, aber nicht mit dem ebenso wesentlichen Werkzeuge, dem Widerhaken; »welchen Teil, Kapitän? Keine geringere Kleinigkeit als die zweite Guinee.«

»Sie sollte die Belohnung eines ausgerichteten Dienstes sein, aber nicht, wie ihr Gefährte, ein Aufgeld, um dich zur e r n s t l i c h e n Übernahme des Geschäftes zu bewegen.«

»Ha! Sie haben mir aufs rechte Wort geholfen. Ich dachte die Guinee wäre nicht e r n s t l i c h gemeint, wie die erste, die ich bekam, und so ließ ich denn den Handel halb beendigt.«

»Halb beendigt, Schuft! Du hast nie begonnen, was du zu vollenden so hoch und teuer beschworen hast.«

»Da seid Ihr auf falscher Fahrt, mein Schiffspatron, gerade als wenn Ihr Ostost steuern wolltet, um den Nordpol zu erreichen. Ich habe gewissenhaft die eine Hälfte unseres Übereinkommens ausgeführt; und für eine Hälfte haben Sie nur bezahlt, wie Sie wissen.«

»Es soll dir schwer werden, zu beweisen, daß du auch nur dieses Wenige getan hast.«

»Wollen einmal unser Logbuch darüber zu Rate ziehen. Ich ließ mich dazu anwerben, den Hügel hinaufzugehen bis zum Hause der guten Admiralswitwe und daselbst gewisse Abänderungen, die wir jetzt nicht erst zu nennen brauchen, in meinen Behauptungen zu machen.«

»Und die du nicht gemacht, sondern im Gegenteil dadurch vereitelt hast, daß du eine schnurstracks entgegengesetzte Geschichte erzähltest.«

»Wahr.«

»Wahr, Halunke? Wenn nach Recht mit dir verfahren würde, so sollte die vertrautere Bekanntschaft mit einem Strick deine wohlverdiente Belohnung ausmachen.«

»Hu, welch ein Windstoß von Worten! – Wenn Euer Schiff ebenso in die Kreuz und Quer steuert wie Eure Gedanken, Kapitän, so wird Eure Fahrt nach Süden ziemlich zickzack gehen. Haltet Ihr es für einen alten Mann, wie ich bin, nicht für leichter, ein paar Lügen zu sagen, als jene lange und steile Anhöhe hinanzuklimmen? Streng genommen, hatte ich bereits mehr als meine halbe Obliegenheit erfüllt, als ich bei der gläubigen Witfrau anlangte; und dann beschloß ich, den halben Lohn, den ich noch bekommen sollte, auszuschlagen, um mich lieber von der andern Partei beschenken zu lassen.«

»Niederträchtiger!« schrie Wilder, den der heftige Unwille etwas verblendete, »selbst deine Jahre sollen dich nicht länger vor Strafe schützen. He, da vorne! Bemannt die Schute, Maat, und bringt mir den alten Kerl dort in dem kleinen Boot an Bord des Schiffes. Achtet auf sein Geschrei nicht; das Geschäft, das ich mit ihm abzumachen habe, kann nicht ganz ohne Geräusch ins reine gebracht werden.« Der Schiffsgehilfe, an den dieser Zuruf gerichtet war, und der ihn erwiderte, sprang nun auf die Galerie, wo er das kleine Fahrzeug gewahrte, auf das er Jagd machen sollte. In weniger als einer Minute war er mit noch vier Mann in der Schute und ruderte um das Schiff herum, um auf die Seite zu kommen, wo die Erreichung seines Zweckes möglich war. Der selbstgetaufte Robert Bunt tat einen oder zwei Ruderschläge, und setzte federleicht über die Wogen zwanzig bis dreißig Klafter weg, von wo er gehalten hatte, lachte in sich hinein wie einer, der sich über das Gelingen seiner List freut, ohne im mindesten über die Folgen besorgt zu scheinen. Sobald jedoch nun die Schute hervorkam und sichtbar wurde, legte er sich mit kräftigen Armen ein und überzeugte bald die Zuschauer im Schiffe, daß es einige Mühe kosten würde, ihn einzuholen.

Eine Zeitlang war es zweifelhaft, was für einen Lauf der Flüchtling zu nehmen gedächte; denn er tat nichts, als daß er in schnellen und plötzlichen Wendungen und Kreisen eine geraume Zeit seine Verfolger verwirrte und durch seine geschickten und leichten Evolutionen ihre Anstrengung vereitelte. Doch endlich war er dieser höhnenden Belustigung müde, oder vielleicht auch besorgt, seine Kräfte zu erschöpfen, und im Nu schoß er wie ein Pfeil in gerade Linie dahin, auf den Rover los.

Die Jagd wurde nun heiß und ernst und erregte das Beifallsgeschrei der meisten von den zuschauenden Matrosen. Anfangs schien der Ausgang zweifelhaft; doch gewann endlich die Schute, nachdem sie den Widerstand des Stroms besiegt hatte, dem Boote mehr und mehr Seeraum ab, obgleich sie noch immer eine Strecke dahinter zurückblieb. Allein es dauerte keine drei Minuten, so schoß Robert unter den Spiegel des andern Schiffes, und da der Rumpf des Sklavenschiffes mit dem Laufe der Carolina in einer Linie lag, so verschwand es den Augen der Zuschauer sowohl als seiner Verfolger. Diese säumten nun nicht, dieselbe Richtung zu nehmen: und die Matrosen der Carolina fingen nun an, lachend an der Takelage hinaufzuklimmen, um über den dazwischenliegenden Rumpf des Sklavenschiffes wegsehen zu können.

Indessen war auf der Meeresfläche jenseits durchaus kein Boot zu sehen, nichts bewegte sich auf der See bis an die fernliegende Insel mit ihrem kleinen Fort. In ein paar Minuten sah man die Mannschaft der Schute langsam ihren Weg zurückrudern, wie Leute, die in ihrer Erwartung getäuscht worden. Alles lief nun an die Seite des Schiffes, um den Ausgang des Abenteuers zu hören; der Lärm der sich auf einen Punkt hindrängenden Menge zog selbst die beiden Damen aus der Kajüte aufs Verdeck. Statt jedoch den Fragen ihrer Kameraden mit dem Seeleuten so gewöhnlichen Wortreichtum entgegenzukommen, sahen die Leute in der Schute ganz verdutzt und erschrocken aus. Ihr Offizier sprang aufs Deck, ohne einen Laut von sich zu geben, und suchte seinen Kommandeur.

»Das Boot war zu behende für Sie, Herr Nighthead«, bemerkte gelassen Wilder, der sich während des ganzen Austritts nicht von seinem Platze bewegt hatte.

»Zu behende, Herr! Kennen Sie den Menschen, der darin ruderte?«

»Nicht ganz genau; aber ein Spitzbube ist's, soviel weiß ich.«

»Das kann freilich nicht anders sein, da er mit dem Teufel verwandt ist.«

»Ich getraue mir zwar nicht zu sagen, daß es so arg mit ihm stehe, wie Sie zu glauben scheinen, wenn ich auch eben nicht viel Ursache habe, zu denken, er besitze so viel überflüssige Ehrlichkeit, daß er einiges davon über Bord werfen könnte. Was ist aus ihm geworden?«

»Das ist leicht gefragt, aber schwer zu beantworten. Erstlich kniff der alte Graukopf sein Schiffchen vorwärts, daß es Euch aussah, als schwämm' es in der Luft. Wir waren nicht eine Minute, höchstens zwei, hinter ihm; als wir aber das Sklavenschiff umsegelt hatten, waren Boot und Bootsmann verschwunden!«

»Sehr natürlich, er steuerte dicht an der Schiffsseite herum, während Ihr dicht bei dem Spiegel vorbeikreuztet.«

»Sie haben ihn also gesehen?«

»Ich gestehe, nein.«

»Das konnte er nicht, mein Herr, wir ruderten weit genug vom Schiffe ab, um nach beiden Seiten hinsehen zu können; überdies wußten die Leute auf dem Sklavenhändler nichts von ihm.«

»Saht Ihr die Mannschaft des Sklavenschiffs?«

»Ich hätte sagen sollen, der Mann darauf; denn dem Anscheine nach ist nur einer am Bord.«

»Und wie war der beschäftigt!«

»Er saß auf einem der Wandtaue und schien eben vom Schlafe aufzuwachen. Es ist ein träges Schiff, Herr, das sich von seinem Eigentümer wahrscheinlich mehr geben läßt, als es verdient!«

»Kann sein. Gut, laß ihn laufen, den Spitzbuben. Master Earing, es scheint ein Seewind im Anzuge, wir wollen doch unsere Bramsegel wieder aufziehen, damit er uns zum Empfang bereit finde. Noch geb' ich die Hoffnung nicht auf, so weit zu kommen, daß wir die Sonne im Meere untergehen sehen.«

Die Schiffsgehilfen und die übrige Mannschaft gingen nun munter an ihre Arbeit. Jedoch konnten die verwunderten Matrosen selbst beim Aufziehen der Segel, um den Wind einzuladen, ihre Neugier nicht unterdrücken und richteten an die, die in der Schute gewesen waren, mannigfaltige Fragen, wofür sie gar feierliche

Antworten erhielten. Währenddessen wendete sich Wilder zu Mistreß Wyllys, die seinem kurzen Gespräch mit dem Maat zugehört hatte.

»Sie sehen, Madame,« sagte er, »daß wir unsere Reise nicht ohne bedeutsame Vorzeichen antreten.«

»Wenn Sie, rätselhafter Mensch, mir mit jener Ihnen oft eigenen aufrichtigen Miene darzutun suchten, daß wir nicht weise handeln, uns der See anzuvertrauen, so bin ich fast geneigt, Ihren Worten Glauben beizumessen; allein der Versuch, die Zauberei in Ihr Interesse zu ziehen, um Ihrer Zumutung Eingang zu verschaffen, kann nur die entgegengesetzte Wirkung haben.«

»Anker gelichtet!« schrie Wilder mit einem Blick, der seinen Reisegefährtinnen zu sagen schien: Wenn ihr denn so kühnen Mutes seid, an Gelegenheit, ihn zu zeigen, soll es euch nicht fehlen. »Heda, Mannschaft, ans Gangspill! Wir wollen noch einmal versuchen, mit dem Winde in die freie See zu kommen, solang' es noch hell ist.«

Nun das Geklapper der Handspeichen, nun der Gesang der Matrosen, wie sie sich schweren, abgemessenen Trittes um das Gangspill drehten. So wurde die Eisenwucht in ein paar Minuten dem Boden entrissen und das Schiff zum zweitenmal von den Banden, die es festhielten, entfesselt.

Der Wind kam bald frisch vom Meere her, klamm und mit salzigen Teilen des Elementes geschwängert. Sowie er in die schwellenden, gleichmäßig ausgebreiteten Segel fiel, beugte sich das Schiff tief vor dem willkommenen Gast, und als es sich ebenso zierlich wieder erhob, ertönte in dem Labyrinth des Tauwerks das Spiel des Windes, die lieblichste Musik für Matrosenohren. Die willkommenen Töne und die Frische der ganz eigentümlichen Luft erhöhten das Kräftige in den Bewegungen der Leute. Der Anker wurde eingestaut, die leichteren Segel bei-, das Schiff in Gang gesetzt, die unteren großen Tücher von ihren Rahen losgelassen, und ehe wieder zehn Minuten vorüber waren, sprühte der Wasserstaub zu beiden Seiten der Carolina, wie sie vor dem Winde dahinrauschte.

Wilder hatte nun die Lösung der Aufgabe, das Schiff zwischen den Inseln Rhode und Connannicut hindurchzuführen, selbst übernommen. Bei der großen Verantwortlichkeit, der er sich dadurch unterzogen, war es ein glücklicher Umstand, daß die Durchfahrt durch die Meerenge nicht schwierig war und der Wind sich hinlänglich nach Osten gedreht hatte, um es ihm, nach einigem Segeln dicht beim Wind, leicht zu machen, den Kanal in einem einzigen Zuge zurückzulegen. Allein wenn er einen großen Teil seines vorteilhaften Pfades nicht verlieren wollte, so mußte er in seinem Zuge hart am Rover vorbei. Er war nicht unschlüssig. Sobald das Fahrzeug luvwärts der Küste so nahe war, als nach seinem geschäftigen Senkblei für ratsam erachtet werden konnte, ließ er durch den Wind wenden, so daß das Schiff mit seinem Vorderteil auf den noch immer bewegungs- und scheinbar achtlosen Sklavenhändler zu liegen kam.

Die zweite Annäherung der Carolina fand unter weit günstigeren Umständen statt als die frühere. Der Wind blies nicht in Flagen wie vorher, sondern stetig, und die Mannschaft hielt das Schiff im Zügel, wie ein gewandter Reiter das Feuer seines schnaubenden Hengstes bändigt. Bei alledem war keine Seele auf dem Bristoler Kauffahrer, die die Vorüberfahrt nicht in atemlose Erwartung dessen, was da kommen sollte, gesetzt hätte. Ein jeder war aus einer verschiedenen Ursache äußerst gespannt. Für die Seeleute hatte das Schiff nachgerade den Charakter des Wunderbaren angenommen; die Gouvernante und ihr Zögling waren bewegt – sie wußten selbst kaum warum – indes Wilder nur zu gut unterrichtet war von der Art der Gefahr, in der alle, er selbst ausgenommen, schwebten. Schon war der Steuermann im Begriff, seinem Matrosenstolz huldigend, das Steuerrad wie vorher zu drehen, daß sie luvwärts vorbeikämen, und allerdings war der Versuch jetzt nicht so gefährlich; allein er erhielt die entgegengesetzte Weisung.

»Bei der Leeseite des Sklavenhändlers vorbeifahren, Herr!« sagte Wilder zu ihm mit gebieterischer Gebärde, und ging dann selbst nach der Galerie der Luvseite, um, wie jeder andere müßige Zuschauer auf dem Verdeck, den Gegenstand, dem sie sich nun so schnell näherten, mit prüfenden Blicken anzuschauen. Wie sich die Carolina kühn nahte, den Wind gleichsam vor sich hertragend, war aus dem fremden Schiffe kein anderer Ton zu vernehmen, als das Geseufze des Windes durch das leise bewegte Tauwerk. Kein einziges menschliches Antlitz, nicht einmal ein heimliches, neugieriges Auge war zu erspähen. Die Vorüberfahrt war natürlich sehr rasch, nur eine Sekunde, und kaum lagen Vorderteil und Spiegel beider Schiffe parallel, da glaubte Wilder, der vermeintliche Sklavenhändler würde tun, als bemerkte er gar nicht, daß sie vorübersegelten, allein er irrte sich. Eine leichte, behende Gestalt, in der Unteruniform eines Flottenoffiziers, sprang aus den obern Teil des Spiegels und schwenkte die Mütze zum Gruß. Sobald die blonden Locken das Gesicht des Grüßenden umwehten, erkannte Wilder das feurige Auge und die sprechenden Gesichtszüge des roten Freibeuters.

»Glauben Sie, daß sich der Wind so halten wird, mein Herr?« rief dieser, so laut er konnte.

»Wohl möglich, da er so steif angefangen hat.«

»Ein kluger Seemann würde seinen Ostwind ganz und beizeit benutzen: mir riecht der Wind ziemlich westindisch.«

»Sie sind der Meinung, er wird sich mehr nach Süden drehen?«

»Ja; doch die Segel nur straff beim Winde gehalten, so gewinnt Ihr schon das Weite.«

Jetzt war die Carolina vorüber, und jetzt wandte sie sich schon mit dem Winde, quer vor dem Sklavenhändler, wieder in ihr erstes Kielwasser; da schwenkte die Gestalt auf dem Hackebord noch einmal die Mütze zum Lebewohl hoch in die Luft und verschwand.

»Ist es möglich, daß ein solcher Mann Handel mit menschlichen Wesen treiben kann!« rief Gertraud aus, als beider Stimmen nicht mehr ertönten.

Da sie keine Antwort erhielt, drehte sie sich um, ihre Gefährtin anzusehen. Die Gouvernante stand da, wie ein Wesen im Zustand der Verzückung. Ihre Augen blickten in das Leere, denn sie hatten immer noch dieselbe Richtung, obgleich sie das Schiff schon längst so weit getragen hatte, um das Gesicht des Fremden noch erreichen zu können. Gertraud faßte ihre Hand und wiederholte die Frage, da kehrte ihr erst die Besinnung wieder, und mit der Hand über die Stirn hinfahrend, unsteten Blickes und ein Lächeln erzwingend, sagte sie:

»Liebe, wenn sich Schiffe begegnen, oder sich irgendein Ereignis zur See vor meinen Augen erneut, so beleben sich immer meine frühesten Erinnerungen. Gewiß, das war kein gewöhnliches Wesen, was sich endlich blicken ließ in dem Sklavenschiffe dort.«

»Ein höchst ungewöhnliches, in der Tat, für einen Sklavenhändler!«

Die Wyllys stützte ihr Haupt einen Augenblick auf die eine Hand und wandte sich dann zurück, um Wilder zu suchen. Der junge Seemann stand ihr nah, und prüfend ruhte sein Auge auf ihrem Gesichte mit einer Teilnahme, die fast ebenso auffallend war, als ihre eigene gedankenvolle Miene.

»Sagen Sie mir, junger Mann, ist jenes Individuum der Kommandeur des Sklavenschiffes?«

»Das ist er.«

»Sie kennen ihn?«

»Wir begegneten schon einander.«

»Und er heißt?«

»Befehlshaber jenes Schiffes. Weiter weiß ich keinen Namen von ihm.«

»Gertraud, suchen wir unsre Kajüte. Herr Wilder wird schon so gut sein, uns sagen zu lassen, wenn das Land zu verschwinden anfängt.«

Dieser machte eine bejahende Verbeugung, und die Damen verließen das Verdeck. Die Carolina hatte nun die Aussicht, ungesäumt die offene See zu gewinnen. Um dieses Ziel zu erreichen, hatte Wilder alles, was weiter bringen konnte, so vorteilhaft als möglich beigesetzt. Dennoch wandte er wohl hundertmal den Kopf, um einen verstohlenen Blick nach dem überholten Schiff zu werfen. Es lag in der Bai noch so, als wie sie vorüberfuhren, ein symmetrischer, schöner, aber unbewegter Gegenstand. Nach jeder dieser heimlichen Untersuchungen blickte unser Abenteurer unabänderlich auf die Segel seines eigenen Schiffes, wobei eine gewisse Aufgeregtheit und Ungeduld unverkennbar waren, indem er bald das eine Segel straffer an die Spiere anzuziehen, bald das andere an seiner Stenge geräumiger auszureffen befahl.

Diese Besorglichkeit, verbunden mit ungemeiner Sachkenntnis, hatte die Wirkung, daß der Bristoler Kauffahrteifahrer durchs Element dahinschoß mit einer Schnelle, die er selten oder niemals übertroffen hatte. Es dauerte nicht lange, so hörte das Land auf von den Schiffsseiten aus sichtbar zu sein; nur eine leiser und leiser werdende Spur davon war noch zu erkennen in den blauen Inseln hinter ihnen und in dem blassen Streif am Horizont nach Norden und Westen hin, wo sich das unermeßliche Festland zahllose Meilen lang ausstreckt. Nun wurden die beiden weiblichen Reisenden aufgefordert, vom Lande Abschied zu nehmen, und man sah die Offiziere mit der Aufzeichnung der Abreise beschäftigt. Wie es zu dunkeln begann und die Inseln eben ganz in den Wogen versanken, stieg Wilder auf eine der oberen Rahen mit einem Fernglase in der Hand. Er blickte lange, angelegentlich und ganz im Anstaunen versunken, in die Ferne, doch stieg er mit einem beruhigteren Auge und gelassenerer Miene wieder herunter. Ein Lächeln, das einen guten Erfolg zu begleiten pflegt, spielte um seine Lippen; und in einer heitern, Mut einflößenden Stimme erteilte er seine Befehle, denen ebenso munter gehorcht wurde. Die ältlicheren unter den Matrosen wiesen auf die See hinter dem Schiffe hin und behaupteten, daß die Carolina niemals in solchem Grade Fahrt gemacht habe. Die Gehilfen ließen die Loglinie schießen und nickten sich Beifall zu, als sie sich von dem ungewohnten Fluge des Schiffes überzeugten. Mit einem Worte, Zufriedenheit und Heiterkeit herrschte am Bord; denn die Zeichen, unter denen man die Reise begann, schienen so glückbedeutend, daß man einer baldigen und erwünschten Beendigung entgegensah. Mitten unter diesen ermutigenden Vorbedeutungen tauchte die Sonne in den Ozean, im Sinken einen weiten Streif des kalten und düsteren Elementes bedeckend. Darauf fingen die Schatten der abendlichen Stunde an sich zu sammeln über der unabsehbaren Oberfläche der grenzenlosen See.

Vierzehntes Kapitel.

Die erste Wache der Nacht war durch keinen Wechsel bezeichnet. Wilder hatte sich zu seinen Reisegefährtinnen begeben, heiter und mit jenem freudigen Wesen, das kein Seeoffizier ganz verbergen kann, wenn es ihm gelungen ist, sein Fahrzeug durch die Gefahren unbeschädigt hindurchzuführen, die ihm in der Nähe von Land in Menge drohen, und wenn kein Zweifel mehr ist, daß es sich nun auf der weiten, pfadlosen, unergründlichen Tiefe des Ozeans befinde. Keine Anspielung mehr auf das Gewagte der Fahrt, nein, er bemühte sich durch die tausend namenlosen Aufmerksamkeiten, die ihm vermöge seiner Stellung zu Gebote standen, alle Erinnerungen an das Vergangene wegzuscheuchen. Mistreß Wyllys gab sich auch seinem nicht zu verkennenden Bestreben, ihre Besorgnisse zu beschwichtigen, willig hin, und wer nicht wußte, was sich früher zwischen beiden zugetragen hatte, würde den kleinen, um die Abendmahlzeit versammelten Kreis für eine Gruppe zufriedener Reisenden gehalten haben, die, einander vollkommen verstehend und trauend, ihr Unternehmen unter den glücklichsten Vorbedeutungen beginnen.

Es war indessen ein Etwas in dem gedankenvollen Auge und der umwölkten Stirne der Gouvernante, wenn sie von Zeit zu Zeit den Blick auf unsern Abenteurer richtete, was nichts weniger als ein ruhiges Gemüt bezeichnete. Sie hörte seine muntern und, wegen der vielen Seeausdrücke, eigentümlichen Scherze mit einem zugleich nachsichtigen und traurigen Lächeln an, als riefe ihr seine jugendliche Heiterkeit, die sich in einem besonders drolligen, Seemännern eigenen Humor äußerte, wohlbekannte aber traurige Bilder vor die Seele. In Gertrauds Vergnügen war weniger bittere Mischung; ihr lachte die schöne Aussicht einer Heimat, mit einem geliebten und liebenden Vater, und bei jedem neuen Ruck des Schiffes kam es ihr vor, als sei nun wieder eine von den langweiligen Meilen, die sie solange von ihrem Vater getrennt hatten, glücklich besiegt.

Während dieser kurzen aber angenehmen Stunden erschien der Abenteurer, der auf eine so seltsame Weise den Beruf zum Kommando des Bristolers bekommen hatte, in einem neuen Lichte. War auch männliche Offenheit eines Matrosen der Hauptzug in seiner Unterhaltung, so war sie doch gemildert durch ein Zartgefühl, das aus eine höchst sorgfältige Erziehung schließen ließ.

Gar manchmal kämpfte Gertrauds schöner Mund vergebens gegen ein Lächeln an, das, von den weichen Lippen ausgehend, in den Grübchen ihrer Wangen spielte, und ein- oder zweimal, als der Humor Wilders plötzlich ihre junge Einbildungskraft durchkreuzte, durchbrach die Natur allen Zwang der Etikette, und das Mädchen überließ sich der unwiderstehlichen Neigung zur Fröhlichkeit.

Eine Stunde zwanglosen Umgangs auf einem Schiffe erweicht eher die starre, äußere Kruste, die die Welt um die besten menschlichen Gefühle zieht, als ganze Wochen der nichtssagenden, nichtsbedeutenden Zeremonien auf festem Lande. Wer zur See gewesen ist und diese Wahrheit nicht an sich erfahren hat, der tut wohl, in seine geselligen Eigenschaften einiges Mißtrauen zu setzen. Wenn sich der Mensch einsam auf dem Meere sieht, dann fühlt er am tiefsten und wahrsten, wie sehr sein Glück von seinen Mitgeschöpfen abhängig ist, dann werden ihm Gefühle heilig, mit denen er im Übermut des Überflusses freventlich spielte, dann gewährt ihm nichts erhebenderen Trost als das Mitgefühl menschlicher Wesen. Gemeinschaftliche Gefahr erzeugt gemeinschaftliche Teilnahme, mag es nun Personen oder Vermögen betreffen. Ein Psychologe dürfte vielleicht noch hinzufügen, daß auf der See ein jeder die Lage und das Schicksal des andern als den bloßen Anzeiger seiner eigenen Lage, seines eigenen Schicksals betrachte, und deswegen mehr Wert darauf zu legen scheine. Wenn dieser Schluß Wahrheit enthält, so müssen wir der Vorsehung danken, die Besseren unter den Menschen so geschaffen zu haben, daß dieses niedrige Gefühl in ihnen zu tief verborgen liegt, um entdeckt, um von der Person selbst bemerkt zu werden. Wenigstens gehörte niemand von den dreien, die die ersten Stunden des Abends um den Tisch in der Kajüte der Royal Carolina zubrachten, zu einer so selbstsüchtigen Klasse. Die Freiherzigkeit des Augenblicks schien die so ausgezeichnet zweideutige Art ihres früheren Umgangs ganz in Vergessenheit gebracht zu haben; oder vielmehr die Erinnerung an das Geheimnisvolle der Umstände und an die Teilnahme des jungen Mannes an ihrem Schicksal diente nur dazu, ihn den Damen noch interessanter zu machen.

Die Schiffsglocke hatte eben acht Uhr geschlagen, und der heisere, langanhaltende Ruf, der die schläfrigen Matrosen aufs Verdeck rief, erschallte, ehe die kleine Gesellschaft gewahr wurde, daß die Zeit schon so vorgerückt sei.

»Es ist die mittlere Wache«, sagte Wilder und lächelte über Gertraud, wie sie bei dem unbekannten Ton zusammenschreckte und aufhorchend dasaß, einem furchtsamen Reh ähnlich, wenn der Schall des Jägerhorns sein Ohr trifft. »Wir Seeleute sind nicht immer musikalisch, wie Sie hören können, meine Damen. Bei alledem aber klangen Ihnen die Töne des Rufenden bei weitem nicht so unmelodisch als gewissen Ohren auf diesem Schiffe.«

»Sie meinen die Schlafenden?« sagte Mistreß Wyllys.

»Ich meine die Wache unten, die zum Dienst gerufen wird. Der Matrose des Fockmasts kennt in dieser Welt nichts Süßeres als den Schlaf, weil er eben der ungewisseste aller seiner Genüsse ist. Der Kommandeur hingegen kennt keinen Gefährten, der verräterischer wäre.«

»Und warum ist dem Obern der Schlaf minder süß als dem gemeinen Matrosen?«

»Weil das Kissen, worauf sein Haupt ruht, Verantwortlichkeit heißt.«

»Sie sind sehr jung, Herr Wilder, für das Ihnen anvertraute Kommando.«

»Im Dienste zur See wird man früher alt als sonst.«

»So sollte man ihn lieber aufgeben!« – sagte Gertraud etwas hastig.

»Aufgeben!« erwiderte er und blickte sie, einen Augenblick innehaltend, fest an. »Ich kann ebenso leicht die Luft, die ich atme, aufgeben.«

»Gehören Sie Ihrem jetzigen Stande schon solange an?« nahm Mistreß Wyllys das Gespräch wieder auf, indem sich ihr Auge, das bisher sinnend auf Gertraud geruht hatte, auf Wilder wendete.

»Ich habe Ursache zu glauben, daß ich zur See geboren wurde.«

»Glauben! Wissen Sie denn nicht, wo Sie geboren sind?«

»Was dieses wichtige Ereignis im menschlichen Leben betrifft, so muß wohl ein jeder dem glauben, was ihm andere davon sagen, wissen kann er's nicht«, sagte Wilder lächelnd. »Meine frühesten Erinnerungen verschmelzen sich mit dem Anblick des Meeres, so daß ich mich wirklich kaum zu den Landgeschöpfen zu rechnen wage.«

»Wenigstens sind Sie dann glücklich gewesen in Beziehung auf die, die über Ihre Erziehung und die Tage Ihrer Kindheit wachten.«

»Das bin ich!« antwortete er mit vielem Nachdruck, fuhr mit der flachen Hand flüchtig über die Stirn, stand dann auf und fügte traurig lächelnd hinzu: »Und nun zu meiner letzten Pflicht in den ersten vierundzwanzig Stunden. Fühlen Sie sich geneigt, einen Blick in die Nacht zu tun? Eine so erfahrene und mutige Seefahrerin sollte ihre Hängematte nicht eher aufsuchen, als bis sie sich vom Zustand des Wetters unterrichtet hat.«

Sie nahm seinen dargebotenen Arm an, und schweigend stiegen sie die Treppe der Kajüte hinan, beide scheinbar in Betrachtungen versunken. Die regsamere Gertraud folgte, und alle begaben sich auf die Schanze des Schiffes.

Die Nacht war weniger finster als nebelig. Der volle und glänzende Mond war zwar aufgegangen, allein er verfolgte am Abendhimmel seinen Pfad hinter düsteren Wolkenmassen, die viel zu dicht waren, als daß sie seine erborgten Strahlen hätten durchdringen können. Hier und dort nur brach sich ein einsamer Strahl Bahn durch einen minder dichten Dunstkörper und schimmerte auf dem Wasser gleich der bleichen Erleuchtung eines fernen Kerzenlichtes. Da der Wind straff von Osten blies, so schien der bewegte Spiegel der See mehr Licht auszustrahlen,[32] als er erhielt; es folgten einander lange Linien weißen, gleißenden Schaumes, die, freilich nur auf Augenblicke der Oberfläche der Gewässer eine Helle gaben, die dem Himmel oben abging. Das Schiff neigte sich stark auf eine Seite hin, und jedesmal, wie es eine frische Woge durchschnitt, bildete

---

[32] Der Autor vermutet, daß ihm jeder Seemann gerne die Tatsache bezeugen wird, daß, zumal auf dem Atlantischen Meere, das Leuchten der See bei Ostwinden lebhafter ist als bei Westwinden, obgleich er sich nicht anmaßt, das Phänomen physikalisch erklären zu wollen.

sich ein weiter Halbkreis von Schaum vor ihm her, gleichsam als tanzte das Element vor seinem Pfade daher. Allein wenn auch die Zeit günstig war, der Wind nicht entschieden konträr, und der Himmel wohl düster, aber nicht drohend aussah, so lieh ein gewisses irres, »für den Blick eines Nichtmatrosen unnatürliches«, Licht der ganzen Szene das Ansehen der ödesten Verlassenheit.

Gertraud fuhr etwas in sich zusammen, als sie aufs Verdeck kam, ein Ton schauerlichen Entzückens entschlüpfte ihr unwillkürlich. Auf die dunkel wallenden Wogen am Horizont, wo jenes übernatürliche Leuchten am stärksten zu bemerken war, schaute auch Frau Wyllys hin und fühlte tief, wie sie sich so ganz in den Händen des Wesens befände, das die Wasser wie das Land erschaffen hat. Für Wilder hatte das Schauspiel nicht mehr Erregendes, als ein heiteres Himmelsgewölk für die auf dem Lande: er war des Anblicks zu gewohnt, um noch dadurch zur Andacht oder zum Entzücken hingerissen werden zu können. Aber anders war es mit seiner jungen und ein wenig zur Schwärmerei geneigten Reisegefährtin. Der Schauer des ersten Anblicks ging in die Flut der Bewunderung über, und sie rief:

»Eine monatlange Gefangenschaft in einem Schiffe wird überschwenglich belohnt durch einen einzigen solchen Anblick! Ach, Herr Wilder, Sie sind ein glücklicher Mensch, Sie können dieses Schauspiel genießen, so oft Sie wollen.«

»Ach ja, es ist recht angenehm, gewiß. Ich wollte, der Wind räumte um einen oder zwei Punkte! Dieser Himmel will mir nicht gefallen, jener nebelige Horizont auch nicht, und am allerwenigsten diese so schlaffe Kühlde nach Osten zu.«

»Das Schiff segelt sehr schnell«, erwiderte ruhig Mistreß Wyllys, als sie bemerkte, daß der junge Mann seine Gedanken unüberlegt laut werden ließ, und sich keine gute Wirkung davon auf ihre Pflegebefohlene versprach. »Wenn es so fort geht, so steht uns eine schnelle und glückliche Fahrt bevor.«

»Wahr!« rief Wilder, als wenn er erst jetzt ihre Gegenwart bemerkte, »wahr, sehr wahr, höchstwahrscheinlich! Earing, die Luft wird zu stark für die Segeltücher, beschlagt alle Bramsegel und braßt sie dichter beim Winde. Wenn der Wind so fortfährt Ost bei Süd, so können wir nicht schnell genug weiter hinaus ins Freie.«

Die Antwort des Offiziers drückte die Bereitwilligkeit und den Gehorsam aus, der Seeleuten gegen ihre Vorgesetzten eigen ist; einen Augenblick prüfte er, umherschauend, die Wetterzeichen und schritt alsdann zur Ausführung des Befehls. Während die Leute auf den Rahen die leichteren Segel zusammenschnürten, nahmen die Damen einen andern Platz ein, um dem jungen Kommandeur bei der Verrichtung seines Amtes nicht hinderlich zu sein. Allein diese Verrichtung war Wildern eine so gewöhnliche, daß sie seine Aufmerksamkeit nicht fesselte, und kaum hatte er den Befehl erteilt, so schien er sich dessen auch nicht mehr bewußt. Noch stand er auf demselben Fleck, wo er beim Heraufsteigen aus der Kajüte zuerst den Ozean und den Himmel erblickt hatte; noch war sein Blick wie angeheftet an den beiden Elementen, obgleich er den wechselnden Richtungen des Windes folgte, der zwar nicht stürmisch war, doch in heftigen und mürrischen Stößen auf die Segel eindrang. Nach langer ängstlicher Untersuchung murmelte er seine Gedanken vor sich hin und begann raschen Schrittes auf dem Verdeck auf und ab zu gehen, doch nicht ohne zuweilen plötzlich auf eine Sekunde innezuhalten, während er nach dem Punkte des Kompasses hinschaute, von woher die Windstöße kamen, als wenn er dem Wetter nicht ganz traute und gerne mir dem scharfen Blick die Hülle der Nacht durchdringen möchte, um irgendeine schmerzliche Ungewißheit los zu werden. Endlich hielt er bei einer jener raschen Wendungen, die er jedesmal am Ende seiner kurzen Spazierbahn zu machen pflegte, seine Schritte an. Mistreß Wyllys und Gertraud standen nahe genug, um in seinem ängstlich forschenden Gesicht lesen zu können. Sein Auge wandte sich plötzlich nach der entgegengesetzten Seite und weilte auf einem entfernten Punkt im Meere.

»Trauen Sie dem Wetter nicht?« fragte endlich die Gouvernante, als ihr sein langes, zögerndes Forschen von schlimmer Vorbedeutung schien.

»Wenn der Wind so wie jetzt steht, muß man sich nicht leewärts nach den Wetterzeichen umsehen«, war die Antwort.

»Was sehen Sie denn dort, das Ihre Blicke so sehr fesselt?«

Wilder erhob seinen Arm und wollte eben sprechen: dann ließ er ihn wieder sinken, drehte sich auf dem Absatz herum, murmelte etwas von »Täuschung« vor sich hin, und ging noch rascheren Schrittes als vorher auf und ab.

Seine Gefährtinnen beobachteten seine ungewöhnlichen, scheinbar unwillkürlichen Bewegungen mit Erstaunen und nicht ohne ein heimliches Regen des Entsetzens. Sie richteten nun die Blicke leewärts über die Ausdehnung des bewegten Meeres hin, konnten aber weiter nichts entdecken, als die sich überstürzenden Wogen, deren obere Umrisse von weißem Schaume der erstarrenden Wasserwüste ein noch öderes und schauerlicheres Ansehen gaben.

»Wir können nichts sehen«, sagte Gertraud, als Wilder wieder im Gehen innehielt und wie vorher ins Leere hineinstarrte.

»Schaut!« antwortete er, ihre Blicke mit dem Finger leitend. »Ist dort nichts?«

»Nichts.«

»Sie sehen aufs Meer. Hier, just wo das Himmelsgewölbe die Wasser berührt, längs jenem Streifen nebeligen Lichtes, wo sich die Wogen heben wie kleine Landhügel. Dort – jetzt fällt die Woge wieder, und mein Auge täuschte mich nicht. Beim Himmel! Es ist ein Schiff!«

»Ein Segel, ahoi!« rief eine Stimme aus dem Mastkorb, die in den Ohren unsers Abenteurers wie das Kreischen eines bösen über die See hinschwebenden Geistes tönte.

»Wes Weges?« wurde rasch gefragt.

»Hier auf unserer Leeseite, Sir«, schrie der Matrose oben, so laut er konnte. »Soviel ich erkenne, ist's dicht beim Winde, das Schiff; eine ganze Stunde hat's mehr einem Nebel als einem Schiffe gleich gesehen.«

»Jawohl, er hat recht,« brummte Wilder vor sich hin; »und doch ist's seltsam, daß ein Schiff gerade dort sein sollte.«

»Und warum seltsamer, als daß wir hier sind?« fragte Frau Wyllys.

»Warum!« sagte der Jüngling, sie mit bewußtlosen Blicken anstarrend. »Es ist seltsam, daß es dort steht. Wollte Gott, es steuerte nordwärts.«

»Allein Sie erklären sich nicht. Sollen wir immer«, fuhr sie mit einem Lächeln fort, »nur Warnungen von Ihnen bekommen, ohne Gründe? Halten Sie uns eines Grundes so ganz unwürdig, oder jedes Verstehens über Seegegenstände für unfähig? Der Versuch ist Ihnen nicht gelungen, und Sie sind zu rasch in Ihrem Urteil. Stellen Sie uns einmal auf die Probe, vielleicht halten wir uns besser als Sie erwarten.«

Wilder lächelte leise und machte eine Verbeugung, als wenn er jetzt erst zur Besinnung käme, ließ sich aber auf keine Erklärung ein, sondern richtete wieder den Blick nach der Seite des Meeres, wo das fremde Segel sein sollte. Die Damen folgten seinem Beispiel, doch immer mit demselben schlechten Erfolge. Gertraud drückte ihren Verdruß darüber aus, und die weichen Töne der Klagenden sanken den Weg zum Gehör unseres Abenteurers.

»Sie sehen den Streifen bleichen Lichtes«, sagte er, den Finger über die See ausstreckend. »Die Wolken haben sich etwas gehoben dort, nun versperrt uns der Wasserstaub den Anblick. Sehen nicht die Spieren im Widerschein des Gewölks wie ein zartes Spinngewebe aus, und doch sehen Sie alle Verhältnisse und die drei Masten eines stattlichen Fahrzeuges.«

Unterstützt durch diese Leitung erschaute Gertraud endlich den kaum bemerkbaren Gegenstand, und es gelang ihr dann auch, den Blick ihrer Erzieherin auf den rechten Punkt hinzuleiten. Nichts als schillernde Umrisse waren noch sichtbar, von Wilder passend genug mit einem Spinngewebe verglichen.

»Es ist ganz gewiß ein Schiff!« sagte Frau Wyllys, »aber in sehr großer Ferne.«

»Hm! Wünschte wohl, sie wäre größer. Irgendwo, nur dort möchte ich das Schiff nicht sehen.«

»Und warum nicht dort? Haben Sie Ursache, zu befürchten, daß ein Feind an jenem Fleck auf uns lauert?«

»Nein, aber doch will mir seine Lage nicht gefallen. Wollte Gott, es liefe nordwärts!«

»Es ist irgendein Fahrzeug aus dem Hafen von Newport und steuert einer der königlichen Inseln in der Karaibischen See zu.«

»Nein,« sagte Wilder kopfschüttelnd; »kein Schiff von der Höhe von Neversink konnte mit dem jetzigen Winde jenen Punkt in der offenen See erreichen.«

»Ist's vielleicht ein Schiff, das mit uns dieselbe Reise macht oder nach einer Bai der mittleren Kolonien geht?«

»Wäre das, so würde sein Pfad nicht so rätselhaft sein. Sieh! Der Fremde treibt im Winde.«

»Es ist vielleicht ein Kauffahrer oder Kreuzer, der von einem der genannten Orte herkommt.«

»Auch nicht. Dazu blies der Wind während der letzten achtundvierzig Stunden viel zuviel Nord.«

»Es ist ein Fahrzeug, das wir eingeholt haben und aus den Gewässern des Sundes von Long-Island kommt.«

»Das ist noch das einzige, was wir hoffen können«, murmelte Wilder mit halbunterdrückter Stimme.

Die Erzieherin hatte die obigen Vermutungen nur aufgestellt, um dem Befehlshaber der Carolina einige Auskunft zu entlocken, mit der er so hartnäckig an sich hielt. Allein jetzt hatte sie ihre ganze Sachkenntnis erschöpft und mußte entweder gerade herausrücken mit der Frage oder abwarten, bis es ihm beliebte, sich freiwillig näher zu erklären. Indes war Wilder in einem viel zu aufgeregten Gedankenzustande, um ihr zu erlauben, den Gegenstand überhaupt für jetzt zu verfolgen. Er berief nach einer kleinen Weile den Ersten der Wache zu sich, und sie berieten sich heimlich mehrere Minuten lang. Der unerschrockene, aber nichts weniger als scharfsichtige Seemann, der den zweiten Rang im Schiffe führte, konnte in der Erscheinung eines fremden Segels gerade an dem Orte, wo die blasse Luftgestalt des unbekannten Schiffes noch immer sichtbar blieb, nichts sonderlich Merkwürdiges finden und erklärte es ohne Anstand für einen ehrlichen Kauffahrer, der, wie sie, eine rechtmäßige Handelsreise mache. Sein Oberer schien indessen nicht derselben Ansicht zu sein, wie aus dem kurzen Gespräch, das sie wechselten, hervorging.

»Ist's nicht ungewöhnlich, daß es gerade dort steht?« fragte Wilder, nachdem sie abwechselnd den schwachbemerkten Gegenstand mit einem vortrefflichen Nachtweiser näher erforscht hatten.

»Es wünscht offenbar mehr ins Freie, hierherzu,« erwiderte der nach seinem Buchstaben gehende Seemann, der für nichts als die bloße nautische Lage des Fremden Auge hatte: »und ein Dutzend Meilen weiter Ost, könnte in der Tat uns selbst nicht schaden. Hält der Wind so fort, Ostsüd, halb Süd, so tut uns das Freie, so weit es nur zu sehen ist, sehr not. Zwischen Hatteras und dem Golf blieb ich auch einmal festsitzen ...«

»Aber sehen Sie denn nicht, daß es da steht, wo kein Fahrzeug stehen könnte oder sollte, es müßte denn mit uns genau von einem und demselben Ort herkommen?« unterbrach ihn Wilder. »Nichts, was aus irgendeinem Hafen, südlich von Newport, segelte, konnte so weit nordwärts bei solchem Winde; von der Kolonie York aber kann nichts, was nach Osten segeln will, so mit dem Vorderteil stehen, und will es südlich segeln, vollends nicht an jenem Punkte.«

Dem langsamen, aber gesunden Ideengang des ehrlichen Maaten war dieses Räsonnement, das dem Leser etwas unklar sein dürfte, deutlich genug; denn sein Kopf enthielt eine Art Seekarte, die er zu jeder Zeit mit klarer Unterscheidung zwischen den zweiunddreißig Winden und allen verschiedenen Punkten des Kompasses zu Rate ziehen konnte. Daher leuchtete nun, nach der erhaltenen Anleitung, seinem seemännischen Verstände bald ein, daß es mit den Folgerungen seines jungen Vorgesetzten doch wohl seine Richtigkeit haben könnte; und nicht lange, so ging er weiter noch als dieser, indem sich Verwunderung seiner stumpferen Urteilskraft bemächtigte.

»Ja wahrhaftig, 's ist geradezu u n n a t ü r l i c h , daß der Wicht just dort stehen sollte!« erwiderte er mit bedächtigem Kopfschütteln; wollte aber damit weiter nichts sagen, als daß er es mit seinen Ideen von Seefahrerkunst nicht zusammenreimen konnte. »Ich sehe die Weisheit dessen, was Sie sagen, wohl ein, Herr Kapitän, und der Verstand steht mir dabei still. Es ist aber doch, aller moralischen Gewißheit nach, ein Schiff!«

»Das unterliegt keinem Zweifel; aber ein höchst sonderbar stationiertes Schiff!«

»Ich dublierte das Kap der Guten Hoffnung im Jahre 46,« fuhr der andere fort, »und sah ein Schiff liegen, da, auf unserer Windseite (dem Wicht dort just entgegengesetzt, da er leewärts von uns steht), aber dort sah ich ein Schiff eine ganze Stunde lang uns quer vor dem Kiel stehen, und ungeachtet, daß wir den Azimutalkompaß richteten, regte es sich nicht einen Schritt während der ganzen Zeit, Steuerbord oder Backbord, was bei dem schlechten Wetter, das wir hatten, wenigstens etwas Außergewöhnliches genannt werden konnte.«

»Es war merkwürdig!« erwiderte Wilder mit einem stieren Blick, der zur Genüge bewies, daß er sich mehr mit sich selbst unterhielt, als auf die Rede seines Gefährten acht gab.

»Matrosen erzählen, daß der f l i e g e n d e   H o l l ä n d e r auf der Höhe des Vorgebirges zu kreuzen pflege und oft von der Windseite her auf Fremde lossteure, als wolle er sie entern. Gar mancher königliche Kreuzer war, wie das Sprichwort geht, kaum vom süßen Schlafe aufgewacht, da sahen die Toppgasten oben einen Zweidecker, die Pfortgaten offen, die Batterien aufgepflanzt, in der Nacht auf sie zusegeln; indessen, dieses dort kann doch kein dem H o l l ä n d e r ähnliches Fahrzeug sein, indem es höchstens, wenn überhaupt ein Kreuzer, eine große Kriegsschaluppe ist.«

»Nein, nein,« sagte Wilder, »dieses ist auf keinen Fall der H o l l ä n d e r.«

»Das Fahrzeug zeigt gar keine Lichter, und was das anbetrifft, so hat es mir ein so nebeliges Aussehen, daß noch die Frage ist, ob es überhaupt ein Schiff sei. Fürs andere läßt sich der H o l l ä n d e r nur immer luvab sehen, hingegen liegt das seltsame Segel dort ganz auf unserer Leeseite!«

»Es ist kein Holländer«, sagte Wilder mir einem tiefen Atemzuge, wie einer, der sich von einer Geistesabwesenheit erholt. »Heda, im Mastkorb oben, hoi!«

Der angerufene Matrose erwiderte den Gruß auf die übliche Weise, wie denn überhaupt das kurze Gespräch, das folgte, eher aus einem Geschrei als aus artikulierten Worten bestand.

»Wie lange schon siehst du das fremde Segel?« war Wilders erste Frage.

»Ich komm' eben erst rauf; aber der Kamerad, den ich ablöste, sagte, schon über eine Stunde.«

»Und ist der andere, den du abgelöst hast, nicht runtergekommen? Oder was seh' ich dort leewärts auf dem Mast sitzen?«

»'s ist Robert Brace, Sir; er sagt, er könne nicht schlafen und wolle auf der Rahe sitzen bleiben und mir Gesellschaft leisten.«

»Schick' ihn herab, ich will ihn sprechen.«

Während der Zeit, daß der schlaflose Matrose am Tauwerk heruntersteig, verharrten die beiden Offiziere im Schweigen, und jeder schien ganz mit dem Nachdenken über das Vorgefallene beschäftigt.

»Und warum bist du nicht in deiner Hängematte«, sagte Wilder etwas rauh zu dem Matrosen, der eben infolge seiner Order auf die Schanze herabkam.

»Ich steuerte gerade nicht schlafwärts, Euer Gnaden, und da wollt' ich denn noch ein Stündchen droben zubringen.«

»Und warum bist du, der du so schon zwei Nachtwachen hast, so bereit, eine dritte freiwilligerweise zu tun?«

»Die Wahrheit zu gestehen, Herr, ich hab' einige schlimme Ahnungen, was diese Fahrt anbelangt, schon von dem Augenblick an, wo wir die Anker lichteten.«

Mistreß Wyllys und Gertraud, die dies Gespräch mit anhörten, traten bei den letzten Worten unwillkürlich näher, und lauschten mit ängstlicher Aufmerksamkeit.

»Hast auch deine Zweifel, Kerl?« rief der Kapitän etwas verächtlich. »Darf man fragen, was du hier an Bord gesehen hast, um dem Schiff nicht zu trauen?«

»Fragen ist erlaubt, Euer Gnaden,« erwiderte der Seemann und zerknitterte den Hut zwischen seinen Händen, die einen Griff hatten, so fest wie zwei eiserne Schrauben, »drum hoff' ich, Antworten auch. Seht, ich schlug ein Ruder in der Schute heut früh, die auf den Graubart Jagd machte, und ich müßte lügen, wenn ich sagte, daß mir die Art gefallen hätte, wie er uns entwischt ist. Zum andern hat das Schiff dort auf der Leeseite was, das mir den Kopf durchkreuzt wie ein Wurfanker, und ich gestehe, Euer Gnaden, ich würde wenig Fahrwasser zurücklegen im Schlafe, wenn ich's auch in einer Hängematte versuchen wollt'.«

»Wie lang ist's her, daß du das Schiff entdecktest?« fragte Wilder streng.

»Ich will nicht schwören, daß es überhaupt ein wirkliches l e ‑ b e n d i g e s Schiff ist, was ich entdeckt habe, Herr. Etwas hab' ich gesehen, vor Schlag sieben, und dort ist's noch zu sehen, von jedermann, der Augen hat, geradeso hell und just so trüb wie vorher.«

»Und wie hat es gestanden, als du es zuerst sahest?«

»Mochte zwei oder drei Punkte mehr dwars abstehen als jetzt.«

»Dann segeln wir ihm vorüber!« schrie Wilder mit einer nicht zu verbergenden Freude.

»Nein, Euer Gnaden, nein. Sie vergessen, daß das Schiff dichter in den Wind hält, seit die Mitternachtswache abgelöst ist.«

»Wahr,« erwiderte sein junger Befehlshaber mit einem Tone getäuschter Hoffnung! »wahr, sehr wahr. Und hat es seine Richtung nicht geändert, seit du es entdecktest?«

»Nicht nach dem Kompaß, Herr. Jenes ist ein schnelles Boot, sonst könnt' es nimmermehr mit der Royal Carolina aushalten, noch dazu bei straffen Segeln, wo ein Schiff erst recht zeigt, was es kann, wie jedermann weiß.«

»Geh, mach, daß du in deine Hängematte kommst. Am Morgen können wir den Wicht vielleicht besser beobachten.«

»Und hör, Kerl!« schärfte ihm der zweite Offizier noch ein, der aufmerksam zugehört hatte, »daß du die Leute unten nicht wach hältst mit einer Erzählung so lang wie das kurze Kabeltau! Leg' dich schlafen, und laß die übrigen in Ruhe, die ein reines Gewissen haben.«

»Herr Earing,« sagte Wilder, als sich der Matrose zögernd nach seiner Hängematte zurückgezogen hatte, »wir wollen dem Schiffe eine andere Wendung geben und mehr Ostwind zu bekommen suchen, solange wir noch landfrei genug sind. Bleiben wir so, so steuern wir auf Hatteras zu. Überdies ...«

»Ganz recht, Herr,« erwiderte der Maat, als sein Oberer stockte, »was Sie sagen: ... Überdies, niemand kann voraussagen, wie lange eine Kühlde anhalten, oder von woher sie blasen mag.«

»Das ist's, niemand kann für Wetter stehen. Die Leute sind noch kaum in ihren Hängematten; rufen Sie lieber alle auf einmal raus, ehe ihre Augen vom Schlafe schwer sind, und lassen Sie uns dann das Schiff umdrehen.«

Sogleich ließ der Gehilfe den wohlbekannten Ruf ertönen, der die Wache unten aufforderte, ihren Gefährten auf dem Verdeck zur Hilfe zu eilen; es geschah ohne Verzug. Nun kein vernehmbarer Laut, als die kurzen, gehorsamerregenden Kommandoworte aus Wilders Mund. Nicht länger nach dem Winde hin gedrückt, begann das Schiff ziemlich das Vorderteil aus den Wogen zu heben und so den Wind recht von der Seite zu bringen. Darauf, statt wie bisher, gegen die zahllosen Wogen anstemmend, und sie wie ein Wesen erklimmend, das sich schwer auf seinem Pfade fortarbeitet, fiel das Schiff in eine hohle See, und flog nun wie ein Renner, der, nachdem er eine Anhöhe überwunden, mit verdoppeltem Fluge den Weg dahinschießt. Einen Augenblick lang schien es, als wollte der Wind lunen, obgleich die langen Schaumräder der Wellen, die von beiden Seiten des Schiffes herabrollten, hinlänglich bewiesen, daß es leicht vor dem Winde einherschwamm. Noch einen Augenblick, so fingen die höchsten Spieren an, sich wieder nach Westen zu neigen, und das Schiff stieß gegen den Wind an, bis es wieder ebenso heftig wie zuvor, bald gegen die Wogen kämpfte, bald von ihnen herabstürzte. Als jede Rahe und jedes Segel gehörig gesetzt war, um der neuen Lage des Schiffes zu entsprechen, schaute sich Wilder ängstlich nach dem Fremden um. Eine Minute verging, ehe er genau den Punkt, wo er nun stehen mußte, ausfindig machen konnte; denn in einem solchen Chaos von Wasser, mit keinem andern Wegweiser als Urteilskraft, täuscht sich das Auge leicht, indem es an den näheren, ihm vertrauteren Gegenständen hängen bleibt.

»Der Fremde ist verschwunden!« sagte Earing mit einer Stimme, von der sich nicht leicht sagen ließ, was in ihr vorherrschte, das Befreitsein von einer Besorgnis oder zages Mißtrauen, daß doch nicht alles richtig sein möchte.

»Er muß doch auf dieser Seite sein; allein ich gestehe, ich kann ihn nicht sehen!«

»Ja, ja, Herr; gerade so soll der mitternächtliche Kreuzer am Vorgebirge der guten Hoffnung kommen und gehen. Es gibt Leute, die ihn in einen Nebel gehüllt gesehen haben, während rund umher der schönste Sternenhimmel glänzte, den sie je in einer südlichen Breite bemerkten. Aber das kann doch bei alledem der H o l l ä n d e r nicht sein, da es so viele lange Meilen von der Küste Nordamerikas bis zur Höhe des Kaps hin ist.«

»Hier liegt er; und beim Himmel, er hat schon gewendet!« schrie Wilder.

Die Wahrheit der eben von unserm jungen Abenteurer gemachten Behauptung fiel in der Tat jetzt jedem Seemanne in die Augen. Dieselben nebeligen, verjüngten Umrisse waren wie vorher auf dem hellen Hintergrunde des drohenden Horizontes zu bemerken und sahen den schwächeren Schatten nicht unähnlich, die die Täuschung einer Laterna magica auf eine lichtere Fläche hinzuzaubern pflegt. Aber den Matrosen, die die verschiedenen Linien an den Masten so genau unterscheiden können, war es klar genug, daß das fremde Schiff plötzlich und gewandt seinen Lauf geändert habe, und nun nicht mehr wie vorher, Südwest, sondern, wie sie selbst, seine Fahrt Nordost machte. Die Tatsache machte offenbar einen großen Eindruck auf alle; obgleich sich aus einer Prüfung der Ursachen eines jedweden ergeben hätte, daß diese von sehr verschiedener Gattung waren.

»Das Schiff hat wirklich gewendet!« rief Earing nach einer langen Pause voll Nachdenkens und mir einer Stimme, in der das Mißtrauen mit der Furcht um die Herrschaft stritt. »Solange ich die See befahre, habe ich noch nie ein Fahrzeug, einer solchen See von vorne trotzend, wenden gesehen. Der Wind muß es bei unserem letzten Hinschauen fürchterlich hin und her gerüttelt haben, sonst hätten wir es nicht aus den Augen verloren.«

»Einem muntern und leicht gehandhabten Schiff ist so was schon möglich,« sagte Wilder, »zumal wenn viele starke Hände darauf sind.«

»Fürwahr, die Hand Beelzebubs ist immer stark; ihm ist's ein leichtes, das schwerfälligste Fahrzeug zum Segeln zu zwingen.«

»Herr Earing,« unterbrach ihn Wilder, »wir wollen vorspannen, soviel wir können, und versuchen, ob unsere Carolina diesen höhnenden Fremden nicht totsegeln kann. Setzen Sie das große Halstau zu und lassen Sie das Bramsegel los.«

Gern hätte der Gehilfe, dem dies nicht einleuchten wollte, Gegenvorstellungen gemacht, allein ihm fehlte der Mut dazu; in dem ruhigen, gemäßigten, dabei aber doch tiefen Ton des jungen Befehlshabers war ein gewisses Etwas, das ihm sagte, es sei zu gewagt, ihm zu widersprechen. Unrecht hatte er keineswegs, wenn er den eben erhaltenen Auftrag als einen solchen betrachtete, der nicht ohne Gefahr wäre. Schon bewegte sich das Schiff unter so vielen Segeln, als sich seiner Ansicht nach kaum mit der Klugheit vertrug, zumal bei einer solchen Stunde und so vielen am Horizont umher erscheinenden Vorzeichen von noch ungünstigerem Wetter. Die nötigen Orders wurden jedoch mit derselben Saumlosigkeit, wie sie Wilder erteilte, weiter befördert. Auch die Matrosen hatten schon angefangen, den Fremden näher ins Auge zu fassen und untereinander über dessen Erscheinung und Stellung dies und das zu schwatzen; sie vollzogen die Befehle mit einer Lebendigkeit, deren Ursprung wohl kein anderer war, als der geheime, von jedem einzelnen gehegte Wunsch, aus der gefährlichen Nachbarschaft loszukommen. Die Segel waren rasch eines nach dem andern beigesetzt; und nun stand ein jeder mit verschränkten Armen da und schaute fest und unverrückt hin auf den schattigen Punkt auf der Leeseite, um zu erspähen, was für Wirkung das Manöver haben würde.

Die Royal Carolina schien, wie die Mannschaft auf ihr, ein Gefühl zu haben, daß größere Schnelligkeit not tue. Beim Druck der großen Masse Leinwand, die eben ausgebreitet wurde, beugte sich das Schiff tiefer, so daß es auf dem Wasser, das auf der Leeseite fast bis zu den Speigaten ging, mehr zu liegen als zu segeln schien, während auf der andern Seite die schwarzen Planken und das polierte Kupfer mehrere Fuß breit entblößt lagen, obgleich oft bespült von den Wellen, die längs dem Schiff pfeilschnell und zürnend daherwogten, noch immer wie gewöhnlich mit leuchtendem Schaum behelmt. Die Stöße, wie das Fahrzeug gegen die Wogen ankämpfte, wurden von Augenblick zu Augenblick heftiger, und nach jedem Aufeinanderstoßen erhob sich eine durchsichtige Wolke Wasserstaubs, die endlich schimmernd aufs Verdeck herniederfiel, oder als glänzender Nebel vom Winde quer über die rollenden Gewässer leewärts gejagt wurde.

Mit aufgeregter Miene, dabei aber mit der ganzen Besonnenheit eines Seemanns beobachtete Wilder das Schiff. Ein- oder zweimal, als es bebte und in seinem fürchterlichen Anlauf gegen eine Woge so plötzlich innezuhalten schien, als wenn es gegen einen Felsen angelaufen wäre, öffnete er den Mund, um den Befehl zu geben, die Segel zu vermindern: doch immer schien der Blick auf das Nebelbild am westlichen Horizont seinen Vorsatz zu ändern. Gleich einem verzweifelten Abenteurer, der auf eine einzige Karte sein ganzes Vermögen gesetzt hat, schien er den Ausgang mit einer ebenso stolzen als unbesiegbaren Entschlossenheit abwarten zu wollen.

»Die Stenge dort biegt sich wie eine Peitsche«, murrte der besorgte Earing dicht an Wilders Seite.

»Mag sie doch brechen: wir haben genug Vorrat an Spieren, um ihre Stelle zu ersetzen«, war die Antwort.

»Ich habe noch immer gefunden, daß die Carolina Wasser zog, wenn sie über ihre Kräfte angestrengt wurde, durch schnelles Segeln gegen den Strom.«

»Wir haben Pumpen.«

»Sehr wahr; allein meiner geringen Meinung nach ist die Hoffnung eine vergebliche, ein Fahrzeug totzusegeln, worin der Teufel in Person kommandiert, wenn er es nicht ganz und gar allein handhabt.«

»Um dies zu wissen, Herr Earing, muß man erst den Versuch machen.«

»Wir hatten es mit dem H o l l ä n d e r auch versucht; und zwar nicht bloß, indem wir alle Segel ausbreiteten, sondern auch beim günstigsten Wind. Und was hat es geholfen? Da lag er bloß mit aufgespannten Treiber-, Klüver- und drei Bramsegeln; und wir, mit Leesegeln von unten bis oben bepackt, konnten seine Richtung nicht um einen Fuß ändern.«

»Man sieht den H o l l ä n d e r nie in einer nördlichen Breite.«

»Ich kann freilich das Gegenteil nicht behaupten,« erwiderte Earing mit einer Art von erzwungener Ergebung; »allein der, der jenen Vogel auf die Höhe des Kaps gesetzt hat, kann die Küstenfahrt leicht so vorteilbringend gefunden haben, daß ihn die Lust anwandelte, ein zweites Schiff in diese Gewässer zu schicken.«

Wilder gab keine Antwort. Entweder war er es müde, der abergläubischen Furcht seines Gehilfen zu Gefallen zu reden, oder sein Geist war mit dem Hauptgegenstand zu sehr beschäftigt, um bei etwas anderm verweilen zu können.

Wenn auch die Wogen, die sich dem Lauf des Bristoler Kauffahrteischiffes entgegensetzten, zahllos aufeinander folgten, und daher dessen Fortschritt sehr verzögerten, so hatte es sich doch eine Stunde Wegs durch das bewegte Element vorwärts gekämpft. Beim Herabstürzen von einer Woge zerteilte der Bug jedesmal eine Wassermasse, die mit jeglichem Augenblick an Größe und Heftigkeit zuzunehmen schien; und mehr als einmal war der kämpfende Rumpf des Schiffes nach vorn zu ganz begraben in einer Woge, die hinanzuklimmen oder zu zerteilen es gleich wenig imstande war.

Die Matrosen beobachteten genau die geringste Bewegung ihres Fahrzeugs. Stundenlang verließ auch nicht einer von ihnen das Verdeck. Die abergläubische Furcht, die den unaufgeklärten Geist des ersten Schiffsgehilfen gefangen hielt, hatte sich bald bis zu dem untersten Schiffsjungen hinab verbreitet. Sogar der Unfall, der ihren früheren Kommandeur betroffen, und die plötzliche und geheimnisvolle Art, wie der junge Offizier zuerst unter sie kam, der jetzt unter so schreckenerregenden Umständen mit einer auffallenden Festigkeit und Ruhe auf der Schanze auf und ab ging, trugen jetzt dazu bei, den fanatischen Eindruck zu steigern. Daß die Carolina so großen Druck der Segel in ihrer gegenwärtigen Lage ohne Schaden ertragen konnte, erhöhte die schon entflammte Verwunderung der Matrosen, und ehe noch Wilder mit sich ins reine gekommen war, welches Schiff wohl am meisten aushalten könne, seines oder jenes, das so unerklärlich am Horizont hing, war er selbst für seine eigene Mannschaft der Gegenstand unnatürlicher und empörender Vermutungen geworden.

Fünfzehntes Kapitel.

Der Aberglaube ist eine Eigenschaft, die auf dem Meere heimisch zu sein scheint. Wenig gemeine Matrosen sind von seinem größern oder geringern Einfluß frei; nur die Formen, in denen er sich äußert, sind verschieden, je nach den verschiedenen Eigentümlichkeiten und Ansichten der Nationen, denen die Seeleute angehören. Der Matrose des Baltischen Meeres hat seine geheimen Zeremonien und eigene Weise, um die Götter des Windes zu versöhnen; der Schiffahrer des Mittelmeeres zerzaust sich das Haar und wirft sich vor das Bild irgendeines ohnmächtigen Heiligen nieder, nicht ahnend, daß seine eigene Hand den Dienst tun könnte, um den er fleht, während der erfahrene Brite die Geister der Toten im Sturme zu sehen, und in den Windstößen, die über die See dahersausen, das Kreischen eines ertrunkenen Schiffsgefährten zu hören glaubt. Selbst der mehr unterrichtete und noch mehr klügelnde Amerikaner hat den geheimen Einfluß einer Sinnesweise nicht von sich abschütteln können, die mit seinem Stande untrennbar verwebt zu sein scheint. Es liegt eine Majestät in der Macht der gewaltigen See, wodurch die Zugänge zu jener Leichtgläubigkeit stets offen gehalten werden, die mehr oder weniger den Geist eines jeden bewältigt, wie sehr er auch durch den Gedanken gekräftigt und aufgeklärt sein mag. Das Himmelsgewölbe über sich, eine unabsehbare Wasserwüste um seinen Pfad her, ist der weniger begabte Seemann bei jedem Schritt seiner Pilgerschaft der Versuchung ausgesetzt, Beruhigung in irgendeinem glückverkündenden Vorzeichen zu suchen, und da einige dieser Vorzeichen wegen ihrer Begründung in Natur und Wissenschaft zuverlässig sind, so dienen sie nur dazu, den Glauben an die vielen anderen zu erhalten, die nur aus erregter Einbildungskraft oder zaghafter Stimmung entspringen. Die Sprünge des Delphins, das ernsthafte und geschäftige Vorüberziehen des Meerschweines, das schwerfällige Spiel des ungeschlachten Walfisches, und das Gekreisch der Seevögel haben alle, gleich den Zeichen der Wahrsager des Altertums, gewisse entsprechende gute oder schlimme Folgen. Die Verwirrung zwischen Dingen, die erklärt, und Dingen, die nicht erklärt werden können, bringt das Gemüt des Seemanns endlich in einen Zustand, wo jedes aufregende und nichtsinnliche Gefühl willkommene Aufnahme findet, und wäre es auch nur, weil es gleich dem Element, auf dem er sein Leben zubringt, das Gepräge einer übernatürlichen, das heißt, einer ihm unbegreiflichen Macht an sich trägt.

Die Schiffsmannschaft auf der Royal Carolina bestand insgesamt aus Kindern jener entfernten Insel, aus der Schwärme von Nationen ausgegangen sind und noch immer ausgehen, und deren Geschick es wahrscheinlich sein wird, ihren Namen einer Zeit zu überliefern, wo der Ursitz ihrer verfallenen Macht und Herrlichkeit als ein Gegenstand der Neugier besucht werden wird, gleich den Ruinen einer Stadt in einer Wüste.

Die Gesamtereignisse jenes Tages waren geeignet genug, den verborgenen Aberglauben dieser Leute hervorzurufen. Daß der, ihrem frühern Befehlshaber begegnete Unfall, und die Art, wie ein Fremder dessen Nachfolger in der Macht geworden war, ihre zweifelsüchtige Stimmung bedeutend vermehrt hatte, ist bereits erwähnt worden. Das Fahrzeug leewärts erschien nun für die Beglaubigung des Charakters unseres Abenteurers sehr zur Unzeit, da er noch keine passende Gelegenheit gefunden hatte, um sich in dem Vertrauen seiner Untergebenen festzusetzen, als sich diese unerwünschten Umstände vereinigten, um ihn mit dem plötzlichen Verlust seiner kaum erlangten Autorität zu bedrohen.

Nur einmal erst hat sich Gelegenheit geboten, den Leser die Bekanntschaft des Maats machen zu lassen, der in der Rangordnung auf dem Schiffe gleich auf Earing folgte. Er hieß Nighthead,[33] ein Name, der einigermaßen auf eine gewisse Umnebelung seines Kapitoliums hinwies. Von seinen geistigen Eigenschaften kann man einen Begriff erhalten durch die paar Bemerkungen, die er zu machen für gut fand, als der alte Matrose, den Wilder seinen Unwillen fühlen lassen wollte, der nachsehenden Schute entwischt war. Nur einen Grad über dem gemeinen Matrosen stehend, war dieses Individuum auch weit mehr mit ihren Gewohnheiten und Ansichten vertraut, als Earing und übte deshalb einen weit größeren Einfluß auf sie, denn obgleich er seinem Gefährten untergeordnet war, so galten doch seine Aussprüche in allen Dingen, bei denen es sich

---

[33] Nachthaupt, Nebelkopf

nicht um eine bloße Ausführung unbedingter Befehle handelte, als maßgebende Norm.

Nachdem das Schiff gewendet war, und während der Zeit, wo Wilder alles aufbot, um seinen unwillkommenen Nachbar aus dem Auge zu verlieren, hatte sich dieser eigensinnige und abergläubische Matrose auf die Kuhl gepflanzt, wo sich einige der ältern und erfahreneren Seeleute um ihn herumstellten. Diese besprachen sich mit ihm über die merkwürdige Erscheinung des Phantoms auf der Leeseite, dann auch über die außerordentliche Art, wie ihr ungekannter Befehlshaber die ausdauernden Kräfte ihres eigenen Fahrzeuges auf die Probe zu stellen beliebte.

»Ich hab' mir von ältern seefahrenden Leuten, als irgendwelche, die auf diesem Schiffe sind, erzählen lassen,« sagte Nighthead, »es sei bekannt, wie der Teufel manchmal einen seiner Maaten an Bord eines ehrlichen Kauffahrers schicke, um ihn auf Untiefen und Sandgetriebe zu führen und ein Wrack draus zu machen, damit ihm die Seelen der Leute als sein Anteil zufallen mögen. Wer kann dafür stehen, was für einer in die Kajüte kommt, wenn ein Unbekannter an der Spitze der Namensliste eines Schiffes steht?«

»Das fremde Fahrzeug ist in einer Wolke eingehüllt!« rief einer der Seeleute, der auf die Philosophie seines Oberen lauschte und zugleich ein Auge fest auf den geheimnisvollen Gegenstand zur Leeseite gerichtet hielt.

»Schon gut; mich sollte es nicht wundernehmen, wenn es in den Mond hineinsegelte, das Schiff dort! Das Glück gleicht einem Drehreffsblock und seiner Rahe: wenn der eine aufsteigt, steigt die andere nieder. Es heißt, die Rotröcke zu Land seien siegreich gewesen, da ist's denn freilich Zeit, daß wir ehrlichen Seeleule uns auf Sturm und Unheil gefaßt halten. Ich habe Kap Horn in einem königlichen Schiffe dubliert, Brüder, und ich habe die Glanzwolke gesehen, die nie untergeht, und habe ein lebendiges Dverlicht[34] in mei-

---

[34] Dverlichter oder Irrlichter sind eine Erscheinung an den hoch in die Luft ragenden Körpern des Schiffes. Man sieht nämlich an den Spitzen und Ecken der Masten und Rahen bei einer Gewitterluft zuweilen rauchende Flammen, die ohne Schaden eine Zeitlang fortdauern. Schon die Alten bemerkten es oft. Plinius erzählt, er selbst habe Sterne auf den Lanzen der Soldaten und auf den Masten der Schiffe gesehen, die zischend von einem Ort zum andern gehüpft wären.

ner leiblichen Hand gehalten. Aber das sind Dinge, die jeder sehen kann, der bei starkem Wind auf eine Rahe steigen oder an Bord eines Südseefahrers gehen will. Bei alledem aber behaupt' ich, daß es was Ungewöhnliches ist, wenn ein Schiff seinen eigenen Schatten im Nebel sehen kann, wie wir das jetzt können seht, dort kommt's wieder! – da, zwischen der Hintersegelstange und den Pardunen, oder, wenn ein Kauffahrer Segel trägt auf eine Manier, die jedes Krummholz in einer Bombenkiste sollte arbeiten machen, wie die Zahnbürsten, womit die Passagiere in ihren Mäulern hin und her fiedeln, nachdem sie ein Sträußchen mit der Seekrankheit bestanden haben.«

»Und doch hält der Junge das Schiff im Zügel,« sagte der Allerälteste unter den Matrosen, der das Auge von Wilders Bewegungen nicht abwendete; »er jagt die Carolina toll genug vorwärts, das geb' ich zu, aber doch, bis jetzt hat er noch keinen Faden Hanf verloren.«

»Faden!« wiederholte Nighthead in einem höchst verächtlichen Tone; »was wollen Faden sagen, wenn das ganze Tau reißen soll, und auf eine Manier, daß für den Anker keine Hoffnung übrig bleibt, außer am Bojereep? Laß dir was sagen, alter Bill, der Teufel läßt seine Geschäfte niemals halbgetan. Was kommen soll, das kommt leiblich; da gilt kein Fortschaffen, als wenn du die Kapitänsfrau ins Boot runterläßt, während er auf 'm Verdeck bleibt, um zuzusehen, daß alles geht, wie's soll.«

Zwei solcher Sterne waren Vorbedeutungen einer glücklichen Fahrt und wurden von den Schiffern Kastor und Pollux genannt: einer allein, der Helena hieß, bedeutete Unglück. Im Mittelalter wurde es für die Erscheinung eines Heiligen gehalten und daher von den Spaniern, Portugiesen und Italienern Corpo santo genannt (daher der englische und französische Name Corposant: der Name St. Elmos Feuer hingegen ist wahrscheinlich das verstümmelte Helena der Alten, mit dem Sancto der Neueren sonderbar genug verbunden). Seitdem der Blitz als eine elektrische Erscheinung bekannt ist, sind auch die Irrlichter, den Phänomen des elektrischen Lichtes gemäß, als Zeichen der in Spitzen und Ecken eindringenden Elektrizität angesehen worden. Eine Spitze nimmt nicht sowohl aus der Wolke selbst als vielmehr aus der um sie verbreiteten Luft die Mitteilung der Elektrizität sehr leicht und auf eine große Entfernung an. Die Irrlichter erscheinen daher gewöhnlich bei starkem Wind, werden aber von diesem nicht bewegt und sind als Zeichen eines abnehmenden oder sich zerteilenden Gewitters anzusehen.

Anm. d. Übers.

»Herr Nighthead versteht's, wie man ein Schiff zu handhaben hat, das Wetter mag sein, wie's wolle!« sagte ein anderer, dessen ganzes Wesen hinlänglich das Vertrauen verriet, das er auf die Geschicklichkeit des zweiten Schiffsgehilfen setzte.

»Dafür ist mir niemand Dank schuldig. Ich hab' den Dienst von der Pike an durchgemacht und jedes Seil gehandhabt vom Logger bis zum Zweidecker rauf. Wenig Leute können mehr Empfehlendes von sich anführen, als ich; denn mein bißchen Wissen hab' ich mir nicht in der Schule sondern durch viel harte Arbeit erworben. Aber was will Wissen oder selbst Seefahrerkunst sagen gegen Zauberei, oder gegen das Tun eines gewissen jemand, den ich nicht nennen mag, da man nu mal keinen Herrn u n n ö t i g e r w e i s e beleidigen soll? Ich sage, Brüder, dieses Schiff ist auf eine Manier bespannt, die kein Seemann zugeben würde oder sollte, wenn er weiß, was er will.«

Ein allgemeines Murren verkündigte, daß, wo nicht alle, doch die meisten einerlei Meinung mit ihm waren.

»Laßt uns vernünftig, wie es aufgeklärten Engländern gebührt, den ganzen Tatbestand untersuchen«, fuhr der Maat fort, indem er quer über seine Schulter zurückblickte, wahrscheinlich um sich zu vergewissern, daß die Person, vor deren Mißfallen er eine so heilsame Furcht hatte, auch nicht gerade bei seinem Ellbogen stände. »Wir alle, ohne Ausnahme, sind auf die Welt gekommen als Insulaner, da ist nicht ein Tropfen ausländischen Bluts unter uns, nicht mal ein Schottländer oder Irrländer auf dem Schiff. Erstlich also, muß euch da der ehrliche Nikolaus Nichols vom Wasserfaß abglitschen und ein Bein brechen! Nu weiß ich aber, Kameraden, daß Leute schon von Stengenspitzen und Rahen heruntergefallen sind, und doch kein Bein gebrochen haben. Aber was kommt's einer gewissen Person drauf an, wie weit sie ihren Mann wirft, da sie bloß einen Finger in die Höhe zu heben braucht, um uns alle baumeln zu machen. Ferner und zweitens kommt euch da am Bord hier ein Fremder mit einem Koloniegesicht, und nicht mit einem geradezuen, glatten Engländergesicht, was einer mit der flachen Hand bedecken kann.«

»Der Junge sieht nicht übel aus«, unterbrach ihn der alte Matrose.

»I, darin liegt ja eben die ganze Teufelei dieser Affäre! Er sieht gut aus, zugegeben: aber es ist nicht d a s gute Aussehen, das einem Engländer zusagt. Er hat so was Sprechendes an sich, das mir nicht gefallen will; denn m i r gefällt niemals zuviel Sprechendes an einem, weil man da nicht immer wissen kann, was er eigentlich vorhat. Weiter, drittens, dieser Fremde nu weiß, S c h i f f p a t r o n s r a n g hier am Bord zu erlangen, während der, der hier auf dem Verdeck sein sollte, unten in seiner Hängematte liegt, unfähig, sich selbst umzudrehen, geschweige das Schiff; und doch weiß kein Mensch, wie es eigentlich zugegangen ist.«

»Er handelte mit dem Kommissionär um die Stelle, und der schlaue Kaufmann schien sich nicht schlecht zu freuen, daß er so 'n schmucken Jungen zur Führung der Carolina gefunden hatte.«

»Ach, ein Kaufmann ist, wie alle übrigen, nur aus Ton gemacht; und, was noch schlimmer ist, aus Ton, der nicht mit Salzwasser zersetzt ist. Schon manch Handelsmann hat die Brille von der Nase genommen, seine Bücher geschlossen und sich ins Fäustchen gelacht, weil er meinte, er hätte seinen Nächsten übervorteilt, als er aber seine Bücher wieder aufmachte, ja, da fand sich 's, daß er nur sich selbst übervorteilt hatte. Herr Bale glaubte gewiß Wunder was für 'n gescheiten Streich er für die Eigentümer ausführte, als er diesen Herr Wilder so spottwohlfeil bekam. Er hat wahrscheinlich nicht gewußt, daß er das Schiff verkaufte an den ... es geziemt einem einfältigen Seemann nicht, irgend jemand, unter dessen Befehl er nu mal segelt, zu verachten; darum will ich ohne Not die Person nicht nennen, die meines Dafürhaltens kein geringes Anrecht auf dieses Fahrzeug erlangt hat, sie mag nu ehrlich oder anderswie dazu gekommen sein.«

»Ich hab' noch nie 'n Schiff hübscher aus der Klemme bringen sehen, wie diesen Morgen, als er die Führung der Carolina dem Lotsen entriß und selbst übernahm.«

Hier brach Nighthead in ein gemeines Gelächter aus, was aber seine Zuhörer voller Bedeutsamkeit fanden.

»Wenn ein Schiff einen Kapitän von einer gewissen Gattung hat, muß einen nichts wundernehmen«, antwortete er, von seinem bedeutsamen Lachen zurückkommend. »Für meine Person, ich hab' mich zu Bristol eingeschifft, um nach den Carolinas und Jamaika zu gehen, und unterwegs hin und zurück in Newport anzulegen; und ich gestehe, ich hab' gar keine Lust a n d e r s w o h i n zu gehen. Nu ja, er hat die Carolina aus ihrem schlechten Kielwasser raus- und bei dem Sklavenhändler geschickt genug vorbeigebracht; nur zu geschickt für einen so jungen Seemann. Hätte ich's selber getan, es hätte fast nicht besser ausfallen können. Aber, was haltet Ihr von dem Graubart in dem Boot, Brüder? So eine Jagd und ein solches Entwischen mit anzusehen, d a s Glück wird wenig alten Seehunden zuteil! Ich hab' von einem Schmuggler erzählen hören, den die königlichen Zollschiffe wohl hundertmal bis in eine Bucht des Kanals verfolgt hatten, und wenn sie nu glaubten: Jetzt haben wir ihn, den Schuft aus Guernsey, risch! segelte er euch in einen dienstfertigen Nebel rein, aus dem ihn kein Mensch wieder rauskommen sah! Dies Boot mag meines Wissens zwischen dem Guernseyfahrer und der Küste Dienste getan haben, ich aber hab' keine Lust, in einem solchen Boote ein Ruder zu führen.«

»Merkwürdig war jene Flucht allerdings!« rief der alte Seemann, dessen Glaube an den guten Charakter unseres Abenteurers nach und nach durch diese Anhäufung von Beweisen zum Wanken gebracht war.

»Das denk' ich auch,« fuhr Nighthead fort, »andere verstehen's vielleicht besser als ich, der ich erst fünfunddreißig Jahre zur See bin. Dazu kommt nu noch, daß das Meer nu auf einmal in Aufstand gerät, kein Mensch weiß wie? Und dann schaut mal diese Haufen von Wolken an, die den Himmel verdunkeln, und trotzdem kommt Euch soviel Licht aus dem Meere hervor, daß einer dabei lesen könnte, wenn er sonst ein tüchtiger Gelehrter ist.«

»Ich hab' doch aber schon oft Wetter wie das jetzige gesehen.«

»Das hat wohl jeder. Es geschieht selten, daß einer, er mag kommen woher er will, schon die erste Seereise als Kapitän mitmachte. Wer diese Nacht zur See ist, er sei, wer er wolle, ich stehe dafür, der ist nicht das erstemal da. Hab' auch schon schlimmer aussehenden Himmel, ja sogar schlimmer aussehendes Wasser über und unter mir gehabt; aber was Gutes ist meines Wissens weder aus dem einen noch aus dem anderen jemals geworden. In der Nacht, wo ich schiffbrüchig wurde in der Bai ...«

»He, ihr auf der Kuhl dort!« erschallte der ruhige Gebieterton Wilders.

Wäre eine warnende Stimme dem stürmisch einherrauschenden Ozean entstiegen, nicht schrecklicher würde sie den Ohren der schuldbewußten Matrosen geklungen haben, als dieser plötzliche Ruf. Der junge Befehlshaber sah sich genötigt, ihn zu wiederholen; denn Nighthead, dem es von Amts wegen zukam, zu antworten, konnte dazu nicht gleich Entschlossenheit genug aufbieten.

»Setzt das Voroberbramsegel bei!« fuhr Wilder fort, als ihm endlich der gewöhnliche Erwiderungsruf sagte, daß er gehört werde.

Der Maat und seine Gefährten sahen einander einen Augenblick mit dumpfer Verwunderung an, und manches melancholische Kopfschütteln wechselten sie, ehe sich einer von ihnen endlich in das Tauwerk der Luvseite warf und, voller Zweifel im Herzen, hinankletterte, um das genannte Segel von den Reffen loszumachen.

Wilder ließ allerdings so verzweifelt viele Segel aufspannen, daß selbst Leute, die weniger abergläubisch gewesen wären, als seine Untergebenen, dadurch zum Mißtrauen in seine Absichten oder in sein Urteil hätten veranlaßt werden können. Earing sowohl als sein weniger einsichtsvoller und daher um so mehr eigensinniger Kollege hatten längst eingesehen, daß ihr junger Vorgesetzter die gleichen Wünsche mit ihnen hegte, nämlich: dem gespenstischen Schiffe zu entkommen, das so unbegreiflicherweise ihren Bewegungen folgte. Nur in der Art und Weise, dies auszuführen, waren ihre Ansichten von den seinigen verschieden; aber so wesentlich verschieden, daß beide Gehilfen beiseite gingen, um sich miteinander zu beraten, woraus Earing durch die dreistgeäußerte Meinung seines Zugesellten selber etwas angespornt, auf seinen Kommandeur losging, entschlossen, das Resultat ihrer gemeinschaftlichen Beratung mit der Unumwundenheit vorzutragen, die ihm der Drang des Augenblicks zu erfordern schien. Allein in dem festen Blick und in der gebieterischen Miene Wilders war etwas, das seinen Entschluß wanken machte, und er berührte den bedenklichen Gegenstand mir einer Bescheidenheit und auf Umwegen, die mit seinem Wesen in ganz eigenem Kontrast standen. Er beobachtete die Wirkung des erst beigesetzten Segels mehrere Minuten lang, ehe er sich nur getraute, den Mund zu öffnen. Doch ein schreckliches Aufeinandertreffen des Schiffes und einer Woge, die ihr zürnendes Haupt mehrere Dutzend Fuß über das herankommende Vorderdeck erhob, ermutigte ihn in seinem Vorsatz, indem ihm die Gefahr längeren Schweigens von neuem vor die Augen trat.

»Ich sehe nicht, daß wir den Fremden aus den Augen verlieren, obgleich sich das Schiff so schwer durchs Wasser vorwärts wälzt«, fing er an, sich endlich äußerst behutsam und umsichtig mit einer Vorstellung herauswagend.

Wilder blickte noch einmal auf den Nebelpunkt am Horizont, der schon solange sein Auge fesselte, dann zürnend nach dem Punkte hin, wo der Wind stand, gleichsam als wollte er dessen ganze Gewalt herausfordern: Earing wartete vergebens aus Antwort.

»Wir haben die Leute immer unzufrieden gesehen, Sir, wenn's ans Pumpen gehen sollte,« nahm er seine Worte wieder auf, als er fand, daß seine Pause keine Antwort hervorlockte; »ich darf einem Offizier, der seinen Dienst so gut versteht, wohl nicht erst sagen, daß Matrosen selten Freunde von Pumpen sind.«

»Die Befehle, Herr Earing, die ich zu geben für notwendig erachten werde, wird die Bemannung dieses Schiffes ebenso notwendig vollziehen müssen.«

Die gestrenge, gesetzte Herrschermiene, von der diese abgedrungene Antwort begleitet war, verfehlte ihren Eindruck nicht. Earing wich auf eine ehrerbietige Weise einen Schritt zurück und tat, als wenn er im Anschauen der vorbeitreibenden kolossalen Wolken verloren wäre; sich endlich ganz zusammennehmend, versuchte er den Angriff von einer anderen Seite.

»Ist es Ihre reiflich erwogene Meinung, Herr Kapitän,« sagte er, indem er sich begütigend eines Titels bediente, worauf unseres Abenteurers Ansprüche freilich sehr problematisch waren, »ist's Ihre wirkliche Meinung, daß menschliche Mittel imstande seien, die Royal Carolina dem Gesichtskreis des Fahrzeuges dort zu entführen?«

»Ich fürchte, nein«, versetzte der Jüngling, dabei so tief Atem holend, als ob die geheimen Besorgnisse in seiner Brust um einen entsprechenden Ausdruck kämpften.

»Und ich – mit gebührender Rücksicht auf Ihre bessere Einsicht und Autorität, mein Herr, sag' ich es – ich weiß, daß es unmöglich ist. Ich hab' zu meiner Zeit viel dergleichen Partien gesehen; und weiß nur zu gewiß, daß alle Anstrengung, einem solchen Vogel den Wind abzugewinnen, so gut wie vergeblich ist.«

»Hier Earing, nehmen Sie selber das Fernglas, und sagen Sie mir, unter wievielen Segeln der Fremde steuert, und wie weit er ungefähr von uns ab sein mag«, sagte Wilder gedankenvoll, ohne im mindesten auf die eben gemachte Bemerkung des anderen geachtet zu haben.

Der ehrliche und wohlmeinende Gehilfe legte den Hut aufs Deck und tat, wie ihm befohlen war. Er blickte lange, ernst und unverrückt durch das Glas, drückte dann die Glieder des Fernrohres mit seiner gewaltigen flachen Hand zusammen und antwortete endlich wie einer, der nach vieler Überlegung mit sich aufs reine gekommen ist.

»Wenn das Segel dort wie jedes andere sterbliche Schiff gebaut und ausgerüstet wäre, so würde ich nicht anstehen, es für ein wohlbetakeltes, mit seinen drei einfach gerefften Bramsegeln, großen Untersegeln und Treiber und Klüver versehenes Fahrzeug zu erklären.«

»Und hat es nicht mehr?«

»Dafür wollte ich mich verbürgen, wohlverstanden, wenn ich mich erst vergewissern könnte, daß es in jedem Betracht anderen Fahrzeugen gleicht.«

»Und doch, Earing, haben wir mit diesem ganzen Segeldruck, wenn überhaupt der Kompaß richtig zeigt, jenem Schiff keinen Fuß Weges abgenommen.«

»Mein Gott,« erwiderte der Gehilfe, mit dem Kopf nickend, wie jemand, der von der Torheit eines solchen Beginnens vollkommen überzeugt ist, »und wenn Sie soviel beisetzen, daß jedes Tuch im großen Segel platzt, durchs Schnellfahren verändern Sie die Stellung jenes Segels dort um keinen Zoll bis zu Sonnenaufgang! Dann freilich dürften es gute Augen in die Wolken hineinsteuern sehen; obgleich ich für meine Person niemals das Glück oder das Unglück gehabt habe, daß mir einer dieser Kreuzer bei hellem Tage ausgestoßen wäre.«

»Und wie weit ist es ab?« sagte Wilder: »Sie haben immer noch nicht gesagt, wie weit es entfernt ist.«

»Das kommt auf die Art an, wie man mißt. Kann sein, daß es in diesem Augenblicke hier liegt, nahe genug, um uns einen Zwieback in die Topps werfen zu können; kann aber auch sein, daß es dort liegt, wo wir es zu sehen scheinen, mit dem Rumpf ganz in den Horizont getaucht.«

» W e n n es auch wirklich dort liegt, wie weit ist's ab?«

»Je nun, dem S c h e i n e nach ist's ein Schiff von ungefähr sechshundert Tonnen, und nach dem äußeren Blick zu urteilen, möchte man sagen, es liege ein paar Stunden, drüber oder drunter, leewärts ab von uns.«

»Das stimmt mit meiner Berechnung! Sechs Meilen[35] windab ist bei einer scharfen Jagd kein unbedeutender Vorsprung. Beim Himmel, Earing, ich will den Kerl hinter mir lassen, und sollte ich die Carolina bis aufs Trockene treiben!«

»Das wäre tunlich, wenn das Schiff Flügel hätte wie eine Seemöwe; so aber glaub' ich, treiben wir's auf den Grund.«

»Es hält sich noch immer gut unter der vielen Leinwand; Sie wissen nicht, was das Boot aushalten kann, wenn's angetrieben wird.«

»Ich hab' es bei allen Gattungen von Wetter segeln sehen, aber, Herr Kap ...«

Sein Mund verschloß sich plötzlich. Eine ungeheure schwarze Woge erhob sich zwischen dem Schiffe und dem östlichen Horizont, im Heranrollen alles ihr in den Weg Kommende zu verschlingen drohend. Selbst Wilder sah dem Stoß mit atemloser Angst entgegen, und für den Augenblick drängte sich ihm das Gefühl auf, daß die Klugheit doch wohl nicht rechtfertige, das Schiff mit so großem Ungestüm gegen eine solche Wassermasse angetrieben zu haben. Einige Klafter vor dem Bug der Carolina überstürzte sich die Woge und eine Flut von Schaum verhüllte das Verdeck. Eine halbe Minute

---

[35] Englische Meilen, wovon ungefähr fünf auf eine deutsche gehen.

lang verschwand das Vorderteil des Schiffes, gleichsam als wollte es unter der Woge, die es nicht erklimmen konnte, hinwegtauchen, dann hob es sich langsam wieder, mit Millionen funkelnder Infusionstierchen des Ozeans wie mit ebenso vielen Brillanten überdeckt. Das Schiff hatte inne gehalten, indes jede Fuge seines starken und kolossalen Baues bebte, und der Wiederantritt seines Laufes geschah mit einer Langsamkeit, die warnend seine Leiter der Unbesonnenheit zu bezichtigen schien.

Schweigend sah Earing seinen Obern an, überzeugt, daß nichts, was er vorzubringen vermöchte, einen schlagenderen Beweis enthalten könnte. Nun standen die Matrosen nicht länger an, ihre Unzufriedenheit laut werden zu lassen; sie erkühnten sich, über die Folgen solches schonungslosen, tollkühnen Wagnisses ihre Prophezeiungen zu machen. Wilder hörte nichts oder wollte nichts hören. Unerschütterlich in seinem geheim gefaßten Entschlusse, würde er, um ihn auszuführen, noch größerer Gefahr die Stirne geboten haben. Allein ein durchdringender, obgleich halb zurückgehaltener Schrei vom Spiegel des Schiffes her, erinnerte ihn an das Zagen anderer. Sich rasch auf dem Absätze umdrehend, näherte er sich der noch bebenden Gertraud und ihrer Erzieherin, die sich beide während der letzten unsäglich bangen Stunden zwar fern von ihm gehalten, aber mit schmerzlicher Spannung die geringste seiner Bewegungen beobachtet hatten.

»Das Schiff hat diesen Stoß so gut ausgehalten, daß ich mich auf seine Stärke vollkommen verlasse«, sagte er besänftigend, um sie in blinde Sicherheit einzulullen. »Mit einem festen Schiff ist ein tüchtiger Matrose nie in Verlegenheit.«

»Herr Wilder,« versetzte die Gouvernante, »ich habe das fürchterliche Element, auf dem Sie Ihr Leben zubringen, in vielen Gestalten gesehen; vergebens bestreben Sie sich, mich zu täuschen. Ich weiß, daß Sie das Schiff auf eine ungewöhnliche Weise antreiben; haben Sie auch hinlänglichen Beweggrund zu diesem verwegenen Unterfangen?«

»Den hab' ich, Madame!«

»Und soll er, wie so viele andere von Ihren Beweggründen, ewig in Ihrer Brust verschlossen bleiben, oder dürfen wir, gleich betroffen von dessen Folgen, nicht auf einen gleichen Teil der Kenntnis davon Anspruch machen?«

»Da Sie so viele Sachkunde besitzen,« erwiderte der Jüngling mit einem erzwungenen Lachen, das ihm etwas Schreckenerregendes gab, »so ist es ja überflüssig, Ihnen zu sagen, das man, um windwärts zu steuern, dem Schiffe Segel aufsetzen müsse.«

»Eine von meinen Fragen werden Sie wenigstens unverhohlener beantworten können: Ist dieser Wind günstig genug, um uns über die gefährlichen Untiefen des Hatteras zu führen?«

»Ich zweifle.«

»Warum denn nicht lieber dahin umkehren, woher wir kommen?«

»Sie sind es zufrieden, wieder umzukehren?« fragte der Jüngling mit der Blitzesschnelle des Gedankens.

»Zu meinem Vater will ich«, sagte die vor Sehnsucht glühende Gertraud mit einer der seinigen so nahekommenden Schnelligkeit, daß ihr die wenigen Worte fast den Atem versetzten.

»Und ich, Herr Wilder,« nahm ruhig die Gouvernante wieder das Wort, »wünsche, überhaupt dieses Schiff zu verlassen. Ich verlange keine Erklärung aller Ihrer geheimnisvollen Warnungen; keine Frage soll Sie je wieder belästigen, nur geben Sie uns unseren Freunden in Newport zurück.«

»Es könnte geschehen!« murmelte unser Abenteurer, »es könnte geschehen! Ein paar tüchtige Stunden bei diesem Winde wären hinreichend – Herr Earing!«

Der Gehilfe stand augenblicklich neben ihm. Wilder wies mit dem Finger auf den trüben Punkt leewärts und reichte ihm das Glas, um eine zweite Untersuchung anzustellen. Sie blickten abwechselnd beide lang und scharf dahin.

»Es zeigt keine Segel mehr!« sagte ungeduldig der Kommandeur, als er einige Minuten lang stumm hingeschaut hatte.

»Nicht einen Faden, Herr. Aber was liegt auch einem Fahrzeug dieser Art daran, ob viel oder wenig Leinwand flattert, ob der Wind Ost oder West steht?«

»Hören Sie, Earing, der Wind hat zuviel von Süden in sich; und dort der düstere Wolkenstreifen auf unserer Windseite verkündet eine Wettergall. Lassen Sie das Schiff zwei Punkte oder etwas mehr vom Wind abfallen, und vermindern Sie den Druck an den Spieren durch das Anziehen der Luvbrassen.«

Der arglose Maat vernahm die Order mit einem Erstaunen, das er sich gar nicht zu verbergen bestrebte. Denn der erfahrene Seemann sah ohne Schwierigkeit, daß auf die Ausführung dieser Order nichts anderes erfolgen könnte, als daß sie denselben Weg, den sie bereits hinter sich hatten, wieder zurück gingen, was also wesentlich den Zweck der Fahrt aufgeben hieße. Er wagte es daher, mit der Ausführung zu zögern, um Gegenvorstellungen zu machen.

»Nehmen Sie es einem bejahrten Seemann wie mir nicht übel, Herr Kapitän, daß er sich über das Wetter ein Urteil erlaubt. Wenn es der Vorteil des Eigentümers verlangte, so hätte ich nichts dawider, umzukehren, denn ich mag nicht Land, auf das der Wind zu-, statt abtreibt. Ich dächte aber, wir könnten wohl das Meer behalten, wenn wir die Segel nur ein wenig anreffen; jeder Schritt von den Hatteras weg wäre schon barer Gewinn. Zudem kann sich ja der Wind zwischen heut und morgen nach Nordwest drehen.«

»Ein paar Punkte abgefallen! Und die Luvbrassen angeholt! sage ich!« rief Wilder aufgebracht.

Längerer Verzug unter solchen Umständen war nicht des ehrlichen Earing Sache; er hatte ein zu friedfertiges, unterwürfiges Gemüt dazu. Daher förderte er die Orders an die Subalternen, die zwar gehorchten, wie sich von selbst versteht, allein Nighthead und noch einige Veteranen von der Schiffsmannschaft ließen doch über die unschlüssige und scheinbar unvernünftige Schwankung im Willen ihres Kommandeurs halb unterdrückte und bedeutungsschwere Töne hören.

Bei allen diesen Zeichen der Unzufriedenheit blieb Wilder, wie vorher, gleichgültig. Wenn er sie überhaupt bemerkte, so verschmähte er es entweder, die geringste Notiz davon zu nehmen, oder tat, sich dem Drange des Augenblicks fügend, als merkte er nicht, worum es sich handle. Inzwischen glitt das Schiff gleich einem Vogel, der, durch langes Ankämpfen gegen den Luftstrom ermüdet, seinem Fluge eine andere, minder schwierige Richtung gibt, über die Wellenspitzen, oder durch die hohle See leicht einher, weil es nunmehr mit einem günstigeren Winde segeln durfte, und der Lauf des Stroms dem Seinigen nicht länger entgegengesetzt war. In demselben Grade, als es vom Winde abfiel, stellte sich das Gleichgewicht seiner Kraft und des Segeldruckes wieder her. Doch war die ganze Mannschaft der Meinung, daß bei einer so bedrohlichen Nacht noch immer des Segeltuches mehr als genug beigesetzt wäre. Nicht so urteilte der Fremdling, dem das Schicksal des Schiffes anvertraut worden war. Mit einer Stimme, die noch immer die Subalternen an die Gefahr des Ungehorsams erinnerte, befahl er, mehrere große Leesegeltücher rasch nacheinander beizusetzen. Auf diese Weise von neuem angetrieben, lief das Schiff in voller Karriere über die Wellen, seine Spur mit einer Masse Schaums bezeichnend, die der Größe und dem Glanze nach mit dem überstürzenden Gipfel der ungeheuersten Wogen hätte wetteifern können.

Als Segel auf Segel beigesetzt war, bis sich selbst Wilder gestehen mußte, daß die Royal Carolina, so dauerhaft sie war, doch nicht m e h r tragen könne, begann er von neuem auf dem Deck rasch auf und ab zu gehen, und dabei umherzuschauen, um den Erfolg seines neuen Versuches zu beobachten. Die Veränderung im Laufe des Bristoler Kauffahrers hatte eine entsprechende Veränderung in der Fahrt des fremden Schiffes zur Folge, das noch immer wie ein kleiner Nebelpunkt am Horizont dahinschwebte, noch immer, wie der unfehlbare Kompaß den wachsamen Abenteurer lehrte, dieselbe gleiche Richtung mit ihm behielt, wie damals, als er es zuerst entdeckte.[36] Seine verzweifeltsten Anstrengungen schienen dem Fremden keinen Zoll abgewinnen zu können. Nach einer schnell dahin geflogenen Stunde sah er am Geschwindigkeitsmesser, daß das Schiff drei Stunden Weges zurückgelegt hatte, und dennoch, dennoch lag das fremde Schiff dort im Westen, gleichsam als wäre es der Schatten der Carolina, den die fernen düsteren Wolken zurückgäben. Die einzige am Fremden zu gewahrende Veränderung bestand darin, daß das Auge nunmehr eine größere Fläche seiner Segel bestreichen konnte, eine Folge der neuen Richtung beider

---

[36] Der Leser begreift wohl, daß sich die scheinbare Richtung eines Schiffes zur See, vom Deck eines andern aus gesehen, mit der Kursveränderung des letzteren gleichfalls ändert, daß aber die wahre Richtung nur durch einen Wechsel der relativen Lage abgeändert werden kann.

Schiffe. Es war aber bei der Entfernung und der Finsternis selbst dem erfahrenen Earing nicht möglich, zu entdecken, ob der Fremde neue Segel zugesetzt habe. Wir wollen es nicht leugnen, die erregte Gemütsstimmung des guten Earing hatte ihn so sehr zum Glauben an die Wunderkräfte des rätselhaften Nachbars gestimmt, daß ihm seine geübten Sinne diesmal die gewöhnlichen guten Dienste versagten. Allein Wilder selbst, der sein scharfes Auge durch oft wiederholtes Spähen aufs Äußerste anstrengte, konnte sich nicht verbergen, daß das fremde Schiff durch die Meereswogen dahinglitt, mehr wie ein in der Luft schwebender Körper, als wie ein auf die gewöhnlichen Hilfsmittel der Schiffahrt angewiesenes Fahrzeug.

Was Mistreß Wyllys und ihre Pflegebefohlene betrifft, so hatten sich beide bereits in ihre Kajüte zurückgezogen; die erstere sich innerlich über die Aussicht Glück wünschend, recht bald ein Schiff verlassen zu können, das seine Fahrt unter so unglückweissagenden Umständen angetreten hatte, daß selbst ihr durchgebildeter und ruhiger Geist dadurch die Fassung verlor. Gertraud ließ sie von dem veränderten Laufe nichts merken; ihrem ungeübten Auge bot die öde See nichts dar, als eine unterscheidungslose Fläche, und Wilder hätte die Richtung des Schiffes zwanzigmal verändern können, ohne daß sie das mindeste gemerkt hätte.

Ihm, dem wohlunterrichteten Seemanne, ging es freilich anders. Für ihn gab es auf seinem mitternächtlichen Meerespfade weder äußerste Finsternis noch inneren Zweifel. Kein Stern hob sich aus dem wogenden Bette der See, um an einem anderen dunkeln und unbestimmten Umriß des Wassers wieder zu verschwinden, der seinem Auge nicht längst vertraut gewesen wäre; kein Wind auf dem Ozean berührte seine brennende Wange, von dem er nicht wußte, aus welcher Himmelsgegend er käme. Nicht die geringste Neigung des Schiffes luv- und leewärts, deren Ursache er nicht begriffen hätte, sein Geist vermochte die zahllosen Wendungen und Krümmungen auf dem spurlosen Pfade mit der größten Klarheit und Bestimmtheit festzuhalten, und nur selten fühlte er bei der Lenkung seiner Fahrt, bei der Art und Weise, wie die Bewegungen seines künstlich gebauten Schiffes geleitet werden müßten, das Bedürfnis, zu den äußeren Hilfsmitteln der Schiffahrtskunde seine Zuflucht zu nehmen. Aber all sein Wissen reichte nicht hin, ihm die außerordentlichen Evolutionen des Fremden zu erklären. Nahm er auch die unbedeutendste Veränderung vor, so war es, als hätte sie der Fremde vorausgesehen, so schnell wurde ihr entsprochen, und des Fremden Behendigkeit im Manövrieren und Überlegenheit im Segeln raubte ihm endlich die Hoffnung, der unermüdlichen Wachsamkeit noch entgehen zu können, ja alle feine Bildung konnte nicht verhindern, daß sich ihm die Idee aufdrängte, hier seien mehr als natürliche Kräfte im Spiele.

Während er sich dergleichen niederschlagenden Gedanken überließ, gewann der Himmel und die See ein anderes Aussehen. Die lichte Linie, die solange über dem östlichen Horizont geweilt und ausgesehen hatte, als wenn sich der Vorhang des Firmaments nur gelüftet hätte, um den Winden einen Durchgang zu gewähren, war plötzlich gefallen; schwere Massen schwarzer Wolken ballten sich an jener Stelle, bis sich die ungeheuern Dunstsäulen so aufeinander gehäuft hatten, daß keine Grenzlinie zwischen beiden Elementen mehr zu unterscheiden war. Auf der anderen Seite, im Westen, hob sich das dunkle Gewölbe, umgürtet von einem grausenerregenden Lichtstreifen, und in dem glänzenden, unheilverkündenden Nebel sah man noch immer das fremde Schiff schweben, wenn auch dann und wann dessen matte, phantastische Umrisse in Luft zu zerfließen schienen.

Sechzehntes Kapitel.

Unserem wachsamen Abenteurer entgingen diese schlimmen, wohlbekannten Vorzeichen nicht. Kaum erblickte er die eigentümliche Atmosphäre, die plötzlich das geheimnisvolle Bild, den Gegenstand seines ängstlichen, lang vergeblichen Forschens, umgab, so ertönte warnend seine klare und kräftige Stimme:

»Zu Hauf! Die Leesegel runter! Runter damit!« schrie er so rasch hintereinander, daß seine Untergebenen fast die ersten Worte nicht hören konnten. »Runter bis auf den letzten Lappen, vorn und hinten! Bemannt die Geitaue der Bramsegel, Earing. Geitaue auf und nieder! Herab mit allem, ihr Leute, munter! munter! Herab damit!«

Das war der Mannschaft der Carolina eine ebenso bekannte als willkommene Sprache, denn der gemeinste Matrose darunter hatte schon lange seine eigenen Gedanken über die leichtsinnige Art, wie sein Kommandeur mit der Sicherheit des Schiffes sein Spiel trieb und frech den unglückverkündenden Symptomen des Wetters Trotz bot. Allein sie verkannten den Scharfblick und die Beobachtungsgabe Wilders. Er hatte allerdings das Bristoler Handelsschiff zu einer bisher noch nicht erreichten Schnelligkeit angetrieben; allein n o c h sprach die Tatsache zu seinen Gunsten, daß seine vermeintliche Verwegenheit bis jetzt dem Schiffe keinen Schaden zugezogen hatte. Als indessen der rasche, plötzliche Befehl ertönte, war das ganze Schiff augenblicklich in einem Aufruhr. Ein Dutzend Matrosen riefen aus verschiedenen Teilen des Schiffes einander zu, mit Stimmen, die es dem brüllenden Ozean zuvorzutun suchten; es sah aus, als wenn sich alles in einen allgemeinen Wirrwarr auflösen wollte, allein der nämliche Herrschergeist, der so unerwartet ihre regste Tätigkeit hervorzurufen wußte, verstand es auch, ihre kräftigen, aber verwirrenden Anstrengungen zur Ordnung zurückzuführen. Seine bisherigen Alarmrufe hatten zum Zweck, die Schläfrigen munter und die Trägen regsam zu machen; sobald er aber diesen Zweck erreicht und jeden in voller Tätigkeit sah, erteilte er seine Befehle, zwar nicht ohne den Nachdruck, den der Drang des Augenblickes gebot, aber doch mit einer Ruhe, wodurch die Kräfte jedes einzelnen erst dahin geleitet wurden, wo sie nützen konnten.

Die zahllose Masse von Segeln, die am düstern, drohenden Himmel wie ebenso viele lichte Wölkchen ausgesehen hatten, flatterten wild im Winde, als sie von ihren hohen Stangen herabgelassen wurden, und nach einigen Minuten war das Schiff ausschließlich auf die Wirkung der schweren, größere Sicherheit darbietenden Segel beschränkt. Die Herstellung dieses Zweckes hatte nicht nur eine feste und entschlossene Leitung von seiten des Kommandeurs erfordert, sondern auch alle Kräfte sämtlicher Mannschaft bis aufs Äußerste in Anspruch genommen. Darauf folgte eine kurze, angstvolle Pause der Erholung, während der jedes Auge nach der Gegend hin gerichtet war, wo die schlimmen Vorzeichen zuerst entdeckt worden waren, und ein jeglicher versuchte die Bedeutung zu entziffern, mit einer mehr oder minder richtigen Einsicht, je nach dem Grade der gesammelten Erfahrung während seiner kürzeren und längeren Dienstzeit auf dem verräterischen, zu seiner Heimat gewordenen Elemente.

Die matte Spur der Gestalt des fremden Schiffes war in der lichten Nebelflut zerschmolzen, die sich jetzt die See entlang wälzte wie fliegender Dampf, halb durchsichtig, gespenstisch, und dem Scheine nach fühlbar. Der Ozean selbst schien gewarnt vor einem bevorstehenden schnellen und heftigen Wechsel. Nicht mehr brachen sich die Wellen mit schäumenden und schimmernden Spitzen, nein, schwarze Wassermassen sah man ihre zürnenden Häupter gegen den östlichen Horizont erheben, die aber nun nicht wie vorhin jenes eigentümliche funkelnde Geflimmer von sich gaben. Auch der bisher straffe Wind, der sich zuweilen zu einer kleinen Bö gesteigert hatte, begann zu lunen und unsicher zu werden, gleichsam eingeschüchtert von der höheren Macht, die sich an der vom Horizont begrenzten Seelinie, nach der Richtung des nächsten Festlandes hin, zu sammeln anfing. Mit jedem Moment verloren die östlichen Windstöße an Kraft und wurden schwächer und schwächer, bis man nach wenigen Augenblicken die schweren Segel gegen die Masten anschlagen hörte: – drauf eine schreckliche, ahnungsvolle Stille! In diesem Augenblick erleuchtete ein flüchtiger Blitz die Finsternis des Ozeans, und dann rollte ein Knall, wie der einer plötzlichen Entladung des Donners, auf dem Gewässer daher. Die Matrosen sahen sich erschrocken an und standen verblüfft, als wenn sie vom Himmel eine Warnung vernommen hätten, von dem, was bevorstehe. Allein der mehr besonnene und scharfsichtige Kommandeur legte das Signal ganz anders aus. Im vollen Kennerstolz die Lippen aufwerfend, murmelte er rasch und mit einer Art von Verachtung vor sich hin:

»Er glaubt wohl, wir schlafen hier? Ha, er ist selbst mitten drin und will uns gegen das Herannahende warnen? Wunderlich! Er bildet sich ein, wir seien müßig gewesen, seit die Mitternachtswache abgelöst ist!«

Dann drehte er sich auf der Schanze einigemal um, den Blick unaufhörlich von einer Himmelsgegend nach der anderen wendend, von dem schwarzen stillen Wasser, auf dem sein Schiff schlingerte, zu den Segeln, und von seinen stummen, in tiefer Erwartung versunkenen Matrosen hinauf zu den matten Linien der Spieren, die sich über seinem Haupt hin- und her bogen und sich in dem düstern Getriebe der Wolken wie ebenso viele kleine gekrümmte Stäbchen ausnahmen.

»Braßt die Hinterrahen ans Kreuz!« rief er mit einer Stimme, die nur einen Ton über die gewöhnliche Sprechstimme erhoben, aber doch einem jeden auf dem Verdeck vollkommen vernehmlich war. Selbst das Schwirren der Blöcke, als die Spieren langsam und schwerfällig in die genannte Lage gedreht wurden, steigerte das Erhabene des Augenblicks und tönte in den Ohren der Erfahreneren wie Signale furchtbarer Vorbereitung.

»Holt die großen Segel an!« fuhr Wilder nach einem kurzen Augenblick der Überlegung mit derselben beredten Ruhe in seinen Befehlen fort. Darauf sah er noch einmal nach dem drohenden Horizont hin und fügte dann mit Nachdruck hinzu: »Rollt sie zusammen, rollt sie beide zusammen. – Nehmt die Segel oben weg! Beschlagt die großen Untersegel!« schrie er hinauf; »rollt sie zusammen, rasch! Zusammen damit, Jungens! frisch, sag' ich!«

Die Matrosen fühlten wohl, daß der Drang des Augenblicks groß war, und die Töne ihres Kommandeurs beseelten sie alle zur äußersten Anstrengung. In einem Augenblick sah man zwanzig dunkle Gestalten wie Vierfüßler munter die Takelage hinaufklettern, und einen Augenblick darauf waren auch schon die ungeheuern gewaltigen Segeltücher unschädlich gemacht und dicht zusammengerollt an ihren verschiedenen Spieren befestigt.

Die Leute stiegen von den Rahen ebenso schnell wieder herab, als sie hinaufgestiegen waren, dann folgte noch eine kurze Erholungspause. In diesem Augenblick würde die Flamme eines Lichtes kerzengerade gen Himmel gestiegen sein, so windstill war es. Der regelmäßig antreibenden Gewalt des Windes beraubt schwankte das Schiff in den Vertiefungen zwischen den zunehmend kleiner werdenden Wellen. Es schien, als ob das aufgeschreckte Element jetzt alle die Teilchen, die es kurz vorher in der Gestalt zahlloser Wogen auf seiner Oberfläche wild herum tanzen ließ, in den sicheren Hort seines ungeheuern Schoßes zurückriefe. Bald bespülte das Wasser mürrisch den unteren Rand des Schiffes, bald schoß es in unzähligen kleinen schimmernden Kaskaden vom Verdeck, wenn das arbeitende Fahrzeug von der einen Seite einer Woge hinabstürzte und sich erhob, um eine neue zu erklimmen. Jede Schattierung am Himmel, jedes Rauschen des Wassers, jedes trübe und niederschlagende Gesicht, das bei einem vorübergehenden Schimmer sichtbar wurde, erhöhte die schmerzliche Spannung des Augenblicks. In diesem kurzen Zwischenraum des Erwartens und Ausruhens näherten sich die beiden Subalternoffiziere nochmals ihrem Kommandeur.

»Es ist eine entsetzenerregende Nacht, Herr Kapitän«, sagte Earing, der seines höheren Ranges halber das Gespräch einleitete.

»Ich kenne manche Beispiele, wo das Umsetzen des Windes weit plötzlicher eintrat«, war die Antwort.

»Es ist freilich wahr, Sir, wir hatten noch Zeit genug, unsere Drachen einzuziehen; aber bei alledem ist dieses Umsetzen von Warnungszeichen begleitet, vor denen wohl der älteste Seemann Respekt hat!«

»Ja,« fuhr Nighthead fort, mit einer Stimme, die an Rauheit und Gewalt das Grausenhafte der umgebenden Szene noch überbot; »jawohl, eine Kleinigkeit ist's nicht, die gewisse Leute, die ich nicht nennen will, in einer Nacht wie dieser zur See ruft. Es war gerade ein solches Wetter, als ich die Bombenkiste Vesuv an einen Ort gehen sah, der so tief war, daß keine Bombe aus ihrem Mörser bis in die freie Luft hätte reichen können, wär's auch angegangen, da eine abzudrücken, wo sie lag.«

»Ganz recht, solches Wetter war es auch, als der Grönländer an den Orkneyinseln strandete: die toteste Windstille, die je auf See gelegen.«

»Meine H e r r e n ,« sagte Wilder, mit einem eigentümlichen und etwas ironischen Druck auf dieses Wort; »was ist eigentlich Ihr Verlangen? Kein Lüftchen rührt sich, und das Schiff ist bis zu den Topps von Segeln entblößt!«

Diese Frage genügend zu beantworten, würde beiden Unzufriedenen schwer geworden sein. Der innere Sporn, der sie antrieb, war die unbestimmte, abergläubische Furcht vor etwas Geheimnisvollem, eine Furcht, die das bestimmtere und unzweideutigere Aussehen der Nacht freilich nicht wenig steigerte; doch hatte keiner von beiden seinen Mut und seemännischen Stolz so gänzlich verloren, daß er sich getraut hätte, die Blöße seiner ganzen Schwäche aufzudecken, zumal in einer Stunde, wo sie jeden Moment aufgefordert werden konnten, ihre Entschlossenheit und Unerschrockenheit durch die Tat zu beweisen. Demungeachtet aber verriet Earings Antwort, wie unumwunden sie auch war, was für ein Gefühl ihn am meisten beherrschte.

»Nu ja, das Fahrzeug ist in ziemlich gutem Stande,« sagte er, »obgleich der Augenschein uns allen die Lehre gegeben hat, daß es in einem schwer befrachteten Schiffe keine leichte Sache ist, mit einem Fahrzeug um die Wette zu segeln, von dem man nicht weiß, wer sein Steuer regieren, oder nach welchem Kompaß es segeln, oder wie tief es Wasser ziehen mag.«

»Das sag' ich auch,« setzte Nighthead hinzu; »für ein ehrliches Kauffahrteischiff ist die Carolina schnell genug, und wenig Rahesegelschiffe gibt's unter denen, die nicht die königliche Flagge führen, die der Carolina den Wind abgewinnen, oder sie aus ihrem Fahrwasser bringen könnten, wenn sie ihre Leesegel beigesetzt hat. Aber bei solchem Wetter und zu solcher Stunde mag sich ein Seemann in acht nehmen! Seht dort jenes Nebellicht nach der Landseite zu, das so schnell auf uns zukommt, und dann sagt mir, ob es von der Küste von Amerika herkommt, oder nicht vielmehr aus dem fremden Schiff. Glaubt mir, das Schiff ist zwar lange unter unserer Leeseite gewesen; allein es gewinnt uns, ohne daß wir uns dessen versehen, endlich doch den Wind ab, wenn's nicht schon geschehen ist. Ich lobe mir zum Nachbar ein Schiff, dessen Kapitän ich kenne, oder lieber gar keins – mehr sag' ich nicht!«

»Das ist I h r Geschmack, Herr Nighthead,« sagte Wilder kalt: »meiner ist zufällig von ganz anderer Art.«

»Nu ja,« fiel der vorsichtigere und klügere Earing ein, »in Kriegszeiten und mit Kaperbriefen versehen, kann man in allen Ehren wünschen, mal einem Schiff zu begegnen, dessen Befehlshaber ein Fremder ist, sonst würde man niemals aus den Feind stoßen. Aber unter den jetzigen Umständen gesteh' ich, obgleich ein geborener Engländer, ich würde das Schiff in dem Nebel dort von Herzen gern laufen lassen, da man weder weiß, was für einer Nation es angehört, noch auf was für einer Fahrt es begriffen ist. Ach, Herr Kapitän, was wir jetzt, zur Zeit der Morgenwache, dort erblicken, das ist wahrlich nichts Tröstliches! Gar manch liebes Mal hab' ich die Sonne im Osten aufsteigen sehen, ohne daß es was geschadet hätte; aber nimmermehr kann ein Tag gut endigen, wenn das Licht zuerst in Westen anbricht. Herzlich gern schenkte ich dem Prinzipal die Gage eines ganzen Monats, wie blutsauer ich sie auch verdient habe, wüßte ich nur, unter welcher Flagge der Fremde dort segelt.«

»Franzose, Spanier oder Satan, dort kommt er!« schrie Wilder.

Dann, sich zu den stummen, aufpassenden Matrosen wendend, rief er mit einer Stimme, die durch das Heftige und Bedeutungsschwere darin entsetzlich klang: »Laßt die Hinterfalltaue schießen! Herum mit der Fockrahe! Herum damit, ihr Leute, den Augenblick!«

Gar wohl verstand die aufgeschreckte Mannschaft dies Kommando. Jeder Nerv, jeder Muskel wurde angestrengt, den Orders zeitig genug nachzukommen, um auf den Empfang des nahenden Sturmes bereit zu sein. Kein einziger gab einen Laut von sich; sondern jeder verwandte seine Kräfte und Geschicklichkeit, um der ernsten Stunde zu genügen. Auch war kein einziger Augenblick zu verlieren, noch der geringste Teil menschlicher Kräfte ohne mehr als hinreichenden Grund in Anspruch zu nehmen.

Der lichte und furchtbar drohende Nebel, der sich während der letzten Viertelstunde in Nordwest anballte, trieb nun auf sie zu, mit der Geschwindigkeit eines Rennpferdes. Schon hatte die Luft das eigentümlich Klamme des Ostwinds verloren; und zwischen den Mastbäumen fing der Wind an in kleinen Kreisen zu wirbeln – alles Vorboten des kommenden Sturmwinds. Jetzt sauste ein heulender Ton über den Ozean dahin, dessen Glätte stufenweise zu einer gekräuselten Glanzfläche weißen, fleckenlosen Schaums verwandelt wurde. Im nächsten Augenblick traf die Gewalt des Windes in vollster Wut das arbeitende Schiff.

Wilder hatte, als er den herannahenden Sturm bemerkte, den geringen Vorteil, den ihm das Abwechseln der Windstöße darbot, benutzen wollen, um das Schiff vor den Wind zu bringen; allein die träge Bewegung des Schiffes entsprach weder seiner eigenen Ungeduld, noch dem Drange des Augenblicks. Langsam und schwerfällig, mit der Seite von Norden abfallend, war es seiner Stellung nach der vollen Lage des Windes ausgesetzt. Glücklicherweise für alle, die in diesem wehrlosen Schiffe ein Leben zu verlieren hatten, wollte das Geschick nicht, daß die ganze Wucht des Sturms mit einem Male darauf fiele. Die Segel flatterten und zitterten an ihren starken Rahen, indem sie eine Minute lang abwechselnd voll wurden und wieder zusammenschrumpften; dann fuhr der jähe Orkan über ihre Spitzen weg.

Die Carolina bewährte sich in der Eigenschaft eines starken und doch leicht schwimmenden Schiffes, dem furchtbaren Druck des Sturmes nachgebend, bis sie einem auf dem Wasser liegenden Körper ähnlicher sah, als einem darauf schwimmenden. Sodann, als ob das Schiff ein Bewußtsein von der Gefahr hätte, tauchten seine Masten von ihrer tiefen Neigung wieder in die Höhe, und nun mußte sich das Schiff jeden Schritt vorwärts durch den heißesten Kampf erringen.

»Haltet das Steuer windwärts! So lieb euch euer Leben ist, klemmt es luv!« schrie Wilder mitten im Geheul des Sturms.

Der Veteran am Steuerrad gehorchte der Order mit vieler Festigkeit; allein vergebens haftete sein Blick an den Rand seines Vorsegels, um zu beobachten, wie das Schiff dem Manöver gehorchen würde. Noch zweimal, in ebenso vielen Augenblicken, neigten sich die hohen Masten gegen den Horizont, tauchten ebensooft zierlich wieder auf, bis sie, dem ungeheuern Druck unterliegend, den ganzen Bau flach aufs Wasser legten.

»Besinnung!« schrie Wilder, indem er Earing, der fassungslos und wie wahnsinnig am steilen Deck hinan rannte, beim Arm ergriff; »Besinnung! Es ist unsere Pflicht, gefaßt zu bleiben. Eine Axt her!«

Schnell, wie der Gedanke, der die Order eingab, gehorchte der Maat, sprang an das Besansegel, um den Befehl, der jetzt, wie er wohl wußte, folgen würde, mit eigenen Händen zu vollstrecken.

»Soll ich zuhauen?« fragte er mit aufgehobenen Armen und kräftiger gehaltener Stimme, die seine augenblickliche Verwirrung leicht vergessen machte.

»Noch nicht! Gehorcht das Schiff im geringsten seinem Steuer?«

»Nicht einen Zoll, Herr!«

»Dann zugehauen!« schloß Wilder ruhig das Kommando.

Ein einziger Hieb reichte hin. Das Reep, ohnedies schon durch die ungeheure Wucht, die es aufrecht hielt, bis zum Reißen gespannt, war kaum abgehauen, als die übrigen alle, eines rasch nach dem anderen, von selber abrissen und es nunmehr dem Mast allein überließen, das schwere und verwickelte Tauwerk zu tragen. Nun krachte das Holz, und nun fiel, gleich einem Baum mit längst angefressenen Wurzeln, das ganze Tauwerk vollends in die See, die es, noch am Mast, auch schon beinahe berührt hatte.

»Fällt das Schiff jetzt ab?« rief Wilder sogleich dem aufmerksamen Steuermann zu.

»Es gab ein bißchen nach, Herr; aber dieser frische Stoß legt's wieder um.«

»Soll ich zuhauen?« schrie Earing vom Haupttauwerk, wohin er wie ein Tiger auf seine Beute gesprungen war.

»Haut zu!« war die Antwort.

Ein lautes und fürchterliches Krachen folgte diesem Befehl, obgleich erst verschiedene Male in den Hauptmast selbst eingehauen werden mußte. Die See verschlang wie vorher das ganze hineinstürzende Labyrinth von Rahen, Tauen und Segeln, und das Schiff, sich augenblicklich von seiner seitwärts geneigten Lage aufhebend, rollte langsam windwärts.

»Es richtet sich auf! Es richtet sich auf!« schrien zwanzig Stimmen, die bisher in einer Leben und Tod in sich schließenden Erwartung verstummt waren.

»Laßt es gemach abfallen!« fügte die gebieterische, aber fortwährend ruhige Stimme des jungen Kommandeurs hinzu. »Her! Rasch! Das Vormarssegel einschnüren! – Laßt's einen Augenblick hängen, damit's das Schiff aus der Nähe des Wracks kriegt! – Nun kappt, flink, ihr Leute, kappt zu, mit Äxten und Messern, was ihr könnt!«

Da die Matrosen jetzt durch die wiederkehrende Hoffnung mit frischer Kraft arbeiteten, so waren die Taue, durch die die gefallenen Spieren noch mit dem Schiffe verwickelt blieben, gar bald gekappt, und die Carolina, jetzt tot vor dem Winde hertreibend, schien den Schaum, der die See über und über bedeckte, kaum zu berühren. Der Wind kam das Meer entlang, heulend wie ferner Donner, und mit einer Wut, die das Schiff samt allem, was drin war, aus seinem eigenen Element zu heben drohte. In dem Augenblick, wo der Sturm herannahte, hatte einer der Matrosen die Falltaue des einzigen Segels, das noch übrig war, sehr weislich und vorsichtig fahren lassen: dadurch wurde das Bramsegel geräumiger, fiel aber auch tiefer am Mast herunter, daher der Wind es jetzt so sehr anfüllte, daß es den einzigen noch stehenden Mast umzubrechen drohte. Wilder sah die Notwendigkeit ein, dieses Segel aus dem Wege zu schaffen, aber auch zugleich die Unmöglichkeit, es zu beschlagen. Daher rief er Earing zu sich, wies auf den Gegenstand der Gefahr hin und gab den nötigen Befehl.

»Die Spiere dort kann solche Stöße unmöglich lange mehr aushalten,« schloß er, »und warten wir, bis sie von selber bricht, so fällt sie über die Seite, und bei der Schnelligkeit, mit der sich das Schiff bewegt, versetzt sie ihm höchstwahrscheinlich einen verderbenbringenden Schlag. Es müssen ein paar Leute hinaufgeschickt werden, um die Segel von den Rahen zu kappen.«

»Die Stange biegt sich wie 'ne Weidengerte,« erwiderte der Maat, »überdies ist das Unterteil des Mastes schon gesprungen. Bei diesem unbändigen Sturm kommt jeder in augenscheinlichste Lebensgefahr, wer sich auf das Topp raufwagt!«

»Sie können recht haben«, versetzte Wilder, plötzlich von der Wahrheit dieser Bemerkung überzeugt. »Bleiben Sie also hier; widerfährt mir was Menschliches, so versuchen Sie das Fahrzeug in Hafen zu bringen, wenigstens so weit nach Norden zu als die Vorgebirge von Virginien; auf keinen Fall steuern Sie auf Hatteras, in der gegenwärtigen Verfassung des ...«

»Was haben Sie vor, Herr Kapitän?« unterbrach der Gehilfe seinen Kommandeur, der bereits seine Matrosenmütze aufs Verdeck geworfen hatte und im Begriff stand, noch einige hinderliche Kleidungsstücke auszuziehen, kräftig bei der Schulter fassend.

»Ich steig' rauf, um den Mast vom Bramsegel zu befreien, sonst verlieren wir die Spiere und wahrscheinlich das Schiff obendrein.«

»Sehr richtig, ich seh' das nur zu gut ein; soll man aber dem Eduard Earing nachsagen, ein anderer habe den Dienst getan, den e r tun sollte? Es ist an Ihnen, das Fahrzeug bis zum Vorgebirge Virginiens zu führen, und an mir, das Bramsegel abzukappen. Geschieht mir Leides, je nu, so tragen Sie es ins Logbuch ein, mit einem oder zwei Worten über die Art, wie ich meine Rolle ausgespielt habe. Das ist immer die beste und passendste Grabschrift für einen Matrosen.«

Wilder widersetzte sich ihm nicht, und unbefangen nahm er seine beobachtende und nachdenkende Stellung wieder an, denn er war zu lange selbst zur Erfüllung der Dienstpflicht angehalten worden, um es auffallend zu finden, daß einem anderen das Gebot der Pflicht einleuchtete. Inzwischen schickte sich Earing standhaft an, das eben Versprochene auszuführen. Auf der Kuhl des Schiffes versah er sich mit einer zweckmäßigen Axt, worauf er, ohne zu den in sprachloser Aufmerksamkeit dastehenden Leuten ein Wörtchen zu sprechen, in das Vordertauwerk hineinsprang, wo der Sturm jede Ducht, jeden Schaft bis zum Reißen straff spannte. Die erfahrenen Blicke seiner Beobachter begriffen bald seine Absicht; und von demselben Kennerstolze bewegt, der ihn zu dem gefährlichen Unternehmen angespornt hatte, warfen auch sie sich auf die Linien, um sich mit ihm in eine Höhe zu schwingen, wo die Luft von hundert Orkanen wimmelte.

»Runter aus dem Vordertauwerk«, schrie Wilder durch einen Rufer. »Runter! Alle außer dem Maat herab!«

Seine Worte reichten wohl noch weiter als bis zu den Ohren der aufgeregten und pikierten Matrosen, die Earing nachkletterten; allein eben diese Aufgeregtheit vereitelte die Wirkung seines Befehls. Sie waren jeder viel zu sehr mit dem eigenen festen Vorsatz beschäftigt, um auf die Töne des Rückrufs zu achten. Es dauerte keine Minute, so sah man sie, den einen da, den anderen dort auf den Rahen verteilt, bereit, dem Signal ihres Befehlshabers zu gehorchen. Der Maat warf einen Blick um sich her, ergriff einen verhältnismäßig günstigen Moment des Wetters und tat einen Hieb auf das große Tau, das eine der Ecken des gespannten und fast platzenden Segeltuchs an der Unterrahe festhielt. Die Wirkung war beinahe dieselbe, als wenn man den Schlußstein eines schlecht zusammengekitteten Gewölbes heraushiebe. Mit einer lauten Explosion riß sich die Leinwand von allen Befestigungen los, und einen Augenblick lang sah man sie in der Luft, gleichsam von Adlerschwingen getragen, vor dem Schiffe vorbeisegeln. Das Fahrzeug hob sich auf einer trägen Welle, der zaudernden Nachzüglerin des früheren Windes, und schoß dann von der anderen Seite der rollenden Woge wieder herab, gleich sehr von seiner eigenen Wucht und der sich erneuernden Heftigkeit des Sturms getrieben. In diesem kritischen Augenblick, während die Matrosen oben noch immer nach der Richtung hinschauten, wo die kleine Wolke Leinwand verschwunden war, riß ein Taljereep des unteren Tauwerks mit einem solchen Geräusch, daß es selbst Wilder auf dem Deck hören konnte.

»Runter!« schrie er fürchterlich durch seine Trompete, »laßt euch an den Pardunen runter! Herab, wenn euch das Leben lieb ist, sag' ich! Alle runter!«

Nur ein einziger von ihnen allen ließ sich warnen, und man sah ihn mit der Schnelligkeit des Windes nach dem Verdeck zu gleiten. Allein ein Tau nach dem anderen ging los, und das verhängnisvolle Abbrechen des Mastes erfolgte ohne den geringsten Zwischenraum. Eine Sekunde schwankte das turmhohe Labyrinth und schien sich nach jeder Himmelsgegend hinzuneigen; dann aber, der Bewegung des Schiffsrumpfes nachgebend, fiel das Ganze mit einem Krach in die See. Stagen, Taljereepen, kurz, jedes Tau riß der fallende Mast wie einen Zwirnsfaden los, und der nackte und entblößte Rumpf des Fahrzeuges trieb weiter vor dem Sturm, als wenn sich nichts Hemmendes zugetragen hätte.

Eine sprachlose und doch beredte Pause folgte auf diesen Unfall. Es hatte den Anschein, als ob die Elemente durch das, was sie angerichtet hatten, nunmehr versöhnt wären; eingelullt schien das furchtbare Brüllen des Sturms auf einen Moment. Wilder sprang auf die Seite des Schiffs und konnte deutlich die Opfer unterscheiden, wie sie sich noch immer an ihren schwachen Stützen festhielten, konnte sehen, wie Earing mit der Hand Lebewohl winkte, mit einem echten Matrosenherzen, und wie einer, der nicht nur das Verzweiflungsvolle seiner Lage fühlte, sondern sich auch mit Ergebung in sein Schicksal zu fügen wußte. Darauf verschwand das Wrack von Spieren mit allen, die sich daran festhielten, in dem entsetzlichen, übernatürlich aussehenden Nebel, der sich von allen Seiten und vom Ozean bis zu den Wolken hinauf ausdehnte.

»Laßt ein Boot hinab!« schrie Wilder, ohne zu überlegen, daß bei einem solchen Küselwinde an Schwimmen oder sonstige Hilfe nicht zu denken war. Allein die verblüfften und verwirrten Seeleute, die noch am Bord waren, durften hierüber auch nicht erst belehrt werden. Keiner rührte sich, keiner gab auch das geringste Zeichen des Gehorsams. Wild um sich her schauend, suchte jeder in dem trüben Angesicht des andern dessen Meinung von dem Umfange des Übels zu erfahren; aber kein Mund öffnete sich.

»Es ist zu spät – es ist zu spät!« murmelte Wilder vor sich hin; »menschliche Geschicklichkeit, menschliche Anstrengung konnte sie nicht retten!«

»Segel, ahoi!« brüllte Nighthead mit einer Stimme voll abergläubischen Entsetzens.

»Mag's doch nun herankommen,« erwiderte bitter sein junger Kommandeur; »der Sturm hat ihm die Arbeit erspart, das Unheil ist geschehen!«

»Sollt' es aber am Ende doch ein sterbliches Schiff sein, so ist es unsere Pflicht gegen die Eigentümer und die Reisenden, es anzusprechen, wenn man sich in diesem Orkan noch vernehmlich machen kann«, fuhr der zweite Gehilfe fort, indem er den Finger in den Nebel hinein ausstreckte, auf den matten, aber allerdings wirklich nahen Punkt hinzeigend.

»Es ansprechen! – Reisende!« murrte Wilder, des andern Worte unwillkürlich wiederholend. »Nein; lieber das Ärgste, als es ansprechen. Könnt Ihr das Fahrzeug sehen, das so schnell auf uns lostreibt?« fragte er rauh den achtsamen Seemann, der das Steuerrad der Carolina noch immer nicht aufgegeben hatte.

»Jawohl, Sir«, war die kurze, matrosenmäßige Antwort.

»Dann umgeschwait mit dem Schiffe, streicht das Steuer ganz an Backbord – vielleicht segelt er in der Dunkelheit bei uns vorbei, da wir mit dem Verdeck beinahe das Wasser berühren. Weit auf Backbord gestrichen, sag' ich!«

Die nämliche lakonische Antwort wie zuvor erfolgte, und das Bristoler Kauffahrteischiff strich einige Augenblicke lang ein wenig aus der Linie, in der der Fremde herannahte; allein ein zweiter Blick versicherte Wilder von der Vergeblichkeit des Versuches. Das fremde Schiff (und ein jeglicher am Bord hatte die innere Überzeugung, daß es kein anderes war als das, das man solange am nordwestlichen Horizont schweben sah) es fuhr, den Nebel durchschneidend, mit einer Geschwindigkeit heran, die der Blitzesschnelle des Sturmwindes fast gleichkam. Nicht ein Faden Leinwand war am Bord zu sehen, dagegen war jede Spierlinie hinauf bis zu den ins kleine verschwindenden und zart aussehenden Oberbramstengen an ihrem gehörigen Ort; kurz, die Schönheit und das Ebenmaß des ganzen Baues war erhalten, aber an keiner Stange war auch nur die Spur von einem dem Winde dargebotenen Segel zu erblicken. Vor seinem Buge her wälzte sich eine Schaummasse, die trotz der allgemeinen Aufregung des Ozeans deutlich zu unterscheiden war; und als es in den Bereich des Gehörs kam, glich das mürrische Rauschen dem Lärm eines Wasserfalls. Anfangs glaubten die Zuschauer auf dem Verdeck der Carolina, man sähe sie nicht, und einige der Matrosen riefen wahnsinnig nach Lichtern, damit die Schrecken der Nacht nicht mit einem gefürchteten Aufeinanderprall endigen möchten.

»Nein,« schrie Wilder; »schon sehen uns nur zuviele!«

»Ja, ja,« murrte Nighthead; »braucht nicht zu fürchten, man sieht uns nur zu gut, und zwar mit Augen, die nie aus einem sterblichen Kopfe stierten.«

Die Matrosen hielten inne. Noch einen Augenblick, und das lang gesehene, geheimnisvolle Schiff war schon innerhalb hundert Fuß Weges vor ihnen. Die Gewalt des Windes, der die Wogen sonst zu erheben pflegte, drückte jetzt mit der Wucht von Gebirgen das Element in sein Bett zurück: eine unendliche Fläche Schaums, aber keine, auch nicht die geringste Erhebung über den Wasserspiegel; und hob sich hier und da noch eine unachtsame Welle aus der Sicherheit des Meeresschoßes, so folgte die Strafe augenblicklich, der Küselwind jagte sie als glänzenden Wasserstaub weit, weit vor sich her. Diese schäumende und doch verhältnismäßig bewegungslose Fläche entlang kam nun der Fremde heran, alle Spieren ausgestreckt, stetig und erhaben, wie eine schwarze Wolke vor dem Winde treibt. Nirgendswo ein Lebenszeichen! Wenn ja Menschen darauf waren, die aus Luglöchern auf das bedrängte Wrack des Bristolers hinschauten, so taten sie es mit der sorgfältigsten Heimlichkeit und in einer Finsternis, gleich der des Sturmes hinter ihnen. Wilder hielt, solange der Fremde in der größten Nähe zu ihm war, in unsäglicher Spannung den Atem an sich. Da er aber kein Signal des Erkennens, keine menschliche Gestalt, noch die geringste Absicht gewahrte, die wütende Karriere womöglich aufzugeben, so überflog sein Antlitz ein Lächeln des Entzückens, und seine Lippen bewegten sich, als wenn ihm nichts mehr Freude machen könnte, als in seiner schlimmen Lage vom Fremden unberücksichtigt zu bleiben. Dieser jagte vorüber wie ein finsteres Gespenst: und nach einer Minute fing seine Gestalt schon an, in einer dichten Wasserstaubwolke immer weniger deutlich zu werden.

»Es verschwindet im Nebel!« brach Wilder, atemholend nach der fürchterlichen Pause der letzten Augenblicke, los.

»Jawohl im Nebel, oder in Wolken«, erwiderte Nighthead, der jetzt seinem unbekannten Befehlshaber nicht von der Seite wich und mit dem heftigsten Mißtrauen die geringste seiner Bewegungen beobachtete.

»In den Wolken oder in der See, mir gleich, wenn es nur fort ist.«

»Die meisten Seefahrer würden sich aber freuen, wenn sie sich, wie wir, auf einem bis aufs Verdeck geschorenen Rumpf befänden und ihnen ein fremdes Segel zu Gesichte käme.«

»Die Menschen laden aus Unwissenheit ihres wahren Wohles oft das zu sich ein, was ihnen den Untergang bereitet. Mag es weitersegeln, das ist mein Losungswort, mein Gebet! Es gehe vier Fuß, wenn wir einen gehen; und nun wünsch' ich nichts sehnlicher, als daß dieser Orkan fortblasen möge bis zum Sonnenaufgang.«

Nighthead schrak zusammen und warf einen anklagenden Seitenblick auf seinen Gefährten. Seine stumpfen Seelenkräfte, sein vom Aberglauben umdüstertes Gemüt konnten in einem solchen Aufruf an den Sturm nichts als die äußerste Gottlosigkeit erkennen, zumal in einem Augenblick, wo die Winde ohnedies schon ihre wildeste Wut zu erschöpfen schienen.

»Dies ist eine schwere Bö, ich geb' es zu,« sagte er, »und eine solche, wie sie viele Seefahrer ihr ganzes Lebenlang nicht zu sehen bekommen. Der aber weiß doch nur wenig von der See, wenn er glaubt, da, wo dieser Wind herkommt, gebe es nicht noch mehr.«

»Mag er doch blasen!« schrie der andere und rieb sich nicht ohne ein klein wenig Schwärmerei die Hände; »mein einziges Gebet ist, daß er fortdaure!«

Wenn Nighthead, in Hinsicht des Charakters des jungen Fremdlings, der so unbegreiflicherweise zum Besitz von Nikolas Nichols Amt gekommen war, überhaupt noch Zweifel hatte, so verschwanden sie jetzt mit einem Male. Mit der Miene eines Menschen, der soeben über etwas eine entschiedene Meinung gewonnen hat, ging er vorwärts, der stummen und gedankenvollen Mannschaft entgegen. Wilder widmete indessen den Bewegungen seines Untergeordneten keine Aufmerksamkeit, sondern fuhr stundenlang damit fort, auf und ab zu gehen, bald aufwärts nach dem Himmel schauend, bald ängstlich hin und her am Horizont herumspähend, während die Royal Carolina noch immer irrend vor dem Wind trieb, ein nacktes und geschorenes Wrack.

Siebzehntes Kapitel.

Mit dem Augenblick, wo Earing und seine unglücklichen Gefährten von ihrer schwindelerregenden Höhe in die See gestürzt wurden, hatte auch der Sturm den Gipfelpunkt seiner Stärke erreicht. Obgleich der Wind noch lange nach diesem verhängnisvollen Ereignisse zu wehen fortfuhr, so geschah dies doch mit immer abnehmender Heftigkeit. Sowie aber die Bö abnahm, fing die See an, sich zu heben, und das Schiff in demselben Grade zu arbeiten. Nun folgten zwei Stunden der angestrengtesten, umsichtigsten Sorgfalt von seiten Wilders, indem es seine ganze Sachkunde in Anspruch nahm, zu verhüten, daß der entblößte Rumpf des Bristoler Kauffahrteischiffes eine Beute der gierigen Wellen werde. Seine vollendete Geschicklichkeit war indessen der zu lösenden Aufgabe ganz gewachsen, und mit dem ersten Anzeichen des Tagesanbruchs längs dem Osten fingen Wind und Wogen an sich zu legen. Während dieses ganzen Zeitraums waren zwei erfahrene Matrosen, die er vorher an das Steuerrad beordert hatte, die einzigen von der sämtlichen Bemannung, die ihm in seinen Anstrengungen Beistand leisteten. Allein er war gegen die Vernachlässigung der übrigen um so gleichgültiger, als wirklich nicht viel mehr erforderlich war, als sein eigenes Urteil und die pünktliche Befolgung seiner Befehle durch die beiden genannten, unter seiner unmittelbaren Leitung handelnden Matrosen. Der Morgen rötete sich über einer Szene, die gar sehr verschieden war von der, die von der stürmischen Gräßlichkeit der Nacht bezeichnet worden war. Es war, als ob die Winde in ihrem unzeitigen Eifer ihre ganze Wut erschöpft hätten; von der mäßigen Bö, in die sich der Orkan gegen das Ende der Mitternachtwache verwandelt hatte, fielen sie in eine schlaffe, unstetige Kühlde, und ehe noch die Sonne aufging, hatte selbst dieses leise Schwanken einer toten Windstille Platz gemacht. Die See sank gleichzeitig mit dem Erlöschen der Macht, die sie aufgeregt hatte, und wie nun der goldene Sonnenstrahl das unbeständige Element mit seinem vollen Glanze übergoß, lag der Ozean mild und heiter da, und die langen, langsamen Bewegungen seiner Wellen glichen dem ruhigen Atemholen eines schlafenden Säuglings.

Es war noch früh, und die Heiterkeit des Himmels und der See verhießen einen Tag, der Ruhe genug darbieten dürfte zur Erfindung der nötigen Mittel, um das Schiff einigermaßen wieder unter die Gewalt seiner Mannschaft zu bringen.

»Untersucht die Pumpen«, sagte Wilder, als er sah, wie von der Mannschaft einer nach dem andern aus seinem Schlupfwinkel hervorzukommen begann, wo er sich mit seinen Sorgen während des letzten Teils der Nacht verkrochen hatte. »Habt Ihr mich gehört, Herr?« fügte er streng hinzu, als sich niemand anschickte, seinem Kommando Folge zu leisten. »Peilt die Pumpen, und schafft das Wasser bis auf den letzten Zoll aus dem Schiffe.«

Nighthead, an den Wilder diese Worte gerichtet hatte, sah düster und von der Seite auf seinen Kommandeur, dann wechselte er ganz eigene Blicke des Einverständnisses mit seinen Kameraden, ehe er es für gut befand, auch nur die geringste Bewegung zur Ausführung der erhaltenen Order zu machen. Allein es war etwas Zwingendes in der Gebietermiene seines Obern, das ihn endlich doch zum Gehorsam bewegte. Anfangs gingen die Matrosen zaudernd und mit einem gewissen fahrlässigen Wesen an den erwähnten Dienst, allein als der Peilstock in die Höhe stieg und sich die wohlbekannten Kennzeichen eines furchtbaren Lecks zeigten, da wurde der Versuch schneller und mit größerer Genauigkeit wiederholt.

»Wenn Zauberei das Wasser aus einem Schiffe rausschaffen kann, das schon halb angefüllt ist,« sagte Nighthead, indem er dem beobachtenden Wilder wieder einen seiner düsteren Blicke zuwarf, »so täte sie wohl dran, sich bald ans Werk zu machen; denn es erfordert die ganze Kunst eines Zauberers, und zwar eines solchen, der mehr als ein bloßer Pfuscher in der Zauberei ist, um die Pumpen der Royal Carolina nur zum Ansaugen zu bringen!«

»Ist das Schiff leck?« fragte sein Vorgesetzter mit einer Schnelligkeit in der Aussprache, die hinlänglich anzeigte, wie wichtig ihm die Nachricht schien.

»Noch gestern würde ich meinen Namen unerschrocken unter die Schiffsliste irgendeines Fahrzeuges gesetzt haben, das auf dem Ozean schwimmt; und hätte mich der Kapitän gefragt, ob ich mich auf die Beschaffenheit und Eigenschaften eines Schiffes verstände, so wahr ich Franz Nighthead heiße, meine Antwort wäre gewesen: Ja! Allein ich finde, der älteste Seemann kann vom Wasser noch Lektionen nehmen, und wär's auch, indem er auf einem Schiffsbrett über eine Fähre setzt.«

»Wie ist das gemeint, Herr?« fragte Wilder, der nun erst das Meuterische in den Blicken seines Maaten und die drohende Weise, wie er von der Mannschaft unterstützt wurde, zu gewahren anfing. »Unverzüglich das Tau an die Pumpen angebracht, sag' ich, und das Wasser aus dem Schiff geschafft!«

Nighthead vollzog, obgleich mit Widerwillen, den ersten Teil der Order; und nach wenigen Augenblicken war alles instand, um den notwendigen, ja, wie es schien, dringenden Dienst des Pumpens anzufangen. Allein keiner legte Hand an das mühsame Werk. Wilder, der jetzt freilich Verdacht geschöpft hatte, entdeckte bald mit scharfem Blicke diese Widersetzlichkeit; strengeren Tones wiederholte er die Order und rief zwei der Matrosen beim Namen, sie auffordernd, den andern im Gehorsam voranzugehen. Allein sie zauderten, und das gab dem Maat Gelegenheit, sie durch seine Rede in ihrem meuterischen Vorhaben noch mehr zu bestärken.

»Wozu braucht's der Hände, um an den Pumpen zu arbeiten, in einem Schiffe wie diesem?« sagte er und schlug dabei eine rohe Lache auf, in der sich zurückgehaltene Furcht und hervorbrechende Bosheit den Vorrang streitig machten. »Nach allem, was wir heut' nacht mit angesehen haben, würde sich keiner verwundern, wenn das Schiff auf einmal wie ein schnaubender Walfisch das Salzwasser herauszublasen anfinge.«

»Wie soll ich dieses Zaudern, diese Redensarten verstehen?« sagte Wilder, sich festen Trittes Nighthead nähernd, mit einem Auge, das zu stolz war, um selbst bei den unumwundensten Zeichen der Insubordination nicht gerade und ohne Blinzeln dreinzuschauen. »Seid Ihr es, Ihr, der in solchem Augenblicke der vorderste in der Pflichterfüllung sein sollte, und der es wagt, ein Beispiel des Ungehorsams zu geben?«

Der Gehilfe trat erschrocken einen Schritt zurück, seine Lippen bewegten sich, doch kein vernehmbarer Laut entkam ihnen. Mit einem ruhigen, gebietenden Tone hieß ihn Wilder nochmals selber Hand an den Pumpstock legen. Nun kam Nighthead die Stimme wieder, um rund heraus eine Weigerung auszusprechen. Im nächsten Augenblick war er auch schon von seinem entbrannten Kommandeur, dessen Schlag sich zu widersetzen, er weder Geschicklichkeit noch Kraft genug besaß, auf die Erde geworfen. Dieser entscheidenden Tat folgte ein einziger Moment atemlosen, ungewissen Schweigens unter der Mannschaft, darauf ein gräßlicher Laut gleichzeitig aus jeder Kehle und ein ebenso allgemeines Eindringen auf unsern wehrlosen und alleinstehenden Abenteurer – die unzweideutigen Signale erklärter Feindseligkeit. Mitten in ihrem Vorhaben, als schon ein Dutzend Hände die Person Wilders ergriffen hatte, lähmte sie ein Schrei von der Schanze her und veranlaßte einen augenblicklichen Waffenstillstand. Es war der Angstruf Gertrauds, der selbst auf das unmenschliche Vorhaben solcher Wesen einen Einfluß ausübte, und zwar in einem Moment, wo ihre rohe und unbändige Leidenschaften den höchsten Grad der Aufregung erreicht hatten. Wilder war befreit, ein und derselbe Impuls hatte aller Augen dahin gerichtet, woher der Ton gekommen war.

Während der letzten ereignisvollen Stunden der Nacht hatten die meisten derer, die ihre Pflicht auf dem Verdeck gehalten hatte, selbst das Dasein von Passagieren in der Kajüte vergessen. Dachte ja irgend jemand noch an sie, so war es der junge Seemann, der das Schiff leitete, in jenen flüchtigen Sekunden, wo sein Gemüt Muße fand, verstohlen in der Erinnerung auf sanftere Szenen hinzublicken, als den wilden Krieg der Elemente, der um ihn her wütete. Nighthead hatte ihrer erwähnt, wie er irgendeines andern Teils des Kargos erwähnt haben würde; ihr Geschick konnte seine abgehärtete Natur nicht rühren. Mistreß Wyllys hatte sich mit ihrer Pflegebefohlenen die ganze Zeit hindurch unten gehalten, sie blieb mithin von allem, was sich unterdessen zugetragen, vollkommen ununterrichtet. In ihren Hängematten vergraben, hatten sie wohl das Gebrüll der Winde und das unablässige Anschlagen des Wassers gehört; allein eben diese gewöhnlichen Begleiter eines Sturms hatten verhindert, daß sie das Krachen der abbrechenden Mastbäume und die rauhen Schreie der Matrosen vernahmen. Während der paar Momente entsetzlicher Ungewißheit, wo das Bristoler Schiff auf der Seite lag, blitzte freilich im Gemüt der erfahrenen Gouvernante eine Ahnung von dem wahren Zustand der Dinge auf, allein da sie fühlte, daß sie doch nichts nützen könnte, und ihre minder erfahrene Reisegefährtin nicht entsetzen wollte, so gewann sie es über sich zu schweigen. Die nun folgende Stille und verhältnismäßige Ruhe verleitete sie, ihre Besorgnisse für unbegründet zu halten; so daß sie ebensowohl als Gertraud, lange ehe der Morgen anbrach, in einen süßen und erfrischenden Schlummer versank. Beide waren endlich aufgestanden und zusammen aufs Verdeck gestiegen, und noch im ersten Ausbruch ihres Erstaunens über die Verheerung begriffen, die ihre Blicke traf, als der geschilderte, lange vorher beschlossene Angriff der Matrosen auf Wilder stattfand.

»Was bedeutet dieser entsetzliche Wechsel?« fragte Mistreß Wyllys mit zitternden Lippen und einer Wange, die trotz ihrer Selbstbeherrschung von Totenblässe überzogen war.

Tiefe Glut in den Augen, mit einer Stirn, finster wie der eben überstandene Sturm, antwortete Wilder, drohend den Arm nach den Angreifenden ausstreckend: »Meuterei bedeutet es, Madame, niederträchtige, feige Meuterei!«

»Konnte Meuterei die Masten vom Schiffe wegscheren und es als unbeholfenen Klotz auf der See lassen?«

»Hören Sie, Madame!« unterbrach sie der rohe Gehilfe, »mit Ihnen will ich offen reden, denn Sie kamen an Bord der Carolina als ein ehrlich zahlender Passagier, und jedermann weiß, wer Sie sind. Heut' nacht hab' ich Himmel und See sich benehmen sehen, wie ich es bisher niemals sah. Schiffe liefen vor dem Wind her, leicht und auftauchend wie Korkpfröpfe, die Spieren fest und unbeweglich ausgereckt, da doch dem unsrigen jeder Mast so glatt weggeschoren wurde, wie Barthaar durchs Rasiermesser. Auf Kreuzer ist man gestoßen, die einhersegelten, ohne daß lebendige Hände drauf gewesen wären, sie zu handhaben: kurz, kein Mann hier am Bord hat jemals so eine Mitternachtswache erlebt, wie die vergangene.«

»Und was hat das mit dem heftigen Auftritt zu schaffen, von dem ich eben Zeuge war? Hat denn das Geschick jede Art von Unfall über dies Schiff verhängt! – Können Sie mir Aufklärung geben, Herr Wilder?«

»Wenigstens können Sie nicht sagen, daß Sie ohne vorhergehende Warnung vor Gefahr das Schiff betraten«, erwiderte Wilder mit einem bittern Lächeln.

»Ja, ja,« fing der Gehilfe wieder an, »der Teufel selbst muß redlich sein, weil er dazu gezwungen ist, und seine Helfershelfer, die unter seinem Oberbefehl segeln, die haben, dem Himmel sei Dank, weder Mut noch Gewalt, anders zu handeln, wie sehr sie auch Lust dazu fühlen! Sonst wär' eine friedliche Seereise in diesen unruhigen Zeiten eine solche Seltenheit, daß man nicht viele treffen würde, kühn genug, sich ums liebe Brot aufs Wasser zu wagen. Ohne Warnung! Nein, nein, das müssen wir Euch lassen, Ihr habt oft und offen genug gewarnt. Als Nikolas Nichols beim Einwinden des Ankers der Unfall traf – die Warnung hätte der Kommissionär nicht übersehen sollen, denn es ist mir noch niemals vorgekommen, daß so ein Zufall zu so einer Zeit ohne das größte Unheil abgelaufen wäre. Dann hatten wir eine Warnung an dem Alten im Boot. Davon will ich gar nicht erst sprechen, daß es immer Unglück bringen muß, wenn man den Lotsen mit Gewalt aus dem Schiffe schickt. Als wäre das alles aber noch nicht genug, statt die Warnung anzunehmen und ruhig vor Anker liegen zu bleiben, müssen wir die Anker lichten, und einen sichern, freundlichen Hafen an einem F r e i t a g, von allen Tagen der Woche gerade an einem F r e i t a g, verlassen.[37] Ich wundre mich nicht über das, was geschehen ist, im Gegenteil, ich wundre mich nur, daß ich mich noch unter den Lebendigen befinde; die Ursache hiervon ist aber die, daß ich meinen Glauben dem geschenkt habe, dem Glaube gebührt, nicht aber unbekannten Matrosen und fremden Kommandeurs. Hätte der Eduard Earing es ebenso gehalten, so würde er jetzt noch ein Brett zwischen sich und dem Meeresboden haben; allein er war nur halb willig, die Wahrheit zu glauben, und neigte sich im ganzen zu sehr auf die Seite des Aberglaubens und der Leichtgläubigkeit.«

Dieses ausgearbeitete und charakteristische Glaubensbekenntnis des Maaten war Wildern vollkommen verständlich, den weiblichen

---

[37] Der Aberglaube, daß Freitag ein Tag von schlimmen Vorbedeutungen sei, beschränkt sich nicht auf Nighthead, er herrscht noch heutzutage mehr oder weniger unter Seeleuten. Ein aufgeklärter Kaufmann von Connecticut wünschte zur Ausrottung dieses oft sehr beschwerlichen Wahnes das Seinige beizutragen. Zu dem Zweck ließ er den Kiel eines Schiffes an einem Freitag legen, ließ das Schiff an einem Freitag vom Stapel laufen, taufte es »Freitag«, und ließ es die erste Reise an einem Freitag antreten. Zum Unglück für das Gelingen dieses wohlgemeinten Versuches hat man weder von der Mannschaft, noch von dem Schiffe je wieder etwas gehört.

Der Verfasser.

Zuhörern aber ein unauflösliches Rätsel. Nighthead hatte indessen keinen halben Entschluß genommen; er lag ihm fern, nachdem er so weit gegangen war, halb verrichteter Sache aufzuhören. Ohne viele Umschweife erklärte er der Frau Wyllys die verzweifelte Lage des Schiffes, und wie es höchst unwahrscheinlich sei, daß es sich noch viele Stunden über Wasser halten könne, indem ihn persönliche Untersuchungen überzeugt hätten, daß der untere Raum schon halb mit Wasser angefüllt sei.

»Was ist aber zu tun?« fragte die Erzieherin, einen Blick bittern Schmerzes auf die blasse, zuhörende Gertraud werfend. »Ist kein Segel nahe, das uns von dem Wrack aufnehmen kann? Oder müssen wir hilflos untergehen?«

»Gott schütze uns gegen noch mehr fremde Segel!« rief der mürrische Nighthead. »Dort auf dem Spiegel hängt unsere Pinasse, und Land muß Nordwest innerhalb einiger vierzig Seemeilen liegen. Trinkwasser und Mundvorrat ist genug da, und zwölf starke Hände können schon ohne Mühe ein Boot nach dem Kontinent von Amerika rudern! Das heißt, wohlverstanden, wenn Amerika da noch ist, wo es gestern bei Sonnenuntergang zu sehen war.«

»Sie haben also vor, das Fahrzeug im Stich zu lassen?«

»Ja. Zwar ist der Nutzen des Prinzipals allen braven Matrosen teuer, doch das Leben ist süßer als Gold.«

»Der Wille des Himmels geschehe! Aber Sie haben doch nichts Arges im Sinn gegen diesen Herrn? Er hat, wie ich gewiß überzeugt bin, das Schiff unter höchst kritischen Umständen mit einer Geschicklichkeit geleitet, die weit über seine Jahre geht.«

Nighthead murmelte seine Ansicht unverständlich vor sich hin; dann ging er beiseite, offenbar um sich mit den Leuten zu besprechen, die bereits nur zu sehr geneigt waren, seine Pläne zu unterstützen, sie mochten noch so irrig, noch so gesetzlos sein. Es folgten nun ein paar Augenblicke der Ungewißheit, während Wilder ruhig und gelassen dastand, kaum imstande, ein Lächeln der Verachtung zu unterdrücken, das um seine Lippen spielte, kurz, mehr mit der Miene eines Menschen, der Gewalt hat, über das Schicksal anderer zu entscheiden, als eines solchen, über dessen Schicksal höchstwahrscheinlich in demselben Augenblicke entschieden wurde. Als die langsamen Willensmeinungen der Seeleute endlich zu einem Beschluß gediehen waren, schritt der Maat vorwärts, um das Ergebnis zu verkündigen. Doch waren seine Worte zur Mitteilung des wesentlichen Teils ihres Beschlusses überflüssig; denn eine Gruppe sammelte sich sofort um das Hinterboot, und schickte sich an, es in See zu lassen, während die übrigen sich damit beschäftigten, den nötigen Mundvorrat herbeizuholen. »Es ist Raum genug in der Pinasse für alle Christen hier im Schiff,« fing Nighthead wieder an; »und was die betrifft, die ihr Vertrauen auf eine gewisse Personage setzen, je nu, die mögen sich d a nach Hilfe umsehen, wo sie sie bisher gefunden haben.«

»Soll ich aus alledem entnehmen,« sagte Wilder ruhig, »daß Eure Absicht sei, das Wrack und Eure Pflicht aufzugeben?«

Der halb zurückgeschüchterte, aber rachgierige Gehilfe begleitete seine Antwort mit einem Blicke, von dem es schwer war zu sagen, ob Triumph, ob Furcht darin die Oberhand hatten.

»Sie verstehen sich drauf, ein Schiff ohne Mannschaft fortzuschaffen, Sie werden daher wohl nie wegen eines Boots in Verlegenheit sein. Sie sollen sich indessen bei Ihren Freunden, wer sie auch sein mögen, nie darüber zu beklagen haben, daß wir Sie ohne die Mittel, das Land zu erreichen, gelassen haben, wenn Sie anders wirklich ein Landvogel sind. Dort ist die Barkasse!«

»Dort ist die Barkasse! Ihr wißt ja recht gut, daß ohne Stengen alle eure vereinigten Kräfte nicht hinreichen, sie nur vom Deck zu lüften; sonst würdet ihr sie auch wohl nicht stehen lassen.«

»Das Gesindel, das die Stengen von der Carolina weggenommen hat, kann sie auch wieder einsetzen,« rief ein Matrose mit grinsendem Lachen; »es dauert gewiß keine Stunde, nachdem wir fort sind, so kommt ein Kiellichter heran, der wird Euch die Spieren schon wieder einsetzen, und dann könnt Ihr die Küstenfahrt in Gesellschaft machen.«

Wilder schien jede Antwort zu verschmähen. Er fing an, auf und ab zu gehen, tiefsinnig, dabei aber doch gelassen und mit vollkommener Selbstbeherrschung. Inzwischen bewirkte es der allgemeine Wunsch der Mannschaft, das Wrack sobald als möglich zu verlassen, daß ihre Vorbereitungen unglaublich schnell zustande kamen.

Die erstaunten und erschreckten Damen hatten kaum Zeit, sich über das Außerordentliche ihrer Lage einen klaren Begriff zu bilden, als die Gestalt des hilflosen Schiffspatrons an ihnen vorüber getragen wurde, und gleich darauf erging die Aufforderung an sie, ihren Platz an dessen Seite im Boot einzunehmen.

Dringend auf diese Weise zum Handeln aufgefordert, fühlten sie die Notwendigkeit, endlich einen Entschluß zu fassen. Vorstellungen, befürchteten sie, würden vergeblich sein; die wilden, boshaften Blicke, die unter der Arbeit von Zeit zu Zeit auf Wilder geworfen wurden, ließen die Gefahr ahnen, wenn diese halsstarrigen und unwissenden Gemüter zu neuen Tätlichkeiten wieder aufgeregt würden. Die Gouvernante beabsichtigte anfangs, sich an den verwundeten Schiffspatron zu wenden; allein der zerstreute, kummervolle Blick, den dieser um sich her tat, als er aufs Verdeck gehoben ward, und der Ausdruck von körperlichen sowohl als geistigen Schmerzen auf seinen rauhen Gesichtszügen, als er sie unter den Decken, in denen er getragen wurde, wieder vergrub, kündigte nur zu deutlich an, daß in seiner gegenwärtigen Lage nur wenig Hilfe von ihm zu erwarten war.

»Was bleibt uns zu tun übrig?« fragte sie endlich den scheinbar empfindungslosen Gegenstand ihres Kummers.

»Das wünschte ich selber zu wissen«, antwortete er hastig, indem er schnell und angestrengten Blickes den Horizont umher anschaute. »Es ist nicht unwahrscheinlich, daß sie die Küste erreichen, ja, dauert die Windstille vierundzwanzig Stunden, so erreichen sie sie gewiß.«

»Und wo nicht?«

»Bläst der Wind Nordwest, oder irgendwoher von der Küste, so ist's um sie geschehen.«

»Aber das Schiff?«

»Muß untergehen, wenn es verlassen wird.«

»Dann will ich noch einmal versuchen, diese Herzen von Stein zu Ihren Gunsten zu bewegen! Ich weiß nicht, warum ich an Ihrem Wohl so sehr teilnehme, unbegreiflicher, junger Mensch! Doch die herbsten Leiden würde ich nicht scheuen, um nicht glauben zu müssen, daß Sie einem solchen Geschick unterlegen seien.«

»Halten Sie ein, teuerste Frau«, sagte Wilder, indem er die Fortgehende bei der Hand hielt. »Ich kann das Fahrzeug nicht verlassen.«

»Das wissen wir noch nicht. Die hartnäckigsten Naturen können zum Nachgeben gebracht, ja, der Stumpfsinn – taub gegen die Stimme der Belehrung – kann endlich bewogen werden, der des Flehens Gehör zu geben. Vielleicht gelingt es mir.«

»Sie haben e i n Gemüt zu überwinden, e i n Urteil zu überzeugen, e i n Vorurteil zu besiegen, über das Sie keine Gewalt haben.«

»Wessen?«

»Mein eigenes.«

»Was haben Sie vor, Sir? Sie sind doch nicht schwach genug, der Empfindlichkeit gegen solche Wesen zu erlauben, Sie zu einer wahnsinnigen Handlung hinzureißen?«

»Habe ich das Ansehen eines Wahnsinnigen?« fragte Wilder. »Das Gefühl, das mich leitet, kann irrig sein, allein es ist nun einmal mit meinen Gewohnheiten, meinen Ansichten, ja ich darf wohl sagen mit meinen Grundsätzen, unzertrennlich verwebt. Die E h r e ist es, die mir verbietet, ein Schiff, das ich befehlige, zu verlassen, solang' noch eine Planke davon schwimmt.«

»Was kann ein einzelner Arm in einer solchen Krise nützen?«

»Nichts«, antwortete er mit einem traurigen Lächeln. »Ich muß aber sterben, damit andere, die in Zukunft nützlich sein könnten, ihre Pflicht, ihre ganze Pflicht erfüllen.«

Tief, fast bis zum Entsetzen ergriffen, sahen sowohl Mistreß Wyllys als Gertraud in sein ruhiges Antlitz mit dem Flammenauge. Die erstere las in der Gelassenheit seiner Miene das Unwiderrufliche einer Entscheidung. Die letztere schauderte sichtbar zusammen, wie sich das Bild des grausamen, seiner harrenden Geschickes, ihrem Geiste aufdrängte, und das Glutgefühl in ihrem jungen Herzen ließ sie seine Selbstaufopferung sogar für etwas Verdienstliches halten. Allein die Gouvernante sah aus dem Entschlusse Wilders neue Gründe zu Besorgnissen entspringen. Hatte sie von Anfang an Widerwillen dagegen gefühlt, sich und ihre Pflegebefohlene einer Bande anzuvertrauen, wie die war, die jetzt die oberste Gewalt besaß, so wurde dieser Widerwille jetzt mehr als verdoppelt durch den rauhen und lärmenden Ruf, zu eilen und bei ihnen Platz zu nehmen.

»Wollte Gott, ich wüßte, was ich wählen soll!« rief sie aus. »O sprechen Sie, raten Sie uns, junger Mann, wie Sie einer Mutter und Schwester raten würden.«

»Wäre ich so glücklich, so nahe und teure Verwandte zu besitzen,« erwiderte er mit Nachdruck, »so sollte, in einer Stunde, wie der gegenwärtigen, n i c h t s auf der Welt uns trennen.«

»Ist denn Hoffnung für die auf dem Wrack Zurückbleibenden?«

»Nur geringe.«

»Und im Boot?«

Wilder machte beinahe eine minutenlange Pause. Noch einmal wendete er den Blick rund am glänzenden Horizont umher und ließ ihn besonders an der Himmelsgegend nach der Richtung des fernen Festlandes zu mit unendlicher Anstrengung forschend weilen. Kein Zeichen, das die wahrscheinliche Beschaffenheit des Wetters andeuten konnte, entging seiner Beobachtung, während auf seinem sprechenden Gesicht alle die verschiedenen Bewegungen deutlich zu lesen waren, die in seinem prüfenden Geiste aufeinander folgten. »So wahr ich ein Mann bin, Madame,« antwortete er innig, »dessen Pflicht es ist, Ihrem Geschlecht ratend und schützend beizustehen, ich traue dem Wetter nicht. Ich glaube vielmehr, es ist ebenso wahrscheinlich, daß uns irgendein vorübersegelndes Schiff erspäht und aufnimmt, als daß die, die sich in die Pinasse wagen, je das Land erreichen.«

»So lassen Sie uns bleiben«, sagte Gertraud, indem ihr das Blut, zum erstenmal, seit sie wieder auf dem Verdeck erschienen war, mit Macht in die blassen Wangen strömte. »Ich kann den Gedanken nicht ertragen, mit den Elenden dort in einem Boote zu sein.«

»Rasch, rasch!« rief Nighthead ungeduldig. »Jede Minute Tageslicht ist für uns alle eine Minute Leben, und jede Sekunde Windstille ein Jahr. Rasch, rasch, sonst lassen wir euch zurück!«

Mistreß Wyllys antwortete nicht, sondern stand da, ein Bild des Zweifels und der schmerzlichsten Unentschiedenheit. Sie hörten bald das Plätschern des Wassers und sahen im nächsten Augenblick die Pinasse über das Element gleiten, von den starken Armen sechs rüstiger Ruderer getrieben.

»Halt!« kreischte die Gouvernante, die nun nicht mehr unentschieden war: »Nehmt mein Kind auf und laßt mich zurück!«

Ein verneinendes Winken mit der Hand und ein undeutliches Gebrumme der rauhen Stimme des Maaten war die einzige Antwort auf ihren Ruf. Nun eine lange, tiefe, atemlose Stille unter den Verlassenen! Das Schroffe in den Gesichtern der Matrosen in der Pinasse zerfloß bald in der Ferne, dann fing das Boot an, den Augen immer kleiner und kleiner zu erscheinen, bis nur noch ein dunkler, ferner Punkt zu sehen war, der mit den blauen Wogen stieg und fiel. Während dieser ganzen Zeit entschlüpfte keinem auch nur das leiseste Wörtchen. Ein jeder schaute bis zum Ermüden der Sehnerven hin auf den sich entfernenden Punkt! Erst als ihm das Auge das winzige Bild nicht mehr zur Vorstellung zu bringen vermochte, raffte sich Wilder aus der starren Betäubung wieder auf, in die er versunken war. Nun heftete er den Blick auf seine Gefährtinnen, die Hand gegen die Stirn drückend, gleichsam als ob ihn die schwere Verantwortlichkeit verwirrt hätte, die er durch den Rat, daß sie bleiben sollten, übernommen hatte. Doch dauerte diese tödliche Furcht nicht lange, und an ihre Stelle trat Festigkeit, Entschlossenheit. Seine Seele war in Szenen zweifelhaften Ausgangs zu oft erprobt worden, um lange der Fassung und Selbstbeherrschung beraubt werden zu können.

»Sie sind fort!« rief er, indem er einen langen und tiefen Atemzug tat, wie einer, der den Atem mit Gewalt an sich gehalten hatte.

»Sie sind fort!« wiederholte die Erzieherin, indem sie das vor innigstem Gram zusammengezogene Auge aus die marmorgleiche, regungslose Gestalt ihrer Schülerin wendete. »Alle Hoffnung ist dahin!«

Auch Wilders Blick ruhte auf diesem stummen, lieblichen Bildnis, und zwar mit nicht geringerem Ausdrucke als der Blick derer, die die Kindheit dieser reichen Erbin aus dem Süden in Unschuld und Liebe gepflegt hatte. Mit gedankenvoller Stirn, fest verschlossenem

Mund saß er da und musterte mit angestrengter, gründlicher Prüfung alle Hilfsmittel, die seine fruchtbare Einbildungskraft und lang gesammelte Erfahrung nur darboten.

»Ist noch Hoffnung vorhanden?« fragte die Erzieherin, die den wechselnden Ausdruck seines Gesichtes mit unablässiger Aufmerksamkeit bewachte. Die Düsterkeit entfloh aus seinen braunen Gesichtszügen, und das Lächeln, das sie nun überglänzte, glich dem Sonnenstrahl, der die schwärzeste Wolke des treibenden Sturmwindes durchbricht.

»Ja, es ist noch Hoffnung!« sagte er mit Zuversicht; »unsere Lage ist keineswegs eine hoffnungslose.«

»Gelobet sei Er, der über das Meer und das Land regiert!« rief die dankbare Gouvernante, ihrem enggepreßten Herzen in einem Tränenstrom Luft machend. Gertraud warf sich ihrer Wyllys an den Hals, und beide gaben sich einen Augenblick ganz ihren hervorbrechenden Gefühlen hin.

»Und nun, meine Teuerste,« sagte Gertraud, sich aus der Umarmung ihrer mütterlichen Erzieherin windend, »lassen Sie uns der Geschicklichkeit des Herrn Wilder vertrauen; er hat diese Gefahr vorausgesehen und vorausgesagt, warum sollte er nicht mit gleicher Gewißheit unsere Rettung voraussagen können?«

»Vorausgesehen! Vorausgesagt!« versetzte die andere auf eine Weise, die wohl zeigte, daß ihr eigener Glaube an die sachkundige Voraussicht des Fremdlings nicht so ganz unbedingt war, wie der ihrer jungen und lebhaften Gefährtin. »Kein Sterblicher konnte dieses schreckliche Unglück voraussehen, und am allerwenigsten würde einer, der es wirklich voraussehen konnte, sich der Gefahr a u f g e d r ä n g t haben! Herr Wilder, ich will Sie nicht mit Bitten um Erklärungen belästigen, die jetzt von keinem Nutzen sein würden, aber Sie werden uns gewiß nicht Ihre Gründe vorenthalten, die Sie zur Hoffnung ermutigen.«

Wilder wußte wohl, eine solche Neugierde sei ebenso peinlich als natürlich, und beeilte sich daher, sie zu befriedigen. Die Meuterer hatten nämlich das größte und bei weitem sicherste Boot auf dem Wrack zurückgelassen, weil sie die Windstille benützen wollten, und es ihnen stundenlange, schwere Arbeit gekostet hätte, um es aus den Einschnitten zwischen den beiden Hauptmasten zu heben und über die Seite des Schiffes in den Ozean hinabzuschwingen. Diese Arbeit, die mit Hilfe der gewöhnlichen Maschinerie eines Schiffes das Werk einiger Augenblicke gewesen wäre, würde alle ihre vereinigten, mit der äußersten Achtsamkeit und Umsicht gebrauchten Kräfte erfordert haben, so daß allerdings zuviele der Augenblicke drauf gegangen wären, die sie mit Recht der stürmischen und unsteten Jahreszeit wegen für so kostbar hielten. Wilders Vorschlag ging nun dahin, soviel Lebensbedürfnisse und Bequemlichkeitsgegenstände in diese kleine Arche zu schaffen, als sie eilig aus dem verlassenen Schiff zusammenraffen könnten, dann mit seinen Gefährtinnen hineinzusteigen, und den kritischen Augenblick abzuwarten, wo das Wrack unter ihnen wegsinken würde.

»Und das nennen Sie Hoffnung?« rief die von neuem wegen getäuschter Erwartung erblassende Wyllys, als er mit seiner Erklärung geendigt hatte. »Ich habe mir sagen lassen, daß der Strudel, den untergehende Schiffe auf der Meeresfläche verursachen, alle geringeren Gegenstände in der Nähe an sich ziehe und verschlinge!«

»Das ist zuweilen der Fall. Nicht um Welten möchte ich Sie hintergehen; doch sage ich noch immer: es ist ebenso wahrscheinlich, daß wir entkommen, als daß wir samt dem Schiff im Strudel versinken.«

»Das ist fürchterlich!« sprach die Gouvernante leise, »doch der Wille des Himmels geschehe! Kann denn Scharfsinn die Stelle der Kraft nicht ersetzen, um das Boot vom Verdeck zu werfen, ehe der verhängnisvolle Augenblick da ist?«

Wilder schüttelte den Kopf, entschieden verneinend.

»Wir sind nicht so schwach, wie Sie vielleicht glauben«, sagte Gertraud. »Leiten Sie nur unsere Bemühungen, und lassen Sie uns versuchen, was wir ausrichten können. Hier ist Kassandra,« fügte sie hinzu, sich nach dem Negermädchen umdrehend, die jetzt hinter ihrer jungen und eifrigen Gebieterin stand, den Mantel und den Schal über den Arm geworfen, als sollte sie sie eben auf eine Morgenpromenade begleiten, »hier ist Kassandra, die allein fast so stark ist wie ein Mann.«

»Und wenn sie so stark wie zwanzig Männer wäre, so würde ich doch verzweifeln, ohne Maschinerie das Boot über Bord zu schwingen. Doch wir verplaudern die Zeit; ich steige hinab, um über die wahrscheinliche Dauer unserer Zweifel ein Urteil zu fällen, und dann zu unseren Vorbereitungen! Selbst Sie, schön und schwach wie Sie sind, liebenswürdiges Wesen, werden dabei helfen können.«

Alsdann wies er auf verschiedene nicht schwere Gegenstände hin, die zu ihrer Bequemlichkeit dienen würden, sollten sie so glücklich sein, vom Wrack gehoben zu werden, und riet ihnen, diese ungesäumt ins Boot zu bringen. Während die drei Frauen auf diese Weise nützlich beschäftigt waren, stieg er in den Schiffsraum hinab, um von der Zunahme des Wassers zu berechnen, wie lange es noch dauern würde, bis der sinkende Bau ganz verschwände. Der Tatbestand bewies, daß ihre Lage bei weitem bedenklicher war, als selbst Wilder erwartet hatte. Seiner Masten entblößt, hatte das Schiff so stark geschlingert,[38] daß viele der Nahten zwischen den Planken gesprungen waren, und in dem Grade, wie sich die Oberteile des Schiffes unter die Meeresfläche senkten, nahm die Schnelligkeit des Hereinströmens des Wassers zu. Als der junge Seemann den sachkundigen Blick überall umherwarf, konnte er nicht umhin, mit bitterem Herzen die Unwissenheit und den Aberglauben zu verwünschen, der die Desertion der überlebenden Mannschaft verursacht hatte. Denn in der Tat war kein Unglück geschehen, das nicht Anstrengung und Geschicklichkeit hätten wieder gut machen können. Doch so, alles Beistandes beraubt, sah er ohne Mühe ein, daß der Versuch, die nun unvermeidlich gewordene Katastrophe auch nur einen Augenblick aufhalten zu wollen, der Gipfelpunkt aller Torheit sein würde. Schweren Herzens aufs Verdeck zurückkehrend, machte er sich gleich an die Vorkehrungen, die nötig waren, um die entfernteste Aussicht zur Rettung zu eröffnen.

Während seine weiblichen Gefährten das Gefühl der Furcht durch ihre leichte, obgleich ebenso notwendige Beschäftigung betäubten, setzte Wilder die beiden Bootmaste ein, brachte die Segel in Ordnung und legte alle übrigen Werkzeuge zurecht, die im Rettungsfall nützlich sein konnten. Also beschäftigt, verflogen ein paar

---

[38] Bewegung des Schiffes nach der Richtung seiner Breite von einer Seite zur andern.

Stunden, als wären die Minuten zu Sekunden zusammengedrängt. Mit dem Ablauf dieser Zeit war seine Arbeit fertig. Er kappte nun die beiden Krabber, die dazu dienten, die Barkasse während der Bewegung des Schiffes festzuhalten, so daß sie, auf ihrer hölzernen Bettung stehend, außer aller sonstigen Verbindung mit dem Rumpfe gebracht wurde, der sich jetzt schon so rief hinabließ, daß in jedem Augenblick zu erwarten stand, er werde unter ihnen wegsinken. Nachdem diese Vorsichtsmaßregel genommen war, lud er die Frauen ein, ins Boot zu steigen, aus Furcht, die Krise könnte näher sein, als er es sich dachte; denn er wußte recht gut, daß ein untergehendes Schiff, einer wankenden Mauer gleich, jeden Moment dem Truck nach unten folgen kann. Hierauf machte er sich an die kaum minder notwendige Arbeit einer Auswahl unter dem Chaos von Gegenständen, womit der einsichtslose Eifer seiner Gefährtinnen das Boot so überfüllt hatte, daß kaum Platz für ihre unendlich kostbaren Personen übrig blieb. Nun flogen, trotz der vielen Gegenvorstellungen der Negerin, Schachteln, Koffer, Pakete aller Art rechts und links von der Barkasse nach allen Richtungen, als ob er nicht die geringste Rücksicht habe für die Bequemlichkeit und Pflege jenes liebenswürdigen Wesens, zu dessen Gunsten Kassandra unbeachtet und so heftig remonstrierte, wie ihre alte Namensbase von Troja. Das Boot war bald von allem gereinigt, was unter diesen Umständen buchstäblich in die Rumpelkammer gehörte, weil es nur im Wege stand. Es blieben indessen der Gegenstände weit mehr als genug für alle Bedürfnisse und für viele Bequemlichkeiten auf den Fall, daß die Elemente ihnen den Gebrauch erlaubten.

Jetzt, und nicht eher, ruhte Wilder von der Arbeit aus. Er hatte seine Segel so geordnet, daß er sie augenblicklich aufhissen konnte, hatte sorgfältigst untersucht, daß auch kein heraushängendes Seil das Boot noch mit dem Wrack verbinde und es dem untergehenden Kolosse nachziehe; endlich hatte er sich darüber vergewissert, daß alles an seiner gehörigen Stelle und zur Hand liege, Speisen, Wasser, Kompaß und die unvollkommenen Instrumente, die man damals noch hatte, um auszumitteln, in welcher Breite sich das Schiff befinde. Als alle Vorbereitungen endlich soweit gediehen waren, nahm er seine Stellung im Spiegel des Bootes ein und bemühte sich durch die Gelassenheit seines Wesens, den minder mutigen Gefährtinnen einen Teil seiner Unerschrockenheit mitzuteilen.

Der milde Sonnenschein ruhte auf tausend Stellen rechts und links vom stillen, verlassenen Wrack. So tot war die Stille, die auf der See herrschte, daß die riesige, unbeholfene Masse, auf der sich die Arche unserer Erwartungsvollen befand, regungslos dalag; nur nach langen Pausen schlingerte sie einen Augenblick heftig und senkte sich dann etwas tiefer in das gierig verschlingende Element. Bei alledem war das Verschwinden des Rumpfes nur langsam, und das Allmähliche hatte für die sogar etwas Langweiliges, die mit Sehnsucht dem Augenblick des gänzlichen Eintauchens entgegenharrten, als dem Wendepunkt ihres eigenen Geschickes.

Während dieser Stunden schrecklicher, ermüdender Ungewißheit wurde die Unterredung zwischen den ängstlich Wachenden in Tönen des Vertrauens, ja oft der Zärtlichkeit, geführt, aber ach! oft unterbrochen durch lange Zwischenräume tief sinnenden Schweigens. Ein jeder schlüpfte über die Erwähnung der gefährlichen Lage hinweg, um die Gefühle des andern zu schonen; aber jene ewigwachende Liebe zum Leben, die allen gemeinsam war, gab ihnen ein um so lebendigeres inneres Bewußtsein der Gefahr, die sie liefen. So flossen Minuten, Stunden, der ganze Tag dahin; schon konnte man sehen, wie sich die Finsternis längs des Ozeans heranzuschleichen begann, immer enger nach Osten hin den Umkreis ihrer Aussicht zusammenziehend, bis endlich das Ganze der öden Szene beschränkt war auf einen kleinen, düstern Kreis, unmittelbar um den Fleck her, wo sie sich befanden. Diesem Wechsel folgte noch eine bange Stunde, während der es den Anschein bekam, als wolle sie der Tod in der Umgebung seiner grauenvollsten Schrecken besuchen. Ein schwerer Schlag aufs Wasser dröhnte durch die Luft, es war ein sich heranwälzender Walfisch, der seine ungeschlachte Gestalt auf der Oberfläche hin und her warf. Das mimische Blasen von hundert Nachahmern in der Suite des Monarchen der Gewässer vermehrte das Gräßliche. Der entzündeten, fieberhaften Einbildungskraft Gertrauds kam es vor, als ob das Salzwasser alle seine Ungeheuer herbeisende; umsonst versuchte Wilder sie mit der Versicherung zu beruhigen: diese gewohnten Töne seien eher Vorboten des Friedens, als irgendeiner frischen Gefahr – in ihrem Geist sah sie die verborgenen Meeresabgründe klaffen, über denen sie, nur von einem Faden gehalten, schwebte, und es wimmelte darin von den ekelhaften Bewohnern der großen Tiefe. Doch blieb der aufgeklärte Seemann selbst nicht ohne Schrecken, als er die Finnen des gefräßigen Hai über die Oberfläche des Wassers dunkel hervorragen und das Ungeheuer sich in abgesetzten Schüssen rund um das Wrack stehlen sah, wobei der Instinkt es zu lehren schien, daß der Inhalt des dem Untergang geweihten Schiffes nun bald seine Beute werden müsse. Nun ging der Mond auf mit seinem milden, täuschenden Zauberlicht über die stets wechselnde, aber stets schreckenvolle Szene.

»Sehen Sie, meine Damen,« sagte Wilder, als der Himmelskörper sein blasses, trauriges Rund aus dem Meeresbette hob, »wir werden Licht haben zu unserem gewagten Schwung!«

»Ist es schon soweit?« fragte Mistreß Wyllys, mit soviel Ausdruck von Entschlossenheit, als sie nur immer in einer so herben Lage sammeln konnte.

»Ja – schon steht das Schiff mit den Speigaten unter Wasser. Ein Fahrzeug hält es zuweilen aus, bis es von Salzwasser ganz gesättigt ist. Wenn unseres überhaupt sinkt, so sinkt es bald.«

»Überhaupt sinkt! Ist denn Hoffnung da, daß es noch schwimmen könne?«

»Keine!« sagte Wilder und hielt inne, den hohlen, drohenden Tönen zu lauschen, die, während das Wasser durch die Schotten eindrang und sich von einer Seite zur andern schon freie Bahn brach, aus dem Boden des Schiffes hervordröhnten, gleich dem Gestöhne eines gewaltigen Ungeheuers im letzten Kampfe der Natur. »Keine; schon verliert es seine wasserrechte Linie.«

Auch seinen Gefährtinnen entging die Veränderung nicht, doch war keine von ihnen imstande, eine Silbe hervorzubringen, und wenn es den Besitz einer Welt gegolten hätte. Noch ein dumpfer, drohender, kollernder Ton, und von der im Räume eingeschlossenen Luft getrieben, flog das Vorderteil des Verdecks in die Höhe, mit der Explosion einer Kanone.

»Jetzt die Seile angefaßt, die ich Ihnen gegeben habe!« schrie Wilder mit atemloser Hast.

Seine Worte ersäufte das Rauschen und Gurgeln des Strudels. Der Schiffskoloß tat einen Fall wie ein sterbender Walfisch, er hob seinen Spiegel hoch in die Luft, dann glitt er in die Tiefe wie der Leviathan, wenn er in seine verborgenen Abgründe hinabschießt. Die festliegende Barkasse hob sich natürlich mit dem Schiffe, so daß sie endlich – eine fürchterliche Lage – beinahe einen rechten Winkel mit der Wasserfläche bildete. So wie das Wrack hinabsank, kamen die Seiten der Barkasse ins Wasser und vergruben sich so tief, daß die Wellen fast darüber zusammenschlugen; doch leicht gebaut, tauchte sie elastisch wieder empor, und von dem sinkenden Schiffe einen gewaltigen Stoß gegen den Spiegel empfangend, schoß die kleine Arche vorwärts, als wäre sie von einer Menschenhand fortgestoßen. Allein, da das Wasser eine geraume Strecke ringsumher nach dem Strudel strömte, so wurde alles unwiderstehlich mir fortgerissen, und kaum war die Barkasse aufgetaucht, so schoß sie auch schon wieder pfeilschnell mit dem Gefälle, als könnte sie nicht ablassen von dem größern Körper, dessen Satellit sie solange gewesen war, als müsse sie ihm durch die Kluft des wirbelnden Strudels in den Abgrund hinab folgen. Drauf stieg sie wieder schaukelnd an die Oberfläche, und einen Augenblick lang wurde sie umhergeworfen und gedreht wie eine Wasserblase in den Kreiswellen eines Teiches. Dann ächzte das Meer tief auf, und alles wurde wieder ruhig.

Achtzehntes Kapitel.

»Wir sind gerettet!« rief Wilder, der während des heftigen Kampfes, fest gegen einen Mast gelehnt, dagestanden und mit der gespanntesten Aufmerksamkeit die Art ihrer Rettung beobachtet hatte. »Soweit wenigstens sind wir gerettet; dem Himmel allein sei Dank dafür, da der größten Kunst von meiner Seite hier auch die geringste Änderung unmöglich gewesen wäre.«

Die Frauen hatten das Gesicht in die Gewänder und Tücher, auf denen sie saßen, tief vergraben, und selbst der Gouvernante mußte ihr Reisegefährte zweimal die Versicherung geben, daß die höchste Gefahr vorüber sei, ehe sie den Kopf in die Höhe hob. Sie und Gertraud brachten auf der Stelle dem höchsten Wesen ihren Dank auf eine Weise und mit Worten dar, weit unzweideutiger als der Ausdruck, der soeben von den Lippen des jungen Seemanns gekommen war. Nach Verrichtung dieser wohltuenden Pflicht, gleichsam durch das Dankopfer gestärkt, standen sie auf, um ihrer jetzigen Lage fester ins Antlitz zu schauen.

Nach jeder Seite hin dehnte sich die scheinbar grenzenlose Wasserwüste aus. Für sie war ihr kleines, gebrechliches Zimmerwerk nun die Welt. Solange sich das Schiff noch unter ihren Füßen befand, obgleich im Untergehen begriffen und verderbendrohend, war eine Zwischenlinie zwischen ihrem Dasein und dem verschlingenden Ozean, wenigstens dem Scheine nach, vorhanden. Allein eine einzige Minute hatte sie dieser letzten, trügerischen Hoffnung beraubt, und sie sahen sich jetzt in einem Fahrzeuge, das nicht unpassend mit einer Wasserblase verglichen werden konnte, der See preisgegeben. Gertraud fühlte in diesem Augenblick eine solche Sehnsucht, daß ihr die Hälfte ihrer Lebenshoffnungen kein zu großes Opfer geschienen hätte, um jenes ungeheure und fast unbewohnte Festland nur sehen zu können, das sich so viele hundert Meilen dem Westen entlang ausdehnte und der Wasserwelt Grenzen setzte.

Der Andrang von Gefühlen, deren Heftigkeit in ihrer verlassenen Lage sehr natürlich war, nahm indes bald ab, und nun war der nächste, ebenso natürliche Gedanke der an die Mittel ihrer Rettung. Dies hatte Wilder jedoch geahnt, und noch waren Mistreß Wyllys und Gertraud kaum recht zu sich selbst gekommen, als es ihm, unterstützt von der dienstfertigen, erschrockenen, aber dabei immer redseligen Kassandra, schon gelungen war, die im Boote umherliegenden Sachen so anzuordnen, daß sie der Bewegung den geringstmöglichen Widerstand entgegensetzten.

»Mit einem wohlgeordneten Schiffchen und vernünftigem Winde«, rief unser Abenteurer freudig, nachdem seine kleine Arbeit vollendet war, »dürfen wir immer hoffen, in einem Tag und einer Nacht das Land zu erreichen. Es gab schon Stunden in meinem Leben, wo ich nicht angestanden hätte, in dieser trauten Barkasse die ganze Küstenlänge Amerikas zu messen, wenn ...«

»Ach, das Wenn! Sie hatten das Wenn vergessen«, sagte Gertraud, als sie sah, daß er sich selbst unterbrach, wahrscheinlich weil er die Besorgnisse seiner Reisegefährtinnen durch eine Bedingtheit seiner Zuversicht nicht vermehren wollte.

»Wenn das Jahr um zwei Monate weniger vorgerückt wäre«, setzte er nun etwas weniger zuversichtlich hinzu,

»Die Jahreszeit ist also gegen uns; dies fordert nur um so größere Entschlossenheit von unserer Seite.«

Wilder wendete den Blick nach der schönen Sprecherin hin, deren bleiches und ergebenes Antlitz in den versilbernden Strahlen des Mondes nichts weniger als den Mut ausdrückte, die Mühseligkeiten zu ertragen, die sie, wie er nur zu gut wußte, noch zu erdulden hatte, ehe sie hoffen durfte, das Festland zu erreichen. Er sann eine kleine Weile nach, hob dann den Arm nach Südwest und fing mit der flachen Hand die Nachtluft auf.

»Für Personen in unserer Lage ist nichts nachteiliger als Müßiggehen«, sagte er. »Es hat den Anschein, daß der Luftzug von dieser Seite herkommt: ich will mich zu seinem Empfange bereit halten.«

Hierauf breitere er seine beiden Eversegel aus, setzte sie back und nahm seine Stellung am Steuer ein, wohl wissend, daß seine Dienste in kurzem vonnöten sein würden. Der Erfolg rechtfertigte seine Erwartungen. Nicht lange, so fing die leichte Leinwand des Bootes an, hin und her zu flattern, und nachdem er die Seiten in die gehörige Richtung gesteuert hatte, begann sich das kleine Fahrzeug langsam auf seinem irren Wasserpfade vorwärts zu bewegen.

Bald fühlten die Segel den Druck eines frischeren, von der klammen Nachtluft durchdrungenen Windes. Das gab Wildern einen Vorwand, die Frauen zu ermahnen, unter dem kleinen Obdach von Teertüchern, das seine Vorsicht ausgebreitet hatte, einige Ruhe auf den aus dem Schiffe mitgenommenen Matratzen zu suchen. Frau Wyllys und ihre Pflegebefohlene merkten, daß ihr Beschützer allein zu sein wünschte, und folgten daher dessen Aufforderung. Wenn sie auch nicht schliefen, so hätte doch nach einigen Augenblicken niemand sagen können, ob sich außer unserem Abenteurer noch ein anderes lebendiges Geschöpf in der einsamen Barkasse befinde.

Die Mitternachtstunde ging vorüber, ohne daß sich die Aussichten derer, deren Schicksal so sehr von dem unzuverlässigen Einflusse des Wetters abhing, wesentlich verändert hätten. Der Wind war bis zu einer tüchtigen Kühlde angefrischt; nach Wilders Berechnung hatte das Boot schon viele Seemeilen quer durch den Ozean zurückgelegt, und zwar geradeswegs nach dem östlichen Ende jenes langen und schmalen Eilandes zu, das die Gewässer, die die Küsten von Konnektikut bespülen, von denen der offenen See abschneidet. Flüchtig flogen die Minuten vorbei; denn das Wetter war günstig, und des jungen Seefahrers Gedanken verloren sich in der Erinnerung eines kurzen, aber an Abenteuern reichen Lebens. Oft beugte er sich rückwärts, um das leise Atemholen der einzigen aufzufangen, die unter dem dunkeln und kunstlosen Obdach schlief, als ob er den sanften Hauch ihres Schlummers von dem ihrer Gefährtinnen hätte unterscheiden können. Dann fiel er wieder in seinen Sitz zurück, und seine Lippe wölbte, ja bewegte sich, wie sich die phantastischen Gebilden seines Hirns unwillkürlich in leise Töne auslösten. Doch niemals, selbst als er sich seinen Träumen und Gedanken am meisten hingab, vergaß er die unablässige, fast instinktmäßige Pflicht, die ihm seine Lage auferlegte. Ein flüchtiger Blick nach den Wolken, ein anderer seitwärts auf seinen Kompaß, dann wieder von Zeit zu Zeit ein langes Forschen in das bleiche Antlitz des traurigen Mondes, dies waren die gewöhnlichen Richtungen, die seine geübten Augen nahmen. Noch immer stand der Mond im Zenit, und Wilders Stirn zog sich in besorgliche Furchen zusammen, als er bemerkte, daß seine Strahlen in einer nebellosen Atmosphäre glänzten. Ihm würden selbst jene drohenden wässerigen Kreise, von denen der Mond so oft umgeben ist, und die gewöhnlich als Vorboten des Sturmes gelten, viel besser gefallen haben, als die durchsichtige, trockene Luft, durch die jetzt die Mondstrahlen so hell auf die Wasserfläche fielen. Jetzt hatte die Kühlde auch nichts mehr von der Feuchtigkeit an sich, mit der sie anfangs geschwängert war; und statt ihrer entdeckten die scharfen, empfindlichen Sinnesorgane des Seemanns den Landgeruch, der zwar oft den Matrosen angenehm ist, doch in diesem Augenblick nichts weniger als willkommen war. Dies alles waren Anzeichen, daß die Winde vom Festlande her bald herrschen würden, und zwar mit einer der stürmischen Jahreszeit entsprechenden Gewalt, wie es ihm die grotesken, langen, schmalen Wolken verkündeten, die sich über dem westlichen Horizonte zusammenzogen.

Hätte Wilder in seinem Innern über die Genauigkeit dieser Vorzeichen noch den geringsten Zweifel gehegt, so würde er gegen Anfang der Tagwache verschwunden sein. Denn in dieser Stunde fing die schwankende Kühlde gänzlich hinzusterben an; und noch ehe die anschlagende Leinwand den letzten Stoß fühlte, kamen schon die Gegenwinde von Westen her. Es bedurfte keines langen Sinnens von seiten unseres Abenteurers, um einzusehen, daß der rechte Kampf jetzt erst beginnen würde, und demzufolge traf er seine Vorkehrungen. Durch doppelte Reffe holte er jetzt die viereckigen Segeltücher zusammen, die solange ausgebreitet waren, um die milden Südlüfte aufzufangen, damit sie nun dem Winde nur ein Drittel der vorigen Fläche darboten, und verschiedene der zuvielen Raum einnehmenden übrigen Artikel, deren Nutzen unter gegenwärtigen Umständen fraglich wurde, warf er, ohne sich einen Augenblick zu bedenken, über Bord. Auch war diese Vorsicht nicht ohne hinlänglichen Grund, denn bald ließ sich von Nordwest das dumpfe Gestöhn des Windes über der Tiefe vernehmen, verbunden mit der erstarrenden Rauhigkeit der unwirtlichen Regionen der Kanadas.

»Ach, ich kenne dich recht gut,« murmelte Wilder, als der erste Stoß dieses unwillkommenen Gastes seine Segel traf und das kleine Boot nötigte, sich unter seiner daherfahrenden Gewalt zu beugen; »ich kenne dich recht gut mit deinem Süßwassergeschmack und deinem Landgeruch! Wollte Gott, du kühltest dein Mütchen auf den Landseen und kämest nicht herab, um gar manchen müden Seemann in sein früheres Kielwasser zurückzutreiben, und ihn zu zwingen, seine schon zu lange Fahrt unter deiner beißenden Kälte und ausdauernden Halsstarrigkeit mit unablässigem Lavieren fortzusetzen!«

»Sagten Sie etwas?« sprach Gertraud, halb aus dem Teertuchzelt hervorguckend, aber ebenso schnell mit einem Schauder wieder zurückschreckend, als sie den Einfluß der veränderten Luft fühlte.

»Schlafen Sie, Fräulein, schlafen Sie!« antwortete er, als ob er in einem solchen Augenblicke selbst von ihrer sanften Silberstimme nur ungern unterbrochen würde.

»Ist neue Gefahr da?« fragte das Mädchen und erhob sich leise von der Matratze, um die Ruhe ihrer Gouvernante nicht zu unterbrechen. »Fürchten Sie nicht, mir das Ärgste mitzuteilen: ich bin ja ein Soldatenkind!«

Er zeigte mit dem Finger auf die von ihm so wohl verstandenen Vorboten hin, verharrte aber im Schweigen.

»Ich fühle wohl, daß der Wind kälter ist als vorher,« sagte sie, »aber weiter sehe ich keine Veränderung.«

»Und wissen Sie, welchen Weg das Boot jetzt nimmt?«

»Nach dem Lande zu, denk' ich. Sie haben uns ja die Versicherung gegeben, und gewiß, Sie wollen uns nicht hintergehen.«

»Sie lassen mir Gerechtigkeit widerfahren; und zum Beweis will ich Ihnen jetzt sagen, daß Sie sich irren. Wohl weiß ich, daß Ihr Auge auf dieser öden Fläche die Richtungen des Kompasses nicht voneinander unterscheiden kann: allein so leicht kann ich mich nicht betrügen.«

»Wir segeln also nicht der Heimat zu?«

»So wenig, daß, wenn diese Richtung fortdauert, wir erst das ganze Atlantische Meer hinüber müssen, ehe wir Land erblicken können.«

Gertraud antwortete nicht, sondern begab sich traurig an die Seite ihrer Erzieherin zurück. Inzwischen zog der nun wieder allein gelassene Wilder seinen Kompaß und die Richtung des Windes zu Rate. Er bemerkte, daß er sich durch eine veränderte Stellung des Bootes dem Festlande von Amerika mehr würde nähern können, fierte daher herum und brachte das Vorderteil so nahe an Südwest, als der Wind nur zulassen wollte.

Allein dieser unbedeutende Wechsel gab nicht viel Hoffnung. Mit jeder Minute wuchs die Gewalt des Windes, bis sie einen so hohen Grad erreicht hatte, daß er seine Hintersegel ganz einholen mußte. Der schlafende Ozean zögerte nicht, aufzuwachen; und kaum war die Barkasse bequem unter einem enggerefften Stagfock geborgen, so begann sie sich auch schon auf den schwarzen, wachsenden Wogen zu heben und dann hinabzustürzen in eine hohle See, um nach einer augenblicklichen Ruhe wieder in die Höhe zu steigen, wo ihrer die immer zunehmende Gewalt der Windstöße warteten. Das Anschlagen des Wassers und das Heulen des Windes, der jetzt voll und schwer über die blaue Wasserwüste einherstürmte, zog die Frauen bald an die Seite ihres Beschützers. Auf ihre vielen und ängstlichen Fragen gab er besonnene, aber kurze Antworten, wohl fühlend, daß die Stunde weit mehr zu Handlungen als zu Worten aufforderte.

Auf diese Weise verflossen die letzten zögernden Minuten der Nacht, schwer durch eine mit den Augenblicken wachsende Angst, die jedes frische Anschwellen des Windes geeignet war, doppelt qualvoll zu machen. Es kam der Tag, aber nur um die trostlose Aussicht deutlicher vor Augen zu führen. Die Wogen sahen jetzt grün und mürrisch aus, und hier und da stürzte schon von ihren Gipfeln der weiße Schaum herunter – der untrügliche Beweis, daß ein Kampf zwischen den Elementen bevorstehe. – Drauf erschien die Sonne über dem schroffen, ungleichen Saum des östlichen Horizonts, langsam hinanklimmend am blauen Himmelsgewölbe, das kalt, durchsichtig und wolkenlos herabstarrte.

Wilder beobachtete alle diese Wechsel der Stunde mit einer Angelegentlichkeit, die bewies, wie bedenklich ihm ihre Lage vorkam. Ihm schien es mehr darum zu tun, sich über die Zeichen der oberen Regionen zu unterrichten; denn wenig beachtete er das wilde Taumeln und Strömen des Wassers, das gegen die Seiten des kleinen Fahrzeuges so fürchterlich anschlug, daß seine Schicksalsgenossen ihren unvermeidlichen Untergang vor sich zu sehen glaubten. Allein, wie gefährlich dieses letztere dem minder unterrichteten Sinne auch scheinen mußte, so war doch Wilder viel zu sehr daran gewöhnt, um daraus über den eigentlichen Moment der Gefahr einen Schluß ziehen zu wollen. Ihm war es, was der Donner in seinem Verhältnis zu dem vorangehenden Blitz dem Naturforscher ist; er wußte, daß das Element, auf dem er schwamm, nur erst dann Unglück bringen könne, wenn dessen Kraft zu schaden durch die Macht eines verwandten Elementes in Tätigkeit gesetzt werde.

»Was denken Sie jetzt von unserer Lage?« fragte Mistreß Wyllys, ihn fest anschauend, gleichsam als traue sie dem Ausdruck seiner Züge bei der Antwort mehr als dieser selber.

»Solange der Wind diese Richtung behält, dürfen wir der Hoffnung immer Raum geben, uns in dem Pfade der von und nach den großen nördlichen Häfen segelnden Schiffe zu halten; wird aber eine schwere Bö daraus, und fangen die Wogen an, sich heftiger zu brechen, so zweifle ich, daß das Boot stark genug sein dürfte, um nicht aus dem Wege verschlagen zu werden.«

»Dann bleibt uns wohl nur übrig, vor dem Winde zu laufen?«

»Freilich, wir müssen dann lenzen.«

»Welche Richtung nehmen wir in diesem Fall?« fragte Gertraud, deren Sinn für Örtlichkeit und Entfernungen durch die starke Bewegung des Ozeans und die kahle Aussicht nach jeder Seite hin in der unentwirrbarsten Verworrenheit befangen war.

»In solchem Falle,« erwiderte unser Abenteurer, sie mit einem Blicke anschauend, in dem Mitleiden und grenzenlose Teilnahme so seltsam verschmolzen waren, daß Gertrauds ruhiges, gerades Anschauen zu einem verstohlenen, furchtsamen Blinzeln eingeschüchtert wurde, »in einem solchen Falle würden wir uns von dem Lande entfernen, das zu erreichen uns so wichtig ist.«

»Dort, was dort?« schrie Kassandra, deren große, dunkle Augen nach jeder Richtung mit einer Neugier umherglotzten, die keine Sorge oder Gefühl von Gefahr zu unterdrücken vermochte: »ist groß, sehr groß Fisch auf die Wasser.«

»Es ist ein Boot!« rief Wilder, auf ein Querbrett springend, um den dunkeln Gegenstand genau zu betrachten, der den glänzenden Gipfel einer Woge durchschnitt, innerhalb hundert Fuß von da, wo die Barkasse mit dem Wasser kämpfte. »Heda, ho! – Boot, ahoi! – Hallo dort! – Boot ahoi!«

Der dumpfe Ton des Windes fuhr an ihnen vorüber, aber keine menschliche Stimme antwortete seinem Rufe. Sie waren nun wieder zwischen zwei Wogen in ein hohles Wassertal hinabgefallen, das die Aussicht durch zwei dunkle, wogende Schranken von beiden Seiten beengte.

»Gnädiger Himmel!« rief die Gouvernante aus, »können noch andere Fahrzeuge so unglücklich sein wie wir?«

»Wenn mich mein richtiger Blick nicht verlassen hat, so war es ein Boot«, erwiderte Wilder, indem er auf dem Brett stehen blieb, um den Moment, wo er einen zweiten Blick erhaschen könnte, nicht zu verfehlen. Sein Wunsch wurde bald erfüllt. Er hatte während dieser Zeit das Steuer den Händen Kassandras anvertraut, die die Barkasse ein klein wenig aus ihrer Richtung gehen ließ. Noch waren die Worte auf seinen Lippen, als der nämliche schwarze Gegenstand von der Windseite der Woge herabfuhr, und eine umgestürzte Pinasse floß in der hohlen See dicht bei ihnen vorbei. Plötzlich kreischte die Negerin auf, ließ die Ruderpinne fahren, fiel auf die Knie und hielt sich die Hände vors Gesicht. Wilder erhaschte instinktmäßig das Steuer, indem er sich dabei nach der Gegend hinbog, wo der Gegenstand sein mußte, der den Blick Kassandras empört und zurückgescheucht hatte. Eine Menschengestalt war es, die, bis zur Hälfte über dem Wasser hervorragend, herangeschwommen kam, mitten in einer überstürzenden Wogenspitze, die den dunkeln Abhang windwärts mit Schaum bedeckte. Eine Sekunde lang stand die Gestalt aufrecht, von deren eingeweichten Haaren das Salzwasser heruntertroff, wie ein Wesen aus der Tiefe, das gekommen war, um mit seinen scheußlichen Zügen die Anschauenden wahnsinnig zu machen – in der nächsten Sekunde trieb der leblose Körper des Ertrunkenen bei der Barkasse vorbei. Es dauerte keine Minute, so schwang sich das Boot über eine Woge in ein zweites Tal, wo nichts mehr zu sehen und alles vorüber war wie ein Traum.

Nicht bloß Wilder, sondern auch Gertraud und Mistreß Wyllys hatten das grausenvolle Schauspiel nahe genug gesehen, um das rauhe Gesicht Nightheads zu erkennen, durch den vom Tode zurückgelassenen Eindruck nur noch rauher und abschreckender gemacht. Doch niemand sprach oder gab sonst sein Erkennen durch Zeichen zu verstehen; nicht Wilder, weil er hoffte, daß seine Gefährtinnen von dem empörenden Wiedererkennen des Opfers verschont geblieben wären, nicht die Frauen, weil sie in dem unglücklichen Schicksal des Meuterers zu sehr ein Vorspiel ihres eigenen, obgleich mehr hinausgeschobenen Geschickes zu sehen glaubten, um fähig zu sein, dem tiefgefühlten Abscheu Worte zu geben. Eine Zeitlang war nichts zu vernehmen, als das Geseufze der Elemente, gleichsam das heisere Requiem über die Opfer ihrer Kriegswut.

»Die Pinasse hat sich gefüllt!« war Wilders Bemerkung, als er endlich an den blassen Zügen und sprechenden Augen seiner Gefährtinnen sehen konnte, daß längere Zurückhaltung ein vergebliches Beginnen wäre. »Ihr Boot war zu gebrechlich, und bis an den Wasserrand überladen.«

»Glauben Sie, daß a l l e verunglückt sind?« fragte Mistreß Wyllys mit leiser, flüsternder Stimme.

»Es ist keine Hoffnung für irgendeinen! Freudig wollte ich einen Arm verlieren, könnte ich dem Ärmsten dieser verblendeten Matrosen helfen, die ihr unglückliches Geschick durch Ungehorsam und Unwissenheit beschleunigt haben.«

»Und von allen den menschlichen Wesen, die so kürzlich den Hafen von Newport glücklich und leichten Sinnes verlassen haben, in einem Fahrzeug, das lange der stolz der Seeleute war, von allen sind wir die einzigen, die noch leben!«

»Die einzigen: dieses Boot und sein Inhalt ist alles, was noch an die Royal Carolina erinnert.«

»Es lag nicht im Bereich m e n s c h l i c h e n Wissens, dieses Unglück vorherzusehen«, fuhr die Erzieherin fort und blickte Wildern dabei an, als wollte sie eine Frage tun, von der ihr jedoch das Gewissen sagte, daß sie aus demselben Aberglauben entsprungen sei, der den Untergang des soeben vorübergeschwommenen rohen Menschen herbeigerufen hatte.

»Nein.«

»Und die Gefahr, auf die Sie so oft und so geheimnisvoll anspielten, stand in keiner Verbindung mit der wirklich eingetretenen?«

»Nein.«

»Ist sie denn nun durch die Veränderung unserer Lage vorüber?«

»Ich hoffe es.«

»Sieh!« unterbrach Gertraud, die Hand in ihrer Hast auf Wilders Arm legend. »Gott sei gelobt, dort ist endlich etwas Erfrischendes für den Blick.«

»Es ist ein Schiff!« rief ihre Erzieherin, aber ach, eine neidische Woge erhob ihre grüne Mauer zwischen ihnen und dem Gegenstand, und sie sanken in die Hohlsee hinab, als ob sich die Erscheinung auf einen Augenblick ihnen gezeigt hätte, um sie mit ihrem Bilde zu verhöhnen. Doch hatte Wilder im Hinabsinken die sich an den Horizont malenden Spierenlinien flüchtig sehen können, und als das Boot nun wieder aufstieg, richtete er den geübten Blick so, daß er sich auch im Nu überzeugte, es sei ein Fahrzeug. Eine Woge kam nach der andern, ein Augenblick folgte dem andern, wo der Fremde abwechselnd mit dem Steigen der Barkasse erschien und mit ihrem Sinken wieder verschwand. Aber dieses kurze und flüchtige Erblicken war auch hinreichend, um das Auge dessen über alles Nötige zu belehren, der auf dem Elemente erzogen worden war, wo die Umstände jetzt so ausdauernde und unzweideutige Proben seiner Erfahrung heischten.

In der Entfernung einer Viertelmeile war allerdings ein Schiff zu sehen, das sich auf denselben Wogen, die der Barkasse jeden Fuß Weges streitig machten, mit Grazie und nur geringem Seitenschwanken, ohne scheinbare Anstrengung, vorwärts bewegte. Nur ein einsames Segel war beigesetzt, um der Bewegung des Schiffes mehr Stetigkeit zu geben; aber auch dieses eine war so zusammengerefft, daß es sich zwischen den schwarzen, verworrenen Linien der Taue und Spieren wie ein kleines weißes Wölkchen ausnahm. Zuweilen wies die Spitze der hohen, schlanken Masten nach dem Zenit, nicht selten schienen sie sich sogar vom Winde wegzuwenden, dann neigten sie sich wieder in langsamen und zierlichen Schwingungen nach der gekräuselten Meeresoberfläche hin, als wollten sie im Schoße des bewegten Elementes einen Zufluchtsort für ihre eigene endlose Bewegung suchen. Es gab Augenblicke, wo der lange, niedrige und schwarze Rumpf des Schiffes deutlich zu sehen war, auf einem Wogengipfel ruhend, und im Sonnenstrahle glänzend, wenn das Wasser seine Seiten umspielte; dann wieder sanken beide in eine Hohlsee nieder, Barkasse und Schiff, und alles verschwand dem Blick, selbst bis zu den feinen Linien, die die alleroberstehen Spieren in die Luft malten.

Sowohl Frau Wyllys als Gertraud beugten das Antlitz tief, in stille Anbetung und Dank zerflossen, als sie sich von der Erfüllung ihrer Hoffnungen versichert hatten. Dagegen war Kassandras Freude weniger zurückgehalten und geräuschvoller. Das einfältige Negermädchen lachte, weinte und jauchzte auf eine höchst rührende Weise, bei der sich eröffnenden Aussicht, ihre junge Gebieterin und sich selber nun einem Tode entrissen zu sehen, den der entsetzliche Anblick vor einigen Augenblicken ihrer Einbildungskraft unter einer so furchtbaren Gestalt vorgeführt hatte. Aber in dem trüben Auge Wilders war nichts zu spüren, was eine Teilnahme an der Freude der übrigen zu erkennen gegeben hätte.

»Jetzt,« sagte Mistreß Wyllys, seine Hand in ihre beiden schließend, »dürfen wir Rettung hoffen; und dann wird uns schon die Gelegenheit vergönnt sein, tapferer, trefflicher Jüngling, Ihnen zu beweisen, wie sehr wir Ihre Dienste zu schätzen wissen.«

Wilder litt den Ausbruch ihrer Gefühle, sprach aber nicht, noch äußerte er auf irgendeine andere Weise das geringste freudige Mitgefühl. Im Gegenteil, sein Wesen drückte eine Art von befangener Besorglichkeit aus.

»Es schmerzt Sie doch nicht, Herr Wilder,« setzte die verwunderte Gertraud die Rede ihrer Erzieherin fort, »daß sich uns endlich durch Gottes Barmherzigkeit eine Aussicht erschließt, aus diesen schrecklichen Wellen gerettet zu werden?«

»Mit Freuden ginge ich in den Tod, um Sie vor Leid zu schützen,« erwiderte der junge Seemann, »aber ...«

»Jetzt ist keine Zeit für was anderes, als für Dank und Freude!« unterbrach ihn die Gouvernante. »Ich kann jetzt keinen kalten Ausnahmen Gehör gestatten; was soll Ihr freudedämpfendes Aber?«

»Vielleicht ist die Erreichung jenes Schiffes nicht so leicht als Sie glauben ... der Wind kann es verhindern ... kurz, der Blick erreicht wohl manches Schiff zur See, was deswegen doch nicht angesprochen werden kann.«

»Glücklicherweise ist das nicht unser grausames Los. Ich verstehe übrigens – Sie wünschen nicht Hoffnungen zu sehr zu ermuntern, die noch getäuscht werden könnten; allein zu lange und zu oft habe ich mich diesem gefährlichen Elemente anvertraut, um nicht zu wissen, daß, wer den Wind hat, sprechen kann oder nicht, nach Belieben.«

»Sie bemerken ganz richtig, Madame, daß wir die Windseite haben; und befände ich mich in einem größeren Fahrzeuge, so wäre nichts leichter, als dem Fremden nahe genug zu kommen, um ihn sprechen zu können. Das Schiff dort liegt freilich beim Winde, allein der Wind ist doch nicht stark genug, um ein so großes Fahrzeug einem so kleinen Segel nahe zu bringen.«

»Nun, so wird man uns sehen und warten, bis wir herankommen.«

»Nein, nein. Gottlob! noch sieht man uns nicht! Dieser kleine Lappen Segel zerfließt im Wasserstaube für den Blick der Leute in jenem Schiff, oder sie halten ihn für eine Seemöwe.«

»Und dafür danken Sie dem Himmel?« rief Gertraud aus, den ängstlichen Wilder mit einem Erstaunen ansehend, das sie nicht, wie ihre Erzieherin, Kraft genug zu unterdrücken besaß.

»Hab' ich dem Himmel gedankt, daß wir nicht gesehen werden? Kann sein, daß ich nicht um das Rechte dankte: es ist ein bewaffnetes Schiff.«

»Vielleicht ein königlicher Kreuzer. Um so wahrscheinlicher harrt unser eine willkommene Aufnahme! Darum zögern Sie nicht, ziehen Sie eine Notflagge in die Höhe, sonst setzt man vielleicht mehr Segel bei und läßt uns zurück.«

»Sie vergessen, daß der Feind oft an unseren Küsten kreuzt. Es könnte ein Franzose sein!«

»Ich fürchte einen großmütigen Feind nicht. Selbst ein Korsar würde Frauen in unserer Not Obdach und Willkommen geben.«

Hier folgte eine lange, tiefe Stille. Wilder stand auf dem Querbrett, sich anstrengend, jedes Seeleuten verständliche Zeichen zu lesen, eine Beschäftigung, die ihm wenig Freude zu machen schien.

»Wir wollen mir unserem Boot nach vorn steuern,« sagte er, »und da das Schiff anders beiliegt, so gelingt es vielleicht, uns noch so zu stellen, daß wir über unsere künftigen Bewegungen gebieten können.«

Seine Gefährtinnen wußten nicht recht, was sie gegen einen Vorschlag, den sie vielleicht nur halb verstanden, einwenden sollten. Mistreß Wyllys war so befremdet durch die sonderbare Kälte, mit der er diese Aussicht einer Zuflucht aus ihrer Lage aufnahm, einer Lage, die, nach seinem eigenen unmittelbar vorhergehenden Geständnis, hilflos war, so daß sie sich viel geneigter fühlte, über die Ursache dieser Kälte nachzudenken, als ihn mit Fragen zu belästigen, die, wie sie wohl einsah, zu nichts führen würden. Gertraud ihrerseits verwunderte sich, ja hatte fast Lust zu glauben, er könne doch recht haben, wenn sie auch nicht wußte warum. Nur Kassandra war aufrührerisch gesinnt. – Sie nahm wieder ihre Zuflucht zum lauten Remonstrieren gegen den geringsten Verzug und versicherte dem zerstreuten, nicht auf sie achtenden, jungen Seemann, daß, wenn ihre junge Gebieterin durch seinen Eigensinn ein Leid treffen sollte, der Herr General Grayson sehr böse sein würde; und dann überließ sie es ihm, über die Folgen eines Unwillens selbst nachzudenken, der in dem Sinne des naiven Negermädchens so voller Gefahren war, als der Zorn eines Monarchen nur immer sein kann. Durch sein übermütiges Nichtachten auf ihre Gegenvorstellungen gereizt, vergaß die Negerin, geblendet durch Liebe und Ehrerbietung für ihre Herrin, alle Achtung, erhaschte den Bootshaken, befestigte, ohne daß es Wilder bemerkte, mit großer Geschicklichkeit eines der aus dem Wrack mitgenommenen linnenen Tücher daran und hob es einige Minuten lang hoch über das eingereffte Segel hinweg, ehe noch ihr erfindungsreicher Streich von irgendeinem ihrer Reisegefährten entdeckt wurde. Dann freilich, als sie Wilders zürnender Blick traf, beeilte sie sich, das Signal fallen zu lassen. Allein ob auch der Triumph der Treue nur kurz war, so krönte ihn doch der unbedingteste Erfolg.

Noch herrschte in der Barkasse jene stumme Zurückhaltung, die gewöhnlich nach einem plötzlichen Hervorbrechen des Unwillens stattfindet, als eine Rauchwolke aus der Seite des Schiffes, gerade als es auf der Spitze einer Woge lag, hervordrang; und gleich darauf erdröhnte der dumpfe Knall einer Kanone, mühsam gegen den Wind ankämpfend.

»Jetzt ist Besinnen zu spät,« sagte Mistreß Wyllys; »wir werden gesehen, mag der Fremde Freund oder Feind sein.«

Wilder antwortete nicht, sondern fuhr fort, jede Gelegenheit zu benutzen, um die Bewegungen des Fremden zu beobachten. Im nächsten Augenblick sah er, wie die Spieren vom Winde abfielen, und nach noch einigen Minuten, wie das Vorderteil des Schiffes eine veränderte Richtung, gerade auf sie zu, erhielt. Nun erschienen vier oder fünf breitere Segeltücher an verschiedenen Teilen des zusammengesetzten Baues, während das Fahrzeug dem Winde nachgab, als ob es sich noch tiefer unter seiner Gewalt beugte. – Zuweilen, wenn es eine Woge bestieg, schien sein Kiel ganz und gar vom Elemente entblößt, und hohe Wasserstaubstrahlen schossen auf, die, wie sie in der Luft zerstoben, von der Sonne erglänzten, oder die Segel und das Tauwerk wie mit ebenso vielen Brillanten bedeckten.

»Jawohl, jetzt ist es zu spät«, brummte unser Abenteurer, indem er das Steuer aufhielt und das Segel durch die Hände laufen ließ, so daß es der Wind fast bis zum Bersten anfüllte.

Nun flog das Boot, das sich solange zwischen den Wogen herumarbeitete, um dem Festlande so nahe als möglich zu bleiben, hinweg über die See, eine lange Spur von Schaum hinter sich lassend; und ehe noch die Damen ihre Fassung ganz wieder erlangt hatten, schwamm es schon in der verhältnismäßigen Windstille, die der dazwischenliegende Rumpf eines großen Fahrzeugs zu verursachen pflegt.

Auf dem Tauwerk stand eine leichte, behende Gestalt, einem Hundert Matrosen die nötigen Befehle erteilend; und unter der Verwirrung und Erschrockenheit, die eine solche Szene in einem weiblichen Busen aufzuregen geeignet ist, wurden Gertraud und Mistreß Wyllys nebst ihren beiden Begleitern wohlbehalten aufs Verdeck des Fremden gebracht. Sobald sie und ihre Sachen in Sicherheit waren, überließ man die Barkasse wie ein unnützes Stück Gerät dem Spiel der Wogen. – Nun kletterten zwanzig Matrosen auf den Seilen herum, Segel nach Segel öffnete sich geräumiger, bis das Fahrzeug, die ungeheuern Falten aller seiner Leinwand ausgebreitet, auf seinem spurlosen Lauf dahingetrieben wurde, gleich einer schnellen Wolke in der dünnen Luft der höheren Regionen.

Neunzehntes Kapitel.

Erwägt der Leser die Schnelligkeit, mit der das Fahrzeug vor dem Winde flog, so darf es ihn nicht befremden, daß wir imstande sind, die Szene des gegenwärtigen Kapitels in einer ganz verschiedenen Gegend zu eröffnen, wenn wir von dem Zeitpunkte an, wo sich die bisher erzählten Ereignisse schließen, eine Woche überspringen. Wir halten es für überflüssig, dem R o v e r in den Krümmungen jener irren und oft scheinbar ungewissen Fahrt zu folgen, während der sein Kiel weit mehr als tausend Seemeilen durchschnitten, mehr als einem königlichen Kreuzer geschickt die Spur verdorben und verschiedene minder gefahrvolle Tete-a-tetes ebensosehr aus Neigung als aus irgendeinem andern zu vermutenden Grunde vermieden hatte. Zu unserem Zwecke reicht es vollkommen hin, den Vorhang, der eine Zeitlang die Bewegungen des Fahrzeuges verhüllen mußte, zu lüften, um es in einem mildern Klima und, bedenkt man die Jahreszeit, in einer günstigern See wieder auftreten zu lassen.

Genau sieben Tage also, nachdem Gertraud und ihre Erzieherin Genossen des Freibeuterschiffes geworden waren, befand es sich, als die Sonne über seinen flatternden Segeln, symmetrischen Spieren und dunklem Rumpfe aufstieg, innerhalb des Gesichtskreises einiger niedrigen, kleinen, felsigen Eilande. Wenn man auch nicht das geringste Hügelchen blauen Landes sich aus der Welt von Gewässern hätte heben sehen, so würde doch die Farbe des Elementes schon jeden Seemann belehrt haben, daß sich der Boden des Meeres mehr als gewöhnlich der Oberfläche nähere und man folglich gegen die wohlbekannten, gefürchteten Gefahren der Küste auf der Hut sein müsse. Kein Wind regte sich; denn das schwankende, ungewisse Wehen, das von Zeit zu Zeit auf einen Augenblick die leichtere Leinwand des Fahrzeuges füllte, verdiente nur der Hauch eines Morgens genannt zu werden, der über dem Meere anbrach, sanft, mild, und mit einem scheinbar so weichen Lüftchen, daß es dem Ozean den stillen Charakter eines schlafenden Binnensees verlieh.

Alles im Schiffe, was Leben hatte, war schon auf und munter. Fünfzig kräftige und von Gesundheit strotzende Kerle hingen in verschiedenen Teilen der Takelage, einige lachend und sich leise mit Kameraden unterhaltend, die nachlässig auf den nächsten Spieren ausgestreckt lagen, andere gemächlich eine leichte und unbedeutende Arbeit verrichtend, mehr um nicht müßig zu gehen, als weil sie nötig gewesen wäre. Eine noch größere Anzahl von anderen schlenderte auf dieselbe Weise sorgenlos unten auf dem Verdeck umher. – Das Ganze trug das Gepräge von Leuten, die sich etwas, wenn auch noch so Unwesentliches zu tun machten, mehr um den Vorwurf der Trägheit zu vermeiden, als daß die Notwendigkeit das Werk geboten hätte. Die Schanze, der geheiligte Fleck eines Fahrzeuges, das auf Disziplin oder auch nur auf einen Schein darauf Anspruch macht, war von anderen Personen eingenommen, die freilich auch ebenso unbeschäftigt und nachlässig waren, als die übrigen. Kurz, die Stille auf dem Schiffe glich der auf dem Ozean und in der Luft, die beide eine gelegenere Zeit zur Entfaltung ihrer Macht abzuwarten schienen.

Drei oder vier Jünglinge, die nichts weniger als ein unangenehmes Äußeres hatten, besonders wenn man die Beschaffenheit ihres Gewerbes erwägt, erschienen in einer Art von halber Schiffsuniform, bei deren Schnitt und Farbe jedoch die Mode keiner besondern Nation vorzugsweise zu Rat gezogen war. Ungeachtet der offenbaren Ruhe, die rings um sie her herrschte, trug jeder von ihnen einen kurzen, geraden Dolch am Gürtel; und als sich einer von ihnen zufällig über die Galerie lehnte, konnte man den Schaft eines Terzerols durch eine offene Falte seiner Uniform entdecken. Da indessen keine anderen unmittelbaren Zeichen der Vorsicht zu bemerken waren, so konnte man nur schließen, daß dies die gewöhnliche Tracht auf dem Schiffe sein müsse. Ein paar grimmige und verhärtet aussehende Schildwachen, ganz wie Militär zu Lande uniformiert und bewaffnet, die, gegen den Gebrauch in Flotten, auf der Grenzlinie zwischen dem Sammelplatz der Offiziere und dem Vorderteil des Verdecks ihren Posten hatten, deuteten ebenfalls auf ungemeine Vorsicht hin. Allein alle diese Einrichtungen ließen die Matrosen in einer solchen Gleichgültigkeit, daß man wohl sehen konnte, die Gewohnheit habe sie längst schon damit vertraut gemacht.

Das Individuum, das dem Leser bereits unter dem hochtönenden Titel General bekannt ist, stand aufrecht und steif wie ein Schiffsmast da und studierte kritischen Blickes die Equipierung seiner beiden Söldlinge, augenscheinlich so achtlos auf alles, was um ihn her vorging, als wenn er sich buchstäblich zu den unbeweglichen architektonischen Teilen des Schiffes rechnete. Eine Gestalt aber zeichnete sich unter allen, die sich umherbewegten, durch ihre würdevolle Miene und das selbst in ruhiger Stellung nicht zu verkennende gebieterische Wesen aus. Es war der rote Freibeuter, der allein stand, indem es niemand wagte, dem Fleck nahe zu kommen, wo es ihm beliebte, seine gewandte, grazienvolle und imposante Person hinzupflanzen, seinen lebendigen, überall hin gerichteten Blick verließ nie der Ausdruck des strengen Prüfens, sowie er bald den einen, bald den andern Gegenstand der Schiffgeräte traf, und zuweilen, wenn sein Auge eine der durchsichtigen, gekräuselten Wolken, die in dem blauen Äther schwammen, betrachtete, umzog seine Brauen jene Düsterheit, die man gewöhnlich als die Begleiterin angestrengten Denkens anzusehen pflegt. In der Tat, so finster und bedrohlich wurde zuweilen das Zürnen seines Auges, daß selbst das blonde Haar, dessen Locken unter einer schwarzsamtenen, mit einer tief herabhängenden Goldquaste geschmückten Kapitänsmütze hervorquollen, seinem Gesicht jenen milden Zug nicht zu verleihen vermochte, den es zu anderen Zeiten hatte. Gleichsam als verschmähe er Verheimlichung und als gefalle er sich in der Verkündigung seiner Macht, trug er seine Pistolen offen in einem ledernen Gürtel, über einen blauen mit Gold zierlich eingefaßten Rock: außerdem trug er noch, mit derselben Verachtung des Geheimnisvollen, einen leichtgearbeiteten, krummen, türkischen Säbel und ein Stilett im Gürtel, das, nach der Verzierung des Handgriffes zu urteilen, wahrscheinlich von den Händen eines italienischen Künstlers verfertigt worden war.

Auf dem Deck der Hütte, erhaben über die anderen, und von der unten sich bewegenden Menge zurückgezogen, stand Mistreß Wyllys und das ihr anvertraute Mädchen. Weder in dem Blick, noch im Wesen irgendeiner von ihnen war jene Ängstlichkeit zu bemerken, die man als etwas Natürliches bei Frauen voraussetzen darf, die sich in einer so kritischen Lage, in der Gesellschaft gesetzloser Freibeuter befinden. Im Gegenteil, als die Gouvernante ihrer Anvertrauten den fernen mattblauen, über die Wasser wie eine dunkle, genau begrenzte Wolke hervorragenden Hügel zeigte, da war in dem gewöhnlich ruhigen Ausdruck ihres Gesichtes der rege Zug der Hoffnung nicht zu verkennen. Sie rief auch Wildern mit heiterer Stimme herbei, und der Jüngling, der lange mit einer gewissen Eifersucht auf der von der Schanze hinaufführenden Treppe gestanden und sie bewacht hatte, war im Nu an ihrer Seite.

»Ich versicherte Gertraud soeben,« sagte die Gouvernante mit jenem zutraulichen Tone, den gemeinschaftlich ausgestandene Gefahren zu erzeugen pflegen, »daß dort ihre Heimat läge, und wir hoffen dürften, sie bald zu erreichen, wenn erst der Wind eintrete; allein nachdem wir soviel Schrecknisse erlebt haben, will das eigensinnige, furchtsame Kind ihren Sinnen durchaus nicht eher trauen, als bis sie zum wenigsten die Wohnung ihrer Kindheit und das Antlitz ihres Vaters erblickt. Sie sind doch schon oft an dieser Küste gewesen, Herr Wilder?«

»Oft, Madame.«

»Dann können Sie uns ja sagen, was für Land das ist, das wir in der Ferne sehen.«

»Land!« wiederholte unser Abenteurer, sich verwundert stellend; »ist denn irgendwo Land zu sehen?«

»Irgendwo zu sehen! Es ist ja schon vor mehreren Stunden von dem Manne im Mastkorbe angekündigt worden.«

»Kann sein; wir Seeleute sind nach einer durchwachten Nacht etwas stumpf und hören oft wenig von dem, was um uns her vorgeht.«

Die Erzieherin warf, aus Furcht, sie wußte selbst nicht wovor, einen flüchtigen, verdachtvollen Blick auf ihn, ehe sie fortfuhr: »Hat der Anblick des freundlichen, teuern Bodens von Amerika seinen Zauber bei Ihnen so schnell verloren, daß Sie sich ihm so teilnahmlos nähern? Ich habe es mir noch immer vergebens zu enträtseln gesucht, wie die Leute Ihres Faches für ein so gefährliches, verratvolles Element so bis zur Betörung eingenommen sein können?«

»Sind die Seeleute denn wirklich ihrem Beruf mit einer so ungeteilten Liebe ergeben?« fragte Gertraud mit einer Hast, von der es ihr schwer gewesen wäre, den innersten Grund anzugeben.

»Es ist eine Schwäche, die man uns oft zur Last legt«, erwiderte Wilder, sie mir einem Lächeln anblickend, worin nicht der leiseste Schatten der frühern Zurückhaltung zu erkennen war.

»Und mir Recht?« fragte Gertraud.

»Ich fürchte, mir Recht.«

»Ach wohl!« rief Mistreß Wyllys mit einer bedeutsamen Emphase aus, die sanften und doch bittern Gram verriet; »sie lieben die See oft mehr, als ihre stille, friedliche Heimat!«

Gertraud setzte das Gespräch nicht weiter fort, allein ihr schönes, großes Auge senkte sich auf das Verdeck, als ob sie tief nachsinne über den verkehrten Geschmack, der es lieber mit den wilden Gefahren des Ozeans aufnimmt, als sich den Freuden der Häuslichkeit hingibt.

»Ich wenigstens fühle mich von der letzten Beschuldigung nicht getroffen«, rief Wilder. »Mir ist ein Schiff immer das gewesen, was anderen die Heimat.«

»Auch ein großer Teil m e i n e s Lebens floß in einem Schiffe dahin«, fuhr die Gouvernante fort, offenbar in ihrem tiefsten Innern Bilder langer Vergangenheit zurückrufend. »Glücklich und traurig zugleich waren die Stunden, die ich auf der See zugebracht habe! Auch ist dies nicht das erste königliche Schiff, in das mich mein Schicksal geworfen hat. Und doch scheinen sich die Gebräuche seit jenen Tagen sehr geändert zu haben, wenn anders mein Gedächtnis die Eindrücke eines Alters nicht zu verlieren beginnt, wo jenes Seelenvermögen am stärksten zu sein pflegt. Ist es gebräuchlich, Herr Wilder, einem Erzfremden, wie Sie hier sind, in einem Kriegsschiff ein Kommando anzuvertrauen?«

»Durchaus nicht!«

»Und doch führten Sie, wenn mein schwaches Urteil nicht trügt, von dem Augenblicke an, wo wir als Schiffbrüchige, Hilflose dies Fahrzeug betraten, das zweite Kommando darin.«

Unser Abenteurer wendete abermals den Blick ab und suchte augenscheinlich nach Worten, ehe er erwiderte: »Ein Patent gebietet überall Achtung; das meinige hat mir die Wichtigkeit verschafft, von der Sie Zeuge waren.«

»Sie sind also ein königlicher Offizier?«

»Würde man irgendeine andere Autorität in einem königlichen Schiffe gelten lassen? Durch den Tod wurde die zweite Stelle in diesem Kreuzer vakant. Zum Glück für das Bedürfnis des Dienstes, vielleicht auch für mich, war ich bei der Hand, die Stelle auszufüllen.«

»Aber sagen Sie mir doch noch,« fuhr die Gouvernante fort, entschlossen, die Gelegenheit nicht vorübergehen zu lassen, ohne sich noch mehr Aufklärung zu verschaffen, »ist es Sitte, daß die Offiziere eines Kriegsschiffs bewaffnet unter ihren Leuten erscheinen, wie es hier geschieht?«

»Es ist der Wille unseres Kommandeurs.«

»Dieser Kommandeur ist offenbar ein geschickter Seemann, allein seine Kapricen und seinen Geschmack finde ich ebenso außergewöhnlich wie seine Miene. Ich muß ihn schon einmal gesehen haben, und wo ich nicht irre, erst vor kurzem.«

Mistreß Wyllys verfiel in ein mehrere Minuten langes Stillschweigen. Während der ganzen Zeit blickte sie unverrückt hin auf die Gestalt des regungslosen Menschen, der noch immer in seiner ruhigen Haltung verharrte, entfernt von dem ganzen Haufen, den er so gewandt in unbedingter Abhängigkeit von seinem Befehl zu erhalten wußte. Die Gouvernante schien in diesen paar Augenblicken auch die flüchtigste Eigentümlichkeit seiner Person mit ihrem Auge einsaugen zu wollen, das sie nicht müde wurde, auf ihm ruhen zu lassen. Sie holte alsdann tief Atem und ließ vom Sinnen nach, indem sie sich erinnerte, daß sie nicht allein sei, und daß andere, schweigend und sie beobachtend, das Ergebnis ihres Nachdenkens abwarteten. Ohne Verwirrung jedoch wegen einer Geistesabwesenheit, an die ihre Schülerin schon zu sehr gewöhnt war, als daß sie ihr auffallen sollte, nahm sie, den Blick wie zuvor auf Wilder gerichtet, das Gespräch wieder da auf, wo sie selbst es unterbrochen hatte.

»Sind Sie denn schon lange mit dem Kapitän Heidegger bekannt?«

»Wir haben uns schon früher gesehen.«

»Dem Tone nach ist der Name deutschen Ursprungs, mir wenigstens ist er vollkommen neu. – Doch gab es eine Zeit, wo mir wenige im Dienste des Königs stehende Offiziere seines Ranges dem Namen nach unbekannt waren. Ist seine Familie in England eine alte?«

»Diese Frage kann er selbst wahrscheinlich besser beantworten«, sagte Wilder, froh, erlöst zu sein, denn der Gegenstand des Gesprächs näherte sich ihnen eben mir einer Miene, die das Bewußtsein ausdrückte, daß ihm niemand in dem Schiffe das Recht streitig machen durfte, an jedem ihm zusagenden Gespräch teilzunehmen. »Jetzt, Madame, ruft mich die Pflicht anderswohin.«

Wilder zog sich offenbar nur ungern zurück, und wenn seine Reisegefährtinnen überhaupt Verdacht gehegt hätten, so würde ihnen der mißtrauische Blick nicht entgangen sein, womit er die Art beobachtete, die sein Kommandeur annahm, als er den Damen einen guten Morgen wünschte; und doch war nichts im Wesen des Rovers, was ein solch eifersüchtiges Bewachen hätte veranlassen können, im Gegenteil, etwas Kaltes und Abweisendes darin gab den Anschein, daß er mehr aus Gastfreundlichkeit, als aus dem Wunsch sich zu unterhalten, an der Unterredung teilnehme. Indessen hatte sein Benehmen viel Gütiges, und seine Stimme war mild wie die Luft, die von dem herrlichen Klima der nahen Insel herüberwehte.

»Dort ist ein Anblick,« sagte er, indem er auf den blauen Rand des Kontinents hinzeigte, »der den Landbewohner mit Wonne und den Seemann mit Schrecken erfüllt.«

»Sind denn Seeleute dem Anblick von Regionen so abgeneigt, wo so viele Millionen ihrer Mitgeschöpfe mit Vergnügen wohnen?« fragte Gertraud, an die er seine Worte gerichtet hatte. Die Offenherzigkeit, mit der sie die Frage tat, bewies hinlänglich, daß ihre flecken- und arglose Seele von seinem wahren Charakter nicht die entfernteste Ahnung hatte.

»Zu denen auch Fräulein Grayson gehört«, erwiderte er, sich leise verbeugend, und mit einem Lächeln, hinter dessen Heiterkeit sich Ironie verbarg. »Nach den Gefahren, die Sie so kürzlich ausstehen mußten, kann selbst ich, ein so verstocktes und hartnäckiges Seeungeheuer, Ihnen die Abneigung gegen unser Element nicht verdenken. Doch ist es, wie Sie sehen, nicht ohne seine Reize. Kein See, von dem Festlande dort umkränzt, kann ruhiger und angenehmer sein, als dies Stückchen Meer. Befänden wir uns einige Grade südlicher, so wollte ich Ihnen Landschaften zeigen, zusammengesetzt aus Felsen, Gebirgen, Buchten, grüngetupften Hügelabhängen, spielenden Walfischen, nachlässig ausgestreckten Fischern, Bauernhütten in der Ferne und schlaffen Segeln – kurz, es würde sich selbst in einem Buche nicht übel ausnehmen, das die glänzenden Augen einer Dame mit Vergnügen lesen.«

»Und doch gehören die meisten Gegenstände, die Sie nannten, dem Festlande an. Zum Dank für dies Gemälde möchte ich Sie nach Norden fuhren, Ihnen dort finstere, drohende Wolken zeigen, ein grünes, verdrießliches Meer, Schiffstrümmer, Untiefen; auch Hütten, Hügelabhänge und Berge sind da, aber nur in der Sehnsucht der Ertrinkenden, endlich Segeltücher, gebleicht von Gewässern, die den gefräßigen Haifisch und den ekelhaften Polypen beherbergen.«

Gertraud hatte in seinem eignen, heitern Tone geantwortet; allein ihre blasse Wange und ein leises Zittern ihrer weichen, vollen Lippe verriet nur zu deutlich, daß die Erinnerung mit ihren entsetzlichen Bildern in ihr geschäftig war. Dieser Wechsel entging dem scharfforschenden Blicke des Rovers keineswegs, daher gab er, um jedes schmerzliche Andenken zu verbannen, auf eine ebenso gewandte als zarte Weise dem Gespräche eine andere Wendung.

»Es gibt Leute, die da glauben, die See habe nichts Unterhaltendes«, sagte er. »Für ein schwächliches, see- und heimwehkrankes Wesen mag das freilich wahr sein; allein der, dessen Geist kräftig genug ist, die Launen seines tierischen Teils zu unterdrücken, weiß ein anderes zu erzählen. So zum Beispiel haben wir regelmäßig unsere Bälle, und am Bord des Schiffes befinden sich Künstler, die vielleicht keinen so entschiedenen rechten Winkel mir ihren Beinen beschreiben können wie die Solotänzer in den Balletts, hingegen ihre Tanzfiguren im Sturmwind zu machen wissen, was mehr ist, als man von dem leichtfüßigsten Landhüpfer rühmen kann.«

»Ein Ball ohne Damen würde von ununterrichteten Leuten des Festlandes wenigstens für ein ungeselliges Vergnügen gehalten werden.«

»Hm! – es könnte freilich nicht schaden, wenn eine oder zwei Damen dabei wären. Dabei haben wir unser Theater, Posse, Lustspiel, spanischer Stiefel, alles kommt an die Reihe, um uns Kurzweil zu geben. Der Kerl, den Sie dort aus der Vormarssegelrahe ausgestreckt sehen wie eine träge Schlange, die sich auf einem Baumzweige sonnt, brüllt Ihnen so sanft wie eine Lachtaube! Und da drüben steht ein Verehrer des Momus, der selbst einen seekranken Mönch zum Lachen bringen würde: ich kann, glaube ich, nichts Empfehlenderes von ihm sagen.«

»Das nimmt sich in der Beschreibung recht gut aus,« erwiderte Mistreß Wyllys, »allein wieviel gehört davon dem – Dichter, oder soll ich Sie eher Maler nennen?«

»Keins von beiden, sondern einen ernst- und wahrhaften Chronisten. – Indes, da Sie Ihre Zweifel haben, und da Sie so seeneu sind ...«

»Verzeihung!« unterbrach die Dame. »Ich bin im Gegenteil seealt, ich habe den Ozean schon oft gesehen.«

Der Rover, dessen unsteter Blick bis jetzt mehr das frische Antlitz Gertrauds als das ihrer Gefährtin getroffen hatte, richtete ihn hier auf die letztere, ja ließ ihn so lange auf ihr weilen, daß sie dadurch in einige Verlegenheit geriet.

»Es scheint Sie zu befremden, daß eine Dame ihre Zeit auf eine solche Weise zugebracht haben sollte«, bemerkte sie, nicht ohne die Absicht, ihn das Unschickliche seines stieren Blickes fühlen zu lassen.

»Wir sprachen von der See, wenn ich mich recht erinnere«, fuhr er fort, wie einer, der plötzlich von tiefem Nachdenken wieder zu sich kommt. »Ja, ja, von der See war es, denn ich war etwas prahlerisch in meiner Lobeserhebung geworden, hatte Ihnen gesagt, dies Schiff sei ein besserer Schnellsegler, als ...«

»Nichts von alledem!« rief Gertraud, über seine Verwirrung herzlich lachend. »Sie spielten vielmehr den Zeremonienmeister in einem Schiffsball.«

»Wollen Sie ein Menuett tanzen? Wollen Sie meine Bretter mit den Grazien Ihrer Person beehren?«

»Ich, mein Herr? Mit wem? Vielleicht mit dem Herrn, der seine Tanzfiguren in einem Sturmwinde machen kann?« »Sie wollten unsere etwaigen Zweifel an den Vergnügungen der Seeleute beseitigen«, sagte die Erzieherin, mir einem ernsten Blick die Ausgelassenheit ihrer Schülerin verweisend.

»Jawohl, es war die Laune des Augenblicks, auch will ich ihren Lauf nicht hemmen.« Hierauf wandte er sich zu Wilder, der sich nahe genug postiert hatte, um das Gespräch mit anhören zu können, und fuhr fort: »Die Damen bezweifeln unsere Lustigkeit, Herr Wilder; der Bootsmann soll seinen Zauberruf ertönen lassen, verteilen Sie die Parole: z u m   U n h e i l unter die Leute.«

Unser Abenteurer verbeugte sich gehorchend und gab den erforderlichen Befehl.

Wenige Augenblicks danach erschien dasselbe Individuum, mit dem der Leser bereits im Schenkzimmer des U n k l a r e n   A n k e r s Bekanntschaft gemacht hat, in der Mitte des Schiffes, dicht bei der großen Luke, geschmückt wie damals, mir einer silbernen Kette, an der eine Pfeife befestigt war, und von zwei Gehilfen, geringeren Scholaren aus derselben rohen Schule, begleitet. Nun ließ Nightingale mit seinem Instrumente einen langen, grellen Pfiff erschallen, und als der Ton dem Ohre verhallt war, erhob er seine tiefe Baßstimme: »Alle zu Hauf, zum Unheil, ahoi!«

Wir haben bei einer frühern Gelegenheit diese Töne mir dem Brüllen eines Stieres verglichen; in gegenwärtigem Fall sinnen wir vergebens auf eine Vergleichung, die passender wäre, daher mag es bei der frühern sein Bewenden haben. Ein jeder der beiden Bootsmannsgehilfen wiederholte nun die gebrüllte Aufforderung, und damit war's genug. Wie schroff und unverständlich auch der Ruf dem musikalischen Ohr Gertrauds klingen mochte, auf die Gehörorgane der Mehrzahl machte er einen absonderlich angenehmen Eindruck. – Schon als die Schwingungen des ersten schwellenden und anhaltenden Tones die obere stille Luftregion erreichten, hob sich hier der Kopf eines jungen Kerls, der auf einer Spiere ausgestreckt dalag, spitzte dort ein anderer das Ohr, der auf einem Tau hin und her schaukelte, jeder, um die Worte, die nun folgen würden, aufzufangen, wie ein wohldressierter Pudel aufpaßt, wenn er seinen Herrn sprechen hört. Aber kaum war das emphatische Wort, das unmittelbar dem langgezogenen »Ahoi!« folgte, womit Nightingale den Aufruf schloß, ausgesprochen, so entlud sich das dumpfe, bisherige Stimmengemurmel der Seeleute in einem gleichzeitigen und allgemeinen »Hurra!« Im Nu war jedes Zeichen von Lässigkeit verschwunden, und alles in der lebendigsten Regsamkeit.

Die jungen, behenden Toppgasten schwangen sich wie hüpfende Tiere in das Tauwerk des jedem einzelnen angewiesenen Mastes, und erkletterten die sich hin und her schwingenden Strickleitern wie Eichhörnchen, die auf das Signal von Gefahr in ihre Schlupfwinkel flüchten. – Die ernsthafteren und schwerfälligeren Matrosen des Vorkastells, die noch wichtiger aussehenden Kanoniere und Quartiermeister, die minder schlauen und halb erschrockenen Kuhlgasten, endlich die ganz erschrockenen Rekruten der Hinterwache, alle eilten instinktmäßig auf ihre verschiedenen Posten; die Geübteren, um heillose Pläne gegen ihre Kameraden zu schmieden, die Einfältigeren, um sich über Verteidigungsmittel zu beraten.

Nun erschollen auf den Topps und Rahen Gelächter und geräuschvoller Witz, indem bald der eine übermütige Matrose droben seinen Einfall dem Kameraden verkündigte, bald ein anderer schadenfroh zankend darauf drang, s e i n e Erfindung, Unheil anzustiften, sei die witzigere. Von der passiven Partei andererseits, nämlich von dem Haufen, der sich auf der Schanze und um den Fuß des großen Mastes immer dichter zusammenballte, wurden mißtrauische und oft wiederholte Blicke halb verstohlen in die Höhe geworfen, die genugsam die Zaghaftigkeit an den Tag legten, mit der die Neulinge auf dem Verdeck dem beginnenden Kampf gegen den h a n d g r e i f l i c h e n Witz ihrer Kameraden entgegensahen. Die soliden und ernsteren Seeleute aus der Back behaupteten jedoch ihren Posten mit einer Art von strenger Entschlossenheit, an der sich das Vertrauen, das sie in ihre physische Kraft setzten, und ihre genaue Bekanntschaft, sowohl mit den Gefahren, als auch mit den lustigen Launen des Seelebens, nicht verkennen ließ.

Außer diesen sah man noch einen Knäuel von Leuten, die sich, mitten im allgemeinen Wirrwarr und Getöse, so hastig und doch so taktmäßig versammelten, daß man bei ihnen einerseits ein Bewußtsein von der dringenden Notwendigkeit, unter obwaltenden Umständen vereint zu handeln, voraussetzen mußte, sowie andererseits die Gewohnheit, in Massen zu agieren. Dies waren die einexerzierten soldatischen Abhänglinge des »Generals«. Zwischen diesen und den minder taktfesten Seeleuten bestand nicht nur jene fast instinktmäßige, gegenseitige Antipathie von Marinesoldat und Matrose, sondern eine erhöhtere, die, aus leicht einzusehenden Ursachen, in dem Schiffe, von dem wir schreiben, so sehr genährt wurde, daß sie oft in unruhige und fast meuterische Zwiste ausbrach. Es waren in allem zwanzig Soldaten, die sich so schnell versammelten, und obgleich bei dergleichen Lustbarkeiten Feuergewehr verpönt war, so konnte man dem erpichten Grimm im Gesicht dieser schnurrbärtigen Helden leicht abfühlen, daß im Notfall keinem von ihnen der Appell an das Bajonett, das sie an den Schultern hängen hatten, schwer ankommen dürfte.

Ihr Kommandeur zog sich mit den übrigen Offizieren auf das Deck der Hütte zurück, um das Zwanglose der Lustbarkeiten, zu denen sie einmal das Fahrzeug hergegeben hatten, durch ihre Gegenwart nicht zu stören.

Es mochten wohl ein paar Minuten draufgegangen sein, bis die verschiedenen, soeben geschilderten Veränderungen zuwege gebracht waren. Sobald sich aber die Toppgasten überzeugt hatten, daß kein unglücklicher Nachzügler ihrer Partei irgendeiner der unten versammelten Gruppen nahe genug war, um ihrer wahrscheinlichen Wiedervergeltung ausgesetzt zu sein, so begannen sie, dem Ruf des Bootsmanns buchstäblich nachzukommen, indem sie Pläne zum »Unheil« schmiedeten.

Verschiedentliche Eimer, wovon der größte Teil die Bestimmung hatte, bei ausbrechendem Feuer Dienste zu tun, sah man bald an den Klappläufertauen[39] von den äußeren Enden der Rahen in die See herabkommen. Trotz dem linkischen Widerstande der Untenstehenden waren die ledernen Gefäße bald gefüllt und in den Händen derer, die sie heruntergelassen hatten. Gar manch ein gaffender Kuhlgast und steifer Marine wurde jetzt mit dem Element, auf dem er schwamm, näher vertraut, als ihm lieb und bequem war. Solange indessen, als sich die Späße auf diese erst halb eingeweihten Individuen beschränkten, kühlten die Toppgasten ihr Mütchen ungestraft; kaum aber war die Würde eines Kanoniers verletzt, als die ganze Bande von Unteroffizieren und Backgasten in Masse aufstand, die Schmach zu rächen, wobei ihre Geschicklichkeit einen Beweis abgab, wie vertraut die ältern Matrosen mit allem waren, was in ihr Fach einschlug. Eine kleine Kanone wurde nun aufs Vorderteil heraufgeschafft und gleich einer genau zielenden Batterie, die zum

---

[39] Ein Tau, das durch einen einschneidigen Block läuft, heißt in der Seesprache »ein Klappläufer«.

beginnenden Kampfe Platz macht, auf den nächsten Topp gerichtet. Das laut lachende Gesindel droben machte sich aber bald aus der Schußweite, einige in die Höhe, andere auf den nächsten Topp, alle auf Seilen und über schwindlige Höhen hinweg, die für jedes Tier, minder behende als ein Eichhörnchen oder ein Affe, unerklimmbar schienen.

Nun forderten die siegreichen und boshaften Matrosen die Seesoldaten heraus, doch Gebrauch von ihrem Vorteil zu machen. Schon durch und durch naß, aber gierig, ihren Peinigern die Unbill wiederzuvergelten, rückte ein halb Dutzend Soldaten heran, von einem Korporal angeführt, dessen reich gepudertes Haupthaar durch eine zu innige Bekanntschaft mit einem Wassereimer in zusammengepappte Zotteln metamorphosiert war. Sie versuchten an der Takelage hinanzuklettern, ein Heldenstück, das ihnen schwerer ankam, als durch eine Bresche in die Festung zu stürmen. Die gottlosen Kanoniere und Quartiermeister, mit ihrem eigenen Erfolg zufrieden, feuerten sie zum Unternehmen noch mehr an; und Nightingale nebst seinen Gehilfen, die sich bald vor zurückgehaltenem Lachen die Zunge zerbissen, gaben mit ihren Flöten das Kommando: »Aufgehißt!« Der Anblick dieser waghalsigen Abenteurer, wie sie langsam und bedächtig die Strickleitern hinankletterten, hatte auf die zerstreuten Toppgasten ungefähr dieselbe Wirkung wie Fliegen, die sich einem Spinnengewebe nähern, auf ihre verborgene, blutdürstige Feindin. Die Matrosen in der Höhe bekamen von denen unten durch sprechende Blicke den Wink, daß Marinesoldaten erlaubtes Wild seien. Daher waren letztere noch kaum recht ins Netz gegangen, als schon zwanzig Toppgasten auf sie losstürzten, um ihre Prisen in Sicherheit zu bringen, ein Hauptstreich, der unglaublich schnell ausgeführt war. Zwei oder drei der aufstrebenden Ritter wurden da, wo der Feind auf sie stieß, mit einer Tracht Prügel bewillkommt, ohne sich verteidigen zu können, da sie sich an einem Orte befanden, wo der Instinkt selbst ihnen die unumgängliche Pflicht einzuschärfen schien, mit beiden Händen ja recht festzuhalten; andere von ihnen hatten ein verschiedenes, obgleich nicht besseres Los: man sah sie plötzlich vermittelst Klappläufertaue ihrem Orte enthoben und nach verschiedenen Spieren, wie ebenso viele leichte Segel oder Rahen hinschweben.

Mitten in der geräuschvollen Freude über diesen Sieg zeichnete sich ein Individuum durch die Ernsthaftigkeit und geschäftige Miene aus, mit der es seine Rolle in der Posse spielte. Auf dem äußern Ende einer der niederen Rahen sitzend, so sicher als befände es sich auf einer Ottomane, war es sorgfältigst damit beschäftigt, die Lage eines armen Gefangenen zu untersuchen, der, dicht vor seinen Füßen, weder vor- noch rückwärts konnte, während der lose Befehlshaber auf dem Topp herabschrie, ihn vollends aufzuhissen, einen »Juwelenblock« aus ihm zu machen; eine Benennung, die man den an gewissen Rahenenden herabhängenden Blöcken gibt, und die den Juwelenbommeln, die man so oft an den Ohren des schönen Geschlechtes glänzen sieht, entliehen zu sein scheint.

»Ja, ja,« brummte der bedächtige, ernsthafte Teer, der kein anderer war als Richard Fid, »das Bindsel, das der Kerl mitbringt, ist nicht vom haltbarsten; wenn er schon jetzt so quiekt, was wird er erst tun, wenn er, mit einem Tau durchrefft, in der Luft baumelt! Meiner Seel, Burschen, ihr hättet den Jungen besser ausreden sollen, ehe ihr ihm die Ehre zudachtet, ihn in gute Gesellschaft raufzuschicken. Da sind ja mehr Löcher in seiner Jacke als Kajütenfenster in einer chinesischen Junke. Hilloa! – Du, da unten! – Du, Guinea, faß mir mal ein Schneiderlein und schick's rauf, um diesem Kuhlgast die Windluken zu verstopfen.«

Der athletische Afrikaner, dem wegen seiner Riesenstärke ein Posten im Vorkastell angewiesen war, schaute einen Augenblick hinauf, dann schritt er im Trabe mit verschränkten Armen das Verdeck entlang, so ernsthaft, als wäre er in einem Dienste von höchster Wichtigkeit begriffen. Ein höchst kläglich und hilflos aussehendes Wesen, von dem Aufruhr über seinem Haupte aufgeschreckt, war von einem verborgenen Winkel des Bachdecks auf die Leiter der Vorluke herausgekrochen. Nur mit dem halben Körper über die Planken hervorragend, eine Strähne Kamelgarn um den Hals, ein Stück Wachs in der einen Hand und eine Nähnadel in der andern, stand es da und schaute stieren Blickes um sich her. Ein chinesischer Mandarin, der plötzlich in die Geheimnisse des Ballens eingeweiht werden soll, hätte nicht verdutzter aussehen können. Auf dies Subjekt fiel das Auge Scipios. Er streckte einen Arm aus, warf es sich auf die Schultern, und ehe noch der verblüffte Gegenstand seines Angriffs wußte, in wessen Händen er eigentlich gefallen, war auch schon ein Haken an den Gurt seiner Beinbekleidung angebracht und er selbst unterwegs zwischen dem Wasser und der Spiere, wo Fid, dem er eben Gesellschaft leisten sollte, thronte.

»Gib acht, daß der Mann nicht in die See fällt!« rief Wilder streng von seinem Stande auf dem Deck der Hütte her.

»Is Schneider, Messer Harry,« erwiderte der Schwarze, ohne eine Muskel zu verziehen; »wenn seine Hosen halten nicht fest, er nur sich selber mag schuld geben.«

Während dieses kurzen Zwiegesprächs hatte der gute Mann Homespun schon das Ziel seines erhabenen Aufschwungs erreicht. Hier wurde er von Fid standesgemäß empfangen; selbiger hob ihn an seine Seite, und nachdem er ihn bequem zwischen Rahe und Baum gesetzt, befestigte er ihn mit einem Riemen, damit das Schneiderlein den freien Gebrauch seiner nähefertigen Hände haben möge.

»Ziehe mal 'n bißchen mit der Hand auf und nieder auf diesen Kuhlgast da!« sagte Richard, nachdem er den guten Mann gehörig sichergesetzt hatte: »so, beleg' mir die ganze Stelle da.«

Hierauf umschloß er mit dem einen Kniegelenk den Hals seines Gefangenen, faßte diesen dann bei einem gewissen Teil des Körpers, der nun durch den Druck am Kopfgelenk in die Höhe geschwungen wurde, und legte diesen Teil ruhig dem erschrockenen Schneider in den Schoß.

»Hier, Freundlein,« sagte er, »hantiere jetzt mit deiner Nadel wie bei deiner gewöhnlichen Arbeit. Dein schlaues Metier fängt ohnedies immer bei dem Fundament an, damit die Oberkardeele auch halte.«

»Gott behüte mich und alle sterblichen Sünder vor einem unzeitigen Ende!« schrie Homespun, den der Blick in die leere Luft von seiner schwindligen Höhe mit einem Gefühl erfüllte, das wahrscheinlich viel Ähnlichkeit mit dem hatte, das ein Luftschiffer bei seiner ersten Fahrt haben mag, wenn er von oben herunterschaut.

»Laßt mir den Kuhlgast da wieder hinab,« rief Fid wieder; »er stört alle vernünftige Unterhaltung durch sein Geschrei; dieser Schneider hier hat über seine Kardeele das Verdammungsurteil gesprochen, drum mag der Schiffszahlmeister eine neue Ausstaffierung für ihn bestellen.«

Die wahre Ursache jedoch, daß er den hängenden Gesellen fortschaffen ließ, war ein Funken von Menschlichkeit, der noch in dem rohen Gemüte des Teer schimmerte, denn er wußte, daß sein Gefangener nur auf Kosten körperlichen Wohlbehagens in der hängenden Stellung verbleiben konnte. Sobald sein Wunsch erfüllt war, wendete er sich zur Wiederanknüpfung des Gesprächs gegen den guten Schneider, ebenso geruhig, als säßen sie beide auf dem Verdeck, und ohne sich im mindesten dadurch stören zu lassen, daß über, neben und unter ihm, ein Dutzend Streiche von derselben Art, wie der eben geschilderte, ausgeführt wurden.

»Warum glotzen denn Eure Augen so, Bruder, wie ein paar Pfortgaten?« fing der Toppgast an. »Das ist lauter Wasser, was Ihr da um Euch her seht, ausgenommen die blaue Hängematte dort nach Osten, was ein Stück Hochland in den Bahamas ist, seht Ihr?«

»Ach, was ist das für eine sündenvolle, übermütige Welt, in der wir leben«, erwiderte der Schneider. »Niemand kann sagen, in welchem Augenblick seine Tage abgeschnitten werden. Fünf blutige, grausame Kriege hab' ich erlebt und überstanden, und doch ist es nun mein beschiedenes Los, dieses schmachvolle und gottlose Ende zu nehmen.«

»Na, da du in den fünf blutigen und grausamen Kriegen mit einem blauen Auge davongekommen bist, so hast du ja um so weniger Ursache zu brummen, daß dir ein bißchen Seewasser zwischen die Kleider kam, wie sie dich auf die Rahenocke hier raufzogen. Kann dich versichern, Brüderlein, hab' schon gesehen, wie ganz andere, kräftigere Bengels als du bist, diesen Schwung taten, die nicht gewußt haben, wie oder wann sie wieder runtergekommen sind.«

Homespun, der Fids Anspielung nur zur Hälfte verstand, sah ihn jetzt mit einem Blicke an, der einerseits den Wunsch einer nähern Erklärung, andererseits aber starke Bewunderung ausdrückte über die Sorglosigkeit, mit der sich sein Gefährte, ohne die geringste Hilfe, nur durch seine equilibristische Fertigkeit, in seinem Sitze erhielt.

»Ich sage, Bruder,« nahm Fid wieder auf, »daß mancher kräftige Seemann schon mit dem Klappläufertau zum Ende einer Rahe hinaufgehißt wurde, der bei dem Signal eines Flintenschusses zusammenschreckte, oder der just so lange dort sitzen bleiben mußte, als der Präsident des Kriegsgerichts zur Besserung seiner Ehrlichkeit für nötig zu halten beliebte.«

»Daß sich Gott erbarm! Selbst der am wenigsten Schuldige, selbst der gewissenhafteste Seemann, der solche erschreckliche Strafe, bloß zum Spaß, im Spiele ausführen ließe, würde sich an der Vorsehung sowohl schrecklich als auch entsetzlich versündigen; aber doppelt schwer ist die Versündigung, sag' ich, in der Mannschaft eines Schiffes, das jede Stunde von der Wiedervergeltung und der Reue getroffen werden kann. Es scheint mir unweise, die Vorsehung durch dergleichen Schauspiele zu versuchen.«

Fid warf einen ganz ungewöhnlich bedeutsamen Blick auf den Schneider und schob sogar die Antwort auf, bis er seine Gedanken durch ein neues, großes Stück Tabak aufgefrischt hatte, das er dem, das seine Backen schon füllte, noch nachstieß. Hierauf schaute er sich um, ob sich auch keiner seiner lärmenden und zum Aufstand geneigten Kameraden innerhalb Gehöresweite befände, dann heftete er einen noch sprechenderen Blick auf den Schneider und sagte:

»Merk dir's, Brüderlein, der Richard Fid kann wohl viele gute Eigenschaften an sich haben, die nicht jedermann bekannt sind, aber das wissen alle seine Freunde, daß er kein großer Gelehrter ist. Da aber nun dem so ist, so hat er es nicht für gutgehalten, als er an Bord dieses trauten Schiffes kam, erst nach dem Schiffspatent zu fragen. Ich glaube dennoch, daß es zum Vorschein kommen kann, wenn's nottut, und daß kein ehrlicher Mann sich zu schämen braucht, unter seiner Flagge die Küste zu befahren.«

»Ach, wenn erst die Stunde dieses Kreuzers geschlagen hat, so sei der Himmel den Schuldlosen gnädig, die gezwungenerweise hier dienen!« erwiderte Homespun. »Aber ich sollte doch meinen, daß Ihr als ein seefahrender und gescheiter Mann Euch nicht habt zu dieser Fahrt einschreiben lassen, ohne das Handgeld zu empfangen und Euch zuerst über die Beschaffenheit des Dienstes zu unterrichten.«

»Dem Teufel auch ließ ich mich einschreiben, weder in der ›Entreprise‹ noch in dem ›Delphin‹, wie sie dieses Schiff benamsen. Seht Ihr dort unten auf der Hütte den jungen Herrn, den Harry, der Euch zu einem Toppgast heraufrufen kann, so lieblich, als wenn das Männchen vom Walfisch brüllte; dem seinem Signale folg' ich, seht Ihr. Mit Fragen, was für eine Richtung er heute oder morgen seinem Schiffchen geben wolle, laß ich ihn in der Regel ungeschoren, das ist s e i n e Sache.«

»Wie! Wollt Ihr Eure Seele auf diese Art an Beelzebub verkaufen, und noch dazu ohne Kaufschilling?«

»Ich sage, Freundchen, es könnte nicht schaden, wenn Ihr Eure Gedanken erst etwas straff anholtet, ehe Ihr sie auf diese unmanierliche Art Eurer Zunge entfahren laßt. Nicht gern möcht' ich einen Herrn, der sich zu mir herausbemüht hat, um mir einen Besuch abzustatten, anders als mit der Höflichkeit behandeln, die meinem Topp Ehre macht, wenn auch die Mannschaft jetzt heillose Streiche ausführt, seht Ihr. Aber ein Offizier wie der, dem ich folge, besitzt selber einen Namen und braucht sich nicht erst einen von der Person zu borgen, die Ihr eben zu nennen beliebtet. Ich verachte jämmerliches Drohen: aber einem Mann von Euern Jahren darf ich nicht erst sagen, daß es just so leicht ist, von dieser Spiere hier hinabzuspazieren, als herauf, seht Ihr.«

Das Schneiderlein warf einen furchtsamen Blick auf das Salzwasser hinab und beeilte sich, den ungünstigen Eindruck zu verlöschen, den die letzte unglückliche Frage so offenbar auf seinen sonnverbrannten Gesellschafter gemacht hatte.

»Fern sei es von mir, daß ich irgend jemand einen andern als seinen Tauf- und Familiennamen beilege, wie es das Gesetz befiehlt,« sagte er; »ich wollte bloß fragen, ob Ihr dem Herrn, dem Ihr dient, zu so einem unanständigen und verderblichen Ort, wie ein Galgen ist, zu folgen Lust hättet?«

Fid sann eine Weile hin und her, ehe er für gut hielt, auf eine so hohe und gehaltvolle Frage zu antworten. Während des ihm ungewohnten Prozesses, des Nachdenkens, bewegte sich das Kraut, von dem sein Mund vollgestopft war, ungemein schnell, bald nach der einen, bald nach der andern Backe hin; drauf einen Strahl Tabakssaft fast bis zur Sprietsegelrahe hinspritzend, machte er seinen Betrachtungen und dem Kauen zugleich mit folgenden entschlossenen Worten ein Ende:

»Soll mich der Teufel holen, ich tät's! Nach einem vierundzwanzigjährigen, gemeinschaftlichen Segeln mit dem Harry müßte ich ärger als der feigste Kriecher sein, wollte ich die Kameradschaft aufsagen, weil uns eine Kleinigkeit von Galgen auf der Fahrt zu Gesicht käme.«

»Der Lohn in so einem Dienste muß sowohl reichlich als pünktlich sein, und Speise und Trank von der besten Sorte«, bemerkte Gevatter Homespun angelegentlich, so daß man sehen konnte, eine Antwort würde ihm nicht unlieb sein. Fid war auch gar nicht gestimmt, seine Neugier unbefriedigt zu lassen, vielmehr hielt er sich, da er einmal den Punkt berührt hatte, dazu verpflichtet, ihn von allen Seiten hinlänglich zu beleuchten.

»Was den Lohn betreffen tut, seht Ihr, so ist's just soviel, als einem Matrosen gebührt. Ich würde mich verachten, weniger zu nehmen, als der besten Fockmasthand in einem Schiffe zukommt, denn seht Ihr, das wär' gerade, als wenn ich eingestände, daß ich nicht mehr verdienen täte. – Aber der junge Herr, der Harry, hat seine eigene Manier, die Dienste von unsereinem zu berechnen; und wenn seine Gedanken in einer Sache dieser Art erst mal fest eingeklemmt sind, so kann ich sie mit dem größten Splißhorn nicht wieder flott kriegen. Ich spielte einst so von fern drauf an, es wäre doch nicht unschicklich, wenn er mir eine Quartiermeisterstelle verschaffen täte, aber den Teufel auch wollte er sich zu der Sache im geringsten verstehen, sintemal, wie er selber sagt, ich die Eigenheit an mir habe, von Zeit zu Zeit ein bißchen bedüselt zu sein, was mich nur der Gefahr, beschimpft zu werden, aussetzen müßte; indem es männiglich bekannt ist, je höher ein Affe die Takelage hinaufklettert, desto leichter jeder auf dem Verdeck sehen kann, daß er einen Schwanz hat. Dann, was den Tisch anbelangen tut, es ist halt Matrosenkost; bald hat man eine Krume übrig für einen Freund, bald einen hungrigen Magen.«

»Aber da gibt's doch oft Verteilung des hm ... hm ... des Prisengeldes in diesem siegreichen Kreuzer?« fragte der Gevatter, mit abgewendetem Gesicht, wahrscheinlich weil er wußte, daß es eine ungeziemende Gespanntheit auf die Antwort verraten würde. »Ihr bekommt gewiß alle Eure Mühseligkeit reichlich vergütet, wenn der Schatzmeister die Beute verteilt.«

»Hör' mal. Schneiderlein,« sagte Fid, indem er wieder eine bedeutsame Miene annahm, »kannst du mir sagen, wo die Seebehörde sitzt, die seine Prisen verteilt?«

Gevatter Homespun erwiderte den Blick nicht ohne Angelegentlichkeit: aber ein ungewöhnlicher Lärm in einem andern Teil des Schiffes machte dem Gespräch gerade da ein Ende, wo es aller vernünftigen Wahrscheinlichkeit nach zu einer tröstlichen Erklärung zwischen den beiden gekommen wäre.

Zwanzigstes Kapitel.

Während die beiden aus der Nocke der Fockrahe des Korsaren diese kleine Zwischenhandlung spielten, wurden anderswo tragikomische Szenen ausgeführt. Der oft erwähnte Kampf zwischen den Inhabern des Verdecks und den regsamen Bewohnern der Höhe war noch lange nicht zum Schluß gediehen. Mehr als einmal kam es von zornigen Worten zu Prügeln: und da dieses letztere Ingrediens des Schauspiels von einer Art war, worin sich die Marinesoldaten und Kuhlgasten mit ihren erfindungsreichen Peinigern messen konnten, so fing der Krieg nachgerade an, einigen Anschein sehr zweifelhaften Ausganges zu gewinnen. Nightingale war indessen immer zur Hand, die streitenden Parteien mit seiner wohlbekannten Bootsmannsflöte und seiner tiefen Baßstimme zum Gefühl des Schicklichen zurückzurufen. Ein langer, greller Pfiff, mit den Worten: »Bei Laune geblieben, ahoi!« war bisher hinreichend, den entbrennenden Zorn der verschiedenen Beteiligten zu unterdrücken, wenn der Spaß dem aufbrausenden Soldaten oder den, zwar minder feurigen, aber doch ebenso rachelustigen Mitgliedern der Hinterwacht zu arg zu werden begann. Allein ein Versehen von seiten dessen, der sonst ein so wachsames Auge auf die Bewegungen aller unter seinem Befehle Stehenden zu haben pflegte, hätte beinahe weit ernstlichere Ereignisse herbeigeführt.

Bald nachdem die verschiedenen rohen Spiele, die wir soeben mitgeteilt haben, unter der Mannschaft ihren Anfang genommen hatten, ließ die Laune, die den Rufer verleitet hatte, die Zügel der Disziplin auf einen Augenblick schlaffer zu halten, plötzlich nach. Das muntere, heitere Aussehen, das er während des Gespräches mit seinen weiblichen Gästen (oder Gefangenen, wir wissen nicht, ob er sie für das eine oder das andere zu halten geneigt war) behauptet hatte, war verschwunden. Unter einer gedankenvollen und umwölkten Stirn glänzte sein Auge jetzt nicht mehr von jenem Strahl spielender, sarkastischer Laune, der er sich so gerne überließ, sondern gewann einen schmerzlich regungslosen, abschreckenden Ausdruck. Sein Geist war offenbar in das träumende Hinbrüten zurückgesunken, das so oft seine munteren und lebendigen Mienen verfinsterte, wie die Schatten eines vorüberziehenden Gewölks die goldenen Tinten eines reifen, wogenden Ährenfeldes.

Während die meisten derer, die nicht selber eine Rolle in den tosenden und lustigen Streichen der Mannschaft zu spielen hatten, aufmerksame Zuschauer abgaben, einige mit Überraschung, andere mit Besorglichkeit, doch alle mehr oder weniger von der allgemein herrschenden Laune beseelt, stand der Freibeuter da, augenscheinlich ohne alles Bewußtsein von dem, was in seiner Gegenwart vorging. Zwar hob er dann und wann die Augen in die Höhe auf die behenden Wesen, die wie Eichhörnchen an den Tauen hingen, oder senkte sie auf die trägeren Bewegungen der Leute unterhalb seines Standpunktes; allein es war immer etwas Stieres in dem Blick, was bewies, daß das Bild für seinen Geist trüb und wesenlos war. Die Blicke, die er hin und wieder auf Mistreß Wyllys und ihre schöne von den Spielen ganz in Anspruch genommene Schülerin warf, verrieten, was in seinem innern Menschen vorging. Nur in diesem kurzen, aber bedeutsamen Anschauen konnte man dem Ursprung der Gefühle, die ihn beherrschten, einigermaßen auf die Spur kommen. – Jedoch würde der Versuch, ein Urteil über den ganzen Charakter der in seinem Gemüte herrschenden Bewegungen zu fällen, auch für den feinsten Beobachter eine schwere, wo nicht unauflösliche, Aufgabe gewesen sein. Zuweilen war man zu glauben versucht, daß eine unheilige, wollüstige Leidenschaft in ihm die Oberhand erhielte, doch nur eine Sekunde; dann überflog er mit dem Auge das keusche Matronengesicht der noch immer anziehenden Gouvernante, und es bedurfte nicht vieler Einbildungskraft, um Zweifel und tiefe Achtung zugleich in diesem Blicke zu lesen.

Inzwischen wurden die Spiele zuweilen mit so vieler Laune fortgesetzt, daß sie selbst der halb erschreckten Gertraud ein Lächeln abzwangen, allein immer mit einer Hinneigung zu jener Heftigkeit, jenem Hervorbrechen des Zorns, das in jedem gegebenen Augenblicke die Mannszucht in einem Schiffe mit Füßen treten konnte, wo es keine andere Mittel gab, Gehorsam einzuschärfen, als nur jene, die die Offiziere unmittelbar aufzubieten vermochten. Mit dem Wasser war man so verschwenderisch umgegangen, daß das Verdeck überall davon überschwemmt war, und mehr als einmal wurde selbst das privilegierte Deck der Hütte tüchtig bespritzt. Keinen bei dergleichen Auftritten üblichen Schabernack ließen die droben unbenutzt, um ihre minder günstig auf dem Verdeck postierten Kameraden herzlich zu necken, sowie sich diese ihrerseits aller Mittel, die ihnen durch Übung und Fertigkeit zu Gebote standen, zur Wiedervergeltung bedienten. Hier sah man ein großes Schwein und einen Kuhlgast unter einem Topp an zwei Tauen baumeln und sich beim Zusammenschlagen unsanft begrüßen; dort steckte ein Marine in der hin und her geschwungenen Takelage und mußte sich die Manipulationen eines kecken, abgerichteten kleinen Affen gefallen lassen, der, auf den Schultern des armen Teufels postiert, seinen Kamm so ernsthaft und aufmerksam handhabte, als wenn er bei einem Friseur in die Lehre gegangen wäre. Kurz, überall verkündigte ein oder der andere rohe, derbe Scherz, daß für den Augenblick die ungebundenste Freiheit einer Klasse von Wesen gestattet war, die, soll in einem bewaffneten Schiffe Disziplin, Bequemlichkeit und Sicherheit walten, in der Regel mit strengem Zügel regiert werden muß.

Mitten in diesem wilden Lärmen drang eine gleichsam dem Ozean entsteigende Stimme herauf, das Schiff mittelst einer an dem äußern Rand einer Klüsgate angebrachten Ruftrompete beim Namen begrüßend.

»Wer spricht den Delphin an?« erwiderte Wilder fragend, als er sah, daß der Gruß das Ohr seines Kommandeurs zwar traf, ohne ihn aber von seinem Brüten zu der bevorstehenden Handlung zurückzuführen.

»Vater Neptun befindet sich unter Euerm Vorderkiel.«

»Was will der Gott?«

»Er hat vernommen, daß gewisse Fremdlinge in sein Gebiet gekommen sind, und ersucht um die Erlaubnis, an Bord des P a t z i g e n   D e l p h i n zu kommen, um sich zu erkundigen, was sie wollen, und das Logbuch ihrer Charaktere zu untersuchen.«

»Er sei willkommen. Laßt den alten Mann zum Galion ins Schiff herein. Er hat viel zuviel Schiffsmannserfahrung, um zu wünschen, durch die Kajütenfenster einzusteigen.«

Hier endete die Parlamentierung; denn Wildern wurde endlich seine Rolle in der Posse langweilig, und er drehte sich auf dem Absatz herum.

Eine athletische Matrosengestalt, dem Scheine nach unmittelbar dem Elemente entstiegen, dessen Gottheit er sich zu repräsentieren vermaß, machte bald ihre Erscheinung. Beteerte Kalfaterquasten, von Salzwasser triefend, vertraten die Stelle von greisem Haupt- und Barthaar. Aus Golfgräsern, wovon ganze Felder eine Seemeile weit um das Schiff her die Wasserfläche bedeckten, war sein Mantel nachlässig zusammengeflochten, und in der Hand führte er einen Dreizack aus drei, an die Stange einer Halbpike in gehöriger Ordnung befestigten Marlpfriemen bestehend. – So kostümiert schritt der Meeresgott, der keine geringere Person war als der Vordermann im Vorderkastell, höchst pathetisch und würdevoll das Deck entlang, von einem Gefolge bärtiger Wassernymphen und Najaden begleitet, deren Anzug nicht minder grotesk war als der seinige. Auf der Schanze in der Front des Platzes angekommen, den die Offiziere einnahmen, begrüßte die Hauptperson die dortige Gruppe mit einer Neigung ihres Zepters und nahm das abgebrochene Gespräch mit Wilder, der sich gezwungen sah, die Stelle seines noch immer in Zerstreuung versunkenen Kommandeurs zu vertreten, folgendermaßen wieder auf:

»Fürwahr, ein trautes und wacker betakeltes Boot, in dem Ihr diesmal in See gegangen seid, mein Sohn; scharmant angefüllt mit einer edeln Rasse meiner Kinder. Wie lange ist es her, seit Ihr Land aus den Augen verloren habt, wenn's beliebt?«

»Ungefähr acht Tage.«

»Kaum Zeit genug, den Kiekinsmeerleutchen das Gehen zu lehren. Ich werde sie wohl an der Manier herausfinden, mit der sie sich während einer Windstille festhalten.«

Der General, der sich mit abgewendetem und wegwerfendem Blick an der Besanwand festhielt, aus keinem andern abzusehenden Grunde, als um vollkommen unbeweglich dazustehen, ließ hier den Arm plötzlich fallen; Neptun lächelte und fuhr fort:

»Ich werde mich nicht bei der Frage aufhalten, welchen Hafen Ihr zuletzt besucht habt, sintemalen an Euern Ankerflügeln noch das Schilf von den Tiefen von Newport zu gewahren ist. Hoffe, Ihr habt nicht viele neue Leute unter Euch, denn ich wittere schon den Stockfisch am Bord eines Seefahrers vom Baltischen Meere, der mit den Passatwinden runterkommt und keine hundert Seemeilen mehr von hier entfernt sein kann; werde also nur wenig Zeit brauchen, um Eure Leute zu visitieren und ihnen die Patente auszustellen.«

»Ihr seht sie alle vor Euch. Ein so erfahrener Matrose wie Neptun kann schon einen echten Teer ausfindig machen, ohne daß man ihm erst ausführlich das Wenn und Wie zu erklären braucht.«

»So werde ich denn bei diesem Herrn da den Anfang machen«, fuhr der neckische Vormann des Kastells fort, indem er sich gegen das noch immer regungslose Soldatenoberhaupt wandte. »Er sieht mir sehr nach dem Lande aus, und ich wünschte zu wissen, wieviel Stunden es ist, seit er zuerst auf blauem Wasser schwimmt.«

»Ich glaube, er hat schon viele Seereisen mitgemacht; und ich will gut für ihn sagen, daß er Ew. Majestät schon längst den schuldigen Tribut bezahlt hat.«

»Na, schon gut, 's kann wohl sein, obzwar ich Schüler gekannt habe, die in der Zeit mehr gelernt hatten, wenn er wirklich schon so lange zu Wasser ist, als Ihr sagt. Wie steht's mit diesen Damen?«

»Beide waren schon wiederholt zur See und haben ein Recht, unbefragt zu passieren«, erwiderte Wilder etwas hastig.

»Die Jüngste ist hübsch genug, um in meinem Reiche geboren zu sein,« erwiderte der galante Souverän des Meeres; »allein niemand darf einen Gruß, der unmittelbar aus dem Munde des alten Neptun kommt, unerwidert lassen; wenn's daher Ew. Gnaden nicht sonderlich viel ausmacht, so will ich die junge Person ein wenig ersuchen, für sich selbst zu sprechen.«

Hieraus, ohne den zornigen Blick, den Wilder auf ihn schoß, im geringsten zu beachten, wandte sich der rüstige Gott geradezu an Gertraud.

»Wenn Ihr, mein hübsches Jüngferchen, wie der Ruf von Euch sagt, wirklich schon ehedem blaues Wasser gesehen habt, so könnt Ihr mir wahrscheinlich sagen, auf welchem Schiffe dies geschah, und noch einiges andere zur Fahrt Gehörige.«

Das Antlitz unserer Heldin wechselte die Farbe, von glühender Röte zur Marmorblässe, wie sich der Abendhimmel rötet und dann wieder seine liebliche Perlfarbe annimmt: doch unterdrückte sie ihre Gefühle hinlänglich, um mit Selbstbeherrschung die Worte herauszubringen:

»Wenn ich Euch alle diese kleinen Einzelheiten erzählen wollte, so würde das Euch von wichtigeren Gegenständen abhalten. Diese Bescheinigung wird Euch vielleicht überzeugen, daß ich kein Neuling zur See bin.«

Bei diesen Worten fiel eine Guinee aus ihrer weißen Hand in die breite, ausgestreckte, hohle Hand des fragenden Gottes.

»Die große Ausdehnung und wichtige Beschaffenheit meiner Geschäfte muß mich schon entschuldigen, daß ich mich auf Ew. Gnaden nicht früher entsinnen konnte«, erwiderte der freche Freibeuter, sich mit der Miene roher Höflichkeit verbeugend, indem er dabei das Douceur in die Tasche praktizierte. »Hätte ich meine Bücher nachgesehen, ehe ich an Bord dieses Schiffes kam, so müßte ich das Versehen gleich entdeckt haben: denn jetzt fällt mir eben ein, daß ich einem meiner Maler befohlen hatte, Ihr hübsches Gesicht abzukonterfeien, damit ich's meiner Frau zu Hause zeigen könnte. Der Kerl hat's ziemlich gut auf einer ostindischen Austerschale ausgeführt; ich werde nicht unterlassen, Ihrem Herrn Gemahl, sobald Sie einen zu wählen haben, eine in Korallen eingefaßte Kopie davon zu überschicken.«

Hierauf, seine Verbeugung mit noch einem Kratzfuße wiederholend, wandte er sich an die Erzieherin, um seine Untersuchung fortzusetzen.

»Und Sie, Madame, ist dies das erstemal, daß Sie mein Gebiet betreten oder nicht?«

»Weder das erste- noch das zwanzigstemal; ich habe Ew. Majestät schon oft vor diesem gesehen.«

»Eine alte Bekanntschaft! In welcher Breite mag's denn wohl gewesen sein, wo wir zuerst aufeinander trafen, wenn's beliebt?«

»Ich glaube, ich genoß diese Ehre zuerst vor mehr als dreißig Jahren unter der Linie.«

»Ja, ja, dort pfleg' ich oft zu sein, um mich nach den Indienfahrern und euern zurückkehrenden brasilianischen Kauffahrern umzuschauen. In jener Zeit hab' ich grade recht viel geerntet, kann aber nicht sagen, daß mir Euer Gesicht entsinnlich wäre.«

»Ich fürchte, dreißig Jahre haben es etwas verändert«, erwiderte die Gouvernante mit einem Lächeln, das, obgleich traurig, doch auch zugleich so würdevoll war, daß der Verdacht, als traure sie über einen so eiteln Verlust wie der ihrer persönlichen Reize, in keinem aufkommen konnte. »Ich war in einem königlichen Fahrzeuge, und zwar in einem solchen, das sich durch seine Größe ein wenig auszeichnete, es war ein Dreidecker.«

Der Gott empfing die Guinee, die ihm heimlich dargeboten wurde; allein Erfolg mußte seine Habsucht wachgerufen haben, denn, statt zu danken, schien er vielmehr nicht übel Lust zu haben, sich noch mehr bestechen zu lassen.

»Das kann alles so sein, wie Ew. Gnaden da sagen,« versetzte er: »doch die Sorge für mein Reich und meine zahlreiche Familie zu Haus machen es notwendig, daß ich über meine Gerechtsame ein wachsames Augenmerk führe. Wehte eine Flagge auf dem Schiff?«

»Ja.«

»Nicht wahr, sie hatten sie auf dem Klüverbaum aufgehißt?«

»Sie wehte, wie gewöhnlich auf Admiralsschiffen, vom Fock.«

»Gut geantwortet für eine Weibsperson!« brummte die Gottheit, ein wenig getäuscht in ihrer List. »Es ist doch verzweifelt kurios, mit Respekt vor Ew. Gnaden sei's gesagt, daß ich ein solches Schiff ganz vergessen haben sollte; fiel nichts Außerordentliches vor, was einem nicht leicht aus dem Gedächtnis zu entschlüpfen pflegt?«

Die erzwungene Fröhlichkeit in den Zügen der Gouvernante hatte schon einem düstern, ernsten Nachdenken Platz gemacht, und ihr Auge blickte ins Leere, als sie, sich vergessend, ihre Gedanken in der Antwort laut werden ließ:

»Ich sehe noch, wie schlau und schelmisch der muntere Knabe, damals erst acht Jahre alt, die List des mimischen Neptun hintertrieb und sich für dessen Neckereien volle Rache verschaffte, indem er das Gelächter aller, die an Bord waren, auf seine Seite brachte.«

»War er nicht älter als acht?« fragte eine tiefe Stimme dicht bei ihr.

»Nicht älter an Jahren, aber wohl an Schlauheit«, erwiderte Mistreß Wyllys, und erst als ihre Augen dabei auf das Gesicht des Räubers fielen, schien sie wie von einer Verzückung wieder zu sich selbst zu kommen.

»Schon gut,« unterbrach der Vormann des Vorderkastells, dem zur Fortsetzung seiner Untersuchung der Mut entsank, als er sah, daß sein gefürchteter Kommandeur teil an dem Gespräche nahm, »es wird wohl alles seine Richtigkeit haben, werde in meinem Tagebuch nachsehen; finde ich's so, gut, wo nicht – ei nu, so schick' ich dem Schiffe so lange einen Wind entgegen, bis der Däne untersucht ist, und dann ist's immer noch Zeit, den Rest der Gebühren einzukassieren.«

Mit diesen Worten eilte der Meeresgott hinweg von den Offizieren und leitete seine Aufmerksamkeit auf die Marinegarde. Sich heimlich eingestehend, daß eine so strenge Untersuchung jedem die Hilfe der übrigen nötig machen dürfte, hatten die Soldaten eine dichte Gruppe gebildet. – Das Oberhaupt des Vorkastells war seinerseits mit der Karriere, die jeder einzelne in dem Korsarenschiff gemacht hatte, gar wohl bekannt und nicht ganz ohne Besorgnisse, daß ihm seine Macht plötzlich entrissen werden könnte. Daher wählte er nicht den ersten besten, sondern ersah sich einen frischen Rekruten vom Festlande und hieß seine Begleiter das Opfer an einen entlegenen Ort schleppen, um die unbarmherzige Posse, die er nun zu spielen beabsichtigte, mit weniger Gefahr einer Unterbrechung durchführen zu können. Die Marinen, durch das auf ihre Kosten erregte Gelächter längst erbost und entschlossen, ihren Kameraden zu verteidigen, leisteten diesem Vorhaben Widerstand. In dem langen, lauten und heftigen Streit, der jetzt folgte, bestanden beide Parteien auf ihr Recht, so und nicht anders zu handeln. Auch dauerte es nicht lange, so ging man von Worten zu minder zweideutigen Feindseligkeitsbezeigungen über. – Während der ganzen Szene stand der General mit verhaltenem Ingrimm da, wegen der offenbaren Verletzung aller Disziplin, aber nicht eher als jetzt, wo der Friede im Schiffe gleichsam nur noch an einem Haare hing, brach er los, sich an seinen noch immer in Gedanken versunkenen Obern wendend.

»Ich protestiere gegen dieses aufrührerische, unmilitärische Verfahren. Ich hoffe, meine Leute haben von mir gelernt, wie ein Soldat fühlen muß, und darum betrachten sie es mit Recht als die größte Schmach, die ihnen widerfahren kann, wenn Hand an sie gelegt wird, es müßte denn in der regelmäßig heilsamen Manier geschehen, nämlich mit der Fuchtel. Ich will daher jeden gewarnt haben, daß, wird einer meiner Hunde nur mit dem Finger berührt, ausgenommen, wie gesagt, nach den Regeln der Disziplin, mit einem Schlage erwidert werden soll.«

Der General hatte sich keineswegs bemüht, seine Stimme zu dämpfen, daher sie von seinen Untergebenen gehört wurde und die natürliche Wirkung hervorbrachte. Ein kräftiger Faustschlag des Unteroffiziers ließ dem Meeresgott zur Ader, und das Blut, das diesem entströmte, bewies unwidersprechlich dessen irdische Abkunft. Auf diese Weise aufgefordert, sich als Mensch und Mann zugleich geltend zu machen, gab der rüstige Seemann den Gruß zurück und fügte noch einige ihm nötig scheinende Verschönerungen hinzu. Aber dieser Höflichkeitsausbruch von seiten zweier so bedeutsamen Personen war nur das Losungswort zum allgemeinen Kampfe, und ihre Untergebenen wurden handgemein. Der ungeheure Lärm beim Angriff erregte Fids Aufmerksamkeit, der sich alsbald von der Art des Spiels, das auf dem Deck vorging, überzeugte, seinen Gefährten auf der Rahe sitzen ließ, und an einer Pardune hinabglitt, fast mit derselben Leichtigkeit, als es ein Affe, die Karikatur des Menschen, hätte tun können. Seinem Beispiele folgten alle übrigen Toppgäste, und in weniger als einer Minute war jeder Anschein vorhanden, daß die verwegenen Marinen von der überlegenen Anzahl ihrer Feinde überwältigt werden dürften. Allein beharrlich bei ihrem Entschlusse und im höchsten Grade erbittert, verschmähten diese einexerzierten, racheschnaubenden Krieger jeden Rückzug und schlossen sich nur um so dichter aneinander. Schon glänzten die Bajonette in der Sonne, schon legten die Matrosen, die außerhalb des sich anballenden Haufens standen, Hand an die kurzen Piken, die als kriegerischer Schmuck den Fuß des Hauptmastes umstanden.

»Haltet ein! Zurück, sag' ich, ein jeder von euch!« schrie Wilder und stürzte, sich rechts und links Bahn brechend, in die Mitte des Gedränges. Seine Hast dabei mochte wahrscheinlich durch den

Gedanken noch verstärkt worden sein, daß die unbeschützten Frauen in doppelter Gefahr schwebten, wenn einmal der Verband der Subordination von einer so regellosen, verzweifelten Mannschaft durchbrochen war. »Bei euerm Leben, zurück, und gehorcht! Und Sie, Herr, der Sie ein so guter Soldat sein wollen, Sie fordere ich auf, Ihren Leuten Einhalt zu gebieten!«

Wie sehr auch der vorangegangene Auftritt den Zorn des Generals entflammt haben mochte, so war ihm doch aus mehr als einer wichtigen Rücksicht zuviel an der Erhaltung des Friedens auf dem Schiffe gelegen, als daß er dieser Aufforderung nicht hätte entsprechen sollen. Alle Subalternoffiziere, die recht gut wußten, daß ihr Hab und Gut, ja ihr Leben auf dem Spiele stand, wenn der so unerwartet ausgetretene Strom nicht zurückgedämmt würde, unterstützten den General; allein dies diente nur zu zeigen, wie schwer es sei, eine Autorität aufrecht zu erhalten, die nicht auf eine gesetzmäßige Gewalt gegründet ist. Neptun hatte bereits seine Verkleidung von sich geworfen und bereitete sich, an der Spitze seiner rüstigen Vorkastellmänner eifrig zu einem Kampfe, dessen Ausfall ihm vielleicht schnell zu besseren Ansprüchen auf Unsterblichkeit verholfen hätte, als die eben abgeworfenen. Teils durch Drohungen, teils durch Vorstellungen, war es bis jetzt den Offizieren nur insofern gelungen, den Aufruhr zu bewältigen, daß man sich während der Zeit nur auf Tätlichkeiten v o r b e r e i t e t e , statt zu diesen selber zu kommen. Die Marinen hatten zu den Waffen gegriffen, und auf beiden Seiten des Hauptmastes bildeten die Matrosen zwei dichtgedrängte Haufen, die reichlich mit Piken, Lukenstangen und Handspaken bewaffnet waren. Ja, einer oder zwei der Besonneneren unter den letzten gingen noch weiter, sie schnallten eine Kanone aus den Riemen, richteten sie einwärts, und zwar so, daß sie die eine Hälfte der Schanze bestreichen konnte. Kurz, der Streit war so weit herangereift, daß ein einziger Schlag von der einen oder andern Seite das Schiff notwendig der Plünderung und Metzelei preisgab. – Die Gefahr aber, daß eine solche Krisis eintreten werde, vermehrte sich mit jedem Augenblicke dadurch, daß Schmähungen aus fünfzig profanen Lippen hervorgestoßen wurden, und der Mund eines jeden seinen Feind mit den gemeinsten Beschimpfungen überschüttete.

Fünf Minuten schon hatten diese unheildrohenden Symptome der Insubordination gedauert, und noch verharrte der, der an der Aufrechterhaltung der Disziplin am meisten beteiligt war, in der größten Gleichgültigkeit, oder vielmehr in vollkommener Bewußtlosigkeit dessen, was so nahe bei ihm vorging. Mir verschränkten Armen, den Blick fest auf die ruhige See geheftet, stand er da, regungslos wie der Mastbaum, gegen den er lehnte. Längst durch die Gewohnheit abgestumpft gegen den Lärm von Auftritten, wie der gegenwärtige, den er selbst veranlaßt hatte, hörte er in dem verworrenen Getöse, das sein Ohr traf, nichts als die Unruhe, die gewöhnlich in dergleichen ausgelassenen Stunden zu herrschen pflegt.

Die nächsten im Kommando waren bei weitem tätiger. Wilder hatte schon die Verwegensten der Matrosen zurückgeschlagen, so daß zwischen den beiden feindlichen Parteien ein Raum entstand, den seine Gehilfen, wohl wissend, wieviel von ihrem jetzigen Dienste abhinge, in aller Eile einnahmen. Leicht hätte dieser augenblickliche Sieg von ihnen zu weit getrieben werden können: unser Abenteurer glaubte, der meuterische Geist sei gänzlich gedämpft, und machte Anstalt, seinen Vorteil zu benutzen, indem er den Frechsten unter dem Haufen beim Kragen faßte, der aber seinem Griffe auf der Stelle von mehr als zwanzig der Meuterer entrissen wurde.

»Wer ist der, der sich am Bord des Delphin zum Kommodore aufwirft!« schrie, sehr zur Unzeit für das Ansehen des jüngst ernannten Schiffsleutnants, eine Stimme aus dem Haufen hervor. »Auf welche Weise ist er in unser Schiff gekommen, und in welchem Dienste hat er sein Handwerk gelernt?«

»Jawohl, jawohl,« fügte eine zweite unheimliche Stimme hinzu, »wo ist der Bristoler Kauffahrer, den er uns ins Garn führen sollte, und dessetwegen wir so viele der profitabelsten Tage ungenützt vor einem müßigen Anker zubrachten?«

Diesem folgte der Ausbruch eines allgemeinen und gleichzeitigen Murrens, das schon allein, wär' ein solches Zeugnis erst nötig gewesen, beweisen konnte, daß der ungekannte Offizier in seinem jetzigen Amte nicht viel mehr Glück hatte, als in dem, das er auf der Carolina bekleidete. Beide Parteien verwarfen einmütig seine Dazwischenkunft, und von beiden Seiten ließen sich verächtliche Äußerungen über seine Herkunft vernehmen, vermischt mit gewissen bitteren, persönlichen Beschuldigungen. Durch diese handgreiflichen Beweise von der Gefahr, in der er sich befand, ließ sich unser Abenteurer jedoch keineswegs zurückschrecken, er setzte vielmehr den zahlreichen Schmähungen ein wegwerfendes Lächeln entgegen und forderte jeden einzelnen seiner Gegner heraus, hervorzutreten, um sein Wort mit einer entsprechenden Handlung zu begleiten, wenn er es wagte.

»Hört, wie er spricht!« riefen sie alle. »Sollte man nicht glauben, er sei ein königlicher Offizier, der ein Konterbandschiff verfolgt!« rief einer. – »Ja, ja, er hat Mut genug in einer Windstille«, sagte ein zweiter. – »Er ist ein Jonas, der sich zum Kajütenfenster hereingeschlichen hat«, rief ein dritter; »und solange er im Delphin bleibt, hält sich das Glück windab von uns.« – »In die See mit ihm! Über Bord mit dem Pilz! In die See mit ihm! Schon mancher kühnere und bessere Mann als er hat den Sprung gemacht!« erschallte es von einem Dutzend zugleich, von denen einige sehr unzweideutig die Absicht zu erkennen gaben, ihre Drohung ohne Verzug auszuführen. Da sprangen mit Blitzesschnelle zwei Gestalten hinein in den Haufen und warfen sich, wütenden Löwen gleich, zwischen Wilder und seine Feinde. Die eine, die in der Befreiung die vorderste war, drehte sich plötzlich gegen die eindringenden Matrosen um und warf mit einem unwiderstehlichen Arme den Repräsentanten Neptuns zu Boden, als wäre es eine bloße Wachspuppe gewesen; die andere Gestalt folgte wacker diesem Beispiele, und wie der Haufe bei dieser Desertion aus seinen eigenen Reihen zurückfiel, sah man Fid, denn kein anderer war es, die Faust schwingen, die ziemlich die Größe eines nicht unbeträchtlichen Kindskopfes hatte: dabei schrie er mächtig:

»Fort mit euch, ihr Lümmel! Fort mit euch! Wollt ihr gegen einen einzelnen Mann anlaufen, noch dazu gegen einen Offizier, und zwar einen Offizier, wie ihr noch keinen gesehen habt, außer zufällig in der Manier, wie die Katze den König anblinzelt? Möchte unter euch den sehen, der ein schweres Schiff in schmalem Wasser handhaben kann, wie ich den jungen Herrn, den Harry hier, handhaben sah die patzige ...«

»Zurück!« schrie Wilder, indem er sich zwischen seinen Verteidigern hindurch zu den Feinden hervordrängte. »Zurück sage ich, laßt mich allein den frechen Schurken die Stirne bieten!«

»Über Bord mit ihm! Über Bord mit ihnen allen!« schrien die Seeleute, »er samt seinen Knappen!«

»Können Sie es ruhig mitansehen, wie ein Mord vor Ihren eigenen Augen begangen wird?« rief Mistreß Wyllys, die von ihrem zurückgezogenen Platz hervorstürzte und den Rover hastig beim Arm faßte.

Er schrak zusammen, wie jemand, der plötzlich aus einem leisen Schlafe geweckt wird, und sah ihr gerade und scharf ins Auge.

»Sehen Sie!« fuhr sie fort, indem sie auf den heftig sich bewegenden Haufen unten, wo alle Merkmale eines zunehmenden Tumultes zu erkennen waren, hinzeigte. »Sehen Sie doch, man mordet Ihren Offizier, und niemand ist da, der ihm beisteht!«

Als sein Auge flüchtig die Szene überflog, verschwand die blasse Marmorfarbe, die solange auf seinem Gesicht geruht hatte. Er bedurfte nur eines raschen Blickes, um über die Beschaffenheit dessen, was vorging, vollkommen unterrichtet zu sein; dies brachte alles Blut in die Adern seiner Stirn. Ein Tau, das unmittelbar über ihm von einer Rahe herabhing, erfassend, schwang er sich vom Deck der Kajüte hinab, und zwar in die volle Mitte des hellen Haufens hinein. Da stand er, leicht und voller Grazie, als wäre er von den Wolken herabgeschwebt. Beide Parteien wichen zurück, und auf ein Geschrei, das das Rauschen eines Kataraktes überboten hätte, erfolgte augenblicklich eine Stille, in der man das Atemholen jedes einzelnen vernehmen konnte. Stolz und wegwerfend hob er den Arm empor und sprach mit einer Stimme, die keine Veränderung wahrnehmen ließ, ja fast leiser und minder drohend als gewöhnlich tönte. Allein auch die leisesten und tiefsten seiner Akzente erreichten jedes noch so entfernte Ohr, so daß niemand über deren Bedeutung im Zweifel blieb.

»Meuterei!« sagte er in einem Tone, der seltsam zwischen Ironie und Verachtung schwankte, »offene, gewaltsame und blutdürstige Meuterei! – Seid ihr euers Lebens müde, meine Leute! Ist unter euch allen einer, der zum Wohl der andern ein Exempel an sich statuieren lassen will? Er hebe eine Hand, einen Finger, ein Härchen empor; er spreche, sehe mir ins Auge, oder wage es, durch einen Wink, Atem oder Bewegung zu zeigen, daß Leben in ihm sei!«

Er schwieg; und so allgemein, so zwingend war der durch seine Gegenwart und seine Miene hervorgebrachte Zauber, daß in dem ganzen Haufen roher, aufgeregter Menschen auch nicht ein einziger war, der gewagt hätte, seinem Zorne zu trotzen. – Matrosen wie Marinen standen eingeschüchtert, gedemütigt und unterwürfig da wie Kinder, die etwas verbrochen haben und sich vor eine Autorität gestellt sehen, von der sie ein tiefes, inneres Gefühl haben, daß sie ihr nicht entfliehen können. Als keine Stimme antwortete, kein Glied sich bewegte, ja kein Auge kühn genug war, seinem festen, glühenden Blicke zu begegnen, fuhr er in demselben tiefen und gebieterischen Tone fort:

»Schon gut; die Vernunft ist zwar spät zurückgekommen, aber ein Glück für euch alle, daß sie wiederkehrte. Macht Raum, Raum, sag' ich, ihr befleckt die Schanze nur.« – Hier fielen die Leute rechts und links einen oder zwei Schritte von ihm zurück. – »Daß die Waffen da wieder aufgestellt werden; es wird an der Zeit sein, sie zu gebrauchen, wenn ich verkünde, daß es nötig sei. Und ihr, Kerle, die ihr so frech waret, eine Pike zu erheben, ohne Order dazu, nehmt euch in acht, daß sie euch die Hand nicht verbrenne!« – Hier fielen ein Dutzend Piken aufs Verdeck. – »Ist ein Trommelschläger im Schiff? Er soll herkommen!«

Ein erschreckendes Wesen von kriechendem, feigem Aussehen kam zum Vorschein, das sein Instrument gleichsam durch eine Art Instinkt, wie in der Verzweiflung, erhaschte.

»Jetzt laß dich hören, damit ich ohne Verzug erfahre, ob ich eine Mannschaft ordnungsliebender, gehorsamer Leute kommandiere, oder einen Haufen Rebellen, die erst eine Reinigung passieren müssen, ehe ich ihnen trauen darf.«

Die ersten paar Trommelschläge reichten hin, die Leute zu unterrichten, daß »auf eure Posten« getrommelt werde, und ohne einen Augenblick Schwankens und Zauderns zerstreute sich die Menge, und jeder Delinquent schlich stumm nach seinem Posten. Hierbei zeichnete sich besonders die Gruppe, die die einwärtsgerichtete Kanone bemannt hatte, durch die Geschicklichkeit aus, womit sie

sie so unbemerkt als möglich wieder in ihre Pfortgate zurückzuschieben verstand, eine Geschicklichkeit, die ihnen im Gefecht von nicht geringem Vorteil sein mußte. Während des ganzen Verlaufs hatte der rote Seeräuber weder Zorn noch Ungeduld verraten. – Tiefeingewurzelte Verachtung und hohes Selbstvertrauen waren allerdings in seiner stolzaufgeworfenen Lippe, in seiner rückgebogenen Gestalt nicht zu verkennen, aber keinen Augenblick erlaubte er dem Unmut die Oberhand über seine Vernunft. Und nun, nachdem er seine Leute zur Pflicht zurückgerufen hatte, war er ebensowenig vom Siege aufgeblasen, als ihn der unmittelbar vorhergehende Sturm erschreckt hatte, der seinem Ansehen gänzlichen Untergang drohte. Statt jetzt seine zu nehmenden Maßregeln mit Übereilung zu verfolgen, wartete er die Ausführung der geringfügigsten Förmlichkeit ab, die Herkommen und Dienst bei solcher Gelegenheit üblich gemacht hatten.

Die Offiziere näherten sich und rapportierten über ihre respektiven kampffertigen Abteilungen, genau mit derselben Regelmäßigkeit, als wäre ein Feind im Anzuge. Die Toppgasten und Segelsetzer wurden gemustert und bereit gefunden, Schießpfropfen und Stopper ausgeteilt, ja das Magazin geöffnet, die Wasserkisten ausgeleert – kurz, die Vorbereitungen ließen auf etwas weit Außerordentlicheres als das tägliche Exerzitium schließen.

»Versehe die Rahen mit Nottauen, befestigt die Segel und Brassen«, sagte er zum ersten Leutnant, der jetzt dieselbe genaue Bekanntschaft mit dem militärischen Teile seines Gewerbes entwickelte, als bisher mit dem nautischen. »Den Enterern ihre Piken und Äxten gegeben, Sir; wir wollen den Kerlen zeigen, daß wir uns nicht fürchten, ihnen Waffen anzuvertrauen!«

Diesen verschiedenen Befehlen wurde pünktlich bis zum Buchstaben nachgekommen; dann folgte jene tiefe, ernste Stille, die eine auf ihrem Posten kampfbereit harrende Mannschaft selbst denen, die vom Knabenalter her daran gewöhnt sind, zu einem so imposanten Schauspiel macht. So wußte der gewandte Führer mit den Fesseln der Mannszucht die gewalttätigen Leidenschaften dieser Bande verzweifelter Freibeuter zu zügeln. Nachdem er die Stimmung jedes einzelnen wieder in die gehörigen Schranken zurückgewiesen hatte, indem er sie auf ihren verschiedenen Posten solcher

Aufsicht unterwarf, daß sie wohl wußten, ein Wort, ja ein Blick des Ungehorsams würde eine augenblickliche und furchtbare Strafe finden, ging er mit Wilder auf die Seite und ließ sich von ihm den Hergang der Sache erzählen.

Wie groß auch unseres Abenteurers natürliche Hinneigung zur Milde sein mochte, so war er doch zur See erzogen und konnte daher das Verbrechen der Meuterei nicht mit Nachsicht betrachten. Selbst wenn das Andenken an seine neuliche Rettung vom Wrack des Bristoler Kauffahrers aus seinem Gemüt vertilgt gewesen wäre, blieben ihm doch noch die Eindrücke eines ganzen Lebens, die ihn die Notwendigkeit lehrten, jene durch die Erfahrung als unentbehrlich bewährten Zügel straff zu halten, um durch tumultuarische Bande, den Schranken der Gesellschaft, dem besänftigenden Einflusse des andern Geschlechts entzogen, und aufgereizt durch die beständige Reibung von Gemütern, die sich einander ebenso schonungslos beleidigen, als sie zu Gewaltsamkeiten geneigt sind, regieren zu können. Wenn er also dem Groll nicht verstattete, in den Bericht, den er ablegte, Galle einfließen zu lassen, so milderte er doch auch keineswegs irgendeinen Umstand, sondern legte sämtliche Tatsachen seinem Kommandeur in der geraden, unumwundenen Sprache der Wahrheit vor.

»Durchs Predigen kann man diese Menschen nicht bei ihrer Pflicht halten«, erwiderte der Korsarenhäuptling, als der andere geendigt hatte. »Wir haben kein Richtverdeck für unsere Delinquenten, keine gelbe Flagge, die der Flotte die fürchterliche Strafe verkündet, keine tief gelehrten Seerichter, die ein paar Folianten durchblättern und endlich den Ausspruch tun: Hängt ihn. Die Schurken wußten, daß mein Auge nicht auf sie gerichtet war. Schon einmal hatten sie mein Schiff zum lebendigen Beweis jener Stelle im Neuen Testament gemacht, die allen die Demut einschärft, durch die Worte, daß die Letzten die Ersten, und die Ersten die Letzten sein werden. Ich fand ein Dutzend Gleichmacher in der Kajüte, ganz unzeremoniös bei den Getränken, und sämtliche Offiziere als Gefangene im vordern Raum – ein Zustand, der, wie Sie mir ohne Schwierigkeit einräumen werden, der Gebühr und Dezenz etwas zuwiderlief.«

»Ich staune – und Sie brachten sie wieder zur Subordination zurück?«

»Allein kam ich unter sie, mit keiner andern Hilfe als einem Boot vom Lande; doch ich verlange nur soviel Platz, um Posten fassen zu können, und Raum für meinen Arm, um ein Tausend solcher Geister in Ordnung zu halten. Jetzt wissen sie, wen sie vor sich haben, und nur selten mißverstehen wir einander.«

»Sie müssen ein strenges Exempel statuiert haben.«

»Die Gerechtigkeit ist befriedigt worden. – Ich fürchte, Herr Wilder, Sie finden unsern Dienst etwas unregelmäßig; allein nur ein Monat Erfahrung mehr, und Sie werden uns gleichstehen und eine Wiederholung dieses Auftritts nicht mehr zu befürchten haben.« Bei diesen Worten blickte der Rover seinen Neuling mit einem Gesicht an, in das er sich bemühte, Heiterkeit zu bringen, allein trotz aller Gewalt, die er sich antat, hatte sein Lächeln doch mehr Fürchterliches als Heiteres. »Kommen Sie,« setzte er rasch hinzu, »diesmal hatte ich das Unheil in Gang gesetzt; und da Sie sehen, daß wir wieder die Herren sind, so darf es uns auf ein bißchen Gnade nicht ankommen. Und dann,« fuhr er fort, indem er nach der Seite hinblickte, wo Mistreß Wyllys und Gertraud noch immer in tiefer Ungewißheit seine Entscheidung erwarteten, »es kann nicht schaden, wenn wir in einem solchen Augenblick das Geschlecht unserer Gäste berücksichtigen.«

Hierauf entfernte sich der Räuber von seinem Untergeordneten, begab sich in die Mitte der Schanze und ließ die Rädelsführer des Tumultes aufbieten, dort vor ihm zu erscheinen, seinen Verweisen, in die er mehr als eine ermahnende Warnung gegen die Folgen eines zweiten Vergehens dieser Art einstreute, lauschten die Leute wie Geschöpfe, die sich in der Gegenwart eines höhern Wesens befinden. Auch jetzt sprach er in seinem gewöhnlichen, ruhigen Tone, doch ging, ebensowenig wie vorher, die geringste Silbe, selbst für die von seiner Mannschaft am entferntesten Stehenden, verloren; und als er seine Lektion ganz beendigt hatte, standen die Leute vor ihm, nicht nur wie Verbrecher, die zwar begnadigt worden sind, aber doch Verweise erhalten hatten, sondern mit der Miene von Schuldigen da, die nicht minder von ihrem eigenen Gewissen, als von der allgemeinen Stimme verurteilt werden. Unter allen war nur ein Matrose, der, vielleicht durch früher geleistete Dienste ermutigt, einige Worte zu seiner Rechtfertigung wagte.

»Was die Marinen anbelangt, so wissen Ew. Gnaden, daß wir einander zu keiner Zeit besonders grün sind, obgleich gewiß ist, daß die Schanze nicht ein passender Ort ist, um unsere Zwistigkeiten zu schlichten; aber was den Herrn anbetrifft, der für gut fand, einzutreten in das Kommando von ...«

»Es ist mein Wille, daß er es behalte«, unterbrach hastig sein Kommandeur. »Über sein Verdienst kann niemand urteilen als ich.«

»Gut; da es Ihr Wille ist, je nu, so darf freilich keiner was dagegen haben. Aber keine Rechenschaft ist von dem Bristoler gegeben worden, obgleich man sich hier an Bord so große Erwartung von jenem Schiff gemacht hatte. Ew. Gnaden sind ein billiger Herr und werden es nicht auffallend finden, daß Leute, die einem Westindier auflauern auf seiner Fahrt auswärts, sich nur ungern statt seiner mit einer leeren, zerschellten Barkasse begnügen.«

»Doch, doch; wenn ich es will, so müßt Ihr mit einem Ruder, einer Pinne, einem Holzbolzen für Euer Anteil zufrieden sein. Nicht weiter davon! Ihr habt mit eigenen Augen gesehen, in welcher Lage sich sein Schiff befand; und wo ist der Matrose, den nicht ein oder der andere unheilvolle Tag zu der Erkennung zwang, daß seine Kunst unnütz sei, wenn sich die Elemente gegen ihn verschwören? Wer hat denn während desselben Sturms, der uns die Prise entriß, d i e s e s Schiff gerettet? War es e u r e Geschicklichkeit, oder war es die eines Mannes, der es schon oft getan hat, und der euch vielleicht einst eurer Unwissenheit überläßt, daß ihr zusehen möget, wie ihr allein fertig werdet? Genug, ich halte ihn für treu, finde aber keine Zeit dazu, euern Stumpfsinn von der Gehörigkeit eines jeden einzelnen Schrittes zu überzeugen, den ich zu tun für gut finde. Fort, und schickt mir die beiden Männer, die sich so wacker zwischen ihre Offiziere und die Meuterei geworfen haben.«

Hierauf kam Fid, hinter ihm schlenderte der Neger einher, dessen eine Hand den Hut zusammenknitterte, während sich die andere linkisch in einem gewissen Teil seiner Hosen zu verbergen suchte.

»Hast brav gehandelt, mein Junge, du und dein Tischkamerad ...«

»Mit nichten Tischkamerad, halten zu Gnaden, sintemalen er ein Neger ist«, unterbrach Fid. »Der Kerl tischt mit den andern Schwarzen, aber wir tun zuweilen einen Zug aus e i n e r Kanne miteinander.«

»Tu und dein F r e u n d also, wenn dir der Ausdruck lieber ist.«

»Ganz recht, Sir, wir sind ziemlich freundschaftlich, wenn wir Zeit dazu übrig haben, obgleich sich dann und wann eine kleine Bö zwischen uns erhebt. Der Guinea hat eine verzweifelt seltsame Manier, windwärts zu blasen, wenn er sich mit einem unterhält; und, das wissen Ew. Gnaden, es ist einem Weißen nicht immer bequem, sich von einem Schwarzen leewärts getrieben zu sehen. Auch tue ich's ihm oft genug sagen, daß es mir nicht immer bequem ist, sehen Ew. Gnaden. Aber nichtsdestoweniger und dennoch ist er, im ganzen genommen, ein hinlänglich guter Kerl, Sir; und da er nu mal ein Afrikaner ist, nicht bloß von Erziehung, sondern auch was die Geburt anbelangen tut, so hoffe ich, Sie werden so gütig sein und es mit seinen kleinen Schwachheiten nicht allzu gestrenge nehmen.«

»Wollte ich's auch,« erwiderte der Rover, »so würde sein heutiges festes und wackeres Betragen sein Fürsprecher sein.«

»Ja, ja, Sir, er ist etwas fest, was ich nicht immer von mir selbst sagen kann. Ferner, was Seemannskunst anbelangt, so übertreffen ihn wenige. Ich wünschte, Ew. Gnaden wollten sich in den vordern Raum bemühen und den Strang sehen, den er erst während der letzten Windstille im großen Stengenstag gedreht hat; der Strang macht sich aus einem straffen Winde nicht mehr als das Gewissen eines reichen Mannes aus einer kleinen Sünde.«

»Deine Beschreibung genügt mir; du nennst ihn Guinea?«

»Gleichviel bei welchem Namen, wenn er nur von seiner Küste hergenommen ist; denn sehen Sie, er ist gar nicht eigen hierinnen, sintemalen er niemals getauft worden ist und nichts von den Lagen und Distanzen der Religion weiß. Sein eigentlicher, gesetzmäßiger Name ist Sip, oder S c i p i o Afrika. Aber, wie gesagt, in Betracht der Namen ist der Kerl so zahm wie ein Schaf; Sie können ihn rufen, wie Sie wollen, wenn Sie ihn nur nicht zu spät zu seinem Grog rufen.«

Während dieser ganzen Zeit stand der Afrikaner dicht dabei und glotzte mit seinen großen, dunklen Augen überall hin, nur nicht nach den Sprechenden, denn er lebte in der ruhigen Überzeugung, daß sein langbewährter Schiffsgenosse und Dolmetscher sein Interesse schon wahren würde. Die Aufgeregtheit, die durch das kürzlich Vorgefallene in dem Gemüt des Korsarenhauptes entstanden war, schien sich bereits zu legen; seine gerunzelte Stirn glättete sich allmählich, und der stolze Zornblick verwandelte sich in den milderen der Neugier.

»Ihr seid lange zusammen zur See, meine Jungens«, fuhr er nachlässig fort, indem er weder den einen noch den andern von beiden insbesondere anredete.

»Voll und dicht beim Winde, in mancher schweren Bö und in mancher Windstille, halten zu Gnaden. 's sind vierundzwanzig Jahre letztes Äquinoktium geworden, Guinea, seit der junge Harry uns quer über die Klüsgaten fiel; und damals waren wir schon drei Jahre im D o n n e r e r zusammen, nicht gerechnet die Fahrt ums Horn[40] in dem Kaper, d i e B a i .«

»So? Ihr seid schon vierundzwanzig Jahre mit Herrn Wilder? Dann ist's freilich kein Wunder, daß ihr einen so hohen Wert auf sein Leben setzet.«

»Das fällt mir ebensowenig ein, als einen Preis auf die Krone des Königs zu setzen!« unterbrach der schlichte Seemann. »Sehen Sie, Sir, ich hörte, wie die Jungens gerade ein Komplott machten, uns drei über Bord zu werfen, da haben wir denn geglaubt, es sei Zeit, ein Wort für uns selbst zu sprechen: da aber Worte nicht immer bequem zur Hand sind, so hielt es der Schwarze für angemessen, die Lücke mit etwas anderm auszufüllen, das ebenso gute Dienste tun würde. Denn, sehen Ew. Gnaden, der Guinea da ist kein großer Redner; und was diese Sache anbetreffen tut, so kann ich, in diesem Betracht und Rücksicht zu meinen eigenen Gunsten just auch nichts Sonderliches anführen. Da wir inzwischen ihre Bewegungen mit einem Stopper gehemmt haben, so werden Ew. Gnaden zugestehen, daß es just so gut war, als wenn wir so hübsch gesprochen hätten, wie ein junger Seekadett, der frisch von der Schule kommt, und den

---

[40] Kap Horn

Toppgasten immer die Befehle lateinisch zuruft, weil er, sehen Sie, kein Englisch verstehen tut.«

Der Rover lächelte und tat einen Seitenblick, offenbar um unsern Abenteurer zu suchen. Da er sah, daß er nicht in der Nähe war, fühlte er sich versucht, in seinen Erkundigungen verdeckterweise fortzufahren, denn er hatte zuviel Selbstachtung, um seine brennende Neugierde in einer direkten Frage zu erkennen zu geben. Allein ein Augenblick Besinnung rief ihn zu sich selbst zurück, und er verwarf diese Idee als seines Charakters unwürdig.

»Eure Dienste sollen nicht vergessen werden. Hier ist Gold«, sagte er dem Neger, der ihm zunächst stand, eine Handvoll davon anbietend. »Teilt es unter euch wie redliche Schiffsgenossen, und ihr könnt euch meines Schutzes stets versichert halten.«

Scipio zog sich zurück, machte eine ablehnende Bewegung mit dem Ellbogen und erwiderte:

»Ihro Gnaden geben das da Master Harry.«

»Dein Herr Harry hat selber genug, Junge; der braucht kein Geld.«

»Dann Sip auch keines nicht braucht.«

»Sie werden gütigst Nachsicht mit den schlechten Manieren des Kerls haben, Sir,« sagte Fid, indem er ganz kalt seine eigene Hand dazwischenschob und ebenso ruhig die Gabe in die Tasche steckte; »ich brauche aber einem so alten Seemann, wie Ew. Gnaden, nicht erst zu sagen, daß Guinea kein Land ist, wo einer ein abgehobeltes Betragen lernen kann. Nichtsdestoweniger und dennoch, so viel kann ich für ihn sagen, nämlich, daß er sich bei Ew. Gnaden herzlich bedankt, just als wenn Sie ihm das Doppelte gegeben hätten. Verbeuge dich gegen Seine Gnaden, Junge, daß man sehen kann, du hast dich zu guter Gesellschaft gehalten. Und nu, da diese kleine Schwierigkeit wegen des Geldes durch meine Geistesgegenwart überwunden ist, so will ich mit Ew. Gnaden Erlaubnis raufsteigen und das bißchen Schneiderlein da oben auf der Fockrah des Backbords von den Riemen losschnüren. Der Wicht ist einmal zum Toppgast verdorben, was Sie an der Manier ersehen können, wie er seine unteren Stützen quer übereinander kreuzt. Der Kerl macht

Euch mit seinen Beinen einen Kreuzknoten mit derselben Leichtigkeit, wie ich mit einem Zwirnfaden.«

Der Rover entließ ihn mit einem Wink; und als er sich herumdrehte, stand Wilder vor ihm. Ihre Blicke begegneten sich, und ein leises Erröten des Korsaren verriet, daß er sich etwas vergeben hatte. Er erlangte jedoch augenblicklich seine gewöhnliche Selbstbeherrschung wieder und sprach lächelnd von Fids drolligem Charakter, sodann nahm er die Kommandeurmiene wieder an und befahl seinem Leutnant, zum »Rückzug von den Posten« trommeln zu lassen.

Die Flinten wurden nun wieder in Sicherheit gebracht, das Magazin verschlossen, die Trompriemen über die Pfortgaten der Kanonen gezogen, und von der Mannschaft begab sich ein jeder an seine gewöhnliche Beschäftigung und bewies dadurch, daß seine Gewalttätigkeit durch einen Herrschergeist vollkommen unterdrückt worden sei. Hierauf wurde das Verdeck auf eine Zeitlang unter das Kommando des wachthabenden Offiziers gestellt, und der Rover verschwand.

Einundzwanzigstes Kapitel.

Während dieses ganzen Tages blieb sich das Wetter gleich. Der schlafende Ozean lag da, ein glatter, glänzender Spiegel, und nur das Steigen und Fallen langer Wellenlinien deutete an, daß am entfernten Horizont eine starke Bewegung im Anzuge sein müsse. Der Pirat, der es so gut verstand, die wilde, unbändige Stimmung seiner Untergebenen unter seine Autorität zu beugen, war von dem Zeitpunkte an, wo er das Verdeck verlassen hatte, bis zu dem, wo die Sonne ihren Glutball in der See abkühlte, unsichtbar geworden. Zufrieden mit seinem Siege, schien er die Möglichkeit, daß jemand zum Umsturz seiner Macht Kühnheit genug besitzen könne, gar nicht zu befürchten; auch verfehlte dieses offenbare Selbstvertrauen die beabsichtigte Wirkung auf seine Leute nicht. Da keine Vernachlässigung im Dienste unbemerkt, kein Fehler ungestraft blieb, so setzte sich bei ihnen der Glaube fest, daß sie ein unsichtbares Auge stets bewache, ein unsichtbarer Arm zu allen Zeiten ausgestreckt sei, gleich bereit zu strafen und zu belohnen. Durch diese Methode nämlich, durchgreifend zu handeln, wenn es der Augenblick gebot, und wieder nachsichtig zu sein, wenn Ausübung und Strenge nur dazu gedient hätte, die Gemüter zu erbittern, gelang es dem außerordentlichen Mann, auf seinem Schiffe nicht nur den Verrat zu ersticken, sondern auch seinen offenen Feinden trotz ihren schlauesten Anschlägen und ausdauerndsten Verfolgungen zu entgehen.

Als nun aber die Wache für die Nacht abgelöst war und die gewöhnliche Stille das Schiff umgab, erschien der Rover wieder auf dem Deck der Hütte, wo sich jetzt niemand aufhielt, um dort raschen Schrittes auf und ab zu gehen. Obgleich beiliegend, war doch das Fahrzeug mit dem Golfstrom so weit nördlich gelaufen, daß die kleine, blaue Erhöhung in der Ferne längst unter den Meeresrand getaucht war und, für den Bereich menschlicher Sehkraft wenigstens, nur eine grenzenlose Wasserwüste rund umher lag. Da sich auch nicht der leiseste Windhauch rührte, so waren sämtliche Segel beschlagen, und die hohen, entblößten Spieren gaben in der Finsternis der Nacht dem Schiffe das Ansehen, als läge es vor Anker. Mit einem Worte, es war eine jener Stunden vollkommener Ruhe, wie sie den Abenteurern, die ihr Glück dem eigensinnigen Spiel der verräterischen und unbeständigen Winde anvertrauen, zuweilen von den Elementen vergönnt werden.

Selbst die Leute, denen der Dienst das Wachen zur Pflicht machte, ließen sich auf ihren Posten durch die tiefe, allumgebende Stille zur Nachlässigkeit verleiten; sie lagen teils zwischen den Kanonen, teils an verschiedenen andern Orten des Verdecks und genossen den süßen Schlaf, den sie, der strengen Mannszucht und guten Ordnung wegen, nicht in ihren Hängematten suchen durften. Ja, an manchen Stellen konnte man selbst Offiziere gegen ein Bollwerk oder eine außerhalb des geheiligten Bezirks der Schanzen stehende Kanone sich anlehnen und, mit dem trägen Steigen und Sinken des Kiels Takte haltend, im Schlafe nicken sehen. Nur eine Gestalt stand aufrecht, munter, und offenbar mit einem wachsamen Auge über das Ganze. Es war Wilder, an den schon wieder, nach der regelmäßigen Einteilung des Offizierdienstes, die Reihe gekommen war, auf dem Verdeck zu bleiben.

Zwei Stunden gingen vorüber, ohne daß zwischen dem Rover und seinem Leutnant die geringste Mitteilung stattgefunden hätte. Beide vermieden vielmehr eine Unterredung; denn jeglicher hatte seine besonderen, geheimen Gegenstände der Betrachtung. Als diese zwei Stunden Schweigens zu Ende waren, hielt der erstere im Gehen inne und blickte lange und unverrückt hinab nach der noch immer regungslos auf dem Verdeck stehenden Gestalt. – Endlich sagte er:

»Herr Wilder, hier oben auf der Hütte ist die Luft frischer und den unreinen Dünsten des Schiffes weniger ausgesetzt, wollen Sie heraufkommen?«

Der Angeredete gehorchte. Mehrere Minuten lang wandelten sie nach Seemannssitte in stiller Nacht schweigend und schritthaltend nebeneinander.

»Wir hatten einen unruhigen Tag, Wilder,« fing der Rover endlich an, indem er dadurch unwillkürlich seine Gedanken verriet, aber doch immer so behutsam sprach, daß der Ton nur die Ohren Wilders erreichen konnte; »haben Sie diesem allerliebsten Abgrunde, den man Meuterei nennt, schon einmal im Leben so nahe gestanden?«

»Der, den die Kugel getroffen hat, muß der Gefahr doch wohl näher gewesen sein als einer, der bloß den Druck der Luft fühlte.«

»Aha, Sie haben in Ihrem Schiffe offene Widersetzlichkeit gefunden! Auch hier ließen sich einige von den Kerlen einfallen, persönlichen Haß gegen Sie zu äußern, aber beunruhigen Sie sich nicht deshalb; ich kenne ihre geheimsten Gedanken, wie Sie bald sehen werden.«

»Ich leugne es nicht, an Ihrer Stelle würde ich bei solchen Beweisen von der Gesinnung meiner Untergebenen auf Dornen schlafen. Wer bürgt Ihnen dafür, daß nicht heute oder morgen ein Aufruhr innerhalb weniger Stunden das Fahrzeug der Regierung ausliefert und Ihr Leben dem ...«

»Henker! Und warum nicht auch Ihres?« fügte der Räuber hastig hinzu und ließ einen leisen Anflug von Mißtrauen durchblicken. »Doch das Auge, das viele Schlachten gesehen hat, ist nicht leicht zum Blinzeln zu bringen; meines hat der Gefahr zu oft gerade ins Angesicht geschaut, als daß mich der Anblick einer königlichen Flagge erschrecken könnte. Überdies halten wir uns auch nur selten an dieser kitzligen Küste auf. Wir kreuzen meist bei den Inseln und auf der spanischen See, was mit weniger Gefahren verknüpft ist.«

»Wie kommt es denn, daß Sie sich jetzt gerade hierher wagen, wo einige über den Feind errungene Vorteile dem Admiral Zeit geben, Sie von einer bedeutenden Schiffsmacht verfolgen zu lassen?«

»Ich hatte meine Ursachen dazu. Nicht immer läßt sich der M e n s c h von dem B e f e h l s h a b e r trennen. Hab' ich über die Sehnsucht des ersten die Pflichten des letzten hintangesetzt, so hat es doch bis jetzt wenigstens noch keine nachteiligen Folgen gehabt. Kann ja auch sein, daß es mich langweilte, ewig Jagd auf die bequemen spanischen Dons zu machen, oder spanische Zollschiffe in ihre Häfen zurückzutreiben. Dies unruhevolle Leben lieb' ich nun einmal! Selbst einer Meuterei weiß ich Interesse abzugewinnen!«

»Ich kann Verrat nicht lieben und gestehe gern, daß es mir in dieser Beziehung nicht besser geht wie dem Bauer, der nur so lange Mut hat, als es hell ist. Solange der Feind sichtbar ist, sollen Sie mich so bewährt finden wie einen, doch über einer Mine schlafen, ist ein Vergnügen, das meinem Geschmack nicht zusagt.«

»Das kommt vom Mangel an Übung! Gewagt ist gewagt, sei's auf welche Weise es wolle; der menschliche Geist kann es durch Gewohnheit endlich dahin bringen, daß er bei geheimen Anschlägen ebenso großen Gleichmut behält, als bei offenem Wagnis. Still! Schlug es da sechs oder sieben?«

»Sieben. Die Leute schlafen fort, wie Sie sehen. Wäre es ihre Stunde, so würden Sie instinktmäßig aufwachen.«

»Gut. Schon fürchtete ich, die Zeit sei vorüber. Ja, ich liebe die schwebende Ungewißheit, Wilder; sie hält die Seelentätigkeit stets regsam und verweist uns auf die edleren Kräfte unserer Natur. Mag wohl sein, daß es nur mein Eigensinn ist, aber wahrlich, selbst ein konträrer Wind ist nicht ohne Genuß für meinen Geist.«

»Und eine Windstille?«

»Die mag für friedliebende Gemüter ihre Reize haben, allein es gibt nichts zu tun, nichts zu besiegen dabei. Können wir auch die Elemente nicht zum Kampf herausfordern, so vermögen wir uns ihnen doch entgegenzusetzen und ihr Wirken zu vereiteln.«

»Sie haben doch Ihr Handwerk nicht angetreten ...«

» I h r Handwerk!«

»Ich hätte sagen können u n s e r e s, da ich jetzt ebenfalls Pirat geworden bin.«

Der Scharfsinn des Rovers durchschaute wohl, was Wilder sagen wollte; ja, seine Antwort zeigte, daß er sogar manche Zwischengedanken übersprang:

»Sie sind noch in Ihrem Noviziat, und die Beichte, die Sie mir von Ihren Wünschen ablegten, gewährte mir nicht wenig Vergnügen. Sie wußten das eigentlich Gewollte so gut anzudeuten, ohne es zu berühren; eine Gewandtheit, die mich in Ihnen einen gelehrigen Schüler voraussehen ließ.«

»Aber keinen büßenden, hoffentlich.«

»Das kommt auf die Umstände an; Augenblicken der Schwachheit sind wir alle ausgesetzt, zumal wenn wir das Leben ansehen, wie es die Bücherschreiber schildern, und da, wo wir den Genuß ergreifen sollten, nur die Prüfung erkennen. Ja, ich angelte nach

Ihnen, wie der Fischer nach dem Karpfen. Auch glauben Sie nicht, daß ich die Gefahr des Verrates aus dem Gesichte verlor. Im ganzen genommen waren Sie treu, ob ich gleich für die Zukunft dagegen protestiere, daß Sie, gegen mein Interesse, Intrigen spielen, um das Wild aus meinem Netz zu halten.«

»Wann, und wie hätte ich das getan? Sie haben selbst zugegeben ...«

»Daß die Royal Carolina nicht ungeschickt geführt worden sei und ihr Untergang nur dem Himmel zur Last falle. Allein ich spreche jetzt von edlerem Wild als das, worauf jeder Habicht Jagd machen kann. Sind Sie ein Weiberfeind, daß Sie alles aufboten, um das edelmütige Weib und die liebliche Jungfrau, die in diesem Augenblick hier unten sind, von dem Vorzug und hohen Genuß Ihrer Gesellschaft zurückzuschrecken?«

»War Verrat in dem Wunsche, Frauen von dem Schicksale zu retten, das zum Beispiel erst diesen Tag beide bedrohte? Denn, solange in diesem Schiffe Ihr Ansehen die Oberhand behält, glaube ich freilich nicht, daß selbst die Liebliche das geringste zu besorgen hat.«

»Beim Himmel, Wilder, Sie lassen mir nur Gerechtigkeit widerfahren. Ehe diese schöne Unschuldige Leid treffen sollte, würde ich mit dieser Hand das Pulvermagazin anzünden, und sie, rein und fleckenlos wie sie ist, gen Himmel senden, von wo sie herabgekommen zu sein scheint.«

Gierig lauschte unser Abenteurer diesen Worten, ob ihm auch der enthusiastische Ausdruck der Bewunderung, in dem der Freibeuter sein großherziges Gefühl einzukleiden für gut fand, nicht sonderlich behagte. Endlich, nach einer Pause, die keiner von beiden gern zu unterbrechen schien, fragte er:

»Wie kommt es, daß Sie von meinem Wunsch, den Damen zu dienen, unterrichtet sind?«

»Konnte ich Ihre Sprache mißverstehen? Mich dünkt doch, Sie haben sich deutlich genug ausgesprochen.«

»Ausgesprochen!« rief Wilder erstaunt. »Am Ende hab' ich gar meine eigentliche Beichte in einem Augenblicke abgelegt, wo ich mich dessen am wenigsten versah.«

Antwort gab der Rover nicht; aber an dem vielsagenden Lächeln, das um seinen Mund spielte, konnte sein Gefährte nur zu deutlich erkennen, daß er durch eine ebenso verwegene als vollkommen gelungene Vermummung hintergangen worden war, und daß er in der Person des alten Matrosen Bob Bunt mit niemand anders, als mit seinem Kommandeur selbst verkehrt hatte. Das Benehmen Jorams und das rätselhafte Verschwinden des Nachens waren ihm jetzt völlig klar. Tief bewegt, vielleicht weil er nun die Entdeckung machte, wie verwickelt die Schlingen waren, in die er sich gestürzt hatte, vielleicht auch aus Ärger, daß er sich so zum besten haben ließ, machte er in starken Schritten einige Gänge quer über das Deck, ehe er antwortete:

»Ich hab' mich hintergehen lassen, ich geb' es zu, und unterwerfe mich von nun an einem Meister, von dem man wohl vieles lernen, den man aber nie übertreffen kann. Aber der Wirt zum › Unklaren Anker ‹, der hat doch wenigstens in eigener Person gehandelt, wer auch immer der alte Matrose gewesen sein mag?«

»Der ehrliche Joram! Fürwahr, ein Matrose in Not kann sich keinen nützlicheren Mann wünschen, das werden Sie nicht leugnen. Wie hat Ihnen denn der Newporter Lotse gefallen?«

»Auch d e r Ihr Geschäftsträger?«

»Nur zum Scherz, solchen Schurken vertraue ich von meinem Geheimnis nicht mehr, als sie etwa von selbst erraten können. Doch sachte! Hörten sie nichts?«

»Mich dünkt, ich hörte ein Tau im Wasser plätschern.«

»Ganz recht, so ist es. Nun werden sie sich überzeugen, wie durch und durch ich mich auf diese unruhigen Herren verstehe.«

Hier brach der Rover das seinem Gefährten immer interessanter werdende Gespräch kurz ab, ging leisen Schrittes nach dem Spiegel des Schiffes und lehnte sich einige Augenblicke einsam über die Galerie, wie einer, der ein Vergnügen daran findet, die dunkle Oberfläche des Meeres anzuschauen. Kaum indessen traf das Ohr seines Gesellschafters ein leises Geräusch von hin und her bewegten Tauen, so kam er heran und stellte sich neben ihn, wo er bald noch mehr Beweise erhalten sollte, wie fein der Kommandeur sowohl ihn, als die übrige Schiffsbemannung zu überlisten verstand.

Ein Mann bewegte sich äußerst behutsam und nicht ohne Schwierigkeit von der Stelle, wo er sich befand, um die Schiffsviering herum. Er erreichte auch seinen Zweck, indem er sich teils mit Tauen, teils mit einigen Mallen vorwärts half, bis er an eine vom Hinterschiff herabhängende Strickleiter gelangte. – Auf einer ihrer Sprossen schwebend, stierte er nach den herüberlehnenden, ihm zusehenden Gestalten, sich offenbar anstrengend, auszufinden, wer von beiden das Individuum wäre, das er suchte.

Der Rover berührte Wilder leise mit der Hand, um ihm zu verstehen zu geben, daß er jetzt aufmerken sollte, und sprach dann flüsternd hinab: »Bist du da, Davis? Ich fürchte, man hat dich gesehen, oder doch gehört.«

»Nichts zu befürchten, Ew. Gnaden. Ich schlüpfte zum Schottengat der Kajüte hinaus; die ganze Hinterwacht schläft so tief, als wenn sie die Wache im Raum unten hätte.«

»Gut. Was für Nachricht bringst du von den Leuten?«

»Traun, Ew. Gnaden dürfen ihnen befehlen, in die Kirche zu gehen, und der derbste Seehund unter ihnen würde nicht Herz genug haben, einzuwenden, er könne sein Gebet nicht mehr auswendig.«

»Glaubst du, sie seien jetzt in besserer Stimmung als vorher?«

»Ich w e i ß es, Sir. Nicht daß einem oder zweien von den Leuten der gute Wille zur Unordnung fehlte; aber sie wagen es nicht, einander zu trauen. Ew. Gnaden haben so was Gewinnendes an sich, daß einer nie weiß, ob er sich auf sicherem Boden befindet, wenn er sich's beikommen ließe, sich zum Herrn aufzuwerfen.«

»Ja, ja, das sieht dem Charakter von Empörung ähnlich genug«, brummte der Rover, so daß ihn nur Wilder hören konnte. »Gerade dazu, daß einer des andern Zutrauen genieße, fehlt ihnen ein bißchen mehr Ehrlichkeit, als sie besitzen. (Laut:) Und wie haben die Kerle meine Gnade aufgenommen? War's wohlgetan, oder muß der Morgen auch seine Strafe mit sich bringen?«

»Lassen Sie es beim jetzigen Stand der Dinge sein Bewenden haben, Sir. Die Leute kennen das gute Gedächtnis einer gewissen Person und sprechen schon von der Gefahr, noch ein Ditto zu der Rechnung hinzuzufügen, von der sie recht gut wissen, daß Ew.

Gnaden sie sich angeschrieben haben. Da ist der Vordermann des Backs, der wie gewöhnlich etwas sauer tut, und bei dieser Gelegenheit um so mehr, wegen des Andenkens an die betäubende Faust des Negers.«

»Ich weiß schon, der ist stets ein Störenfried; ich werde mit dem Schurken doch endlich einen Abrechnungstag halten müssen.«

»Das wird nicht schwer sein! Sie verwenden ihn auf irgendeinen Dienst im Boote, Sir: die Schiffsmannschaft wird sich desto wohler fühlen, wenn er aus dem Wege ist.«

»Schon gut; nichts weiter von ihm«, unterbrach ihn der Korsar mit einiger Ungeduld, wahrscheinlich, weil er nicht wünschte, daß sein Gefährte auf dieser frühen Stufe seiner Einweihung schon einen so tiefen Blick in seine Regierungsweise tun sollte.

»Ich werde schon sorgen für ihn, aber du selbst, Kerl! – Irre ich nicht, so hast du deine Rolle heute ein wenig zu gut gespielt, und zeigtest dich etwas zu bereitwillig, die Matrosen anzuführen.«

»Ich hoffe, Ew. Gnaden werden sich erinnern, daß die Bootsmannspfeife einmal die Mannschaft zum Unheil kommandiert hatte; zudem konnte es nicht viel schaden, einigen Marinesoldaten den Puder von den Köpfen zu waschen.«

»Schon gut, aber du setztest das Spiel fort, nachdem dein Offizier für gut gefunden hatte, sich dazwischen zu legen. Nimm dich in acht, daß du in Zukunft deine Rolle nicht mit so vieler Natur und Wahrheit spielst, sonst dürfte der Beifall nicht minder wahr und natürlich sein!«

Der Kerl versprach Vorsicht und Besserung, worauf er seine Belohnung in Gold erhielt, und mit der Einschärfung strenger Verschwiegenheit entlassen wurde. Kaum war diese Zusammenkunft vorüber, so versicherte sich der Kapitän zunächst, daß kein Unberufener, der sich in seine heimliche Verbindung mit dem Spion einstehlen könnte, in der Nähe weilte, und setzte dann sein Auf- und Abgehen mit Wilder fort. Nach einer langen, gedankenvollen und tiefen Stille fing er wieder an:

»In einem Schiffe wie dieses sind feine Ohren fast ebenso wichtig als ein unerschrockenes Herz. Die Schufte im Vorderraum dürfen nicht von dem Baum der Erkenntnis kosten, auf daß wir, die wir in den Kajüten sind, nicht sterben mögen.«

»Es ist doch ein gefahrvoller Dienst, den wir übernommen haben«, bemerkte Wilder, seinen geheimen Gedanken unwillkürlich freien Lauf gebend.

Der Rover schwieg. Lange ging er hin und her auf dem Deck, ehe er sprach, und als er es tat, war es mit einer Stimme, so einschmeichelnd weich und sanft, daß seine Worte mehr den ermahnenden Tönen eines besonnenen Freundes glichen, als der Sprache eines Mannes, der lange der Gefährte von Wesen war, so rauh und grundsatzlos wie die, von denen man ihn jetzt umgeben sah.

»Sie sind noch an der Türschwelle Ihres Lebens, Herr Wilder; ganz liegt es vor Ihnen und ladet Sie ein, zu wählen, welchen Pfad Sie betreten wollen. Noch sind Sie von keinem Auftritte Zeuge gewesen, der eine Verletzung dessen genannt werden könnte, was die Welt ihre Gesetze nennt; und es ist noch nicht zu spät zu sagen, daß Sie es nie sein werden. Mich hat vielleicht bei meinem Wunsche, Sie zu gewinnen, die Selbstsucht regiert; doch stellen Sie mich auf die Probe, Sie werden finden, daß diese Leidenschaft zwar oft tätig, aber nie in meinem Geiste herrschend wird, noch werden kann. Sie dürfen nur Ihren Wunsch, frei zu sein, ausdrücken, und Sie sind es; leicht lassen sich die geringen Spuren, daß Sie zu meiner Mannschaft je gehört haben, vertilgen. Sehen Sie den blassen Lichtstreifen dort, unweit davon ist Land; ehe noch die morgende Sonne untergeht, können Sie es betreten.«

»Ach, warum nicht auch Sie? Ist dies regellose Treiben für mich ein Übel, so ist es nicht minder eines für Sie. Dürfte ich der Hoffnung ...«

Er stockte. Der Rover schwieg lange, so daß er sich überzeugen konnte, sein Gefährte nehme Anstand, fortzufahren; endlich fragte er ruhig:

»Was wollten Sie sagen? Sprechen Sie frei, Sie reden mit einem Freunde.«

»So will ich mich Ihnen denn wie einem Busenfreunde eröffnen. Sie sagen, das Land sei dort im Westen nahe. Beide zur See erzogen, würde es Ihnen und mir ein leichtes sein, dies Boot ins Wasser zu lassen und, indem wir uns die Dunkelheit zunutze machten, wären wir, lange ehe unsere Abwesenheit kund würde, den Augen der uns Suchenden entschwunden.«

»Nach welcher Gegend möchten Sie zusteuern?«

»Nach den Küsten Amerikas, wo Obdach und Friede in tausend verborgenen Orten zu finden sind.«

»Können Sie wollen, daß ein Mann, der solange als Fürst unter seinen Leuten lebte, Bettler in einem Lande von Fremdlingen werde?«

»Sie haben ja Gold. Sind wir nicht die Herren hier? Wer mag es wagen, unser Tun auch nur mit einem beobachtenden Auge zu verfolgen, bis es uns gefällt, von selbst die Autorität, womit wir bekleidet sind, von uns abzuwerfen? Noch ehe die Mitternachtswache abgelöst ist, könnte alles geschehen sein.«

» A l l e i n ? Wünschen Sie, daß wir allein gehen?«

»Nein ... nicht ganz ... das heißt ... es würde uns, als Männern, kaum ziemen, die Damen der rohen Macht derer preiszugeben, die wir hier zurücklassen.«

»Und würde es uns, als Männern, ziemen, die ihrem Schicksale preiszugeben, die in unsere Treue ihre Zuversicht setzen? Herr Wilder, Ihr Plan würde mich zu einem Niederträchtigen machen! Gesetzlos, in der Meinung der Welt wenigstens, bin ich schon lange; aber ein Verräter an meiner Treue und meinem gegebenen Worte war ich nie! Wohl wird einst die Stunde schlagen, wo die Menschen, deren ganze Welt jetzt von diesem Schiffe umschlossen ist, auseinandergehen; allein die Trennung muß offen, freiwillig, manneswürdig sein. – Haben Sie nie erfahren, was mich damals, als wir uns im Leben das erstemal in der Stadt Boston trafen, nach dem Aufenthalt der Menschen hinzog?«

»Nie«, erwiderte Wilder in dem wehmütigen Tone gänzlich getäuschter Hoffnung.

»So hören Sie. Ein handfester Kerl von meinen Leuten war von den Handlangern des Gesetzes erwischt worden. Gerettet sollte und mußte er werden. Es war ein Mann, den ich nicht besonders liebte, allein er war zu jeder Zeit ehrlich, nach seinen Begriffen von Ehrlichkeit. Ich konnte das Opfer nicht verlassen, und doch war außer mir keiner imstande, seine Rettung zu bewirken. Dem Golde und der List blieb der Sieg; und nun erfüllt der Kerl hier am Bord die Ohren der Mannschaft mir Gesängen, Psalmen und Hymnen zum Lobe und Preise seines Kommandeurs. Soll ich mir nun den Verlust eines mit so vielem Wagnis errungenen guten Namens zuziehen?«

»Sie würden die gute Meinung von Spitzbuben verlieren, und dafür den Gewinn eines guten Rufes bei Menschen eintauschen, deren Lob eine Ehre ist.«

»Das weiß ich nicht. Sie verstehen sich wenig auf die Menschennatur, wenn Sie jetzt erst lernen müssen, daß, wer sich einmal Berühmtheit erworben hat, sei's auch durch lasterhafte Taten, seinen Stolz darein setzt, den so erworbenen Ruf aufrecht zu halten. Übrigens passe ich nicht zu der Welt, wie sie zwischen unterjochten Kolonisten gestaltet ist.«

»Sie sind vielleicht stolz auf Ihre Geburt im Mutterlande?«

»Ich bin nur ein armer Teufel aus der Provinz, Sir! Ein demütiger Satellit der mächtigen Sonne. Sie haben meine Flaggen gesehen, Herr Wilder: – eine einzige fehlte darunter; ach, diese eine, existierte sie, so wäre es mein Stolz, mein Ruhm gewesen, sie mit meinem besten Herzblute zu verteidigen.«

»Ich kann Ihren Sinn nicht erraten.«

»Ich darf einem Seemann wie Ihnen, nicht erst sagen, wieviel herrliche Ströme längs der Küste, von der wir gesprochen haben, ihre Gewässer der See entgegenführen – wieviel weite und bequeme Hafen sie besitzt – oder wieviel Segel den Ozean beglänzen, bemannt von Leuten, die das Licht der Welt zuerst in jenem geräumigen und friedlichen Lande erblickten.«

»Wohl kenne ich die Vorzüge meines Heimatlandes.«

»Ich fürchte, nein!« erwiderte hastig der Freibeuter. »Kennten Sie und andere, die Ihnen gleichen, jene Vorzüge, wie Sie es sollten, so würde die Flagge, die ich meine, bald auf jedem Meere anzutreffen sein, und unsere Landsleute nicht den Mietlingen eines ausländischen Fürsten unterliegen dürfen.«

»Ich will mich nicht stellen, als verstände ich Sie nicht; denn ich kenne mehrere Enthusiasten, die wie Sie der Schimäre nachhangen, daß ein solches Ereignis möglich wäre.«

»Möglich! So gewiß, als sich jener Stern dort in den Ozean senkt, so gewiß der Tag auf die Nacht folgt, es ist notwendig. O, hätte jene Flagge geweht, Herr Wilder, kein Mensch würde je den Namen des roten Freibeuters gehört haben.«

»Der König hat ja auch eine Flotte, und der Dienst darin steht jedem seiner Untertanen gleich offen.«

»Ja, ich konnte der Untertan eines Königs sein; aber Untertan eines Untertans, Wilder, das geht über die Grenzen meiner armen Geduld. Ich bin in einem seiner Schiffe erzogen, ich darf fast sagen, geboren; wie oft mußte ich mit blutendem Herzen fühlen, daß ein Ozean mein Geburtsland vom Schemel seines Thrones trennt! Werden Sie es glauben, Sir, einer seiner Kommandeurs wagte es, den Namen meines Vaterlandes mit einem Titel zu verbinden, den ich nicht wiederholen mag, um Ihr Ohr nicht zu verletzen!«

»Ich hoffe, Sie lehrten den Schurken Lebensart.«

Der Rover blickte seinen Gefährten starr an, ein fürchterliches Lächeln durchzuckte seine sprechenden Züge, als er antwortete:

»Nie wiederholte er die Beleidigung! Es galt sein Blut oder meins; er hat seine Roheit teuer bezahlt.«

»Ihr fochtet wie Männer, und das Glück war dem beleidigten Teile günstig, nicht wahr?«

»Wir fochten, Sir. – Allein ich hatte mich erkühnt, die Hand gegen einen Eingeborenen der heiligen Insel zu erheben! – Es ist genug, Herr Wilder; der König brachte einen treuen Untertan zur Verzweiflung, und er hat vielleicht Ursache gehabt, es zu bereuen. Genug für jetzt; ein anderes Mal vielleicht mehr. Gute Nacht!«

Wilder sah seinen Kommandeur die Leiter hinabsteigen zur Schanze; und nun war er allein, und konnte seinen Gedanken während einer Wache, die seiner Ungeduld endlos vorkam, freien Lauf lassen.

Zweiundzwanzigstes Kapitel.

Wenn auch die meisten von der Mannschaft des Delphin teils in ihren Hängematten, teils zwischen den Kanonen in tiefen Schlaf versunken lagen, so gab es doch in einem andern Teile des Fahrzeugs glänzende Augen, die sich vor Angst nicht schließen wollten. Der rote Freibeuter hatte den Damen gleich bei ihrer Aufnahme ins Schiff seine eigene Kajüte abgetreten; dort saßen sie in ernstem Gespräche beisammen.

Von der Lampe aus geschlagenem, massivem Silber, die von der Decke herabhing, fiel ein schiefer Strahl des milden, weichen Lichtes auf das schmerzlich sinnende Antlitz der Erzieherin; ein hellerer umglänzte das blühende und frische Gesicht ihrer Gefährtin, das aber nicht soviel Ausdruck hatte, weil sie weniger in Gedanken versunken war. Den schattigen Hintergrund des Gemäldes bildete die schwärzliche Gestalt der schlummernden Kassandra.

»Ich bleibe dabei, teuerste Madame, daß sowohl die Fasson dieser Verzierungen als der Stoff, aus dem sie bestehen, etwas Außergewöhnliches in einem Schiffe sind.«

»Und was schließen Sie daraus?«

»Ich weiß nicht, aber ich wünschte, wir wären wohlbehalten im Hause meines Vaters.«

»Gott gebe es! Es wäre unklug, länger zu schweigen... Gertraud, alles, wovon wir heute Zeuge waren, hat mein Gemüt mit fürchterlichem, entsetzlichem Verdacht erfüllt.«

Das Mädchen erbleichte, während jeder ängstliche Zug in ihrem Antlitz um eine nähere Erklärung zu bitten schien.

»Ich war lange genug auf einem Kriegsschiffe, um mit den Schiffsgebräuchen vertraut zu sein,« fuhr die Gouvernante fort, die eine so lange Pause gemacht hatte, um sich selbst erst alle Gründe ihres Verdachtes klar werden zu lassen; »allein niemals sah ich Sitten, wie sie sich in diesem Schiffe von Stunde zu Stunde deutlicher entwickeln.«

»Aber was für einen Verdacht haben Sie in Hinsicht des Schiffes?«

Der Blick tiefer, zunehmender mütterlicher Angst, den die liebenswürdige Fragestellerin als Antwort erhielt, würde genügt haben, um eine andere, die mehr als dies reine Wesen gewohnt gewesen wäre, über die Verderbtheiten der menschlichen Natur nachzudenken, mit einer bestimmten Ahnung zu erfüllen; Gertrauden jedoch gab der Blick nur den allgemeinen Begriff von unbestimmter Gefahr.

»Warum sehen Sie mich so an, meine Erzieherin – meine Mutter?« rief sie, indem sie sich vorwärtsbeugte und mit einer bittenden Miene ihre Hand auf den Arm der Wyllys legte, als wollte sie diese aus einer Verzückung zurückrufen.

»Ja, ich will mein Schweigen brechen: besser ist's, Sie wissen das Ärgste, als daß Sie bei Ihrer schuldlosen Unbefangenheit der Täuschung ausgesetzt bleiben. Ich traue dem Gewerbe dieses Schiffes nicht, und ebensowenig dem Charakter aller, die dazu gehören.«

» A l l e r ?«

»Ja, aller.«

»Es kann freilich böse und mißwollende Menschen in der königlichen Flotte geben, aber sie dürfen uns gewiß nichts zuleide tun; die Furcht vor der Strafe, wenn nicht die Furcht vor Entehrung, wird uns schützen.«

»Ich fürchte, die unbändigen Gemüter, die dieses Schiff hegt, unterwerfen sich nur den Gesetzen, die sie sich selber machen, und erkennen keine fremde Autorität an.«

»Dann wären sie ja S e e r ä u b e r !«

»Und daß sie Seeräuber sind, fürchte ich, werden wir erfahren.«

»Seeräuber? Wie? Alle?«

»Nicht anders, alle. Wo einer eines solchen Verbrechens schuldig ist, können seine Gefährten unmöglich unverdächtig sein.«

»Aber, teuerste Wyllys, wir wissen ja doch, daß wenigstens einer darunter unschuldig ist; da er mit uns ins Schiff gekommen ist, und noch dazu unter Umständen, die gar keinen Trug zulassen.«

»Ich bezweifle es. Es gibt verschiedene Grade von Verworfenheit, so wie die davon befleckten Gemüter verschieden sind; aber ich fürchte, alle, die auf Ehrlichkeit in diesem Schiffe Anspruch machen können, befinden sich in dieser Kajüte versammelt.«

Hier sank der Blick des Mädchens auf den Boden, und ihre Lippen bebten, teils unwillkürlich und daher unwiderstehlich, teils vielleicht aus einer innern, ihr selbst unerklärbaren Bewegung. Mit unterdrückter Stimme sagte sie:

»Wie gegründet auch Ihr Verdacht gegen alle übrigen sein mag, so glaub' ich doch, daß Sie unserem gewesenen Begleiter unrecht tun; wir wissen ja, woher er kommt.«

»Es kann sein, daß ich in Beziehung auf ihn irre; doch ist es wichtig, daß wir uns auf das ärgste bereit halten. Fassen Sie sich, Liebe; unser Diener kommt heraus, vielleicht kommen wir durch seine Mitteilungen der Wahrheit näher.«

Hier gab Mistreß Wyllys ihrer Schülerin noch ein ausdrucksvolles Zeichen, eine ruhige Miene anzunehmen, und ging ihr mit dem Beispiel voran, indem ihr Ansehen wieder jene gewohnte sinnende Gelassenheit gewann, die selbst von einem weit erfahreneren Wesen als der Knabe, der jetzt langsam in die Kajüte trat, allen Verdacht ferngehalten hätte. Gertraud verhüllte das Gesicht in ihr Gewand, während Wyllys den Knaben mit einer Stimme anredete, die von Güte und inniger Teilnahme zeugte:

»Roderich, mein Kind, deine Augenlider werden schon schwer. Du bist gewiß noch nicht an den Schiffsdienst gewöhnt?«

»Gewöhnt genug, um nicht einzuschlafen, solang' ich auf meinem Posten bin«, erwiderte ruhig der Knabe.

»Für ein Kind in deinen Jahren würde eine sorgsame Mutter besser passen, als die Schule eines Bootsmanns. Wie alt bist du, Roderich?«

»Für meine Jahre könnte ich immer weiser und besser sein«, antwortete er, und ein leiser Zug der Schwermut umdüsterte seine Stirn. »Im nächsten Monat bin ich zwanzig Jahre alt.«

»Zwanzig! Du hast meine Neugier zum besten, junger Schelm.«

»Sagte ich zwanzig, Madame? Fünfzehn würde der Wahrheit näher sein.«

»Das glaub' ich auch. Und wieviele von diesen Jahren hast du zu Wasser zugebracht?«

»Eigentlich nur zwei, ob es mir zuweilen auch vorkommt, als wären es zehn; dennoch gibt es auch wieder Stunden, wo sie mir nur ein einziger Tag scheinen.«

»Du schwärmst früh genug, Knabe. Und wie gefällt dir das Kriegshandwerk?«

»Kriegshandwerk!«

»Allerdings. Ich spreche doch deutlich. Wer in einem Fahrzeug dient, das ausdrücklich auf Schlachten berechnet ist, folgt doch wahrlich dem Kriegshandwerk.«

»Ach so! Ja; der Krieg ist allerdings unser Handwerk.«

»Und hast du schon etwas von seinen Schrecken gesehen? War dieses Schiff schon in einem Gefecht, seit du daraus dienst?«

»Dieses Schiff?«

»Nun ja, dieses Schiff; hast du denn schon in einem andern gedient?«

»Niemals.«

»Nun, so kann auch meine Frage nur auf dieses Schiff Bezug haben. Nicht wahr, Prisengelder werden recht oft unter die Mannschaft verteilt?«

»Sehr oft: sie leiden nie Mangel.«

»Dann ist der Kapitän und das Schiff bei den Leuten beliebt; der Matrose pflegt immer das Fahrzeug und den Befehlshaber zu lieben, wo er ein rührig Leben findet.«

»Ganz recht, Madame, wir führen ein rühriges Leben hier. Und es gibt auch einige unter uns, denen das Schiff und der Befehlshaber lieb sind.«

»Und hast du eine Mutter oder sonst Verwandte, denen deine Gage zugute kommt?«

»Habe ich ...«

Der Ton von Betäubung, in dem der Knabe ihre Fragen beantwortete, fiel hier der Gouvernante auf, daher wandte sie sich und überflog mit einem schnellen Blick sein Gesicht, um dessen Ausdruck zu lesen. In einer Art von Besinnungslosigkeit stand der Knabe da, und obgleich er sie anzuschauen schien, so war sein Auge doch zu stier, als daß man hätte glauben können, er s ä h e wirklich den Gegenstand, auf den er blickte.

»Sag' mir doch, Roderich,« fuhr sie fort, behutsam jede Anspielung auf seinen Zustand, die seine Empfindlichkeit hätte reizen können, vermeidend, »sag' mir doch, wie findest du denn diese Lebensweise? Nicht wahr, recht lustig?«

»Ich finde sie traurig.«

»Seltsam. Die jungen Schiffsknaben gehören doch sonst immer zu den lustigen Sterblichen. Dein Offizier behandelt dich wahrscheinlich sehr strenge.«

Keine Antwort.

»Ich hab's getroffen: dein Kapitän ist ein Tyrann.«

»Sie irren; nie hat er ein hartes, ungütiges Wort zu mir gesprochen.«

»Ach, er ist also sanft und gütig. Du bist sehr glücklich, Roderich.«

»Ich ... glücklich, Madame?«

»Sprech' ich denn nicht deutlich? Ja, glücklich.«

»Ach so! Ja; wir sind alle sehr glücklich hier.«

»Das ist schön. Ein Schiff voller Unzufriedenen ist kein Paradies. Und dann befindet ihr euch auch wohl oft an Hafenorten, Roderich, um die Annehmlichkeiten des festen Landes zu genießen.«

»Ich würde mich wenig um das feste Land kümmern, wenn ich nur im Schiff Freunde hätte, die mich liebten.«

»Und hast du denn keine? Ist Herr Wilder nicht dein Freund?«

»Ich kenne ihn nur wenig; ich sah ihn nie früher, als ...«

»Als, Roderich?«

»Als damals, wo ich ihn in Newport traf.«

»In Newport?«

»Nun ja; wissen Sie denn nicht, daß wir beide zuletzt von Newport kamen?«

»Ach ja, ich verstehe schon. Zu Newport machtest du also die Bekanntschaft des Herrn Wilder? Gewiß als euer Schiff im Angesicht des dortigen Hafens lag?«

»Wohl. Ich brachte ihm ja den Befehl, daß er das Kommando des Bristoler Kauffahrteischiffs übernehmen sollte, und den Abend vorher war er das allererstemal bei uns.«

»Erst? Das war freilich eine sehr junge Bekanntschaft. Aber dein Kommandeur, denk' ich, kannte seine Verdienste?«

»Die Mannschaft hofft es. Doch ...«

»Was wolltest du sagen, Roderich?«

»Keiner an Bord darf sich herausnehmen, den Kapitän nach seinen Ursachen zu fragen. Sogar ich muß verstummen.«

» S o g a r du!« rief Mistreß Wyllys mit einem Erstaunen aus, das auf einen Augenblick ihre Zurückhaltung besiegte. Allein der Knabe war so sehr in Gedanken versunken, daß er den plötzlichen Wechsel in ihrem Tone nicht bemerkte. Ja, er hatte so wenig Bewußtsein von dem, was um ihn vorging, daß die Gouvernante, ohne im mindesten zu befürchten, er könne es gewahr werden, Gertraud bei der Hand faßte, und schweigend auf die besinnungslose Gestalt des Knaben hinwies.

»Was meinst du, Roderich, würde er auch uns eine Antwort verweigern?«

Der Knabe schrak auf: und sowie sein Blick auf das sanfte, sprechende Antlitz Gertrauds fiel, blitzte auch das Bewußtsein wieder durch seine Seele, und er antwortete feurig:

»Ob sie auch von seltener Schönheit ist, so überschätze sie diese nicht. Kein Weib vermag es, sein Gemüt zu zähmen.«

»Ist er denn so harten Herzens? Glaubst du, daß eine Frage von dieser Schönen keine Rücksicht bei ihm finden werde?«

Mit ebenso vielem Ernst als Weichheit und Trauer in der Stimme antwortete er: »Hören Sie mich, Dame. Meine letzten zwei Jahre sind so angefüllt mit Erfahrungen, ich hab' soviel währenddem gesehen, daß mancher Jüngling wohl zwischen seinen Kinder- und Mannesjahren nicht mehr sehen und erfahren kann. Dies ist kein Ort für Unschuld und Schönheit. O, verlassen Sie das Schiff, selbst wenn Sie es mit dem Zustande vertauschen sollten, in dem Sie sich bei Ihrer Ankunft befanden, ohne ein Verdeck, unter dem Sie das Haupt zur Ruhe legen können!«

»Leicht dürfte es zu spät sein, diesem Rat zu folgen«, erwiderte tiefsinnig Mistreß Wyllys, indem sie einen Blick auf die schweigende Gertraud warf. »Doch sag' mir mehr von diesem außerordentlichen Schiffe. Roderich, du bist nicht geboren, um eine solche Stelle, wie deine jetzige, zu bekleiden.«

Der Knabe schüttelte den Kopf, hob aber die Augen nicht vom Boden, offenbar abgeneigt, mehr über diesen Punkt zu antworten.

»Wie kommt es, daß der Delphin jeden Tag eine andere Flagge führt? Und warum ist das Schiff seit mehreren Tagen ganz anders bemalt, so daß es dem Sklavenhändler von Newport gar nicht mehr ähnlich sieht.«

»Und warum«, erwiderte der Knabe mit einem halb traurigen, halb bittern Lächeln, »kann niemand in das Interesse dessen hineinschauen, der diese Veränderungen ganz nach eigenem Willen vornimmt? Wenn sich im Schiffe weiter nichts veränderte als die Farben, so ließe sich noch immer glücklich darin leben!«

»So bist du also nicht glücklich, Roderich? Soll ich Kapitän Heidegger für dich bitten, daß er dir deine Entlassung gebe?«

»Ich kann nicht wünschen, je einem andern zu dienen.«

»Wie! Du klagst, und doch liebst du deine Fesseln?«

»Ich klage nicht.«

Die Gouvernante betrachtete ihn scharf; nach einer kleinen Pause fuhr sie fort: »Fallen solche aufrührerische Auftritte, wie der, den wir heute gesehen haben, öfter unter den Leuten dieses Schiffes vor?«

»O nein. Sie haben von den Leuten nur wenig zu besorgen; der sie zur Ordnung zurückbrachte, versteht sich schon drauf, sie zu bändigen.«

»Sind sie denn nicht aus königlichen Befehl angeworben?«

»Auf königlichen? Jawohl, d e r ist wahrlich ein König, der keinen Höhern über sich hat.«

»Sie wagten's aber doch, das Leben des Herrn Wilder zu bedrohen. Pflegen Matrosen in königlichem Dienste so frech zu sein?«

Der Knabe schoß einen Blick auf Mistreß Wyllys, der zu verstehen gab, daß er recht gut ihre Verstellung, als wäre sie mit dem Gewerbe des Schiffes unbekannt, durchschaue – aber er schwieg.

»Glaubst du, Roderich,« fuhr die Gouvernante fort, die es jetzt freilich für überflüssig hielt, ihre weiteren Fragen auf die bisherige verdeckte Weise zu tun – »glaubst du, Roderich, daß uns der – Frei... daß uns der Kapitän Heidegger erlauben würde, im ersten Hafen, der sich uns darbietet, zu landen?«

»Wir sind schon bei vielen vorübergefahren, seit Sie im Schiffe sind.«

»Wohl viele, allein es waren vielleicht solche, denen sich der Kapitän nicht gerne nähern mochte; wie aber, wenn wir einen Hafen erreichen, in den sein Schiff ohne Gefahr einlaufen kann?«

»Solcher Orte sind nicht viele.«

»Aber w e n n ein solcher Ort kommt, glaubst du nicht, daß er uns erlauben wird, zu landen? Wir haben Gold, ihn für seine Mühe zu lohnen.«

»Er macht sich nichts aus Gold. Er gibt mir immer eine Handvoll, wenn ich von ihm was verlange.«

»Dann bist du ja aber glücklich. Überfluß an Gold entschädigt doch wohl für einen kalten Blick, den man dann und wann erhält.«

»Nie!« erwiderte der Knabe schnell und ausdrucksvoll. »Hätte ich ein ganzes Schiff voll von diesem Staube, ganz gäbe ich es dahin, um seinem Auge einen einzigen gütigen Blick damit zu entlocken.«

Das Feuer in der Sprache des Knaben erregte die höchste Aufmerksamkeit der Mistreß Wyllys. Sie stand auf, näherte sich ihm von der Seite, wo das Licht der Lampe voll auf seine Züge fiel, und sah den großen Tropfen, der unter den langen, seidenen Augenwimpern hervorbrach, herabrollen über eine Wange, von der Sonne zwar gebräunt, die aber nun, vom durchdringenden Blick der Dame getroffen, in ein immer tiefer werdendes Rot aufglühte; langsam und scharf ließ nun die Gouvernante das Auge an der Gestalt des Knaben hinabgleiten bis zu dessen zarten Füßen, die kaum groß genug schienen, ihn zu tragen. – Das Sinnende und Gütige, der gewöhnliche Zug im Gesicht der Gouvernante, machte hier einem Blicke kalter, fremder Achtung Platz, und ihre ganze Gestalt schien erhabener, als sie streng und mit der keuschen Würde einer Matrone fragte:

»Knabe, hast du eine Mutter?«

»Ich weiß nicht«, war die halberstickte Antwort aus kaum sich trennenden Lippen.

»Genug; ein andermal sprech' ich mehr mit dir. Kassandra wird künftig den Dienst in der Kajüte verrichten; wenn ich deiner bedarf, werde ich den Gong anschlagen.«

Roderich ließ das Haupt fast auf die Brust sinken, so wenig konnte er das kalte, prüfende Auge der Matrone ertragen, das seine Gestalt verfolgte, bis sie in der Luke untertauchte. Kaum war der Knabe verschwunden, als Frau Wyllys auf Gertraud zueilte, sie umarmte und das erschreckte Mädchen mit einem Feuer an ihr Herz drückte, das deutlich zeigte, wie bekümmert sie in diesem schrecklichen Augenblicke um ihren geliebten Pflegling war.

Wieviel Stoff zum Nachdenken indessen beide auch haben mochten, so blieb ihnen doch keine Zeit zum Austausch ihrer Ideen, denn es klopfte sanft an die Tür, die Gouvernante gab die übliche Antwort, und der Rover trat in die Kajüte.

Dreiundzwanzigstes Kapitel.

Der Zwang, womit die Damen ihren Besuch empfingen, erschien nach dem soeben stattgefundenen Gespräch sehr natürlich. Gertraud fuhr plötzlich zusammen, ihre Erzieherin bewahrte jedoch die Unbefangenheit ihrer Miene mit größerer Fassung, obgleich der forschende Blick, den sie auf den Ankömmling warf, als wolle sie schon in seinen Zügen den Zweck dieses Besuches lesen, ängstliche Besorgnis ausdrückte.

Das Antlitz des Korsaren selbst war gedankenvoll bis zum Tiefsinn. Als er in den Bereich des Lampenscheins trat, verbeugte er sich, einige leise rasche Silben mehr vor sich hin murmelnd als sprechend, so daß sie von den Damen nicht verstanden werden konnten. In der Tat war die Geistesabwesenheit, in die er versunken war, so groß, daß er offenbar nahe daran war, sich auf den leeren Diwan ohne weitere Erklärung oder Entschuldigung hinzuwerfen, wie jemand, der von seinem Eigentume Besitz nimmt, und die Erinnerung kam gerade noch zeitig genug, um diese Verletzung des Anstandes zu verhindern. Lächelnd und sich noch tiefer verbeugend trat er jetzt mit vollkommener Selbstbeherrschung vor bis zum Tisch und drückte die Besorgnis aus, daß Mistreß Wyllys seinen Besuch ungelegen, wenigstens nicht mit gehöriger Zeremonie angekündigt, finden möchte. Seine Stimme bei dieser kurzen Einleitung war weich wie eine weibliche, und so sehr trug seine Miene das Gepräge der Höflichkeit, daß man zu glauben verführt war, er fühle sich wirklich unbescheiden, in die Kajüte eines Schiffes eingetreten zu sein, in dem er doch buchstäblich Alleinherrscher war.

»Wie unpassend auch die Stunde ist,« fuhr er fort, »so würde ich doch meine Hängematte mit dem Bewußtsein bestiegen haben, mangelhaft in der Pflichterfüllung eines höflichen und aufmerksamen Wirtes gewesen zu sein, wenn ich es unterlassen hätte, Sie vorher nochmals von der Wiederherstellung der Ruhe im Schiffe nach dem Auftritte, den Sie heute mit angesehen, zu versichern. Es macht mir Vergnügen, Ihnen sagen zu können, daß sich die Aufgeregtheit meiner Leute schon ganz gelegt hat; Schafe in ihren nächtlichen Hürden können nicht friedlicher sein, als sie in diesem Augenblick in ihren Matten.«

»Die Autorität, die so schnell die Unruhe dämpfte, ist, glücklich für uns, stets gegenwärtig, uns zu schützen,« erwiderte die vorsichtige Gouvernante, »wir vertrauen gänzlich Ihrer Klugheit und Ihrer Großmut.«

»Sie schenken Ihr Vertrauen keinem Unwürdigen. Gegen die Gefahr der Meuterei wenigstens sind Sie gesichert.«

»Wie gegen jede andere hoffentlich.«

»Wir wohnen auf einem wilden, unbeständigen Element,« antwortete er, den Sitz, zu dem ihn Mistreß Wyllys mit einer Bewegung der Hand einlud, nach einer dankenden Verbeugung einnehmend; »allein Sie sind damit schon vertraut und brauchen nicht erst unterrichtet zu werden, daß wir Matrosen selten Herren unserer Bewegungen sind. Wenn heute die Zügel der Mannszucht etwas lockerer gehalten wurden, so war es meine eigene Schuld,« fügte er nach einer augenblicklichen Pause hinzu, »ich lockte gewissermaßen den Aufruhr hervor, der darauf erfolgte; er ist jedoch vorüber wie der brausende Orkan, und der Ozean ist in diesem Augenblick nicht glatter als die Gemüter meiner Jungen.« »Ich war oft auf königlichen Schiffen Zeuge dieser rohen Spiele, erinnere mich aber nicht, daß jemals eine ernstere Folge daraus entstanden wäre, als etwa das Abmachen eines alten Grolls, oder irgendein toller Streich seemännischer Laune, der aber nicht minder harmlos als drollig war.«

»Richtig; allein das Schiff, das sich oft den Gefahren von Untiefen aussetzt, strandet zuletzt doch«, murmelte der Rover. »Selten gebe ich die Schanze den Leuten preis, ohne ein genaues Augenmerk auf ihre Launen zu haben, aber ... heute ...«

»Heute! Sie wollten etwas hinzufügen.«

»Neptun mit seinen großen Einfällen ist Ihnen kein Fremdling, Madame.«

»Nein, ich habe den Gott in früheren Zeiten schon gesehen.«

»So glaubte ich Sie verstanden zu haben – unter der Linie?«

»Und a n d e r s w o.«

»Anderswo!« wiederholte halb unwillig der Rover. »Ach ja, der barsche Despot ist in jeder See anzutreffen, und Hunderte von

Schiffen, ja sogar von großen Schiffen, glühen unter den Windstillen des Äquators – es war töricht, an den Gegenstand länger zu denken.«

»Sie beliebten etwas zu sagen, allein ich habe Sie nicht verstanden.«

Der Rover schrak zusammen; denn er hatte die vorhergehenden Worte mehr vor sich hingemurmelt als gesprochen. Er warf einen hastigen, prüfenden Blick um sich her, gleichsam um gewiß zu sein, daß sich kein unberufener Horcher herangestohlen habe, sich der Geheimnisse seines Innern zu bemächtigen, das er selten seinen Schiffsgenossen zu erschließen für gut fand. Und nun war er auch schon wieder im Besitz besonnener Gelassenheit und setzte das Gespräch so unbefangen fort, als wenn es gar keine Unterbrechung erlitten hätte.

»Ja, mir war entfallen, daß Ihr Geschlecht ebenso furchtsam als schön ist,« sagte er und lächelte dabei so einnehmend sanft, daß die Erzieherin unwillkürlich einen besorgten Blick auf ihre Pflegebefohlene warf, »sonst würde ich mit meiner Versicherung, daß jeder Grund zur Furcht verschwunden sei, nicht solange verzogen haben.«

»Sie ist uns selbst jetzt noch willkommen.«

»Und Ihre junge, sanfte Freundin,« fuhr er fort, sich gegen das Mädchen verbeugend, während er seine Worte noch immer an die Gouvernante richtete, »hoffentlich wird ihr Schlummer wegen des Vorgefallenen nicht schwerer sein.«

»Der Unschuldige findet selten ein hartes Kissen.«

»Diese Wahrheit enthält ein heiliges, ein unerforschliches Geheimnis: Die Unschuldigen schlafen so ruhig! – Wollte Gott, auch die Schuldigen könnten irgendeinen Zufluchtsort gegen die Dolche ihrer Gedanken finden! Allein wir leben in einer Welt, in einer Zeit, wo keiner gegen den andern, ja, nicht gegen sich selbst sicher ist.«

Er schwieg und blickte mit einem so wild entstellenden Zug des Lächelns um sich her, daß die ängstliche Gouvernante unwillkürlich ihrer Schülerin näher rückte, gleichsam als wollte sie sie gegen das gewisse Vorhaben eines Wahnsinnigen schützen und wieder von ihr beschützt werden. Der Rover verharrte jedoch in einem so langen und tiefen Schweigen, daß sie endlich das Verwirrende dieser Lage durch eigenes Sprechen beseitigen zu müssen glaubte.

»Finden Sie Herrn Wilder ebenso zur Gnade geneigt, als Sie selbst sind? Seine Nachsicht würde um so verdienstvoller sein, als gerade er offenbar der besondere Gegenstand des Zorns der Meuterer war.«

»Dennoch war er nicht ohne seine Freunde. Haben Sie nicht bemerkt, wie innig ihm die beiden Leute anhängen, die ihm zu Hilfe eilten?«

»Allerdings; es ist erstaunlich, wie es ihm in so kurzer Zeit gelingen konnte, diese zwei rohen Naturen so ganz für sich zu gewinnen.«

»Vierundzwanzig Jahre sind freilich ein anderes, als die Bekanntschaft von einem Tage!«

»Und schreibt sich ihre Freundschaft von so früher Zeit her?«

»Ich habe sie diesen Zeitraum unter sich nennen hören. Nichts ist gewisser, als daß der Jüngling durch irgendein außerordentliches Band mit diesen seinen zwei niedrigen Gefährten zusammenhängt. Vielleicht war dies nicht der erste gute Dienst, den sie ihm geleistet haben.«

Schmerz trübte den Blick der Mistreß Wyllys. Wohl war sie darauf vorbereitet, Wilder für einen geheimen Verbündeten des Rover zu halten, doch hatte sie sich zu hoffen bemüht, daß seine Verbindung mit den Seeräubern aus Umständen erklärt werden könnte, die ein minder ungünstiges Licht auf seinen Charakter werfen würden. Wie groß auch sein Anteil an der gemeinschaftlichen Schuld derer sein mochte, die den Zufälligkeiten und Gefahren eines für vogelfrei erklärten Schiffes leichtsinnig ihr Schicksal anvertraut hatten; davon hatte sie sich überzeugt, sein Herz sei zu edel, um wünschen zu können, daß sie und das junge, arglose Mädchen der Willkür seiner Kameraden geopfert würden.

Nunmehr bedurften seine häufigen und geheimnisvollen Warnungen keiner Erklärung. In der Tat, alles was ihr bisher sowohl von ihrer früheren unbegreiflichen Ahnung, als von dem ungewöhnlichen Betragen der Genossen dieses Schiffes dunkel geblieben war, wurde mit jedem Augenblicke klarer. Die Rätsel lösten sich eines nach dem andern von selber auf. Jetzt brachte ihr auch die Person und das Gesicht des Rover die Erinnerung in die Gestalt und die Züge des Individuums zurück, das, in dem Tauwerk des Sklavenhändlers stehend, den vorübersegelnden Bristoler Kauffahrer begrüßt hatte – eine Gestalt, die sich unbegreiflicherweise seit ihrer Anwesenheit in seinem Schiffe ihrer Einbildungskraft immer von neuem aufdrängte, wie ein Bild aus trüber Ferne. Nun begriff sie mit einem Male, wie schwierig Wilders Lage war, da er ihren Bitten ein Geheimnis zu verbergen hatte, auf das nicht nur sein Leben stand, sondern auch die, für ein im Laster nicht verhärtetes Gemüt ebenso gefürchtete Strafe – der Verlust ihrer Achtung. Kurz, viele von den Rätseln, die unsern Lesern leicht zu entwirren wurden, lösten sich nun auch dem Verstande der Erzieherin, obgleich noch manche Dunkelheiten übrigblieben, die sie ebensowenig aufzuhellen, als von sich zu verbannen vermochte. Sie hatte Muße, alle diese Gedanken zu durchlaufen; denn ihr Gast oder Wirt, welche Bezeichnung nun auch die richtigere sein mochte, gab nicht die entfernteste Neigung zu erkennen, sie in ihrem kurzen, traurigen Nachsinnen zu unterbrechen.

»Wunderbar!« nahm sie endlich das Gespräch wieder auf, »daß eine Anhänglichkeit, wie sie sich gewöhnlich nur unter Menschen von Erziehung und Bildung zu zeigen pflegt, hier ihren Einfluß auf so rohe Wesen geltend macht.«

»Es ist wunderbar, wie Sie bemerken«, erwiderte der andere, gleich einem vom Traum Erwachenden. »Tausend der blanksten Guineen, die je aus der Münze Georgs des Zweiten gekommen sind, gäbe ich darum, könnte ich die Geheimgeschichte dieses Jünglings erfahren.«

Mit der Schnelle des Gedankens unterbrach hier Gertraud fragend das Gespräch: »Also ist er Ihnen fremd?«

Der Rover starrte sie an, mit einem Auge aber, das sich, je länger es schaute, in klareres Bewußtsein und in einen solchen Ausdruck auflöste, daß der Fuß der Gouvernante hörbar bebte, und nach und nach ihre ganze Gestalt.

»Wer mag von sich behaupten, das Menschenherz zu kennen!« antwortete er mit einer Kopfneigung, die zu sagen schien, daß die Angeredete zu einer viel tiefern Huldigung vollkommen berechtigt sei. »Alle sind uns fremd, bis wir ihr geheimstes Innere gelesen haben.«

»Die Geheimnisse der menschlichen Seele durchdringen können, ist ein nur wenigen vergönnter Vorzug«, bemerkte die Erzieherin. »Viele Erfahrungen und gründliche Kenntnis der Welt muß der besitzen, der sich über die Beweggründe seines Nebenmenschen ein Urteil erlauben darf.«

»Und doch ist's eine angenehme Welt, es kommt nur darauf an, daß man den Mut habe, sie sich dazu zu machen«, rief der Rover; ein Gedankensprung, der seiner Unterhaltungsweise charakteristisch war. »Wer selbständig genug ist, ungeteilt der natürlichen Richtung seines Geistes zu folgen, findet nichts schwierig. Glauben Sie mir, das wahre Geheimnis des Weisen besteht nicht darin, die gegebene Lebenszeit zu verlängern, sondern sie wirklich zum Leben zu verwenden. Wer nach Vollgenuß im fünfzigsten Jahre stirbt, hat mehr und länger gelebt, als wer sich mühsam durch ein Jahrhundert schleppt, ohne es je gewagt zu haben, die Kapricen der Welt, diese schwere Bürde, von sich zu werfen, der nie ein lautes Wort sprach, weil ihn die Furcht, sein Nachbar könnte etwas an seinen Worten auszustellen finden, zum ewigen Flüstern verdammte.«

»Dennoch gibt es einige, die in der Ausübung der Tugend ihre Freude finden.«

»Die Worte lassen Ihrem Geschlechte gut«, antwortete er mit einer Miene, in der die scharfsinnige Frau die Zügellosigkeit des Freibeuters zu entdecken glaubte, und gern hätte sie ihren Besuch jetzt entlassen; allein ein gewisser Blitz in seinem Auge und die Fröhlichkeit, die er durch eine Art von unnatürlicher Anstrengung gewonnen hatte, erinnerte sie an die Gefahr, einen Menschen zu reizen, der kein anderes Gesetz als seinen Willen anerkannte. Daher suchte sie dem Gespräch geschickt eine andere Wendung zu geben; mit einem Tone und einer Weise, die, obgleich der Würde ihres Geschlechts nichts vergebend, doch von Strenge entfernt waren, zeigte sie auf verschiedene musikalische Instrumente hin, die einen

Teil des seltsam zusammengesetzten Ameublements der Kajüte ausmachten, und sagte:

»Der, dessen Seele die Harmonie erweichen kann, dessen Gefühle dem Einfluß des Wohlklanges offen stehen, sollte von den Freuden der Tugend nicht geringschätzig sprechen. Diese Flöte und die Gitarre dort, beide erkennen Sie als Ihren Meister an.«

»Und wegen dieser Tändeleien, die um mich her liegen, sind Sie geneigt, mir die genannten Vollkommenheiten zuzutrauen! Dies ist wieder einer jener Mißgriffe, denen wir armselige Sterbliche bloßgestellt sind. Der Schein ist das Alltagsgewand der Ehrlichkeit. Ebensogut könnten Sie es mir zum Verdienst anrechnen, daß ich jeden Morgen und jeden Abend vor dem glänzenden Spielzeug dort hinknie!« Hier wies er auf das Kruzifix aus Brillanten, das an dem schon bezeichneten Orte über der Türe des Gemaches hing.

»Ich hoffe doch, daß Sie dem Wesen, an das jenes Bild erinnern soll, Ihre Huldigung nicht versagen. Im Stolze des Kraftbewußtseins und des Glücks kann der Mensch die Tröstungen, die eine stärkere Macht als seine einzuflößen vermag, verschmähen; wer aber ihren Wert am meisten in seinem Innern erfahren hat, wird auch am tiefsten von Anbetung und Dank gegen den Urheber alles Trostes durchdrungen sein.«

Sie hatte anfangs von ihrem Gesellschafter den Blick weggewendet; allein während ihrer Rede fiel ihr mildes, sinniges Auge allmählich wieder auf ihn. Ernst und tiefsinnig wie der ihrige war der Blick, dem sie begegnete. So leise, daß sie es kaum fühlte, berührte er ihren Arm mit dem Finger, indem er die Frage äußerte:

»Glauben Sie, es sei u n s e r e Schuld, wenn der Zug unseres Temperamentes zum Bösen stärker ist als die Macht, ihm zu widerstehen?«

»Niemand strauchelt, als wer ohne höhern Beistand auf dem Pfade des Lebens zu wandeln versucht. Wird es Ihre männliche Würde beleidigen, wenn ich die Frage tue, ob Sie je sich mit Gott unterhalten?«

»Seit langer Zeit, Madame, ist dieser Name in meinem Schiffe nur gehört worden, um jenem niedrigen, profanen Gespötte, dem einfachere Rede nicht mehr pikant genug ist, eine Würze beizufügen.

Aber in Wahrheit, sie, die ungekannte Gottheit, was ist sie mehr als das, was dem empfindsamen Menschen aus ihr zu machen beliebte?«

Mit einer so festen Stimme, daß selbst der, der solange an den Tumult und die großartigen Auftritte seines wilden Treibens gewöhnt war, bei den Tönen zusammenschrak, sprach sie: »Der Tor spricht in seinem Herzen: Es ist kein Gott. – Gürte deine Lenden wie ein Mann; ich will dich fragen, antworte mir: Wo warest du, als ich die Erde gründete: Sage mir's, wenn du klug bist?«

Er blickte lange und stumm das hochgerötete Antlitz der Sprecherin an. Dann wandte er das Gesicht unwillkürlich seitwärts und brach in die Worte aus, die offenbar mehr ein Lautwerden seiner Gedanken, als eine Fortsetzung des Gespräches waren:

»Habe ich doch dies alles schon so oft gehört, und dennoch weht es jetzt meine Gefühle mit der Frische heimatlicher Lüfte an!« Hier erhob er sich, trat auf seine ruhige, würdevolle Gesellschafterin zu und sagte halb flüsternd: »Dame, sprich jene Worte noch einmal, verändere keine Silbe daran, und laß in allem die Betonung der Stimme dieselbe sein, ich bitte dich.«

Verwundert und innerlich erschrocken über dies Gesuch gewährte es Mistreß Wyllys, indem sie die geheiligte Sprache der gotterfüllten Propheten mit einem Feuer wiedergab, das seine Nahrung und Gewalt aus ihrem innersten Gefühle zog. Ihr Zuhörer lauschte wie ein verzücktes Wesen. Fast eine Minute stand er vor ihr, die so eindringlich für die Majestät Gottes gesprochen hatte, regungslos in Haltung und Blick, wie der Mast hinter ihm.

»Ja, das heißt mit einem einzigen großen Schritte wieder zum Pfad des Lebens zurückkehren«, sagte er und ließ seine Hand auf die seiner Gesellschafterin fallen. »Ich weiß es nicht, warum ein Puls, der sonst Zeit hält wie ein Hammer, jetzt so wild und unregelmäßig schlägt. O Dame, diese kleine, schwache Hand wäre stark genug, ein Gemüt zu leiten, das so oft schon Trotz geboten der Gewalt von...«

Plötzlich hielt er inne; denn als sein Auge bewußtlos der Richtung seiner Hand folgte, fiel es auf die zarte, aber nicht mehr ganz junge Hand der Erzieherin, und mit einem tiefen Seufzer, gleichsam als erwachte er von einer angenehmen, aber vollkommenen Täuschung, wendete er sich weg und ließ seine Rede unvollendet.

»Sie verlangten ja Musik!« rief er nachlässig. »So wollen wir denn Musik haben, und sollten wir dem Gong die Sinfonie entlocken!«

Hierbei schlug er dreimal an die chinesische Glocke, so rasch hintereinander und so heftig, daß der dröhnende Widerhall des Metalls alle andern Wahrnehmungen der Sinne verwirrte. Wie tief es auch die Gouvernante kränkte, teils daß er sich so schnell dem Einfluß entzog, den sie bis zu einem gewissen Grade über ihn gewonnen hatte, teils daß er es wieder für gut befand, sie mit so wenigen Umständen seine Unabhängigkeit fühlen zu lassen, so vergaß sie doch nicht, daß ihr die Notwendigkeit die Verheimlichung ihrer Gefühle zur Pflicht machte. Als die betäubenden Töne verklungen waren, sagte sie: »Gewiß, dies ist nicht die Harmonie, zu der ich einlud; auch halte ich sie nicht für geeignet, die Ruhesuchenden in den Schlaf zu wiegen.«

»Seien Sie unbesorgt um die Leute. Der Matrose schläft dicht bei der Mündung der Kanone, wenn sie donnert, und nur die Bootsmannpfeife weckt ihn auf. Er ist zu lange bei der Gewohnheit in die Schule gegangen, um dieses Geräusch für mehr als einen Flötenton zu halten; vielleicht, wenn Sie wollen, für einen stärkern und vollern als gewöhnlich, aber doch immer für einen solchen, der ihn nichts angeht. Ein vierter Schlag hätte Feuerlärm bezeichnet; aber drei bedeuten nur Musik. Es war das Signal für das Musikkorps; die Nacht ist still und ihrer Kunst nicht abhold, lauschen wir den süßen Klängen.«

Kaum hatte er gesprochen, so hörte man einige Blasinstrumente tief intonieren. Die Künstler standen draußen vor der Kajüte, wahrscheinlich einem frühern Befehl ihres Kapitäns gehorchend. Nach einem Lächeln des Triumphes über die Schnelligkeit, womit seinen Befehlen Folge geleistet wurde, die allerdings der Macht, die er besaß, viel mehr einen zauberischen als despotischen Charakter verlieh, warf er sich auf den Diwan und lauschte der Musik.

Die Klänge, die jetzt durch die Nacht tönten und sanft und melodisch über die Wellen dahinglitten, würden in Wahrheit weit schulgerechteren Künstlern Ehre gemacht haben. Schwärmerisch wild und melancholisch war die Weise, und vielleicht um so mehr im Einklang mit der augenblicklichen Laune des Mannes, für dessen Ohr sie gespielt ward. – Darauf, dem aufregenden Charakter entsagend, konzentrierte sich die ganze Gewalt der Instrumente in sanftere und weichere Klänge, und der Genius, der die Melodie erzeugt hatte, schien darin seine innersten und erhabensten Gefühle erschließen zu wollen. Die Gemütsstimmung des Rover entsprach dem wechselnden Ausdruck der Musik; ja, als die Klänge den höchsten Grad von Rührung ausdrückten, ließ er das Haupt sinken wie ein Weinender.

Mistreß Wyllys und ihre Schülerin, obgleich selbst von der Musik ergriffen, konnten den Blick von dem so eigentümlich geschaffenen Wesen nicht abwenden, in dessen Hände sie ihr böser Stern geführt hatte. Bewunderung über den furchtbaren Gegensatz von Leidenschaften, die sich unter so verschiedenen und so gefährlichen Gestalten in einem und demselben Menschen offenbaren konnten, erfüllte die erstere, während Gertraud mit der ihren Jahren eigenen Nachsicht und Teilnahme urteilend, dem Glauben Raum gab, daß ein Mensch, dessen bessere Gefühle so leicht ins Leben gerufen werden konnten, wohl das Opfer der Verhältnisse, aber nicht der Schöpfer seines unglücklichen Schicksals sein könne.

Als der letzte Akkord dem Ohr verklungen war, sagte der Freibeuter: »Italien atmet in diesen Tönen, das süße, träge, üppige, leichtsinnige Italien! Ist es Ihnen je zuteil worden, Madame, jenes Land zu sehen, dessen Erinnerungen ebenso groß sind, als seine jetzige Lage ohnmächtig?«

Die Gouvernante gab keine Antwort, und die Neigung ihres Hauptes ließ ihre Gefährtin vermuten, daß auch sie dem erschütternden Einflüsse der Musik huldige. Endlich dem Drange seines wechselvollen Innern nachgebend, schritt der Korsar auf Gertraud zu, indem er mit der Galanterie, die einer sehr verschiedenen Szene Ehre gemacht hätte, und sie in einer Sprache, ganz im Charakter der Höflichkeit des Zeitalters, anredete:

»Die, deren bloße Stimme schon Musik ist, hat sicherlich die Gaben der Natur nicht vernachlässigt. Sie singen?«

Wenn Gertraud das Talent, das er ihr zutraute, auch besäß, so würde ihr die Stimme bei seiner Aufforderung doch den Dienst versagt haben. Sie machte eine erwidernde Verneigung, und die Worte, die ihre Entschuldigung enthalten sollten, waren selbst dem angestrengt Lauschenden kaum vernehmbar. Indes bestand er nicht auf einer Bitte, die offenbar unwillkommen war, wendete sich und tat einen leisen, aber doch erweckenden Schlag an die Glocke.

»Roderich,« fuhr er fort, als der leichte Tritt des Knaben auf der zur Kajüte herabführenden Treppe hörbar ward, »schläfst du?«

Die langsame und halb unterdrückte Antwort war natürlich verneinend.

»Apollo war nicht abwesend, als Roderich das Licht der Welt erblickte, Madame. Dem Knaben stehen Töne zu Gebote, an denen mehr als einmal schon die verhärteten Gefühle des Seemanns schmolzen. – Geh, lieber Roderich, stelle dich an die Kajütentüre, und laß die Musik deine Worte leise begleiten.«

Der Knabe gehorchte; die Stellung, die seine schlanke Gestalt einnahm, war so beschaffen, daß denen, die innerhalb der Beleuchtung der Lampe saßen, der Ausdruck seiner bewegten Züge unsichtbar bleiben mußte. Nun intonierten die Instrumente eine liebliche Einleitung, die bald zu Ende war; zweimal hatten sie die Weise angefangen, und noch immer ließ sich keine Stimme hören.

»Worte, Roderich, Worte; wir verstehen uns schlecht darauf, den Sinn der Flötentöne zu deuten.«

Auf diese Weise an seine Pflicht erinnert, fing der Knabe an, in einem vollen, reichen Konteralt, doch nicht ohne eine Bebung, die offenbar nicht zur Melodie gehörte, einige Strophen zu singen:

> Im Westen, dort am Meeresrand,
>   Dehnt weit sich aus und schön
> Das süße, heilige Zauberland,
>   Wo Fried' und Freiheit wehn.
> Dort eilet nicht
>   Der Sonne Licht,

Vergoldet jedes Tages Abend,
  Und ruht auf Baum und Seen.

Für dich, o Mensch, strahlt es so labend,
  Strahlt es so schön
Auf Tal und Baum und Seen!
  Das Mädchen sehnsuchtsvoll durchirrt
Mit ungewissem Fuß
  Den Hain, und ihm entgegen schwirrt
Der Vögel Liebesgruß.
  O süß Gestad',
Wann Abend naht,
  Spricht Hoffnung ...

»Genug hiervon, Roderich«, unterbrach ungeduldig sein Herr, »Dieser Gesang hat zuviel vom verliebten Korydon, um der Laune eines Matrosen zuzusagen. Singe uns von der See und ihren Freuden, Knabe; und heb' die Töne auf eine Weise hervor, die mit dem Geschmack eines Seemanns in besserem Einverständnis stehen.«

Der Knabe blieb stumm; kann sein, aus Abneigung gegen diese Aufforderung, vielleicht aber auch, weil er ihr wirklich nicht genügen konnte.

»Wie, Roderich! Verläßt dich die Muse? Oder wird dein Gedächtnis schwach? Sie sehen, das Kind ist eigensinnig in seinen Melodien; wenn er nicht von Liebe und Sonnenschein singen kann, so weiß er nichts. Wohlan, meine Leute, gebt einen kräftigern Akkord, und laßt Leben in den Kadenzen wehen, ich will zur Ehre des Schiffes ein Seelied versuchen.«

Das Korps, angesteckt von der augenblicklichen Laune seines Herrn (denn wahrlich! den Namen verdiente er), spielte eine kraftvolle und graziöse Einleitung zu dem Gesang des Korsaren. Jene verräterischen, berückenden Klänge, die sich so oft, wenn er sprach, durchhören ließen, mußten allerdings zu der Erwartung führen, daß seinem Gesang Fülle, Tiefe und Metall nicht fehlen werde; und solche Erwartung wurde nicht getäuscht. Von diesen natürlichen Vorzügen begünstigt, und von einem ausgebildeten Ohre unterstützt, sang er folgende Stanzen auf eine Weise, die, seltsam genug, halb dem Lebemann, halb dem Sentimentalen angehörte. Die Worte waren höchstwahrscheinlich eigene Komposition; denn außerdem, daß sie im ganzen das Gepräge seines Handwerks an sich trugen, fehlten ihnen auch nicht Züge des dem Sänger eigentümlichen Geschmackes:

> Zu Hauf! Macht Anker licht!
> Nun schallet rauh und froh der Ton,
> Und keinen hält der süße Schlummer;
> Im Takte knarrt das Gangspill schon,
> Der Bootsmann pfeift und scheucht den Kummer!
> Das junge Schiffsvolk, freudentbrannt,
> Jauchzt auf; es lärmt die Meng' am Strand:
> Zu Hauf! Macht Anker licht!
>
> Ein Segel dort! ahoi!
> Spannt alle Nerven zum Gefecht,
> Steuert mutig zu, den Feind zu fassen;
> Ein still Gebet fürs heilige Recht,
> Fürs Weib, so wir daheim gelassen.
> Nun los von jedem Segelbaum!
> Zerstiebt der Meeresfluten Schaum!
> Ein Segel! ho, ahoi!
>
> Dem Sieg dreimal Hurra!
> Nicht folg den Tapfern Klag' hinab;
> Nein: pflegt die Wunden eurer Brüder;
> Das Meer ist des Matrosen Grab,
> Und Helden sehn sich droben wieder!
> Genug, daß uns das Werk gelang,
> Drum jauchzet hoch den Siegsgesang:
> Hurra! Hurra! Hurra!

Gleich nachdem er dieses Lied beendigt hatte, ohne zu warten, ob seiner Leistung in Hinsicht der Stimme oder des Vortrags einige Worte der Anerkennung folgen würden, erhob er sich, ersuchte seine Gäste, über die Dienste seines Musikkorps nach Gefallen zu gebieten, wünschte ihnen sanfte Ruhe und angenehme Träume und stieg dann gelassen, offenbar, um sich gleichfalls zur Ruhe zu begeben, hinab in eines der untern Gemächer. – Mistreß Wyllys und Gertraud, obgleich beide sich unterhalten, oder vielmehr verlockt fühlten, durch das Gewinnende einer Charakterweise, die sich bei allem Eigensinn nie der Roheit näherte, hatten dennoch, als er verschwand, ein ähnliches Gefühl, als wenn man nach der eingeschlossenen Atmosphäre eines Kerkers endlich wieder freie Luft schöpfen darf. Die Gouvernante betrachtete ihre Schülerin mit einem Blick, in dem unverkennbare Liebe mit tief verborgener Besorgnis kämpfte; doch sprach keine, denn eine leise Bewegung an der Kajütentüre sagte ihnen, daß sie nicht allein waren.

»Wünschen Sie noch mehr Musik, Madame?« fragte Roderich mit erstickter Stimme, furchtsam während des Sprechens aus dem Schatten hervortretend. »Ich will Sie in den Schlaf singen, wenn Sie es wünschen; aber mir versagt die Stimme, wenn er mir befiehlt, meinen Gefühlen Gewalt anzutun und fröhlich zu sein.«

Schon hatte sich die Stirn der Gouvernante zusammengezogen, und es war ihr anzusehen, daß sie sich auf eine zurückweisende Antwort vorbereitete; da sprach die trauernde Stimme, die eingeschreckte, unterwürfige Gestalt des Knaben so stark zu ihrem Herzen, und an die Stelle des strengen Blickes trat ein weicher, verweisender Blick, wie man ihn oft das Zürnen mütterlicher Teilnahme mildern sieht.

»Roderich, ich hatte geglaubt, du würdest dich für diese Nacht nicht mehr zeigen.«

»Sie hörten ja die Glocke. Ach, wenn er auch in seinen aufgeräumten Augenblicken so heiter sein, so das Innerste ergreifend singen kann – Sie haben ihn noch nie im Zorn gehört.«

»Und ist denn sein Zorn so schrecklich?«

»Vielleicht ist er es anderen nicht so sehr, aber ich kenne nichts Fürchterlicheres, als ein einziges Wort von ihm, wenn sein Gemüt düster ist.«

»Er ist dann rauh gegen dich?«

»Niemals.«

»Du widersprichst dir selbst, Roderich. Er ist es, und ist es wieder nicht. Erzähltest du nicht, wie fürchterlich dir seine düstere Rede sei?«

»Ja; denn ich finde sie verändert. Einst war er nie tiefsinnig oder übelgelaunt, allein seit kurzem ist er nicht mehr er selbst.«

Mistreß Wyllys antwortete nicht. Des Knaben Rede war ihr allerdings weit verständlicher, als ihrer jungen aufmerksamen, aber von allem Verdacht freien Gefährtin, die, während sie selbst dem Knaben einen Wink gab, sich zu entfernen, nicht wenig Lust zeigte, ihre Neugier zu befriedigen und sich von dem Leben und den Sitten des Freibeuters mehr erzählen zu lassen. Indes wurde der Wink gebieterisch wiederholt, und der Knabe zog sich, offenbar sehr ungern, langsam zurück.

Hierauf ging auch die Gouvernante und ihre Pflegebefohlene in ihre Staatskajüte. Viele Minuten weihten beide dem stillen Opfer des Gebets und des Dankes, ein Opfer, von dem sie sich nie durch Verhältnisse abhalten ließen, sie mochten sein, von welcher Art sie wollten. Das Bewußtsein der Schuldlosigkeit und die Zuversicht in einen allvermögenden Schutz, sicherte ihnen einen süßen Schlaf. Außer der Schiffsuhr, die regelmäßig die Wachen der Nacht hindurch die Stunden schlug, störte während der Dunkelheit kein anderer Ton die Ruhe, die über den Ozean und alles, was aus seinem Spiegel schwamm, ihren beschwichtigenden Fittich gebreitet hatte.

Vierundzwanzigstes Kapitel.

Wohl hätte man den »Delphin« während jener Augenblicke trügerischer Stille mit einem schlafenden Raubtiere vergleichen können. Aber gleichwie der Ruhezeit der Geschöpfe aus der Tierwelt von der Natur gewisse Grenzen gesetzt sind, so war auch, allem Anscheine nach, die Untätigkeit der Piraten nicht bestimmt, von anhaltender Dauer zu sein. Mit der Morgensonne blies ein frischer, Landgeruch mit sich führender Wind über das Wasser und setzte das träge Schiff abermals in Bewegung. – Mit breiter, längs allen Segelbäumen ausgespannter Leinwandfläche war sein Lauf diesen ganzen Tag hindurch südwärts gerichtet. Wachen folgten Wachen, Nächte Tagen, immer eine und dieselbe Richtung. Dann hoben sich die blauen Inseln, eine nach der andern, über die Meeresflächen empor. Die Gefangenen des Rover, denn für solche mußten die Damen sich nun halten, beobachteten schweigsam jeden grünen Hügel, bei dem das Fahrzeug vorbeiglitt, jede kahle, sandige Kaje, jeden Abhang, bis sie, nach der Berechnung der Gouvernante, schon mitten im westlichen Archipelagus steuerten.

Während dieser ganzen Zeit fiel keine Frage vor, die auch nur auf die entfernteste Weise dem Rover verraten konnte, daß seine Gäste recht wohl wüßten, er führe sie nicht in den versprochenen Hafen des Festlandes. Gertraud weinte bei dem Gedanken an den Schmerz ihres Vaters, der auf die Nachricht von dem verunglückten Bristoler Kauffahrteischiffe notwendig vermuten mußte, ihr sei ein gleiches Schicksal zuteil geworden; doch flossen ihre Tränen nur heimlich, oder an dem mitfühlenden Busen ihrer Erzieherin. Wildern vermied sie, denn sie hatte nun das bis zur Anschauung klare Bewußtsein, daß er nicht das sei, wofür sie ihn gehalten; gegen alle übrigen im Schiffe aber bemühte sie sich, in Blick und Mienen stets gleich heiter zu erscheinen. In diesem Benehmen, das freilich weit ratsamer war, als ohnmächtige Bitten, ward sie von ihrer Gouvernante kräftig unterstützt, deren Menschenkenntnis sie gelehrt hatte, daß die Tugend in Zeiten der Not am meisten Achtung gebiete, wenn sie es versteht, ihren Gleichmut zu behaupten. Auf der anderen Seite suchte weder der Befehlshaber des Schiffes, noch sein Leutnant ferneren Umgang mit den Bewohnerinnen der Hauptkajüte, als die Gesetze der Höflichkeit durchaus nötig machten.

Der Freibeuter, dem es bereits leid tat, daß er die Launen und Kapricen seines Gemüts so bloßgestellt hatte, zog sich allmählich in sich selbst zurück, indem er Vertraulichkeit bei keinem suchte und von keinem zuließ; während Wilder zeigte, daß er die gezwungene Miene der Gouvernante und den veränderten, obgleich mitleidsvollen Blick ihrer Schülerin vollkommen verstehe; auch bedurfte es der Erklärung keineswegs, um ihn mit der Ursache dieses Wechsels bekannt zu machen. Statt aber eine Gelegenheit zu suchen, seinen Charakter zu reinigen, zog er es vor, ihre Zurückhaltung nachzuahmen. – Mehr brauchte es nicht, um seine ehemaligen Freundinnen von der Beschaffenheit seines Gewerbes zu überzeugen; bis jetzt hatte selbst Mistreß Wyllys ihrer Pflegebefohlenen noch zugegeben, daß seine Handlungsweise die eines Menschen wäre, in dem die Verworfenheit noch nicht jenen Grad erstiegen hatte, wo das Gewissen, jenes untrügliche Merkmal der Schuldlosigkeit, gänzlich schweigt.

Gertraud indessen empfand ein natürliches Bedauern, als sich diese traurige Überzeugung ihrem Verstande aufdrängte, und sie hegte innige Wünsche, daß der Besitzer so vieler männlicher, großartiger Eigenschaften den Irrtum, in dem sein Leben befangen war, bald einsehen und zu einer Laufbahn zurückkehren möchte, für die er, selbst nach dem Eingeständnis ihrer kalt und scharf urteilenden Erzieherin, von der Natur auf eine so ausgezeichnete Weise ausgestattet war. Ja, vielleicht riefen die Ereignisse der letzten zwei Wochen nicht nur Wünsche allgemeinen Wohlwollens in ihrem Busen wach, vielleicht flocht sie in ihre stille Andacht heiße Gebete, die eine persönlichere Beziehung hatten.

Mehrere Tage lang hatte das Schiff gegen die stehenden Winde jener Regionen anzukämpfen. Statt sich aber wie ein beladenes Kauffahrteischiff zu bemühen, irgendeinen bestimmten Hafen zu erreichen, gab der Rover seinem Schiffe plötzlich eine neue Richtung und glitt durch eine der vielen sich darbietenden Meeresengen hindurch, mit der Leichtigkeit des seinem Neste zueilenden Vogels. Hundert Segel verschiedener Größe hatte man zwischen den Inseln steuern sehen, allen wurde ausgewichen; denn Klugheit riet dem Freibeuter die Notwendigkeit der Mäßigung in einer von Kriegsschiffen so überfüllten See. Nachdem das Fahrzeug durch eine der Meeresengen hindurchgesteuert war, die die Ketten der Antillen durchschneiden, kam es in Sicherheit auf die offenere See, die jene Inseln von dem spanischen Ozean trennt. Kaum war die Durchfahrt glücklich bewerkstelligt, kaum streckte sich nach allen Seiten hin ein helles, landfreies Meer, so zeigte sich in der Miene eines jeden Individuums der Mannschaft eine nicht zu verkennende Veränderung. Jetzt glättete sich die gefurchte Stirn des Rover, jetzt verschwand der ängstliche Blick, der über den ganzen Menschen die Hülle der Zurückhaltung geworfen hatte; das eigentümliche Wesen dieses Mannes stand nun wieder in seinem ganzen Eigensinn da, in seiner ganzen Sorglosigkeit. Selbst die Bemannung, die, als sie noch in den engeren Seen, zwischen den daselbst in ganzen Schwärmen segelnden Kreuzern durch die Daggen liefen, keines fremden Antriebs zur Behutsamkeit bedurft hatte, selbst sie schien jetzt freier Atem zu schöpfen – kurz, Töne sorgloser, leichtsinniger Fröhlichkeit durchhallten wieder einmal einen Ort, den die Wolke des Mißtrauens solange umdüstert hatte.

Allein der Betrachtung der Erzieherin entstanden durch die Richtung, die das Fahrzeug nunmehr nahm, neue Gründe zur Besorgnis. – Solange die Inseln noch im Gesichtskreis blieben, gab sie, und zwar nicht ohne Grund, der Hoffnung Raum, ihr Gefangennehmer warte nur eine günstige Gelegenheit ab, um sie dem Schutze der Gesetze irgendeiner der Kolonialregierungen wieder zurückzugeben. Ihre Beobachtungsgabe lehrte sie, daß die Grundsatzlosigkeit der beiden vornehmsten Personen im Schiffe mit so vielem vermischt war, was einst gut, ja edel genannt werden konnte, daß sie in solcher Erwartung nichts Übertriebenes finden konnte. Selbst in den Sagen der Zeitgenossen, die die verwegenen Taten des Freibeuters schilderten, wenn auch eine erhitzte und übertreibende Einbildungskraft die Farben aufgetragen hatte, fehlte es nicht an zahllosen, merkwürdigen Beispielen von entschiedener, ja ritterlicher Großsinnigkeit. Mit einem Worte, sein Charakter war der eines Mannes, der, in erklärter Feindseligkeit mit allen lebend, dennoch einen Unterschied zwischen den Schwachen und den Starken zu machen verstand, und dem es oft ebenso viele Freude gewährte, sich der ersteren anzunehmen, als den Stolz der letzteren zu demütigen.

Als aber nun die letzte Spitze der ganzen Inselgruppe hinter ihnen ins Meer sank, und außer dem Schiffe sich weit und breit kein anderer Gegenstand auf der Wasserfläche zeigte, da sank auch ihr die letzte Hoffnung auf die Großmut des Korsaren. Der Rover, gleichsam unbekümmert, länger die Maske vorzuhalten, befahl, die Segel zu vermindern, und trotz der günstigen Kühlde das Schiff nahe beim Wind anzulegen. Kurz, der »Delphin« wurde mitten im Wasser angehalten, und, als sei nun das Hauptziel erreicht, und die unmittelbare Aufmerksamkeit der Mannschaft nicht weiter in Anspruch genommen, überließen sich die Offiziere sowohl als die Leute ihren Vergnügungen oder dem Müßiggang, je nachdem sie Laune oder Neigung bestimmte.

Wie lange auch der Verdacht der Gouvernante, daß man ihnen nicht erlauben würde, das Schiff zu verlassen, schon rege sein mochte, in Worten hatte sie ihn noch nicht geäußert; als aber jetzt dem Kommando, das Schiff beizulegen, gehorcht wurde, redete sie den Kapitän Heidegger, wie er sich nennen ließ, zum ersten Male wieder an:

»Ich hatte gehofft, Sie würden uns, sobald es sich mit Ihrer Bequemlichkeit vertrüge, an einer der Seiner Majestät gehörenden Inseln zu landen erlauben. Ich fürchte, Sie finden es beschwerlich, Ihre eigene Kajüte solange von Fremden besetzt zu sehen.«

»Sie kann nicht besser besetzt sein«, antwortete er, fein ausweichend, obgleich die ängstliche Dame zu entdecken glaubte, daß sein Blick mehr Kühnheit und sein ganzes Wesen weniger Zurückhaltung verrate, als bei einer früheren Gelegenheit, wo derselbe Gegenstand zur Sprache kam. »Verlangte es das Herkommen nicht, daß ein Schiff die Farbe einer oder der anderen Nation führte, so sollte über dem meinigen stets eine Flagge spielen, die die Farbe der Schönen trüge.«

»Und jetzt?«

»Jetzt ziehe ich die Zeichen des Dienstes auf, in dem ich mich befinde.«

»Während der fünfzehn Tage, seit ich Ihnen mit meiner Gegenwart lästig fallen muß, bin ich noch nicht so glücklich gewesen, die Farbe aufgezogen zu sehen, die Ihren Dienst bezeichnete.«

»Nicht!« rief der Rover und schoß einen Blick auf sie, als wollte er ihre innersten Gedanken durchdringen: »Nun, dann sollen Sie am sechzehnten Tage von dieser Ungewißheit befreit werden. Heda, wer ist im Schiffe hinten?«

»Kein besserer und kein schlechterer Mann als Richard Fid,« erwiderte der Matrose, den Kopf aus einem großen Wandkorbe hervorhebend, in den er ihn gesteckt hatte, als suchte er irgendein verlegtes Stück Werkzeug, und als er entdeckte, wer der Fragende war, mit Hast hinzufügend: »Stets zu Ew. Gnaden Befehl.«

»Aha! Es ist der Freund u n s e r e s Freundes,« erwiderte der Rover mit einem Nachdruck, der den anderen verständlich genug war; »der soll mein Dolmetscher sein. Komm her, Bursch; ich habe ein Wort mit dir zu sprechen.«

»Tausend zu Ihren Diensten, Sir,« erwiderte Richard, indem er bereitwillig näher trat; »denn wenn ich auch kein großer Redner bin, so hab' ich doch stets was in meinen Gedanken zur Hand, was zur Not unterhalten kann, sehen Sie.«

»Ich hoffe; deine Hängematte in meinem Schiff wiegt sanft in Schlaf?«

»Ich kann's nicht leugnen, Ew. Gnaden; denn ein leichter segelndes Fahrzeug, sonderlich wenn es aufs Handhaben seiner Rahesegeltaue ankommt, findet sich nicht leicht.«

»Und die Fahrt selbst? Ich hoffe doch, du findest auch die so, wie sie ein Seemann gerne mag.«

»Schauen Sie, Sir, ich bin früh aus der Schule genommen und in die Fremde geschickt worden; da nehme ich mir denn selten heraus, das Schiffspatent des Kapitäns lesen zu wollen.«

»Aber demungeachtet, guter Mann, seid Ihr nicht ohne Eure Neigungen«, sagte Mistreß Wyllys mit Festigkeit, entschlossen, die Untersuchung weiter zu treiben, als ihr Gesellschafter beabsichtigen mochte.

»Kann nicht sagen, daß es mir an natürlichen Gefühlen gebricht, gnädige Frau,« erwiderte Fid, indem er sich bemühte, eine Probe von seiner Bewunderung des schönen Geschlechts in einem Kratzfuß gegen die Dame als deren Repräsentantin abzulegen, »ob mir zwar Durchkreuzungen und Unfälle quer über den Weg gekommen sind, was schon Vornehmern als mir geschehen ist. Ich hatte geglaubt, ein Notankertau könne nicht stärker angesplißt sein, als ich an Käthe Whiffle und sie an mich; aber ja, da kam's Gesetz mit seinen Ordonnanzen und Schiffsreglements, das hat dicht bei meinem Glück vorbei querüber aufgestochen und ohne weiteres alle Hoffnungen der Dirne in ein Wrack verwandelt, und mit den meinigen eine flämische Rechnung gemacht.«

»So? Es wurde bewiesen, daß sie schon einen Mann hatte, nicht wahr?« sagte der Rover, schlau mit dem Kopfe nickend.

»Vier, Ew. Gnaden. Die Dirne hatte Geschmack an Gesellschaft, und sie kannte keinen größeren Schmerz als ein leeres Haus. Aber was tat das? Mehr als einer von uns konnte doch nicht zu gleicher Zeit im Hafen sein; da hätte man keinen solchen Lärm um die Affäre machen sollen, als man gemacht hat. Aber es war nichts als Neid, Sir; Neid und die Habsucht der Landhaifische. Wenn sich ein jedes Weib in der Gemeinde so vieler Männer zu rühmen gehabt hätte, wie die Käthe, den Teufel auch würden sie den Richtern und Geschworenen die kostbare Zeit damit verdorben haben, daß sie sich drum kümmern mußten, auf welche Weise so eine Dirne ihre ruhige Haushaltung führte.«

»Und seit jener unglücklichen Zurückweisung hast du dich dem Heiraten ganz aus dem Wege gehalten?«

»Ja, ja; s e i t d e m , Ew. Gnaden,« erwiderte Fid und sah seinen Obern wieder mit einem jener drolligen Blicke an, in denen eine ganz eigene Schlauheit mit der schlichteren, geradezu gehenden Ehrlichkeit um die Herrschaft kämpfte; » s e i t d e m , wie Sie ganz richtig bemerken, Sir. Die Leute hatten freilich ihr Gerede von einer Kleinigkeit, die zwischen mir und einer anderen Weibsperson im Handel war, wie sie aber die Sache näher untersuchten, na, da fanden sie, daß es nicht viel anders war, als mit der armen Käthe; die Schiffsartikel wollten nicht stimmen, und sie konnten halter, sehen Sie, nichts aus mir machen. Da hat man mich denn durch und durch reingesprochen und, weißgetüncht wie das Zimmer einer Königin, laufen lassen.«

»Und das hat sich alles nach deiner Bekanntschaft mit Herrn Wilder zugetragen?«

»Vorher, halten zu Gnaden, vorher. War ja zu der Zeit noch weiter nichts als so ein Auflaufer, sintemalen es vierundzwanzig Jahre her ist, wenn der Mai wiederkommt, seit mich der junge Herr Harry an sein Schlepptau genommen hat. Da ich nun aber seit jenen Tagen eine Art von eigener Familie besitze, ei, wozu soll ich da einem anderen in die Hängematte kommen?«

»Wie, wolltet Ihr wirklich sagen, es sei schon vierundzwanzig Jahre, seit Ihr Herrn Wilders Bekanntschaft machtet?« unterbrach Mistreß Wyllys.

»Bekanntschaft! Du lieber Gott, gnädige Frau, der wußte zu jener Zeit wenig von Bekanntschaften; obgleich der liebe, gute Junge seitdem oft genug Gelegenheit gehabt hat, sich dran zu erinnern.«

»Das Zusammentreffen zweier Männer von so seltenem Verdienste muß gar nicht uninteressant gewesen sein«, bemerkte der Rover.

»Was das anbelangen tut, so war's hinlänglich interessant, Ew. Gnaden; aber das V e r d i e n s t dabei, sehen Sie, der junge Herr, der Harry, der will das immer mit in die Rechnung setzen, aber bei mir ist's ausgemacht, 's ist ganz und gar kein Verdienst dabei.«

»Ich gestehe, in einem Falle, wo zwei Männer, die beide ein so gutes Urteil haben, verschiedener Meinung sind, da fühle ich mich in Verlegenheit, wem ich recht geben soll. Freilich, wenn ich wüßte, wie alles hergegangen ist, so wär' ich vielleicht imstande, ein richtiges Urteil zu fällen.«

»Ew. Gnaden vergessen den Guinea, der ganz meiner Meinung in der Sache ist; der kann ebenfalls nicht sehen, wo das Verdienst im Dinge eigentlich stecken soll. Aber, wie Sie sagten, der einzige wahre Weg, zu wissen, wie geschwind ein Schiff geht, ist, das Log zu lesen; wenn also diese Dame und Ew. Gnaden gern hinter die Wahrheit der Sache kommen wollen, je nu, dann brauchen Sie's bloß zu sagen, so leg' ich's Ihnen alles vor in glaubwürdiger Sprache.«

»Aha! Dieser Vorschlag läßt sich hören«, versetzte der Rover und winkte seiner Gefährtin, daß sie ihm nach einem Platz auf der Hütte folgen möchte, wo sie den neugierigen Blicken der Leute weniger ausgesetzt wären. »Wohlan, wenn du uns jetzt das Ganze klar vor

Augen legst, so sollst du endlich Entscheidung bekommen, wie sich die Sache eigentlich und von Rechts wegen verhält.«

Fid war weit entfernt, die geringste Abneigung gegen die verlangte ausführliche Erzählung zu zeigen, und bis er sich hinlänglich geräuspert, den Mund mit frischen Tabaksblättern versehen und alle anderweitigen Vorkehrungen getroffen hatte, war es der Gouvernante gelungen, ihre Skrupel darüber zu beseitigen, inwiefern es recht sei, sich in die Geheimnisse anderer auf diese Weise einzustehlen, indem sie einer unwiderstehlichen Neugierde nachgab; sie nahm daher den Sitz ein, den ihr der Kapitän mit einer Handbewegung angeboten hatte.

Nachdem nun also alle Punkte in Richtigkeit gebracht waren, fing Fid folgendermaßen an: »Ich bin früh von meinem Vater zur See geschickt worden; er war ein Mann, der gleich mir mehr von seiner Zeit auf dem Wasser zubrachte als auf trockenem Boden, obgleich er, als ein bloßer Fischermann, das Land immer im Gesicht behielt, was freilich nicht vielmehr sagen will, als ganz und gar drauf zu leben. Jedennoch aber, als ich ging, machte ich ohne weiteres eine Reise in die weite, offene See, denn ich dublierte das Horn gleich in meinem allerersten Ausflug, was für einen neuen Anfängling, sehen Sie, keine kleine Reise ist; aber, sehen Sie, da ich nur erst acht Jahre alt war ...«

»Acht! Sprecht Ihr jetzt von Euch selber?« unterbrach die ungeduldige Gouvernante.

»Versteht sich, Madame; zwar könnte von Leuten gesprochen werden, die vornehmer sind, aber schwer wäre es, die Unterhaltung auf einen zu richten, der besser verstände, wie man ein Schiff auf- und abtakeln muß. Ich hätte beim rechten Ende meiner Geschichte angefangen, weil ich aber glaubte, die gnädige Frau verderbe sich nicht gern die Zeit mit Anhören von Dingen, die meinen Vater und meine Mutter betreffen, so machte ich's kurz und sprang gleich ins achte Jahr, ohne mich erst aufzuhalten bei meiner Geburt, Namen und dergleichen mehr, was gewöhnlich in den Alltagsgeschichten auf eine ganz ungebührliche Weise im Logbuch mir aufgeführt wird.«

»Fahret nur fort«, versetzte sie, als sie sah, daß nichts übrig blieb als geduldige Ergebung.

»Mir geht's ziemlich so wie einem Schiff, das eben vom Stapel laufen soll«; nahm Fid wieder auf. »Wenn's einen hübschen Anlauf tut und sich's nicht einklemmt noch reibt, rutsch! geht es ins Wasser, wie ein Segel, das man in einer Windstille losläßt; bleibt es aber erst einmal hängen, so gehört keine geringe Arbeit dazu, es wieder flott zu kriegen. Um nun meine Gedanken gehörig einzudämmen und die Geschichte geschmeidig zu machen, so daß ich glatt durchfahren kann, muß ich notwendig noch einmal das Tau durchlaufen, das ich soeben fahren ließ; das war also, wie mein Vater ein Fischermann war, und wie ich das Horn dublierte. – Halt! Nu hab' ich's wieder! Gut also, ich dublierte, wie gesagt, das Horn und mochte ungefähr, so drüber und drunter, vier Jahre zwischen den Inseln und Seen jener Gegenden gekreuzt haben, die, beiläufig gesagt, zu der Zeit keine von den besten waren, und was das anbelangen tut, es auch jetzt noch nicht sind. Hierauf machte ich in der königlichen Flotte den ganzen Krieg mit, wurde dreimal blessiert und erfocht soviel Ehre, als ich nur immer bequem unter die Luken packen konnte. Gut, damals traf ich mit dem Guinea zusammen – das ist der Schwarze, gnädige Frau, den sie dort einen neuen Geitaublock eindrehen sehen für das Steuerbord-Schotthorn des Focksegels.«

»Schon gut; da kamst du also mit dem Afrikaner zusammen«, sagte der Rover.

»Da war's, wo wir uns kennen lernten; und obgleich seine Farbe nicht weißer ist als der Rücken eines Walfisches, meinetwegen mag's hören, wer will, nächst dem jungen Herrn Harry, lebt keine ehrlichere Haut auf der See, und keiner, an dessen Gesellschaft ich mehr Vergnügen fände. Allerdings, Ew. Gnaden, der Kerl ist etwas rechthaberisch, hat eine große Meinung von seiner Stärke und glaubt, seinesgleichen sei in keiner Nocke auf 'ner Windseite oder in 'nem Bramsegeltuch zu finden, aber dafür ist's auch ein bloßer Schwarzer, und man muß nicht zu genau sein mit den Fehlern von Menschen, die nu mal nichts dafür können, daß sie unsere eigentliche Nebengeschöpfe nicht sind.«

»Nein, nein; das würde äußerst lieblos sein.«

»Just die Worte, die der Schiffskaplan an Bord der Fregatte ›Braunschweig‹ loszulassen pflegte. 's ist doch ganz was anderes, wenn man was in der Schule gelernt hat, Ew. Gnaden; denn wenn's auch zu weiter nichts taugt, so macht es einen doch geschickt, ein Bootsmann zu werden, und da ist man im besten Fahrwasser, um ohne alles Lavieren dem kürzesten Weg nach dem Himmel zuzusteuern. Aber wie gesagt, da wurde Guinea mein Schiffsgenosse und Freund, versteht sich, soweit sich's mit der Vernunft vertrug, für die nächsten fünf Jahre, und dann kam die Zeit, wo uns der Unfall des Schiffbruchs in Westindien begegnete.«

»Was für ein Schiffbruch?« fragte hier sein Oberer.

»Verzeihen Ew. Gnaden; ich schwenke niemals meine Vorderrahen, als bis ich gewiß weiß, daß das Schiff nicht wieder in den Wind hineinluvt. Ehe ich mich also auf das Nähere des Schiffbruchs einlasse, muß ich abermals meine Gedanken übersehen, ob auch nichts vergessen ist, was von Rechts wegen vorher erwähnt werden müßte.«

Als der Rover an den ungeduldigen Seitenblicken seiner Gesellschafterin und am ganzen Ausdruck ihres Gesichtes sah, wie sehr sie sich sehnte nach dem Erfolg der Erzählung, die mit so langsamen Schritten vorwärts rückte, und wie unangenehm ihr eine Unterbrechung sein würde, so gab er ihr einen bedeutsamen Wink, daß sie den schlichten Teer seinen eigenen Weg gehen lassen möchte, als das beste Mittel, endlich in den Besitz der Tatsachen zu kommen, die sie beide so sehnlich zu wissen wünschten. Fid, als man ihn nun nicht mehr unterbrach, wiederholte noch einmal alles Erzählte auf die ihm eigene, drollige Weise, und wie er nun zum Glücke fand, daß er nichts ausgelassen hätte, was nach seinem Ermessen mit der gegenwärtigen Geschichte in Verbindung stand, so ging er endlich zu dem wesentlicheren und dem, seinen Zuhörern wenigstens, bei weitem interessantesten Teil seiner Erzählung über.

»Gut,« fuhr er fort, »Guinea war damals, wie ich Ew. Gnaden schon sagte, an Bord der ›Proserpina‹, ein schnellsegelnder Zweiunddreißiger, an der Marsrahe angestellt, und ich gleichfalls; da stießen wir zwischen den Inseln und der spanischen See auf einen winzigen Schmuggler, aus dem der Kapitän ohne weiteres Prise machte und uns befahl, ihn in den Hafen zu schleppen, wozu er, wie ich nicht anders glauben kann, seine Order hatte, denn er war ein gescheiter Mann. Aber dem mag nu gewesen sein, wie ihm wolle, das Fahrzeug hatte seine längste Fahrt gemacht und strandete, als wir ungefähr ein paar Tagefahrten leewärts von unserem Hafen gekommen sein mochten, in einem schweren Orkan, der uns eingeholt hatte. Gut, 's war nur ein kleines Ding; und da es den Einfall bekam, sich erst auf die Seite zu legen, ehe es vollends schlafen ging, so glitten der Gehilfe, der des Schiffspatrons Stelle versah, und noch drei andere vom Verdeck runter in den Meeresboden. Hier war's, wo Guinea mir den ersten guten Dienst leistete; denn, obgleich wir früher schon oft Hunger und Durst mit 'nander gelitten hatten, so war doch dies das erstemal, wo er über Bord sprang, um zu verhüten, daß ich Salzwasser schluckte wie ein Fisch.«

»Das heißt, wenn er nicht gewesen wäre, wärst du mit den übrigen ertrunken.«

»Das will ich nu gerade nicht sagen, Ew. Gnaden; denn man kann nicht wissen, welcher glückliche Zufall mir denselben guten Dienst hätte leisten können. Nichtsdestoweniger, sintemalen ich nicht besser und nicht schlechter als eine Stangenkugel schwimmen kann, so bin ich immer geneigt gewesen, dem Schwarzen meine Rettung zuzuschreiben, obgleich wir niemals viel über die Sache gesprochen haben, und zwar aus keinem anderen Grunde, soviel ich absehen kann, als weil eben der Abrechnungstag bis jetzt noch nicht rangekommen ist. Gut, wir machten, daß wir das Boot vom Schmugglerschiff flott kriegten, und genug hinein, um die Seele im Leibe zu halten, dann steuerten wir, so schnell wir konnten, landwärts, da es doch nu mal mit dem Schmugglerschiffe aus und an keine weitere Fahrt darin zu denken war. Eine ausführliche Beschreibung von dem, was zum Dienst in einem Boote gehört, brauche ich der Dame hier wohl nicht zu geben, da es noch nicht lange her ist, daß sie selbst einige Erfahrung hierin machte; aber soviel kann ich ihr sagen: Ohne jenes Boot, in dem der Schwarze und ich an zehn Tage zubrachten, würde es ihr in ihrer neulichen Fahrt nicht sonderlich ergangen sein.«

»Erkläre dich deutlicher.«

»Mein Sinn ist deutlich genug, Ew. Gnaden; nämlich, daß wenig anderes, als die nette Manier, womit der junge Herr, der Harry, ein Boot regiert, die Barkasse des Bristoler Kauffahrers an dem Tage, wo wir Sie trafen, über Wasser hätte halten können.«

»Aber was hat Euer Schiffbruch für Zusammenhang mit der Erhaltung des Herrn Wilder?« fragte die Gouvernante, unfähig, die breite Erklärung des weitschweifigen Seemanns länger abzuwarten.

»Aber was hat Euer Schiffbruch für Zusammenhang meine gnädige Frau, wie Sie selbst sagen werden, wenn Sie erst den tragischen Teil meiner Erzählung werden gehört haben. Gut also, ich und Guinea, wir ruderten im Meere rum, hatten Mangel an allem, nur nicht an Arbeit, aber immer steuerten wir doch, quer durch, nach den Inseln zu; denn, sehen Sie, wenn wir uns auch nicht sonderlich auf den Kompaß verstanden, so konnten wir doch das Land riechen, und da holten wir denn wacker aus, wenn Sie bedenken, daß die Wette in diesem Rennen nichts Geringeres galt als das Leben, bis wir bei Morgenanbruch, als wär's ungefähr hier Ost zu Süden, ein kahlgeschorenes Schiff gewahr wurden, wenn anders ein Schiff kahl zu nennen ist, das nichts Besseres mehr aufrecht stehen hat, als die Stümpfe seiner drei Masten, und diese noch dazu ohne ein Stück Tau oder einen Fetzen Segel, woran man hätte sehen können, was für Takelage es führte, oder welcher Nation es angehörte. Aber nichtsdestoweniger ließ ich's mir von dem Guinea nicht nehmen, daß es ein wohlbetakeltes Schiff müsse gewesen sein, wegen der drei Stümpfe, und wie wir nahe genug rangekommen waren, um den Rumpf sehen zu können, erklärte ich geradezu, daß es in England gezimmert sei.«

»Ihr entertet es«, bemerkte der Rover.

»Das war keine schwere Arbeit, gnädiger Herr, sintemalen ein halbverhungerter Hund die ganze Bemannung war, die es aufstellen konnte, um uns davon abzuhalten. Es war ein feierlicher Anblick, als wir aufs Verdeck kamen, und so oft ich das Logbuch meines Gedächtnisses aufschlage,« fuhr Fid mit einer immer ernster werdenden Weise fort, »erschüttert es meine Männlichkeit.«

»Ihr fandet die Mannschaft in bitterem Mangel.«

»Wir fanden ein edles Schiff, so hilflos wie eine Heilbutte in einem Zuber. Da lag es, ein Zimmerwerk von vierhundert Tonnen Last oder drüber, von Wasser angefüllt, und unbeweglich wie 'ne Kirche. Es macht mich immer niedergeschlagen, Sir, wenn ich ein stattliches Schiff sehe, mit dem es mal soweit gekommen ist; denn, sehen Sie, man kann es vergleichen mit einem Mann, dem die Floßfedern abgeschoren sind, und der nachgerade für weiter nichts mehr taugt, als auf einen Krahnbalken gesetzt zu werden, um aufzupassen, wo 'ne Bö herkommt.«

»Das Schiff war also verlassen?«

»So war's; die Leute hatten sich entweder davon gemacht oder wurden in dem Sturme, der das Schiff umgelegt hatte, von den Wellen fortgespült; hab's niemals zur Gewißheit hierin bringen können. Der Hund mußte sich wohl auf dem Verdeck unnütz gemacht haben, weswegen man ihn wahrscheinlich auf ein Inholz trieb, und das hat ihn gerettet, da er zum Glücke auf der Windseite war, als der Rumpf sich wieder etwas in die Höhe hob, nachdem die Masten schon abgebrochen waren. Gut, Sir, da war also der Hund; sonstiges bekamen wir nicht viel zu sehen, obgleich wir einen halben Tag im Schiffe umherstöberten, in der Hoffnung, irgendeine Kleinigkeit zu finden, die uns von Nutzen sein könnte. Aber da der Raum und die Kajüte mit Wasser angefüllt waren, i nu, so mußte freilich unser Bergelohn spärlich genug ausfallen.«

»Und dann verließet Ihr das Wrack.«

»Noch nicht, gnädiger Herr. Wie wir so unter den Enden von Stricken und sonstigem Plunder, der das Deck belemmerte, rumsuchten, sagte Guinea, sagte er: ›Herr Dick, ich höre, wie jemand ihr miserables Geschrei drunten erheben.‹ Nu, Sir, sollen Sie wissen, daß ich das Kreischen wohl auch gehört hatte; aber ich nahm es für ausgemacht an, es seien die Geister der Mannschaft, die über ihren Verlust heulten, und schwieg aber still davon, um den Aberglauben des Schwarzen nicht aufzuregen; denn, sehen Sie, gnädige Frau, die Besten von ihnen bleiben am Ende doch nur abergläubische, unwissende Neger. Drum sagte ich nichts von dem, was ich hörte, bis er selbst davon anzufangen für gut dachte. Hierauf legten wir uns beide mit allem Fleiß aufs Lauschen; und wahrhaftig, das Gestöhn wurde immermehr menschengleich. Es dauerte jedoch eine geraume Zeit, ehe ich darüber mit mir einig werden konnte, ob es weiter was wäre als das Klagen des Schiffswracks selber; denn sie wissen, gnädige Frau, daß ein Schiff, ehe es untergeht, sein Wehklagen erhebt, so gut wie jedes andere lebendige Geschöpf.«

»Ich weiß es, ich weiß es«, erwiderte schaudernd die Gouvernante. »Ich habe sie gehört, und die Töne werden nie aus meinem Gedächtnis schwinden.«

»Jawohl, ich konnte mir denken, daß Sie von den Tönen auch eine Geschichte zu erzählen hätten; sie haben was Feierliches an sich, diese Töne. Doch da der Schiffsrumpf noch immer auf der Meeresoberfläche zu schlingern fortfuhr und keine weitere Zeichen gab, daß er sinken wolle, so dachte ich, es könnte nicht schaden, im Hinterteil ein Loch einzuhauen, um uns von da aus zu versichern, daß kein Unglücklicher etwa in seiner Matte hängen geblieben, als das Schiff sich auf die Seite legte. Ei nun, guter Wille und eine Axt halfen uns bald hinter das Geheimnis, von wem das Gejammer herkam.«

»Ihr fandet ein Kind?«

»Mit seiner Mutter, gnädige Frau. Der glückliche Zufall fügte es, daß sie sich in einer Kajüte auf der Windseite befanden, und das Wasser war noch nicht bis zu ihnen gedrungen. Verschlossene Luft und Hunger hatten jedoch fast denselben schlechten Dienst getan wie das Salzwasser. Die Frau war in den letzten Zügen, als wir sie rausbrachten, und was den Knaben anbetreffen tut, stattlich und kräftig, wie Sie ihn dort auf der Kanone sehen, gnädige Frau, so war er Ihnen so miserabel, daß es nicht wenig Mühe kostete, bis er einen Tropfen Wein und Wasser schlucken lernte, was der liebe Gott uns übrig gelassen hatte, damit, wie ich seitdem steif und fest glaube, der Junge einmal der Stolz des Ozeans werden möchte, was er denn in diesem Augenblick auch wirklich ist.«

»Aber die Mutter?«

»Die Mutter! Die hatte den einzigen Bissen Zwieback, den sie noch hatte, dem Kinde gegeben, und starb, damit der Kiekindiewelt am Leben bliebe. Ich hab' niemals ganz klug draus werden können, gnädige Frau, wie ein Weib, das doch, wenn's auf Stärke ankommt, nicht viel besser ist wie ein Laskar, und wenn es Mut gilt, nicht besser wie ein verhätscheltes Muttersöhnchen, bei dergleichen Gelegenheiten imstande sein kann, so ruhig das Leben fahren zu lassen, wo doch mancher rüstige Seemann um jeden Mundvoll Luft, den der liebe Gott aus Gnaden schenkt, bis aufs Blut fechten würde. Aber da saß sie, weiß wie das Segeltuch, das der Sturm zerzauste, und alle Glieder hängen lassend, wie eine Flagge in einer Windstille, den abgemagerten, schwachen Arm um das Kind geschlungen, und in der Hand den einzigen Bissen, der ihr die Seele noch eine Weile im Leibe hätte halten können.«

»Womit war sie beschäftigt, als Ihr sie heraus an das Tageslicht gebracht?«

»Womit sie beschäftigt war?« wiederholte Fid, dessen Stimme hier rauh und heiser wurde, »i nu, es war ein verzweifelt ehrliches Stück Beschäftigung; sie gab dem Knaben die Krume und winkte, so gut wie es eine Frau in den letzten Zügen vermochte, daß wir ein Auge auf ihn haben möchten ... bis die Fahrt des Lebens vorüber war.«

»Und das war alles?«

»Ich hab' immer geglaubt, daß sie noch betete; denn was muß zwischen ihr und Einem, der nicht zu sehen war, vorgegangen sein, nach der Manier zu urteilen, wie ihre Augen aufwärts gerichtet waren, und wie sich ihre Lippen bewegten. Ich hoffe, sie hat unter andern auch für einen gewissen Richard Fid ein gutes Wort eingelegt; denn das ist gewiß, wenn irgendeiner nicht nötig hat, für sich selbst zu bitten, so war's sie's. Aber was sie sprach, wird wohl niemand erfahren, sintemalen ihr Mund sich von der Zeit an auf immer geschlossen.«

»Sie starb!«

»Es tut mir leid, daß ich's sagen muß, ja. – Aber die arme Frau konnte nichts mehr zu sich nehmen, als sie in unsere Hände kam, und überdies hätten wir ihr auch nur wenig geben können. Ein Quart Wasser, mit ungefähr einer Viertelpinte Wein, ein Zwieback und eine Handvoll Reis, war keine übergroße Portion für zwei gesunde Kerle, die ein Boot etliche und siebenzig Seestunden innerhalb der Wendepunkte fortrudern sollten. Als wir nun sahen, daß nichts weiter auf dem Wrack zu suchen war, und daß es, nu rasch zu sinken anfing, da die Luft durch das Loch, das wir eingehauen hatten, rausgelassen war, so hielten wir's für geraten, uns davon zu machen. Und, meiner Treu! Es war nicht im geringsten zu früh, denn es ging unter, just als wir unser Boot soweit gerudert hatten, daß der Strudel es nicht mehr anziehen konnte.«

»Und der Knabe, das arme, verlassene Kind!« rief die Gouvernante, deren tränenvollen Augen jetzt zwei große Tropfen entquollen.

»Da steuern Sie auf ganz unrichtigem Pfade, gnädige Frau. Weit entfernt davon ihn zu verlassen, nahmen wir ihn mit, wie auch das einzige, andere lebendige Geschöpf, das auf dem Wrack zu finden war. Allein, wir hatten noch eine lange Reise vor uns, und, was das Übel ärger machte, das Kielwasser der Kauffahrer verloren. Ich erklärte also, unser Fall mache einen allgemeinen Schiffsrat notwendig; der bestand nu freilich bloß aus mir und dem Schwarzen, sintemalen der Junge zum Sprechen zu schwach war, und auch in unserer Lage nicht viel anderes hätte vorbringen können. So fing ich denn selber an: Guinea, sagte ich, wir müssen entweder den Hund hier oder den Knaben hier essen. Essen wir den Knaben, so sind wir nicht besser, als das Volk bei dir zu Hause, das, wie Sie wissen, gnädige Frau, lauter Kannibalen sind; essen wir den Hund, mager wie er ist, so kriegen wir vielleicht so viel raus, daß wir Seele und Leib zusammenhalten und dem Knaben das übrige geben können. So sagte der Guinea, sagt er: Ich gar nichts essen brauchen, dem Knaben die Speise lieber geben, sagt er, denn er klein ist und fehlt ihm an Kräfte. – Indessen, dem jungen Herrn, dem Harry, wollte der Hund nicht sonderlich behagen, der bald zwischen uns alle wurde, denn warum, er war gar zu dünn. Wie das vorbei war, gab's für uns beide eine hungrige Zeit; denn wenn wir das Leben in dem Jungen nicht festgehalten hätten, so wär's uns durch die Finger geschlüpft, sehen Sie.«

»Und Ihr nährtet also das Kind, indem Ihr selbst fastetet?«

»Nein, ganz müßig waren wir gerade nicht, gnädige Frau; unsere Zähne übten sich wacker an der Haut des Hundes, obgleich ich nicht behaupten will, daß die Kost zu schmackhaft gewesen wäre. Fürs zweite, da uns das Essen nicht viel Zeit wegnahm, so hielten wir uns um so lebhafter ans Rudern. Gut, nach einiger Zeit erreichten wir eine der Inseln, aber freilich konnte weder der Neger noch ich uns auf Stärke oder Gewicht viel zugute tun, als wir die erste Küche, auf die wir stießen, zu Gesicht bekamen.«

»Und das Kind?«

»O, der Junge befand sich ziemlich wohl; denn, wie uns nachher die Doktors sagten, die kleine Portion, die auf sein Teil fiel, hatte ihm nicht geschadet.«

»Suchtet Ihr seine natürlichen Freunde nicht auf?«

»Ei nu, was das anbetrifft, gnädige Frau, soweit ich wenigstens entdecken konnte, so war er eigentlich schon bei seinen besten Freunden. Wir hatten weder Seekarten, noch eine Liste der Landungsplätze bei uns, wonach wir hätten steuern können, um seine Familie ausfindig zu machen. Er nannte sich Master Harry, ein Beweis, daß er von vornehmer Geburt sein mußte, wie man ihn denn auch nur anzusehen braucht, um davon überzeugt zu sein; sonst aber konnte ich über seine Verwandten, Vaterland und dergleichen kein Wort mehr erfahren. Da er indessen Englisch sprach und in einem englischen Schiffe gefunden wurde, so steht, aller natürlichen Ursache nach zu vermuten, daß er in England gezimmert ist.«

»Habt Ihr den Namen des Schiffes nicht erfahren können?« fragte der aufmerksame Rover, in dessen Gesicht der Zug der lebendigsten Teilnahme auf das Deutlichste zu unterscheiden war.

»Schauen Ew. Gnaden, was das anbelangen tut, so waren Schulen in meiner Gegend nicht sehr häufig; und in Afrika ist, wie Sie wissen, auch nicht viel Erhebliches von Gelehrsamkeit anzutreffen, so daß, wenn der Name des Schiffes auch noch über Wasser gewesen wäre, was er aber nicht war, wir mit dem Lesen doch nicht hätten zurecht kommen können. Dafür aber war ein Schlageimer, der wahrscheinlich auf dem Verdeck herumfuhr, glücklicherweise in den Pumplöchern festsitzen geblieben und ging also nicht über Bord, als bis wir ihn mitnahmen. Gut, auf dieser Putse war ein Name gemalt; und wie wir Zeit dazu hatten, ließ ich den Guinea, der ein natürliches Talent zum Tätowieren besitzt, mir den Namen mit Schießpulver in den Arm einreiben, als den kürzesten Weg, dergleichen Kleinigkeiten ins Logbuch einzutragen. Ew. Gnaden sollen sehen, wie der Schwarze mit dem Abschreiben fertig geworden ist.«

Hierbei zog Fid ganz ruhig seine Schiffsjacke aus und entblößte bis zum Ellbogen hinauf einen seiner stämmigen Arme, auf dem die bläuliche Inschrift noch sehr deutlich stand. Obgleich die Buchstaben nur sehr roh auf dem Fleische nachgeahmt waren, so war es doch nicht schwer, die Worte zu lesen: »Arche von Lynnhaven.«

»Hier hattet Ihr also gleich einen Schlüssel zur Auffindung der Verwandten des Knaben«, bemerkte der Rover, nachdem er die Schrift entziffert hatte.

»Es scheint doch nicht, Ew. Gnaden, denn wir nahmen das Kind mit uns an Bord der Proserpina, und unser würdiger Kapitän spannte alle Segel nach den Leuten aus; allein niemand konnte uns irgendeine Nachricht geben von so einem Fahrzeuge, wie die Arche von Lynnhaven, und nach einem Zwölfmond oder drüber mußten wir die Jagd aufgeben.«

»Konnte das Kind selbst nichts über seine Verwandten berichten?« fragte die Erzieherin.

»Nur weniges, gnädige Frau; aus dem einfachen Grunde, weil es nur wenig über sich selbst wußte. Daher gaben wir denn die Sache endlich ganz auf und machten uns selbst, das heißt, ich, der Guinea, der Kapitän samt allen übrigen, daran, dem Knaben Erziehung zu geben. Sein Seemannshandwerk hat er vom Schwarzen und mir gelernt, vielleicht auch etwas von seinen guten Sitten. Seine Schiffahrerkunst und Lateinisch aber, das hat er vom Kapitän, der sein Freund geworden ist, bis zu der Zeit, wo er für sich selber sorgen konnte, und, kann wohl sein, auch noch einige Jahre nachher.«

»Und wie lange blieb Herr Wilder in einem königlichen Schiff?« fragte der Rover nachlässig und scheinbar auf eine gleichgültige Weise.

»Lange genug, um alles zu lernen, was dort gelehrt wird, Ew. Gnaden«, war die ausweichende Erwiderung.

»Er hat es wohl bis zum Offizier gebracht?«

»Wenn das nicht ist, so verliert der König am meisten bei dem Handel. – Doch was seh' ich da von der Seite, zwischen der Pardune und dem Geerdentau; es sieht aus wie ein Segel, oder ist's nur eine Möwe, die die Flügel schwingt, ehe sie aufsteigt?«

»Segel, ho!« rief der Matrose im Mastkorbe.

»Segel, ho!« ging's wie ein Echo vom Topp bis zum Deck herunter, indem der schimmernde, obgleich entfernte Gegenstand von einem Dutzend spähender Augen in einem und demselben Moment erblickt wurde. Einem so oft wiederholten Rufe konnte der Rover seine Aufmerksamkeit nicht vorenthalten, und Fid benutzte den Umstand, um von der Hütte zu springen, was er mit einer Hast tat, die wohl bewies, daß ihm die Unterbrechung gar nicht unangenehm war. Hier erhob sich auch die Gouvernante und suchte, gedankenvoll und traurig, die Einsamkeit ihrer Kajüte.

Fünfundzwanzigstes Kapitel.

»Segel ho!« war in der wenig besuchten See, wo der Korsar lag, ein Ruf, der im Busen seiner Mannschaft jeden langsamern Herzensschlag belebte. Viele Wochen waren nun, nach ihrer Berechnungsweise, mit den schwärmerischen und profitlosen Plänen ihres Obern vollkommen nutzlos zugebracht worden. Sie waren keineswegs in einer Laune, um die unabänderlichen Bestimmungen des Geschickes, die das Bristoler Kauffahrteischiff ihrem Netze entführte, mit in Anschlag zu bringen; für diese rohen Naturen war es genug, daß ihnen der reiche Fang einmal entgangen war. Ohne sich erst auf Untersuchung der Ursachen dieses Verlustes einzulassen, suhlten sie sich nur zu sehr geneigt, den unschuldigen Offizier, dem ein Fahrzeug anvertraut war, daß sie schon als ihre Prise betrachteten, ihre getäuschten Erwartungen schwer entgelten zu lassen. Jetzt also zeigte sich endlich eine Gelegenheit, den Verlust zu vergüten. Das fremde Segel war im Begriff, in einer Gegend der See mit ihnen handgemein zu werden, wo Hilfe eine so gut wie vergebliche Hoffnung war, und wo die Freibeuter Zeit genug hatten, jeden errungenen Sieg bis zum Äußersten zu benutzen. Jeder von den Schiffsgenossen schien eine Idee von diesen Vorteilen zu haben; und wie die Worte vom Maste bis zu den Rahen, von den Rahen bis aufs Verdeck hinabtönten, wurden sie von mehr als fünfzig Stimmen wiederholt, bis sie wie ein heiteres, vieltöniges Echo in den abgelegensten, innersten Teilen des Schiffes widerhallten.

Der rote Freibeuter selbst bezeugte mehr als gewöhnliches Vergnügen bei dieser Aussicht auf eine Prise. Ihm entging keineswegs, daß irgendeine glänzende oder gewinnbringende Tat auszuführen unumgänglich notwendig sei, um die erregten Gemüter seiner Leute zu beschwichtigen; und lange Erfahrung hatte ihn gelehrt, daß er die Zügel der Mannszucht niemals straffer spannen durfte, als in solchen Augenblicken, die offenbar die Ausübung seines persönlichen hohen Mutes und die Anwendung seiner vollendeten Kenntnisse erforderten. Er schritt daher zu den Leuten in den Vorderraum mit einem nicht mehr von Zurückhaltung umwölkten Gesicht, sprach mit mehreren, indem er sie beim Namen anredete, ja, verschmähte es nicht, sie um ihre Meinungen über das Segel in der Ferne zu befragen. Auf diese Weise wußte er ihnen stillschweigend die Versicherung beizubringen, daß ihr neuliches meuterisches Betragen nicht gerügt werden sollte; und nun ließ er Wildern, den General und einen oder zwei von den anderen höheren Offizieren zu sich aufs Verdeck der Hütte entbieten, wo sie sich alle anschickten, mit Hilfe eines halben Dutzends vortrefflicher Ferngläser genauere und zuverlässigere Beobachtungen anzustellen.

Eine geraume Weile wurde jetzt in stiller, angestrengter Untersuchung zugebracht. Der Himmel war frei von Wolken, der Wind frisch, ohne stürmisch zu sein, die See ging in langen, gleichmäßigen und keineswegs hohen Wellen, kurz, alle Umstände vereinigten sich, sofern eine solche Vereinigung auf dem rastlosen Ozean nur möglich ist, nicht nur, um ihr Spähen zu unterstützen, sondern auch die Evolutionen zu begünstigen, von denen es mit jedem Augenblicke wahrscheinlicher wurde, daß sie unumgänglich nötig sein und bald erfolgen würden.

»Es ist ein Schiff!« rief der Rover, der erste, der das Fernrohr vom Auge nahm und das Ergebnis seines langen und genauen Forschens verkündete.

»Es ist ein Schiff!« widerhallte es von dem Munde des Generals, der, trotz der Gewalt, die er gewöhnlich über seine Gesichtszüge besaß, ein lebendiges Aufglänzen der Freude nicht ganz unterdrücken konnte.

»Ein vollständig aufgetakeltes Schiff!« setzte ein dritter hinzu, indem er ebenfalls das Glas vom Auge nahm und das grimmige Lächeln des Soldaten erwiderte.

»So viele stolze Segelbäume führen gewiß keine Kleinigkeit«, nahm ihr Kommandeur das Wort wieder auf. »Sie haben ein Schiff von Wert unter sich. – Doch Sie sagen ja nichts, Herr Wilder! Wofür halten Sie es?«

»Für ein Schiff von mehr als gewöhnlicher Größe«, erwiderte unser Abenteurer, der, obgleich er bis jetzt geschwiegen hatte, weit davon entfernt war, bei seiner Untersuchung geringeres Interesse als die übrigen zu fühlen – »Trügt mich mein Fernglas ... oder ...«

»Oder was, Sir?«

»Mir ist es schon bis zum Anfang seiner großen Untersegel sichtbar.«

»Sie sehen es wie ich. Es ist ein stattliches Schiff, das seine Rahesegeltaue leicht handhabt und aufgesetzt hat, was nur immer ziehen will. Und seine Richtung ist gerade auf uns zu. Seine unteren Segel sind innerhalb dieser letzten fünf Minuten aufgezogen worden.«

»Das dacht' ich mir auch. Aber ...«

»Aber was, Sir? Es kann nur geringem Zweifel unterliegen, daß es Nord bei Ost einsetzt. Wohlan, da es so gütig ist, uns die Mühe des Jagdmachens zu ersparen, so brauchen wir uns um so weniger mit unseren Bewegungen zu beeilen. Mag es herankommen! Wie gefällt Ihnen das Avancieren des Fremden, General?«

»Nicht sehr militärisch, aber außerordentlich lockend! Man kann ihm die Goldbergwerke schon an den Bramsegeln ansehen.«

»Und Sie, meine Herren, sehen Sie ebenfalls die Manier einer Galione an seinen oberen Segeln?«

»Es ist nichts Unvernünftiges in der Annahme«, antwortete einer der Subalternen. »Es heißt, die Dons machen oft die Fahrt durch diese Gewässer, um uns Herren, die wir mit selbstausgestellten Kaperbriefen segeln, nicht sprechen zu müssen.«

»Ah! Ein Don ist Euch ein Fürst der Erde? Aus purer Liebe schon muß man ihm die goldene Bürde leichter machen, damit der Segler nicht drunter sinke, wie die römische Matrone unter der Wucht der Sabinerschilde. Nicht wahr, Herr Wilder, Sie können nichts von jener goldenen Schönheit an dem Fremden entdecken?«

»Es ist ein schweres Schiff!« »Um so wahrscheinlicher führt es eine edle Fracht. Sie sind neu, Sir, in diesem unserem lustigen Handwerk, sonst würden Sie wissen, daß Größe eine Eigenschaft ist, die wir immer an den uns Besuchenden vorzüglich schätzen. Führen sie königliche Flaggen, so überlassen wir ihnen nach geschehener Begrüßung Zeit, über den oft langen Weg zwischen Löffel und Mund ihre Betrachtungen anzustellen: und sind sie mit keinem gefährlicheren Metall angestaut, als dem aus den Minen von Potosi, so segeln sie in der Regel um so schneller, nachdem sie ein paar Stunden in unserer Gesellschaft zugebracht haben.«

»Hängt der Fremde nicht Signale aus?« – fragte Wilder gedankenvoll.

»Sieht er uns so bald schon? – Es gehört eine aufmerksame Wache dazu, ein Fahrzeug, das nur seine Stabsegel los hat, aus solcher Ferne zu entdecken. Wer so auf seiner Hut ist, der führt ganz gewiß eine kostbare Ladung.«

Es folgte eine Pause, während der alle, dem Beispiele Wilders folgend, die Fernrohre von neuem ansetzten und nach dem Fremden schauten. Die Meinungen fielen verschieden aus: einige bestätigten, andere bezweifelten den Umstand von ausgehängten Signalen. Der Rover selbst beobachtete scharf und anhaltend, äußerte aber keine Meinung.

»Wir haben uns die Augen abgemüdet, so daß uns die Gesichtsgegenstände ineinanderschillern«, sagte er endlich. »Ich habe es von Nutzen gefunden, frische Organe zu Hilfe zu rufen, wenn die meinigen mir den Dienst versagten. Komm her, Junge«, fuhr er fort, indem er einen Mann anredete, der auf der Hütte unweit des Flecks, wo die Gruppe von Offizieren stand, mit einem künstlichen Stück Matrosenarbeit beschäftigt war. »Komm her: sag' mir, was du an dem Segel hier, vom südwestlichen Bord aus, entdeckst?«

Der Mann, der wegen seiner Geschicklichkeit zur Ausführung dieses Auftrags gewählt wurde, war kein anderer als Scipio. Er legte seine Mütze aufs Verdeck mit einer Ehrfurcht, die noch tiefer war, als der Seemann in der Regel gegen seine Oberen bezeigt, dann hielt er mit der einen Hand das Glas vors rechte Auge, während er mit der anderen Hand das linke bedeckte. Aber kaum hatte er mit dem schwankenden Instrumente den fernen Gegenstand getroffen, so ließ er es sinken und heftete den Blick mit einer Art von verblüffter Verwunderung auf Wilder.

»Hast du das Segel gesehen?« fragte der Rover.

»Herr, ihn kann sehen mit dem Aug' nackt.«

»Gut, aber was entdeckst du daran mit Hilfe des Fernrohrs?«

»Er ein Schiff is, Sir.«

»Wahr. Welche Richtung?«

»Er die Steuerbordsegel auf hat, Sir.«

»Auch wahr. Hat er aber Signale aufgezogen?«

»Er die drei neue Stück Tücher in die große Bramsegel hat, Sir.«

»Um so besser für ihn, wenn seine Segel hübsch ausgebessert sind. Hast du aber seine Flaggen gesehen?«

»Er Flaggen keine zeigen tut, Herr.«

»Das dacht' ich mir auch. Geh' wieder in den Vorderraum, Junge – halt – man kommt oft auf die Wahrheit, indem man sie da sucht, wo man sie nicht vermutet. Welche Größe glaubst du, hat das fremde Schiff?«

»Er just siebenhundertundfünfzig Tonnen, Herr.«

»Was ist das, die Zunge Ihres Negers, Herr Wilder, ist genau wie das Winkelmaß eines Zimmermanns. Der Kerl gibt die Größe eines Schiffes, dessen Rumpf noch gar nicht zu sehen ist, gerade so absprechend und bestimmt an, wie es nur immer von einem königlichen Zolleinnehmer geschehen könnte, nachdem er das Schiff amtlich gemessen hätte.«

»Sie werden die Unwissenheit des Schwarzen berücksichtigen; Menschen in seinem unglücklichen Zustande sind selten geschickt, Fragen zu beantworten.«

»Unwissenheit!« wiederholte der Rover und schoß den unruhigen Blick mit einer ihm eigentümlichen Schnelligkeit bald auf den einen, bald auf den anderen und dann auf den am Horizont emporsteigenden Gegenstand: »Ich weiß nicht; der Mensch sieht nicht aus als ob er zweifelte. – Und du glaubst, seine Lastfähigkeit sei durchaus nicht größer und nicht geringer, als du angegeben hast?«

Die großen dunklen Augen Scipios rollten abwechselnd von seinem neuen Obern auf seinen früheren Herrn, während seine Seelenvermögen in eine unauflösbare Verwirrung geraten zu sein schienen. Doch diese Ungewißheit dauerte nur einen Augenblick. Kaum las er den finstern Zorn, der sich auf Wilders gefurchter Stirn zusammenzog, so trat an die Stelle der Zuversichtlichkeit, womit er seine vorige Meinung ausgesprochen hatte, ein Blick von so hartnäckiger Zurückhaltung, daß man alle Hoffnung aufgeben mußte, ihn durch gute oder böse Worte jemals wieder auch nur zu dem Schein eigenen Denkens zu vermögen.

»Ich verlange zu wissen, ob der Fremde nicht ein Dutzend Tonnen größer oder kleiner sein könne, als du genannt hast?« fuhr der Rover fort, als er fand, daß er auf seine erste Frage wahrscheinlich nicht sobald eine Antwort erhalten würde.

»Er just is, wie Herr wünscht«, erwiderte Scipio.

»Nun, dann wünsche ich, daß er tausend Tonnen groß sei; um so reicher wäre die Prise.«

»Ich ihn halte gerade für Dausent, Sir.«

»Ein nettes Schiff von dreihundert, mit Gold angefüllt, wäre zwar auch nicht zu verachten.«

»Er aussieht sehr wie ein Dreihunderter.«

»Mir scheint es eine Brigg zu sein.«

»Ich ihn auch für einen Brick halte, Sir.« »Kann am Ende auch sein, daß der Fremde ein Schoner ist, mit vielen hohen und leichten Segeln.«

»Ein Schuner oft ein Bramsegel führt«, erwiderte der Schwarze, entschlossen, sich durchaus in alles, was der andere sagte, zu fügen.

»Wer weiß, ob es überhaupt ein Segel ist! He, da vorne! Es kann nicht schaden, über einen so wichtigen Gegenstand mehr als eine Meinung anzuhören. Heda, im Vorderraume, Ihr, schickt einmal vom Vormars den Matrosen, namens Fid, aufs Hüttendeck herab. Ihre Begleiter, Herr Wilder, sind so verständig und so treu, daß es Sie nicht wundernehmen muß, wenn mich etwas mehr als gebührlich nach ihrer Belehrung verlangt.«

Wilder drückte die Lippen zusammen, und der Rest der Gruppe bezeigte nicht wenig Erstaunen. Diese waren indes schon zu lange an die Kapricen ihres Kommandeurs gewöhnt, und jener zu weise, als daß sie in einem Augenblicke, wo seine Reizbarkeit die höchste Spitze erstiegen zu haben schien, Einrede für ratsam erachtet hätten. Indessen dauerte es nicht lange, bis der Toppgast erschien, worauf der Kommandant das Schweigen brach und also fortfuhr:

»Du hältst es also für zweifelhaft, Scipio, ob's überhaupt ein Segel ist?«

»Er g'wiß nichts is als so 'n Ding, das wegfliegt«, erwiderte der hartnäckige Schwarze.

»Ihr hört, was Euer Freund, der Neger sagte, Herr Fid; er glaubt, der Gegenstand dort, leewärts, der so schnell zu Gesicht steigt, sei gar kein Segel.«

Da der Toppgast keinen hinlänglichen Grund sah, sein Erstaunen über diese närrische Meinung zu verbergen, so legte er es mit allen den Verschönerungen an den Tag, die dem Individuum, von dem wir sprechen, bei jeder lebhaften Gemütsbewegung so natürlich waren. Nachdem er einen kurzen Blick nach der Richtung des fremden Schiffes hin getan hatte, um sich zu überzeugen, daß auch wirklich keine Täuschung vorhanden sei, wendete er die Augen mit großem Unwillen aus Scipio, als wollte er die Ehre der Kameradschaft durch einige Geringschätzung der Unwissenheit des Kameraden selbst retten.

»Und was zum Teufel ist es denn, du Guinea? Eine Kirche?«

»Ich glaube er 'ne Kirche is«, wiederholte der beifällige Schwarze wie ein Echo.

»Gott steh' dem schwarzhäutigen Narren bei! Ew. Gnaden ist bekannt, daß das Gewissen in Afrika ganz verflucht verwahrlost wird, und werden den Neger nicht zu hart beurteilen, wegen eines kleinen Schnitzers, den er vielleicht in bezug auf seine Religion machen tut. Aber der Kerl ist ein ausgemachter Seemann und sollte ein Bramsegel von einem Turmknopfe unterscheiden können. Sieh, Siv, zur Ehre deiner Freunde, wenn dich dein eigener Stolz nicht rührt, sag' Seiner...«

»Ist schon gut!« unterbrach ihn der Rover. »Nehmt Ihr das Fernglas, und gebt Euer eigenes Dafürhalten über das Segel vor uns.«

Fid machte einen langen Kratzfuß und tiefen Bückling zum Dank für das Kompliment; hierauf legte er seinen kleinen teerleinwandenen Hut aufs Hüttendeck und setzte gemächlich, und wie er sich schmeichelte, kennermäßig seine Person in Positur zu der verlangten Operation. Der Toppgast schaute weit anhaltender, wahrscheinlich also auch viel genauer als der ihm befreundete Schwarze. Statt jedoch gleich mit seinem Gutachten herauszuplatzen, senkte er, nachdem sein Auge müde war, das Glas und zugleich auch den

Kopf und stand da in der Stellung eines Menschen, dem sich ein Gegenstand von großer Wichtigkeit zum Nachdenken plötzlich aufdrängt. Während dieses Denkprozesses passierte das Tabakskraut in seinem Munde mit ungewöhnlicher Schnelligkeit von Wange zu Wange; die eine Hand steckte er quer in die Weste, gleichsam als wolle er alle seine Seelenkräfte bei einer ganz außerordentlichen inneren Anstrengung zum Beistand aufrufen.

»Ich warte auf Eure Meinung«, nahm der ihm zusehende Kommandeur seine Rede wieder auf, als er glaubte, die Pause sei lang genug gewesen, um selbst das Urteil eines Richard Fid zur Reife zu bringen,

»Wollen Ew. Gnaden mir bloß sagen, was das heut wohl für ein Tag im Monat ist, und, wenn's angeht, zugleich auch den Tag der Woche, wenn es Ihnen nicht zuviel Mühe macht.«

Seine beiden Fragen wurden ohne Verzug beantwortet.

»Wir hatten den Wind Ost zum Süd am ersten Tag der Fahrt, dann setzte er nachts um und blies schußweise Nordwest, wo er sich hielt, mag sein eine Woche lang. Drauf kam ein irländischer Orkan, gerade von oben herunter, einen Tag: dann sind wir in diese Passatwinde hier hineingeraten, die all die Zeit über so unabänderlich angehalten haben wie ein Schiffskaplan bei einer Bowle Punsch.«

Hier schloß der Toppgast seinen Monolog, um den Tabak wieder in Bewegung zu setzen, indem es ihm nicht gelingen wollte, den Kau- und Sprechprozeß zu vereinbaren.

»Nun, was hältst du von dem Fremden?« fragte der Rover etwas ungeduldig.

»'s ist keine Kirche, soviel ist gewiß, Ew. Gnaden«, sagte Fid mit großer Bestimmtheit.

»Läßt er Signale flattern?«

»Er spricht vielleicht durch seine Flaggen, aber zu wissen, was er eigentlich sagen wollen tut, dazu gehört ein größerer Gelehrter als Richard Fid. Soviel ich sehen kann, hat er drei neue Stücke Leinwand in seinem großen Oberbramsegel, aber kein Flaggentuch.«

»Das Schiff ist glücklich, daß sein Segeltuch so gut imstande ist. Herr Wilder, sehen auch S i e die dunkleren Stücke Leinwand, von denen die Rede ist?«

»Es ist allerdings Leinwand, die man versucht wird, für später aufgezogen zu halten, als die übrige. Ich glaube, ich habe sie vorher, als die Sonne auf das Segel schien, aus Irrtum für Signale genommen.«

»Dann sieht man uns noch nicht, und wir können noch eine Zeitlang ruhig vor Anker bleiben, obgleich wir den Vorteil vorausbaben, daß wir dem Fremden Fuß vor Fuß, bis zu den neuen Tüchern in seinem Bramsegel hinauf messen können.«

Der Ton, in dem der Rover sprach, war seltsam zwischen Satire und Argwohn geteilt. Eine ungeduldige Bewegung, die er nun machte, zeigte den beiden Matrosen an, daß sie die Hütte verlassen sollten. Als er sich wieder allein mit seinen Offizieren sah, die sprachlos und voller Ehrfurcht da standen, wandte er sich zu ihnen und setzte seine Rede auf eine Weise fort, die zugleich ernst und begütigend war:

»Meine Herren, unsere Muße hat ein Ende; das Glück hat uns wieder in den Pfad regsamer Tätigkeit geführt. Ob das Schiff vor uns genau siebenhundertundfünfzig Tonnen groß sei, ist mehr als ich zu behaupten imstande bin, aber etwas gibt es, was jeder Seemann wissen kann. Aus der Art, wie dessen obere Rahen gebraßt sind, an ihrem Ebenmaß, endlich an der Wucht von Leinwand, die es im Winde führt, erkenne und erkläre ich, daß es ein Kriegsschiff ist. Ist irgend jemand anderer Meinung? Herr Wilder sprechen Sie.«

»Ich fühle die Wahrheit aller Ihrer Gründe und stimme Ihnen bei.«

Das finstere Mißtrauen, das sich während des vorhergehenden Auftritts auf der Stirn des Rover verbreitet hatte, hellte sich um einen Schatten auf, als er die unumwundene, offene Aussage seines ersten Leutnants hörte.

»Sie glauben also, daß es eine königliche Flagge führe! Diese männliche Festigkeit in Ihrer Antwort gefällt mir. Der nächste Punkt, den wir nun zu überlegen haben, ist: Sollen wir uns mit dem Schiff in ein Gefecht einlassen?«

Nicht so leicht war es, auch auf diese Frage eine bestimmte Antwort zu geben. Jeder Offizier wollte erst in den Augen seiner Kameraden deren Meinung lesen, ehe er selbst eine gab; daher hielt es der Kommandeur für gut, seine Anfrage persönlicher zu stellen:

»Wohlan, General, hier ist ein Punkt, der sich ganz besonders für Ihre Weisheit eignet. Sollen wir einer königlichen Flagge den Kampf anbieten? Oder die Flügel ausbreiten und uns davonmachen?«

»Auf die Retirade sind meine Hunde nicht einexerziert. Geben Sie ihnen jedes andere Stück Arbeit, und ich verbürge mich dafür, daß sie standhalten.«

»Sollen wir uns aber in ein Wagnis einlassen, ohne hinlänglichen Grund dazu?«

»Der Spanier schickt seine Goldbarren oft unter der Larve eines bewaffneten Kreuzers nach Hause«, bemerkte einer der Subalternen, dem selten ein Risiko behagte, das keine Aussicht auf eine verhältnismäßige Beute darbot. »Lassen Sie uns dem Fremden erst den Puls fühlen; führt er noch etwas außer seinen Kanonen, so wird er es verraten durch seine Abgeneigtheit, uns zu sprechen; ist er aber arm, so werden wir ihn kampflustig finden wie einen halbsatten Tiger.«

»Ihr Rat ist vernünftig, Brace, er soll berücksichtigt werden. So gehen Sie also, meine Herren, jeder an seinen Posten. Die halbe Stunde, die es noch dauern wird, ehe der Rumpf des fremden Schiffes zu Gesichte steigt, wollen wir dazu anwenden, daß wir unsere Kardeelen in Ordnung bringen und die Kanonen visitieren. Da kein Beschluß zur Schlacht gefaßt ist, so lassen Sie alles Nötige so ausführen, daß nichts von unserer Vorbereitung zu merken ist. Meine Leute dürfen nichts sehen, was sie auf den Gedanken bringen könnte, daß wir einen schon gefaßten Beschluß wieder fahren ließen.«

Er winkte, und die Gruppe zerstreute sich, indem sich ein jeder zur Besorgung eines Teils der Vorbereitung anschickte, der seinem Posten im Schiffe anheimfiel. Wilder war im Begriff, sich mit den übrigen zu entfernen, als ihn sein Oberer zu sich winkte, so daß beide allein auf der Hütte blieben.

»Die Eintönigkeit unserer Lebensweise, Herr Wilder, wird nun wahrscheinlich eine Unterbrechung erleiden«, fing der Rover an, nachdem er zuvor um sich geschaut hatte, ob sie allein wären. »Ich habe von Ihrem Mut und Ihrer Ausdauer genug gesehen, um überzeugt zu sein, sollte der Zufall mich außerstand setzen, die Schicksale dieser Menschen zu leiten, daß meine Autorität in feste und geschickte Hände fallen wird.«

»Wenn uns ein Unfall treffen sollte, so hoffe ich, der Ausgang werde Ihre Erwartungen nicht täuschen.«

»Ich habe Vertrauen, Sir: und wo ein tapferer Mann sein Vertrauen setzt, da ist er zur Hoffnung berechtigt, es werde nicht gemißbraucht werden. Hab' ich recht?«

»Ich sehe die Richtigkeit Ihrer Worte ein.«

»Ach, Wilder, ich wünschte, wir hätten uns früher gekannt. Doch was nützt fruchtloses Bedauern! Ihre Kerle da haben ein scharfes Gesicht, daß sie jene Segeltücher so bald unterscheiden konnten.«

»Die Bemerkung war von der Art, wie sie sich von Leuten dieser Klasse erwarten ließ: Sie aber waren der erste, der die feineren Unterscheidungen entdeckte, die das Schiff als einen königlichen Kreuzer bezeichnen.«

»Und dann die s i e b e n h u n d e r t u n d f ü n f z i g T o n n e n des Schwarzen! – Das heißt doch wirklich seine Meinung mit großer Bestimmtheit geben!«

»Es ist die Eigenschaft der Unwissenheit, positiv zu sein.«

»Sehr wahr. Richten Sie doch einmal den Blick auf den Fremden, und sagen Sie mir, wie geschwind er herankommt.«

Wilder gehorchte, offenbar froh, von einem Gespräch befreit zu sein, das ihn vielleicht in Verlegenheit gesetzt hätte. Lange schaute er, bevor er das Glas senkte; während der Pause sprach sein Kommandeur keine Silbe. Als sich Wilder nun aber zu ihm wendete, um das Resultat seiner Beobachtung zu geben, begegnete er einem auf sein Gesicht gehefteten Blick, der bis in sein Innerstes dringen zu wollen schien. Hoch errötend, vielleicht wegen des Argwohns, den ein solcher Blick verriet, schloß Wilder die zum Sprechen schon halb geöffneten Lippen.

»Und das Schiff?« fragte Rover mit tiefer Betonung.

»Das Schiff zeigt schon seine unteren großen Segel; noch einige Minuten, so können wir den Rumpf sehen.«

»Ein schnelles Fahrzeug; es ist geradezu auf uns gerichtet.«

»Ich glaube nicht. Es liegt mit dem Vorderteil mehr nach Osten zu.«

»Von diesem Umstand muß ich mir doch selbst Gewißheit verschaffen. Sie haben recht,« fuhr er fort, nachdem er auf das sich nähernde Segelgewölk hingeblickt hatte; »Sie haben ganz recht. Wir sind noch immer unentdeckt. Vorne da! Nehmt das Vorstagsegel dort herunter; wir wollen das Schiff mit bloßen Rahen im Gleichgewicht halten. Nun mag er alle seine Augen zusammennehmen und gucken; sie müssen scharf sein, wenn sie diese nackten Stangen aus solcher Ferne erblicken wollen.«

Ohne eine weitere Erwiderung zu machen, gab unser Abenteurer seinen Beifall zu dem Gesagten durch ein bloßes Kopfnicken zu erkennen. Drauf setzten sie ihr Auf- und Abgehen innerhalb des beschränkten Raumes des Hüttendecks fort, ohne daß einer oder der andere besondere Neigung zeigte, das Gespräch zu erneuern.

»Wir sind ganz gut auf die Alternative, zu fechten oder zu fliehen, gerüstet«, bemerkte endlich der Rover, indem er einen Überblick über die Vorbereitungen tat, die, ohne äußeres Aufsehen zu erregen, von dem Augenblicke an, wo sich die Offiziere an ihre Posten zurückbegeben hatten, in Gang gesetzt worden. »Ich will Ihnen nur gestehen, Wilder, daß es mir Freude macht, zu glauben, der verwegene Narr dort führe das stolze Patent des D e u t s c h e n, der die Krone Britanniens trägt. Ist er uns so sehr überlegen, daß es Tollkühnheit wäre, uns im Kampfe mit ihm messen zu wollen, so will ich ihm wenigstens Hohn sprechen; sollte sich's aber zeigen, daß wir ihm gewachsen sind, wie schön, den heiligen Georg ins Wasser herabflattern zu sehen! Würde Ihnen der Anblick nicht Freude machen?«

»Ich hatte den Wahn, daß Leute unsres Handwerks die bloße Ehre Albernen überließen, und keinen Schlag täten, dessen Echo nicht von einem kostbarern Metall als bloßem Stahl zurücktönt.«

»So urteilt die Welt von uns: ich meinesteils aber möchte lieber den Stolz der Kreaturen des Königs Georg demütigen können, als die Schlüssel zu seinem Schatz erringen! – Habe ich recht, General?« setzte er hinzu, als sich dieser näherte. »Habe ich recht, wenn ich behaupte, daß es eine herrliche Freude ist, eine königliche Flagge dem Spiel der Wogen preiszugeben?«

»Wir kämpfen um den Sieg«, erwiderte der Haudegen. »Ich bin jede Minute schlagfertig.«

»Prompt und entschieden, wie's einem Soldaten ziemt. Sagen Sie mir doch, angenommen, das Glück oder der Zufall, oder die Vorsehung – welcher von diesen Mächten Sie nun einmal als Führerin huldigen mögen – stellte Ihnen die Wahl unter den Lebensgenüssen frei, welchem Genuß würden Sie, als dem höchsten, den Vorzug geben, General?«

Der Soldat überlegte einen Augenblick, ehe er antwortete:

»Ich habe mir oft gedacht: Könntest du über die Dinge auf Erden gebieten, du würdest, unterstützt von einem Dutzend deiner wackersten Hunde, den Eingang der Höhle angreifen, in die der Schneiderbursch, der sogenannte Aladdin, eintrat.«

»Der Wunsch eines echten Freibeuters! An den bezauberten Bäumen würden dann nicht lange die goldenen Früchte prangen. Doch wäre der Sieg nicht sehr ruhmbringend, da die Waffen der Kämpfenden in nichts als Beschwörungen und Zauberformeln bestehen. Gilt Ihnen die Ehre nichts?«

»Hm! Um Ehre habe ich die Hälfte eines ziemlich langen Lebens gefochten; am Ende aller meiner Fährlichkeiten fand ich mich geradeso federleicht als beim Anfang. Nein, nein! Die Ehre und ich haben Abschied voneinander genommen; es müßte denn die sein, als Eroberer aus dem Kampfe hervorzugehen. Ich hasse allerdings eine Niederlage; aber die bloße Ehre des Sieges kann man zu jeder Zeit wohlfeil von mir haben.«

»Lassen Sie es gut sein. Der Dienst bleibt der Sache nach so ziemlich derselbe, mögen Sie Ihre Beweggründe hernehmen woher Sie wollen. – Was ist das! Wer hat sich unterstanden, das Bramsegel da oben loszulassen?«

Die heftige Veränderung in der Stimme des Rovers machte alle, die ihn hörten, zittern. Jeder einzelne Ton drückte tiefen, bittern und drohenden Unwillen aus, und jeglicher richtete den Blick hinauf, um zu sehen, auf wessen unglückliches Haupt das Gewicht des furchtbaren Zorns seines Befehlshabers fallen würde. Da nichts den Augen im Wege war, als entblößte Rahen und angestraffte Taue, so überzeugten sich alle in einem und demselben Moment von der Wahrheit der Sache. Fid stand auf der Spitze der Spiere, die zu dem ihm angewiesenen Gebiete im Schiffe gehörte, und das genannte Segel, an allen seinen Kardeelen los, flatterte hoch und weit in den Wind hinein. Das laute Rauschen der Leinwand mußte sein Ohr betäubt haben; denn statt auf jenen tiefen, mächtigen Ruf des Kommandeurs zu hören, stand er da, versunken in der Anschauung seines Werkes, und schien sich nicht im geringsten zu kümmern, was die unter ihm dazu sagen würden. Allein ein zweiter Ruf erschallte in viel zu fürchterlichen Tönen, als daß er selbst vom schwerhörenden Ohr des Delinquenten unbeachtet bleiben konnte.

»Auf wessen Befehl wagtest du dies Segel loszulassen?« schrie der Rover hinaus.

»Auf Befehl Sr. Majestät des Windes, Ew. Gnaden; der beste Seemann muß nachgeben, wenn eine Bö die Oberhand gewinnt.«

»Schnür' es an! hiß es auf, und schnür' es an!« rief der aufgebrachte Anführer. »Rollt mir's zusammen, und schickt den Kerl herab, der sich erfrechte, in diesem Schiffe eine andere Macht anzuerkennen als meine, und wäre es auch die eines Orkans.«

Ein Dutzend behender Toppgasten stiegen in die Höhe, dem Fid zu helfen. Nach einer Minute war das stark bewegte Segeltuch eingeholt und Richard unterwegs nach der Hütte. Während dieses kurzen Zwischenraumes war die Stirn des Korsaren finster und zürnend, wie die schwarze Oberfläche des Elements, auf dem er hauste, unter dem einherbrausenden Sturm. Wildern, der seinen neuen Kommandeur noch nie in solcher Aufregung gesehen hatte, wurde bange um das Schicksal seines alten Gefährten, und wie dieser sich näherte, trat auch er dichter heran, um Fürbitte für ihn zu tun, sollten die Umstände eine solche Dazwischenkunft unumgänglich notwendig machen.

»Und wie kommt das?« fragte der strenge und zornige Anführer den Delinquenten. »Wie kommt's, daß du, den ich erst so kürzlich zu beloben Ursache hatte, es wagen darfst, ein Segel in einem Moment loszulassen, wo es von Wichtigkeit ist, daß das Schiff vor Topp und Takel stehe?«

»Ew. Gnaden werden zugeben, daß dem gescheitesten Mann zuweilen der Verstand durch die Finger schlüpft, warum also nicht ein Stückchen Leinwand?« antwortete gelassen der Delinquent. »Wenn ich die Beschlagsseising etwas zu locker an die Rahe anholte, so ist's 'n Vergehen, für das zu büßen ich bereit bin.«

»Wahr gesprochen, du sollst den Fehler teuer büßen. Bringt ihn nach der Laufplanke und laßt ihn mit der Peitsche Bekanntschaft machen.«

»Ist keine neue Bekanntschaft, Ew. Gnaden, sintemalen wir schon früher aufeinandergestoßen sind, und zwar bei Gelegenheiten, derentwegen ich Ursache hatte, mein Haupt zu verbergen; hier aber sind's vielleicht bloß viel Hiebe und wenig Schande.«

»Darf ich eine Fürbitte für den Fehlenden tun?« unterbrach Wilder angelegentlich und hastig. »Er macht oft dumme Streiche, allein wenn es ihm ebensowenig an Kenntnissen als an gutem Willen gebräche, so würde er selten fehlen.«

»Verlieren Sie kein Wort darüber, Master Harry«, versetzte der Freibeuter mit einem sonderbaren Seitenblick. »Das Segel flatterte allerliebst, es ist zu spät, es leugnen zu wollen; und so muß das Faktum wahrscheinlich aus den Rücken von Richard Fid a u f getragen werden, wie man irgendeinen andern Unfall ins Logbuch e i n zutragen pflegt.«

»Ich wünschte, er könnte Pardon erhalten. Ich getraue mir, in seinem Namen das Versprechen zu tun, daß es sein letztes Vergehen sein soll.«

»Mag's vergessen sein«, erwiderte Rover, mächtig gegen seinen Zorn ankämpfend. »Ich will in einem Augenblicke wie dem gegenwärtigen unsere Eintracht dadurch nicht stören, daß ich Ihnen, Herr Wilder, eine so kleine Bitte abschlage; indes darf ich Ihnen nicht erst sagen, was für üble Folgen eine solche Vernachlässigung herbeiführen konnte. Geben Sie mir das Fernglas; ich will doch sehen, ob das flatternde Segel den Augen des Fremden entgangen ist.«

Der Toppgast warf einen verstohlenen aber triumphierenden Blick auf Wilder, der ihm rasch zuwinkte, sich zu entfernen, und seinem Kommandeur wieder an die Seite trat, um gemeinschaftlich mit ihm die Untersuchung fortzusetzen.

Sechsundzwanzigstes Kapitel.

Das fremde Segel kam so rasch näher, daß es von Augenblick zu Augenblick dem nackten Auge erkennbar wurde. Der kleine, weiße Punkt, der zuerst am entfernten Rande der See, gleich einer auf den Gipfel einer Woge schwimmenden Möwe erschien, war während der letzten halben Stunde allmählich in die Höhe gestiegen, bis sich eine erhabene Pyramide von Segeln aus dem Wasser emporhob. Als Wilder nochmals das Auge auf diesen immer wachsenden Gegenstand heftete, gab ihm der Rover das Glas zurück, und in dem Ausdruck seiner Züge konnte unser Abenteurer deutlich die Worte lesen: Die Nachlässigkeit Ihres Dieners hat uns, wie Sie sehen können, bereits verraten! Doch lag mehr Bedauern als Vorwurf in dem Blick; auch entfuhr dem Munde nicht ein Wörtchen, das den sprechenden Sinn des Auges bestätigt hätte. Im Gegenteil, aller Anschein war dafür, daß der Kommandeur eifrig den Wunsch hegte, den neuen Freundschaftsvertrag zwischen ihnen unverletzt zu erhalten; denn als der junge Seemann eine etwas unbeholfene Erklärung der wahrscheinlichen Ursachen von Fids Versehen zu machen versuchte, wurde ihm mit einer gelassenen Gebärde entgegnet, die ihm verständlich genug die Versicherung gab, daß dem Delinquenten verziehen sei.

»Unser Nachbar hält einen guten Ausguck, wie Sie sehen. Er hat gewendet und legt sich uns kühn gerade vor den Vorsteven. Wohlan, er mag sich nahen; wir werden bald seine Batterien zu Gesicht bekommen, und dann können wir ja bestimmen, von welcher Art die Zusammenkunft sein soll.«

»Wenn Sie dem Fremden eine so große Annäherung erlauben, so dürfte es schwer sein, ihn bei der Jagd aus der Fahrt zu werfen, im Falle es wünschenswert sein sollte, ihn vom Halse zu haben.«

»Das Fahrzeug muß schnell segeln, dem der D e l p h i n nicht ein Bramsegel vorausgeben kann.«

»Ich weiß nicht, Sir. Das Segel dort kann munter b e i dem Wind segeln, es ist also nicht unwahrscheinlich, daß es v o r dem Winde nicht träger sein wird. Mir ist selten ein Schiff vorgekommen, das so rasch zu Gesichte stieg wie dieses, seit wir es zuerst entdeckten.«

Der Jüngling sprach mit so vieler Angelegentlichkeit, daß er die Aufmerksamkeit seines Kommandeurs von dem gemeinsamen Gegenstand ab und auf sein Gesicht zog.

»Herr Wilder,« sagte er rasch und entschieden, »Sie kennen das fremde Schiff!«

»Ich will es nicht leugnen. Meiner Meinung nach wird es sich als ein Schiff ausweisen, das dem Delphin zu schwierig ist, und das wenig hat, was uns zu dem Versuch einladen könnte, es aufzubringen.«

»Seine Größe?«

»Sie wissen sie bereits vom Schwarzen.«

»Also auch Ihre Begleiter kennen es?«

»Ein Toppgast verkennt nicht leicht den Zuschnitt und die Haltung der Segeltücher, zwischen denen er Monate, ja mehrere Jahre zugebracht hat.«

»Ich verstehe nun die drei neuen Tücher in dessen Bramsegel! Herr Wilder, es ist noch nicht lange her, daß Sie jenes Schiff verlassen haben?«

»Nicht länger als meine Ankunft in diesem.«

Der Rover schwieg, mehrere Minuten mit sich selbst zu Rate gehend. Sein Gesellschafter machte zwar keinen Versuch, ihn zu stören, doch verriet er durch oftmalige, verstohlene Blicke, daß ihm das Resultat dieser Selbstberatung nichts weniger als gleichgültig war.

»Und seine Kanonenzahl«, fragte endlich abgebrochen sein Kommandeur.

»Es zählt vier mehr als der Delphin.«

»Das Kaliber?«

»Ist verhältnismäßig noch stärker. In jeder Hinsicht ist das Schiff dem Ihrigen überlegen.«

»Es gehört doch auch ganz gewiß dem König an?«

»Ganz gewiß.«

»Dann soll es seinen Herrn wechseln, beim Himmel, es soll mein werden!«

Wilder schüttelte den Kopf, mit einem bloßen ungläubigen Lächeln antwortend.

»Sie zweifeln. Kommen Sie hierher und schauen Sie aufs Verdeck hinab. Kann der, den Sie so kürzlich verließen, Kerle wie diese mustern, die seinem Wink gehorchen?«

Die Bande auf dem Delphin, gewählt von einem Manne, der sich meisterhaft auf das verstand, was zum Charakter eines Matrosen gehört, bestand aus Leuten von allen Völkern der christlichen Welt. In ganz Europa gab es keine schiffahrttreibende Nation, die unter dieser Truppe unruhiger Waghälse nicht ihren Repräsentanten gehabt hatte. Selbst der Abkömmling der ursprünglichen Besitzer von Amerika war bewogen worden, die Gewohnheiten und Ansichten seiner Vorfahren aufzugeben und auf einem Element herumzuschweifen, das Jahrhunderte die Küsten seines Geburtslandes bespülte, ohne in der Brust seiner einfach gesinnten Väter den Wunsch zu erregen, in dessen Geheimnisse einzudringen. Ein wildes Abenteuerleben zu Lande und zu Wasser hatte alle zu ihrem jetzigen, rechtlosen Treiben geeignet gemacht; nimmt man nun hinzu, daß sie von einem Geist geleitet wurden, der es verstand, ihr Tun und Lassen seiner despotischen Gewalt zu unterwerfen, und in dieser Unterwerfung stets zu erhalten, so kann man nicht leugnen, daß sie eine höchst gefährliche und durch ihre Anzahl unwiderstehliche Bande bildeten. Ihr Kommandeur lächelte triumphierend, wie er den tiefen Ernst bemerkte, womit Wildern die Beobachtung erfüllte, daß der Anschein eines herannahenden Kampfes einige in vollkommenem Gleichmut ließ, viele mit wilder Freude begeisterte. Selbst die Neulinge darunter, die armen Kuhlgasten und Hinterwachmänner, waren offenbar ebenso voller Zuversicht, daß ihnen der Sieg gewiß sei, als die, deren Verwegenheit durch häufigen Erfolg und nie erfahrene Niederlage einigermaßen entschuldigt war.

»Rechnen Sie diese für nichts?« fragte der dicht an der Seite seines Leutnants stehende Rover, nachdem er ihm Zeit gelassen hatte, einen Überblick über die ganze schreckliche Truppe zu tun. »Sehen Sie nur! Hier ist ein Däne; er hat Wucht und Ausdauer wie die Kanone, an der ich ihm bald seine Stelle anweisen werde. Glied vor Glied läßt er sich abhauen, doch steht er wie ein Turm, bis der letzte Stein des Fundaments untergraben ist. Und hier, seine Nachbarn und würdigen Kameraden an demselben Stück Geschütz, der S c h w e d e und der R u s s e; ich verbürge mich dafür, sie bleiben rührig, solange ein Mann von ihnen übrig ist, der eine Kanone mit der Lunte anzünden oder einen Wischer handhaben kann. Dort sehen Sie einen vierschrötigen, athletischen Kerl aus einer der Hansastädte. Ihm ist unsere Freiheit lieber als die seiner Geburtsstadt; und Sie werden finden, daß die ehrwürdigen Institutionen des Hansabundes eher weichen, als er von dem Fleck, den ich ihm zu verteidigen befehle. Dort links sehen Sie ein paar E n g l ä n d e r; bessere Leute in der Not findet man nicht leicht, obgleich sie von dem Eilande sind, das ich so wenig liebe. Geben Sie ihnen Futter und Prügel, so stehe ich dafür, sie sind ebenso tapfer als prahlsüchtig. Können Sie den bedächtigen, starkknochigen Schurken dort in der Ecke sehen, der selbst mitten in aller seiner Spitzbüberei die Miene von Gottseligkeit nicht ablegt? Der Wicht war ein Heringsfänger, bis er einmal Rindfleisch zu kosten bekam; seitdem empörte sich sein Magen gegen die frühere Speise, und endlich gewann die Sucht, reich zu werden, die Übermacht in ihm. Er ist ein S c h o t t e, aus einer der Buchten des Nordens.«

»Und ist er zum Schlagen zu bringen?«

»O ja, wenn Geld – die Ehre der Macs[41] – und seine Religion die Losungsworte sind. Bei alledem ist er ein durchtriebener, verschmitzter Kopf, und ich habe ihn bei einem Streit gern auf meiner Seite. Aha! Das dort ist ein Bursch, wenn's heißt: Greift an! Ich hieß ihn einst ein Tau in der Geschwindigkeit kappen; statt es unter seinen Füßen zu tun, kappte er's über seinem Kopfe und machte zur Belohnung für die Tat einen Flug von einer Unterrahe in die See hinab. Seit jener Zeit hört er nicht auf, seine G e i s t e s g e g e n w a r t zu rühmen, die ihn vom Ertrinken gerettet habe! In diesem Augenblick sind gewiß alle seine Ideen in heftiger Gärung; und könnte man nur dahinterkommen, ich wäre bereit, eine große Wette zu tun, daß das fremde Fahrzeug sich durch irgendeinen geheim-

---

[41] Häufiger Vorname der Schotten.

nisvollen Prozeß in seiner furchtbaren Einbildungskraft in ein halbes Dutzend Linienschiffe verwandelt hat.«

»Dann denkt er wohl an die Flucht?«

»Nichts weniger; er entwirft viel wahrscheinlicher Pläne, wie er mit dem D e l p h i n die sechs feindlichen Schiffe umzingeln könne. Flucht ist die letzte Idee, die dem echten I r l ä n d e r einen unruhigen Augenblick verursacht. Betrachten Sie den nachdenklichen, blassen Sterblichen dicht bei dem Hibernier.[42] . Dies ist ein Mensch, der mit einer Art von Sentimentalität in den Kampf geht. Er hat eine Anlage für das Ritterliche, die man in ihm zum Heroismus steigern könnte, hätte man Gelegenheit und Neigung dazu. Doch wird er auch so niemals verfehlen, einen Funken echt k a s t i l i s c h e n Feuers zu zeigen. Sein Kamerad kommt vom Felsen L i s s a b o n s ; nicht gern würde ich ihm trauen, böte sich bei uns viel Gelegenheit dar, vom Feinde bestochen zu werden. Ach! Hier ist ein Junge, wie man sich ihn zu einem Sonntagstanz nur wünschen kann. Alles an ihm ist in Bewegung in diesem Augenblick, Fuß und Zunge. Es ist ein Geschöpf, das aus lauter Widersprüchen zusammengesetzt ist. Ihm gebricht es ebensowenig an Gutmütigkeit als an Witz; demungeachtet würde es ihn bei Gelegenheit nichts kosten, einem Menschen den Hals abzuschneiden, so seltsam ist in dieser Bestie die Mischung von Bonhomie und von Grausamkeit. Ich beabsichtige, ihm einen Enterhaken zu geben; denn wir würden kaum handgemein geworden sein, so wird seine Ungeduld auch schon den Sieg mit einem einzigen coup-de-main davontragen wollen.«

»Und was ist der Matrose dicht bei ihm für ein Landsmann?« fragte Wilder, für den die Weise, wie der Rover seine Leute schilderte, sehr viel Anziehendes gewann; »er scheint jetzt damit beschäftigt, einige überflüssige Kleidungsstücke von sich abzulegen.«

»Ein haushälterischer H o l l ä n d e r . Der hat ausgerechnet, daß es just ebenso weise wäre, sich in einer alten Jacke totschlagen zu lassen, als in einer neuen; höchstwahrscheinlich hat er auch seinem Nachbar, dem G a s c o g n e r , diesen ersprießlichen Rat gegeben, der ihn aber verschmäht hat, weil er entschlossen ist, mit Anstand zu sterben, wenn's gestorben sein muß. Glücklicherweise hat der

---

[42] Irländer.

erstere seine Vorkehrungen zum Kampfe noch zeitig genug angefangen, sonst könnte sich's leicht treffen, daß der Feind uns schon geschlagen, ehe er noch halb fertig wäre. Hätten diese zwei Ehrenmänner diesen Streit gegeneinander auszufechten, so würde der linke, merkurialische Franzose seinem flamändischen Nachbar eine Niederlage beibringen, ehe dieser kaum gewahr würde, daß der Kampf ordentlich begonnen habe; ließe jener aber den glücklichen Moment unbenutzt, so würde der Holländer, glauben Sie mir, ihm nicht wenig zu schaffen machen. Haben Sie vergessen, Wilder, daß es eine Zeit gab, wo die Landsleute dieses langsam sich bewegenden, schwerfälligen Lümmels die Meerengen befuhren, mit einem Besen am Topp ihrer Masten?«[43]

Wild lachte der Rover bei diesen Worten, und mit Bitterkeit sprach er sie aus. Sein Gefährte konnte jedoch nicht sehen, was für Grund zum Triumphieren in der Erinnerung des Sieges eines auswärtigen Feindes liegen könne; daher begnügte er sich damit, durch ein bloßes Kopfnicken anzuzeigen, daß er die Wahrheit der geschichtlichen Tatsache zugebe. Darauf versetzte er etwas hastig, gleichsam als ob er sich die demütigende Beachtung, zu der jenes schmerzliche Eingeständnis führte, so bald als möglich aus dem Sinn schlagen wolle:

»Sie haben die beiden derben Matrosen vergessen, die dort mit so viel ernster Beobachtung die Größe des fremden Schiffes an seinem Tauwerk ausfindig machen wollen.«

»Ja, ja; die Kerle kommen aus einem Lande, an dem wir beide einigen Teil nehmen. Die See ist nicht unbeständiger als jene Schelme in ihrer Spitzbüberei. ›Nur halb entschlossen sind sie zum Seeraub‹ – ein rauhes Wort, Herr Wilder, allein ich fürchte, ein passendes für unser Treiben. Diese Schurken jedoch machen sich einen Gnadenvorbehalt inmitten aller ihrer Verworfenheit.«

---

[43] Ein Besen am Topp des Mastes bedeutet, daß das Schiff zum Verkauf ausgestellt sei, und erregt bei Matrosen einen verächtlichen Eindruck. Doch scheint es in dem im Texte erwähnten Fall ein Herausforderungszeichen von seiten der Holländer gewesen zu sein, als hätten sie den Engländern damit sagen wollen: »Um wieviel ist euch eure ganze Flotte feil?«

Der Übersetzer.

»Ihre Blicke auf den Fremden scheinen anzudeuten, als sähen sie Grund, die Klugheit, ihn so nahe herankommen zu lassen, in einigen Zweifel zu ziehen.«

»O, es sind bekannte Rechenmeister. Am Ende haben sie gar die vier von Ihnen erwähnten Kanonen entdeckt, die der Fremde mehr zählt als wir; denn bei Sachen, wo sie sich beteiligt fühlen, scheinen ihre Gesichtsorgane eine mehr als natürliche Schärfe zu haben. Aber Sie sehen, die Kerle haben Mark in den Knochen; und was mehr sagen will, es gibt Köpfe, die sie lehren, aus diesen Vorzügen soviel Vorteil als möglich zu ziehen.«

»Sie trauen ihnen wohl nicht zuviel Mut zu?«

»Fürwahr! Wenn sie erst einen Punkt für wesentlich erachten, so stellt man ihren Mut gewiß nicht ungestraft auf die Probe. Sie streiten nicht leicht bloßer Worte wegen und verlieren selten gewisse abgedankte Grundsätze aus den Augen, die, nach ihnen, in einem Buche stehen, dem Sie und ich, wie zu befürchten steht, gerade kein sehr angestrengtes Studium gewidmet haben. Nicht oft tun sie einen Schlag, wenn weiter nichts als bloßer Ritterruhm dabei zu gewinnen steht; und hätten sie auch die Neigung dazu, so verstehen sich die Schufte zu gut auf die Logik, um, wie Ihr Schwarzer, ein Schiff für eine Kirche anzusehen. Sehen sie erst in ihrem wichtigen Dafürhalten Grund vorhanden, sich in den Kampf einzulassen, wahrlich! so tun sie beiden Kanonen, die sie regieren, bessere Dienste als alle andere Batterien; falls sie aber andrer Meinung sind, so würde es mich nicht wundernehmen, von ihnen den Vorschlag zu hören: doch lieber das Pulver auf eine profitablere Gelegenheit zu versparen. Ehre, fürwahr! – Die Hunde sind viel zu verschmitzt bei streitigen Fällen, um nicht zu wissen, welchen Rang der Ehrenpunkt in unserm Gewerbe einnimmt.[44] Doch wir plaudern über Kleinigkeiten, es ist Zeit, an wichtigere Dinge zu denken. Herr Wilder, jetzt unsere Segel gezeigt!«

---

[44] Die letzte Schilderung scheint zwei Eingeborene der Vereinigten Staaten Nordamerikas zum Gegenstand zu haben; ich vermute dies indessen aus keinem andern Grund, als weil es Cooper nicht für gut befunden hat, das Vaterland der zuletzt genannten beiden Subjekte namhaft zu machen.

Der Übersetzer.

Plötzlich, wie seine Sprache, veränderte sich auch die ganze Weise des Rover. Den tändelnden Scherz, dem er sich hingegeben hatte, abbrechend, nahm er eine seinem Ansehen passendere Miene an und entfernte sich, während der Subalterne zur Ausführung seiner Befehle die nötigen Orders ausgab. – Nightingale blies das gewöhnliche Signal und rief dann mit rauher Stimme: »Zu Hauf! Setzt Segel bei, ahoi!«

Die Betrachtungen, die die Mannschaft des Delphin mittlerweile über das so rasch herankommende Segel angestellt hatte, entsprachen der besonderen Denkweise eines jeden. Einige triumphierten bei der Aussicht auf eine Prise: andere, besser mir der Handlungsweise ihres Kommandeurs vertraut, hielten es für noch gar nicht ausgemacht, daß sie überhaupt mit dem Fremden zum Handgemenge kommen würden. Die Wenigen, an das Nachdenken Gewöhnteren, schüttelten beim Herannahen des Fremden die Köpfe; sie schienen die Nachbarschaft für etwas bedenklich zu halten. Unbekannt jedoch mit jenen geheimen Mitteln, sich von der Lage des Feindes zu unterrichten, Mittel, die ihrem Befehlshaber oft bis zu dem Grad des Wunderbaren zu Gebote standen, hatten alle geduldig seine Entscheidung abgewartet. Als nun aber der obengenannte Aufruf erscholl, bewies die allgemeine lebendige Tätigkeit, womit ihm entsprochen wurde, daß der Mannschaft nichts willkommener sein konnte. Nun hatte Wilder, kraft seines Ranges im Schiffe, in rascher Aufeinanderfolge die Orders auszuteilen. Es schien ein und derselbe Geist zu sein, der den Schiffsleutnant und die Mannschaft beseelte, denn sämtliche nackte Spieren des Delphin waren nach wenigen Minuten mit ungeheuern faltigen Massen schneeweißer Leinwand bekleidet. Ein Segeltuch nach dem andern fiel, eine Rahe nach der andern hob sich zum Topp ihres Mastes, bis sich das Fahrzeug sowohl vor dem Winde beugte, als auch nach den Seiten zu in Schwung kam, obgleich die Rahen so geordnet waren, daß sie es an seinem Posten festhielten. – Jetzt waren alle Vorkehrungen zur Vollendung gediehen, das Schiff lag bereit, jeden Pfad, der für notwendig erachtet würde, einzuschlagen. Seinem Obern hierüber Rapport abzustatten, stieg Wilder hinauf zur Hütte. Er fand den Rover aufmerksam das fremde Schiff betrachtend, dessen Rumpf soeben zum Vorschein kam, und an dem, der ganzen Länge nach, eine gelbe, mit schwarzen Punkten bezeichnete Linie zu sehen war. Kein Auge auf dem Delphin bedurfte der Belehrung, daß diese Punkte die Pforten der Kanonen waren, die des Schiffes Stärke bestimmten. Mistreß Wyllys und Gertraud standen nahe beim Rover, erstere tiefsinnig wie gewöhnlich, aber doch aufmerksam auf jeden noch so kleinen Vorfall.

»Es ist fertig, dem Schiffe den Wind abzugewinnen,« sagte Wilder: »wir warten bloß, bis Sie den Strich angeben.«

Der Rover schrak zusammen und trat näher aus seinen Leutnant zu, ehe er, ihm gerade und scharf ins Gesicht schauend, folgende Frage tat:

»Wissen Sie auch gewiß, Herr Wilder, daß Sie jenes Schiff kennen?«

»Gewiß«, war die ruhige Antwort.

»Ist es nicht«, unterbrach mit großer Hast die Gouvernante, »ein königlicher Kreuzer?«

»Allerdings: dafür hab' ich es bereits erklärt.«

»Herr Wilder, wir wollen seine Schnelligkeit auf die Probe setzen. Lassen Sie die großen Segel losschnüren und richten Sie die Focksegel in den Wind.«

Der junge Seemann verbeugte sich gehorchend und setzte die Befehle seines Kommandeurs in Vollzug. Doch war, als er die nötigen Befehle austeilte, eine Befangenheit, wo nicht gar ein Zittern zu bemerken, das in auffallendem Kontraste stand mir der Ruhe und Gelassenheit, wie sie die Rede des Rover bezeichneten. Selbst der Bemerkung einiger älterer Matrosen entging Wilders bebende Stimme nicht: und während der Pausen, wo sie auf seine Worte hören mußten, warfen sie einander Blicke von ganz eigentümlicher Bedeutung zu. Wie wenig sie jedoch an solche Stimme gewöhnt sein mochten, so leisteten sie ihr doch denselben Gehorsam, wie dem unbefangenen gebieterischen Ruf des gefürchteten Häuptlings selbst. Die Vorderrahen waren nunmehr dem Winde zugekehrt, die Segel schwollen an, und der ganze Bau, der solange leblos auf dem Wasser gestanden, geriet langsam in Bewegung und fing an, die Wellen zu durchschneiden. Nach und nach gewann das Schiff seine eigentümliche Schnelligkeit wieder, und nun war ein jeder auf den beginnenden Wettlauf aufs Äußerste gespannt.

Der Fremde war in diesem Augenblick innerhalb einer halben Seestunde leewärts von dem D e l p h i n. Jedes geübte Auge in dem letztern Schiffe hatte sich durch anhaltendere und genauere Beobachtungen bereits von der Beschaffenheit und Stärke des fremden Fahrzeuges einen richtigen Begriff gebildet. Eine wolkenlose Sonne sandte ihre Strahlen aus dessen Batterieseite, und der Schatten seiner Segel malte sich weit hin über die Meereswellen in einer dem Delphin entgegengesetzten Richtung. Dann und wann konnte man mit dem Fernglase durch die Pfortgaten ins Innere des Schiffes dringen, noch aber schillerten die Bewegungen, die man sah, zu sehr ineinander. Auf verschiedenen Teilen des Tauwerks hingegen waren einige menschliche Gestalten deutlich zu sehen; sonst bot das Ganze einen Anblick jener Ruhe dar, die die Begleiterin strenger Ordnung und vollkommener Disziplin zu sein pflegt.

Als der Freibeuter das Geräusch der durchschnittenen Wagen hörte und die kleinen Wasserstaubsäulen sah, die sein wackeres Fahrzeug vor sich her in die Höhe sandte, gab er seinem Leutnant einen Wink, sich zu ihm herauf auf das Deck der Hütte zu verfügen. Lange richtete er sein Kennerauge auf das fremde Segel, genau dessen Stärke erwägend, endlich schien sein Zweifel über einen gewissen Punkt gelöst.

»Herr Wilder,« sagte er, »den Kreuzer da muß ich schon einmal gesehen haben.«

»Nicht unwahrscheinlich; er hat schon die meisten Teile des Atlantischen Meeres beschifft.«

»Ja, ja, dies ist gewiß nicht das erstemal, daß wir aufeinander treffen! Ein bißchen Farbe hat dem Schiffe äußerlich ein anderes Aussehen gegeben; allein mich dünkt, ich kenne die Art, wie seine Masten gesetzt sind.«

»Sie haben den Ruf dafür, daß ihr Ausschuß kein gewöhnlicher ist.«

»Sie besitzen diesen Ruf nicht ohne guten Grund. Haben Sie lange an seinem Bord gedient?«

»Jahrelang.«

»Und Sie verließen es ...«

»Um zu Ihnen zu gehen.«

»Sagen Sie, Wilder, hat man Sie auch behandelt wie ein Wesen geringerer Klasse? Wie, sagte man bei allen Ihren Verdiensten nicht auch: Er ist doch nur aus einer Kolonie? Las man nicht Amerika in allem, was Sie taten?«

»Genug, ich habe das Schiff verlassen, Kapitän Heidegger.«

»Gut, man hat Ihnen ohne Zweifel Ursache dazu gegeben. Dies eine Mal wenigstens haben Sie mir einen Freundschaftsdienst erwiesen. Aber Sie waren noch dort während der Frühlingsnachtgleichen, nicht wahr?«

Wilder machte eine kleine bejahende Verbeugung.

»Ich konnt' es mir denken. Und kämpften Sie nicht mit einem Fremden bei einem Sturme? – Winde, See und Menschen, alles war vollauf in Arbeit.«

»So ist es. Wir hatten Sie erkannt und glaubten schon, Ihre Stunde hätte geschlagen.«

»Ihre Offenherzigkeit gefällt mir. Wir trachteten einander nach dem Leben, aber wie es Männern geziemt: jetzt, da wir Freunde geworden sind, werden wir um so fester aneinander halten. Ich will über jene Affäre keine weiteren Fragen an Sie tun, Wilder. Verrat gegen einen früheren Herrn ist nicht die Art, wie man sich in meinem Dienste Gunst erwerben kann. Es genügt mir, daß Sie jetzt unter meiner Flagge segeln.«

»Und was für eine ist das?« fragte dicht bei ihm eine milde, aber feste Stimme.

Der Pirat wandte sich hastig um und begegnete abermals dem auf ihn gehefteten, ruhigen, prüfenden Auge der Gouvernante. Einige in Widerstreit miteinander stehende Regungen schimmerten, seltsam vermischt, durch seine Gesichtszüge hindurch, die sich aber nach und nach in einen Ausdruck von einschmeichelnder Höflichkeit aufhellten, ein Ausdruck, den er im Gespräche mit seinen Gefangenen am häufigsten anzunehmen pflegte.

»Eine Dame muß zwei Matrosen an ihre Pflicht erinnern!« rief er. »Wir haben die Galanterie vergessen, dem Fremden unsere Farben zu zeigen! Lassen Sie sie aufziehen, Herr Wilder, damit wir keine Förmlichkeit unterlassen, die der Schiffsgebrauch mit sich bringt.«

»Aber das Schiff vor uns führt ja auch nur eine nackte Gaffel.«

»Wenn auch, so kommen wir ihm in der Höflichkeit zuvor. Die Farben gewiesen!«

Wilder öffnete das Kistchen, in dem wohl ein Dutzend von den am meisten gebrauchten Flaggen zusammengerollt in verschiedenen Fächern lagen. Zweifelhaft bei der Wahl unter so vielen, sagte Wilder halb fragend:

»Ich weiß kaum, welche von diesen Fahnen Sie aufzuziehen befehlen.«

»Necken Sie ihn mit dem schwerfälligen Holländer. Der Kommandeur eines so stattlichen Schiffes muß in allen Zungen der christlichen Welt bewandert sein.«

Der Leutnant gab dem diensttuenden Quartiermeister ein Zeichen, und nach einer Minute wehten über dem Delphin die Wimpel der Generalstaaten. Die beiden Offiziere beobachteten genau, welche Wirkung es auf den Fremden machen würde; dieser weigerte sich indessen, auf das falsche Signal, das sie wiesen, ein erwiderndes Zeichen zu geben.

»Er sieht recht gut, daß unser Kiel nicht für die Untiefen Hollands gebaut ist. Wer weiß, vielleicht kennt er uns gar?« sagte der Rover, einen forschenden Blick auf seinen Gefährten schießend.

»Ich glaube es nicht. Man ist am Delphin zu freigebig mit dem Antünchen gewesen, als daß ihn selbst seine Freunde an der Außenseite wieder erkennen sollten.«

»Das Schiff hat viel von einer Kokette, allerdings«, erwiderte lächelnd der Rover. »Versuchen wir, wie der Portugiese auf ihn wirkt; vielleicht finden brasilianische Diamanten mehr Gunst bei ihm.«

Die eben aufgezogenen Farben wurden herabgelassen, und statt ihrer das Zinnbild des Hauses Braganza dem Winde preisgegeben. Noch immer verharrte der Fremde, seinen Pfad verfolgend, in mürrischer Achtlosigkeit und schien einzig darauf bedacht, sich dichter an den Wind zu bringen, um die Entfernung zwischen sich und dem Gegenstande seiner Jagd so gering als möglich zu machen.

»Ein verbündetes Land kann ihn nicht zum Zorne reizen«, sagte der Rover. »Wohlan! So mag er sich dann die hohnsprechende weiße Flagge, den Drapeau blanc, ansehen.«

Wilder gehorchte schweigend. Portugals Wimpel flatterte aufs Deck herunter, und das weiße Feld Frankreichs wurde in die Höhe gezogen. Kaum hatte diese Fahne noch die Gaffelspitze erreicht, so hob sich vom Verdeck des Fremden, gleich einem ungeheuern aufsteigenden Vogel, ein breites, glänzend bemaltes Tuch, und breitete oben zierlich feine Falten dem Winde auf. In demselben Augenblick prallte eine Rauchsäule aus seiner Seite hervor und trieb schon rückwärts durch seine Takelage, ehe der Knall des herausfordernden Schusses, der sich gegen die Richtung des starken Passatwindes den Weg bahnen mußte, von der Mannschaft auf dem D e l p h i n gehört werden konnte.

»Das kommt von der freundschaftlichen Gesinnung zwischen den beiden Völkern her!« bemerkte trocken der Seeräuber. »Der Holländer läßt ihn stumm, die Krone von Braganza rührt ihn nicht; aber zeigt ihm nur ein Tafeltuch, so regt sich die Galle in ihm! Mag er sich die Farbe, die ihm so wenig zusagt, noch eine Weile betrachten, Herr Wilder; wenn wir müde sind, sie zu zeigen, so finden wir wohl noch eine andere in unserer Flaggenkiste.«

Wirklich schien es, als ob der Anblick der Flagge, die der Rover zu zeigen für gut hielt, auf den Fremden ungefähr denselben Eindruck machte, wie das Stückchen Scharlachtuch des flinken Matadors auf den wütenden Stier. Rasch wurden noch verschiedene kleinere Segel am Fremden beigesetzt, die von keinem wesentlichen Nutzen sein konnten, aber zu erkennen geben sollten, daß er den Augenblick nicht erwarten könne, wo er auf seinen Feind stieße; jede Brasse, jede Buglinie sogar wurde noch mit einem Stück Segeltuch beschwert. Kurz, der Fremde sah ganz aus wie ein Rennpferd, das, obgleich schon mit der äußersten Schnelligkeit die Bahn daherfliegend, noch die Peitsche des Jockei zu fühlen bekommt, ungeachtet kein Anspornen von außen, kein eigenes Feuer einen Flug beschleunigen kann, der ohnedies schon den höchsten Grad erreicht hat. Auch schien das fremde Schiff keineswegs dieser außerordentlichen Anstrengung zu bedürfen. Der Wettlauf, der zeigen sollte, welches von den Fahrzeugen das andere totsegeln würde, war nun in vollem Gange. Wie berühmt aber auch der D e l p h i n als Schnellsegler war, so konnte doch auch das stärkste Auge nicht entdecken, daß er dem fremden Schiffe überlegen wäre; keines konnte dem andern einen sichtbaren Vorsprung abgewinnen. – Schon gehorchte des Freibeuters Schiff dem Winde, schon zerstoben die Wogen vor ihm her in höheren und weiter hinschießenden Strahlen; allein der Fremde schwamm ebenso schnell und zierlich wie sein Nebenbuhler über die wogenden Wasser, denn jeder Windstoß füllte die Segel des einen wie des andern Schiffes.

»Der Bau dort durchschneidet das Wasser wie eine Schwalbe die Lüfte«, bemerkte der Korsarenhäuptling gegen den Jüngling an seiner Seite, der sich bemühte, eine mit jedem Augenblicke wachsende Gemütsbewegung zu unterdrücken. »Hat es denn einen Ruf als Schnellsegler?«

»Der Brachvogel fliegt kaum schneller. Meinen Sie nicht, daß sich nicht Leute wie wir, die unter keinem bessern Patent segeln als ihr eigenes Belieben, näher heranwagen sollten?«

Der Blick des Rovers auf seinen Gefährten drückte unwilligen Verdacht aus, verwandelte sich aber in ein Lächeln stolzer Verwegenheit, ehe er antwortete:

»Mag er dem Aar in seinem höchsten und raschesten Fluge gleichen, er soll an uns keine Nachflügler finden! Woher dieser Ihr Widerwillen, einem der Krone angehörigen Schiffe eine Viertelmeile nahe zu sein.«

»Weil ich seine Stärke kenne und die Hoffnungslosigkeit eines Kampfes mit einem so überlegenen Feinde«, erwiderte Wilder mit Festigkeit. »Kapitän Heidegger, Sie können sich mit keiner Aussicht von Erfolg ins Gefecht mit jenem Schiffe einlassen; und wenn wir uns die noch bestehende Entfernung nicht auf der Stelle zunutze machen, so können Sie ihm nicht einmal mehr entfliehen. Ja, ich weiß nicht, ob es nicht jetzt schon zu spät sei, Flucht zu versuchen.«

»Das, Sir, ist die Meinung eines Menschen, der die Macht seines Feindes überschätzt, weil ihm Gewohnheit und Großsprecherei eine Ehrfurcht davor, wie vor etwas Übermenschlichem beigebracht haben. Niemand, Herr Wilder, ist verwegener, und niemand bescheidener, als wer längst auf seine eigene Kraft als seine einzige Zuflucht angewiesen ist. Ich war einer königlichen Flagge schon näher, und dennoch führe ich, wie Sie sehen, diesen Krieg auf Tod und Leben noch in diesem Augenblicke fort.«

»Horch! Eine Trommel. Der Fremde macht sich an seine Kanonen.«

Der Rover konnte nach einem Augenblick Lauschens das wohlbekannte Signal unterscheiden, das die Bemannung eines Linienschiffes an ihre Posten ruft. Nachdem er zunächst einen Blick aufwärts auf sein Segelwerk getan, und einen zweiten, gleich raschen prüfenden Überblick auf alles Einzelne, seinem Befehle Unterworfene, antwortete er gelassen:

»Wir wollen seinem Beispiele folgen, Herr Wilder. Geben Sie die Order.«

Bis jetzt waren die Leute auf dem D e l p h i n teils beschäftigt mit der Ausführung der nötigen, ihnen angewiesenen Dienstpflichten, teils verloren in der neugierigen Anschauung des Schiffes, das so eifrig zu wünschen schien, ihrem eigenen gefährlichen Fahrzeuge so nahe als möglich zu kommen. Ein tiefes, aber fortwährendes Gesumme von Stimmen – lautere Töne verbot die Disziplin – war das einzige, woran bis jetzt ihre Teilnahme an der Szene zu erkennen war; doch kaum wurde der erste Trommelschlag vernommen, so fuhr jede Gruppe auseinander, und jedermann begab sich geschäftig und regsam an seinen ihm bekannten Posten. Das Geräusch unter der Mannschaft dauerte nur einen einzigen Moment; ihm folgte jene tiefe Stille, deren in diesen Blättern früher bei einer ähnlichen Gelegenheit schon Erwähnung geschah. Jedoch sah man die Offiziere, wie sie durch rasches und bündiges Fragen bei den Leuten unter ihrem respektiven Kommando sich unterrichteten, daß sich alles in gehöriger Ordnung befinde. – Die Kriegsmunition, die nun schnell aus den Magazinen hervorgeschafft wurde, verkündete eine mehr als gewöhnlich ernstgemeinte Vorbereitung. Der Rover selbst war verschwunden; allein nicht lange, so erschien er wieder auf seinem erhabenen Platze, gewaffnet zum Kampfe, der bevorzustehen schien, und, wie immer, damit beschäftigt, die Eigenschaften, Kräfte und Manöver des herannahenden Feindes zu untersuchen. Die indessen, die ihren Chef am besten kannten, waren der Meinung, daß er über die Frage: ob geschlagen werden solle? noch gar keinen festen Entschluß gefaßt habe. Hundert neugierige Blicke waren auf sein sich zusammenziehendes Auge gerichtet, als wollten sie das Geheimnis durchschauen, in das er sein wahres Vorhaben noch immer einhüllte. Da stand er, die Seemannsmütze abgenommen, das blonde Haar eine Stirne umwallend, die geschaffen schien, weit edlere Gedanken zu bergen als die, die er während seines ganzen Lebens gepflogen zu haben schien. Vor seinen Füßen lag eine Art von ledernem Helm, dessen Besatz so beschaffen war, daß er dem Gesicht des Tragenden ein gräßliches, unnatürliches, grausames Aussehen gab. Sobald er diese Entermütze auf hatte, wußten alle im Schiffe, daß der Augenblick ernsten Kampfes gekommen sei; noch aber ließ ihr Anführer dieses untrügliche Zeichen feindlicher Absicht unbemerkt liegen.

Inzwischen war jeder Offizier mit Untersuchung seines Dienstzweiges fertig und erstattete Bericht über dessen Zustand, worauf die totenähnliche Stille, die bis jetzt unter der Mannschaft geherrscht hatte, durch eine Art von stillschweigender Erlaubnis der Oberen sich in dumpfe, aber angelegentliche Unterhaltung der Leute untereinander auflöste, eine Abweichung von den gewöhnlichen Vorschriften auf regelmäßigeren Schiffen, die der berechnende Häuptling deswegen zugab, um die Stimmung seiner Mannschaft, auf die bei seinen verzweifelten Unternehmungen oft und viel ankam, vorher genauer kennen zu lernen.

Siebenundzwanzigstes Kapitel.

Es war dies ein Augenblick hoher und ernster Spannung. Die Befehlenden der verschiedenen Abteilungen des Schiffes hatten ein jeder den Zustand seines Departements mit einer Aufmerksamkeit untersucht, die stets ungeteilter zu werden pflegt, wie der Zeitpunkt heranrückt, wo die Tat beweisen muß, wiefern man seinem Amt und dessen Verantwortlichkeit gewachsen sei. Schon hatte sich der Quartiermeister nach der Ordnung aller der verschiedenartigen Taue und Ketten, die zur Sicherheit des Schiffes wesentlich waren, erkundigt, und man hörte nicht mehr seine barsche Stimme; aber- und abermals hatte sich jeder Chef einer Batterie versichert, daß sein Geschütz zum augenblicklichen und wirksamen Dienst in Bereitschaft stehe. Selbst die Extrakriegsmunitionen waren schon aus ihren dunkeln, geheimen Behältnissen herbeigeholt, und das Bevorstehende nahm so ausschließlich die Teilnahme in Anspruch, daß nun auch das leisere Gesumme der Sprechenden verstummte. Der lebendige, überall hinschweifende Blick des Rovers konnte nirgends den geringsten Grund entdecken, der Festigkeit seiner Leute zu mißtrauen. Ernsthaft waren sie, wie es die Tapfersten und Ausdauerndsten in der Stunde der Prüfung immer zu sein pflegen; allein dieser Ernst war mit keinem Zeichen von Furcht vermischt, vielmehr schien er die Wirkung des auf einen einzigen Punkt gesammelten, aufs Äußerste gefaßten Entschlusses, der den menschlichen Geist zu Taten stärkt, die mehr Mut erfordern, als die gewöhnlichen Wagnisse kriegerischer Unternehmungen. In diesem allgemein aufmunternden Ausdruck der Kampflust entdeckte der umsichtige Anführer nur drei Ausnahmen, und zwar in seinem Leutnant und dessen beiden merkwürdigen Gefährten.

Wir haben bereits erwähnt, daß Wilders Benehmen nicht ganz so beschaffen war, wie es einem Manne seines Ranges in einer Stunde von hoher Wichtigkeit geziemt. – Wiederholt hatte der scharfe, unwillige Blick des Rovers dies Benehmen wahrgenommen, allein trotz allem Sinnen konnte er sich über den wirklichen Grund keine genügende Rechenschaft geben. Die Gesichtsfarbe des Jünglings war ebenso frisch, die Haltung seines Körpers ebenso fest als in den Stunden gänzlicher Sicherheit, um so mehr mußte das unstete Herumschweifen seines Auges, das zweifelvolle, unentschiedene Aussehen auf Zügen, die nur für entgegengesetzte Eigenschaften geschaffen schienen, den Anführer nachdenklich machen. Gleichsam als hoffte er in dem Benehmen der Gefährten Wilders eine Auflösung dieses Rätsels zu finden, suchte sein Auge Fid und den Neger auf. Sie hatten beide ihre Stellung an einer Kanone angewiesen bekommen, die dem Platze, den er selbst einnahm, zunächst stand, und bei der Fid den Kanonierdienst hatte.

Fest und unbeweglich gleich den Rippen des Schiffes war die Haltung des Toppgastes, wie er von Zeit zu Zeit einen Zeitenblick längs des Schaftes seiner Kanone tat. Auch war in seinem Wesen jene trauliche, fast väterliche Sorgfalt nicht zu verkennen, die des Seemanns Teilnahme an dem ihm anvertrauten Kommando so vorteilhaft auszeichnet. Und dennoch saß hohes verwirrtes Befremden in seinen rauhen Gesichtszügen, und es war nicht schwer zu entdecken, daß, jedesmal wenn sein Blick vom Antlitze Wilders auf den Feind hinüberschweifte, er darüber erstaunte, beide einander gegenüber zu sehen. Wie außerordentlich ihm aber auch offenbar ein solches Ereignis vorkam, so erlaubte er sich doch keine Bemerkung oder Klage, sondern schien ganz im Geiste jenes wohlbekannten Seegrundsatzes zu handeln, der den disziplinierten Matrosen einschärft: »Dem Schiffsbefehl werde pariert, wenn auch der Schiffsherr dabei krepiert!« Jeder Teil der athletischen Gestalt des Negers war ausdruckslos, ausgenommen seine Augen. Diese großen, kohlschwarzen Augäpfel rollten wie die des Toppmannes unablässig, nur schülerhafter, zwischen Wilder und dem fremden Segel hin und her, und bei jedem frischen Blicke schien sein Erstaunen zu wachsen.

Überrascht durch diese klaren Beweise eines außerordentlichen und doch gemeinschaftlichen Gefühls zwischen beiden, benutzte der Rover seine Stellung und die Entfernung seines Leutnants, um sie anzureden. Mit jenem vertraulichen Tone, den der Befehlshaber gegen seine Untergebenen anzunehmen pflegt, wenn der Moment ihrem Dienste hohe Wichtigkeit verleiht, sagte er, indem er sich über das dünne, den Abhang der Hütte von der Schanze abteilende Geländer hinüberlehnte:

»Ich hoffe, Master Fid, man hat Euch an eine Kanone gestellt, die zu sprechen versteht.«

»Es gibt auf dem ganzen Schiffe keinen glatteren Lauf, noch geräumigeres Maul, als die von meinem Blitz-Wilhelm hier«, erwiderte der Toppgast und streichelte dabei liebkosend den Gegenstand seiner Lobeserhebung. »Ich verlange nichts weiter als einen reinen Wischer und einen festen Kabelgarnpfropfen, Guinea, leg' mir mal ein halbes Dutzend Kugeln zurecht, nach deiner eigenen Manier, als wenn du mit einem paar Kugeln das Anker vom Tau losmachen wolltest; wenn die Affäre vorüber ist, so mögen die, die sie überleben, an Bord des Feindes gehen und schauen, wie Richard Fid seine Körner gepflanzt hat.«

»Ihr seid kein Neuling im Treffen, Master Fid?«

»Behüte Gott, was denken Ew. Gnaden? Ich mache mir aus Schießpulver nicht mehr, wie aus einer Priese trockenen Schnupftabaks! – Obzwar ich gestehen muß ...«

»Was wolltet Ihr sagen?«

»Daß ich mich zuweilen bei dergleichen Geschichten ganz am unrechten Orte finde,« erwiderte der Toppmann, indem er zuerst einen Blick auf die Flagge Frankreichs und dann auf das ferne Sinnbild Englands tat, »ungefähr wie ein rückwärts gebogener Klüverbaum zuweilen einem Hintersegel zum Stump dienen muß. Na, ich denke, der junge Herr, der Harry, hat es alles schwarz auf weiß in der Tasche; aber soviel muß ich sagen, daß, wenn mal mit Steinen geworfen sein muß, so sähe ich's doch lieber, daß Sie des Nachbars Geschirr entzwei schmissen, als meiner eigenen Mutter ihres – Guinea, hör' doch, noch ein paar Kugeln leg' her, sag' ich; denn solls Spiel doch einmal losgehen, i nu, so solls nicht an mir liegen, wenn der Blitz-Wilhelm seinem Namen nicht Ehre macht.«

Der Rover zog sich gedankenvoll und schweigend zurück und begegnete dem Blicke Wilders, dem er nochmals winkte, näherzutreten.

»Herr Wilder,« sagte er mit weicher Stimme, »nun begreife ich, was in Ihnen vorgeht. Da nicht alle in jenem Fahrzeuge Sie beleidigt haben, so würden Sie es lieber sehen, wenn Ihr Dienst gegen jene übermütige Flagge bei einem andern Schiffe anfangen könnte. Überdies ist wenig weiter als hohle Ehre in diesem Kampfe zu gewinnen – aus Schonung Ihrer Gefühle werde er vermieden.«

»Es ist zu spät«, sagte Wilder, traurig den Kopf schüttelnd.

»Sie sollen sehen, daß Sie sich irren. Der Versuch kostet uns vielleicht nur eine volle Lage, aber gelingen soll er. Gehen Sie, führen Sie unsere Gäste hinab an einen sicherern Ort, als die Kajüte ist, und wenn Sie wieder zurückkehren, soll sich die Szene verwandelt haben.«

Mit Vergnügen eilte Wilder in die Kajüte, wohin sich Mistreß Wyllys bereits zurückgezogen hatte; dort entdeckte er beiden Damen die Absicht seines Kommandeurs, ein Gefecht zu vermeiden, und geleitete sie tiefer in die Schiffsräume hinab, damit ihnen kein zufälliges Ereignis einst das Andenken an diese Stunde noch mehr verbittere. Nachdem sich unser Abenteurer dieser angenehmen Pflicht schleunig und sorgfältig entledigt hatte, eilte er mit Blitzesschnelle wieder aufs Verdeck hinauf.

Ungeachtet seine Abwesenheit ihm nur einen Augenblick gedauert zu haben schien, so war doch die Szene, wie der Rover versprochen hatte, vollkommen verwandelt; alle feindselige Zeichen waren verschwunden. Statt der Flagge Frankreichs sah er Englands Fahne an der Gaffel des D e l p h i n flattern, während zwischen beiden Fahrzeugen ein rascher Austausch von wohlverstandenen Signalen tätig im Gange war. Von dem ganzen Gewölk von Leinwand, unter dem sich das Schiff des Rover noch vor wenigen Minuten beugte, waren die Bramsegel die einzigen, die der Wind noch füllte; die übrigen hingen in Festons, und flatterten lose vor einer günstigen Kühlde. Das Schiff selbst lief schnurgerade auf den Fremden zu, der seinerseits, offenbar ungern, wie jemand, dem eine wertvolle, schon erbeutet geglaubte Prise entwischt ist, mürrisch die leichteren Obersegel einholte.

»Klar ist's, dem Kerl dort tut's leid, daß er den, den er so kürzlich erst für seinen Feind hielt, jetzt als Freund betrachten muß«, sagte der Rover und machte seinen Leutnant auf die Zuversicht aufmerksam, mit der sich das nahe Schiff durch die falschen Signale berücken ließ. »Es ist eine lockende Versuchung; allein ich widerstehe ihr, Wilder, Ihretwegen.«

Der Blick des Leutnants schien verwirrt, er antwortete nicht. Auch war in der Tat nur wenig Zeit zum Gespräch oder zum Nachdenken übrig. Schnell schoß der D e l p h i n auf seinem Pfade hin, und jeden Augenblick zerfloß der Nebel mehr und mehr, in dem die kleineren Gegenstände an Bord des Fremden durch die Ferne eingehüllt waren. – Kanonen, Blöcke, Taue, Bolzen, Menschen, sogar Gesichtszüge, wurden in rascher Aufeinanderfolge, in dem Verhältnisse, wie der Kiel des Freibeuters vorwärts durch die noch zwischenliegenden Wogen drang, deutlich sichtbar. Noch wenige Minuten, so fuhr der Fremde, nachdem er den größten Teil seiner kleinen Segel angeschnürt hatte, mit dem Winde heran; und bald darauf kam er mit dem Rumpf zum Stillestehen, indem zu diesem Zwecke die Hintersegel breitgebraßt waren, so daß sie der Wind von der Außenseite treffen mußte.

Die Leute auf dem D e l p h i n hatten insofern die zuversichtliche Leichtgläubigkeit des königlichen Kreuzers nachgeahmt, daß auch sie ihre sämtlichen höheren Segel einholten; denn es gab keinen unter ihnen, der nicht, selbst bei einer so bedenklichen Nähe, bis zu der es seinem rätselhaften Anführer beliebte, einen so mächtigen Feind herankommen zu lassen, das unbedingte Zutrauen in dessen Klugheit und Mut gesetzt hätte – Eigenschaften, die ihnen, wie die Leute aus Erfahrung wußten, schon in viel schwierigern Umständen als die gegenwärtigen zustatten kamen. – Mit dieser Miene vermessener Zuversicht glitt der furchtbare Pirat seinem arglosen Nachbar entgegen, bis auf einige hundert Fuß von dessen Luvseite, wo er, einen zierlichen Halbkreis im Drehen beschreibend, vom Winde abfiel und zum stehen kam. Indessen konnte Wilder, den sämtliche Bewegungen seines Vorgesetzten mit stummem Staunen erfüllten, bald bemerken, daß der Vorsteven des D e l p h i n eine von dem andern Schiffe verschiedene Richtung bekam, und daß die Hemmung im Laufe nur durch eine entgegenwirkende Verteilung der Vorderrahen hergestellt wurde; ein Umstand, der, bei der etwaigen Notwendigkeit einer Zuflucht zu den Kanonen, den Vorteil darbot, daß man das Schiff besser in der Gewalt behielt.

Noch dauerten die von der soeben beendigten Bewegung herrührenden Schwankungen des Schiffes fort, als rauh und beinahe unverständlich die gebräuchliche Aufforderung: Namen und Geschäft anzugeben, über das Wasser herüberschallte. Mit einem vielsagenden Blick auf seinen Leutnant setzte der Rover das Sprachrohr an den Mund und nannte zur Antwort den Namen eines bekannten königlichen Schiffes, dessen Größe und Stärke genau denen des seinigen entsprachen.

»Richtig,« rief eine Stimme im andern Fahrzeug, »ich hab' mir's schon bei Euern Signalen gedacht, daß Ihr kein anderer wäret.«

Nun erfolgte der Gegengruß mit Nennung des Namens vom königlichen Kreuzer, und zugleich eine Einladung von seiten des Befehlshabers an seinen Herrn Amtsbruder, seinen Vorgesetzten zu besuchen.

Bis jetzt war nichts weiter vorgefallen, als was zwischen Seeleuten, die unter einer und derselben Flagge dienen, die herkömmliche Sitte mit sich bringt; allein der Zeitpunkt nahte mit raschen Schritten, wo es die meisten Menschen schwierig gefunden haben würden, die Täuschung länger aufrecht zu halten. – Doch weder Zaudern noch Zweifel konnte Wilders beobachtendes Auge in der Haltung seines Obern entdecken. Man hörte im Kreuzer die Trommel: Zum Rückzug von den Posten, rühren; mit der unbefangensten Gelassenheit befahl auch er dasselbe Zeichen, wodurch seine Leute von ihren Kanonen abgerufen wurden. Mit einem Worte, in fünf Minuten war zwischen beiden Schiffen, die bald im tödlichsten Kampfe gegeneinander begriffen gewesen wären, hätte das eine den Charakter des andern geahnt, jeder Anschein von Freundschaft und unbedingtem Vertrauen hergestellt. Als des Rovers zweifelhaftes Spiel diese Stufe erreicht hatte, und die Einladung Wilders Ohren noch nicht verklungen war, winkte jener ihn an seine Seite:

»Sie hören die Aufforderung, daß ich meinem Senior im königlichen Dienste einen Besuch abstatten soll«, sagte er, indem ein ironisches Lächeln um seine höhnende Lippe spielte. »Wünschen Sie nicht, von der Partie zu sein?«

Die Verwunderung, die dieser verwegene Vorschlag in Wilder erregte, war nichts weniger als erkünstelt. Kaum konnte er Worte finden, sich auszudrücken, endlich rief er:

»Sie werden doch nicht so tollkühn sein, diese Gefahr zu laufen!«

»Wenn Sie für ihre Person etwas befürchten, so kann ich auch allein gehen.«

»Befürchten!« gab der Jüngling mit erglühender Wange und blitzendem Auge zurück, »nicht Furcht, Kapitän Heidegger, sondern Klugheit rät mir, mich nicht zu zeigen. Meine Gegenwart würde das Geschäft dieses Schiffes verraten. Sie scheinen zu vergessen, daß in jenem Kreuzer niemand ist, der mich nicht kennt.«

»In der Tat, diesen Teil des Dramas hatte ich ganz außer acht gelassen. Wohlan, so bleiben Sie, und lassen Sie mich allein mit Sr. Majestät Kapitän die Komödie spielen.«

Ohne eine Antwort abzuwarten, ging er voran und winkte seinem Leutnant, ihm hinabzufolgen. Wenige Augenblicke reichten hin, seine blonden, goldenen Locken, die seinem Gesichte ein so jugendliches, munteres Aussehen gaben, in Ordnung zu bringen. Das phantastische Negligéhabit, das er gewöhnlich trug, wurde nun ersetzt durch einen, seinem angenommenen Range und Amte entsprechenden Anzug, der seiner Person auf das sorgfältigste fast mir einer stutzerhaften Aufmerksamkeit auf das in der Tat schöne Ebenmaß seiner Gestalt angepaßt war. Alles übrige, was zu der Maske gehörte, die ihm anzunehmen beliebte, war eben so rasch beendigt, so daß man notwendig auf den Gedanken kam, dergleichen Vermummungen pflegten nichts Seltenes bei ihm zu sein. Kaum war diese Veränderung in seinem Äußern bewirkt, so schickte er sich auch zur Ausführung seines Vorhabens an.

»Es sind schon viel sicherere und schärfere Augen getäuscht worden,« bemerkte er gelassen, indem er sich beim Sprechen vom Spiegel weg zu seinem Leutnant wendete, »als die, welche das Gesicht des Kapitäns Bignall zieren.«

»Sie kennen ihn also?«

»Herr Wilder, mein Treiben bringt es mit sich, daß ich manches wissen muß, was andere nicht wissen. Ha, ha, ich sehe es Ihnen am Gesichte an, Sie halten dieses Abenteuer für entsetzlich hoffnungslos und verzweifelt, und doch ist keines leichter zu bestehen. Am Bord des Pfeils, davon bin ich überzeugt, ist weder ein Offizier noch ein Gemeiner, der das Schiff, dessen Namen ich für gut fand, anzugeben, jemals gesehen hätte. Es ist zu jung von den Werften, als daß ich in dieser Hinsicht eine Gefahr liefe. Zweitens ist es nicht wahrscheinlich, daß ich in meinem angenommenen Charakter mit irgendeinem der Offiziere bekannt zu sein brauche; denn Sie wissen wohl, dies, Ihr ehemaliges Schiff, ist seit vielen Jahren nicht in Europa gewesen, und wenn Sie sich bemühen wollen, in dem genealogischen Verzeichnisse hier nachzulesen, so wird Ihnen einleuchten, daß ich kein anderer bin als der Sohn eines Lords, ein privilegierter Sterblicher, und daß das Schiff dort von England abwesend war, lange ehe ich noch zum Kommando, ja, ehe ich zum männlichen Alter heranreifte.«

»Diese günstigen Umstände habe ich freilich aus Mangel an Scharfsinn übersehen. Aber wozu wollen Sie überhaupt dieses Wagestück unternehmen?«

»Wozu? ... Vielleicht habe ich den tief angelegten Plan: in Erfahrung zu bringen, ob die Prise die Mühe, sie zu nehmen, lohne; vielleicht ... ist's meine Laune so. Das Abenteuer hat einen furchtbar starken Reiz für mich.«

»Nicht minder furchtbar ist die Gefahr.«

»Gilt es solchen Genuß, zähle ich nicht erst die Kosten! – Wilder,« fuhr er fort, mit einem Blicke offenen, gutmütigen Vertrauens näher auf ihn zutretend, »ich gebe in Ihre Bewahrung mein Leben, meine Ehre; denn mir wenigstens gilt es als Entehrung, meine Leute im Stich zu lassen.«

»Ich werde das Pfand zu achten wissen«, erwiderte unser Abenteurer in einem so tiefen, unterdrückten Tone, daß seine Worte kaum vernehmbar waren. Der Rover tat noch einen festen Blick auf das ehrliche Gesicht seines Gefährten, lächelte dann, gleichsam als wollte er seine Zufriedenheit mit der gegebenen Versicherung ausdrücken, machte mit der Hand eine Abschiedsbewegung und wendete sich, um die Kajüte zu verlassen; da begegnete sein Auge einer dritten Gestalt. Die Hand leise auf die Schulter des sich ihm in den Weg drängenden Knaben gelegt, fragte er etwas streng:

»Was willst du mit dieser Reisefertigkeit, Roderich?«

»Meinem Herrn in das Boot folgen.«

»Knabe, man verlangt deine Dienste nicht.«

»Ach, selten verlangt man die seit einiger Zeit.«

»Wozu unnötigerweise noch mehr als ein Leben in Gefahr bringen, wo alles zu verlieren ist und nichts zu gewinnen?«

»Wagst du dein eigenes Leben, so wagst du mein alles«, antwortete er mit unendlicher Hingebung und in einer so leise bebenden Stimme, daß die halberstickten Töne nur von dem gehört wurden, für den sie gesprochen waren.

Der Rover hielt inne, seine Hand ruhte noch immer auf des Knaben Schulter. Sein fest auf ihn gerichtetes Auge, dessen Strahl die Menschen oft bis in das tiefverborgene Geheimnis des fremden Herzens dringen läßt, las des Knaben bewegte Züge. Endlich sagte er, mir weit mehr Milde und Güte in der Stimme:

»Roderich, dein Los ist das meine; wir gehen zusammen.«

Hastig fuhr er mir der Hand über die Stirn und stieg dann mit dem Knaben die Leiter hinauf; ihm folgte das Individuum, in dessen Treue er so großes Vertrauen setzte. Fest war der Tritt des Rover auf seinem Verdeck, und die Haltung seiner Gestalt so unerschrocken, als sähe er nicht das geringste Wagnis in seinem Vorhaben. – Mit der Genauigkeit eines Seemanns weilte sein Blick auf jedem Segel; keine Brasse, Rahe noch Bulinie entging seinen prüfenden Kenneraugen. Dann erst schritt er an die Seite, wo das Boot, das er zu besteigen im Begriff war, längst für ihn bereitgehalten wurde. Jetzt zum ersten Male brach ein matter Schein des Mißtrauens und des Zweifels durch die stolze, kühne Entschlossenheit seiner Züge, einen Augenblick zauderte sein Fuß, als er schon auf der Leiter stand. »Davis,« rief er rauh dem Menschen zu, von dem er durch eigene Erfahrung wußte, daß er im Verrat hinreichend geübt sei, »verlasse das Boot! – Ruft mir statt seiner den barschen Vormann des Vorkastells; wer gewöhnlich so groß tut im Sprechen, wird wohl, wo es sein muß, auch zu schweigen verstehen.«

Die Abänderung wurde auf der Stelle getroffen; denn dem Herrscherblick, den er angenommen hatte, war noch keiner im Schiffe jemals vermessen genug, nicht den augenblicklichsten Gehorsam zu leisten. Noch einen Augenblick stand er in tiefsinniger Stellung da, und dann verschwand der letzte Schatten von Sorge von seiner Stirn, und mit hochherzigem Vertrauen sprach er:

»Wilder, leben Sie wohl! Ich lasse Sie zurück als Anführer meiner Leute, als Herrn meines Schicksals, fest überzeugt, daß ich in beiden Beziehungen einem Würdigen vertraue.«

Gleichsam als verschmähte er die leere Förmlichkeit überflüssiger Versicherungen, stieg er schnell, ohne auf eine Antwort zu warten, ins Boot, das man auch schon im nächsten Augenblick unerschrocken auf den königlichen Kreuzer losrudern sah. Während der darauffolgenden kurzen Zwischenzeit, von dem Moment an, wo die Abenteurer abstießen, bis zu ihrer Ankunft auf dem feindlichen Schiffe, blieben die Zurückgelassenen in einer schmerzlichen Spannung. Der indessen, den der Ausgang zunächst und am meisten anging, verriet weder durch Blick noch Bewegung etwas von der Ängstlichkeit, die die Gemüter seiner Untergebenen erfüllte. Unter den, seinem angeblichen Range gebührenden Ehrenbezeugungen stieg er an der Schiffsseite seines Feindes hinan, mit einer freien Unbefangenheit, die denen, die da wähnen, daß vornehmes Leben und hohe Geburt Grazie und Würde verleihen, offenbar als Ausdruck dieser Eigenschaften erscheinen mußte. Frei, männlich, und der Seemannssitte gemäß, empfing ihn der ehrliche Veteran, dessen gegenwärtiges Kommando für seine lange und schwere Dienstzeit nur eine magere Belohnung abgab. Dieser nun führte gleich nach den ersten üblichen Begrüßungen seinen Gast in seine eigenen Gemächer.

»Nehmen Sie d e n Schiffsraum ein, Kapitän Howard, der Ihnen am besten behagt«, sagte der wenig Umstände machende, alte Teer und nahm dabei, um der treuherzigen Einladung mir eigenem Beispiele voranzugehen, ohne weitere Zeremonien selber Platz. »Ein Herr von Ihren außerordentlichen Verdiensten verschleudert gewiß nicht gerne seine Zeit mir leerem Wortschwall, obgleich Sie noch so jung sind – das heißt, jung, hinsichts des scharmanten Ranges, den Sie zu bekleiden so glücklich sind.«

»Im Gegenteil, ich versichere Ihnen, nachgerade komme ich mir vor, als wäre ich schon vor der Sündflut geboren,« erwiderte der Seeräuber, indem er sich ruhig an der entgegengesetzten Seite des Tisches niederließ, um seinem halbverdrießlichen Gesellschafter dann und wann besser ins Gesicht schauen zu können: »Werden Sie es mir glauben, Sir, wenn ich diesen Tag auslebe, so habe ich kein geringeres Alter, als mein dreiundzwanzigstes Jahr, erreicht.«

»Ich hatte Ihnen ein paar Jahre mehr zugetraut, mein junger Herr; doch zu London kommen die menschlichen Gesichter ebenso schnell zur Reife als unter der Linie.«

»Sie haben niemals ein wahreres Wort gesprochen, Sir. Jedes Fahrwasser, nur behüt' mich der Himmel vor dem von St. James. Auf Ehre, Bignall, der Dienst dort ruiniert Ihnen die derbste Konstitution. Es hat Augenblicke gegeben, wo ich wahr und wahrhaftig glaubte, ich würde jener demütige, ennuyante Sterbliche – ein Leutnant, bis zu meinem seligen Ende verharren.«

»Dann wären Sie freilich an einer galoppierenden Schwindsucht gestorben!« murmelte der verdrießliche Alte. »Nun, man hat Ihnen doch endlich ein ganz artiges Boot gegeben, Kapitän Howard.«

»Erträglich, lieber Bignall, aber klein, entsetzlich klein. Ich habe es meinem Vater frank heraus gesagt, daß, wenn der Seeminister keine Reform in den Dienst einführte, indem er bequemere Schiffe baute, die Flotte mit nächstem ganz und gar vom Bürgerpack besetzt sein würde. Finden Sie die Motion in Ihrem Eindecker nicht ungeheuer langweilig, Bignall?«

»Wenn sich ein Mann erst fünfundvierzig Jahre lang von der See hat hin und her schleudern lassen, Kapitän Howard,« versetzte sein Wirt, indem er sich, in Ermangelung eines andern Mittels, seinen Zorn zurückzuhalten, die grauen Locken strich, »so kümmert er sich wenig mehr darum, ob sein Schiff einen Fuß höher stampft, oder einen Fuß niedriger.«

»Aha! Dergleichen pflegt man philosophischen Gleichmut zu nennen; mein Humor ist es aber nicht. Geduld indessen! Nach dieser Reise soll ich plaziert werden; ich will mir dann schon Gönner sichern, damit man mir ein Wachtschiff in der Temse anvertraue; Sie wissen, Bignall, heutzutage braucht man weiter nichts als Gönner.«

Der ehrliche, alte Teer verschluckte seinen Unwillen, so gut es gehen wollte; und, als das wirksamste Mittel, die nötige Fassung zu behalten, um seiner Gastfreundschaft Ehre zu machen, beeilte er sich, das Gespräch auf einen andern Gegenstand hinzuleiten.

»Ich hoffe, Kapitän Howard, es ist noch nicht mit so vielem andern aus der Mode gekommen, die Flagge von Alt-England über dem Admiralitätspalast flattern zu sehen. Sie trugen diesen Morgen so lange die Farben von Louis, daß die nächste halbe Stunde uns wahrscheinlich im Handgemenge gefunden hätte.«

»Ha, ha, ha! Das war eine exzellente Kriegslist! Ganz gewiß, von dieser Maskerade werde ich eine ausführliche Beschreibung nach Hause schicken.«

»Tun Sie das, tun Sie das, Sir; man schlägt Sie vielleicht zum Ritter wegen dieser martialischen Tat.«

»Abscheulich, Bignall, Ritter! Ihre Herrlichkeit, meine Mutter, würde, bei der bloßen Idee davon, in Ohnmacht sinken. Seit der Zeit, wo Rittersein noch für vornehm galt, ist niemand in der Familie so was Gemeines gewesen als bloßer Ritter!«

»Lassen wir das, Kapitän Howard; aber glücklich war's doch für uns beide, daß Sie Ihr französischer Humor so bald verließ, denn das geringste längere Zaudern hätte mir eine volle Lage abgeärgert. Beim Himmel, Sir, noch fünf Minuten, so gingen die Kanonen dieses Schiffes von selber los!«

»Besser so, besser so. Womit amüsieren Sie sich denn, Bignall (gähnend), in dieser langweiligen Weltgegend?«

»Ei nun, Sir, die Zeit, die ich nicht brauche, um dem Feinde Sr. Majestät auf dem Nacken zu sitzen, oder für mein eigenes Schiff zu sorgen, die vertreibe ich mir in Gesellschaft meiner Offiziere, da gibt's also wenig Langweile.«

»Ach! Ihre Offiziere. Wahr, Offiziere m ü s s e n Sie ja wohl am Bord haben, wenn sie auch wahrscheinlich etwas altmodisch sein mögen, da sie I h n e n Kurzweil machen können. Wollen Sie mir gefälligst die Liste einmal zeigen?«

Der Befehlshaber des P f e i l s erfüllte dies Verlangen und reichte seinem unbekannten Feinde die Schlachtrolle seines Schiffes hinüber, ohne daß es seine Aufrichtigkeit übers Herz bringen konnte, einem so verächtlichen Wesen auch nur einen Blick zu gönnen.

»Welch' eine Liste von Mouth-Städtern! Da sind, auf Ehre, nichts als Namen von Nar m o u t h und Ply m o u t h, und Ports m o u t h und Er m o u t h. Hier sind ja so viel S c h m i d t s, daß sie allein die ganze S c h m i e d e a r b e i t im Schiffe verrichten könnten. Aha!

Hier ist ein Kerl, der in einer Sündflut von guten Diensten sein würde, Heinrich Arche! Wer ist denn dieser Heinrich Arche, den ich als Ihren ersten Leutnant hier aufgeführt sehe?«

»Ein Jüngling, dem nur ein paar Tropfen Ihres adeligen Blutes fehlen, Kapitän Howard, um einst an der Spitze der königlichen Flotte zu stehen.«

»Nu, wenn er denn von so außerordentlichem Verdienste ist, Kapitän Bignall, so ersuche ich Sie höflichst, ihn zu bitten, daß er uns mit seiner Gesellschaft beehre. Ich pflege meinem Leutnant jeden Morgen eine halbe Stunde zu widmen – wenn er von Adel ist, versteht sich.«

»Der arme Junge! Gott weiß, wo er in diesem Augenblick sein mag. Der wackere Bursche hat aus freiem Willen einen höchst gefährlichen Dienst übernommen, und ich weiß von seinem Erfolg nicht eine Silbe mehr als Sie. Nichts wollte helfen, weder Gegenvorstellungen noch Bitten. Der Admiral brauchte sehr dringend ein passendes Subjekt, und das Wohl der Nation forderte das kühne Unternehmen, und dann wissen Sie ja, daß sich Leute von niedriger Geburt in ganz anderem Fahrwasser als dem zu St. James ihre Beförderung erwerben müssen; denn der tapfere Junge verdankt sogar seinen Namen, der Ihnen so sonderbar vorzukommen scheint, einem Schiffswrack, wo er als Kind gefunden wurde.«

»Und doch ist er in Ihrer Schlachtrolle noch als erster Leutnant mitaufgeführt?«

»Und wird's hoffentlich bleiben, bis er, wie er es so wohl verdient, ein eigenes Kommando bekommt. – Aber gütiger Himmel, ist Ihnen unwohl, Kapitän Howard? Knabe, he, ein Glas Grog!«

»Ich danke Ihnen, Sir«, erwiderte ruhig lächelnd der Rover, indem er das angebotene Getränk ablehnte. Das Blut strömte jetzt in sein Gesicht zurück mit einer Heftigkeit, die drohte, die Adern zu durchbrechen. – »Es ist weiter nichts als ein Übel, das ich von meiner Mutter erbte. Wir nennen es in der Familie: das Elfenbein der De Beres,[45] was, soviel ich darüber erfahren konnte, keinen an-

---

[45] De Bere ist der Familienname der englischen Herzöge von St. Albans, die mit den Howards durch viele Zwischenheiraten in naher Verwandtschaft stehen.

dern Grund hat, als daß eine meiner weiblichen Ahnen in gewissen Umständen durch einen Elefantenzahn gar sehr erschreckt wurde. Man sagt, es gebe uns ein liebenswürdiges Aussehen, solange es anhält.«

»Es gibt einem das Aussehen, als gehöre man mehr in die Ammenstube seiner Mama als auf die stürmische See. Mich freut's indessen, daß es so bald vorüber gegangen ist.«

»Heutzutage behält niemand lange ein und dasselbe Gesicht, Bignall. – Dieser Herr Arche ist also am Ende denn doch eigentlich niemand.«

»Ich weiß nicht Sir, was Sie j e m a n d nennen mögen; allein, wenn echter Mut, große Verdienste um sein Fach und unerschütterliche Anhänglichkeit an seinen König auf Ihrem kürzlich verlassenen Boden etwas gelten, Kapitän Howard, so wird Heinrich Arche bald eine Fregatte kommandieren.«

»Wenn man wüßte, worauf sich eigentlich seine Ansprüche gründen,« fuhr der Rover fort, mit einem so freundlichen Lächeln und einer so einschmeichelnden Stimme, daß die Wirkung seiner angenommenen Manier dadurch halb geschwächt wurde, »so könnte man vielleicht in einem Brief nach Hause ein Wörtchen fallen lassen, das dem jungen Manne nicht nachteilig sein würde.«

»Wollte Gott, ich dürfte nur von der Beschaffenheit des Dienstes, den er jetzt ausführt, ein Wort sagen«, erwiderte eifrig der warmherzige alte Seemann, der ebenso schnell von seinem Unwillen zurück-, als hineinzukommen pflegte. »So viel können Sie indessen bestimmt von seinem allgemeinen Charakter sagen, daß er voller Ehre, ohne Scheu vor Gefahr ist, und nichts anders als das Wohl der Untertanen Sr. Majestät im Auge hat. Ich leugne nicht, es ist noch kaum eine Stunde her, daß ich glaubte, sein Unternehmen sei ihm vollkommen geglückt. – Pflegen Sie oft Ihre oberen Segel beizusetzen, Kapitän Howard, während die größeren Untersegel angeschnürt bleiben? Für mich hat ein Schiff in solchem Aufzuge ungefähr das Aussehen eines Menschen, der seinen Rock anzieht, ehe er seine Beine in das Futteral seiner Hosen gesteckt hat.«

Der Übersetzer.

»Sie sprechen von dem Umstand, daß mein großes Bramsegel flatterte, als Sie mich zuerst gewahr wurden?«

»Von nichts anderem. Wir hatten wohl Eure Spieren mit Mühe durch die Ferngläser gesehen; dann aber verloren wir Euch wieder gänzlich aus dem Gesichte, als auf einmal ein Ausguck die wehende Leinwand entdeckte. Es war a u f f a l l e n d , um mich am mildesten darüber auszudrücken, und hätte kurios genug ausfallen können.«

»Ach! ich mache oft solche Streiche, bloß um drollig zu sein. Drollig sein, wie Sie wissen, ist ein Beweis von Geschicklichkeit. Doch, auch ich komme mit einem besondern Auftrage in diese Meeresgegenden.«

»Und der wäre?« fragte barsch sein Gesellschafter, mit einer Unruhe auf seiner sich furchenden Stirn, die zu verbergen er zuviel Einfalt besaß.

»Mich nach einem gewissen Schiffe umzusehen, das mir allerdings ungeheure Beförderung verschaffen wird, sollte ich so glücklich sein, ihm zu begegnen. Eine Zeitlang glaubte ich, Sie wären kein anderer als der Herr, dem ich nachspüre, und wenn Ihre Signale nicht so sehr alle Zweifel beseitigten, auf Ehre, so hätte es zwischen uns zu was Ernstlichem kommen können.«

»Und für wen hielten Sie mich, wenn man so frei sein darf?«

»Für niemand anders, als jenen berüchtigten Schelm, den r o t e n F r e i b e u t e r .«

»Was zum Teufel dachten Sie! Glauben Sie denn, Kapitän Howard, daß irgendein Freibeuter auf der See schwimmt, der solches Tau- und Segelwerk über sich führt, wie an B o r d d e s P f e i l s anzutreffen? So einen Beisatz der Segel – so einen Ausschuß der Masten – und so einen Schritt des Kiels? Zur Ehre Ihres Schiffes, Sir, will ich hoffen, daß sich der Irrtum nur auf dessen Kapitän beschränkte?«

»Bis wir nahe genug kamen, um die Signale lesen zu können, war wenigstens die Hälfte der wichtigeren Urteile auf meinem Schiffe gegen Sie, Bignall, ich erkläre es auf Ehre. In der Tat, Ihr seid so lange von Hause weg, daß der P f e i l ordentlich ein seeräuberisches Aussehen bekommt. Es mag Sie vielleicht etwas empfindlich machen, allein ich sage Ihnen nur als Freund: so ist die Sache.«

»Und, da Sie mir die Ehre erzeigten, mein Fahrzeug für einen Korsaren anzusehen,« erwiderte der alte Teer, seinen Zorn durch erzwungene ironische Heiterkeit unterdrückend, wodurch sein Mund in ein grimmiges Lächeln verzogen wurde, »so haben Sie am Ende diesen ehrbaren Herrn hier gar für den Gott-sei-bei-uns gehalten? Wie?«

Der Kommandeur des Schiffes, dem so ein gehässiges Gewerbe zugetraut wurde, leitete bei diesen Worten das Auge seines Gesellschafters auf die Gestalt eines dritten Individuums, das mit der Freiheit einer bevorrechteten Person in die Kajüte getreten war, allein so leisen Schrittes, daß man es nicht hörte. Als diese unerwartete Gestalt dem scharfen, ungeduldigen Blick des angeblichen königlichen Offiziers begegnete, erhob sich dieser unwillkürlich rasch von seinem Sitze, und eine halbe Minute lang verließ ihn offenbar jene bewunderungswürdige Gewalt, die er über seine Muskeln und Nerven zu üben pflegte, und die ihm so trefflich in der Fortsetzung seines Spiels zustatten kam. Doch war er nur eine zu kurze Zeit außer Fassung, um aufzufallen, und nun erwiderte er die Begrüßung eines alten Mannes, dessen Blick Milde und Demut ausdrückte, ruhig und mit jenem freundlichen, höflichen Wesen, das ihm so natürlich stand.

Nachdem die gegenseitigen Verbeugungen zwischen ihm und dem Fremden vorüber waren, sagte er: »Dieser Herr ist Ihr Kaplan, Sir, wie ich aus seinem geistlichen Anzuge schließe?«

»Ja, Sir – ein würdiger und ehrlicher Mann, den ich mich nicht schäme, Freund zu nennen. Der Admiral hat die Güte gehabt, mir ihn, nach einer dreißigjährigen Trennung, für diese Reise zu überlassen; und wenn auch mein Fahrzeug keines von den größten ist, so fühlt er sich doch hier ebenso glücklich als auf dem Admiralschiffe. – Dieser Herr, lieber Doktor, ist der e h r e n w e r t e Herr Howard, Kapitän des königlichen Schiffes die G a z e l l e. Über seine Verdienste darf ich nicht erst viel sagen, da das Kommando, das er in seinen Jahren führt, ein hinlänglicher Beweis davon ist.«

Im Anschauen des Geistlichen, als sein Blick zuerst auf die Züge des vermeinten Ahnensprößlings fiel, war eine Art von verwirrter

Überraschung nicht zu verkennen; doch war sie minder sichtbar und von weit geringerer Dauer, als die des Angeschauten. Er verbeugte sich nochmals mit mildem Anstande und jener tiefen Ehrfurcht, die lange Gewohnheit selbst den bestgesinnten Menschen einflößt, wenn sie mit der eingebildeten Erhabenheit erblicher Größe in nähere Berührung gebracht werden; er schien indes nicht zu glauben, daß die Gelegenheit mehr als die gewöhnlichen Begrüßungsworte von ihm verlangte. Daher wendete sich der Rover ruhig wieder zu seinem Gesellschafter, dem Veteran, und setzte das Gespräch mit der ihm so natürlichen Würde fort:

»Kapitän Bignall, es ist meine Pflicht, bei gegenwärtigem Vorhaben Ihren Bewegungen gehorchend zu folgen. Ich will jetzt in mein Schiff zurückkehren; und wenn wir beide, wie ich zu vermuten beginne, in dieser Seegegend gleichen Auftrag haben, so können wir bei größerer Muße einen durch Ihre Erfahrung vollkommen durchdachten Kooperationsplan entwerfen, der uns zur Erreichung unseres gemeinschaftlichen Zieles führen wird.«

Durch diese Einräumung seiner reifern Erfahrung und seines höhern Ranges sehr besänftigt, nötigte der Befehlshaber des P f e i l s mit Herzlichkeit seinen Gast zu diesem und jenem, und schloß seine Höflichkeiten mit der Einladung zu einem Schiffsgastmahl auf den Nachmittag. Den ersteren gastfreundschaftlichen Nötigungen setzte der Rover eine höfliche Ablehnung entgegen, die letzte aber nahm er an und benutzte die Einladung selbst zu einer Entschuldigung, daß er schleunig in sein Schiff zurück müsse, um die seiner Offiziere auszuwählen, die er für die Würdigsten erachten würde, an dem versprochenen Gastmahl teilzunehmen. – Der alte und wirklich höchst verdiente Bignall hatte, ungeachtet seines in der Regel derben, barschen Charakters, zu lange in Dürftigkeit und verhältnismäßiger Dunkelheit gedient, als daß ihm die Sehnsucht nach Beförderung fremd geblieben wäre, die nach schwerem Dienst und langer Zögerung dem Menschen so natürlich ist. Daher behielt er bei aller seiner angebornen männlichen Redlichkeit dennoch ein wachsames Auge auf die Mittel, die ihm zur Erreichung seines ersehnten Ziels verhelfen könnten, und es darf also nicht wundernehmen, daß sein Abschied von dem geglaubten Sohn eines mächtigen Mannes bei Hofe freundlicher war als die Unterredung selbst. Mit beständigen Verbeugungen begleitete er den Piraten aus der Kajüte auf das

Verdeck zurück, so daß es wenigstens den Schein hatte, als erwiderte er das bezeigte Wohlwollen. Hier angelangt, warfen die unruhigen Augen des sogenannten Kapitäns Howard einen raschen, argwöhnischen und vielleicht unruhigen Blick auf die Gesichter aller, die sich um die Fallreepstreppe, an der er im Begriff war, hinabzusteigen, gruppiert hatten; indes nahm er bald wieder seinen nachlässigen und zugleich etwas wegwerfenden Ausdruck an, um der Rolle, die seiner Laune nun einmal zu spielen beliebte, ganz zu genügen. Hierauf schüttelte er dem würdigen und vollkommen getäuschten alten Seemanne herzlich die Hand, und mit einer halb hochmütigen, halb herablassenden Miene berührte er den Hut zum Abschied von den Subalternen. – Er war schon im Hinabsteigen in sein Boot begriffen, als der Kaplan oben seinem Kapitän mit großer Angelegentlichkeit etwas ins Ohr flüsterte. Eilig rief hierauf dieser seinen scheidenden Gast zurück, ihn mit auffallendem Ernst ersuchend, ein Wort allein mit ihm und dem Geistlichen zu sprechen. Der Seeräuber ließ sich von beiden beiseite führen, und die Ruhe in seiner Haltung, als er dastand und ihre Eröffnung erwartete, machte seinen Nerven nicht wenig Ehre.

»Kapitän Howard,« fing nun der warmherzige Bignall an, »haben Sie einen Geistlichen auf Ihrem Schiffe?«

»Zwei, Sir«, war die schnellfertige Antwort.

»Zwei! Es ist eine Seltenheit, in einem Kriegsschiff einen überzähligen Geistlichen zu finden. Doch,« murmelte er vor sich hin, »der Kerl bekäme selbst einen Bischof durch seinen Einfluß bei Hofe. – Sie sind in dieser Hinsicht glücklich, junger Herr, denn ich verdanke die Gesellschaft meines würdigen Freundes hier mehr der Neigung als dem Gebrauche. Er hat mich aber ausdrücklich gebeten, daß ich den geistlichen ... ich wollte sagen, d i e geistlichen Herren in Ihrem Schiffe in der Einladung mit einschließe.«

»Sie sollen sie haben, die ganze Theologie, die in meinem Schiffe ist, Bignall, ich schwöre es.«

»Ich glaube doch, Ihren ersten Schiffsleutnant ebenfalls ausdrücklich genannt zu haben?«

»O, der soll, tot oder lebendig, von Ihrer Partie sein, verlassen Sie sich drauf«, erwiderte der Rover mit einer Hast und Heftigkeit in der Aussprache, die seinen beiden Zuhörern bis zum Erschrecken auffiel. – »Er ist vielleicht nicht gerade eine Arche, auf die Sie den müden Fuß setzen können; doch, so wie er einmal ist, steht er zu Ihren Diensten. Und nun, noch einmal, leben Sie wohl.«

Sich abermals verbeugend, schritt er mit seinem vorherigen gemessenen Wesen auf die Fallreepstreppe zu und blickte beim Hinabsteigen das erhabene Kardeelenwerk des P f e i l s fest und ungefähr so an, wie ein Stutzer den Anzug eines erst kürzlich aus der Provinz Angekommenen zu betrachten pflegt. – Sein Vorgesetzter wiederholte die Einladung mit Wärme und winkte ihm gutmütig ein: Lebewohl! Auf Wiedersehen! zu, nicht wissend, daß er so den Mann entwischen ließ, dessen Gefangennehmung ihm die lange verschobenen und noch immer erwarteten Vorteile verschafft haben würde, nach deren Besitz er mit der ganzen Sehnsucht einer grausam hingehaltenen Hoffnung schmachtete.

Achtundzwanzigstes Kapitel.

»Ja!« murmelte der Freibeuter mit bitterer Ironie, als sein Boot unter dem Spiegel des königlichen Kreuzers wegruderte; »ja! ich und meine Offiziere wollen von Euerm Gastmahl kosten! Aber die Speisen sollen von der Art sein, daß diese Mietlinge eines Königs wenig Appetit dazu haben sollen! – Ausgeholt! wacker ausgeholt! meine Leute: in einer Stunde sollt ihr zur Belohnung die Vorratskammern dieses Narren durchwühlen!«

Die gierigen Freibeuter, die die Ruder bemannten, unterdrückten nur mit Mühe ihr Freudengeschrei und heuchelten jenen Schein von Mäßigung, den die Klugheit noch immer zur Pflicht machte; dagegen äußerten sie ihre innere Aufgeregtheit durch verdoppelte Anstrengung beim Vorwärtsstoßen der Pinasse, so daß sich sämtliche Abenteurer nach einer Minute wieder unter dem Schutze der Kanonen des D e l p h i n befanden.

Aus den stolzen Blitzen, die in den Augen des Rover leuchteten, als sein Fuß das Deck seines eigenen Schiffes wiederum betrat, schlossen seine Leute, daß der Zeitpunkt einer wichtigen Unternehmung gekommen sei. Einen Augenblick weilte er auf der Schanze, mit einer Art von grimmiger Freude die handfesten Gegenstände seines gesetzwidrigen Kommandos überblickend; darauf schoß er plötzlich, ohne zu sprechen, hinab in seine Kajüte, entweder uneingedenk, daß er anderen deren Gebrauch überlassen hatte, oder in seinem jetzigen aufgeregten Gemütszustande, sich gar nicht daran kehrend. Den erschrockenen Frauen, die sich bei dem gegenwärtigen freundschaftlichen Benehmen zwischen beiden Schiffen von dem geheimen Ort, wohin sie Wilder in Sicherheit gebracht, wieder heraufgewagt hatten, verkündete ein plötzlicher und furchtbarer Schlag auf die chinesische Glocke nicht nur, daß er angekommen, sondern auch in welcher Laune er angekommen sei.

»Man sage dem ersten Leutnant, daß ich ihn erwarte«, war der düstre Befehl, der auf die Erscheinung des gerufenen Bedienten erfolgte.

Während der kurzen Zeit, die verfloß, bis seinen Befehlen nachgekommen werden konnte, schien der Rover mit einer Bewegung zu kämpfen, die ihm fast den Atem versetzte. Als sich aber nun die Türe der Kajüte öffnete und Wilder vor ihm stand, da hätte der argwöhnischste und schärfste Beobachter von dem wilden Zorne, der in seinem Innern wütete, vergebens auch nur die geringste äußerliche Spur gesucht. Mit der Rückkehr seiner Fassung kam ihm auch die Erinnerung wieder an die Art und Weise seines stürmischen Einbrechens in einen Ort, der nach seinem eigenen Befehl bevorrechtet sein sollte. Jetzt erst blickte er sich nach den eingeschüchterten Gestalten der Damen um und eilte, sie von dem Schreck, der nur zu deutlich auf ihren blassen Gesichtern saß, durch eine entschuldigende Erklärung zu befreien.

»Die Ungeduld, einen Freund zu sprechen, hat mich vergessen lassen, daß ich so glücklich bin, Wirt von solchen Gästen zu sein, obgleich die Bewirtung weit hinter der Ehre zurückbleibt.«

»Ersparen Sie sich alle Artigkeiten, Sir«, sagte Mistreß Wyllys würdevoll. »Wir werden viel leichter vergessen, daß uns diese Kajüte eingeräumt wurde, wenn Sie vollkommen so handeln, als wäre es nicht geschehen.«

Der Rover führte die Damen erst zu ihren Sitzen und winkte dann mit einem Lächeln vornehmer Höflichkeit seinem Leutnant, ebenfalls Platz zu nehmen, als ob er dächte, die außerordentliche Gelegenheit sei eine hinlängliche Entschuldigung für diese Abweichung von der üblichen Sitte.

»Sr. Majestät Schiffsbauer haben schon schlechtere Fahrzeuge, als der Pfeil ist, in die See laufen lassen, Wilder,« fing er mit einem bedeutsamen Blick an, der dem andern zu sagen schien, daß er sich das übrige zu den Worten hinzudenken möge; »aber seine Minister hätten ein gewandteres Subjekt zum Kommando des Schiffes wählen sollen.«

»Kapitän Bignall besitzt den Ruf eines tapfern und redlichen Mannes.«

»Der ist ihm allerdings zu wünschen, denn streift man ihm diese Eigenschaften ab, so bleibt wenig übrig. Er gibt mir zu verstehen, daß er in dieser Breite mit dem ganz besondern Auftrage abgeschickt sei, ein Schiff aufzusuchen, von dem wir alle haben sprechen

hören, sei's nun Gutes oder Schlechtes; ich meine den r o t e n
F r e i b e u t e r !«

Das unwillkürliche Zusammenschrecken der Wyllys und die ängstliche Hast, mit der Gertraud den Arm ihrer Erzieherin faßte, blieben von dem zuletzt Redenden zwar nicht unbemerkt, allein auch nicht die leiseste Andeutung davon erschien in seiner Weise. Bewunderungswürdig wetteifernd mit der Selbstbeherrschung des Seeräubers war die Fassung Wilders, der mit höchst natürlicher Unbefangenheit antwortete:

»Seine Reise wird erfolglos sein, wo nicht gar gefahrvoll.«

»Vielleicht beides. Und doch verspricht er sich keine geringen Dinge.«

»Ihm geht es wahrscheinlich wie allen andern: er hat einen unrichtigen Begriff von dem Charakter dessen, den er sucht.«

»Inwiefern unrichtig?«

»Insofern er wähnt, es mit einem gemeinen Seeräuber zu tun zu haben, einem rohen, raubgierigen, unwissenden und schonungslosen, wie andere seiner ...«

»Seiner was, Sir?«

»Seiner Klasse, wollt ich sagen; allein ein Seemann, wie der, von dem wir sprachen, bildet eine Klasse für sich.«

»Lassen Sie uns ihn immerhin bei dem Namen nennen, Herr Wilder, unter dem er einmal bekannt ist – Rover, Seewanderer.[46] Doch, antworten Sie mir, ist es nicht merkwürdig, daß ein so alter, erfahrener Seemann gerade in dieser wenig besuchten See ein Schiff aufsucht, dessen Treiben viel eher darauf hinführen muß, es in lebendigeren Gegenden zu suchen?«

---

[46] Dies ist die eigentliche Bedeutung der Benennung Rover und bezeichnet insofern einen Seeräuber, als dieser keinen bestimmten Hafen zum Ziel seiner Fahrt zu haben pflegt.

Der Übersetzer.

»Er kann dem Schiff vielleicht bei dessen Durchfahrt durch die Meeresengen der Inseln auf die Spur gekommen sein, und kann den Strich, auf dem man es zuletzt sah, verfolgt haben.«

»Ja, wohl k a n n er das«, erwiderte der Rover tiefsinnig. »Ein ausgemachter Seemann weiß Euch, trotz allen möglichen Fällen, seinen Weg durch Wind und Wasserströmungen zu finden wie ein Vogel in den Lüften. Aber wenigstens müßte er doch eine Beschreibung von dem Schiffe haben, die ihn bei der Jagd leite.«

Wilder mußte, trotz aller Mühe, vor dem ihn durchdringenden Blick des Räubers sein Auge bei folgender Antwort auf den Boden gleiten lassen:

»Vielleicht fehlt ihm auch diese Kenntnis nicht.«

»Vielleicht nicht. In der Tat, er gab mir zu glauben Ursache, daß sein Spion das Geheimnis des Feindes besitze. Ja, er hat es geradezu gestanden und zugegeben, daß seine Aussicht eines guten Erfolgs allein von der Geschicklichkeit und der Mitteilung jenes Subjektes abhinge, das ohne Zweifel seine geheimsten Mittel besitzt, die erschlichene Kenntnis der Bewegungen seiner gegenwärtigen Genossen weiter zu befördern.«

»Nannte er die Person?«

»Ja«

»Er war? ...«

»Heinrich ... Arche, s o n s t g e n a n n t Wilder.«

»Es wäre vergebens, wollte ich leugnen,« sagte der junge, sich von seinem Platze erhebende Abenteurer, mit einer stolzen Miene, hinter der er aber eine Anwandlung von Unruhe zu verbergen strebte; »ich sehe, Sie kennen mich.«

»Als einen treulosen Verräter.«

»Kapitän Heidegger, es ist freilich keine Gefahr dabei, wenn Sie sich an d i e s e m Orte dergleichen Schmähungen erlauben.«

Der Rover kämpfte mit sich, bis es ihm gelang, seines empörten Innern Herr zu werden; doch ließ die Anstrengung, die es ihn kostete, heftige und bittere Verachtung durch seine Züge durchscheinen.

»So teilen Sie denn auch diese Tatsache Ihrem Vorgesetzten mit«, sagte er mit höhnender Ironie. »Das Ungeheuer der Meere, er, der wehrlose Fischerleute plündert, unbeschützte Küsten verheert und der Flagge des Königs Georgs ausweicht, wie sich andere Schlangen beim Herannahen von Menschentritten in ihren Höhlen verkriechen, darf in der Sicherheit seiner eigenen Kajüte und an der Spitze von hundertundfünfzig Freibeutern ohne Gefahr seine wahre Meinung aussprechen. – Vielleicht auch weiß er, daß er in der Atmosphäre des friedlichen und friedestiftenden Weibes atmet.«

Wilders erste Überraschung war indessen vorüber, und nunmehr vermochten ihn weder Schmähungen zu einer harten Gegenrede anzustacheln, noch Drohungen bis zu Bitten einzuschüchtern. Gelassen und mit verschränkten Armen sagte er nur:

»Ich habe dieses Wagnis bestanden, um eine Pest des Ozeans zu vertilgen, an der alle bisherigen Versuche gescheitert waren. Ich wußte, was ich wagte, und werde vor der Strafe nicht fliehen.«

»Das sollen Sie nicht, Sir!« erwiderte der Räuber, und schlug dabei nochmals mit Riesengewalt auf den Gong. »Laßt den Neger und seinen Kameraden, den Toppgast, in Fesseln werfen und erlaubt ihnen unter keiner Bedingung, weder durch Worte, noch durch Signale, den geringsten Verkehr mit dem andern Schiffe!« Als sich der Vollstrecker seiner Strafbefehle, der auf den wohlbekannten Aufruf erschienen war, wieder zurückgezogen hatte, wendete sich der Rover wieder gegen die fest und regungslos vor ihm stehende Gestalt Wilders und fuhr fort: »Herr Wilder, die Verbrüderung, in die Sie sich so verräterisch einzustehlen wußten, hat ein Gesetz, wodurch diese zusammengehalten wird, und das Sie und Ihre elenden Mitverschwornen der Rahenocke überliefert, in demselben Augenblick, wo meine Leute von Ihrem wahren Charakter unterrichtet sind. Ich darf nur die Tür öffnen und die Beschaffenheit Ihres Verrats kundtun, so sind Sie den unbarmherzigen Händen der Mannschaft überantwortet.«

»Das werden Sie nicht tun! Nein, das werden Sie nicht!« jammerte eine Stimme dicht bei ihm, die selbst seine eisernen Nerven erschütterte. »Wenn Sie auch die Bande, die die Menschen untereinander vereinigen, nicht achten, ach, Grausamkeit ist Ihrem Herzen doch nicht natürlich. Bei allen Erinnerungen Ihrer frühesten und glücklichsten Tage, bei der Zärtlichkeit, dem Mitleid, das liebevoll über Ihre Kindheit wachte, bei dem heiligen, allwissenden Wesen, das nicht duldet, daß dem Unschuldigen ein Haar ungestraft gekrümmt werde, beschwöre ich Sie, innezuhalten, ehe Sie Ihre eigene schreckliche Verantwortlichkeit vergessen. Nein! Sie werden nicht – können – dürfen nicht so erbarmungslos sein!«

»Welches Los bereitete er mir und meinen Leuten, als er dieses verräterische Unternehmen begann?« fragte dumpf der Korsar.

»Göttliche und menschliche Gesetze sind auf seiner Seite«, fuhr die Gouvernante fort und zagte nicht, als ihr zusammengezogenes Auge von dem strengen Blicke des ihr Gegenüberstehenden getroffen wurde. »Hören Sie in meiner Stimme die der Vernunft; hören Sie die Stimme der Gnade, die, ich weiß es, in Ihrem Herzen spricht. Die Sache, der Beweggrund heiligen seine Handlungen, während Ihre Laufbahn keine Rechtfertigung findet, weder vor dem Richterstuhl des Himmels noch der Erde.«

»Dies ist eine kühne Sprache für die Ohren eines blutdürstigen, schonungslosen Piraten!« sagte der Rover und schaute mit einem Lächeln stolzen Selbstgefühls um sich her, in dem sich kundgab, daß er recht gut wisse, die Sprecherin fuße auf Eigenschaften, die denen, die er nannte, gerade entgegengesetzt war.

»Es ist die Sprache der Wahrheit; und ein Ohr wie das Ihrige kann gegen ihren Klang nicht verschlossen sein, wenn ...«

»Hören Sie auf, Madame«, unterbrach der Rover, indem er mit Ruhe und Würde den Arm ausstreckte. »Mein Entschluß war bereits von Anfang an gefaßt; und keine Vorstellung, keine Furcht vor den Folgen vermag ihn zu ändern. Herr Wilder, Sie sind frei. Wenn Sie mir nicht so treu dienten, als ich erwartete, so haben Sie mir wenigstens eine Belehrung über die Kunst der Physiognomik gegeben, die mich für den Rest meiner Tage um vieles weiser gemacht hat.«

Sich selbst verurteilend und gedemütigt stand der schuldige Wilder da. Welcher Kampf in seinem Innersten vorging, war leicht auf seinem bewegten, von Scham und Schmerz bedeckten Gesicht zu lesen, von dem die Maske der List nunmehr abgefallen war. Doch dauerte dieser Kampf nur einen Augenblick.

»Sie kennen vielleicht den ganzen Umfang meines Planes nicht, Kapitän Heidegger,« sagte er; »es war auf nichts Geringeres abgesehen, als den Verlust Ihres Lebens und die Zerstörung oder Zerstreuung Ihrer Leute.«

»Das war es freilich, nach dem bestehenden Gebrauch jenes Teilchens Erde, das den Rest der Erde unterdrückt, weil es einmal die Macht dazu hat. Gehen Sie, Sir, begeben Sie sich auf Ihr Schiff; noch einmal, Sie sind frei.«

»Ich kann Sie nicht verlassen, Kapitän Heidegger, ohne ein Wort der Rechtfertigung.«

»Wie! kann der gehetzte, vogelfreie und verurteilte Freibeuter noch auf eine Erklärung Anspruch haben! Kann der tugendsame Diener der Krone das Bedürfnis fühlen, seine gute Meinung zu besitzen!«

»Bedienen Sie sich triumphierender und vorwurfsvoller Ausdrücke, ganz nach Ihrem Belieben, Sir«, erwiderte der andere, indem ihm beim Sprechen das Blut bis an die Schläfe stieg. »Mich kann jetzt Ihre Rede nicht beleidigen; doch möchte ich Sie nicht gern verlassen, ohne einen Teil des Hasses zu beseitigen, den ich in Ihrem Dafürhalten verdiene.«

»So sprechen Sie frei. Sie sind mein Gast, Sir.«

Obgleich der beißendste Spott den reuigen Wilder nicht tiefer hätte verwunden können als dies großmütige Betragen, so behielt er seine Gefühle doch genug in der Gewalt, um fortzufahren:

»Sie erfahren's jetzt gewiß nicht zum erstenmal, daß das gemeine Gerücht Ihren Handlungen und Ihrem Charakter eine Farbe geliehen habe, die nicht geeignet ist, die Achtung der Menschen zu gewinnen.«

»Sie werden vielleicht Zeit finden, die Farben noch stärker aufzutragen«, unterbrach ihn rasch sein aufmerksamer Zuhörer, obgleich das Beben in seiner Stimme deutlich durchschauen ließ, wie tief er die Wunde fühle, die eine Welt ihm schlug, die er zu verachten affektierte.

»Wenn Sie überhaupt wollen, daß ich spreche, Kapitän Heidegger, so erwarten Sie von mir nur die Wahrheit. Urteilen Sie selbst, ob es so erstaunlich sei, daß ich mich begeistert für einen Dienst, den Sie selber einst für ehrenvoll hielten, sollte willig finden lassen, das Leben zu wagen, ja, die Heuchelei zu verschmähen, um eine Tat zu vollbringen, die, wäre sie gelungen, nicht nur Belohnung, sondern Ruhm verschafft hätte? Solche Gefühle beseelten mich, als ich zuerst das Wagnis übernahm; allein, der Himmel ist mein Zeuge, Ihr männliches Vertrauen hatte mich auch schon halb entwaffnet, als mein Fuß noch kaum über Ihre Schwelle gekommen war.«

»Und dennoch kehrten Sie nicht um?«

»Vielleicht waren mächtige Gründe vorhanden, die mich zum Gegenteil bewogen«, nahm der sich Verteidigende wieder das Wort, indem er beim Sprechen unwillkürlich einen Seitenblick auf die Damen warf. »Ich blieb meinem Worte zu Newport treu; und wären meine zwei Leute damals aus Ihrem Schiffe befreit gewesen, so würde ich es gewiß mit keinem Fuße betreten haben.«

»Junger Mann, ich glaube Ihnen nicht ungern. Es war ein gewagtes Spiel, was Sie spielten; und statt daß es Sie schmerzen wird, es verloren zu haben, werden Sie sich einst darüber freuen. Gehen Sie, Sir; ein Boot wird Sie zum P f e i l führen.«

»Geben Sie dem Glauben nicht Raum, daß Ihre Großmut, wie tief ich sie auch anerkenne, mich gegen meine Pflicht blind zu machen vermöge: Sie würden sich täuschen, Kapitän Heidegger. In dem Augenblick, wo ich den Befehlshaber des von Ihnen soeben genannten Schiffes sehe, wird Ihr Gewerbe verraten.«

»Ich erwarte es.«

»Auch wird meine Hand nicht müßig sein bei dem Kampfe, der unausbleiblich folgen muß. Es hängt von Ihnen ab, ob ich hier sterben soll, ein Opfer meines Irrtums: allein in dem Moment, wo ich frei bin, bin ich Ihr Feind.«

»Wilder!« rief der Rover, indem er dessen Hand mit einem Lächeln der Begeisterung erfaßte, »warum haben wir uns nicht früher gekannt! Doch bedauern ist vergeblich. – Gehen Sie; erführen meine Leute die Wahrheit, so würde meine Gegenvorstellung so wenig gehört werden wie Geflüster in einem Sturmwinde.«

»Als ich zuletzt auf den D e l p h i n kam, so geschah es in Begleitung.«

»Ist es nicht genug,« versetzte der Rover, mit Kälte einen Schritt zurücktretend, »daß ich Ihnen Freiheit und Leben anbiete?«

»Von welchem Nutzen kann ein weibliches Wesen, hilflos und unglücklich wie diese, in einem Schiffe sein, das einem Gewerbe wie das des D e l p h i n geweiht ist?«

»Soll ich denn auf immer getrennt bleiben von der Gemeinschaft der besten meiner Mitgeschöpfe! Gehen Sie, Sir, lassen Sie mir den Schatten der Tugend wenigstens, wenn mir auch das Wesen fehlt.«

»Kapitän Heidegger, einst, begeistert von Ihren besseren Gefühlen, verpfändeten Sie Ihr Wort zugunsten dieser Damen; ich hoffe, es kam Ihnen vom Herzen.«

»Ich weiß, worauf Sie sich beziehen, Sir. Was ich damals aussprach, ist nicht vergessen, wird es nie sein. Allein wohin wollen Sie Ihre Gefährtinnen bringen? Gewährt nicht mein Fahrzeug auf der hohen See ebenso große Sicherheit als ein anderes? Soll ich mich eines jeglichen Mittels, mir Freunde zu erwerben, berauben lassen? – Verlassen Sie mich, Sir – gehen Sie – Sie möchten sonst zaudern, bis meine Erlaubnis zu gehen Ihnen nichts mehr helfen würde.«

»Was unter meine Obhut gestellt ist, werde ich nie verlassen«, sagte Wilder fest.

»Herr Wilder – oder Herr Leutnant Arche, wie ich Sie vielmehr nennen sollte – Sie werden so lange mit meiner Nachsicht spielen, bis der Augenblick Ihrer eigenen Sicherheit vorüber ist.«

»Handeln Sie mit mir nach Ihrem Gutdünken: ich sterbe auf meinem Posten, oder gehe in Begleitung derer, mit denen ich gekommen bin.«

»Sir, die Bekanntschaft, die Sie so stolz macht, ist nicht älter als die meinige. Wer sagt Ihnen, daß die Damen Sie als Beschützer vorziehen? Ich müßte mich sehr getäuscht haben und weit hinter meinen Absichten zurückgeblieben sein, wenn sie Grund gefunden hätten, sich zu beklagen, seit ihr Wohl und ihre Zufriedenheit meiner Sorgfalt anvertraut sind. Schöne, sprechen Sie, wen wollen Sie zu Ihrem Beschützer?«

»Fort, fort«, schrie Gertraud, als er sich ihr mit dem einnehmenden, verräterischen Zuge um den Mund nahte, und bedeckte die Augen mit beiden Händen, als wollte sie sich gegen den verderblichen Zauber eines Basiliskenblicks schützen. »Ach, wenn Mitleid in Ihrem Herzen wohnt, lassen Sie uns Ihr Schiff verlassen!«

Ungeachtet der erstaunenswürdigen Gewalt, die der Mann, den sie so stürmisch und aus ihrem tiefsten Innern von sich zurückstieß, in der Regel über seine Gefühle ausübte, konnte er sich doch beim Anhören dieser Worte eines Blickes tiefer, demütigender Kränkung, trotz aller Anstrengung, nicht erwehren. Ein kaltes, wildentstellendes Lächeln durchzuckte seine Gesichtszüge, als er mit einer Stimme, die er ebenso vergeblich zu unterdrücken bemüht war, vor sich hin murmelte:

»Diesen Abscheu hab' ich mir von allen meinen Mitmenschen erkauft, und teuer, sehr teuer muß ich ihn büßen! – Dame, Sie und Ihre liebenswürdige Mündel sind Herrinnen Ihrer Handlungen. Dies Schiff, diese Kajüte stehen Ihnen zu Befehl; indes sind andere bereit, Sie zu empfangen, wenn Sie wählen, beide zu verlassen.«

»Unser Geschlecht kann nur unter dem pflegenden Schutze der Gesetze wahre Sicherheit finden«, sagte Mistreß Wyllys. »Wollte Gott ...«

»Genug! Sie sollen Ihren Freund begleiten. Wenn mich alle verlassen haben, so wird die Leere in diesem Schiffe nur ein Bild von der in meinem Herzen sein.«

»Riefen Sie?« fragte eine leise Stimme nahe bei ihm, aber so traurig und weich, daß er sie nicht überhören konnte.

»Roderich,« antwortete er mit einiger Verwirrung, »du wirst unten Beschäftigung finden. Verlaß uns, lieber Roderich. Verlaß mich auf einen Augenblick.«

Gleichsam als wünschte er, dem Auftritt sobald als möglich ein Ende zu machen, gab er hierauf noch ein Signal durch den Gong. Er befahl, daß man Fid und den Schwarzen in das Boot bringen solle, wohin auch die wenigen Sachen seiner weiblichen Gäste geschafft wurden. Sobald diese kurzen Vorbereitungen vollendet waren, bot er mit gewählter Höflichkeit der Gouvernante den Arm, führte sie längs der Reihen seiner überraschten Leute nach der Schiffsseite, wo er wartete, bis sie, ihre Pflegbefohlene und Wilder ihre Sitze in der Pinasse eingenommen hatten. Zwei Matrosen saßen an den Riemen. Hierauf winkte er mit der Hand ein stummes Lebewohl hinab und verschwand. Den Damen kam ihre gegenwärtige Befreiung, so wie vorher die Gefangenschaft wie ein Trugbild des Traumes vor.

Allein den Ohren Wilders war die Drohung, daß sich die Mannschaft des Delphin selber könnte Recht verschaffen wollen, noch nicht verklungen. Ungeduldig gab er den Ruderern ein Zeichen, tüchtig auszuholen, und lenkte vorsichtig das Steuer des Bootes in eine solche Richtung, die es am schnellsten aus dem Bereich der Kanonen des Freibeuters führte. Als sie unter dem Spiegel des Delphin wegruderten, scholl ein rauher Anruf über die Wasserfläche: es war die Stimme Rovers, der den Kommandeur des Pfeils anredete:

»Ich schicke Ihnen einige Ihrer Gäste; die ganze Theologie meines Schiffes befindet sich unter Ihnen.«

Nur kurz war die Überfahrt, so daß die Befreiten noch nicht aus ihrer Gedankenverwirrung gekommen waren, als man sie schon aufforderte, die Treppe des königlichen Schiffes zu besteigen.

»Hilf Himmel!« rief Bignall, als er durch ein Kanonengat Damen unter den Besuchenden entdeckte; »der Himmel helf' uns beiden, Herr Prediger! Der junge, gedankenlose Schlingel schickt uns ja ein paar Schürzen an Bord; und die nennt der gottlose Schelm seine Theologie! Es läßt sich leicht erraten, wo er diese Standespersonen aufgelesen haben mag; na, lassen Sie's nur gut sein, lieber Doktor, bei fünf Faden Wasser, es ist keine Sünde, wenn man sich einmal ohne Geistlichkeit behilft!«

Das aufgeräumte Lachen des alten Kommandeurs verriet, daß er mehr als halb geneigt war, es mit der vermuteten Frechheit seines dreisten Untergebenen nicht so genau zu nehmen, und beruhigte die Umstehenden, daß die fröhliche Stunde durch keine unzeitigen Skrupel getrübt werden würde. Als aber Gertraud hochrot durch das Aufregende der soeben erlebten Ereignisse, und strahlend von der der Unschuld eigentümlichen Liebenswürdigkeit, auf dem Verdeck erschien, rieb sich der Veteran die Augen mit einem Erstaunen, das nicht größer hätte sein können, wenn wirklich ein Herr im geistlichen Ornat vor seinen Füßen von den Wolken herabgefallen wäre.

»Der herzlose Schurke!« rief der wackere Teer; »ein so junges und liebenswürdiges Wesen zu verführen! Ha! So wahr ich lebe, mein eigener Leutnant! Was ist das, Herr Arche! Leben wir denn in den Tagen der Wunder?«

Ein Schrei, tief aus dem Innersten der Gouvernante, und ein dumpfer, trauernder Ton von den Lippen des Geistlichen unterbrachen seine Äußerungen von Unwillen und Erstaunen.

»Kapitän Bignall,« bemerkte der Geistliche, hinzeigend auf die zitternde Gestalt, die sich auf Wilders Arm stützte, »bei meinem Leben, Sie haben einen falschen Begriff von dem Charakter dieser Dame. Es sind über zwanzig Jahre, seit wir uns das letztemal sprachen, allein ich verpfände meinen eigenen Charakter für die Reinheit und Echtheit des ihrigen.«

»Führt mich in die Kajüte«, sprach leise Mistreß Wyllys. »Gertraud, meine Liebe, wo sind wir? Ach führt mich an einen einsameren Ort.«

Es wurde ihr willfahren, indem sich die ganze Gruppe zusammen den neugierigen Blicken der das Verdeck füllenden Zuschauer entzog. Jetzt gewann die tiefbewegte Frau einen Teil ihrer gewöhnlichen Fassung wieder, und es suchte ihr ängstlicher Blick das sanftmütige, gerührte Antlitz des Schiffskaplans.

»Dies ist ein spätes und herzzerreißendes Wiederfinden«, sagte sie, indem sie die Hand, die er ihr darreichte, an ihre Lippen führte. »Gertraud, in diesem Herrn sehen Sie den Geistlichen, der mich mit dem Manne verband, der einst der Stolz und das Glück meines Daseins war.«

»Trauern Sie nicht über seinen Verlust«, flüsterte der ehrwürdige Geistliche, sich mit väterlicher Teilnahme über die Stuhllehne zu ihr herabbeugend. »Er ist Ihnen früh genommen worden; allein er starb, wie alle, die ihn liebten, ihm nur hätten wünschen können.«

»Ach, ohne ein Kind zurückzulassen, das, mit seinem stolzen Namen, auch das Andenken seiner Tugenden der Nachwelt überliefern könnte! O sagen Sie, guter Merton, ist nicht die Hand der Vorsehung in diesem Verhängnis zu erkennen? – Sollte ich mich nicht vor ihr demütigen und es als eine gerechte Strafe hinnehmen für meinen Ungehorsam gegen einen zwar unerbittlichen, aber liebevollen Vater?«

»Wer mag sich erkühnen, in die Geheimnisse des gerechten Regierers zu dringen, der nichts ordnet, nichts tut, was nicht wohlgetan und wohlgeordnet wäre. Genug für uns, wenn wir uns in seinen Willen fügen lernen, in dem unbedingten kindlichen Glauben, daß er der beste, der gerechteste sei.«

»Aber,« fuhr die Gouvernante fort, mit einer so bedeckten Stimme, daß man sehen konnte, wie stark sie die Versuchung fühlte, seine Ermahnung zu vergessen, »war es nicht genug mit einem Leben? Mußte ich aller beraubt werden?«

»Fassen Sie sich, Madame! Was geschehen ist, geschah in Weisheit und – ich lebe des Vertrauens – aus Gnade.«

»Sie reden die Wahrheit. Ich will das Ganze der traurigen Ereignisse vergessen, nur nicht insofern sie auf meinen eigenen Wandel Einfluß auszuüben geeignet sind. Und Sie, würdiger, gütiger Merton, wo und wie sind Ihre Tage dahingeflossen, seit der Zeit, von der wir reden?«

»Ich bin nur der glanz- und geräuschlose Hirt einer wandernden Herde«, erwiderte der milde Diener Gottes mit einem leisen Seufzer. »Gar manche entfernte Meere hab' ich besucht, und viele fremde Gesichter und noch fremdere Gemütsarten war es mein Los auf dieser Pilgerfahrt anzutreffen. Erst vor kurzem kehrte ich vom Osten in die Hemisphäre zurück, wo ich zuerst das Licht der Welt erblickte, und kam, mit der Erlaubnis meiner Vorgesetzten, auf dieses Schiff, um einen Monat bei meinem Freunde hier zuzubringen, dessen Freundschaft sich sogar von noch früherer Zeit herschreibt, als die unsrige.«

»Ganz richtig, Madame,« erwiderte der wackere Bignall, dessen Gefühle durch die vorhergehende Szene nicht wenig aufgeregt waren; »ganz recht, es ist so ziemlich ein halbes Jahrhundert her, seit der Prediger und ich Knaben zusammen waren, und da haben wir denn auf dieser Reise alte Erinnerungen wieder aufgewärmt.

Glücklich schätze ich mich, daß eine Dame von so lobenswerten Eigenschaften gekommen ist, um von unserer Partie zu sein.«

Hastig unterbrach ihn der Geistliche, gleichsam als wisse er, daß der wohlmeinenden Biederkeit seines Freundes mehr zu trauen sei, als dessen Klugheit:

»Sie sehen in dieser Dame die Tochter des verstorbenen Kapitäns ***, und die Witwe von dem Sohne unseres ehemaligen Obern, Konteradmirals de Lacey.«

»Hab' sie beide gekannt: 's waren tapfere Männer und ausgemachte Seeleute, die beiden! Die Dame war schon als Ihre Freundin, Merton, willkommen, allein sie ist es doppelt als die Witwe und Tochter der Herren, die Sie nannten.«

»De Lacey!« flüsterte bebend vor Rührung eine Stimme der Erzieherin ins Ohr.

»Das Gesetz gibt mir ein Recht, diesen Namen zu führen«, erwiderte die Gouvernante, indem sie ihre weinende Schülerin lange und innig an ihr Herz drückte. »Der Schleier ist nun unerwartet weggezogen worden. Teure, es wäre Ziererei, noch länger verborgen bleiben zu wollen. Mein Vater war Kapitän auf dem Admiralschiffe. Die Dienstpflicht zwang ihn, mich öfter in der Gesellschaft Ihres jungen Verwandten zu lassen, als er getan haben würde, hätte er die Folgen davon voraussehen können. Allein ich kannte sowohl seinen Stolz als seine Armut zu gut, um es zu wagen, ihn über mein Schicksal entscheiden zu lassen, nachdem die bloße Ungewißheit für meine unerfahrene Einbildungskraft größere Schrecken hatte als sein Zorn selbst. Wir wurden heimlich durch diesen Herrn verbunden, und weder sein Vater, noch der meinige ahnten das Verhältnis. Der Tod ...«

Die Stimme der Witwe stockte, und sie winkte dem Kaplan, als wünschte sie, daß er in der Erzählung fortfahren möchte.

»Herr de Lacey und sein Schwiegervater fielen in derselben Schlacht, als noch kein Monat seit der Trauung verflossen war«, fügte Merton mit gedämpfter Stimme hinzu. »Sie selbst, teuerste Frau, kennen die tragische, aber herzerhebende Szene noch nicht, die ihrem Ende voranging. Ich war der einsame Zeuge ihres beiderseitigen Todes; denn mir wurden sie in der Verwirrung der Schlacht überlassen. Das Blut beider floß ineinander. Ihr Vater umarmte noch den jungen Helden und segnete in ihm, ohne es zu wissen, seinen Sohn.«

»Ach, ich habe den Edlen getäuscht und schwer und teuer dafür gebüßt!« rief die sich demütigende Witwe. »Sagen Sie mir, Merton, erfuhr er noch meine Vermählung?«

»Nein. Herr de Lacey starb zuerst, an ihres Vaters Busen, der ihn stets wie einen Sohn liebte; allein die Gedanken, die ihre Seelen in jenen Augenblicken füllten, hatten anderes als fruchtlose Aufklärungen zum Gegenstande.«

»Gertraud,« sagte die Gouvernante mit tiefer, reuiger Stimme, »es gibt nirgendwo Friede für unser Geschlecht, als in der Unterwerfung; nirgendwo ein Glück, als im Gehorsam.«

»Es ist ja nun vorbei,« sagte leise das weinende Mädchen; »ganz vorbei und vergessen. Ich bin Ihr Kind – Ihre Gertraud – bin alles, was ich bin, nur durch Sie.«

»Aber Harry!« schrie nun Bignall, indem er sich so gewaltig räusperte, daß man ihn oben auf dem Deck hören konnte, dabei seinen in andere Räume entrückten Leutnant beim Arm faßte und von der Szene beiseite zerrte. »Harry! Was zum Teufel geht mit dem Jungen vor! Sie vergessen ja, daß ich die ganze Weile von Ihren eigenen Abenteuern gerade so viel weiß, als Sr. Majestät erster Minister von der Schifffahrtskunde. – Wie kommt's, daß ich in diesem Augenblick, wo Sie, wie ich glaubte, den Scheinpiraten spielten, Sie hier vor mir, und zwar als Besuchenden aus einem königlichen Schiffe sehe? Und wie kam das gelbschnablige Adelsreis da drüben in den Besitz einer so stattlichen Gesellschaft und eines so wackern Schiffes?«

Wilder holte einen langen und tiefen Atemzug, wie jemand, der aus einem angenehmen Traume erwacht, und war nur mit Mühe von einem Flecke wegzuziehen, wo er – das sagte ihm sein eigenes Gefühl – ewig hätte weilen können, ohne zu ermüden.

Neunundzwanzigstes Kapitel.

Der Kommandeur des Pfeils und sein halbverzückter Schiffsleutnant erreichten schweigend die Schanze. Das erste, was letzterer hier tat, war, daß er sich nach dem nahen Schiffe umsah, und zwar mit einem Blick, dessen ungewisses, bewußtlos Hin- und Herirren das Bild eines augenblicklichen Wahnsinns gab. Toch war das Fahrzeug des Rovers in dem vollen, schönen Ebenmaße seines bewunderungswürdigen Baues klar genug vor Augen. Start noch in einem Zustande der Ruhe zu liegen, hatte man, seit er es verlassen, die Vorderrahen umgeschwungen, so daß das stolze Gebäude, dessen Segel nun der Wind füllte, bereits angefangen, sich zierlich, obgleich nicht sehr schnell, vorwärts zu bewegen. Das Manöver trug indes auch nicht den fernsten Anschein eines Versuchs, die Flucht zu ergreifen. Im Gegenteil, die höheren, leichteren Segel waren alle angeschnürt, und einige ließen eben mit vieler Geschäftigkeit jene dünneren Spieren aufs Verdeck hinab, die zum Ausbreiten der zur schleunigern Flucht nötigen Leinwand durchaus unentbehrlich gewesen wären. Mit banger Besorgnis wendete sich Wilder weg von dem Anblick; gar wohl war ihm bekannt, daß dies die Vorkehrungen waren, die erfahrene Seeleute zu treffen pflegen, wenn sie beschlossen haben, im Kampfe das Äußerste zu wagen.

»Ha, ha, dort geht mein Seeheld von St. James, hat seine drei Bramsegel voll und seinen Besan heraus, als wenn er schon vergessen hätte, daß er bei mir zu Mittag essen soll, und daß sein Name auf der Kommandeursliste an dem einen Ende zu finden ist, und meiner an dem andern«, brummte der unwillige Bignall. »Doch er wird schon zu rechter Zeit wieder rechtsum machen, denk' ich, wenn ihm sein Appetit sagt, es sei Essenszeit. Übrigens könnte er immer in Gegenwart eines ältern im Amte seine Flagge aufziehen, unbeschadet seiner adeligen Würde. Beim Himmel, Harry, er handhabt die Rahen dort allerliebst! Na, was gibt's, irgendeines ehrlichen Mannes Sohn ist ihm unter der Gestalt eines Premierleutnants zur Amme mit an Bord gegeben worden; da wird er uns denn bei Tische die Ohren vollprahlen, als da ist: ›Dieses mache ich auf meinem Schiffe so‹, und ›jenes leide ich auf meinem Schiffe nicht‹, und dergleichen mehr. Ha, ha, nicht wahr, Sir? Er hat einen ausgelernten Matrosen zu seinem Premier?«

»Wenig Leute,« erwiderte Wilder, »verstehen die Schifffahrtskunde besser als der Kapitän jenes Fahrzeuges in eigener Person.«

»Den Teufel auch mag er davon verstehen! Sie haben mit ihm über derlei Dinge geschwatzt, Herr Arche, und da hat er denn dem Pfeil dies und jenes abgelernt, das ist alles. Ich kann ebenso schnell hinter die Wahrheit kommen als irgendein anderer.«

»Ich versichere Sie, Kapitän Bignall, es ist höchst gefahrvoll, sich durch den Glauben an die Unwissenheit des außerordentlichen Mannes in jenem Schiffe sicher machen zu lassen.«

»Aha, nun komme ich aufs rechte Fahrwasser, in Beziehung auf seinen Charakter. Der junge Hund ist ein Spaßvogel und hat einen Matrosen aus der alten Schule, wie er es nennt, zum besten gehabt. Hab' ich's, Sir? Der hat vor dieser Reise schon Salzwasser gesehen, ha, ha?«

»Die See ist fast seine Heimat; er lebt schon länger als dreißig Jahre auf dem Element.«

»Da, Harry, hat er Sie nicht übel angeführt. Ha, ha, ha! Ich habe es aus seinem eigenen Munde, daß er morgen erst dreiundzwanzig Jahre alt wird.«

»Auf mein Wort, er hat Sie hintergangen, Sir.«

»Ich weiß nicht, Herr Arche. Mich hintergehen, das ist leichter unternommen als ausgeführt. Fünfundeindrittel Dutzend Jahre mögen wohl die Füße etwas schwerfällig machen; dagegen füllen sie aber auch den Kopf mit gewichtiger Klugheit! Kann sein, daß ich eine zu geringe Meinung von der Geschicklichkeit des Junkers faßte, aber was seine Jahre anbetrifft, so kann ich mich unmöglich sehr geirrt haben. – Aber, wo zum Teufel steuert denn der Kerl hin? Will er sich erst von seiner gnädigen Frau Mama eine Vorsteckserviette holen, um sein Mittagsmahl an Bord eines Kriegsschiffes einzunehmen?«

»Sieh! Er stellt sich wirklich seewärts!« rief Wilder mit einer solchen Hast und Freude, daß ein aufmerksamer Beobachter als sein Kommandeur Verdacht hätte schöpfen müssen.

»Was Sie sagen, ist wahr, oder ich weiß nicht mehr den Spiegel eines Schiffes von seinem Vorkastell zu unterscheiden«, erwiderte der andere etwas barsch. »Wissen Sie was, Herr Arche, ich habe große Lust, den Stutzer Respekt gegen seinen Vorgesetzten zu lehren, und ihm noch ein bißchen mehr Raum zum Rudern zu geben, um seinen Appetit zu schärfen. Ja, beim Himmel, ich will's; mag er dann mit seinen nächsten Depeschen nach Hause auch von diesem Manöver einen Bericht abstatten. He! Braßt die Hinterrahen voll, Sir; braßt sie voll! – Da diesem e h r e n w e r t e n Jüngling beliebt, sich mit einer Schnellsegelpartie zu amüsieren, ei nu, so darf's ihn nicht verdrießen, wenn andere dieselbe Laune haben.«

Der Leutnant der Wache, an den die Order ergangen war, gehorchte, und nach einer Minute fing der P f e i l an, sich vorwärts zu bewegen, allein in einer Richtung, die der des D e l p h i n gerade entgegengesetzt war. – Dem alten Manne machte sein schnellfertiger Entschluß nicht wenig Freude, die er durch hundert Späße und selbstgefälliges Händereiben zu erkennen gab. Er war zu sehr mit dem eben getanen Schritt beschäftigt, um gleich wieder auf den Gegenstand, der ihm vor einigen Augenblicken der angelegentlichste war, zurückzukommen; und die beiden Schiffe, ein jedes auf seinem Striche sich leicht und stetig bewegend, hatten schon ein breites Wasserfeld zwischen sich gelassen, als er erst wieder daran dachte, das Gespräch fortzusetzen.

»So! Mag er dies in sein Logbuch eintragen, Herr Arche«, nahm der reizbare alte Teer wieder auf, indem er zu Wilder, der sich in der Zwischenzeit nicht von seinem Platze gerührt hatte, zurückkehrte. »Mein Koch versteht sich zwar nicht darauf, wie man einen Frosch schmackhaft zubereite, wer aber kosten will, ob er sonst was zubereiten könne, der muß zu ihm kommen. Beim Himmel, Junge, es wird ihm zu schaffen machen, wenn er es unternimmt, mit dieser Wendung zu uns heranzukommen. – Doch, durch welchen Zufall sind denn Sie in sein Schiff geraten? Von diesem ganzen Teil der Reise weiß ich ja noch kein Sterbenswörtchen.«

»Ich habe Schiffbruch gelitten, Sir, seit Sie meinen letzten Brief erhalten haben.«

»Wie! So ist denn der rote Patron dem Teufel endlich doch anheimgefallen?«

»Der Unfall ereignete sich in einem Schiffe aus Bristol, wo ich als eine Art von Prisenmeister angestellt war. Wahrhaftig, er hält sich langsam, aber stetig nordwärts!«

»So lassen Sie doch den jungen Stutzer laufen! Sein Abendessen wird ihm um so besser schmecken. Da sind Sie also von dem königlichen Schiffe, die G a z e l l e , aufgenommen worden. So: ich sehe nun schon, wie das Ganze hergegangen ist. Ja, ja, man gebe einem alten Seehund nur seinen Strich und Kompaß, so findet er seinen Weg zum Hafen, mag die Nacht noch so dunkel sein. Aber wie kam's, Sir, daß dieser Herr Howard sich stellte, als wäre Ihr Name ihm unbekannt, als er denselben auf meiner Offiziersrolle sah?«

»Unbekannt! Schien mein Name ihm unbekannt? Vielleicht ...«

»Nicht weiter davon, mein tapferer Junge, nicht weiter davon«, unterbrach Wilders besonnener, aber ebenso hitziger Kommandeur. »Mir ist dergleichen vornehme Behandlung ebenfalls widerfahren: doch wir stehen über ihnen, hoch über ihnen, mitsamt ihren Unverschämtheiten. Niemand braucht sich zu schämen, sich seinen Rang so wie Sie und ich, durch sauern, schweren Dienst, bei gutem und schlechtem Wetter, selber erworben zu haben. Zum Henker, Junge, hatte ich nicht einen dieser Emporkömmlinge einst eine ganze Woche gefüttert, und wie ich in den Straßen Londons auf ihn stoße, stiert er Ihnen nicht quer über die Straße eine Kirche an, so daß ein Einfältiger geglaubt hätte, der Gelbschnabel wisse wirklich, zu welchem Zweck ein solches Gebäude diene? Denken Sie nicht weiter daran, lieber Harry: mir sind schon ärgere Dinge passiert, ich versichere Sie.«

»Ich ging unter meinem angenommenen Namen, solange ich in jenem Schiffe war«, gewann endlich Wilder Gewalt über sich, hinzuzufügen. »Selbst die Damen, die mit mir Schiffbruch litten, kennen mich unter keinem andern.«

»Ach, das war vernünftig: so hat das junge Adelsreis am Ende doch nicht aus vornehmem Stolz Unwissenheit vorgeschützt. Na, Master Fid, wie geht's? Du bist willkommen wieder hier auf dem P f e i l .«

»Ich habe mir die Freiheit genommen, mich beinahe selbst schon willkommen zu heißen, gnädiger Herr«, versetzte der Toppgast, der sich nicht weit von seinen beiden Offizieren etwas zu schaffen machte, offenbar, um ihre Aufmerksamkeit auf sich zu ziehen, »'s ist ein hübsches Zimmerwerk, das dort, hat einen kühnen Befehlshaber, und derbe, wackere Mannschaft: aber was mich anbelangen tut, sintemalen ich einen Charakter zu verlieren habe, so ist's doch mehr nach meinem Geschmack, in einem Schiffe zu segeln, das sein Patent aufweisen kann, wenn es von denen, die befugt sind, dazu aufgefordert wird.«

Die Farbe wechselte auf Wilders Wange, wie der rötlich schillernde Abendhimmel, und sein Auge nahm jede Richtung, nur die nicht, in der es dem erstaunten Blicke seines Freundes, des Veterans, begegnen mußte.

»Verstehe ich auch den Burschen nicht unrecht, Herr Arche? Jeder Offizier in der königlichen Flotte, vom Kapitän bis zum Bootsmann, das heißt nämlich, ein jeder, der nur seine fünf Sinne beisammen hat, führt zur See die schriftliche Befugnis zu seinem Amte bei sich; sonst könnte er sich leicht einmal in einer Lage befinden, die nicht minder kitzlig wäre als die eines Piraten.«

»Das ist's ja eben, was ich sage, Sir; nur daß Ew. Gnaden durch Studia und die lange Übung besser mit Worten aufgetakelt sind. Guinea und ich haben die Sache oft hin und her besprochen, und fürwahr, Kapitän Bignall, wir sind mehr als einmal nicht wenig nachdenklich dabei geworden. ›Angenommen,‹ frug ich den Schwarzen, ›angenommen, einem der Schiffe Sr. Majestät stößt gegenwärtiges Fahrzeug auf, und es kommt zum Handgemenge und Losbrennen, was,‹ fragte ich, ›was würden zwei unseresgleichen, Guinea, bei einer solchen Bescherung tun?‹ – ›Nu,‹ sagte der Schwarze, ›wir täten bei unsere Kanonen halten, aus der Seite von Master Harry‹, sagte er; ich hatte auch nichts dawider einzuwenden, aber mit schuldigem Respekt vor seiner Gegenwart und Ew. Gnaden Ihrer muß ich gestehen, ich war so frei, hinzuzusetzen, daß, nach meiner geringen Meinung, es doch viel bequemer wäre, aus einem ehrlichen Schiffe getötet zu werden, als auf dem Deck eines Bukaniers.«

»Eines Bu ... kaniers!« schrie der Kommandeur mit großen Augen und offenem Munde.

»Kapitän Bignall,« sagte Wilder, »ich habe vielleicht die von Ihnen erfahrene Nachsicht gemißbraucht, daß ich solange schwieg; doch hören Sie meine Erzählung an, ich hoffe, einige Stellen darin werden zu meiner Entschuldigung sprechen. Das Fahrzeug, das Sie dort sehen, ist das Schiff des berühmten roten Freibeuters – unterbrechen Sie mich nicht, ich beschwöre Sie bei aller Liebe, die Sie mir solange bewiesen haben, lassen Sie mich vollenden, und dann tadeln Sie, wenn Sie können.«

Wilders Worte und der männliche Ernst, mit dem er sie begleitete, hielten den aussteigenden Unwillen des ehrlichen Alten zurück. Ernst und hoch gespannt lauschte er der bündigen, aber klaren Erzählung, die sein Leutnant sich ihm zu geben beeilte; und ehe dieser noch fertig war, war auch er von jenem dankbaren, wenigstens hochherzigen Gefühl großenteils eingenommen, das den Jüngling so abgeneigt gemacht hatte, den anstößigen Charakter eines Mannes zu verraten, von dem er eine so großmütige Behandlung erfahren hatte. Einige starke, seinem Fache eigentümliche Ausrufungen der Überraschung und der Bewunderung unterbrachen wohl den Bericht hier und da; im ganzen aber zähmte er seine Ungeduld und seine Gefühle auf eine Weise, die merkwürdig genug war, wenn man das Temperament des Kapitäns in Erwägung zieht.

»In der Tat wunderbar!« rief er, als der andere geendigt hatte; »und jammerschade, daß ein so grundehrlicher Kerl ein solcher Erzspitzbube ist. Aber, Harry, bei alledem können wir ihn doch nicht frei passieren lassen; unsre Untertanenpflicht wie unsre Religion verbieten es. Wir müssen wenden und auf ihn zusteuern; wenn er mit guten Worten nicht zur Vernunft bewogen werden kann, so bleibt kein anderes Mittel als Zuschlagen, soviel ich davon verstehe.«

»Ich fürchte, unsre Pflicht läßt uns keine andere Wahl, Sir«, erwiderte der junge Mann mit einem tiefen Seufzer.

»Auch unsre Religion nicht. – Und so ist also der Schwatzhans, den er mir an Bord schickte, gar nicht einmal ein Kapitän gewesen! Aber doch hat er mich in Hinsicht auf das Äußere und das Benehmen eines Mannes von Stande nicht hintergehen können. Ich stehe dafür, es war irgendein junger Taugenichts aus guter Familie, sonst könnte er den vornehmen Wüstling nicht so gut gespielt haben.

Hören Sie, Herr Arche, wir müssen versuchen, seinen Namen geheim zu halten, damit keine Schande auf seine Angehörigen falle. Unsere aristokratischen Säulen, wenn sie auch anfangen einige Sprünge und Ritzen zu bekommen, sind denn doch am Ende die Stützen des Throns, und es geziemt uns nicht, gemeine Augen zu deutlich sehen zu lassen, daß sie morsch sind.«

»Der Mann, der den P f e i l besuchte, war der Korsar selber.«

»Ha! Der r o t e F r e i b e u t e r auf meinem Schiff, ja sogar in meiner persönlichen Gegenwart!« schrie der alte Teer mit einer Art heiligen Abscheues. »Es gefällt Ihnen, meine Leichtgläubigkeit zum besten zu haben, Sir.«

»Ich müßte tausend Verbindlichkeiten erst aus den Augen setzen, ehe ich so dreist sein könnte. Nehmen Sie meine feierliche Versicherung, Sir, es war kein anderer.«

»Das ist unbegreiflich! Außerordentlich bis zum Wunderbaren! Außerordentlich! Seine Vermummung war sehr vollständig, ich muß es gestehen, da er imstande war, jemand zu täuschen, der sich so genau auf die Züge im menschlichen Gesicht versteht. Ich habe nichts von seinem borstigen Backenbart gesehen, nichts von seiner bestialischen Stimme gehört, kurz, bemerkte keine jener monströsen Entstellungen, die diesen Menschen auszeichnen, wie allgemein bekannt ist.«

»Alles dies sind nur Ausschmückungen, die ihm das gemeine Gerücht geliehen. Ich fürchte, Sir, die verwegensten und gefährlichsten unter der Anzahl menschlicher Laster verbergen sich oft hinter der anziehendsten Außenseite.«

»Aber der mißt ja nicht einmal seine Zolle, Sir.«

»Sein Körper ist nicht groß, allein er umfaßt einen Riesengeist.«

»Und halten Sie, Herr Arche, jenes Schiff für dasselbe Fahrzeug, das mit uns vergangenen März in den Nachtgleichen handgemein war?«

»Ich weiß es ganz gewiß.«

»Na, hören Sie, Harry, Ihretwegen will ich großmütig mit dem Schelm verfahren. Einmal ist er mir entwischt, daran war aber der Verlust einer oberen Stenge und das ungünstige Wetter schuld;

doch jetzt haben wir einen guten, wirksamen Wind, auf den man mit Sicherheit rechnen kann, und eine herrliche, ruhige See. Ich brauche also bloß zu wollen, so ist er mein – denn ich denke wirklich, daß er nicht vorhat, Reißaus zu nehmen.«

»Ich f ü r c h t e , nein«, erwiderte Wilder, und verriet in den Worten unwillkürlich seine eigentlichen Wünsche.

»Kämpfen, mit der geringsten Hoffnung guten Erfolges, kann er nicht; und da er eine ganz andere Personage zu sein scheint, als ich mir ihn dachte, so wollen wir versuchen, was Unterhandlung bei ihm vermag. Wollen Sie es übernehmen, der Überbringer meiner Bedingungen zu sein? – Doch, seine Mäßigung könnte ihn vielleicht gereuen.«

»Meine Ehre zum Unterpfand, er hält Wort«, rief Wilder mit Eifer. »Lassen Sie eine Kanone leewärts lösen. Aber nicht zu vergessen, Sir, alle Zeichen müssen freundschaftliche Absichten andeuten; eine Parlamentärflagge wehe von unserm Hauptmast, so will ich mich jeder Gefahr unterziehen, um ihn in den Schoß der Gesellschaft zurückzuführen.«

»Beim heiligen Georg, es wäre wenigstens eine christliche Tat,« erwiderte der Kommandeur nach einer augenblicklichen Überlegung; »und wenn wir auch des Sieges verlustig gehen und somit nicht zu Rittern auf Erden geschlagen werden, so werden unser um so sanftere Hängematten dort oben warten.«

Kaum hatten der warmherzige und vielleicht etwas schwärmerische Kapitän des P f e i l s und sein Leutnant diese Maßregel beschlossen, so trafen sie auch eifrig die nötigen Vorkehrungen, um den Erfolg zu sichern. Das Ruder wurde leewärts gelenkt; und als das Vorkastell sich dem Winde zuwendete, blitzte eine Feuersäule aus einer Pfortgate aus der Leeseite und schickte die herkömmliche, freundschaftliche Aufforderung über das Wasser, daß die, die den P f e i l regierten, den Bewohnern des andern Schiffes eine Mitteilung zu machen hätten. Zu gleicher Zeit sah man eine kleine Flagge mit schneeweißem Felde von der höchsten Spitze des Spierenwerkes wehen, während die Wimpel Englands von der Gaffel herabgelassen wurden. Eine halbe Minute tiefer Besorgnis im Busen derer, die diese Signale zu geben befohlen hatten, folgte jetzt. Indessen wurde ihrer Ungewißheit bald ein Ende gemacht. Eine Rauchwolke aus dem Fahrzeug des Rover trieb vor dem Winde, und gleich darauf erscholl der dumpfe Knall der erwidernden Kanone. Eine der ihrigen ähnliche Flagge flatterte, gleichsam wie die Fittiche einer fliegenden Taube, hoch über allen Stengentopps; dagegen war an der Spitze, wo man gewöhnlich die Farben sieht, die die Nation eines Küstenfahrers andeuten, durchaus kein Signal der Art zu entdecken.

»Der Kerl ist doch so bescheiden, in unserer Gegenwart mit nackter Gaffel zu fahren«, sagte Bignall, indem er seinen Gefährten auf den Umstand, als eine ihren Wünschen günstige Vorbedeutung aufmerksam machte. »Bis zu einer mäßigen Entfernung wollen wir auf ihn lossteuern, und dann sollen Sie das Boot besteigen.«

Diesem Entschluß gemäß wurde der P f e i l gewendet und mehr Segel beigesetzt, um die Schnelligkeit zu vermehren. Als sie innerhalb einer halben Kanonenschußweite gekommen waren, brachte Wilder seinem Obern bei, daß es ratsam wäre, nicht weiter vorzurücken, um den Anschein feindseliger Gesinnung zu vermeiden. Sogleich wurde das Boot hinab in die See gelassen und bemannt: eine Waffenstillstandsflagge vorn aufgepflanzt und dann Bericht abgestattet, daß alles bereit sei, um den Überbringer der Botschaft aufzunehmen.

»Sie können ihm diese schriftliche Auseinandersetzung unserer Streitkräfte einhändigen, Herr Arche; denn da er ein Mann ist, der Vernunft annimmt, so wird ihn dies Papier belehren, wie sehr wir im Vorteil stehen«, sagte der Kapitän, nachdem er sich in der Wiederholung seiner mannigfaltigen Instruktionen erschöpft hatte. »Ich denke, Sie können ihm immer Verzeihung für das Vergangene zusichern, wenn er nämlich in meine sämtlichen übrigen Bedingungen einwilligt; in jedem Fall aber können Sie soviel sagen, daß alle mögliche Verwendung geschehen soll, um für seine Person wenigstens eine vollständige Reinigung zu erwirken. Gott erhalte dich, Junge! Daß Sie ja nichts fallen lassen von der Havarie, die wir in der Affäre vom vergangenen März gelitten haben; denn ... hm ... denn die Winde der Nachtgleichen bliesen gerade etwas scharf, wie Sie wissen. Adieu! Und guten Erfolg!«

Das Boot stieß von der Seite des Schiffes ab, als er fertig war, und nach wenigen Augenblicken war Wilder, obgleich er sich zu hören anstrengte, schon zu weit, um von dem fernern guten Rat, den der Alte noch nachrief, ein Wort vernehmen zu können. Während des Ruderns nach dem noch ziemlich entfernten Korsarenschiffe hatte unser Abenteurer hinlänglich Muße, über die außerordentliche Lage, in der er sich jetzt befand, seine Betrachtungen anzustellen. Ein- oder zweimal durchzuckte seine Seele ein Schimmer von Mißtrauen in die Klugheit des Schrittes, den er zu tun im Begriff war; doch war er nur flüchtig und vorübergehend, denn die Erinnerung an die großartige Gesinnung des Mannes, dem er sich anvertraute, ließ diese Besorgnis nicht vorherrschend werden. Ungeachtet der Bedenklichkeit seiner Lage wurde doch, sowie er dem Fahrzeuge des Rover näher kam, das Interesse am Seewesen immer mächtiger, ein Interesse, das jedem echten Matrosen so charakteristisch ist und in seinem Busen selten ganz verstummt. Das vollkommene Ebenmaß der Spieren, das anmutige Auf- und Niederschweben des ganzen Gebäudes, indem es sich auf den langen, regelmäßigen Wogen, wie sie sich unter Passatwinden zu gestalten pflegen, gleich einem Seevogel wiegte, endlich das zierliche, schiefe Aufschießen der schlanken Masten, wie sie sich Bahn brachen vorwärts durch den blauen, von dem künstlich verwickelten Netzwerk der Taue durchschnittenen Äther, waren reizende Gegenstände für ein Auge, das ihre Schönheit nicht nur im ganzen fühlte, sondern auch die Anordnung jedes einzelnen Teils dieses schönen Ganzen würdigen konnte. So konnte es geschehen, daß Wilder einen Augenblick ganz vergaß, was für eine wichtige Botschaft er hatte, als das Schiff, das mit Recht darauf Anspruch machen konnte, ein Juwel des Ozeans zu sein, nun klar vor seinen Augen lag.

»Laßt einmal eure Ruder ruhen, Burschen,« sagte er, und winkte den Leuten, den Lauf des Bootes anzuhalten; »setzt die Ruder beiseite! Hast du je schöner aufschießende Masten als diese da gesehen, Master Fid, oder Segel, die herrlicher gebraßt gewesen wären?«

Der Toppmann, der an dem Hauptruder in der Pinasse saß, warf einen Blick über seine Schulter, und nachdem er sich die eine Wange mit einem Stück Rollentabak angestaut hatte, das dreist mit einem Kanonenpfropfen verglichen werden darf, ließ er sich bei einer Gelegenheit, wo so unmittelbar ein Gutachten von ihm verlangt wurde, ohne Zögern also vernehmen:

»Ich kümmere mich nicht, wer es hört, denn mag's nu von ehrlichen Kerlen oder von Spitzbuben gehandhabt werden, so hab' ich doch den Vorkastellmännern aus dem P f e i l gleich in den ersten fünf Minuten, nachdem ich wieder bei ihnen angelangt war, gerade raus gesagt, daß sie einen ganzen Monat im Portsmouther Hafen liegen könnten, ehe sie einen so leichten und doch so gute Dienste tuenden Windsang zu sehen bekämen, wie der an Bord dieses Rumschwärmers. Ist doch sein unteres Tauwerk eingefädelt und schlank wie Jungfer Lene Dale, wenn sie die Stagtaljereepen an ihrem Schnürleibchen wacker angeholt hat! Da ist auch nicht ein einziger Block, der da, wo er sitzt, größer aussähe, als in dem niedlichen Mädchengesicht die Guckäugelein. Sehen Sie dort das Taugewinde an dem Fockbrassenblock? Das ist von der Hand eines gewissen Richard Fid verfertigt, und das Herz in dem großen Stag, das hat der Guinea hier eingedreht; man muß zwar bedenken, daß er nur ein Neger ist, aber nach Schiffsart ist es doch gemacht, sag' ich.«

»Es ist in allen seinen Teilen herrlich, das Schiff!« rief Wilder, tief Atem holend. »Zugerudert, Leutchen, Angerudert! Glaubt ihr denn, ich sei da, um die Seetiefen zu sondieren?«

Die Leute schraken zusammen bei der Hast, womit ihr Leutnant sprach, und nach einer zweiten Minute war das Boot an der Seite des Piratenschiffs. Die wilden, drohenden Blicke, die ihn trafen, als er die Planken betrat, machten ihn einen Augenblick unschlüssig, ob er sich mitten durch die Mannschaft vorwärts wagen sollte oder nicht. – Allein die persönliche Gegenwart des Freibeuters, der mit der ihm eigentümlichen, hohen, imposanten Herrschermiene auf der Schanze stand, ermutigte ihn nach einem Zaudern, das von zu kurzer Dauer war, um bemerkt werden zu können, seinen Gang fortzusetzen. Schon öffnete er die Lippe zum Sprechen, da gab ihm der andere einen Wink, worauf sich beide schweigend in die einsame Kajüte zurückzogen.

»Der Argwohn unter meinen Leuten ist wach geworden, Herr A r c h e«, hob der Rover, als sie allein waren, das Gespräch an und legte einen besondern, bedeutsamen Nachdruck auf den Namen des Angeredeten. »Der Verdacht regt sich unter ihnen, obgleich sie vorerst kaum wissen, was sie eigentlich glauben sollen. Die Bewegungen beider Schiffe sind nicht von der Art gewesen, wie sie sie zu sehen gewohnt sind, und es fehlt nicht an Stimmen, deren Einflüsterungen gerade nicht sehr günstig für Sie lauten. Sie haben nicht wohlgetan, Sir, daß Sie wieder zu uns zurückkehrten.«

»Ich bin auf Befehl meines Obern gekommen, und unter dem Schutze einer Parlamentärflagge.«

»Wir geben uns wenig damit ab, über die gesetzlichen Unterscheidungszeichen der Welt zu vernünfteln, und könnten leicht Ihre Rechte in Ihrer so neuen Eigenschaft verkennen. Doch«, fügte er rasch und mit Würde hinzu, »wenn Sie der Überbringer einer Botschaft sind, so darf ich wohl voraussetzen, daß sie für meine Ohren bestimmt ist.«

»Und für keine anderen. Wir sind nicht allein, Kapitän Heidegger.«

»Achten Sie auf den Knaben nicht; wenn ich will, so ist er taub.«

»Ich wünschte, die Anerbietung, die ich überbringe, Ihnen allein mitteilen zu können.«

»Dieser Mast ist nicht bewußtloser als Roderich«, sagte der andere ruhig, aber mit Entschiedenheit.

»Wohlan, so muß ich denn reden, auf jede Gefahr hin. – Der Kommandeur des Schiffes dort, angestellt von unserem königlichen Herrn, Georg dem Zweiten, hat mir befohlen, folgendes Ihrer reiflichen Erwägung vorzulegen: Unter der Bedingung, daß Sie dies Fahrzeug mit seinen sämtlichen Magazinen, Waffenrüstungen und sonstiger Kriegsmunition unbeschädigt übergeben, will er sich mit zehn aus Ihrer Mannschaft durchs Los auszuhebenden Geiseln, Ihnen selbst und noch einem Ihrer Offiziere begnügen; den Rest will er entweder in königliche Dienste aufnehmen oder ihm erlauben, auseinander zu gehen und sich einem ehrenvolleren und, wie ich wohl jetzt sagen darf, sicherern Beruf zu widmen.«

»Dies ist die Großmut eines Fürsten! Ich sollte hinknien und das Deck küssen vor einem, dessen Lippen solche Gnadenworte entströmen.«

»Ich wiederhole nur die Worte meines Vorgesetzten«, fuhr Wilder fort, und das Blut schoß nach seinen Wangen. »Was Sie selbst betrifft, so macht er sich ferner anheischig, sich höchstangelegenrlich zu verwenden, um einen Pardon zu erhalten, unter der Bedingung, daß Sie das Meer verlassen und dem Namen eines Engländers auf ewig entsagen.«

»Letzteres ist bereits geschehen; aber darf ich die Ursachen erfahren, warum man einem, dessen Name solange von den Menschen präskribiert ist, solche milde Bedingungen macht?«

»Kapitän Bignall hat vernommen, wie großmütig Sie seinen Offizier, wie zart Sie die Tochter und Witwe zweier ehemaliger Waffenbrüder behandelt haben. Er gesteht, das Gerücht habe Ihrem Charakter keine sonderliche Gerechtigkeit widerfahren lassen.«

Mit einer mächtigen Anstrengung gelang es dem Zuhörenden, den Triumph, der auf seinen Zügen leuchtete, zu unterdrücken, so daß er durchaus gelassen, ohne äußerliche Bewegung und mit einer gewissen Kälte die offenbar zum Fortfahren auffordernde Zwischenbemerkung hinwarf:

»Man hat ihn falsch berichtet, Sir.«

»Dies räumt er ohne Anstand ein. Eine Berichtigung des allgemein verbreiteten Irrtums an den gehörigen Ort ergehend, wird Gewicht genug haben, um die versprochene Amnestie für das Vergangene, ja wie er hofft, glänzendere Aussichten für die Zukunft herbeizuführen.«

»Und gibt er keinen Grund an, warum ich diese meine ganze Lebensweise so gewaltsam ändern, warum einem Element entsagen soll, das mir ebensosehr wie das, was ich atme, zum Bedürfnis geworden ist, und warum ich namentlich den vielgepriesenen Vorzug aufgeben soll, mich einen Briten zu nennen? Gibt er zu alle diesem keinen weitern Grund an als sein hohes Belieben?«

»Ja. Hier diese Beschreibung seiner Streitkräfte, die Sie, wenn Sie wollen, mit eigenem Auge untersuchen können, muß Sie überzeugen, daß Widerstand hoffnungslos sei, und wird, denkt er, Sie bewegen, seine Anerbietungen anzunehmen.«

»Und was ist Ihre Meinung?« fragte der andere mit einem vielsagenden Lächeln und ganz eigentümlichem Nachdruck, indem er die Hand ausstreckte, um das Papier in Empfang zu nehmen. »Doch ich bitte um Verzeihung«, setzte er schnell hinzu und kehrte, als er das ernste Antlitz seines Gefährten gewahr wurde, selbst zum Ernst zurück. »Ich scherze, während der Moment uns so sehr zum Gegenteil auffordert.«

Rasch durchflog er die Schrift; nur zwei oder drei Punkte, die am meisten seiner Aufmerksamkeit würdig zu sein schienen, fesselten seinen Blick etwas länger und gewannen ihm eine flüchtige Äußerung von größerem Interesse ab.

»Sie finden doch durch diese Auseinandersetzung meine Behauptung von unserer Überlegenheit bestätigt?« fragte Wilder, als das Auge des andern von dem Papier wegsah.

»Ja.«

»Darf ich nun fragen, was sie für einen Entschluß fassen auf dies Anerbieten?«

»Zuerst sagen Sie mir, welchen Rat gibt Ihr eigenes Herz? Dies ist nur die Sprache eines Dritten.«

»Kapitän Heidegger,« sagte Wilder errötend, »ich will nicht zu leugnen streben, daß ich andere Ausdrücke gewählt haben würde, hätte die Abfassung der Botschaft von mir allein abgehangen; demungeachtet, bei der lebendigsten und wärmsten Erinnerung an Ihre Großmut, und als ein Mann, der mit Wissen und Willen selbst seinen Feind zu keinem entehrenden Schritt verleiten möchte, rate ich Ihnen dringend zur Annahme. Erlauben Sie mir zu sagen, daß ich schon während unseres Umganges vor kurzem nicht ohne Grund in Ihnen die Einsicht voraussetzen durfte, daß in Ihrer jetzigen Lebensweise weder der Charakter, den Sie gewiß zu verdienen wünschen, noch die Zufriedenheit, nach der alle sich sehnen, zu finden sei.«

»Ei, ei, daß ich in Herrn Heinrich Wilder einen so haarfeinen Kasuisten bewirtete, ließ ich mir in der Tat nicht träumen. Haben Sie außerdem noch etwas vorzubringen, Sir?«

»Nichts«, erwiderte der schmerzlich getäuschte Abgesandte des Pfeil.

»Doch, doch, noch etwas,« sprach eine eifrige Stimme hinter dem Rover, aber so leise, daß die Silben mehr hervorgehaucht als wirklich ausgesprochen schienen: »noch nicht die Hälfte seines Auftrags hat er ausgerichtet, oder er ist des heiligen Vertrauens zu ihm auf eine schreckliche Weise uneingedenk.«

»Der Knabe hat oft seine Träume«, unterbrach der Rover mit dem wohlbekannten, wild entstellenden Lächeln. »Er läßt zuweilen seine inhaltslosen Gedanken in äußere Gestalt heraustreten, indem er sie in Worte einkleidet.«

»Nicht inhaltlos sind meine Gedanken«, fuhr Roderich lauter und bei weitem kühner geworden fort. »Ach, wenn sein Frieden, sein Wohl Ihnen teuer ist, verlassen, verlassen Sie ihn noch nicht. Halten Sie ihm seinen hohen, ehrenvollen Namen vor; seine Jugend, jenes teure und tugendhafte Wesen, das er einst so unsäglich liebte, dessen Andenken er noch, ja noch immer, anbetet. Da Sie zu sprechen verstehen, o, sprechen Sie mit ihm von diesen Dingen; und bei meinem Leben, sein Ohr wird nicht taub, sein Herz kann nicht hart bei Ihren Worten bleiben.«

»Das kleine Wesen ist wahnsinnig!«

»Ich bin nicht wahnsinnig; oder wenn ich es bin, so ist es durch die Verbrechen, die Gefahren derer, die ich liebe. Ach! Herr Wilder, verlassen Sie ihn nicht. Seit Sie bei uns waren, ist er weit mehr wieder das, was er, ich weiß es, einst gewesen. Weg mit dieser schlecht berechneten Aufzählung Ihrer Streitkräfte; Drohungen verhärten ihn nur. Als Freund ermahnen Sie, aber hoffen Sie nichts als Diener der Rache. Sie kennen das furchtbare Gemüt dieses Mannes nicht, sonst würden Sie nicht einem reißenden Strome Einhalt zu tun versuchen. Jetzt – ach jetzt reden Sie! Sieh, sein Auge wird schon milder.«

»Aus Mitleid, Knabe, daß ich sehen muß, wie deine Vernunft wankt.«

»O, daß sie nie mehr als in diesem Augenblick gewankt hätte, W a l t e r! Dann würde es zwischen d i r und mir der Rede eines Dritten nicht bedurft haben; dann würden meine Worte beachtet, meine Stimme laut genug gewesen sein, um von dir vernommen zu werden. – Ach, warum sind Sie stumm? Eine einzige Silbe könnte ihn jetzt retten.«

»Wilder, das Kind ist durch diese Aufzählung von Kanonen und Truppen in Schrecken gejagt. Er fürchtet den Zorn Ihres gesalbten Herrn. Gehen Sie; schenken Sie ihm einen Platz in Ihrem Boot, und empfehlen Sie ihn der Gnade Ihres Vorgesetzten.«

»Hinweg, hinweg!« schrie Roderich. »Ich werde nicht, will nicht, kann dich nicht verlassen. Wer bleibt mir hienieden noch außer dir?«

»Ja,« fuhr der Rover fort, in dessen Ausdruck nicht mehr die erzwungene Ruhe, wohl aber tiefes, trauriges Nachdenken vorherrschte: »so wird es wirklich besser sein! Schauen Sie her, hier ist viel Gold; Sie werden ihn der Sorgfalt jenes vortrefflichen Weibes anempfehlen; ihr i s t ja ohnedies schon ein Wesen anvertraut, kaum weniger verlassen, obgleich vielleicht weniger ...«

» S c h u l d i g ! Sprich es immerhin aus, das Wort, Walter! Verdient habe ich den Zusatz, und werde nicht zittern, ihn aussprechen zu hören. Sieh,« sagte er, haschte dabei die schwere Geldbörse, die Wildern hingehalten wurde, und hielt sie mit Verachtung hoch über sein Haupt weg, »dies kann ich wegwerfen; aber das Band, das mich mit dir verbindet, soll nie zerrissen werden.«

Während des Sprechens hatte der Knabe sich einem offenen Fenster der Kajüte genähert; es ertönte das Geplätscher eines fallenden Körpers, und ein Schatz, der einem Menschen von mäßigen Wünschen ein immerwährendes Auskommen hätte sichern können, war für den Gebrauch derer, die ihm den Wert beigelegt, auf ewig verloren. Der Leutnant des P f e i l eilte herbei, um den Zorn des Rovers zu beschwichtigen; allein keine Spur von einem andern Gefühl als Mitleid konnte sein Auge auf den Zügen des gesetzlosen Häuptlings entdecken, aber ein Mitleid, so innig, daß es selbst durch sein ruhiges, unbewegliches Lächeln hindurchdrang.

»Roderich würde einen schlechten Zahlmeister abgeben«, sagte er. »Dennoch ist es nicht zu spät, ihn den Seinigen wieder zu schenken. Der Verlust des Goldes ist nicht unwiederbringlich; aber wenn ein wirkliches Leid das Kind träfe, es wäre auf immer um meinen Seelenfrieden geschehen.«

»So behalten Sie ihn in Ihrer Nähe«, lispelte der Knabe, dessen heftige Erschütterung ihn erschöpft zu haben schien. »Gehen Sie,

Herr Wilder, gehen Sie; Ihr Boot wartet, längeres Bleiben ist zwecklos.«

»Das befürchte ich!« erwiderte unser Abenteurer, der während des vorhergehenden Gesprächs unaufhörlich den Blick voll männlichen Bedauerns auf das Antlitz des Knaben geheftet hielt; »sehr befürchte ich das! – Da ich indessen als Abgesandter eines Dritten hier bin, Kapitän Heidegger, so ist es nun an Ihnen, auf meinen Antrag eine zweckmäßige Antwort zu geben.«

Hierauf nahm ihn der Rover beim Arme und führte ihn an eine Stelle, von wo aus man sehen konnte, was draußen vorging. Hier zeigte er mit dem Finger hinauf auf seine Spieren, machte seinen Gesellschafter auf die geringe Anzahl Segel, die er führte, aufmerksam, und sprach diese wenigen Worte: »Sir, Sie sind Seemann, und was Sie sehen, wird Sie meine Absichten erraten lassen. – Ich werde den prahlenden Kreuzer Ihres Königs Georg weder suchen noch vermeiden.«

Dreißigstes Kapitel.

»Sie bringen mir die dankbare Unterwerfung des Piraten auf meine Anerbietungen!« rief der zu leicht der Hoffnung sich hingebende Kommandeur des P f e i l seinem Abgesandten entgegen, als dieser kaum mit dem Fuß das Verdeck wieder betrat.

»Ich bringe nichts als Widerstand!« war die überraschende Antwort.

»Und Sie haben mein Dokument vorgewiesen? Sie werden doch eine so wesentliche Schrift nicht vergessen haben, Herr Arche?«

»Nichts ist vergessen worden, was die wärmste Teilnahme an seiner Sicherheit nur eingeben konnte, Kapitän Bignall. Allein der Chef des gesetzlosen Schiffes dort weigert sich nichtsdestoweniger, Ihren Bedingungen zu entsprechen.«

»Er wähnt vielleicht, Sir, der P f e i l sei mit seinem Spierenwerk nicht recht imstande,« erwiderte der etwas voreilige, alte Seemann und drückte mir einem Blicke verletzten Stolzes die Lippen zusammen: »oder aber er spannt sein schnellfüßiges Schiff voll mit Segeln und meint so zu entwischen.«

»Sieht das aus wie Vorbereitung zur Flucht?« fragte Wilder, den Arm ausstreckend und auf die fast ganz entblößten Spieren und die regungslose Masse des nahen Schiffes hinweisend. »Das Äußerste, was ich erlangen konnte, ist die Versicherung, daß er nicht der angreifende Teil sein wolle.«

»Traun, beim heil'gen Georg, es ist doch ein barmherziger Jüngling! Das nenn' ich mir eine lobenswürdige Mäßigung, in der Tat! Er will mit seiner buntscheckigen, undisziplinierten Seeräuberhorde nicht unter die Kanonen eines britischen Kriegsschiffes rennen, weil er der Flagge seines Herrn einige Ehrfurcht schuldig ist! Lassen Sie sich was sagen, Herr Arche, den Umstand wollen wir doch erwähnen, wenn wir von den Gerichten zu Hause verhört werden. Zum Kuckuck auch mit den Narrenspossen! Die Leute an ihre Kanonen beordert, Sir, und das Schiff gehalset, sonst schickt er uns noch ein Boot an Bord, um uns über unsere amtlichen Befugnisse zu untersuchen.«

»Kapitän Bignall,« sagte Wilder, indem er seinen Kommandeur weiter wegführte, um von den Subalternen nicht gehört zu werden, »ich darf Anspruch machen, daß meine Dienste unter Ihren eigenen Augen und Befehlen einiger Berücksichtigung nicht unwert sind. Sollte mein früheres Betragen mir ein Recht zu der Kühnheit geben, einem Mann von Ihrer großen Erfahrung einen Rat zu geben, so erlauben Sie mir dringend, einen kurzen Verzug vorzuschlagen.«

»Verzug! Kann Heinrich Arche zaudern, wenn ihn der Trotz der Feinde seines Königs, ja mehr, der Feinde der Menschen, an seine Pflicht mahnt.«

»Sir, Sie mißverstehen mich. Ich zögere, damit die Flagge, unter der wir segeln, fleckenlos bleibe, und nicht aus der Absicht, ein Gefecht zu vermeiden. – Es ist unserem, wenn Sie wollen, m e i - n e m Feinde, nunmehr bekannt, daß er, im Falle des Gefangenwerdens, wegen seiner frühern Großmut nur gütige Behandlung zu erwarten habe. Dennoch, Kapitän Bignall, bitte ich um Zeit, damit ich den P f e i l auf einen Kampf, der alle seine gerühmten Eigenschaften auf die Probe stellen wird, in Bereitschaft setzen und die nötigen Anstalten treffen könne, um uns eines, gewiß nicht ohne Preis zu erlangenden Sieges zu versichern.«

»Aber wenn er nun entwischte ...«

»Bei meinem Leben, er wird keinen Versuch dazu machen. Ich kenne nicht nur den Mann, sondern auch seine furchtbaren Mittel zum Widerstande. Eine kleine halbe Stunde genügt, um uns gehörig instand zu setzen, und gereicht weder unserem Mute noch unserer Klugheit zur Unehre.«

Der Veteran gab gezwungen nach, begleitete indessen die Einwilligung mit nicht wenigem Gebrumme über die Schande, daß ein britisches Kriegsschiff nicht ohne weiteres dem kühnsten Piraten auf dem Ozean Seite an Seite liefe und ihn mit einer einzigen Lunte in die Luft puffte. Wilder war aber schon au die ehrlichen seemännischen Prahlereien gewöhnt, womit die Seeleute jener Zeit ihre allerdings feste und männliche Entschlossenheit auszuschmücken pflegten; daher ließ er ihm gerne sein verdrießlich gutmütiges Poltern, und ging an Beschäftigungen, die kraft seines Ranges im Schiffe in sein Gebiet fielen, und deren Besorgung, wie er recht gut einsah, jetzt von der höchsten Wichtigkeit war.

Die Order: »All zu Hauf! Das Schiff kampffertig gemacht!« wurde nochmals ausgegeben und mit der Fröhlichkeit empfangen, womit Matrosen jeden wichtigeren Wechsel in ihrem Seeleben zu bewillkommnen gewohnt sind. Es blieb jedoch wenig zu tun übrig; denn größtenteils befanden sich alle Sachen noch in dem bereiten Zustand, in den sie bei dem ersten Begegnen beider Fahrzeuge gesetzt worden waren. Jetzt erschallte der Trommelschlag: Posten gefaßt! und die ernsteren, einen schrecklichen Anblick gewährenden Vorkehrungen zur bevorstehenden Schlacht folgten. Als man mit diesen verschiedenen Anordnungen fertig war, die Mannschaft bei ihren Kanonen, die Segelsetzer an ihren Brassen und die Offiziere auf ihren respektiven Batterien, wurden die Hinterrahen umgeschwungen und das Schiff abermals in Bewegung gesetzt.

Während dieser kurzen Zwischenzeit lag das Schiff des Freibeuters in der Entfernung von ungefähr einer Viertelstunde vollkommen ruhig und ohne den Schein, daß es sich an die unzweideutigen Bewegungen seines feindlichen Nachbars im mindesten kehre. Als aber der Pfeil dem Druck des Windes nachgab und allmählich seine Schnelligkeit vermehrte, so daß das Wasser unter seinem Vorsteven schon eine kleine, rollende Schaumwoge zu bilden begann, da fiel das Vorkastell des andern von der Richtung des Windes ab, das Bramsegel füllte sich, und der Delphin erhielt nun auch seinerseits die nötige Bewegung, um besser regiert werden zu können. Jenes breite Feld, das schon über die Gefahren und dem Blutvergießen von tausend Schlachten triumphierend geweht hatte und diesmal während der Zusammenkunft von der Gaffel des Pfeil herabgelassen war, wurde nun wieder aufgehißt. Die Flaggenspitze des Feindes wies indes kein erwiderndes Signal.

Auf diese Weise gewannen beide Schiffe einander Raum ab und bewachten sich gegenseitig mit Augen so gierig, als wären es zwei sich messende Seeungeheuer gewesen, jedes sich bemühend, den Gegner die beabsichtigte Evolution des nächsten Augenblicks nicht erraten zu lassen. Die ungewöhnlich ernste Haltung Wilders verfehlte nicht, in dem schlichten Seemann, der dem Pfeil als Kommandeur vorstand, eine entsprechende Wirkung hervorzubringen; nachgerade fühlte er sich nicht weniger als sein Leutnant geneigt, ohne Übereilung und mit gemessener Vorsicht in den Kampf zu gehen.

Wolkenlos war bis jetzt der Tag gewesen. Noch nie hatte ein reineres Blau, als das des sich während der letzten Stunden über den Häuptern unserer Seeabenteurer wölbenden Bogens, die Meereswüste angelächelt. Allein, gleichsam als zürnte die Natur ob ihres jetzigen, blutigen Vorhabens, verwischte eine finster drohende Nebelmasse die Umrisse von Himmel und Ozean, so daß beide, nach der dem stetig anhaltenden Windstrich entgegengesetzten Richtung hin, ineinander zu fließen schienen. – Nicht entgingen diese wohlbekannten, schlimmen Vorboten der Wachsamkeit derer, die die feindlichen Schiffe bemannten, doch hielt man die Gefahr noch für zu entfernt, um die Aufmerksamkeit, die allein dem nahen Kampf gewidmet war, dadurch teilen zu lassen.

»Eine Bö braut sich dort im Westen aus,« sagte der erfahrene und umsichtige Bignall und zeigte beim Sprechen auf die finsteren Symptome hin; »doch wir können schon den Piraten in die Mache nehmen und alles wieder in Ordnung haben, ehe sie sich dieser straffen Kühlde entgegengearbeitet hat.«

Wilder stimmte ihm bei; denn nunmehr schwoll auch sein Busen von hohem, seemännischem Stolze, und ein hochherziger Wetteifer erlangte die Oberhand über Gefühle, die höchstwahrscheinlich mit seiner Pflicht nicht im besten Einklang standen, wie natürlich sie auch einem dem Guten so offenen Gemüte sein mochten.

»Der Rover läßt sogar seine leichteren Masten fallen!« rief der Jüngling; »er muß dem Wetter doch gar nicht trauen.«

»Wir wollen durchaus nicht sein Beispiel nachahmen; denn er wird wünschen, sie wären wieder, wo sie gewesen sind, sobald wir ihn nur hübsch unterm Spiel unserer Batterien haben. Beim König Georg, er hat doch ein allerliebstes, munteres Boot unter sich! Losgelassen das große Untersegel, Sir, los damit, sonst haben wir Nacht, ehe wir mit dem Schelm Seite an Seite sind.«

Die Order wurde vollzogen; und nun, unter dem mächtigen Druck der vorwärtsdrückenden Segel, verdoppelte der P f e i l seine Schnelligkeit – gleich einem belebten Wesen, das sich durch Furcht oder Verlangen zu frischer Tätigkeit angespornt fühlt. Jetzt hatte er bereits eine Stellung auf der Luvseite seines Gegners gewonnen, ohne daß dieser das geringste Streben verriet, die Erreichung eines so wesentlichen Vorteils zu vereiteln. Im Gegenteil holte der D e l -

phin bei voller Ausspannung seines großen Untersegels immer mehr von seinem obern Windfang ein und ließ auf diese Weise soviel Wucht als nur möglich von der ungeheuern Höhe seiner schlanken Masten in den sicherern Rumpf herunter. Noch immer war, der Meinung Bignalls zufolge, der Raum zwischen ihnen zu groß, um den Kampf beginnen zu können, und zu gleicher Zeit drohte die Leichtigkeit, mit der sein Gegner vor ihm hersegelte, den wichtigen Moment viel zu lange hinauszuschieben. Nicht minder bedenklich war's, eine Masse von Segeln aufzuspannen, die, wenn das Schiff erst vom Rauch umhüllt und von der Schlacht bedrängt wurde, die Verwirrung nur vermehren mußten.

»Wir wollen ihn bei seinem Stolze fassen, Sir, da Sie ihn für einen Mann von Feuer halten,« sagte der Veteran zu seinem treuen Gehilfen: »Lösen Sie eine Kanone von der Luvseite, und weisen Sie ihm noch einige Flaggen seines Herrn.«

Der Knall des Geschützes und das schnell hintereinander folgende Aufflattern von noch drei Feldern Englands aus verschiedenen Teilen des Pfeil waren vergebens; der scheinbar empfindungslose Nachbar tat vollkommen, als habe er nichts gesehen und nichts gehört. Der Delphin verfolgte seinen Pfad, machte dann und wann einen zierlichen Satz an den Wind heran und bog gleich darauf wieder leewärts ab wie ein Meerschwein, das, längs seines salzigen Pfades träge spielend, von Zeit zu Zeit nach der Seite schnappt, um den Wind einzuschnuppern.

»Nichts, was beim regelmäßigen, gewöhnlichen Kriege als Trutzzeichen gilt, macht Eindruck auf ihn«, sagte Wilder, als er die Gleichgültigkeit sah, mit der man ihre Herausforderung aufnahm.

»Versuchen wir's denn mit einem Schuß.«

Jetzt wurde eine Kanone gelöst und zwar aus der Seite, die dem sich noch immer zurückziehenden Delphin zugekehrt war. Der eiserne Abgesandte sprang in kleinen Bogen längs der Meeresoberfläche leicht von Woge zu Woge, spritzte eine kleine Wolke Wasserstaub aufs Deck des Feindes und schoß harmlos am Rumpfe vorüber. Ein zweiter, ein dritter folgte; vom Seeräuber war nicht das geringste Signal zu ertrotzen.

»Was ist denn das?« schrie der unwillige Bignall. »Hat er einen Zauber für sein Schiff, daß alle unsere Kugeln an ihm vorbeifliegen und ihm nur Wasser aufs Verdeck spritzen können! Master Fid, könnt Ihr denn zum Kredit ehrlicher Leute und zur Ehre einer königlichen Flagge gar nichts tun? Laßt uns doch Eure alte Geliebte wieder mal hören; sie hat vordem doch immer gewußt, wann sie sprechen sollte!«

»Ganz richtig, Sir«, erwiderte der schmiegsame Richard, dessen plötzliche Glückswechsel im Leben es wollten, daß er sich jetzt als Kanonier an einem Stücke Geschütz befand, das er ausnehmend liebte und lange blank zu putzen pflegte. »Ich habe die Kanone nach Jungfer Schwatz-Käthe getauft, Ew. Gnaden, weil die eine wie die andere keines Dritten bedarf, wenn's zu reden gilt. Itzo, beiseite gestanden, Jungens, und laßt die Schwatz-Käthe auch eins mitsprechen.«

Richard hatte während des Sprechens mir großer Ruhe sein Ziel genommen, legte nun mit eigener Hand die Lunte an, und schickte mit einer Besonnenheit, die für einen bloßen Söldling höchst rühmlich zu nennen war, einen »völligen Gradausmarschierer«, wie er mit großem Selbstvertrauen den Schuß nannte, quer übers Wasser seinen ehemaligen Kameraden zu. Nun folgten wie gewöhnlich ein paar Augenblicke der Erwartung, dann aber verkündigten die in der Luft umhergeschleuderten Fetzen, daß die Kugel durch das Segelwerk des D e l p h i n gegangen war.

Augenblicklich, fast zauberhaft, war die Wirkung! So plötzlich, wie wenn ein Vogel seine ausgebreiteten Fittiche schließt, verschwand ein langer Streifen von milchweißer Leinwand, der längs der Linie der Kanonenpforten vom Vorsteven bis zum Spiegel künstlich ausgespannt war, und enthüllte einen breiten, blutroten Gürtel, aus dem die Kanonenschlünde des Schiffes hervorgähnten. Zugleich stieg eine Fahne von derselben unheilverkündenden Farbe über dem Hüttendeck empor, finster und wild bis an die Gaffelspitze hinanflatternd.

»Jetzt gibt er sich kund als den Schurken, der er ist!« schrie der aufgeregte Bignall. »Seht! Er hat die falsche Schminke abgewischt und fletscht jetzt mit dem wohlbekannten blutigen Rachen, von dem er seinen Namen hat. Haltet euch bei euern Kanonen, Leute! Der Pirat scherzt nun nicht mehr.«

Noch hatte er nicht ausgesprochen, als längs des roten Streifens, dessen Wirkung auf die abergläubische Furcht der gemeinen Matrosen so gut berechnet war, ein leuchtendes Flammenmeer hervordrang und gleich darauf der gleichzeitige Knall aus fast einem Dutzend weitmäuliger Kanonen. Kein Herz war so kühn an Bord des königlichen Kreuzers, auf das der grelle Wechsel von Achtlosigkeit und Gleichmut zu dieser Tat kühner und entschiedener Feindseligkeit nicht eine starke Wirkung gemacht hätte. In Blick und Haltung regungslos und tief gespannt brachte jeder den Augenblick der Ungewißheit zu. Jetzt hörte man den eisernen Sturm klappernd durch die Lüfte schrecklich heranrauschen; und nun verkündigte ein Krach, vermischt mit Menschengestöhn, und schnell darauf das Geknarre zerschmetterter Planken, das Umherfliegen von tausend Hölzern, Tauen, Blöcken und Kriegsgeräte, mit welcher verhängnisvollen Genauigkeit die volle Lage gezielt war. – Allein nur einen Augenblick dauerte der Schreck und die ihn begleitende Verwirrung. Männlich und rasch von dem allerdings empfindlichen Stoß sich erholend, schickten die Engländer mit hellem Hurrageschrei dem todverbreitenden Angriff eine Erwiderung zurück.

Jetzt folgte die regelmäßigere Kanonade eines gewöhnlichen Seegefechtes. Begierig, den Ausgang zu beschleunigen, drangen beide Schiffe während des Schießens näher aneinander, bis nach wenigen Augenblicken das doppelte weißliche Rauchgewölke, das die Massen eines jeden der Schiffe umwirbelt hatte, in eines zusammenfloß und inmitten einer Szene weitumhin auf den glänzenden Wellen schlummernde Stille den einsamen Fleck blutigen Zwistes bezeichnete. Heiß, dicht und Schlag auf Schlag, war das Kanonenfeuer. Wie sehr sich aber auch die feindlichen Parteien gleichkamen in dem Wetteifer, Zerstörung um sich her zu verbreiten, so erhielt sich doch ein eigentümlicher Unterschied zwischen ihnen, der auf die Charakterverschiedenheit beider Mannschaften hinwies. Lautes, ermunterndes Geschrei begleitete jede volle Lage des gesetzlichen Seefahrers, während die Leute des Rovers ihr mörderisches Werk mit der Totenstille der Verzweiflung fortsetzten.

Das Getös, der allgemeine Aufruhr der Szene strömte neues Leben in das Blut des Veteranen Bignall, dessen Kreislaus das Alter etwas minder feurig gemacht hatte.

»Der Kerl hat seine Kunst nicht vergessen!« rief er, als sich die Geschicklichkeit seines Feindes nur zu deutlich in den zerfetzten Segeltüchern, zersplittertem Spierenwerk und wankenden Masten seines Schiffes zu zeigen anfing. »Hätte er nur die königliche Bestallung in seiner Tasche, so könnte man ihn dreistweg einen Helden nennen!«

Der Augenblick war zu drangvoll, um die Zeit mit Worten zu vergeuden. Wilder antwortete nur durch Zurufen an seine Leute, sie zu ihrem gräßlichen und mühevollen Geschäft aufmunternd. Beide Schiffe hatten nunmehr eine solche Stellung gewonnen, daß sie nebeneinander vor dem Winde liefen, dabei aber nicht aufhörten, Flammensäulen auszuspeien, die die ungeheuren Rauchwirbel durchleuchteten. – Nichts blieb von den Schiffen sichtbar als die Spieren, und auch diese in häufig durchbrochenen Linien. So waren viele Minuten verflossen, die den Kämpfenden freilich nur wie ein Augenblick erschienen; da gewahrte die Mannschaft auf dem P f e i l, daß sich ihr Schiff nicht mehr mit der ihrer Lage so nötigen Leichtigkeit regieren ließ. Der wichtige Umstand wurde auf der Stelle vom dritten Offizier Wildern und von diesem dem Kapitän rapportiert. Eine eilige Beratung über die Ursache und Folgen dieses unerwarteten Ereignisses war natürlich das, wozu unmittelbar geschritten wurde.

»Schauen Sie!« schrie Wilder; »schon flappen die Segel gleich Lumpen gegen die Masten; die Artillerie der Schiffe hat den Wind unwirksam gemacht.«

»Horch!« antwortete der erfahrenere Bignall, »da dröhnt die Artillerie des Himmels zwischen der unsrigen. Die Bö ist uns schon über den Köpfen, – An Backbord das Steuer, Sir, und gieren Sie das Schiff aus dem Rauch! Ganz an Backbord mit dem Ruder, Sir, nicht innegehalten! Dicht ans Backbord damit, sag' ich!«

Allein die träge Bewegung des Schiffes entsprach keineswegs der Ungeduld seiner Lenker und ebensowenig dem drangvollen Heischen des Augenblicks. Mittlerweile, während Bignall – nebst den durch die Pflicht in seiner nähern Umgebung gehaltenen Offizieren und den Segelsetzern unterstützt – auf diese Weise beschäftigt war, ließen die Kanoniere an den Batterien von ihrem todverbreitenden Werk nicht ab. Fortwährend und fast betäubend brüllte das Geschütz, obgleich sich das tiefe, bedeutungsschwere Geheul in der Atmosphäre von Zeit zu Zeit nur zu deutlich unterscheiden ließ. Um aber ein bestimmtes Urteil über ihre Lage erlangen zu können, hätte das Auge dem Gehör der Seeleute zu Hilfe kommen müssen, was unmöglich war. Denn gleich umgeben waren Schiffe, Spieren und Segel von den Rauchwirbeln, die ohne Unterschied Himmel, Luft, Fahrzeug und Ozean mit einem weißlichdunkeln, dichten Nebelmantel verhüllten. Selbst die Menschengestalten, wie sie an den Kanonen arbeiteten, waren nur auf Augenblicke durch schnell wieder verwischte, lichte Raumpunkte sichtbar.

»Hab' ich doch noch niemals den Rauch sich so fest auf dem Verdeck aufeinanderschichten sehen«, sagte Bignall mit einer Besorgnis, die er, bei aller Vorsicht, dennoch nicht zu unterdrücken vermochte, »Halten Sie das Ruder an Backbord – drücken Sie's hart an! Beim Himmel, Harry, die Spitzbuben wissen recht gut, daß sie um ihr Leben kämpfen!«

»Wir fechten ja ganz allein!« schrie der zweite Schiffsleutnant von den Kanonen her, sich das Blut aus einer schweren, von einem zerschmetterten Holz empfangenen Gesichtswunde beim Sprechen trocknend, und viel zu sehr mit seinem eigenen unmittelbaren Dienst beschäftigt, um die Wetterzeichen gewahr zu werden, »Fast schon eine Minute lang hat er auch mit keinem einzigen Schuß geantwortet.«

»Beim Georg, die Schurken haben genug!« rief der entzückte Bignall. »Dem Sieg sei dreimal Hur ...«

»Halten Sie ein, Sir!« unterbrach Wilder, mit einem so bestimmten Ton, daß sein Kommandeur mitten in seinem vorschnellen Triumphieren verstummte. »Bei meinem Leben, unser Werk ist sobald noch nicht zu Ende. Freilich schweigen seine Kanonen, ich gestehe es – doch sehen Sie! Der Rauch fängt an, sich zu heben. Hören wir nur zu feuern auf, so ist die Aussicht in wenigen Minuten klar.«

Ein Aufjauchzen der Leute an den Batterien unterbrach seine Worte, und gleich darauf erscholl das Geschrei, daß die Piraten auf und davon segelten. Doch nur zu bald und mit Schrecken endete das Frohlocken ob dieses vermeintlichen Beweises ihrer Überlegenheit. Ein blendender jäher Blitz durchzuckte den verfinsterten Dunstkreis, der sie noch immer auf eine höchst außerordentliche Weise umgab; ihm folgte ein Krach aus den Wolken, gegen den der gleichzeitige Knall von fünfzig Stück Geschützen nur wie sanftes Gemurmel geklungen hätte.

»Rufen Sie die Leute von ihren Kanonen ab!« sagte Bignall, mit jener Dämpfung in der Stimme, deren erzwungene, unnatürliche Ruhe die Schrecken nur noch erhöht; »rufen Sie sie alle ab, Sir, und holen Sie die Leinwand ein!«

Weniger entsetzt durch Worte, an die er schon längst gewöhnt war, als durch die Nähe und offenbare Furchtbarkeit des Sturms, zauderte Wilder nicht, die so dringend erscheinende Order auszuteilen. Die Leute verließen ihre Batterien wie Kämpfer die Schranken, einige blutend und abgemattet, andere noch im vollen Grimm, alle durch die wütende Szene, in der sie soeben Mitspielende waren, mehr oder weniger aufgeregt. Viele erreichten die ihnen wohlbekannten Taue durch einen Sprung, andere stiegen auf den Strickleitern hinan und verloren sich bald in der noch immer über dem Schiff lagernden Wolke.

»Soll ich bloß reffen oder ganz beschlagen lassen?« fragte Wilder, die Trompete an die Lippen haltend, und bereit, den nötigen Befehl hinaufzurufen.

»Halt, Sir; noch eine Minute, so haben wir eine Öffnung.«

Der Leutnant gehorchte, denn auch ihm entging nicht, daß jetzt allerdings der Schleier, der ihren wahren Zustand verhüllte, weggezogen werden sollte. Der Rauch, der sich, gleichsam niedergedrückt von der darauf liegenden Wucht der Atmosphäre, bis jetzt nicht vom Verdeck regen wollte, kam zuerst in Bewegung, umwirbelte dann die Masten, bis endlich oben der gewaltige Windzug ihn faßte und wild vor sich hertrieb. Jetzt lag die Aussicht in der Tat enthüllt vor ihnen.

Statt der herrlichen Sonne und des blauen Gewölbes, das sie erst vor einer halben Stunde umglänzt hatte, war der Himmel mit einem ungeheuern schwarzen Schleier überzogen. Die Oberfläche der See gab zürnend die schreckenweissagende Farbe zurück. Schon stiegen und sanken die Wogen nicht mehr mit der bisherigen Regelmäßigkeit, sondern taumelten hin und her, als ob sie mit Ungeduld der Macht entgegensähen, von der sie ihre Richtung und größere Gewalt erhalten sollten. Die Blitze kamen nicht in schneller Aufeinanderfolge aus den Wolken, allein die wenigen, die die düstere Szene durchbrachen, blendeten durch ihren Glanz und ihre Majestät, und es begleitete sie der entsetzliche Donner der Wendekreise, von dem man ohne Lästerung sagen könnte, er sei die Stimme, in der der Schöpfer des Weltalls mit seinen Geschöpfen redet. Mit einem Worte, man mochte hinschauen, wohin man wollte, dem Auge trat der Anblick des wilden gefahrvollen Kampfes der Elemente entgegen. Leicht und behende lief dort das Fahrzeug des Rovers vor einer frischen, stoßweise bereits aus den Wolken kommenden Kühlde, die Segel eingezogen und die Mannschaft besonnen, aber emsig damit beschäftigt, die in dem Gefecht erhaltene Havarie auszubessern.

Kein Augenblick war zu verlieren, dem Beispiel des vorsichtigen Freibeuters nachzuahmen. – Rasch wurde das Vorderteil des P f e i l glücklich in die dem Winde entgegengesetzte Richtung gedreht; und während er so dem vom D e l p h i n genommenen Strich zu folgen begann, bemühte sich die Mannschaft, die zerrissene und fast unbrauchbar gewordene Leinwand an die Rahen anzuholen. Allein kostbare Augenblicke hatte man vielleicht unwiederbringlich während der Verhüllung durch den Rauch dahinschwinden lassen. Das dunkle Grün der Wogen verwandelte sich jetzt in ein schimmerndes Weiß, und jäh hörte man nun die entsetzliche Sturmeswut mit unwiderstehlicher Gewalt einherbrausen.

»Munter, Leute!« schrie Bignall selbst in der Not, der sein Fahrzeug ausgesetzt war. »Rollt die Tücher zusammen; alles zusammengerollt – nicht einen Fetzen vor der Bö flattern gelassen! Beim Georg, Herr Arche, dieser Wind versteht keinen Spaß! Muntern Sie die Leute bei ihrer Arbeit auf, sprechen Sie ihnen Mut zu, Sir!«

»Beschlagt ohne weiteres!« schrie Wilder, »kappt, wenn's zu spät ist; arbeitet mit den Messern, mit den Zähnen – herab, alle herab – so lieb euch das Leben ist, kommt alle herab!«

Ein gewisses Etwas in der Stimme des Leutnants ließ sie den Leuten wie einen übernatürlichen Schrei vorkommen. Vielleicht war es der Umstand, daß er erst so kürzlich einem ähnlichen Unglück wie dem jetzt drohenden, beigewohnt hatte, der seinen Tönen dies Entsetzenerregende verlieh. Einige Dutzend Gestalten sah man flink durch eine Finsternis, die man greifen zu können schien, heruntergleiten. Auch war ihre Flucht, die mit der des nach seinem Nest senkrecht herabschießenden Vogels verglichen werden kann, um keine Sekunde zu eilig. Das hohe, überladene Spierenwerk, von keinem Tau mehr festgehalten und an zahllosen Stellen beschädigt, hatte schon längst geschwankt und unterlag nun vollends dem Sturm; eine Stenge nach der andern stürzte auf den Rumpf hernieder, bis nichts mehr stehen blieb als die drei festeren, aber entblößten und beinahe nutzlosen, niederen Masten. Die bei weitem größere Anzahl der Matrosen erreichte noch das Deck zeitig genug zur Rettung, einige jedoch waren zu eigensinnig und noch zu sehr von der Kampfeswut erfüllt, um der warnenden Stimme Gehör zu geben. Diese Opfer ihrer eigenen Halsstarrigkeit sah man noch die Trümmer der Spieren umklammern, als der P f e i l in einer Wolke Schaums bei dem Fleck, wo sie schwammen, vorüberschoß, bis der Anblick ihres Jammers durch die Ferne den traurig Nachschauenden entzogen wurde.

»Es ist die Hand Gottes!« rief mit heiserer Stimme der Veteran und stierte bangen Auges auf die Verheerung um sich her. »Hören Sie mich, Heinrich Arche: ich werde stets beteuern, daß es nicht die Kanonen des Korsaren waren, die uns so zugerichtet haben.«

Wenig geneigt, denselben armseligen Trost zu suchen wie sein Kommandeur, strengte sich Wilder vielmehr an, so sehr es die Umstände erlauben wollten, dem Schaden entgegenzuwirken, der jedoch, wie er sich nur zu klar überzeugte, in diesem Augenblick nicht wieder gutzumachen war. Inmitten des Sturmgeheuls und des Donnergekrachs, bei einer Atmosphäre, bald grell vom Blitz erleuchtet, bald wieder von der dicken Finsternis des Dunstes aufgesogen, die entsetzliche Wirkung des Gefechtes frisch, gräßlich, blutend vor Augen – blieb die Mannschaft des britischen Kreuzers sich selbst und ihrem alten Rufe treu. Die Stimmen Bignalls und seiner Offiziere, den Orkan durchdringend, erschollen teils in Befehlen, mit denen alle durch lange Erfahrung vertraut geworden waren, teils in Zurufe, um die Leute bei ihrer Arbeit aufzumuntern. Zum Glück war der Kampf der Elemente nur von kurzer Dauer. Die Bö fuhr bald über den Fleck Meeres dahin, so daß die Passatwinde wieder in ihren früheren Strich zurückkehren konnten und die Wogen durch die Gegenwirkung der streitenden Winde eher zum Stehen gebracht wurden, als aufgeregt blieben.

Allein kaum sah die Mannschaft des Pfeils die eine Gefahr vor ihren Augen schwinden, als eine, beinahe ebenso furchtbare, sich ihrem Blicke aufdrängte. Alle Erinnerungen an frühere Gunstbezeigungen, jegliches Gefühl der Dankbarkeit verbannte der gewaltige Seemannsstolz und die dem Krieger endlich zur Natur werdende Ruhmliebe aus Wilders Seele, als er nun den Delphin gewahr wurde, mir dem unversehrt gebliebenen schönen Ebenmaße seiner Spieren und der vollkommensten Ordnung seiner Takel. Schien es doch, als ob ihn ein Zauber schütze, oder eine übernatürliche Macht dabei tätig gewesen wäre, ihn auch in der Wut dieses zweiten Sturmes unbeschädigt zu erhalten. Nüchterneres und unparteilicheres Nachdenken zwangen jedoch unserem Abenteurer das innere Geständnis ab, daß die Wachsamkeit und die weisen Vorkehrungen des außerordentlichen Mannes der nicht nur das Schiff, sondern auch dessen Schicksale zu regieren schien, nicht wenig zur Herbeiführung eines so günstigen Resultats beigetragen hatten.

Nur kurze Muße war ihm vergönnt, über den eigenen Glückswechsel Betrachtungen anzustellen, oder darüber, wie der Vorteil des Feindes zu vereiteln sei. Das Fahrzeug des Piraten entfaltete schon zahlreiche, große Segeltücher, und, da ihm die Rückkehr des Passatwindes jetzt die Luvseite gab, so nahte es sich wieder, und zwar unausweichbar und mit Blitzesschnelle.

»Beim Georg, Herr Arche, das Glück ficht heute durchgängig auf der Seite des Unrechts«, sagte der Veteran, als er an der vom Delphin eingeschlagenen Richtung bemerkte, daß das Treffen wahrscheinlich von neuem beginnen würde. »Schicken Sie die Leute wieder an ihre Posten, und lassen Sie die Kanonen lösen; denn es hat allen Anschein, daß wir noch einen Strauß mit den Spitzbuben zu bestehen haben.«

»Einen kurzen Verzug, ich rate Ihnen sehr dazu«, bemerkte Wilder angelegentlich, als er seinen Obern den Leuten die Order erteilen hörte, sich bereit zu halten, in dem Augenblick abzufeuern, wo ihr Feind innerhalb eines erreichbaren Punktes käme. – »Ich beschwöre Sie, noch zu warten; wir kennen ja seine gegenwärtige Absicht noch nicht.«

»Niemand soll den Fuß aufs Verdeck setzen, der nicht die Autorität des königlichen Herrn des Schiffes anerkennt«, erwiderte der strenge, alte Teer. »Gebt es ihm, meine Leute! Sprengt die Halunken von ihren Kanonen! damit sie erfahren, wie gefährlich es sei, einem Löwen nahe zu kommen, und wär' er auch verkrüppelt!«

Zu spät, das sah Wilder, waren jetzt Gegenvorstellungen; denn der Pfeil hatte dem Rover von neuem eine volle Lage entgegengeschleudert, was jede großmütige Absicht, die er hegen mochte, notwendig vernichten mußte. Das Korsarenschiff war im Heransegeln begriffen, als es den eisernen Sturm empfing, worauf es sogleich mit Leichtigkeit auf eine solche Weise aus dem Strich lenkte, daß ein zweiter nicht treffen konnte. Jetzt jagte es auf den fast seeunfähig gemachten Kreuzer zu, und dumpf erscholl der Befehl herüber, die Flagge zu streichen.

»Kommt heran, ihr Schurken!« schrie der erhitzte Bignall. »Kommt, und tut es mit eigenen Händen!«

Das zierliche Fahrzeug, als fühle es die höhnende Herausforderung seines Feindes, sprang näher an den Wind und schoß Kanone nach Kanone quer in den Vorsteven des Pfeils, mit einer solchen besonnenen, todbringenden Zielrichtigkeit, daß jede Kugel genau diesen wehrlosen Teil des Gegners traf. Und nun das Krachen zweier aufeinanderstoßenden Körper, und gleich darauf die Erscheinung fünfzig grimmig aussehender Kerle, mit den Werkzeugen des Kampfes von Mann gegen Mann bewaffnet, zum Schauplatz blutigen Gemetzels vordringend. Ein so nahes, verderbensprühendes Gewehrfeuer mußte im ersten furchtbaren Augenblicke der Überraschung den Widerstand der Angegriffenen lähmen; als aber nun der Rauch zerstob und Bignall und sein Leutnant auf ihrem eigenen Verdeck die finsteren Gestalten erblickten, so forderte jeder von ihnen mit einer Stimme, die selbst jetzt noch den vollkommenen Herrscherklang hatte, einen Haufen Krieger zu sich heran, an dessen Spitze sie sich dem von den entgegengesetzten Laufplanken her eindringenden reißenden Feindesstrom mutig entgegenwarfen, um ihn aufzuhalten. Entsetzlich, tödlich war der erste Stoß; beide Parteien, wichen zurück, um auf Verstärkung zu warten und Atem zu schöpfen.

»Heran, ihr Raubmörder!« schrie der unerschrockene Veteran an der Spitze seines Haufens und erkennbar an den grauen Locken um seinen entblößten Scheitel, »das Gewissen sagt's euch doch, daß der Himmel dem Rechte beistehe!«

Die grimmigen Freibeuter fielen zurück und machten eine Lücke in der Linie; da kam ein Blitz aus der Zeile des Delphin durch eine leere Stückpforte des Pfeil hindurch, mit hundert tödlichen Geschossen in seiner Mitte. Bignalls Schwert flog in wilden Schwingungen in die Lüfte, und die Worte, die er noch schrie, bis er röchelnd fiel, waren: »Heran, ihr Schurken! Heran! ... Harry ... Harry Arch ... O Gott! ... Hurra!«

Gleich einem Baumstamme stürzte er nieder und starb ohne zu wissen, daß ihm der Rang wirklich geworden, um den er ein müheund gefahrvolles Leben hindurch gearbeitet hatte. – Bis jetzt hatte Wilder seinen Posten auf dem Verdeck behauptet, obgleich von einer Bande bedrängt, die an Wut und Mut der seinigen nicht nachstand; doch jetzt in der schreckenvollen Krise wurde eine Stimme mitten im Gemetzel laut, die ihm durch jeden Nerv dröhnte, ja selbst die Gemüter seiner Leute mit Entsetzen erfüllte.

»Platz gemacht, ihr da, Platz gemacht!« erscholl der tiefe, volle Herrscherton, »macht Platz und mir gefolgt; keine andere Hand als die meine soll jene prahlerische Flagge streichen!«

»Bleibt getreu, meine Leute!« schrie Wilder seinerseits. Wildes Gerufe, Schwüre, Flüche und Gestöhn bildeten die gräßliche Begleitung dieses heißen Handgemenges, das indessen viel zu heftig war, um anhaltend sein zu können. Mit tödlichem Schmerz sah Wilder, wie seine Handvoll Truppen vor den unwiderstehlich eindringenden Massen nach allen Seiten zerstob; und zu wiederholten Malen brachte er sie durch seinen Ruf wieder zusammen, oder befeuerte ihren ersterbenden Mut durch sein Beispiel.

So fiel Freund nach Freund vor seine Füße, bis er sich an den äußersten Rand des Verdeckes getrieben sah. Hier gelang es ihm nochmals, eine kleine Rotte zu sammeln, die gegen mehrere wütende Angriffe standhielt.

»Ha!« kreischte eine Stimme, die er wohl kannte; »Tod allen Verrätern! Spießt den Spion gleich einem Hund! Eingehauen, Jungens; ein Korporalsäbel dem Helden, der sein Herz durchbohrt!«

»Aus dem Weg, du Lümmel!« schrie ihm der ausdauernde Richard in barschen Tönen entgegen. »Tut dir ein Spieß not? Hier steht ein Weißer und Neger, dir zu dienen.«

»Zwei andere von der Bande!« fuhr der General fort, und zielte beim Sprechen einen Streich von oben herab, der den Toppmann zu vernichten drohte.

Eine dunkle, halbnackte Gestalt warf sich dazwischen und fing die herabfahrende Klinge mit dem Stiel einer Halbpicke auf, die von ihr wie ein Schilf entzweigehauen wurde. Ohne die mindeste bange Rücksicht auf den wehrlosen Zustand, in dem er sich befand, brach sich Scipio Bahn zur Front, wo Wilder focht. Hier teilte er, von allen Kleidungsstücken bis an die Lenden entblößt, ohne andere Waffen, als seine muskelvollen Arme, Faustschläge aus, achtlos auf die Schwerthiebe und Stöße, denen seine Athletengestalt ohne entsprechende Gegenwehr ausgesetzt war.

»Gib's ihnen, rechts und links, Guinea,« schrie Fid; »hier ist einer, der dich verstärken soll, wenn er erst dem Marinen da den Garaus gemacht hat.«

Nichts halfen in diesem Augenblick dem unglücklichen General seine Fechterstöße; alle seine Künste vereitelte ein Hieb von Richard, er drang durch die Entermütze und Hirnschale bis zum Genick.

»Haltet ein, ihr Mörder!« schrie Wilder, als er sah, wie zahllose Hiebe auf den unbewaffneten Körper des noch immer mutigen Schwarzen eindrangen. »Mit mir schlagt euch, und nicht mit einem Waffenlosen!«

Das Gesicht unseres Abenteurers wurde umnebelt, denn er sah den Neger, zwei von den Angreifenden mit sich niederreißend, aufs Verdeck stürzen; und in demselben Augenblick erschallte dicht vor seinen Ohren eine Stimme, deren hohler Ton der Schreckensszene ganz entsprach:

»Unser Werk ist getan! Wer noch einen Schlag tut, macht mich zu seinem Feinde.«

Einunddreißigstes Kapitel.

Schrecklicher und schneller war die letzte Bö nicht über das Schiff dahingefahren als die soeben geschilderte Szene. Aber der lächelnde Anblick des ruhigen Himmelsgewölbes und die glänzende Sonne über der karaibischen See fand nichts, was mit den grausenvollen Momenten, die auf das Gemetzel folgten, in Vergleichung gebracht werden konnte. Die augenblickliche Verwirrung, die Scipios Fall begleitete, löste sich bald, und Wilder überblickte nunmehr das ganze scheußliche Gefolge der Schlacht, die Zertrümmerung aller der gerühmten Kräfte seines Kreuzers, die Zerstörung so vieler Menschenleben.

Wenige Schritte von dem Ort, den er einnahm, stand regungslos die Gestalt des Freibeuters. Indessen mußte er sich durch einen zweiten Blick erst überzeugen, ob es auch wirklich dessen milde Gesichtszüge seien, da ihnen die schon erwähnte Entermütze ein etwas grausenhaft Wildes ankünstelte. Als Wilders Auge die gerade Gestalt maß, in deren Stellung sich noch der Triumph aussprach, wurde es ihm schwer, sich der Einbildung zu erwehren, daß sie plötzlich und unbegreiflich höher geworden sei. Die eine Hand ruhte auf dem Griff eines türkischen Säbels, und die längs der gekrümmten Klinge herabperlenden Blutstropfen deuteten an, welche schreckliche Dienste die Waffe im Gemetzel geleistet hatte; der eine Fuß trat wie mit übernatürlicher Wucht auf jenes Nationalzeichen, das herunterzureißen sein Stolz gewesen war. Ernst und prüfend schweifte sein Auge über die Szene; allein weder durch Worte noch auf irgendeine andere Weise verriet er, wie innig ihn das Geschehene ergreife. Ihm zur Seite und fast im Kreise seines Armes stand halb gekrümmt der Knabe Roderich, ohne Waffen, in blutbespritztem Gewand, das Auge unruhig und furchtsam blinzelnd, und das Gesicht blaß wie die, in denen die Lebensflut soeben ihren Kreislauf geschlossen.

An verschiedenen Stellen traten dem Blicke die verwundeten Gefangenen entgegen, deren düstere Gesichter verkündeten, daß ihr Geist unbesiegt blieb, während viele ihrer beinahe ebenso unglücklichen Feinde auf dem Verdeck umher in ihrem Blute lagen, die Seele noch immer mit rachsüchtigen Gedanken erfüllt, wie das wilde Blitzen ihrer Augen bewies. Die gar nicht oder nur leicht Verwundeten beider Parteien beschäftigten sich bereits, die einen mit der Plünderung, die anderen ebenso emsig mit Versteckung der Habseligkeiten.

Wie tief mußte die vom Anführer der Freibeuter eingeführte Manneszucht Wurzel gefaßt haben, wie unumschränkt seine Macht sein, da kein Schuß, kein Degenhieb, kein Schlag fiel, von dem Augenblicke an, wo sein Verbot vernommen wurde! Aber das Zerstörungswerk war auch ausgedehnt genug, um selbst die heißeste Blutgier zu stillen, selbst wenn sie der einzige Beweggrund des Angriffs der Freibeuter gewesen wäre. Wildern blutete das Herz, als er die marmorblassen Totengesichter so manches ihm befreundeten Subalternen, so manches treuen Dieners überschaute; das tiefste Weh aber ergriff ihn, als sein Auge auf die starren Züge seines veteranen Kommandeurs fiel, die der Ausdruck des Zorns nicht verlassen hatte.

»Kapitän Heidegger,« sagte er, sich bemühend mit Festigkeit, wie es für den Moment geziemend war, zu sprechen, »das Glück hat sich heute für Sie erklärt; ich bitte um Gnade und Schonung für die Übriggebliebenen.«

»Beides soll denen, die mit Recht Anspruch darauf machen können, zuteil werden. Ich wünsche, der Ausgang möge zeigen, daß dieses Versprechen a l l e in sich schließe.«

Feierlichkeit und tiefe Bedeutung lag in der Stimme des Rovers; sie sollte offenbar mehr sagen, als die Worte ausdrückten. Aber Wilder würde über den Doppelsinn in der erhaltenen Antwort lange vergebens nachgesonnen haben, wenn ihm nicht die Annäherung der feindlichen Mannschaft, unter der er sogleich den erkannte, der sich bei der Meuterei auf dem Delphin am meisten ausgezeichnet hatte, nur zu bald den Schlüssel zu dem verborgenen Sinne der Worte ihres Befehlshabers gegeben.

»Wir fordern die Vollstreckung unserer alten Gesetze!« hob der Vormann der Rotte an, seinen Chef mit einer Kürze und wilden Frechheit anredend, die um so verzeihlicher war, als sich in ihr noch die Hitze des erst geendeten Gefechtes ausdrückte.

»Was wünscht ihr?«

»Den Tod der Verräter!« war die grimmige Antwort.

»Euch sind die Bedingungen unseres Dienstes bekannt. Wenn sich irgend solche in unserer Gewalt befinden, so führt sie ihrem Schicksal entgegen.«

Hätte Wilder noch im geringsten zweifelhaft sein können, wen diese furchtbaren Ankläger meinten, und was sie beabsichtigten, so würde ihm doch jetzt die entsetzliche Gewißheit aufgegangen sein, als man ihn und seine beiden Gefährten mit rohen Drohungen vor den Freibeuter-Häuptling schleppte. Stark zwar regte sich in seiner Brust die Liebe zum Leben, allein selbst in diesem schreckenvollen Augenblicke zeigte er sie nur, wie sie dem Manne ziemt, und verschmähte jede erniedrigende Bitte. Sein Geist war auf der Stelle gefaßt und frei von jeder Versuchung, sich der mindesten Ausflucht zu bedienen, die seines Standes oder seines Charakters unwürdig wäre. Statt dessen heftete er einen gespannten, forschenden Blick auf das Auge des einzigen Mannes, dessen Macht ihn noch retten konnte. Ihm entging der kurze, aber heftige, innere Kampf des Mitleids nicht, der in die starren Gesichtsmuskeln des Rovers Bewegung brachte, aber ebensowenig die kalte ruhige Fassung, die sich im nächsten Augenblick wieder über seine Züge verbreitete. Dies war für ihn Andeutung genug, daß die Pflichten des Chefs über die Gefühle des Menschen den Sieg davon getragen, und mehr bedurfte es nicht, um ihn von der gänzlichen Hoffnungslosigkeit seiner Lage zu unterrichten. Der Jüngling verschmähte es, sich zu fruchtlosen Vorstellungen herabzulassen; fest, unbeweglich und stumm stand er auf dem Fleck, wohin es seinen Anklägern gefallen hatte, ihn zu stellen.

»Und was ist euer Begehr?« sagte nach langer Pause der Seeräuber mit einer Stimme, die trotz seiner unerschütterlichen Nerven die innere Bewegung nicht verbergen konnte. »Was verlangt ihr?«

»Das Leben des Verräters!«

»Ich verstehe euch; – geht, es sei euch überlassen.«

Wie vorbereitend auch die Schreckensszene, die der Jüngling eben erlebt hatte, wie groß auch seine heldenmütige Lebensverachtung im Kampfe sein mochte, so wurde dennoch sein ganzes Wesen von dem langsam und feierlich ausgesprochenen Urteil seines Richters, das ihn einem schnellen und schmachvollen Tode preisgab, bis zur Bewußtlosigkeit erschüttert. Zurück zum Herzen strömte all sein Blut, und die betäubende Empfindung in seinem Hirn drohte seine Vernunft zum Wanken zu bringen. Allein der Stoß ging im Augenblick vorüber und ließ ihn in seiner bisherigen aufrechten, stolzen und festen Haltung verharren, so daß ein menschliches Auge wenigstens keine Zeichen sterblicher Schwäche an ihm hätte entdecken können, als er mit bewunderungswürdig beherrschter Stimme sprach:

»Für mich verlange ich nichts. Ich weiß, die Gesetze, die Sie sich selbst vorgeschrieben haben, verurteilen mich zu einem elenden Tode; doch diese Treuen, die mir mit blindem Vertrauen folgten, für sie fordere, ersuche, bitte, ja flehe ich Gnade von Ihnen: sie wußten nicht, was sie taten, und ...«

»An diese hier müssen Sie sich wenden!« sagte der Rover. mit abgekehrtem Gesicht auf den Trupp zeigend, der den Bittenden umzingelte: »Diese sind Ihre Richter, und sie allein können Gnade schenken.«

Heftiger, fast unbesiegbarer Ekel sprach sich in dem Wesen des Jünglings aus; allein eine Kraftanstrengung, und er überwand ihn.

»So will ich denn«, fuhr er fort, indem er sich zu der Mannschaft wandte, »mich selbst gegen diese bis zum Flehen demütigen. – Ihr seid Menschen, seid Seefahrer ...«

»Fort mit ihm!« ertönte Nightingales Rabengekrächze; »er will uns bepredigen! Fort mit ihm an die Rahenocke! Fort!«

Auf den grellen, langgezogenen Ton, den der hartherzige Bootsmann nun aus seiner Pfeife erschallen ließ, antwortete der rauhe, mißtönende Widerhall zwanzig verschiedener Stimmen von Menschen aus ebenso vielen verschiedenen Nationen:

»An die Rahenocke! Alle drei, fort!«

Zum letztenmal blickte Wilder auffordernd nach dem Korsarenhaupt hin; allein ihm wurde kein erwidernder Blick von einem Antlitz, das absichtlich weggewandt war. Mit glühendem Gehirn fühlte er sich jetzt fortgestoßen von der Schanze. Man brachte ihn nach dem Zentrum, dem weniger bevorrechteten Teil des Verdecks. Die

Heftigkeit dieser Fortbewegung, das hastige Einschließen der Seile, samt allen den schrecklichen Vorbereitungen bei einer Hinrichtung zur See, mußte dem, der dem Rande der Ewigkeit so nahe stand, nur wie das Geschäft einer Sekunde vorkommen.

»Eine gelbe Richtflagge!« brüllte der rachsüchtige Vormann des Vorkastells; »laßt den Herrn seine letzte Seereise unter der Spitzbubenflagge machen!«

»Eine gelbe Flagge! Eine gelbe Flagge!« widerhallte es höhnend aus zwanzig Kehlen. »Herunter mit der Piratenflagge, hinauf die Farbe des Profos-Marschalls! Eine gelbe Flagge! Eine gelbe Flagge!«

Fid, der bis jetzt die rauhe Behandlung geduldet hatte, ohne ein Wort zu sprechen, und zwar aus keinem anderen Grunde, als weil er glaubte, sein Oberer sei besser geeignet, das wenige, was nötig sein möchte, vorzubringen, vergaß bei dem rohen Gelächter und lustigen Gespötte, womit der grobe Einfall aufgenommen wurde, die Mäßigung, die Klugheit heischte, und erfüllt von Verachtung und Ingrimm platzte er heraus:

»Schert euch zum Teufel, ihr Schufte! Ihr halsabschneiderischen lümmelhaften Schufte! Denn daß ihr Schufte seid, ist euch in eure Rachen rein zu beweisen, da ihr euer Schiffspatent vom Teufel selber habt; und daß ihr gleicherweise Lümmel seid, kann jedermann sehen an der Art, wie ihr dieses Tau mir um den Hals geschossen. 's wird ein hübsches Gedreh geben mit dieser Kinke in euerm Klappläufer! Aber schon gut, mit der Zeit werdet ihr schon alle erfahren, wie man einen mit Anstand hängt, das werdet ihr, ihr Halunken ihr. Ja, ja, zu d e r Kenntnis werdet ihr seinerzeit in aller Ehrlichkeit gelangen, ja!«

»Die Bugt glatt gemacht und aufgehißt mit ihm!« brüllten eine, zwei, drei Stimmen nacheinander; »ein kinkenfreier Klappläufer gibt eine rasche Fahrt gen Himmel!«

Zum Glück wurde die sofortige Ausführung durch einen neuen Ausbruch pöbelhaften Lärms von einer der Luken her gehemmt; und nun drangen die Stimmen einiger Schreier durch:

»Ein Priester! Ein Priester! So recht, pfeift die Schurken erst zum Gebet, ehe sie auf leerer Luft ihr Tänzchen machen.«

Im Nu, als wenn d e r , dessen Macht sie so lästerlich herausforderten, von seinem Gnadenthron herab auf ihren Hohn eine Antwort sendete, verstummte ihr wildes Gelächter, da sich eine tiefe Herrscherstimme in ihrer Mitte erhob:

»Beim Himmel, wird ein Gefangener in diesem Schiffe frech berührt von einer Hand, einem Blick, so trifft mein Zorn den Frevler so schrecklich, daß er sich das Los dieser Unglücklichen als eine Gnade ausbitten soll. Beiseite, befehl ich, und laßt den Kaplan herantreten.«

Sogleich fiel jede verwegene Hand, verstummte bebend jeder fluchende Mund, so daß der entsetzte, schreckenerfüllte Geistliche, der Gegenstand ihres frechen Spottes, Raum gewann, sich dem Strafschauplatze zu nähern.

»Schauen Sie hierher,« sagte der Rover mit mehr Ruhe, aber mit demselben hohen Herrscherton; »Sie sind ein Diener Gottes, und Ihr Amt ist heilige Menschenliebe; wenn Sie irgend etwas haben, was Ihren Nebenmenschen die letzten Augenblicke versüßen kann, so eilen Sie, es mitzuteilen.«

»Womit haben sich diese vergangen?« fragte der Geistliche, als er endlich zu sprechen vermochte.

»Gleichviel womit; genug, ihre Stunde ist nahe! Wenn Sie wünschen, Ihre Stimme im Gebet zu erheben, so fürchten Sie nichts; selbst hier sollen die ungewohnten Töne willkommen sein. Ja, diese Abtrünnigen, von denen Sie sich so frech umgeben sehen, sollen sprachlos auf den Knien liegen, wie die Wesen, deren Seelen von der heiligen Zeremonie gerührt sind. Spötter sollen stumm. Ungläubige ehrfurchtsvoll sein, auf einen bloßen Wink. – Reden Sie frei!«

»Zuchtrute der Meere!« begann der Geistliche, dessen bleiche Züge die Glut heiliger Begeisterung rötete, »gefühlloser Verletzer der Gesetze der Menschen! Frecher Verächter der Gebote deines Gottes! Fürchterliche Wiedervergeltung wird Rache nehmen für dies Verbrechen. Ist es nicht genug, daß du an diesem Tage so viele unvorbereitet dem Tode weihtest, daß sich deine Rachgier mit noch mehr Blut sättigen muß? Zittre ob der Stunde, wenn dies alles heimgesucht wird, wenn die Allmacht dein eigenes Haupt der Strafe weihen wird.«

»Sehen Sie doch!« sagte der Freibeuter, lächelnd zwar, allein mit dem Ausdruck einiger Gewissensbisse, trotz der erzwungenen, unnatürlichen Triumphmiene um seine bebende Lippe; »hier sind die Beweise von der Art, wie der Himmel das Recht beschützt!«

»Ist auch seine hehre Gerechtigkeit eine Zeitlang aus unerforschlicher Weisheit verborgen, täusche dich nicht, die Stunde schlägt, da sie mit Majestät erscheinen und sich fühlbar machen wird!« Hier erstarb dem Kaplan plötzlich die Stimme; denn sein wanderndes Auge war auf das zürnende Totenantlitz Bignalls gefallen, das von dem Flaggentuch, das der Rover mit eigener Hand über die Leiche geworfen hatte, nur halb bedeckt war. Der ehrwürdige Mann bot indessen alle seine Kräfte auf, und mit dem ungetrübten Tone der Ermahnung, der seinem heiligen Berufe ziemte, fuhr er fort: »Man sagt mir, das Gefühl für Ihre Nebenmenschen sei nur halb erstickt in Ihnen; der Same besserer Grundsätze, der in besseren Tagen in Ihr Herz gepflanzt wurde, mag unterdrückt sein, allein er ist noch da und kann belebt werden zu frommen ...«

»Schweigen Sie! Sie sprechen umsonst. An Ihre Pflicht mit diesen Männern oder schweigen Sie.«

»Ist ihre Strafe unwiderruflich?«

»Sie ist's.«

»Wer sagt es?« erhob sich dicht beim Rover leise fragend eine Stimme, die ihm erschütternd bis in die verborgensten Nerven drang und das Blut aus seinen Wangen in den Mittelpunkt seines Herzens zurücktrieb. Demungeachtet hielt er mit seiner Antwort nur eine Sekunde inne, und gab sie dann ruhig, denn mit der Überraschung war auch schon die Schwäche vorüber:

»Das Gesetz.«

»Das Gesetz!« wiederholte die Gouvernante; »können die, die aller Ordnung Trotz bieten, die jede menschliche Einrichtung mit Füßen treten, von Gesetz sprechen? Sagen Sie, es sei herzlose, wilde Rachgier, wenn Sie wollen; aber legen Sie der Handlung nicht den geheiligten Namen Gesetz, bei. Doch nicht dies wollte ich sagen! Ich bin auf die Kunde von diesem grausenvollen Auftritt gekommen, um Ihnen Lösegeld für die Fehlenden anzubieten. Nennen Sie den Preis, und lassen Sie ihn bedeutend sein, damit er mit der Person des Losgekauften in einigem Verhältnis stehe; ein dankbarer Vater wird ihn freudig hergeben, es gilt dem Erhalter seines Kindes.«

»Kann Gold euch zufrieden stellen,« fiel hier der andere mit der Schnelligkeit des Gedankens ein, »kann Gold das Leben dieser Menschen von euch erkaufen? Es ist in Haufen da, zur Stelle da. Was sagen meine Leute? Wollen sie Lösegeld annehmen?«

Die Freibeuter sannen eine Weile brütend nach; doch bald entstand ein dumpfes Murren von schlimmer Vorbedeutung unter der Menge, denn nur zu klar bewies es ihre Abgeneigtheit, der Rache zu entsagen. Das Glutauge des Rover schoß einen Blick der Verachtung auf die grimmigen Gesichter, die ihn umgaben; seine Lippen bewegten sich heftig, aber kein Ton entkam ihnen. Er ließ sich zu keiner Verwendung mehr herab, sondern sich zu dem Geistlichen wendend, fuhr er mit seiner ganzen, bewunderungswürdigen Ruhe fort:

»Vergessen Sie Ihre heilige Pflicht nicht ... die Zeit entflieht«, hier verschleierte die Gouvernante ihr Gesicht und entfernte sich von der empörenden Szene, und auch er, ihrem Beispiel folgend, wollte langsam weggehen, als ihn Wilder anredete:

»Für den Dienst, den Sie mir so gern noch erzeigen wollten, danke ich Ihnen von Grund der Seele. Wenn Ihnen daran liegt, zu wissen, daß ich Sie versöhnt verlasse und in Frieden scheide, so geben Sie mir noch eine feierliche Versicherung, ehe ich sterbe.«

»Welche?«

»Schwören Sie, daß die, die mit mir in Ihr Schiff kamen, es unangefochten und bald verlassen sollen.«

»Schwöre, Walter!« ertönte feierlich aus dem Kreise eine kaum hörbare Stimme.

»Ich schwöre.«

»Es ist alles, was ich verlange. Und nun, du ehrwürdiger Knecht Gottes, verrichte dein heilig Amt bei meinen Gefährten. Verlasse ich dieses glänzende, herrliche Licht des Tages gedankenlos ohne

Dankbarkeit gegen das Wesen, das mir, wie ich in Demut vertraue, das Erbteil noch größerer Herrlichkeit geschenkt hat, so sündige ich mit Bewußtsein, und darf keine Vergebung hoffen. Allein diesen hier kann Ihr Dienst von Nutzen sein; sie sind unwissend, für diese beten, diese trösten Sie.«

Hehr und tief war die Stille, als sich der Kaplan den verurteilten Gefährten Wilders näherte. Man hatte sie, in Vergleich mit ihren Oberen, als nur von geringer Bedeutung betrachtet und daher während des größten Teils des vorhergehenden Auftrittes ganz außer acht gelassen. In dieser Zwischenzeit, in der sie so sich selbst überlassen blieben, war in ihrem Zustand eine wesentliche Veränderung vorgegangen: mit ausgeknöpfter Weste, den verhängnisvollen Strang um den Hals, saß Fid auf dem Verdeck und stützte dem schon beinahe erstarrten Neger das Haupt, das er mit einer ganz besonderen Zärtlichkeit auf seinem Schoße hielt.

»Dieser Mann wenigstens wird die Bosheit seiner Feinde vereiteln«, sagte der Geistliche, indem er die steife, schwarze Hand in die seine nahm. »Das Ende seiner Leiden und seiner Erniedrigung naht; bald wird ihm die Ungerechtigkeit der Menschen nichts mehr anhaben können. – Freund, wie nennt man deinen Kameraden?«

»'s macht wenig Unterschied, wie Sie einem sterbenden Matrosen zurufen«, erwiderte Fid mit einem tragischen Kopfschütteln. »Er ist ins Schiffbuch gewöhnlich unter dem Namen Scipio Afrika eingelogt worden, weil er, sehen Sie, von der Küste von Guinea kam; aber rufen Sie ihn Sip, das wird er gleich verstehen.«

»Ist die Taufe an ihm vollzogen? Ist er ein Christ?«

»Wenn er kein Christ ist, so weiß ich nicht, wer zum Teufel denn einer ist!« gab Fid zurück, mit einer Heftigkeit, die freilich der Zeit nicht sehr angemessen scheinen durfte. »Wenn einer seinem Vaterlande dient, seinen Tischkameraden treu ist und sonst nichts Kriechendes an sich hat, so nenn ich ihn einen Heiligen, in dem, was bloß die Religion anbelangen tut. Hör' doch, Guinea, lieber Junge, gib dem Kaplan einen Händedruck, wenn du dich einen Christenmenschen nennst. Die Schraube an einem spanischen Bratspill kann nicht stärker fassen, als noch vor einer Stunde die Faust des Negers; und jetzt ... soweit kann's mit einem Riesen kommen, seht Ihr.«

»Sein letzter Augenblick ist in der Tat nahe, wollt Ihr, daß ich ein Gebet spreche für das Heil seiner scheidenden Seele?«

»Ich weiß nicht, weiß nicht!« antwortete Fid, seine Worte zurückschluckend, und dann ein Hm! herausräuspernd, dessen Baß nicht gewaltiger in den glänzendsten und glücklichsten seiner Tage erdröhnen konnte. »Wenn einem armen Teufel zu dem, was er auf dem Herzen hat, nur noch so kurze Frist gelassen ist, so ist's wohl das beste, wenn man ihm erlaubt, die Hauptperson im Gespräch abzugeben. Vielleicht fällt ihm was ein, was er noch gern seinen Angehörigen in Afrika sagen lassen möchte; in dem Fall könnt' es nicht schaden, daß wir uns nach einem passenden Boten umsähen. Ha! was ist es. Junge! Sie sehen, er versucht schon einen von seinen Gedanken heraufzuhissen.«

»Mister Fid ... er nimmt ab den Halsband«, stammelte der Neger hervor.

»Schon gut«, erwiderte Fid, indem er sich abermals räusperte und dabei rechts und links wilde Blicke schoß, als suchte er einen Gegenstand, an dem er seinen Grimm auslassen könnte. »Schon gut, Guinea; sei du nur ganz ruhig hierüber, und, was das anbelangen tut, über alles andere gleichermaßen. Du sollst ein Grab haben, so tief wie die See, und auch christliche Bestattung, lieber Junge, wenn der Prediger da seine Schuldigkeit tun will. Hast du irgend was an deine Verwandten sagen zu lassen? Es soll ins Logbuch kommen und gesorgt werden, daß sie's zu hören kriegen. Hast deiner Zeit viel schlecht Wetter gehabt, Guinea, und 's kann wohl sein, daß dir einige Windstöße um die Ohren gesaust haben, mit denen man dich verschont hätte, wenn deine Farbe um ein paar Schatten heller gewesen wäre. Und was das anbetreffen tut, so kann's auch sein, daß ich selbst, Junge, zu hart auf dich gestoßen bin, wenn ich mir in der Hitze auf meine Haut was Rechts einbilden tat; für alles dieses möge der Herr mir so reichlich Vergebung schenken, als, wie ich hoffe, du mir schenken wirst.«

Der Neger machte einen vergeblichen Versuch, sich zu erheben, und suchte umher nach Fids Hand, die er endlich faßte und die Worte sprach:

»Misser Fid, Pardon bitt von eine schwarze Mann! Herr da droben alles schon hat vergessen, Mister Fid, er nicht mehr dran denkt.«

»Wenn er's tut, so wird's, sag' ich, eine verdammt großmütige Handlung sein«, erwiderte Fid, dessen rohes Gefühl der Schmerz und das Gewissen bis auf einen außerordentlichen Grad gesteigert hatten. »Da ist die Affäre, wie ich von dem Schmugglerwrack ins Meer rutschte; darüber haben wir auch noch keine eigentliche Rechnung geschlossen, und viele andere kleine Dienste der Art, wofür ich dir, siehst du, nur gleich, solang's noch Zeit ist, meinen Dank abstatte. Denn wer steht mir dafür, daß du und ich jemals wieder in eine und dieselbe Schiffsliste eingeschrieben werden?«

Hier machte der Gefährte des Toppmanns eine schwache Bewegung; dieser hielt inne und bemühte sich, ihren Sinn so gut es gehen wollte zu erraten. Richard, in dessen Charakter eine Mischung von Selbstgefälligkeit keineswegs fehlte, wurde es nicht schwer, das, was der Sterbende sagen wollte, zu seinen Gunsten auszulegen, daher fuhr er also in seinem gutmütigen Geschwätze fort: »Ja, meinst du? Nu ja, kann sein, daß du recht hast. Höchstwahrscheinlich tun sie da oben auch die Leute zusammen, die sich am besten zu Kameraden passen, wie hier unten, und da kommen wir am Ende doch wenigstens in Rufnähe, ich und du. Gesiegelt sind unsere Patente ohnehin schon alle beide, nur gewinnst du mir den Wind ab, da dein Kabel wahrscheinlich schon gekappt sein wird, ehe die Diebe da fertig sind, meins zu lichten. Ich will dir nicht erst weitschweifig auseinandersetzen, was du für Signale zu geben hast, Guinea, damit wir uns droben auch nicht verlieren, denn ich nehm's für ausgemacht an, daß du wegen des geringen Vorteils, ein bißchen früher den Hafen klariert zu haben, doch unsern Master Harry nicht übersehen wirst, und ich, sieh', ich will mich schon seinem Fahrwasser so nahe als möglich halten, was mir den zwiefältigen Nutzen bringen wird, erstlich sicher zu sein, daß ich nicht auf eine unrechte Fahrt gerate, und zweitens, daß ich auf dich stoße ...«

»Dies sind gottlose Worte, und verderblich sowohl für Euern eigenen Frieden, als für den Eures unglücklichen Freundes«, unterbrach der Geistliche. »Er muß sein Vertrauen auf einen setzen, der in allen Eigenschaften verschieden ist von Euerm Offizier; d i e s e m folgen, s e i n e r ungewissen Führung Euch überlassen, wäre die höchste Spitze des Wahnsinns. Richtet auf einen andern Euern Glauben ...«

»Wenn ich das tue, soll mich der ...«

»Still,« sagte Wilder, »Scipio will mir was sagen.«

Dieser hatte die Augen nach seinem Offizier hingewendet und machte eben wieder eine vergebliche Anstrengung, die Hand auszustrecken. Wilder legte die seinige in die des sterbenden Negers, dem es gelang, sie an die Lippen zu führen, und nun schwang sich noch einmal mit einer krampfhaften Bewegung der herkulische Arm, der noch so kürzlich seinen Herrn glücklich verteidigt hatte, und erstarrt sank er dann nieder. Aber noch immer heftete der Verblichene sein stieres Auge voller Anhänglichkeit auf das Antlitz, das er solange geliebt, und das in allen Unbilden, die dem Dulder widerfuhren, nie verfehlt hatte, dessen liebenden, hingebungsvollen Blick mit einem wohlwollenden, gütigen zu belohnen. Nun entstand zunächst dumpfes Gemurmel, das bald in lautes Murren ausbrach, bis mehr als eine brummende Stimme tiefen Unwillen darüber aussprach, daß man die Rache solange aufgeschoben hatte.

»Fort mit ihnen!« schrie eine unheimliche Stimme aus dem Gedränge. »In die See mit der Leiche, und 'rauf an den Mast mit den Lebenden.«

»Hinweg!« stieß Fid aus der tiefsten Brust hervor, mir einem Baß, der selbst in diesen zügellosen Augenblicken so furchtbar war, daß er die frevelvollen Bewegungen hemmte. »Wer wagt's, einen Matrosen dem Salzwasser zu übergeben, solang ihm der Todesblick noch in den Lichtern steht und sein letztes Wort seinem Kamerad noch in den Ohren klingt? Ha! Könnt ihr einem Mann die Finnen nicht besser stoppern, wie einer Hummer die Scheren? Da seht, was ihr für schiffsjungenmäßige, unbeholfene Knoten schießen könnt!« Bei diesen Worten zerriß der aufgebrachte Toppmann die Leine, die lose um seine Ellbogen geschlungen war, und schnürte damit die Leiche des Schwarzen an seinen eigenen Körper fest. Obgleich er dies alles mit der größten seemännischen Genauigkeit ausführte, so erlitt das Hervorsprudeln seines Zorns dadurch nicht die mindeste Unterbrechung. – »Wo,« fuhr er fort, »wo ist der Mann in eurer ganzen lümmelmäßigen Schiffsmannschaft, der so über eine Rahe weglehnen konnte, wie der Schwarze da, oder die Segelnocke an der Leeseite anholen, und doch zu gleicher Zeit das Reffband von der Luvseite festhalten? Wer von euch allen hat je, einem kranken Tischkameraden zulieb', seine eigene Ration aufgegeben, oder in einem Boot zwei Riemen gehandhabt, um den schwachen Arm eines Freundes zu schonen? Zeigt mir mal den, der unterm Feuer gerad' und ohne Zittern, wie ein gesunder Hauptmast stehen kann, der soll hier einen sehen, der ihn darin noch übertreffen tut. Jetzt ist's genug! Hißt nu an euerm Klappläufer und dankt Gott, daß das ehrliche Ende aufsteigt, indes ihr Spitzbuben am andern noch eine Zeitlang ein Brett unterm Fuß behaltet.«

»Drauf losgehißt!« rief Nightingale ihm nach und begleitete den rauhen Ton seiner Stimme mit seiner Bootsmannspfeife; »nach dem Himmel mit ihnen, fort!«

»Halt!« schrie der Kaplan und erhaschte noch glücklich das Seil, ehe es seinen verhängnisvollen Dienst getan. »Um dessentwillen, des Gnade vielleicht der Allerverhärtetste unter euch einst anflehen wird, halt! gewährt noch die Frist eines einzigen Augenblicks! Was bedeuten diese Worte! Lese ich recht? A r c h e , v o n L y n n - h a v e n !«

»Ganz recht!« sagte Richard, indem er sich den Strick etwas loser machte, um freier sprechen zu können, und die Gelegenheit zugleich benutzte, um aus seiner Tabaksdose den letzten Bissen in den Mund zu bringen; »sintemalen Sie ein hochstudierter Herr sind, so ist's kein Wunder, daß Sie's so leicht rauskriegen, obgleich es von einer Hand geschrieben ist, die stets mit dem Marlpfriemen besser umzugehen wußte als mit einer Federpose.«

»Aber woher die Worte? Und warum tragt Ihr diesen Namen so unvertilgbar in Eure Haut eingegraben? – Geduld, ihr Leute! Ihr Ungeheuer! Ihr Dämonen! Könnt ihr dem sterbenden die einzige Minute kostbarer Lebensfrist rauben wollen, die allen so teuer ist, wenn der Tod herannaht?«

»Noch eine Minute gewartet!« befahl eine Stimme aus dem Hintergrunde.

»Woher kommt diese Schrift, verlange ich zu wissen?« fragte der Geistliche zum zweitenmal.

»Sie sind nichts mehr und nichts weniger als die Art, wie ein Vorfall eingelogt worden, der jetzt von keiner Bedeutung ist, sintemalen es mit der Fahrt aller, die es vornehmlich angehen tut, bald aus ist. Der Schwarze hat vom Halsband gesprochen, weil er meinte, ich bliebe noch im Hafen, während er zwischen Himmel und Erde herumsteuert und Ankergrund sucht.«

»Hier ist etwas, was m i c h zu wissen angeht!« unterbrach Mistreß Wyllys mit hastiger, zitternder Stimme. »O Merton! Warum diese Fragen? War das Geschrei meines Herzens prophetisch? Gibt die Natur ein so geheimnisvolles Ahnen ihrer Rechte?«

»Still, teuerste Frau! Sie hoffen das Unwahrscheinliche, und Verwirrung umfängt mir die Sinne. – A r c h e, v o n L y n n h a v e n war der Name eines Landguts auf den Inseln, das einem inniggeliebten Freunde angehörte; dort war es, wo ich das kostbare Pfand, so Sie meiner Sorgfalt anvertrauten, empfing, und von dort aus war es, daß ich es zu Schiffe schickte. Aber ...«

»Weiter!« schrie die Dame, stürzte wie wahnsinnig auf Wilder zu, erfaßte den Strang, der einen Augenblick vorher beinahe bis zum Ersticken zusammengezogen war, und riß ihn ihm vom Halse mit einer scheinbar übermenschlichen Kraft und Gewandtheit; »es war also nicht der Name eines Schiffes?«

»Eines Schiffes! Gewiß nicht. Doch was hoffen, was zittern Sie?«

»Das Halsband? Das Halsband? Sprecht, wie war's mit dem Halsband?«

»I nu, damit hat's gerade nicht viel auf sich, gnädige Frau«, erwiderte Fid, indem er sich ganz ruhig die Bequemlichkeit, die Wildern geworden war, dadurch selber verschaffte, daß er sich mit seinen entfesselten Armen den Strick vom Halse losmachte, ungeachtet der Bewegung eines Kerls der Mannschaft, es zu verhindern, die indessen durch einen strafenden Blick des Anführers gezügelt wurde.

»Erst will ich dieses Seil hier lose machen; sintemalen es für einen unwissenden Mann, wie ich bin, weder anständig noch sicher ist, in einer so unbekannten Seefahrt vor seinem Offizier voran zu steuern. Das Halsband hatten wir am Hund gefunden, hier trägt's der arme Sip um den Arm, der in den meisten Dingen, sehen Sie, ein Mann war, dessengleichen man lange vergebens suchen würde.«

»Lesen Sie es,« sagte die Gouvernante, deren Augen ihr den Dienst versagten; »lesen Sie es!« rief sie nochmals und gab mit bebender Hand dem Geistlichen einen Wink, die deutliche Aufschrift auf der messingenen Platte zu lesen.

»Heiliger Geber alles Guten! Was sehe ich! N e p t u n , d a s E i g e n t u m v o n P a u l d e L a c e y ! «

Die Gouvernante tat einen lauten Schrei; eine einzige Sekunde hob sie die gefalteten Hände in die Höhe, ihre Seele war in Dank aufgelöset, aber schon in der nächsten kehrte die Erinnerung zurück. Da drückte sie Wilder mit Liebe, mit Wahnsinn an ihre Brust, und in den erschütternden Tönen der allmächtigen Natur schrie sie:

»Mein Kind! Mein Kind! Sie werden nicht ... können ... dürfen nicht einer lange unglücklichen, beraubten Mutter ihr Kind nehmen. – Gebt mir meinen Sohn wieder, meinen edeln Sohn! O, ich will den Himmel mit Gebeten für euch ermüden. Ihr seid tapfer und könnt nicht taub gegen Gnade sein. Ihr seid Menschen, habt in dem beständigen Anschauen der Majestät Gottes gelebt, ihr werdet eure Augen diesem Beweise seines Willens nicht verschließen. Gebt mir mein Kind, behaltet alles andere, was ich habe. Er ist von einem Geschlecht, dessen ruhmreicher Name den Meeren bekannt ist, und kein Seemann bleibt unbewegt von dessen Ansprüchen. Die Witwe de Laceys schreit um Gnade; ihr vereintes Blut fließt in seinen Adern, ihr wollt es nicht vergießen! Eine Mutter windet sich im Staube vor euch und fleht um Gnade für ihr Kind. O, gebt mir mein Kind! Mein Kind!«

Als der Klang der flehenden Stimme erstarb, herrschte ringsumher ein Schweigen, jener hehren Stille ähnlich, die sich in der Seele des Sünders verbreitet, wenn sie von besseren Gefühlen ergriffen wird. Zweifelvoll sahen die wilden Freibeuter einander an, und selbst in ihren schroffen, starren Zügen offenbarte ein Zucken das Wirken der unvertilgbaren Natur. Dennoch hatte die Sehnsucht nach Rache zu tiefe Wurzeln in ihre Gemüter geschlagen, als daß sie ein bloßes Wort vernichten konnte, und der Ausgang wäre immer noch zweifelhaft gewesen, wenn nicht plötzlich einer in ihrer Mitte erschienen wäre, der nie einen Befehl gab, der unbefolgt blieb, und der es verstand, ihre Neigungen zu leiten, zu dämmen, oder ihnen entgegenzutreten, ganz nach eigenem Gutdünken. Eine halbe Minute lang blickte er um sich her und verfolgte mit den Augen den im Verhältnis mit seinem Umherschauen immer mehr sich erweiternden Kreis, bis selbst die, die schon am längsten gewohnt waren, seinem Willen zu gehorchen, über den außerordentlichen Ausdruck zu erstaunen anfingen, womit er jetzt sein Wollen kundtat. Wild und verwirrt war der Blick, sein Antlitz erblaßt, wie das der bittenden Mutter selbst. Dreimal öffnete er die Lippen, ehe der Laut aus der Tiefe seiner Brust vernehmbar hervorkam, und dann schlug an das Ohr der atemlos lauschenden Menge eine Stimme, der das innigst aufgeregte Gefühl und hohes Machtbewußtsein unsägliches Gewicht verliehen. Mit einer stolzen Bewegung der Hand und einer Haltung, die sie zu gut kannten, um ihre Bedeutung nicht zu verstehen, sagte er:

»Geht auseinander! Ihr wisset, ich handhabe Gerechtigkeit; aber ihr wisset, ich heische Gehorsam. Meinen Willen sollt ihr morgen erfahren.«

Zweiunddreißigstes Kapitel.

Dieses »Morgen« kam, und mit ihm eine vollkommene Verwandlung der Szene. Friedlich segelten der Delphin und der Pfeil Seite an Seite; die Fahne Englands wehte wieder vom Flaggentopp des Pfeil, während der Delphin eine nackte Gaffelspitze zeigte. Die Beschädigungen, die Sturm und Gefecht verursacht hatten, waren so weit wieder ausgebessert, daß beide stattliche Schiffe dem gewöhnlichen Auge gleich fähig erscheinen mußten, die Gefahren der See oder des Krieges abermals zu bestehen. Ein langer, blauer Nebelstreif nach Norden zu, deutete die Nähe von Land an; und drei oder vier leichte Küstenfahrer jener Gegenden, die unfern segelten, bewiesen, daß die Freibeuter jetzt nichts weniger als feindliche Absichten im Sinne führten.

Was indessen ihre eigentliche Bestimmung sei, blieb noch immer ein in der Brust des roten Freibeuters allein vergrabenes Geheimnis. Nicht nur auf den Zügen seiner Gefangenen, sondern auch auf denen seiner eigenen Leute malten sich abwechselnd die Spuren von Zweifel, Bewunderung und Mißtrauen; die ganze lange Nacht hindurch, die auf den letzten, ereignisreichen, wichtigen Tag folgte, hatte man ihn in brütendem Schweigen auf dem Hüttendeck auf und ab wandeln sehen. Nur dann und wann vernahm man einige Laute aus seinem Munde; es waren Kommandoworte in Beziehung auf die Richtung, die dem Schiffe gegeben werden sollte, ein Wink, dem niemand Gehorsam zu versagen wagte, reichte hin, um jeden zu entfernen, der so kühn war, sich seiner Person zu nahen, ohne daß es der Dienst erforderte, und sicherte ihm die gewünschte Einsamkeit. Zwar sah man ein- oder zweimal den Knaben Roderich in seiner Nähe, allein es war so, wie man sich einen um den Gegenstand seiner Sorgfalt weilenden Schutzgeist denkt, und fast dürfte man hinzusetzen: unsichtbar. Als aber nun, glanzreich und herrlich, die Sonne dem östlichen Gewässer entstieg, wurde eine Kanone abgefeuert, das Zeichen für eines der nahesegelnden Küstenschiffe, an die Seite des Delphin heranzukommen; und nun schien es, daß der Vorhang vor der Schlußszene des Dramas aufgezogen werden sollte. Die Mannschaft auf dem tieferen Deck vor ihm versammelt und die vorzüglichsten Personen seiner Gefangenen oben bei ihm auf dem Deck, redete der Rover seine Leute also an:

»Jahrelang hat uns ein gemeinsames Los vereint. Lange gehorchten wir einem und demselben Gesetze. Wenn ich schnell war in der Bestrafung, so war ich nicht minder bereit, unseren Gesetzen zu gehorchen. Ihr könnt mich keiner Ungerechtigkeit zeihen. Allein der Bund hat nunmehr sein Ende erreicht. Zurück nehme ich mein gegebenes Pfand, zurück gebe ich euch eure verpfändete Treue. Ihr zürnt? Ihr stutzt? Ihr murrt? Lasset das! Der Vertrag ist zu Ende, und mit ihm unsere Gesetze. Damit ihr keinen Grund zum Vorwurfe habet, sei mein Schatz euch geschenkt. Seht,« sagte er, indem er jene blutige Flagge wegzog, mit der er so oft der Macht der Nationen Trotz geboten, und die Säcke voll des Metalls, das seit Jahrhunderten die Welt regiert, sehen ließ – »seht! Dies war mein, es ist nun euer! Es soll in jenes Küstenschiff gebracht werden; dort mögt ihr es selbst unter denen verteilen, die euch am würdigsten scheinen. Geht; das Land ist nah. Zerstreut euch, zu euerm eigenen Besten, zerstreut euch. Verzieht nicht, zu gehorchen; denn ohne mich, das wißt ihr gar wohl, würde dies Fahrzeug des Königs von England jetzt euer Herr sein. Das Schiff selbst gehört mir bereits, von dem Rest der Beute verlange ich nichts als diese Gefangenen. Lebt wohl!«

Stummes Staunen folgte auf diese unerwartete Anrede. In der Tat zeigte sich einen Augenblick lang einige Neigung zur Meuterei; allein zu gut hatte der Rover seine Maßregeln gegen Auflehnung genommen. Entlang dem D e l p h i n lag der P f e i l, dessen Mannschaft mit brennenden Lunten an den schweren Seitenbatterien kampffertig stand. Unvorbereitet, ohne Anführer und überrascht wäre Widerstand Wahnsinn gewesen. Kaum waren sie von ihrem ersten Staunen zurückgekommen, so stürzte ein jeder Freibeuter fort, seine eigenen Habseligkeiten auf das Verdeck des Küstenschiffes und dort in sichere Verwahrung zu bringen. Als alle, bis auf die Bemannung eines einzigen Bootes, den D e l p h i n verlassen hatten, wurde ihnen das verheißene Gold ausgehändigt, und bald sah man das beladene Fahrzeug dem Schutze einer verborgenen Bucht zueilen. Still wie der Tod schaute der Rover diesem Auftritte zu. Hierauf wandte er sich gegen Wilder und sprach nach einer mächtigen, aber erfolgreichen Anstrengung, um seine Gefühle zu unterdrücken:

»Und nun müssen auch wir scheiden. Ihrer Sorgfalt empfehle ich meine Verwundeten. Ich muß sie notwendig in den Händen Ihrer

Wundärzte zurücklassen. Ich weiß, Sie werden für die Ihnen Anvertrauten Sorge tragen.« »Mein Wort als Unterpfand für ihre Sicherheit«, erwiderte der junge de Lacey.

»Ich glaube Ihnen. – Madame,« fuhr er fort, indem er sich der älteren Dame mit einem Blicke näherte, in dem der Kampf zwischen Zaudern und Entschlossenheit sichtbar erschien, »wenn ein verfolgter und schuldiger Mann Sie noch anreden darf, so gewähren Sie eine Bitte.«

»Nennen Sie sie; nie kann dem, der einer Mutter das Kind erhielt, ihr Ohr verschlossen sein.«

»Wenn für dies Kind Ihre Gebete gen Himmel steigen, so vergessen Sie nicht, daß es auch außer ihm noch ein Wesen gibt, dem sie frommen können! – Genug. – Und jetzt,« fügte er hinzu, indem er, entschlossen das Weh des Augenblicks, es koste, was es wolle, ganz zu durchfühlen, den schmerzvollen Blick über das vor kurzem von regem, tosendem Leben volle, nunmehr einsame Verdeck schweifen ließ; »und jetzt – ja – jetzt scheiden wir! Das Boot wartet Ihrer.«

Wilder bedurfte nur wenig Zeit, um seine Mutter und Gertraud in die Pinasse zu begleiten; allein er selbst kehrte wieder zurück. Es war ihm, als könne er das Verdeck nicht verlassen.

»Und Sie,« sagte er, »was wird aus Ihnen werden?«

»Ich werde bald ... vergessen sein. – Leben Sie wohl!«

Die Art, wie der Rover diese Worte sprach, verbot jedes längere Zaudern. Der Jüngling stockte, drückte ihm die Hand und ging.

Seinem eigenen Schiffe wiedergeschenkt, dessen Kommando durch Bignalls Tod auf ihn überging, erteilte Wilder sogleich den Befehl, die Segel beizusetzen und auf den nächsten Hafen seines Vaterlandes zuzusteuern. Solange als die Gesichtskraft die Bewegungen des auf dem D e l p h i n zurückgebliebenen Menschen zu erreichen vermochte, war kein Blick von dem regungslosen Schiff abgewendet. Da lag es, das Oberbramsegel am Mast, ein schöner Bau, lieblich anzusehen in seinem Ebenmaße und vollkommen in allen seinen Teilen, wie durch Feenmacht hingepflanzt. Man entdeckte eine menschliche Gestalt, die rasch auf der Hütte hin und her ging, und ihr zur Seite schwebte ein Wesen, das aussah wie der verjüngte Schatten der bewegten Figur. Endlich verschlang die Entfernung auch diese schillernden Bilder! Das Auge mühte sich nunmehr umsonst, von den inneren Bewegungen des ferner und ferner zurückweichenden Schiffes eine Spur aufzufangen. Allein bald endete jeder Zweifel. – Ein Flammenstreif blitzte plötzlich vom Verdeck hervor, wild aufwärts von einem Segel zum andern springend. Nun entquoll dem Rumpfe eine ungeheure Rauchwolke und dann das gedämpfte Gebrüll des losgehenden Geschützes. Diesem folgte das erhabene, nicht minder anziehende als furchtbare Schauspiel eines im Brande stehenden Schiffes. Eine unermeßliche Rauchhülle lagerte sich über der Stelle, und das Ganze endete mit einem Krach, von dem trotz der Entfernung die Segel des P f e i l erzitterten und in ungewisse Schwankung gerieten, als wenn die Passatwinde ihren ewigen Strich verlassen hätten. – Als sich die schwarze Wolke von der Meeresfläche weghob, blieb dem Blick nichts mehr als eine fortgesetzte Wasseröde sichtbar; vergebens strebte das Auge, den Fleck wiederzufinden, wo so kürzlich jenes schöne Erzeugnis menschlicher Geschicklichkeit geschwommen hatte. Einige von denen, die mit Ferngläsern versehen, die obersten Stengen des königlichen Kreuzers erklettert hatten, glaubten zwar einen einsamen schwarzen Punkt auf der See zu erblicken; ob es aber ein Boot oder einige Trümmer des Wracks gewesen, hat man nie erfahren können.

Von jener Zeit an begann sich die Geschichte des gefürchteten r o t e n F r e i b e u t e r s nach und nach, verdrängt durch die neuen Ereignisse auf jenen belebten Seegegenden, zu verlieren. Doch geraume Zeit noch pflegten Seefahrer sich die langen Wachen der Nacht mit den Erzählungen tollkühner Taten zu verkürzen, die unter dessen Befehlen ausgeführt worden sein sollten. Das Gerücht verfehlte nicht, sie auf alle erdenkliche Weise auszuschmücken und zu entstellen, bis der wahre Charakter, ja der Name des Mannes mit dem anderer großer Frevler zusammenfloß. Auch traten Vorfälle von höherem, erhebenderem Interesse ein, die alle Einzelheiten verwischten und nur noch eine unbestimmte, von vielen für schimärisch und unwahrscheinlich gehaltene, Sage übrig ließen. Die britischen Kolonien empörten sich gegen die Regierung der Krone, und ein lang sich hinziehender Krieg führte endlich den gewünschten Erfolg herbei. Newport war bald von den Truppen des Königs von England, bald von denen jenes Monarchen besetzt, der eine ritterliche Schar seines Volkes geschickt hatte, um in dem Kampfe hilfreiche Hand zu leisten, der dem nebenbuhlerischen Reiche dessen ungeheure Besitzungen entriß.

Der schöne Hafen hatte feindliche Flotten beherbergt und die friedlichen Landhäuser gedröhnt unter dem Gejauchze junger Krieger. – Über zwanzig Jahre waren seit den erzählten Ereignissen in das Buch der Zeiten eingetragen, als die Inselstadt abermals der Schauplatz eines solchen Freudenfestes war, wie es die erste Szene unserer Erzählung schilderte. Die verbündeten Truppen hatten durch Geschicklichkeit und größere Anzahl den unternehmendsten Anführer der Engländer gezwungen, sich und seine Armee gefangen zu geben. Man glaubte, der Krieg sei zu Ende, und die werten Städter waren, wie gewöhnlich, etwas laut in dem Ausbruch ihrer Freude gewesen. Doch mit dem Tage nahmen auch die Lustbarkeiten ein Ende; und als die Farbe der Abenddämmerung sich in die schwärzere der Nacht zu verschmelzen anfing, verbreitete sich auch über den Ort die gewöhnliche Stille eines Provinzialstädtchens. Eine stattliche Fregatte, die gerade auf demselben Fleck vor Anker lag, wo das Fahrzeug des Rover erst dem Leser erschienen ist, hatte bereits die bunten, heiteren Farben der Alliierten niedergelassen, die, weil es ein Galatag war, vereint geflattert hatten, und nur eine einzige Flagge von gemischten Farben, mit einer Gruppe glänzender, aufgehender Sterne, sah man noch an ihrer Gaffelspitze wehen. In diesem Augenblick erschien auf der offenen See draußen ein Fahrzeug, bei weitem kleiner, das aber ebenfalls die Flagge der jungen Staaten führte. Da die Flut eben zurückkehrte und der Wind die Segel nicht faßte, so ließ es in der Durchfahrt zwischen den Eilanden Connecticut und Rhode einen Anker fallen, und sofort wurde ein Boot sichtbar, das von den Armen sechs stämmiger Männer nach dem innern Hafen zuruderte. Als die Barke einen etwas abgelegenen und verlassenen Teil der Kaje erreichte, konnte ein Mann, der einsam dastand und ihre Bewegungen beobachtet hatte, unterscheiden, daß sie eine mit Vorhängen verhüllte Tragbahre und eine einzige weibliche Gestalt enthielt. Aber ehe noch die erwachte Neugier des einsamen Beobachters Zeit hatte, sich in allerhand Mutmaßungen zu ergehen, waren schon die Ruder aus dem Wasser geschwungen, berührte schon das Boot die Schälung, und die Tragbahre, von den Seeleuten getragen und von dem Weibe begleitet, hielt vor ihm.

»Sagen Sie mir, ich bitte,« erklang es von einer Stimme, in deren Tönen Schmerz und Entsagung wunderbar vereint waren, »ob Kapitän Heinrich de Lacey von der Kontinentalmarine[47] ein Haus in dieser Stadt besitzt?«

»Das hat er,« antwortete der von der Frau angeredete Alte, »das hat er; oder wie man eigentlich sagen könnte, zwei, indem die Fregatte dort nicht weniger sein ist, als das Wohngebäude hier auf der Anhöhe.«

»Du bist zu alt, um uns den Weg zu zeigen; doch, wenn ein Enkelchen oder irgend jemand, der nichts zu tun hat, in der Nähe ist, hier ist Silber, ihn zu belohnen.«

»Ei du guter Gott, gnädige Frau!« erwiderte der andere, sie wegen ihrer demütigen Erscheinung mit einem Seitenblick betrachtend, der gleichsam den gegebenen Titel wieder zurücknehmen sollte, und dabei mit ganz besonderer Sorgfalt die angebotene kleine Münze in die Tasche steckend. »Ei du guter Gott, Madame! Bin ich auch alt und einigermaßen geschwächt durch Strapazen und wunderbare Abenteuer zu See und zu Land, so will ich doch gern für jemand in Ihrer Lage einen so kleinen Dienst tun. Folgen Sie mir, und Sie werden sehen, daß Ihr Lotse nicht ganz unbekannt mit dem Pfade ist.«

Noch ehe der Alte mit dieser selbstgefälligen Anpreisung seiner Tüchtigkeit fertig war, hatte er rechtsum geschwenkt und den Weg eingeschlagen, der von der Kaje abführte. Die Seeleute und die Frau folgten, letztere an der Seite der Tragbahre, in stille Schwermut versunken.

»Solltet Ihr etwa Erfrischungen nötig haben,« sagte ihr Wegführer und zeigte dabei über die Schulter weg, »dort ist ein wohlbekanntes Wirtshaus, das seinerzeit von Matrosen stark besucht wurde. Nachbar Joram und der U n k l a r e A n k e r sind in ihren Tagen berühmt gewesen, so gut wie der größte Krieger im Lande; der ehrliche Joram ist freilich eingetan zu seinen Vätern, aber das Haus steht

---

[47] Den Seetruppen der Vereinigten Staaten Nordamerikas.

noch so fest wie an dem Tage, da er es zuerst betrat. Er ist als ein gottseliger Christ gestorben, und jeder bange Sünder sollte zum Heil seiner Seele dessen frommes Beispiel vor Augen haben.«

Hier vernahm man aus dem Innern der Tragbahre einen tiefen, dumpfen Seufzer; der Wegweiser stand stille und lauschte, allein kein ferneres Zeichen bot sich dar, wodurch er hätte auf die Spur kommen können, wer sich wohl drinnen befinden möchte.

»Der kranke Mann leidet,« nahm er wieder auf; »aber körperlicher Schmerz und alle Leiden, die wir im Fleische erfahren, dauern nur eine bestimmte Zeit. Sieben blutige und grausame Kriege hab' ich erlebt, der siebente, der jetzt wütet, wird, Gott woll' es, der letzte sein. Im sechsten hab' ich Ihnen Wunder gesehen, Gefahren ausgestanden – ihresgleichen hat noch kein Auge geschaut, kann keine menschliche Zunge aussprechen!«

»Die Zeit ist rauh mit Euch umgegangen, Freund,« unterbrach ihn sanft die Frau, »hier habt Ihr Gold; vielleicht trägt es dazu bei, Euch die übrigen Lebenstage zu versüßen.«

Der Krüppel, denn der Wegführer war nicht nur alt, sondern auch lahm, empfing das Geschenk mit großer Dankbarkeit und war von nun an zu sehr beschäftigt, den Betrag bei sich zu überschlagen, um in seiner Redseligkeit fortzufahren.

Das kurze Dämmerlicht war verschwunden, während die Träger noch im Hinansteigen des Abhangs begriffen waren, und es war Nacht, als die Gruppe in tiefem Schweigen an der Haustür der Villa anlangte. Nachdem der Alte die Klingel stark angezogen hatte, wurde ihm bedeutet, daß seine Dienste nun nicht weiter vonnöten seien.

»Viele und schwere Fährlichkeiten hab' ich mitgemacht,« wendete er ein, »und gar wohl weiß ich, daß ein kluger Seefahrer den Lotsen nicht eher entläßt, als bis das Schiff sicher vor Anker liegt. Vielleicht ist die alte Madame de Lacey ausgegangen, oder der Kapitän mag vielleicht nicht ...«

»Genug, Freund, hier ist schon jemand, der uns Auskunft geben wird.«

Die kleine Tür wurde jetzt geöffnet, und ein Mann mit einem Licht in der Hand erschien auf der Schwelle. Die Erscheinung des Türstehers war gerade nicht von der aufmunterndsten Art. – Ein gewisses Aussehen, das keiner der es nicht hat, zum Schein anzunehmen, keiner, der es hat, von sich abzulegen vermag, ließ sogleich den Sohn des Ozeans erkennen, und ein hölzerner Fuß, der seinen noch immer vierschrötigen, athletischen Körper stützen half, bewiesen hinlänglich, daß die Erfahrungen, die er in seinem verwegenen Berufe gemacht haben mochte, nicht ohne einige persönliche Gefahr erkauft waren. Seine Züge, beschienen von dem Lichte, das er hoch über dem Kopf hielt, um die verschiedenen Personen genauer zu untersuchen, die eine Gruppe vor der Tür bildeten, hatten etwas Absprechendes, Düsteres, ja Wildes. Doch unterschied er gar bald den Krüppel, den er ziemlich barsch fragte, was »eine solche Bö zur Nacht« bedeuten solle.

»Hier ist ein verwundeter Seemann,« erwiderte die Frau mit so bebendem Ton, daß das Herz des nautischen Zerberus auf der Stelle dadurch erweicht wurde: »er kommt, um das Recht der Gastfreundschaft von einem Kriegsgenossen anzusprechen, und um eine Herberge für die Nacht zu bitten. Wir wünschten, den Kapitän Heinrich de Lacey zu sprechen.«

»Dann haben Sie an der rechten Küste Anker geworfen, Madame,« erwiderte der Teer, »wie Ihnen der junge Herr, der Paul hier, in seines Vaters Namen, nicht minder versichern wird als in dem der gnädigen Frau, seiner Mutter; und auch, nicht zu vergessen, im Namen der alten gnädigen Frau, seiner Großmama, die, was das anbelangen tut, selber kein Neuling oder Süßwasserfisch ist; ja, das wird Master Paul da Ihnen versichern.«

»Herzlich gern«, sagte ein männlich schöner Jüngling von ungefähr siebzehn Jahren, der die Uniform eines Seekadetten trug und von hinten dem alten Seemann neugierig über die Schultern gesehen hatte. »Ich will meinem Vater den Besuch melden, und du Richard, du suchst ohne Verzug einen schicklichen Raum für unsere Gäste.«

Die Weise, wie dieser Befehl gegeben wurde, verriet, daß Selbsthandeln und Gebieten dem Jüngling schon nichts Ungewohntes waren. Richard gehorchte auf der Stelle. Das Gemach, das er wählte, war das gewöhnliche Wohnzimmer im Hause, wo die Träger die Bahre nach wenigen Augenblicken niederstellten und darauf entlassen wurden, so daß die Frau allein blieb mit dem in der Bahre Befindlichen und dem barschen Diener, der sie mit so vieler Derbheit empfangen hatte. Der letztere befleißigte sich, die kurze Zwischenzeit bis zur Erscheinung seiner Herrschaft durch Sprechen so wenig langweilig als möglich zu machen, dabei hatte er allerhand zu schaffen, putzte die Lichter, legte frisches Holz auf das hellflackernde Feuer, ohne deswegen die geringste Pause eintreten zu lassen. – Jetzt öffnete sich eine innere Tür, und der Jüngling führte die drei Bewohner des Hauses ins Zimmer.

Zuerst kam ein Mann von mittleren Jahren, in der Negligéeuniform eines Schiffskapitäns der neuen Staaten, eine Heldengestalt. Ruhig war sein Blick und noch immer fest sein Schritt, wenn auch die Zeit und Strapazen seinem Haupthaar schon die Mischung von Grau gaben. Den einen Arm trug er in einer Binde, ein Beweis, daß er erst vor kurzem in Aktion gewesen sein mußte; am andern schmiegte sich eine Matrone, deren noch immer blühende Wangen und glänzendes Auge die Spuren gereifter hoher Schönheit trugen. Diesen beiden folgte eine Dame, mit zwar weniger elastischem Schritte, deren ganze Person aber von dem friedlichen Abend eines stürmischen Lebenstages zeugte. Die drei grüßten höflich die Fremde, ohne ihr Zartgefühl durch irgendeine vorschnelle Frage nach der Ursache ihres Besuches zu verletzen. Auch war diese Rücksicht nichts weniger als überflüssig; denn der ganze Körper der unbekannten Dame, der ohnedies von Schmerz und Schwäche erschöpft schien, fing an zu zittern und zeigte nur zu deutlich, daß ihr eine Pause not tat, um ihre Kraft zu sammeln und ihre Gedanken zu ordnen.

Sie weinte lange und schmerzlich, ganz als wäre sie einsam; erst als längeres Schweigen Verdacht erregt haben würde, versuchte sie zu sprechen. Sie trocknete die Tränen von einer Wange, auf der eine hektische Röte glänzte, und dann vernahmen ihre erstaunten Wirte zum erstenmal den Ton ihrer Stimme:

»Sie sehen diesen Besuch vielleicht als eine Zudringlichkeit an; doch der, dessen Wille mir Gesetz ist, wollte hierher gebracht sein.«

»Mit welchem Wunsche?« fragte der Offizier sanft, als er bemerkte, daß ihr schon die Rede versagte.

»Zu sterben!« flüsterte sie mir erstickter, schluchzender Stimme.

Bei diesen Worten fuhr ein jeder ihrer Zuhörer erschreckt zusammen; hierauf trat der ältere Herr an die Bahre, zog sanft den Vorhang beiseite und enthüllte den bis jetzt unsichtbaren Bewohner den forschenden Augen aller Anwesenden. Helles Bewußtsein lag in dem Blick, der dem seinigen begegnete, obgleich die blassen Züge des Verwundeten nur zu unverkennbar das Gepräge des Todes trugen. Nur sein Auge schien noch der Erde anzugehören; das ganze Antlitz hatte bereits das Starre der letzten Stufe menschlicher Schwäche angenommen, sein Auge allein blieb glänzend, voller Bewußtsein, glühend – fast möchte man sagen strahlend.

Nach einer langen, feierlichen Pause, während der alle Umherstehenden trauernd in dem tragischen Anblick schwindender Sterblichkeit befangen waren, fragte Kapitän de Lacey: »Können wir durch irgend etwas zu Ihrem Troste beitragen, Ihren Wünschen entgegenkommen?«

Das Lächeln des Sterbenden hatte etwas Gespenstiges, und doch war in seinem Ausdruck, ebenso seltsam als schrecklich, Zärtlichkeit mit Schmerz vermischt. Er antwortete nicht, allein sein Auge schweifte von einem Gesicht zum andern, bis es, wie durch eine Art von Zauber, auf dem der ältesten Dame haften blieb. Seinen stieren Augen erwiderte ein nicht minder angestrengter Blick; ja, so sehr trat nach und nach das mächtige gegenseitige Gefühl der beiden hervor, daß es der Bemerkung der übrigen Zuschauer nicht entgehen konnte.

»Mutter!« sagte der Offizier mit liebevoller Besorgtheit; »meine Mutter! Was fehlt Ihnen?«

»Heinrich ... Gertraud,« antwortete die Ehrwürdige und breitete, dem Hinsinken nahe, die Arme nach ihren Kindern aus; »ihr habt, meine Teuern, euer Haus einem geöffnet, der ein heiliges Recht hat es zu betreten. O, es ist in diesem Augenblicke, wo die Leidenschaften schweigen und sich unsere Hinfälligkeit offenbart, in diesem Augenblicke der Schwäche und der Krankheit ist's, wo die Natur ihr ursprüngliches Gepräge wiedererkennt! Ganz sehe ich es in diesem bleichen Antlitz, in diesen eingesunkenen Zügen, wo alles verschwunden ist, nur nicht der letzte dauernde Ausdruck der Familie, der Verwandtschaft!«

»Verwandtschaft!« rief Kapitän de Lacey; »unser Gast mit uns verwandt!«

»Ein Bruder,« antwortete die Dame, indem sie das Haupt auf die Brust sinken ließ, als ob sie einen Grad der Verwandtschaft ausgesprochen habe, der sie nicht minder schmerze als erfreue.

Der Fremde, zu sehr ergriffen, um sprechen zu können, gab seine Bestätigung durch eine freudige Gebärde zu erkennen, ohne den Blick von ihr abzuwenden, der seine Richtung behalten zu wollen schien, so lange als ihm das Leben Bewußtsein verlieh.

»Ein Bruder!« wiederholte ihr Sohn mit innigem Erstaunen. »Wohl wußte ich, daß Sie einen Bruder besaßen; doch glaubte ich, er sei schon im Knabenalter gestorben.«

»Ich selbst glaubte es lange, obgleich mir eine bange Ahnung vom Gegenteil die Seele oft mit Wehmut erfüllte; die Wahrheit steht aber zu klar auf diesem hingewelkten Antlitz, in diesen eingefallenen Zügen geschrieben, als daß sie noch verkannt werden könnte. Armut und Unglück trennten uns. Ich glaube, wir wähnten uns gegenseitig tot.«

Eine zweite schwache Bewegung verkündete die Beistimmung des Verwundeten.

»Es ist kein Grund zur Verheimlichung mehr vorhanden. Heinrich, der Fremde ist dein Oheim ... mein Bruder ... einst mein Pflegling.«

»Ich wünschte, ihn in glücklicheren Umständen zu treffen,« erwiderte der Offizier mit seemännischer Offenherzigkeit; »doch als ein Verwandter ist er von Herzen willkommen. Die Armut wenigstens soll Sie beide nicht wieder voneinander trennen.«

»Sehet doch, Heinrich – Gertraud!« fuhr die Mutter fort, sich die Augen beim Sprechen bedeckend, »dies Antlitz ist euch ja nicht fremd. Seht ihr denn nicht die traurigen Trümmer von einem, den ihr zugleich geliebt und gefürchtet habt?«

Erstaunt verstummten ihre Kinder und schauten, bis sich ihr Auge umdämmerte; solange, so angestrengt war ihr forschender Blick. Ein hohles Stöhnen aus der Brust des Fremden steigerte ihre Aufmerksamkeit bis zum höchsten Grade, und als seine leise, aber deutliche Sprache ihrem Ohre erklang, da schwand aller Zweifel, alle Verwirrung.

»Wilder,« sagte er, seine letzten Kräfte aufbietend, »ich bin gekommen, mir den letzten Dienst von Ihnen zu erbitten.«

»Kapitän Heidegger!« schrie der Offizier.

»Der rote Freibeuter!« sprach zitternd und erschreckt die jüngere Frau de Lacey und trat unwillkürlich einen Schritt rückwärts.

»Der Red Rover!« wiederholte ihr Sohn und drang mit unbezähmbarer Neugier einen Schritt vorwärts.

»Endlich abgetakelt!« war Fids barsche Bemerkung, als er mit seinem hölzernen Fuß näher zur Gruppe heranhinkte, die Feuerzange in der Hand, die er bisher in einem fort gehandhabt hatte, um einen Vorwand dafür zu haben, daß er im Zimmer blieb.

Als sich die augenblickliche Überraschung einigermaßen gelegt hatte, fuhr der Sterbende fort: »Lange hatte ich meine Reue wie meine Schande dem Blicke der Welt entzogen; aber dieser Krieg rief mich aus meiner Verborgenheit hervor. Unser Vaterland brauchte uns beide, und beide hat es gehabt! Sie haben gedient, wie einer dienen durfte, der sich nie ein Vergehen zuschulden kommen ließ; allein eine so heilige Sache mußte ein Name wie meiner nicht beflecken. Wenn die Welt einst von meinen schlechten Taten spricht, möge auch des wenigen Guten gedacht werden, das ich getan habe! Meine Schwester, meine ... Mutter – verzeih' mir!«

»Der da seine Geschöpfe mit einer so furchtbaren Verschiedenheit der Gemüter bildet, Gott, blicke gnädig auf unsere Schwachheit hernieder!« betete Madame de Lacey kniend, mit himmelwärts gehobenen Augen und Händen. »O, Bruder, Bruder! Dir ward in deiner Kindheit von dem heiligen Geheimnis unserer Erlösung viel gesagt, du darfst nicht erst unterrichtet werden, auf welchen Fels sich deine Hoffnung auf Vergebung gründen muß!«

»Hätte ich nie jene Vorschrift vergessen, mein Name dürfte auch fortan mit Ehren erwähnt werden. Doch, Wilder!« fügte er abspringend und kräftig hinzu, »Wilder! ...«

Aller Augen waren auf den Sprechenden geheftet. Er hielt eine Rolle, auf der er bis jetzt wie auf einem Kissen geruht hatte, in der Hand. Übernatürliche Kraft schien ihn zu durchströmen, als er sich mit halbem Körper in der Bahre erhob; und beide Hände hoch über sein Haupt emporhebend, ließ er jene glanzreiche, buntgestreifte Flagge mit ihrem blauen Feld ausgehender Sterne[48] vor ihnen herniederrollen, und wie in seinen stolzesten Tagen leuchtete noch einmal die Glut hohen Triumphes aus allen seinen Zügen.

»Wilder!« schrie er und gewann dem Tode noch ein krampfhaftes Lachen ab. » W i r   h a b e n   g e s i e g t !« – Dann fiel er erstarrt zurück, und die triumphierende Miene umschattete der Tod, wie schwarze Wolken das Lächeln der glänzenden Sonne.

Druck von Hesse & Becker in Leipzig.

---

[48] Flagge der Vereinigten Staaten von Nordamerika.

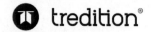

Über tredition

Eigenes Buch veröffentlichen

tredition wurde 2006 in Hamburg gegründet und hat seither mehrere tausend Buchtitel veröffentlicht. Autoren veröffentlichen in wenigen leichten Schritten gedruckte Bücher, e-Books und audio-Books. tredition hat das Ziel, die beste und fairste Veröffentlichungsmöglichkeit für Autoren zu bieten.

tredition wurde mit der Erkenntnis gegründet, dass nur etwa jedes 200. bei Verlagen eingereichte Manuskript veröffentlicht wird. Dabei hat jedes Buch seinen Markt, also seine Leser. tredition sorgt dafür, dass für jedes Buch die Leserschaft auch erreicht wird.

Im einzigartigen Literatur-Netzwerk von tredition bieten zahlreiche Literatur-Partner (das sind Lektoren, Übersetzer, Hörbuchsprecher und Illustratoren) ihre Dienstleistung an, um Manuskripte zu verbessern oder die Vielfalt zu erhöhen. Autoren vereinbaren direkt mit den Literatur-Partnern die Konditionen ihrer Zusammenarbeit und partizipieren gemeinsam am Erfolg des Buches.

Das gesamte Verlagsprogramm von tredition ist bei allen stationären Buchhandlungen und Online-Buchhändlern wie z. B. Amazon erhältlich. e-Books stehen bei den führenden Online-Portalen (z. B. iBookstore von Apple oder Kindle von Amazon) zum Verkauf.

Einfach leicht ein Buch veröffentlichen: **www.tredition.de**

Eigene Buchreihe oder eigenen Verlag gründen

Seit 2009 bietet tredition sein Verlagskonzept auch als sogenanntes "White-Label" an. Das bedeutet, dass andere Unternehmen, Institutionen und Personen risikofrei und unkompliziert selbst zum Herausgeber von Büchern und Buchreihen unter eigener Marke werden können. tredition übernimmt dabei das komplette Herstellungs- und Distributionsrisiko.

Zahlreiche Zeitschriften-, Zeitungs- und Buchverlage, Universitäten, Forschungseinrichtungen u.v.m. nutzen diese Dienstleistung von tredition, um unter eigener Marke ohne Risiko Bücher zu verlegen.

Alle Informationen im Internet: **www.tredition.de/fuer-verlage**

tredition wurde mit mehreren Innovationspreisen ausgezeichnet, u. a. mit dem Webfuture Award und dem Innovationspreis der Buch Digitale.

tredition ist Mitglied im Börsenverein des Deutschen Buchhandels.

Dieses Werk elektronisch lesen

Dieses Werk ist Teil der Gutenberg-DE Edition DVD. Diese enthält das komplette Archiv des Projekt Gutenberg-DE. Die DVD ist im Internet erhältlich auf **http://gutenbergshop.abc.de**